कॉलिन्स और लापीयर

बारह बजे रात के

भारत की आज़ादी की कहानी

अनुवाद

मुनीश सक्सेना

संक्षिप्तीकरण और पुनरीक्षण

गिरीश माथुर

राधाकृष्ण पेपरबैक्स

पहला पुस्तकालय संस्करण
राधाकृष्ण प्रकाशन प्राइवेट लिमिटेड द्वारा
1978 में प्रकाशित

अनुवाद : मुनीश सक्सेना

राधाकृष्ण पेपरबैक्स में
पहला संस्करण : 1978
पाँचवाँ संस्करण : 2025

राधाकृष्ण पेपरबैक्स : उत्कृष्ट साहित्य के जनसुलभ संस्करण

राधाकृष्ण प्रकाशन प्राइवेट लिमिटेड
जी-17, जगतपुरी, दिल्ली-110 051
द्वारा प्रकाशित

शाखाएँ : अशोक राजपथ, साइंस कॉलेज के सामने, पटना-800 006
पहली मंजिल, दरबारी बिल्डिंग, महात्मा गांधी मार्ग, प्रयागराज-211 001
1, अनमोल सोराबजी संतुक लेन, धोबी तलाव, मरीन लाइंस, मुम्बई-400 002
वेबसाइट : www.radhakrishnaprakashan.com
ई-मेल : info@radhakrishnaprakashan.com

बी.के. ऑफसेट
नवीन शाहदरा, दिल्ली-110 032
द्वारा मुद्रित

मूल्य : ₹499

BARAH BAJE RAAT KE
Novel by Larry Collins and Dominique Lapierre

ISBN : 978-81-7119-858-0

डोमीनिक लापियर
लैरी कॉलिन्स

लेखकों की यह जोड़ी भाषा के मामले में अनूठी रही कि लापियर फ्रांसीसी के लेखक हैं तो कॉलिन्स अंग्रेजी के। लेकिन उनकी गति दोनों भाषाओं में समान रूप से है।

दोनों सामग्री जुटाने, शोध, साक्षात्कार सब साथ करते मगर लिखते अलग-अलग भाषाओं में। हाँ, पुस्तक का प्रकाशन एक साथ अंग्रेजी और फ्रांसीसी में होता रहा। इस अन्तरराष्ट्रीय जोड़ी को पहली बड़ी सफलत *फ़्रीडम एट मिडनाइट* से मिली। बाद में उनके संयुक्त लेखन में एक उपन्यास भी आया। वैसे अब यह प्रसिद्ध जोड़ी अलग ही हो गई है। कॉलिन्स कथा-लेखन में सक्रिय हैं तो लापियर ग़ैर-कथात्मक लेखन में।

प्रमुख कृतियाँ :

संयुक्त लेखन : *फ़्रीडम एट मिडनाइट, ओ! जेरुसलेम, इज पेरिस बर्निंग, ऑर आई बिल ड्रेस यू इन मॉर्निंग, माउंटबेटन एंड द पार्टीशन ऑफ़ इंडिया, माउंटबेटन एंड इंडिपेंडेंट इंडिया, द फ़िफ्थ हॉर्समैन* आदि।

लैरी कॉलिन्स : *फ़ॉल फ़्रॉम ग्रेस, मेज़, ब्लैक ईगल्स* आदि।

डोमीनिक लापियर : द *सिटी ऑफ़ जॉय, बियौन्ड लव* आदि।

विषय सूची

चित्र, मानचित्र

पृष्ठ 184 और 185 के बीच

'भारत का हाथ से निकल जाना हमारे ऊपर अन्तिम और घातक प्रहार होगा। यह अनिवार्य रूप से एक ऐसी प्रक्रिया का अंग बन जायेगा जो हमें एक घटिया ताक़त की हैसियत पर पहुँचा देगी।'

विंस्टन चर्चिल
कॉमंस की सभा में भाषण,
फ़रवरी 1931

'बरसों पहले हमने नियति से साक्षात् का वचन दिया था, और अब अपने उस वचन को पूरा करने का समय आ गया है।... बारह बजे रात को, जब सारी दुनिया सो रही होगी, भारत जीवन और स्वतन्त्रता के स्वागत में अपनी आँखें खोलेगा। एक क्षण ऐसा आता है, और वह क्षण इतिहास में विरल ही होता है, जब हम पुरातन से निकलकर नये में क़दम रखते हैं, जब एक युग समाप्त होता है, और जब बहुत समय से दबे-कुचले किसी राष्ट्र की आत्मा मुखर हो उठती है...।'

जवाहरलाल नेहरू
भारतीय संविधान सभा में भाषण,
नयी दिल्ली
14 अगस्त, 1947

1
'एक प्रजाति जिसकी नियति थी शासन और दमन'

लन्दन, नववर्ष दिवस, 1947

एक महान राष्ट्र को गहन असंतोष का पाला मार गया था। लन्दन पर कुहरे की ठिठुरन उदासी के बादलों की तरह छायी हुई थी। ब्रिटेन की राजधानी ने इससे पहले शायद ही कभी नववर्ष का उत्सव इतने नीरस और उदास वातावरण में मनाया होगा। उत्सव का दिन था और उस सुबह शहर में शायद ही कोई घर ऐसा रहा होगा जिसे इतना गरम पानी नसीब हो कि कोई मर्द उससे दाढ़ी बना सके या कोई औरत अपने मुँह धोने के तसले की तली भी भर सके। लन्दनवासियों ने नववर्ष का स्वागत अपने सोने के कमरों में ऐसी भयानक सर्दी के बीच किया था कि उनकी साँस भी हवा में धुएँ के बादलों की तरह उड़ती दिखायी देती थी।

सड़कें लगभग बिलकुल सूनी थीं। सड़क के किनारे पटरियों पर तेज़ क़दमों से चलते हुए राही भी उदास दिखायी दे रहे थे; उनके चेहरों पर ख़ुशी की झलक तक नहीं थी। उनकी वर्दियाँ और कपड़े तार-तार हो चुके थे। आठ साल तक किसी तरह मरम्मत करके और गूँथ-गाँथकर चलाने के बाद अब उनके लिए ताना-बाना जोड़े रखना नामुमकिन हो गया था। इक्का-दुक्का जो मोटरें थीं भी, वे भागे हुए भूतों की तरह सहमी हुई दौड़ रही थीं और ब्रिटेन का राशन में मिलने वाला चुल्लू-दो-चुल्लू पेट्रोल इस तरह खपाने पर अपने को अपराधी अनुभव कर रही थीं। सड़कों पर एक अजीब तरह की बदबू छायी हुई थी, युद्ध के बाद के लन्दन की बदबू। बमबारी से तबाह होने वाली हज़ारों इमारतों के जले हुए खँडहरों

से एक तीखी बदबू जाड़े के शुरू के कुहासे की तरह उठ रही थी।

फिर भी यह उदास उल्लासहीन नगर एक विजेता राष्ट्र की राजधानी था। अबसे केवल सत्रह महीने पहले ब्रिटेन मानवता के सबसे भयानक युद्ध से विजेता बनकर निकला था। लेकिन इस विजय के लिए अँग्रेज़ों को जो मूल्य चुकाना पड़ा था उसने उन्हें लगभग बिलकुल परास्त कर दिया था। ब्रिटेन के उद्योग अपंग हो गये थे; उसका खजाना बिलकुल खाली हो चुका था; उसका पौंड जो कभी सबसे गौरवान्वित सिक्का समझा जाता था अब अमेरिका और कनाडा के डॉलरों के इंजेक्शनों के सहारे साँस ले रहा था, युद्ध का खर्च पूरा करने के लिए उसने जो ढेरों क़र्ज़ ले रखा था उसे अदा करने में उसका ख़ज़ाना असमर्थ था। हर जगह फ़ैक्टरियाँ और कारखाने बन्द हो रहे थे। लगभग बीस लाख ब्रिटेनवासी बेरोज़गार थे।

लन्दनवासियों के लिए यह नया साल, जो अब शुरू हो रहा था, आठवाँ साल था कि उन्हें लगातार अपने इस्तेमाल की हर चीज़ की कठोर राशनिंग का सामना करना पड़ रहा था : खाना, ईंधन, पीने की चीज़ें, बिजली, गैस, जूते, कपड़े—हर चीज़ की। जिन लोगों ने विजय के नारे लगाते हुए हिटलर को हराया था उनका नारा अब हो गया था : 'भूखे मरो और ठिठुरो !'

यद्यपि उस दिन लन्दनवासियों को इतना गरम पानी तो नसीब नहीं था कि वे गरम चाय की एक प्याली से नववर्ष का स्वागत कर सकें, पर उनके पास कुछ और था। अँग्रेज़ होने के नाते वे एक नीले और सुनहरे रंग के दस्तावेज़ का दावा कर सकते थे जिसके सहारे वे पृथ्वी के लगभग एक-चौथाई धरातल पर कहीं भी बिना रोक-टोक जा सकते थे। वे ब्रिटिश पासपोर्ट के हक़दार थे। संसार के किसी भी दूसरे देश के निवासियों को यह सौभाग्य नहीं प्राप्त था। राज्यों, क्षेत्रों, संरक्षित राज्यों, सह-राज्यों तथा उपनिवेशों का वह असाधारण समुदाय, जिसे ब्रिटिश साम्राज्य कहते थे, 1947 के नववर्ष दिवस को बहुत बड़ी हद तक ज्यों-का-त्यों बना हुआ था। 56 करोड़ लोगों का जीवन—जिनमें तमिल भी थे चीनी भी, बुशमेन भी थे और हाटेनटाट भी, द्रविड़-युग से पहले के आदिवासी भी थे और मेलानीशियन भी, आस्ट्रेलियावासी भी थे और कनाडावासी भी—अब भी इन्हीं अँग्रेज़ों के आचरण से प्रभावित होता था जो लन्दन के अपने उन घरों में सर्दी से ठिठुर रहे थे, जिन्हें गर्म रखने की कोई व्यवस्था नहीं थी। उस ठिठुरती हुई सुबह को वे पृथ्वी के धरातल के लगभग तीन सौ ऐसे टुकड़ों पर अपने प्रभुत्व का दावा कर सकते थे जिनमें बर्ड द्वीप, ब्रैंबल के

और रेक रीफ़ जैसे बेहद छोटे और बिलकुल ही गुमनाम क्षेत्रों से लेकर एशिया तथा अफ्रीका के बड़े-बड़े तथा घने आबाद इलाक़े तक सभी तरह के प्रदेश शामिल थे। ब्रिटेन का यह सबसे दम्भपूर्ण दावा अभी तक सार्थक था कि नववर्ष दिवस को सूर्योदय के समय हर बार जब मध्य लन्दन के खँडहरों पर वेस्टमिनिस्टर के घण्टाघर की बिग-बेन घड़ी के घण्टों की गूँज सुनायी देती थी तो उसी समय ब्रिटिश साम्राज्य के किसी-न-किसी कोने में ब्रिटेन का झंडा यूनियन जैक भी ऊपर चढ़ रहा होता था।

इतने में काले रंग की एक आस्टिन प्रिंसेस मोटर चोरों की तरह राजधानी की सुनसान सड़कों पर से दुबकती हुई नगर के मध्य भाग की ओर जा रही थी। जब वह बकिंघम पैलेस के सामने से होकर माल रोड की ओर मुड़ी तो उसमें बैठे हुए अकेले यात्री ने खोये-खोये भाव से अपनी आँखों के सामने से गुज़रती हुई इस छायादार शाही सड़क को ध्यान से देखा। वह सोच रहा था कि पहले कितनी ही बार ब्रिटेन इस सड़क पर अपनी विजयों का उत्सव मना चुका है। अब साम्राज्यवाद के युग का अन्त हो चुका था और इस ऐतिहासिक अनिवार्यता की स्वीकृति के रूप में यह काली आस्टिन प्रिंसेस मोटर उस छायादार मार्ग पर अकेली दौड़ी चली जा रही थी जो इसी साम्राज्य के कितने ही भव्य समारोह देख चुकी थी।

मोटर का यात्री अपनी सीट में और धँसकर बैठ गया। छुट्टी के इस दिन सुबह के वक़्त उसकी नज़रों को किसी दूसरे ही दृश्य पर टिका होना चाहिए था, स्विटज़रलैंड की धूप में नहायी हुई किसी बर्फ़ानी ढलान पर जहाँ लोग स्की के जूते पहनकर फिसलते रहते हैं। लेकिन किसी ज़रूरी काम से अचानक बुलावा आ जाने की वजह से उसकी क्रिसमस की छुट्टियों का सिलसिला बीच ही में टूट गया था और उसे ज़्यूरिख़ चला जाना पड़ा था, जहाँ उसने आर० ए० एफ़० का वह हवाई जहाज पकड़ा था जिसने उसे अभी नार्थोल्ट के हवाई अड्डे पर लाकर उतारा था।

उसकी मोटर पार्लियामेंट स्ट्रीट से होती हुई एक गली में मुड़ गयी और आकर एक ऐसे दरवाज़े के सामने रुक गयी जिसके दुनिया में सबसे ज़्यादा फ़ोटो उतारे गये होंगे—नं० 10 डाउनिंग स्ट्रीट। छः साल तक दुनिया की कल्पना में इस मामूली-से लकड़ी के दरवाज़े का सम्बन्ध एक ऐसे आदमी की आकृति के साथ जुड़ा रहा जो काले रंग की मोटे फ़ेल्ट की होंबर्ग हैट पहनता था, मुँह में हर वक़्त बड़ा-सा सिगार दबाये रहता था, हाथ में छड़ी लिये रहता था, और एक हाथ की दो उँगलियाँ ऊपर उठाकर अँग्रेज़ी के अक्षर 'V' की शक्ल बनाकर विजय में अपना विश्वास व्यक्त करता था। इस घर में रहते हुए विंस्टन चर्चिल ने दो बहुत बड़ी लड़ाइयाँ

लड़ी थीं, एक धुरी राष्ट्रों को हराने के लिए और दूसरी ब्रिटिश साम्राज्य की रक्षा करने के लिए।

लेकिन इस समय एक नया प्रधानमन्त्री 10 डाउनिंग स्ट्रीट में प्रतीक्षा कर रहा था; वह एक बहुत बड़ा सोशलिस्ट था जिसके बारे में चर्चिल ने बड़े तिरस्कार से कहा था कि वह 'बहुत विनम्र आदमी है और विनम्र होने के अलावा कर भी क्या सकता है !'

क्लीमेंट एटली और उनकी लेबर पार्टी ने जब शासन का भार संभाला उस समय सार्वजनिक रूप से वह इस बात के लिए वचनबद्ध थी कि वह साम्राज्य के विखंडन का काम शुरू करेगी। एटली के लिए, और इंगलैंड के लिए यह ऐतिहासिक प्रक्रिया अनिवार्य रूप से इसी तरह आरम्भ हो सकती थी कि खैबर दर्रे से लेकर कन्याकुमारी तक जिस विस्तृत और घने आबाद भूखण्ड पर अब तक ब्रिटेन का शासन बना हुआ था उसे वह स्वतन्त्र कर दे। वह शानदार और शर्मनाक संस्था, जिसे ब्रिटिश राज कहते थे, साम्राज्य की आधार-शिला भी थी और उसके औचित्य की बुनियाद भी, वह उसकी सबसे गौरवशाली उपलब्धि भी थी और उसकी सर्वाधिक निरन्तर चिन्ता भी। भारत में बंगाल लांसर्ज़ के बल्लमधारी घुड़सवार सिपाही और रेशमी पोशाकों में सजे-धजे महाराजा, शेरों का शिकार और पोलो खेलने के मैदान, तुर्रेदार पगड़ियाँ और ह्विस्की के छोटे पेग, सुनहरी झूलों में चमचाते हाथी और भूखे मरते हुए साधु, तरह-तरह के जायकेदार सूप और बददिमाग़ मेम साहबें—इन सब में साम्राज्य का शाही सपना साकार हो उठा था। वह ख़ूबसूरत रियर-एडमिरल, जो इस वक़्त अपनी मोटर से उतर रहा था, इस सपने को चकनाचूर कर देने के लिए नं० 10 डाउनिंग स्ट्रीट बुलाया गया था।

लुई फ्रांसिस एल्बर्ट विक्टर निकोलस माउंटबैटेन, जो वाइकाउंट माउंटबैटेन ऑफ़ बर्मा की उपाधि से सुशोभित थे, 46 वर्ष की आयु में ही इंगलैंड की प्रमुखतम विभूतियों में गिने जाते थे। वह विशाल डील-डौल के आदमी थे, क़द छः फुट से कुछ अधिक ही होगा, लेकिन उनके कसरती शरीर में पेट पर चरबी की एक परत भी नहीं चढ़ पायी थी। पिछले छः वर्षों में उन्हें जो भयानक बोझ ढोना पड़ा था, उसके बावजूद उनके चेहरे पर, जिससे उनके देश के लोकप्रिय अख़बारों के लाखों पाठक भली-भाँति परिचित थे, थकन या तनाव का एक भी चिह्न नहीं था। उनका नाक-नक़्शा इतनी आश्चर्यजनक हद तक सुगढ़ और सुडौल था कि सुन्दरता के लिए ख़ास तौर पर बनाया गया नमूना मालूम होता था, और अपनी बादामी आँखों पर काले घने बालों की वजह से वह उस समय, जनवरी की उस

सुबह को, अपनी उम्र से पाँच साल छोटे लग रहे थे।

माउंटबैटेन को अच्छी तरह मालूम था कि उन्हें लन्दन क्यों बुलाया गया है। दक्षिण-पूर्व एशिया में मित्र-राष्ट्रों की सेनाओं के सर्वोच्च सेनापति के पद पर काम करने के बाद जब से वह वापस लौटे थे, तब से अपनी कमाण्ड के क्षेत्र में आने वाले राष्ट्रों की समस्याओं के बारे में सलाहकार के रूप में अकसर डाउनिंग स्ट्रीट जाते रहे थे। लेकिन जब वह पिछली बार वहाँ गये थे, तो जल्द ही प्रधानमन्त्री के प्रश्नों का केन्द्र एक ऐसा राष्ट्र बन गया था जो उनके कार्य-क्षेत्र का अंग नहीं था; वह राष्ट्र था भारत। नौजवान एडमिरल को अचानक 'बहुत ही अरुचिकर, बहुत ही बेचैनी की भावना का आभास' हुआ था। उनका अन्देशा ठीक ही निकला था। एटली उन्हें भारत का वाइसराय बनाकर भेजना चाहते थे। ब्रिटिश साम्राज्य में भारत के वाइसराय का पद सबसे महत्वपूर्ण पद था; यह एक ऐसा पद था जिस पर रहकर लगातार कितने ही अँग्रेज़ मानवजाति के पाँचवे भाग के भविष्य का निबटारा करते रहे थे। परन्तु माउंटबैटेन को उस पद पर रहकर भारत पर शासन करने का काम नहीं सौंपा जाने वाला था। उन्हें ज़ो काम सौंपा जाने वाला था, उतना कष्टदायक काम अब तक किसी अँग्रेज़ को नहीं सौंपा गया था; उन्हें भारत से हाथ खींच लेने का काम सौंपा जाने वाला था।

माउंटबैटेन को इस काम में रत्ती-भर दिलचस्पी नहीं थी। वह इस विचार से पूरी तरह सहमत थे कि अब समय आ गया था कि ब्रिटेन भारत को छोड़ दे। पर उनका मन इस विचार से विद्रोह करता था कि ब्रिटेन को उसके साम्राज्य के आधार-स्तम्भ से बाँधे रखने वाली प्राचीन कड़ियों को तोड़ने का काम उन्हें पूरा करना होगा। एटली को निरुत्साह करने के लिए उन्होंने छोटी-बड़ी कितनी ही शर्तें रखी थीं—इस माँग से लेकर कि उन्हें अपने साथ कितने सेक्रेटरी ले जाने की इजाज़त होगी, इस माँग तक कि दक्षिण-पूर्व एशिया में वह जो यार्क एम० डब्लू० 102 हवाई जहाज़ इस्तेमाल करते थे वह भी उन्हें अपने साथ ले जाने दिया जायेगा। उन्हें इस बात पर बड़ा विस्मय हुआ था कि एटली ने उनकी सभी माँगें मान ली थीं। इस समय कैबिनेट-रूम में प्रवेश करते समय एडमिरल को अब भी धुँधली-सी आशा थी कि भारतीय दायित्व उन पर थोपने की एटली की कोशिशों को वह किसी तरह विफल कर सकेंगे।

जो आदमी माउंटबैटेन की राह देख रहा था उसके निस्तेज चेहरे, लापरवाही से काटी गयी बे-तरतीब मूँछों और ट्वीड के उस बदनुमा सूट में, जिसे शायद कभी इस्तरी की सूरत देखना नसीब नहीं हुआ था, कुछ-

कुछ उसी उदास और नीरस शहर का रंग था जिसकी सड़कों को पार करती हुई एडमिरल की मोटर अभी गुज़री थी। पहली दृष्टि में तो यह विचार कुछ असंगत लगता था कि वह आदमी, जो लेबर पार्टी की ओर से ब्रिटेन का प्रधानमन्त्री था, राज-परिवार के एक चमक-दमक वाले, पोलो खेलने के शौक़ीन सदस्य को उस ब्रिटिश साम्राज्य के एक उपनिवेश में सबसे महत्वपूर्ण पद पर नियुक्त करना चाहता था, जिसे छिन्न-भिन्न कर देने के लिए लेबर पार्टी वचनबद्ध थी।

परन्तु माउंटबैटेन में उनके बाहरी रंग-रूप और चमक-दमक के अलावा और भी बहुत कुछ था। उनकी नौ-सेना की वर्दी पर लगे हुए तमगे इस बात का प्रमाण थे। आम जनता उन्हें भले ही शासन-तन्त्र का एक स्तम्भ समझती हो, पर शासन-तन्त्र माउंटबैटेन और उनकी पत्नी को खतरनाक क्रान्तिकारी समझता था। दक्षिण-पूर्व एशिया में सर्वोच्च सेनापति के पद पर काम करते हुए उन्होंने एशिया के राष्ट्रवादी आन्दोलनों के बारे में जितनी जानकारी प्राप्त कर ली थी उतनी इंगलैंड में शायद ही किसी और को रही होगी। इंडो-चाइना में हो ची मिन्ह के समर्थकों, इंडोनेशिया में सुकार्णो, बर्मा में आंग सान, मलाया में चीनी कम्युनिस्टों और सिंगापुर में उपद्रवी ट्रेड यूनियनवालों से उनका पाला पड़ चुका था। इस बात को उन्होंने अच्छी तरह जान लिया था कि यही लोग एशिया के भविष्य का प्रतिनिधित्व करते हैं; इसलिए उनका दमन करने की कोशिश करने के बजाय, जैसा कि उनके साथ काम करने वाले लोगों और मित्र राष्ट्रों के दूसरे सहयोगियों का आग्रह था, उन्होंने उनके साथ मेल-जोल पैदा करने की कोशिश की। अगर वह भारत जाते तो उन्हें उस राष्ट्रवादी आन्दोलन से निबटना पड़ता जो सबसे पुराना और सबसे असाधारण था। चौथाई शताब्दी तक बड़े जोश के साथ प्रतिरोध करने और आन्दोलन चलाने के बाद उसके नेतृत्व ने इतिहास के सबसे बड़े साम्राज्य को वह निर्णय लेने पर मजबूर कर दिया था जो एटली की पार्टी ने लिया था : यह निर्णय कि ब्रिटेन भारत को समय रहते चुपचाप छोड़कर चला आये, बजाय इसके कि इतिहास की शक्तियाँ और सशस्त्र विद्रोह उसे वहाँ से खदेड़ दें।

प्रधानमन्त्री ने भारतीय स्थिति की समीक्षा से शुरुआत की। उन्होंने कहा कि भारतीय स्थिति दिन-प्रतिदिन बिगड़ती जा रही है और समय आ गया है कि तत्काल कोई निर्णय किया जाये। यह इतिहास की बहुत बड़ी विडम्बना थी कि इस निर्णायक क्षण में जब ब्रिटेन आखिरकार भारत को स्वतन्त्रता देने पर तैयार हो गया था, उस समय उसकी समझ में यह नहीं आ

रहा था कि वह इस काम को कैसे करे। वह क्षण, जो भारत में ब्रिटेन का सबसे सुनहरा क्षण होना चाहिए था, ऐसा लगता था कि एक अत्यन्त भयानक दुःस्वप्न बन जायेगा। औपनिवेशिक मापदण्ड से किसी विजय में जितना रक्तपात होना चाहिए उसकी अपेक्षा बहुत ही कम ख़ून बहाकर ब्रिटेन ने भारत पर विजय प्राप्त की थी और उस पर शासन किया था। पर अब यह ख़तरा पैदा हो गया था कि अगर वह उसे छोड़कर चला आये तो वहाँ हिंसा का ऐसा भयानक विस्फोट हो जायेगा जैसा भारत में पिछली साढ़े तीन शताब्दियों में पहले कभी नहीं देखा गया था।

समस्या की जड़ थी भारत के 30 करोड़ हिन्दुओं और 10 करोड़ मुसलमानों की युगों की पुरानी दुश्मनी। यह संघर्ष, जो परम्परागत रूप से, धर्मों के पारस्परिक द्वेष के कारण, आर्थिक अन्तरों के कारण पनपता रहा था और बड़ी चालाकी से अँग्रेज़ों ने अपनी 'लड़ाओ और शासन करो' की नीति के ज़रिये बरसों से जिसे बढ़ावा दिया था, अब विस्फोट के बिन्दु पर पहुँच गया था। मुसलिम नेता अब यह माँग कर रहे थे कि ब्रिटेन उस एकता को, जिसे इतनी मेहनत से बनाया था, छिन्न-भिन्न कर दे, और उन्हें अलग एक इसलामी राज्य दे दे। उन्होंने चेतावनी दी थी कि अगर उन्हें उनका राज्य देने से इंकार किया गया, तो उसकी क़ीमत एशिया के इतिहास में सबसे भयानक गृहयुद्ध के रूप में चुकानी पड़ेगी।

काँग्रेस पार्टी के नेता भी, जो भारत के अधिकांश 30 करोड़ हिन्दुओं का प्रतिनिधित्व करते थे, उनकी माँगों का विरोध करने के लिए उसी तरह कमर कसे हुए थे। उनका कहना था कि उप-महाद्वीप के विभाजन का अर्थ होगा उनकी ऐतिहासिक मातृभूमि का अंग-भंग, जो प्रायः एक धार्मिक अनाचार था।

ब्रिटेन इन दो स्पष्टतः विरोधी विचारधाराओं के बीच में फँस गया था और धीरे-धीरे ऐसी दलदल में धँसता जा रहा था जिससे उबरने का कोई रास्ता दिखायी नहीं देता था। इस समस्या को हल करने के लिए ब्रिटेन की ओर से बार-बार जो कोशिशें की गयी थीं वे विफल रही थीं। परिस्थिति इतनी गम्भीर हो गयी थी कि मौजूदा वाइसराय फ़ील्ड-मार्शल सर आर्चिबाल्ड वेवेल ने, जो एक ईमानदार और खरी बात कहने वाले सिपाही थे, हाल ही में एटली सरकार को अपनी अन्तिम सिफ़ारिशें भेज दी थीं। उनका सुझाव था कि अगर और किसी तरह काम न बने तो ब्रिटेन घोषणा कर दे कि 'हमारा इरादा है कि हम अपने ढंग से, अपने मतानुसार उचित समय पर और अपने हितों की पूरी तरह रक्षा करते हुए भारत को छोड़कर चले आयें।'

एटली ने माउंटबैटेन को बताया कि ब्रिटेन और भारत बहुत बड़े विनाश की ओर अग्रसर हैं। इस परिस्थिति को इस तरह नहीं चलने दिया जा सकता। वेवेल कष्टप्रद हद तक अल्पभाषी थे और, एटली ने कहा, जिन वाचाल भारतीय नेताओं से उन्हें बातचीत करनी पड़ती थी उनसे वह कोई वास्तविक सम्पर्क नहीं स्थापित कर पाये थे।

संकट को टालने के लिए किसी नये चेहरे की, किसी नये रवैये की फ़ौरन ज़रूरत थी। एटली ने बताया कि रोज़ सुबह इण्डिया ऑफ़िस में तारों का एक पुलिन्दा आता था जिनमें भारत के किसी नये कोने में निर्द्वंद्व बर्बरता के विस्फोट की घोषणा होती थी। उन्होंने संकेत किया कि माउंटबैटेन को जिस पद पर नियुक्त करने का सुझाव रखा गया है उसे स्वीकार कर लेना उनका परम कर्तव्य है।[1]

प्रधानमन्त्री के शब्दों को सुनते समय माउंटबैटेन का मन भयानक आशंकाओं के आभास से भर उठा। वह अब भी यही समझते थे कि भारत की 'नैया पार लग ही नहीं सकती।' वह वेवेल को बहुत पसन्द करते थे और उनके बहुत प्रशंसक थे। दक्षिण-पूर्व एशिया में मित्र राष्ट्रों की सेनाओं के सर्वोच्च सेनापति की हैसियत से जब उनका नियमित रूप से

1. हालांकि माउंटबैटेन को इस बात का पता नहीं था, लेकिन उन्हें भारत भेजने के विचार का सुझाव एटली को उनके निकटतम सहयोगी, उनके चांसलर ग्रॉफ़ द एक्सचेकर, सर स्टैफ़र्ड क्रिप्स ने दिया था। यह विचार दिसम्बर में लन्दन में क्रिप्स ग्रौर कृष्ण मेनन के बीच एक गुप्त वार्ता के दौरान सामने ग्राया था; कृष्ण मेनन वामपंथी विचारों के बहुत स्पष्टवादी भारतीय थे ग्रौर कांग्रेस के नेता जवाहरलाल नेहरू के बहुत निकट थे। मेनन ने क्रिप्स ग्रौर नेहरू के सामने यह सुझाव रखा था कि जब तक वेवेल वाइसराय रहेंगे तब तक कांग्रेस भारत में किसी प्रगति की ग्राशा नहीं कर सकती। ब्रिटिश नेता के यह पूछने पर कि उनकी जगह किसे भेजा जाये, मेनन ने उस ग्रादमी का नाम बताया था जिसको नेहरू बहुत सम्मान की दृष्टि से देखते थे—लुई माउंटबैटेन का नाम। इस बात को जानते हुए कि ग्रगर भारत के मुसलिम नेताग्रों को पता चल गया कि इस पद पर माउंटबैटेन की नियुक्ति का विचार किस तरह पैदा हुग्रा था तो उनकी सारी उपयोगिता नष्ट हो जायेगी, क्रिप्स ग्रौर मेनन दोनों ने ग्रापस में यह तय किया कि वे ग्रपनी बातचीत का ब्यौरा किसी को नहीं बतायेंगे। मेनन ने क्रिप्स के साथ ग्रपनी बातचीत का ब्यौरा फ़रवरी 1973 में नयी दिल्ली में ग्रपनी मृत्यु से एक वर्ष पहले इस पुस्तक के एक लेखक के साथ ग्रपनी वार्ताग्रों के एक क्रम के दौरान बताया था।

दिल्ली आना होता था तो वह वेवेल के साथ अकसर भारत की समस्याओं के बारे में बातचीत करते थे।

माउंटबैटेन समझते थे कि वेवेल के सभी विचार सही हैं। अगर वेवेल इस काम को नहीं पूरा कर सकते, तो उनके इस काम का बीड़ा उठाने में क्या तुक है? फिर भी वह समझने लगे थे कि बच निकलने का कोई रास्ता नहीं है। उन्हें एक ऐसा पद स्वीकार करने के लिए मजबूर किया जाने वाला था जिसमें विफल होने का ख़तरा बहुत था और जिसमें युद्ध के दौरान कमायी हुई उनकी शानदार ख्याति बड़ी आसानी से मिट्टी में मिल सकती थी।

माउंटबैटेन ने भी पक्का इरादा कर लिया था कि अगर एटली ने यह पद उन पर ज़बर्दस्ती थोप ही दिया तो वह भी प्रधानमन्त्री से ऐसी राजनीतिक शर्तें मनवा लेंगे जिनसे उन्हें कम-से-कम सफलता की कुछ आशा तो रहे। वेवेल के साथ अपनी बातचीत से उन्हें कुछ-कुछ अन्दाज़ा हो गया था कि ये शर्तें क्या होंगी।

उन्होंने प्रधानमन्त्री से कहा कि वह इस पद को तब तक स्वीकार नहीं करेंगे जब तक सरकार बिलकुल दो-टूक शब्दों में सार्वजनिक रूप से यह घोषणा करने को राज़ी न हो जाये कि भारत में ब्रिटिश शासन किस तारीख को समाप्त हो जायेगा। माउंटबैटेन महसूस करते थे कि केवल इसी प्रकार भारत के सशंकित बुद्धिजीवी वर्ग को विश्वास दिलाया जा सकता है कि ब्रिटेन सचमुच भारत छोड़कर जा रहा है और भारत के नेताओं में तात्कालिक निर्णय की वह भावना पैदा की जा सकती है जो यथार्थनिष्ठ समझौते की बातचीत के लिए उन्हें तैयार करने के वास्ते ज़रूरी थी।[1]

दूसरे, उन्होंने एक ऐसी माँग रखी जिसकी किसी दूसरे वाइसराय ने स्वप्न में भी कल्पना नहीं की थी; उन्होंने यह माँग रखी कि लन्दन से हर बात पर सलाह लिये बिना और, सबसे बढ़कर, लन्दन के निरन्तर हस्तक्षेप के बिना, उन्हें अपना काम पूरा करने का पूरा अधिकार दिया जाये। नौजवान एडमिरल का कहना था कि एटली-सरकार उनके सामने निर्दिष्ट लक्ष्य तो निर्धारित कर सकती है, लेकिन उस निर्दिष्ट लक्ष्य तक पहुँचने का मार्ग निर्धारित करने और उस मार्ग पर चलने से सम्बन्धित हर फ़ैसला करने का पूरा अधिकार केवल उन्हीं को होगा।

एटली ने पूछा, 'आप राजदूत होकर सरकार से उसके सभी अधिकार

---

1. जब वेवेल दिसम्बर 1946 में लन्दन गये थे तो उन्होंने भी एटली से यही सिफ़ारिश की थी कि समय की कोई सीमा निश्चित कर दी जाये।

तो नहीं माँग रहे हैं ?'

माउंटबैटेन ने जवाब दिया, "सर, मुझे डर है कि मैं यही माँग रहा हूँ। अगर आपका मन्त्रिमण्डल लगातार मेरे सिर पर सवार रहेगा तो मैं समझौते की बातचीत कैसे चला सकता हूँ ?"

उनके इन शब्दों के बाद एक निस्तब्ध सन्नाटा छा गया। अपनी इस आश्चर्य-चकित कर देने वाली माँग के वास्तविक स्वरूप की प्रतिक्रिया प्रधानमन्त्री के चेहरे पर प्रतिबिम्बित होते देखकर माउंटबैटेन को बहुत सन्तोष हुआ और उन्हें यह आशा बँधी कि इसकी वजह से एटली अपना सुझाव वापस ले लेंगे।

लेकिन इसके बजाय प्रधानमन्त्री ने एक ठंडी आह भरकर उनकी यह शर्त भी मान लेने का संकेत दिया। एक घण्टे बाद माउंटबैटेन अपने कन्धे लटकाये हुए डाउनिंग स्ट्रीट के उस मकान के दरवाज़े से बाहर निकले। वह जानते थे कि उन्हें भारत का अन्तिम वाइसराय होने का दंड दिया जा चुका है, जो कि एक प्रकार से अपने देशवासियों के चिरपोषित शाही स्वप्न को चकनाचूर कर देने वाले की भूमिका थी।

वापस अपनी मोटर में बैठते हुए उनके मन में एक विचित्र विचार उठा। आज से ठीक सत्तर साल पहले, लगभग इसी क्षण पर, उनकी पड़नानी को दिल्ली के बाहर एक मैदान में भारत की साम्राज्ञी घोषित किया गया था।

उस अवसर पर भारत के जो राजा-महाराजा जमा हुए थे उन्होंने ईश्वर से प्रार्थना की थी कि महारानी विक्टोरिया का 'शासन और उनकी सार्वभौम सत्ता सदा के लिए बनी रहे।'

आज नववर्ष दिवस की इस सुबह को उन्हीं के एक पड़नाती ने उस प्रक्रिया का श्रीगणेश किया था जिससे उस 'शासन और सार्वभौम सत्ता का अन्त कर देने की तारीख तय कर दी जाने वाली थी।

2

'एकला चलो, एकला चलो'

श्रीरामपुर, नोआखाली, नववर्ष दिवस, 1947

डाउनिंग स्ट्रीट से छः हज़ार मील दूर बंगाल की खाड़ी से ऊपर गंगा के मुहाने में स्थित एक गाँव में एक बूढ़ा आदमी एक किसान की झोंपड़ी के कच्चे फ़र्श पर लेटा हुआ था। दोपहर के ठीक बारह बजे थे। जैसा कि उसका रोज़ का नियम था, आज भी उसने हाथ बढ़ाकर अपने एक सहायक के हाथों से कपड़े की गीली थैली ले ली। उस थैली में जो गीली मिट्टी भरी हुई थी वह छन-छनकर बाहर निकली आ रही थी और थैली से पानी टपक रहा था। बूढ़े ने बड़ी सावधानी से थैली को अपने पेट पर रखकर थपका। फिर उसने एक-दूसरी छोटी थैली लेकर अपने गंजे सिर पर रख ली।

कच्चे फ़र्श पर लेटा हुआ वह बहुत ही जीर्ण-शीर्ण छोटा-सा जीव लग रहा था। पर उसका यह बाहरी रूप एक भ्रम था। इस दुबले-पतले 77 वर्ष के बूढ़े का, जिसका चेहरा सिर पर रखी हुई गीली मिट्टी की थैली के नीचे से मुसकरा रहा था, ब्रिटिश साम्राज्य की नींव हिला देने में जितना हाथ था उतना किसी दूसरे आदमी का नहीं था। उसी की वजह से ब्रिटेन के प्रधानमन्त्री को आख़िरकार मजबूर होकर भारत को स्वतन्त्रता देने का कोई रास्ता ढूंढ निकालने के लिए महारानी विक्टोरिया के एक पड़-नाती को नयी दिल्ली भेजना पड़ा था।

मोहनदास करमचन्द गांधी पर किसी को क्रान्तिकारी होने का शक भी नहीं हो सकता था। वह संसार के सबसे असाधारण मुक्ति आन्दोलन के कोमल स्वभाव के मसीहा थे। उनके पास ही बड़ी सावधानी से साफ़

की हुई उनकी नक़ली दाँतों की बत्तीसी रखी थी, जिसे वह केवल खाना खाते समय इस्तेमाल करते थे; पास ही उनका स्टील के फ्रेम का चश्मा रखा था, जिसकी मदद से वह आमतौर पर दुनिया को देखते थे। वह बहुत ही छोटे-से हलके-फुलके आदमी थे। उनका क़द मुश्किल से पाँच फ़ुट का रहा होगा और वज़न 114 पौंड। उनके हाथ-पाँव ऐसे लगते थे मानो किसी किशोरवयस्क बालक के हों जिसका घड़ अभी पूरी तरह नहीं बढ़ पाया था। प्रकृति ने गांधी के चेहरे को शायद जान-बूझकर कुरूप बनाया था। उनके दोनों कान उनके आवश्यकता से अधिक बड़े सिर के दोनों ओर शकरदान के हैंडिल की तरह निकले हुए थे। चपटे फैले हुए नथुनों वाली उनकी नाक उनकी सफ़ेद छिदरी मूँछ पर भारी चोंच की तरह झुकी रहती थी। जिस समय वह नक़ली बत्तीसी नहीं लगाये रहते थे, तब उनके भरे-भरे होंठ उनके पोपले मसूढ़ों पर इस तरह बन्द हो जाते थे जैसे डोरीदार बटुआ। फिर भी गांधी के चेहरे पर एक विचित्र सौन्दर्य की आभा थी क्योंकि वह निरन्तर बहुत चंचल रहते थे और उस पर मैजिक लैन्टर्न की जल्दी-जल्दी बदलती हुई आकृतियों की तरह उनकी बदलती हुई मनोदशाओं और उनकी शरारत-भरी मुसकराहट का प्रतिबिम्ब झलकता रहता था।

जिस शताब्दी में चारों ओर हिंसा का बोलबाला था उसमें गांधी ने एक विकल्प के रूप में अपना अहिंसा का सिद्धान्त सामने रखा था। उन्होंने सशस्त्र विद्रोह के बजाय नैतिक आन्दोलन के सहारे, मशीनगन की गोलियों की बौछार के बजाय प्रार्थना के सहारे, आतंकवादियों के बमों के धमाकों के बजाय अवहेलनापूर्ण मौन के सहारे इस महाद्वीप से अँग्रेजों को खदेड़ देने के लिए जन-साधारण को संगठित करने के उद्देश्य से इस अस्त्र का उपयोग किया था।

जिस समय पश्चिमी यूरोप बड़े-बड़े लफ़्फ़ाज़ों के धुआँधार भाषणों और चीख़-चीख़कर बोलने वाले डिक्टेटरों की दहाड़ से गूँज रहा था, उस समय गांधी ने अपना स्वर ऊँचा उठाये बिना संसार के सबसे घने आबाद इलाक़े के करोड़ों लोगों को आन्दोलित कर दिया था। उन्होंने अपने अनुयायियों को सत्ता या अपार सम्पदा का आश्वासन देकर अपने झंडे तले जमा नहीं किया था, बल्कि यह चेतावनी दी थी : "जो लोग मेरे साथ आयें वे ख़ाली ज़मीन पर सोने के लिए, मोटा कपड़ा पहनने के लिए, भोर पहर बहुत जल्दी उठने के लिए; सीधा-सादा नीरस खाना खाकर पेट भरने और यहाँ तक कि अपना पाख़ाना स्वयं साफ़ करने के लिए तैयार रहें।" भड़कीली वर्दियों और खनकते हुए मेडलों से सजाने के बजाय उन्होंने अपने

अनुयायियों को हाथ के कते-बुने खद्दर के कपड़े पहनाये। लेकिन यह पहनावा उतनी ही आसानी से दूर से पहचाना जाता था और पहनने वालों को एकता के सूत्र में बाँधने की मनोवृत्ति पैदा करने में यह उतना ही कारगर साबित हुआ जितनी कि यूरोप के डिक्टेटरों की कत्थई या काली कमीज़ें।

अपने अनुयायियों के साथ संचार-सम्पर्क स्थापित करने के उनके साधन बहुत ही आदिम ढंग के थे। वह अपना सारा पत्र-व्यवहार स्वयं अपने हाथ से लिखकर करते थे और अपने शिष्यों से, प्रार्थना सभाओं में और काँग्रेस पार्टी की छोटी-छोटी मीटिंगों में प्रत्यक्ष बातचीत करते थे। वह किसी भी ऐसी तकनीक का सहारा नहीं लेते थे, जिसके सहारे कोरी लफ़्फ़ाज़ी करने वाले लोग या लम्बे-चौड़े सिद्धान्त बघारने वाले लोगों के गुट जन-साधारण पर अपनी बात का जादू चलाने में सफल होते हैं। फिर भी उनका सन्देश एक ऐसे राष्ट्र के कोने-कोने तक पहुँच गया जिसके पास संचार के कोई आधुनिक साधन नहीं थे, क्योंकि गांधी में ऐसे सीधे-सादे इशारों से अपनी बात कह देने की विलक्षण प्रतिभा थी जो भारत की अन्तरात्मा को छू लेते थे। ये सारे सांकेतिक आचरण परम्परा से हटकर थे। अजीब बात थी कि एक ऐसे देश में जहाँ आये-दिन अकाल पड़ता रहता था, जो शताब्दियों से भूख की लानत का शिकार था, गांधी ने जो सबसे विनाशकारी अस्त्र अपनाया था वह अपने-आपको भोजन से वंचित रखने का, अनशन का अस्त्र था। उन्होंने पानी और सोडा पी-पीकर ब्रिटेन को घुटने टेकने पर मजबूर कर दिया था।

धर्म-भीरु भारत ने उनके कृषकाय शरीर की छाया में, उनके हर आचरण की सहज प्रतिभा में एक महात्मा के लक्षण देखे और जहाँ भी वह गये, सारा देश उनके पीछे चल पड़ा। निःसन्देह वह इस शताब्दी की एक ऐसी विभूति थे जिसमें चुम्बकीय आकर्षण था। अपने अनुयायियों के लिए वह सन्त थे। अँग्रेज़ नौकरशाह, जिनकी विदाई की घड़ी को निकट लाने में उनका बहुत बड़ा हाथ था, उन्हें एक मक्कार राजनीतिज्ञ, एक ढोंगी मसीहा कहते थे, जिसके अहिंसात्मक आन्दोलनों का अन्त हमेशा हिंसा में होता था और जिसके आमरण अनशन हमेशा मृत्यु के द्वार पर पहुँचकर टूट जाते थे। वेवेल जैसा दयालु आदमी भी उनसे इसलिए नफ़रत करता था कि वह एक 'दुष्ट प्रकृति के बूढ़े राजनीतिज्ञ थे।...बहुत काइयाँ, ज़िद्दी, धौंस देने वाले और दोहरी बात कहने वाले, जिनमें सच्ची सन्त-वृत्ति नाममात्र को भी नहीं थी।'

जितने अँग्रेज़ों ने गांधी से समझौते की बातचीत की थी उनमें शायद

ही कोई ऐसा रहा होगा जिसने उन्हें पसन्द किया हो; और जिन्होंने उनको समझा हो, वे तो और भी कम रहे होंगे। उनका विस्मय समझ में आता था। गांधी महान नैतिक सिद्धान्तों और बेतुकी सनकों का एक विचित्र मिश्रण थे। उनके लिए यह कोई अनहोनी बात नहीं थी कि गम्भीर-से-गम्भीर राजनीतिक बातचीत के बीच में ब्रह्मचर्य या रोज़ नमक के पानी का जुल्लाब लेने के फ़ायदों पर प्रवचन करने लगें।

कहा जाता था कि गांधी जहाँ भी जाते थे वहीं भारत की राजधानी बन जाती थी। इस नववर्ष दिवस को यह राजधानी बंगाल के छोटे-से गाँव श्रीरामपुर में थी, जहाँ यह महात्मा मिट्टी का लेप किये पड़े थे। रेडियो, बिजली या पानी के नल जैसी किसी भी सुविधा के बिना, जहाँ से तार देने या टेलीफ़ोन करने के लिए तीस मील पैदल जाना पड़ता था, वहाँ से वह इतने विशाल महाद्वीप पर अपना सिक्का जमाये हुए थे।

नोआखाली का इलाक़ा, जिसमें श्रीरामपुर का यह गाँव बसा हुआ था, भारत के सबसे दुर्गम इलाक़ों में से था; गंगा और ब्रह्मपुत्र नदियों के डेल्टा में, जहाँ हमेशा पानी भरा रहता था, यह छोटे-छोटे द्वीपों का एक गोरख-धन्धा था। इसका कुल विस्तार मुश्किल से 40 वर्गमील था, और इसमें पच्चीस लाख लोगों की घनी आबादी थी, जिनमें से 80 प्रतिशत मुसलमान थे। ये लोग नहरों, खाड़ियों और जल-धाराओं से बँटे हुए गाँवों में घुस-पिलकर रहते थे। इन गाँवों तक नावों से, छोटी-छोटी डोंगियों से और रस्सी, लट्ठों या बाँस के उन पुलों के सहारे ही पहुँचा जा सकता था जो इस पूरे इलाक़े में बड़ी तेज़ी से बहते हुए पानी पर बहुत ख़तरनाक ढंग से झूलते रहते थे।

श्रीरामपुर में 1947 का नववर्ष-दिवस गांधी के लिए अत्यन्त सन्तोष का दिन होना चाहिए था। उस दिन वह उस लक्ष्य के बिलकुल निकट पहुँच चुके थे, जिसके लिए लड़ते हुए उन्होंने अपना अधिकांश जीवन व्यतीत कर दिया था : भारत की स्वतन्त्रता का लक्ष्य।

फिर भी अपने संघर्ष के इस गौरवशाली चरम-बिन्दु के निकट पहुँचते हुए गांधी एक अत्यन्त दुःखी मानव थे। उनकी व्यथा के कारण, इस छोटे-से गाँव में जहाँ उन्होंने पड़ाव डाला था, हर जगह स्पष्ट दिखायी देते थे। क्लीमेंट एटली की मेज़ पर रोज़ भारत से आने वाली जिन रिपोर्टों का ढेर लगा रहता था, उनमें जिन जगहों के नामों का उल्लेख रहता था, जिनका उच्चारण भी उनके लिए कठिन था, उनमें एक नाम श्रीरामपुर भी था। धर्मांध नेताओं के भड़कावे में आकर, कलकत्ता में हिन्दुओं द्वारा मुसलमानों को मौत के घाट उतार दिये जाने की ख़बरों से उत्तेजित

होकर, पूरे नोआखाली के मुसलमानों की तरह यहाँ के लोग भी अचानक अल्पसंख्यक हिन्दुओं के ख़ून के प्यासे हो उठे थे जो अब तक उनके साथ इसी गाँव में रहते आये थे। उन्होंने उनकी बोटी-बोटी काट दी, उनकी औरतों के साथ बलात्कार किया, उनके घरों को लूटा और जला दिया और अपने पड़ोसियों को उनकी पवित्र गौ-माता का मांस खाने पर मजबूर किया, और बाक़ी लोगों को धान के खेतों के पार भाग जाने पर मजबूर कर दिया। श्रीरामपुर की आधी झोंपड़ियाँ झुलसे हुए खँडहर बन चुकी थीं। जिस झोंपड़ी में गांधी लेटे हुए थे उसका भी एक हिस्सा आग से नष्ट हो चुका था।

नोआखाली की विस्फोटक घटनाएँ छुटपुट चिंगारियाँ-भर थीं, लेकिन जिन उन्मादों ने इन चिंगारियों को सुलगाया था वे आसानी से एक तूफ़ानी ज्वाला का रूप धारण कर सकते थे जो पूरे उप-महाद्वीप को फूँककर रख दे। ये बीभत्स घटनाएँ, इनसे पहले कलकत्ता में होने वाले उपद्रव और उनके बाद उत्तर-पश्चिम की ओर बिहार में होने वाले उत्पात, जहाँ उतनी ही बर्बरता के साथ बहुसंख्यक हिन्दू अल्पसंख्यक मुसलमानों पर टूट पड़े थे—यही सब घटनाएँ उस आदमी के साथ एटली की बातचीत के दौरान, जिसे वह वाइसराय बनाकर फ़ौरन नयी दिल्ली भेजना चाहते थे, उनकी चिन्ता का कारण बनी हुई थीं।

श्रीरामपुर में गांधी की उपस्थिति का कारण भी ये ही घटनाएँ थीं। इस बात से गांधी का दिल टूट गया था कि जब उनके देशवासियों की विजय की घड़ी निकट आयी तो वे साम्प्रदायिकता के उन्माद में अंधे होकर एक-दूसरे के ख़ून के प्यासे हो गये। उन लोगों ने स्वतन्त्रता के पथ पर उनका अनुसरण तो किया था, पर उस मंज़िल तक पहुँचने के लिए उन्होंने अहिंसा के जिस महान सिद्धान्त का प्रतिपादन किया था उसे वे लोग नहीं समझ पाये थे। अहिंसा के सिद्धान्त पर गांधी की अडिग आस्था थी। युद्ध की जिस विभीषिका से होकर दुनिया गुज़री थी और ऐटमी तबाही का जो भूत उसके सिर पर इस समय मँडला रहा था, वे गांधी के लिए इस बात का निर्णायक प्रमाण थे कि केवल अहिंसा ही मानव-जाति को बचा सकती है। उनकी उत्कट इच्छा थी कि नया भारत एशिया को और सारे विश्व को मनुष्य की इस दुविधा से बाहर निकलने का मार्ग दिखाये। अगर स्वयं उनके ही देशवासी उन सिद्धान्तों से विमुख हो जायें जिनको उन्होंने अपने जीवन का आधार बनाया था और उन्हें स्वतन्त्रता की मंज़िल तक पहुँचाने के लिए इस्तेमाल किया था, तो फिर गांधी की आशाओं का बाक़ी ही क्या रह जायेगा? यह एक ऐसी दुखद घटना होगी

जो स्वतन्त्रता को एक निरर्थक विजय में परिवर्तित कर देगी।

गांधी के सामने एक और दुखद घटना का भी ख़तरा था। धार्मिक आधार पर भारत को दो टुकड़ों में बाँट देना हर उस चीज़ को मुँह चिढ़ाना था जिसमें गांधी की दृढ़ आस्था थी। अपने प्रिय देश के उस बिभाजन के खिलाफ़ गांधी का रोम-रोम पुकार-पुकारकर दुहाई दे रहा था, जिसकी माँग भारत के मुसलिम राजनीतिज्ञ कर रहे थे और जिसे अब उसके कई अँग्रेज़ शासक स्वीकार करने को भी तैयार थे। गांधी के लिए भारत की जनता और वहाँ के विविध धर्म एक-दूसरे में उसी तरह अभिन्न रूप से गुँथे हुए थे जैसे पूर्वी क़ालीनों के बहुत बारीक और जटिल बेल-बूटे।

उन्होंने बार-बार कहा था, 'भारत के टुकड़े करने से पहले मेरे शरीर के टुकड़े करने होंगे!'

वह श्रीरामपुर के इस उजड़े हुए गाँव में अपनी आस्था की खोज में आये थे, रोग को सारे भारत में फैलने से रोकने का उपाय ढूँढने आये थे। जब पहली साम्प्रदायिक मार-काट के बाद भारत के हिन्दुओं और मुसलमानों के बीच एक गहरी खाई पैदा हो गयी तो उन्होंने व्यथित होकर कहा था, 'मुझे इस घनघोर अन्धकार में रोशनी की कोई किरण दिखायी नहीं देती। सत्य और अहिंसा में मेरी अडिग आस्था रही है, उनके सहारे मैंने अपने जीवन के पचास वर्ष काटे हैं, अब वे उन गुणों का परिचय देने में असमर्थ-से प्रतीत होते हैं जो मैं उनमें समझता आया हूँ।'

उन्होंने अपने अनुयायियों से कहा, 'मैं यहाँ एक नयी कार्य-प्रणाली की खोज में और उस सिद्धान्त की सार्थकता परखने आया हूँ जिसके सहारे मैं अब तक ज़िन्दा हूँ और जिसने मेरे जीवन को जीने योग्य बनाया है।'

कई दिन तक गांधी गाँव में घूम-घूमकर वहाँ के रहने वालों से बातें करते रहे, चिन्तन-मनन करते रहे और अपनी 'अन्तरात्मा की आवाज़' की प्रतीक्षा करते रहे, जो पहले भी कितनी ही बार संकट की घड़ियों में उनका पथ आलोकित कर चुकी थी। इधर कुछ दिन से उनके अनुचरों ने देखा था कि वह एक विचित्र काम में अधिकाधिक समय व्यतीत करने लगे थे—गाँव के चारों ओर के फिसलनदार चरमराते हुए लट्ठे के पुलों को पार करने का अभ्यास करने में।

उस दिन मिट्टी का लेप कर चुकने के बाद उन्होंने अपने अनुयायियों को अपनी झोपड़ी में बुलाया। अन्ततः उन्हें अपनी 'अन्तरात्मा की आवाज़' सुनायी दी थी। जिस तरह प्राचीन काल में यहाँ के हिन्दू धर्मात्मा लोग नंगे पैर महाद्वीप के आर-पार पवित्र स्थानों की तीर्थ-यात्रा के लिए

निकलते थे, उसी प्रकार गांधी ने भी घृणा की आग में झुलसे हुए नोआखाली के गाँवों में प्रायश्चित-यात्रा करने का निर्णय किया था। अपने प्रायश्चित के प्रतीक के रूप में अगले सात सप्ताह में वह 116 मील पैदल चलकर नोआखाली के 47 गाँवों में गये।

हिन्दू होते हुए भी वह क्रोध से बिफरे हुए उन मुसलमानों के बीच गाँव-गाँव, घर-घर घूमे और अपनी उपस्थिति के मरहम से उन्होंने नोआखाली की विच्छिन्न शान्ति फिर से स्थापित करने की कोशिश की।

चूँकि यह प्रायश्चित-यात्रा थी इसलिए उन्होंने आदेश दिया कि वह नहीं चाहते कि इस यात्रा में भगवान के अतिरिक्त कोई दूसरा उनके साथ हो, उनके केवल चार शिष्य उनके साथ जाने वाले थे। जिन गाँवों में वे जायें उनके निवासी उन्हें अपनी इच्छा से जो कुछ भी दान में दे दें उसी पर उन्हें निर्वाह करना था। उन्होंने कहा कि काँग्रेस और मुसिलम लीग के राजनीतिज्ञों को दिल्ली में कभी न समाप्त होने वाली बहसों में भारत के भविष्य के बारे में झगड़ने दो। जैसा हमेशा से होता आया है, भारत की समस्याओं का हल उसके गाँवों में ही मिलेगा। उन्होंने कहा, 'यह उनका "अन्तिम और सबसे बड़ा प्रयोग" होगा। यदि रक्तपात और कटुता से अभिशप्त उन गाँवों में वह "अच्छे पड़ोसियों जैसे सम्बन्धों की ज्योति फिर से जगाने" में सफल हुए तो शायद इन गाँवों का उदाहरण पूरे राष्ट्र को प्रेरणा प्रदान कर सके।' वह प्रार्थना कर रहे थे कि यहाँ नोआखाली में वह अहिंसा का दीप फिर जलाने में सफल हों और साम्प्रदायिक युद्ध के उस भूत को भगा दें जो भारत पर मँडला रहा था।

उनकी टोली ने भोर पहर अपनी यात्रा आरम्भ की। गांधी की उन्नीस-वर्षीया पौत्री मनु ने उनका थोड़ा-बहुत सामान बाँध दिया : एक क़लम और काग़ज़, सुई-धागा, एक मिट्टी का प्याला और लकड़ी का चम्मच, उनका चर्खा और उनके तीन गुरु—हाथी दाँत की बनी हुई उन तीन बन्दरों की छोटी-छोटी आकृतियाँ जो 'न कोई बुरी बात सुनते थे, न कोई बुरी बात देखते थे, और न कोई बुरी बात कहते थे।' उसने एक थैले में वे किताबें भी बाँध दीं जिनसे पता चलता था कि जंगलों में भटकने वाला यह राही कितना उदार और ग्रहणशील था। ये पुस्तकें थीं—भगवद्गीता, क़ुरान, ईसा मसीह का आचरण तथा उनके सिद्धान्त, और यहूदी विचारों की एक पुस्तक।

गांधी के पीछे-पीछे यह छोटी-सी टोली धूल-भरी कच्ची पगडंडियों के रास्ते पोखरों और सुपारी तथा नारियल के झुरमुटों के पास से होती हुई दूर धान के खेतों की ओर आगे बढ़ी। श्रीरामपुर के गाँव वाले झुकी

कमर के इस 77-वर्षीय बूढ़े के अन्तिम दर्शन के लिए लपक पड़े, जो अपने खोये हुए सपने की खोज में बाँस की एक लम्बी लाठी लिये लम्बे-लम्बे डग भरता हुआ आगे बढ़ता जा रहा था।

जब गांधी की यह टोली कटे हुए धान के खेतों के पार आँख से ओझल होने लगी तो गाँव वालों ने उन्हें रवीन्द्रनाथ टैगोर की एक महान कविता बड़ी लय के साथ गाते हुए सुना। यह इस बूढ़े नेता की प्रिय कविता थी और जब वह आँख से ओझल हो गये तब भी वे धान के खेतों के पास से आती हुई उनकी ऊँची बेसुरी आवाज़ सुनते रहे।

वह गा रहे थे :

यदि तोर डाक सुने केऊ ना आशे,
तबे एकला चालो रे,
एकला चालो, एकला चालो, एकला चालो।

भाइयों के बीच आपस का यह रक्तपात, जिसे गांधी रोकने की आशा कर रहे थे, भूख की तरह ही भारत का सबसे क्रूर अभिशाप था। हिन्दुओं के महाकाव्य **महाभारत** में ईसा से 2,500 वर्ष पूर्व दिल्ली से उत्तर-पश्चिम की ओर कुरुक्षेत्र के मैदान में ऐसे ही भयानक नर-संहार का वर्णन किया गया था। हिन्दू धर्म भारत में वे इंडो-यूरोपीय गिरोह लाये थे जो इस उप-महाद्वीप को उसके द्रविड़ अर्ध-आदिवासियों से छीनने के लिए उत्तर की ओर से इस देश पर टूट पड़े थे। इसके मनीषियों ने अपने पवित्र वेद ईसा के जन्म से शताब्दियों पहले सिन्धु नदी के तट पर बैठकर लिखे थे।

पैग़म्बर मुहम्मद का धर्म यहाँ आया बहुत बाद में, उस समय के भी बाद जब चंगेज़ खाँ और तैमूरलंग की फ़ौजें गंगा के विशाल मैदान पर हिन्दुओं के आधिपत्य को कमज़ोर करने के लिए खैबर दर्रे के रास्ते दनदनाती हुई घुस आयी थीं। दो शताब्दी तक मुसलमान मुग़ल सम्राट अधिकांश भारत पर अपना ऐश्वर्यपूर्ण तथा कठोर शासन जमाये रहे, और अपनी फ़ौजों की प्रगति के साथ-ही-साथ वाहिद-उल-लाशरीक और रहमानुर्रहीम अल्लाह का सन्देश भी प्रसारित करते रहे।

इस प्रकार इस उप-महाद्वीप पर स्थापित दोनों महान धर्म एक-दूसरे से इतने भिन्न थे कि उससे अधिक भिन्नता मनुष्य की धर्मपरायणता की शाश्वत वृत्ति की अभिव्यक्तियों में सम्भव ही नहीं थी। इसलाम एक व्यक्ति, अर्थात पैग़म्बर मुहम्मद, और एक सुस्पष्ट धर्मग्रन्थ, अर्थात क़ुरान, पर आधारित था। हिन्दुत्व ऐसा धर्म था जिसका कोई संस्थापक नहीं था,

जिसके पास कोई ऐसी सत्यवाणी नहीं थी जो देवलोक से उतरी हो, जिसका कोई जड़-सिद्धान्त नहीं था, जिसकी कोई सुनिश्चित उपासना-पद्धति नहीं थी, जिसकी कोई गिरजाघरों जैसी सुगठित व्यवस्था भी नहीं थी। इसलाम के अनुसार ख़ालिक (सृष्टा) अपनी मख़्लूक़ (सृष्टि) से अलग रहकर अपने सृजन को सुव्यवस्थित करता था और उसका अधिष्ठाता था। हिन्दुओं के अनुसार सृष्टा तथा उसकी सृष्टि एक ही थे, एक-दूसरे से अभिन्न थे, और ईश्वर एक प्रकार की सर्वव्यापी ब्रह्म-शक्ति थी जिसकी अभिव्यक्तियों की कोई सीमा नहीं थी।

परन्तु हिन्दुओं और मुसलमानों के बीच सद्भावना के मार्ग में सबसे बड़ी बाधा आध्यात्मिक नहीं बल्कि सामाजिक थी। वह बाधा थी हिन्दू समाज को व्यवस्थित करने वाली जाति-प्रथा। वैदिक धर्म-ग्रन्थों के अनुसार जातियों की उत्पत्ति सृष्टि के रचयिता ब्रह्मा से हुई थी। ब्राह्मण, जो सबसे ऊँचे वर्ण के थे, ब्रह्मा के मुख से पैदा हुए थे; क्षत्रिय, जो योद्धा और शासक थे, उनकी भुजाओं से पैदा हुए थे; वैश्य, जो व्यापारी थे, उनकी जाँघ से पैदा हुए थे; शूद्र, जो कारीगर थे, उनके चरणों से पैदा हुए थे। उनसे भी नीचे अछूत थे जो दैवी स्रोत से उत्पन्न नहीं हुए थे।

परन्तु वर्ण-व्यवस्था की उत्पत्ति उतनी दैवी नहीं थी जितनी कि वेदों में बतायी गयी थी। यह एक ऐसी योजना थी जिसे हिन्दू धर्म के आर्य-संस्थापकों ने भारत के काले रंग के द्रविड़ निवासियों को दास बनाये रखने के लिए अपनाया था। 'वर्ण' शब्द का अर्थ है रंग, और शताब्दियों बाद भी भारत के अछूतों का काला रंग इस बात का जीता-जागता प्रमाण बना रहा कि इस व्यवस्था का वास्तविक स्रोत क्या था।

समाज के ये पाँच मूल विभाजन कैंसर की कोशिकाओं की तरह बढ़ते-बढ़ते लगभग 5,000 उप-वर्णों में बँट गये, जिनमें से 1886 तो केवल ब्राह्मणों के ही थे। प्रत्येक व्यवसाय की अपनी अलग जाति हो गयी, और समाज असंख्य छोटी-छोटी संकुचित श्रेणियों में बँट गया; हर व्यक्ति अपने जन्म के आधार पर अपनी ही श्रेणी में काम करने, रहने, विवाह करने और मरने के लिए विवश था। इनकी परिभाषाएँ इतनी सुनिश्चित तथा सुस्पष्ट थीं कि लोहा गलाने वाले की कोई एक जाति होती थी, तो लोहा पीटकर उससे तरह-तरह की चीज़ें बनाने वाले की दूसरी।

वर्ण-व्यवस्था से ही जुड़ी हुई एक दूसरी संकल्पना है जो हिन्दू धर्म में आधारभूत स्थान रखती है—पुनर्जन्म। हिन्दू यह विश्वास करते हैं कि उनका शरीर उनकी आत्मा का एक परिधान मात्र है।

प्रत्येक जीवन उसकी आत्मा की अनन्त पार यात्रा के दौरान उस के अनेक रूपों में से केवल एक रूप होता है; यह एक ऐसी शृंखला है जो ब्रह्माण्ड के किसी धुँधले अस्पष्ट स्रोत से आरम्भ होकर फिर उसी ब्रह्माण्ड के किसी धुंधलके में खो जाती है। कर्म अर्थात प्रत्येक मर्त्य जीवनकाल के पाप तथा पुण्य का संचय, आत्मा का निरन्तर भार होता है। उसी से यह निर्धारित होता है कि अपने अगले जन्म में आत्मा वर्ण-सोपान में ऊपर की ओर चढ़ेगी या नीचे की ओर गिरेगी। वर्ण-व्यवस्था भारत के सामाजिक अन्यायों को दैवी समर्थन प्रदान करके उन्हें सदा के लिए बनाये रखने का बेहतरीन उपाय था। जिस तरह मध्य-युग में ईसाइयों के गिरजाघरों ने किसानों को यह सलाह दी थी कि वे परलोक की चिन्ता में लगे रहकर अपने इस जीवन की विपदाओं को भुला दें, उसी प्रकार हिन्दू धर्म भी भारत के विपदाग्रस्त पीड़ित लोगों को यही परामर्श देता आया था कि वे अपनी वर्तमान दशा को चुपचाप यह सोचकर स्वीकार कर लें कि वह इस बात का सबसे अच्छा आश्वासन है कि अगले जन्म में उनकी नियति इससे अच्छी होगी।

मुसलमानों के लिए, जो इसलाम को मोमिनों (धर्म पर आस्था रखने वालों) की एक तरह की बिरादरी मानते थे, यह पूरी व्यवस्था एक लानत थी। इसलाम जैसे उदार और सबका स्वागत करने वाले धर्म ने जब अपनी भ्रातृत्वपूर्ण बाँहें फैलायीं तो लाखों लोग अपना धर्म बदलकर भारत के मुग़ल शासकों की मसजिदों की ओर खिंचने लगे। अनिवार्य रूप से इनमें बहुत बड़ी संख्या अछूतों की थी, जो इसलाम की बिरादरी में अपने लिए वह स्वीकृति ढूंढ रहे थे, जो स्वयं उनका धर्म उन्हें किसी दूसरे दूरस्थ जन्म में ही देने की आशा बँधा सकता था।

अठारहवीं शताब्दी के आरम्भ में मुग़ल साम्राज्य के पतन के साथ ही भारत के एक कोने से दूसरे कोने तक हिन्दू शौर्य के नवोत्थान की एक लहर दौड़ गयी, और उसके साथ ही एक और लहर भी उठी जिसमें हिन्दू और मुसलमान एक-दूसरे का ख़ून बहाने लगे। ब्रिटेन ने विजेता के रूप में अपनी उपस्थिति से इस युद्धरत उप-महाद्वीप पर अपनी 'ब्रिटिश शान्ति' तो थोप दी, लेकिन दोनों सम्प्रदाय पारस्परिक अविश्वास तथा संशय के जिस वातावरण में रहते आये थे वह पूर्ववत बना रहा। हिन्दू इस बात को नहीं भूले कि अधिकांश मुसलमान उन अछूतों की सन्तान थे जो अपनी विपदाओं से छुटकारा पाने के लिए हिन्दू धर्म छोड़कर भाग गये थे। सवर्ण हिन्दू किसी मुसलमान के सामने भोजन छूते तक नहीं थे। अगर कोई मुसलमान किसी हिन्दू के चौके में चला जाता

तो सारा चौका भ्रष्ट हो जाता। किसी मुसलमान का हाथ छू जाने मात्र पर ब्राह्मण को घण्टों पूजा-पाठ करना पड़ता, तब कहीं वह शुद्ध हो पाता।

नोआखाली के जिन गाँवों में गांधी जाने वाले थे उनमें हिन्दू और मुसलमान दोनों ही रहते थे, ठीक उसी तरह जैसे भारत के उत्तरी भाग में बिहार, उत्तर प्रदेश और पंजाब के हज़ारों गाँवों में। लेकिन वे भौगोलिक रूप से बँटी हुई अलग-अलग बस्तियों में रहते थे। यह सीमा सड़क या पगडंडी के रूप में होती थी, जिसके एक ओर कोई हिन्दू नहीं रहता था और दूसरी ओर कोई मुसलमान नहीं रहता था।

दोनों सम्प्रदायों के लोग सामाजिक स्तर पर आपस में मिलते-जुलते थे, एक-दूसरे के त्योहारों में भाग लेते थे और काम करने के अपने मामूली औज़ार भी मिल-बाँटकर इस्तेमाल करते थे। ऐसा लगता था कि आपस में उनका मिलना-जुलना बस यहीं तक सीमित था। आपस में विवाह होने का तो प्रायः सवाल ही नहीं उठता था। दोनों सम्प्रदायों के लोग अलग-अलग कुँओं से पानी भरते थे और सवर्ण हिन्दू अपने कुएँ से कुछ गज़ ही की दूरी पर स्थित मुसलमानों के कुएँ का पानी पीने के बजाय प्यासा मर जाना बेहतर समझता था। पंजाब में हिन्दू बच्चे जो थोड़ा-बहुत ज्ञान प्राप्त करते थे, वह उन्हें गाँव के पंडित से मिलता था जो उन्हें ज़मीन पर गेहूँ की डंठल से लिखकर पंजाबी के कुछ शब्द लिखना सिखा देता था। उसी गाँव के मुसलमान बच्चे थोड़ा-बहुत इल्म मस्जिद में शेख़जी से प्राप्त कर लेते थे, जो एक दूसरी ही भाषा अरबी में क़ुरान पढ़कर उन्हें रटाते रहते थे। गौ-मूत्र और विभिन्न जड़ी-बूटियों से बनने वाली आदिम ढंग की दवाएँ भी, जिनकी सहायता से वे दोनों उन्हीं बीमारियों से जूझते थे, प्राकृतिक चिकित्सा की दो अलग-अलग प्रणालियों पर आधारित थीं।

इन सामाजिक तथा धार्मिक विषमताओं में एक और भी अधिक फूट डालने वाली, और भी अधिक घातक विषमता जुड़ गयी थी—आर्थिक विषमता। ब्रिटिश शिक्षा और पाश्चात्य विचारधारा ने भारत को जो अवसर प्रदान किये थे उनका लाभ हिन्दुओं ने मुसलमानों की अपेक्षा कहीं अधिक तेज़ी से उठाया था। इसका परिणाम यह हुआ कि सामाजिक स्तर पर तो मुसलमानों के साथ अँग्रेज़ों की बहुत अच्छी निभती थी, लेकिन

उनकी ओर से भारत की प्रशासन-व्यवस्था हिन्दू चलाते थे।[1] वे ही भारत के व्यापारी, महाजन, प्रशासक और डॉक्टर, वकील तथा अध्यापक आदि थे। पारसियों के साथ मिलकर, जो ज़रतुश्त्र के मानने वाले प्राचीन फ़ारस के अग्निपूजकों के वंशज थे, हिन्दुओं ने बीमे तथा बैंकों के कारोबार पर, बड़ी-बड़ी तिजारतों पर और भारत के मुट्ठी-भर उद्योगों पर अपना एकाधिकार जमा रखा था।

शहरों में और छोटे-छोटे क़स्बों में हिन्दू ही प्रभुत्वशाली वाणिज्यिक वर्ग थे। सूदख़ोर महाजन की व्यापक भूमिका भी लगभग हर जगह ही हिन्दू ही निभाते थे, कुछ तो इसलिए कि इस काम के प्रति उनकी सहज रुचि थी, और कुछ इसलिए कि क़ुरान में मुसलमानों को सूदख़ोरी से मना किया गया था।

मुसलमानों में उच्च-वर्गों के लोगों में, जिनमें से बहुत-से मुग़ल आक्रमणकारियों के वंशज थे, ज़मींदार और सिपाही बने रहने की ही प्रवृत्ति थी। भारतीय समाज की गहरी जमी हुई परम्पराओं के कारण मुसलिम जन-साधारण हज़रत मुहम्मद के धर्म में भी उन भूमिकाओं से शायद ही कभी बचकर निकल पाते थे जो वर्ण-व्यवस्था ने शिव के धर्म में उनके पूर्वजों को सौंप रखी थीं। वे आमतौर पर देहात में हिन्दुओं या मुसलमानों की सेवा करने वाले भूमिहीन किसान, या शहरों में हिन्दू मालिकों की सेवा करने वाले मज़दूर और छोटे-मोटे दस्तकार थे।

इस आर्थिक प्रतिद्वंद्विता ने दोनों सम्प्रदायों के बीच खड़ी हुई सामाजिक और धार्मिक दीवारों को और ऊँचा कर दिया था और जिस नर-संहार ने श्रीरामपुर की शान्ति को छिन्न-भिन्न कर दिया था वैसे नर-संहार आये दिन की घटना हो गये थे। दोनों ही सम्प्रदायों के पास छोटे-छोटे उकसावों के ऐसे उपाय थे जिनकी मदद से वे इस तरह की मार-काट शुरू कर देते थे।

हिन्दुओं के पास गाने-बजाने का हथियार था। मसजिदों के शान्त गम्भीर वातावरण में जब नमाज़ पढ़ी जाती थी तो उसके साथ किसी तरह का संगीत नहीं होता था और मोमिनों की नमाज़ के अस्फुट स्वरों में संगीत की लहरों का मिलना ख़ुदा की बहुत बड़ी तौहीन समझा जाता था। अपने मुसलमान पड़ोसियों को भड़काने के लिए हिन्दुओं के पास

1. भारत के सिपाही-विद्रोह में मुसलमानों की जो भूमिका रही थी, उसके कारण उनकी बिरादरी को 1857 के बाद दो-तीन दशक तक ढके-छुपे ढंग से दंडित किया जाता रहा।

सबसे अचूक अस्त्र यह था कि जुमे की नमाज़ के समय मसजिद के बाहर बैंड बजवा दें।

मुसलमानों का जो सबसे प्रिय उकसावा था उसका सम्बन्ध एक पशु से था, एक ऐसे मटमैले रंग के मरियल दुबले-पतले पशु से जो भारत के हर शहर, क़स्बे और गाँव की गलियों में रंभाता हुआ घूमता रहता है, उसके खेतों में निरुद्देश्य फिरता रहता है, जो हिन्दुओं की सबसे रहस्यमयी उपासना का पात्र था, अर्थात पवित्र गौ-माता।

गाय के प्रति श्रद्धा की परम्परा प्राचीन काल से चली आ रही है, उस समय से जब दूसरे भू-खण्डों से आकर इस उप-महाद्वीप में बसने वाली इण्डो-यूरोपीय पशुपालक जातियों की सुख-समृद्धि इस पर निर्भर थी कि उनके पशुओं के गल्ले कितने सशक्त थे। जिस प्रकार प्राचीन जूडिया के यहूदी रब्बियों ने अपने लोगों को सुअर का मांस खाने से मना कर दिया था ताकि वे उससे पैदा होने वाले ट्रिचिनोसिस नामक रोग से बचे रहें, उसी प्रकार प्राचीन भारत के साधुओं ने गाय को पवित्र घोषित कर दिया ताकि दुर्भिक्ष के दिनों में उन पशुओं का वध न किया जाये, जिन पर यहाँ का अस्तित्व निर्भर था।

फलस्वरूप, 1947 में भारत में ढोरों की संख्या संसार में सबसे अधिक थी; कुल मिलाकर 20 करोड़ मवेशी थे, अर्थात भारत की जनसंख्या के आधे और अमेरिका की जनसंख्या से अधिक। चार करोड़ गायें मिलकर इतना थोड़ा दूध देती थीं कि प्रति पशु प्रतिदिन मुश्किल से आधा सेर पड़ता होगा। इसके अलावा 4-5 करोड़ बोझा ढोने वाले पशु थे जो बैलगाड़ियाँ खींचते थे या हल जोतते थे। बाक़ी लगभग 10 करोड़ बाँझ और बेकार मवेशी थे जो खेतों में और भारत के गाँवों और शहरों में मारे-मारे फिरा करते थे। प्रतिदिन उनके कभी न रुकने वाले जबड़े इतना अनाज चर जाते थे जो भुखमरी के कगार पर जीवन व्यतीत करने वाले एक करोड़ भारतवासियों का पेट भरने के लिए काफ़ी था।

और कुछ नहीं तो अपने को जीवित रखने की सहज वृत्ति के कारण ही यहाँ के निवासियों को इन पशुओं से छुटकारा पा लेना चाहिए था। लेकिन अन्धविश्वास की जड़ें इतनी गहरी और मज़बूत थीं कि गौ-वध उन्हीं भारतवासियों के लिए एक घृणित काम बना रहा, जो केवल इसलिए भूखे मर रहे थे कि इन पशुओं का निरर्थक अस्तित्व बना रहे। गांधी तक यही मानते थे कि गाय की रक्षा करना मनुष्य के इस कर्तव्य का ही एक अंग हैं कि वह ईश्वर की हर रचना की रक्षा करे।

मुसलमानों के लिए यह कल्पना ही अरुचिकर थी कि कोई मनुष्य

अपने को इतना नीचा गिरा ले कि वह एक मूक पशु की उपासना करने लगे। उन्हें रंभाती हुई, रस्सा तुड़ाकर भागती हुई गायों के झुण्ड को हाँककर हिन्दू मन्दिर के मुख्य द्वार के सामने से क़साईख़ाने ले जाने में अत्यन्त कुत्सापूर्ण आनन्द आता था। कई शताब्दियों के दौरान उन दंगों में, जो इस प्रकार के हर उकसावे के बाद अकसर होते रहते थे, हज़ारों इंसान इन्हीं पशुओं की तरह मौत के घाट उतर गये थे।

जब तक भारत में अँग्रेज़ों का शासन रहा, उन्होंने एक ओर तो इन दोनों सम्प्रदायों के बीच एक ऐसा सन्तुलन बनाये रखा जो ज़रा-सी ठेस लगने से टूट सकता था, और इसके साथ ही दूसरी ओर अपने शासन के बोझ को हलका करने के लिए उनके इस वैमनस्य को एक साधन के रूप में इस्तेमाल किया। शुरू-शुरू में, भारत की स्वतन्त्रता की मुहिम विशिष्ट बुद्धिजीवी वर्ग तक सीमित थी, जिसमें हिन्दू और मुसलमान अपने साम्प्रदायिक मतभेद भुलाकर एक समान लक्ष्य की ओर कंधे-से-कंधा मिलाकर आगे बढ़ रहे थे। विचित्र विडंबना है कि इस मतैक्य को गांधी ने ही छिन्न-भिन्न कर दिया था।

पृथ्वी के सबसे अधिक आध्यात्मिक भू-खण्ड में यह अनिवार्य था ही कि स्वतन्त्रता का संघर्ष एक धार्मिक आन्दोलन का रूप धारण कर ले, और गांधी ने उसे यही रूप दे दिया था। कोई भी व्यक्ति उतना सहिष्णु नहीं था, धार्मिक दुराग्रह के कलंक से सचमुच उतना मुक्त नहीं था जितना कि गांधी थे। वह जी-जान से यही चाहते थे कि मुसलमानों को अपने आन्दोलन के हर चरण में अपने साथ रखें। लेकिन वह हिन्दू थे और ईश्वर के प्रति गहरी आस्था उनके अस्तित्व का सार था। अनिवार्य रूप से, अनचाहे ही गांधी की कांग्रेस के आन्दोलन पर हिन्दुत्व का रंग चढ़ता गया, जिससे मुसलमानों के मन में सन्देह पैदा होने लगे।

यह सन्देह इस वजह से और भी मज़बूत हो गये कि ब्रिटिश शासन में चुनावों से होने वाले लाभों में संकीर्ण विचारों वाले स्थानीय कांग्रेस नेता अपने मुसलमान प्रतिद्वंद्वियों को हिस्सा नहीं देते थे। मुसलमानों के मन में एक हौआ समा गया—स्वतन्त्र भारत में वे हिन्दू बहुमत के शासन के अथाह समुद्र में डूब जायेंगे और उसी देश में, जहाँ उनके मुग़ल पूर्वज किसी ज़माने में शासन करते थे, वे शक्तिहीन अल्पसंख्यकों का निकृष्ट जीवन व्यतीत करने पर मजबूर हो जायेंगे।

इस दुर्भाग्य से बच निकलने की उन्हें एंक सम्भावना दिखायी देती थी कि इसी उप-महाद्वीप में एक अलग इसलामी राष्ट्र की स्थापना हो जाये। यह विचार कि भारत के मुसलमान अलग अपने राज्य की स्थापना

करें, पहली बार कैम्ब्रिज में नं० 3 हंबर्स्टन रोड पर एक मामूली-से अँग्रेज़ी बँगले में टाइप करने के काग़ज़ के साढ़े चार पन्नों पर औपचारिक रूप से प्रतिपादित किया गया था। इस विचार का प्रणेता एक चालीस-वर्षीय भारतीय मुसलिम ग्रेजुएट छात्र था जिसका नाम था रहमत अली; उसके इस सुझाव के ऊपर 28 जनवरी 1933 की तारीख़ पड़ी हुई थी। रहमत अली ने लिखा था कि यह धारणा 'एक सफ़ेद झूठ' है कि भारत एक राष्ट्र है। उसने नारा दिया कि उत्तर-पश्चिम भारत के उन प्रान्तों—पंजाब, कश्मीर, सिन्ध, सीमा प्रान्त और बलूचिस्तान—को मिलाकर, जहाँ मुसलमानों का बहुमत है, एक मुसलिम राष्ट्र का निर्माण किया जाये। उसने अपने इस नये राज्य के लिए एक नाम भी सुझाया था। जिन प्रान्तों को मिलाकर यह राज्य बनाया जाने वाला था उनके नामों के आधार पर उसने इस राज्य का नाम रखा था 'पाकिस्तान' अर्थात पवित्र भूमि।

उसने एक अनुपयुक्त परन्तु जोशीली उपमा देते हुए अपने इस सुझाव के अन्त में लिखा, "हम हिन्दू राष्ट्रवाद की सूली पर अपने प्राण देने को तैयार नहीं हैं।"

जब मुसलिम लीग ने, जिसमें सारी मुसलिम राष्ट्रवादी आकांक्षाएँ केन्द्रित थीं, रहमत अली के इस सुझाव को अपना लिया तो धीरे-धीरे वह भारत के मुसलिम जन-साधारण के मन में भी बैठता गया। काँग्रेस के उन बहुसंख्यक हिन्दू नेताओं के अंधे राष्ट्रवादी रवैये के कारण, जो अपने मुसलिम शत्रुओं के साथ किसी तरह की रिआयत करने को तैयार नहीं थे, यह सुझाव फूलता-फलता रहा।

वह घटना जिसने भारत के हिन्दू और मुसलिम सम्प्रदायों की प्रतिद्वंद्विता को बड़ी तेज़ी से हिंसा में परिवर्तित कर दिया, 16 अगस्त 1946 को घटी थी, उससे ठीक पाँच महीने पहले जब महात्मा गांधी ने अपनी यह प्रायश्चित-यात्रा आरम्भ की थी। घटनास्थल था ब्रिटिश साम्राज्य का दूसरा सबसे बड़ा शहर, कलकत्ता, जो हिंसा और बर्बरता के मामले में अपनी ख्याति के लिए बेजोड़ था। कलकत्ता, जिसके 'ब्लैक होल' काण्ड की चर्चा चारों ओर थी, अँग्रेज़ों की कई पीढ़ियों के लिए भारतीय क्रूरता का पर्याय रह चुका था।

कलकत्ता के एक निवासी ने एक बार कहा था कि कलकत्ता की गन्दी बस्तियों में किसी अछूत के घर पैदा होना ही नरक है। इन गन्दी बस्तियों की आबादी जितनी घनी थी उतनी दुनिया में और कहीं नहीं थी; ये बस्तियाँ ऐसी विपदाओं के गन्दे बदबूदार नाबदान थीं जिनकी मिसाल

कहीं और नहीं मिलती। हिन्दू और मुसलिम टोले बिना किसी तर्क या योजना के एक-दूसरे में गुंथे हुए थे।

16 अगस्त को बहुत सबेरे ही मुसलमानों की भीड़ें धार्मिक उन्माद से चीख़ती हुई अपनी गन्दी बस्तियों से निकल पड़ी थीं। सभी के हाथों में लाठियाँ, लोहे की छड़ें, बेलचे या कोई-न-कोई ऐसा हथियार ज़रूर था जिससे किसी इंसान की खोपड़ी खोली जा सके। ये लोग मुसलिम लीग की इस ललकार पर सड़कों पर निकल आये थे कि 16 अगस्त को 'सीधी कार्रवाई का दिन' मनाया जाये, ताकि अँग्रेज़ों और काँग्रेस पर यह साबित किया जा सके कि भारत के मुसलमान इस बात के लिए तैयार हैं कि 'अगर ज़रूरी हो तो वे "सीधी कार्रवाई" से भी अपने लिए पाकिस्तान हासिल कर लें।'

उन्हें रास्ते में जो भी हिन्दू मिलता उसका वे बड़ी बर्बरता से वहीं कचूमर निकाल देते और लाश शहर की खुली नालियों में फेंक देते। भयभीत पुलिस ऐसे ग़ायब हो गयी जैसे गधे के सिर से सींग। शीघ्र ही शहर में बीसियों जगहों से काले धुएँ के बादल उठने लगे और आसमान पर छा गये। ये हिन्दू बाजार जल रहे थे।

कुछ देर बाद हिन्दू भीड़ें निहत्थे मुसलमानों को मौत के घाट उतारने के लिए ढूँढती हुई अपने टोलों से एक तूफ़ानी लहर की तरह निकल पड़ीं। हिंसा के अपने पूरे इतिहास में कलकत्ता ने पहले कभी इतनी बर्बरता और इतनी मानव-दुष्टता से भरे हुए 24 घंटे नहीं देखे थे। पानी में भीगे हुए लट्ठों की तरह बीसियों फूली हुई लाशें हुगली नदी में बहती हुई समुद्र की ओर जा रही थीं। बहुत-सी बुरी तरह कटी-फटी लाशें शहर की सड़कों पर बिखरी पड़ी थीं। हर जगह कमज़ोर और बे-सहारा लोग ही सबसे ज़्यादा मारे गये। एक चौराहे पर कई मुसलमान रिक्शा वालों की लाशें एक लाइन से पड़ी हुई थीं, जिन्हें पीट-पीटकर मार डाला गया था। वे अपने रिक्शों के दो डंडों के बीच बैठे किसी सवारी के आ जाने की राह देख रहे थे जब हिन्दुओं की एक भीड़ उन पर टूट पड़ी थी। यह क़त्लेआम ख़त्म होते-होते शहर पर गिद्धों का क़ब्ज़ा हो चुका था। उनके गन्दे मटियाले झुण्ड असमान पर मँडला रहे थे और बीच-बीच में शहर के 6,000 मुर्दों की लाशों से अपना पेट भरने के लिए नीचे की ओर झपट पड़ते थे।

कलकत्ता के इस क़त्ले-आम की देखा-देखी नोआखाली में ख़ून-ख़राबा शुरू हो गया जहाँ गांधी थे, बिहार में और उप-महाद्वीप के दूसरे सिरे पर बम्बई में भी मारकाट शुरू हो गयी।

इन घटनाओं ने भारत के इतिहास की दिशा बदल दी। बरसों से मुसलमानों द्वारा दी गयी धमकी कि अगर उन्हें अलग राज्य न दिया गया तो भारत में ख़ून की नदियाँ बह जायेंगी, आखिरकार एक भयानक सत्य बनकर सामने आ गयी। अचानक भारत के सामने गृहयुद्ध का वही भयानक दृश्य उभरने लगा जिससे दुखी होकर गांधी नोआखाली के जंगलों में भटक रहे थे।

एक दूसरे आदमी के लिए, उस कठोर और प्रतिभाशाली वकील के लिए जो चौथाई शताब्दी तक गांधी का सबसे बड़ा मुसलिम शत्रु रहा था, यह सम्भावना एक ऐसा औज़ार बन गयी जिससे भारत के टुकड़े किये जा सकते थे। स्वयं उनके अपने लोगों के लिखे हुए इतिहास को छोड़कर और किसी भी इतिहास में मुहम्मद अली जिन्ना को वह ऊँचा स्थान नहीं दिया जायेगा जो उनकी सफलताओं के कारण उन्हें मिलना चाहिए। फिर भी गांधी या और किसी भी व्यक्ति से अधिक भारत के भविष्य की कुंजी उन्हीं के हाथों में थी। महारानी विक्टोरिया के पड़नाती का पाला भारत पहुँचने पर इसी कठोर और अड़ियल मुसलिम मसीहा से पड़ने वाला था, जो अपनी जनता को दूसरों की भूमि पर अपने ख़्वाबों की जन्नत बसाने के लिए ले जा रहा था।

अगस्त 1946 में बम्बई के बाहर एक शामियाने में इसी आदमी ने मुसलिम लीग के अपने अनुयायियों को सीधी कार्रवाई के दिन का मतलब समझाया था। उसने घोषणा की थी कि अगर काँग्रेस लड़ना चाहती है तो भारत के मुसलमान 'बिना किसी झिझक के उनकी इस पेशकश को मंज़ूर कर लेंगे।'

अपने पीले बे-जान होठों को भींचकर क्रूर मुसकराहट के साथ और अपनी पैनी आँखों में दबे हुए आक्रोश की चमक लिये हुए जिन्ना ने उस दिन काँग्रेस को और अँग्रेज़ों को खुली चुनौती दी थी।

उन्होंने क़सम खायी थी—'हम हिन्दुस्तान को बँटवा देंगे या फिर हिन्दुस्तान को तबाह कर देंगे।'

3

'भारत को भगवान के भरोसे छोड़ दो'

लन्दन, जनवरी 1947

'देखिये,' लुई माउंटबैटेन ने कहा, 'बहुत बुरी बात हो गयी है।'

बकिंघम पैलेस के बैठने के एक कमरे के अन्तरंग वातावरण में दो आदमी अकेले बैठे हुए थे। ऐसे अवसरों पर उनके बीच किसी भी प्रकार की औपचारिकता नहीं रहती थी। वे दो पुराने स्कूली दोस्तों की तरह अगल-बग़ल बैठकर बातें करते थे और चाय की चुस्कियाँ लेते थे। लेकिन आज माउंटबैटेन की बातचीत के लहज़े में किसी ख़ास वजह से बड़ी चुस्ती आ गयी थी। उनके रिश्ते के भाई सम्राट जार्ज षष्ठम उनके लिए फ़रियाद की आखिरी अदालत थे, उनके लिए इस आशा की अन्तिम किरण थे कि शायद किसी तरह वह भारत से ब्रिटेन के सम्बन्ध हमेशा के लिए समाप्त करने की भूमिका निभाने के कलंक से बच जायें। ब्रिटेन का बादशाह आखिर भारत का सम्राट था और वाइसराय के पद पर उनकी नियुक्ति के बारे में अन्तिम निर्णय देने का अधिकार उसी को था। लेकिन यह निर्णय वह नहीं निकला जो नौजवान एडमिरल सुनना चाहता था।

'मैं जानता हूँ,' बादशाह ने अपनी लजायी हुई मुसकराहट के साथ जवाब दिया, 'प्रधानमंत्री मुझसे आकर मिल चुके हैं और मैंने अपनी सहमति दे दी है।'

'आपने सहमति दे दी है?' माउंटबैटेन ने पूछा। 'आपने इसके बारे में अच्छी तरह सोच-विचार कर लिया है?'

'हाँ, हाँ,' बादशाह ने बहुत प्रसन्नचित्त होकर कहा, 'मैंने बहुत अच्छी

तरह सोच-विचार कर लिया है ।'

'देखिये,' माउंटबैटेन ने कहा, 'यह बहुत खतरनाक मामला है। कोई भी वहाँ समझौता कराने का कोई तरीक़ा पहले से नहीं बता सकता। कोई समझौता कराना लगभग नामुमकिन है। मैं रिश्ते में आपका भाई हूँ। अगर मैंने वहाँ जाकर सारा गुड़ गोबर कर दिया तो आपकी बड़ी बदनामी होगी।'

'सो तो है,' बदशाह ने कहा, 'लेकिन यह भी तो सोचो कि अगर तुम कामयाब हो गये तो मेरी कितनी वाह-वाही होगी।'

'हाँ,' माउंटबैटेन ने अपनी कुर्सी में धँसकर बैठते हुए आह भरकर कहा, 'आप ज़रूरत से ज़्यादा उम्मीदें लगा रहे हैं।'

उस छोटी-सी बैठक में माउंटबैटेन को हमेशा एक और आदमी की याद आती थी जो उनके सामने वाली इसी कुर्सी पर बैठता था, वह भी उनका रिश्ते का भाई था, उनका सबसे गहरा मित्र था और वेस्ट-मिनिस्टर के सेंट मार्गरेट के गिरजाघर में उनकी शादी के दिन उनकी बग़ल में खड़ा था। उस आदमी को बादशाह होना चाहिए था; उसका नाम था डेविड, प्रिंस ऑफ़ वेल्स। बचपन से ही दोनों में बड़ी घनिष्ठता थी। 1936 में, जब वह एडवर्ड अष्टम बन चुका था, डेविड ने वह राज-सिंहासन, जिस पर बैठकर शासन करने की उसे शिक्षा दी गयी थी, इसलिए त्याग दिया था कि वह उस स्त्री के बिना शासन करने को तैयार नहीं था जिससे वह प्रेम करता था। उन दिनों 'डिकी' माउंटबैटेन सारा समय राजमहल में ही बिताते थे और हर समय बादशाह के साथ रहकर उन्हें सान्त्वना देते थे।

कितनी बड़ी बिडम्बना है, माउंटबैटेन ने सोचा। डेविड के ए० डी० सी० की हैसियत से वह पहली बार उस देश में गये थे जिसे अब उन्हें मुक्त करना था। वह 17 नवम्बर 1921 का दिन था। माउंटबैटेन ने उस रात अपनी डायरी में लिखा था कि भारत 'वह देश है जिसके बारे में हम हमेशा से सुनते आये थे, कल्पना करते आये थे, पढ़ते आये थे।' उस अभूतपूर्व राजसी यात्रा के दौरान कोई ऐसी बात नहीं हुई जिससे उनकी युवा आशाएँ किसी भी प्रकार विफल होतीं। उस समय ब्रिटिश राज अपने चरमोत्कर्ष पर था, और राजसिंहासन के उत्तराधिकारी की, शाहज़ादे साहब और उनके साथ आये हुए लोगों की, जितनी भी आव-भगत की जाती कम थी, उनके स्वागत के लिए जितने भी भव्य आयोजन किये जाते कम थे। उन्होंने यह यात्रा वाइसराय की सफ़ेद और सुनहरी ट्रेन में की थी। यात्रा क्या थी, परेडों, पोलो के खेल, शेर के शिकार,

चाँदनी रात में हाथी की सवारी, ब्रिटिश ताज के वफ़ादार मित्रों की ओर से, भारतीय राजे-महाराजों की ओर से दी गयी बेहद पुर-तकल्लुफ़ दावतों और स्वागत-समारोहों का एक अनन्त क्रम था। विदा होते समय माउंटबैटेन ने सोचा था--भारत सबसे शानदार देश है और यहाँ के वाइसराय की नौकरी दुनिया की सबसे शानदार नौकरी।

अब रिश्ते के एक और भाई के हामी भर लेने की वजह से वह 'शानदार नौकरी' उन्हें मिल गयी थी।

बकिंघम पैलेस की उस बैठक में थोड़ी देर के लिए ख़ामोशी छा गयी। इसके साथ ही लुई माउंटबैटेन ने महसूस किया कि उनके भाई की मनोदशा अचानक कुछ बदल गयी थी।

'बेहद अफ़सोस की बात है,' बादशाह ने कहा। उनके स्वर में उदासी की झलक थी। 'मेरी हमेशा से यही इच्छा थी कि जिन दिनों तुम दक्षिण-पूर्व एशिया में लड़ाई लड़ रहे थे उस समय मैं वहाँ तुमसे मिलने आऊँ, और उसके बाद भारत जाऊँ, लेकिन विंस्टन ने मुझे रोक दिया। मैंने उम्मीद की थी कि कम-से-कम युद्ध के बाद तो भारत जाऊँगा। अब मुझे लगता है कि मैं कभी वहाँ नहीं जा पाऊँगा।'

'बहुत अफ़सोस है,' उन्होंने अपनी बात जारी रखते हुए कहा, 'मेरे सिर पर भारत के सम्राट् का ताज पहनाया गया और मैं वहाँ कभी गया तक नहीं और अब यहाँ लन्दन में इस महल में बैठे-बैठे ही यह उपाधि मुझसे छिन जायेगी।'

हुआ भी यही कि जार्ज षष्ठम को मरते दम तक कभी उस शानदार देश में क़दम रखना नसीब नहीं हुआ। न उन्होंने कभी शेर का शिकार खेला, न कभी उनके लिए कोई परेड हुई जिसमें सुनहरी और रुपहली झूलें डाले हुए हाथी उनके सामने से गुज़रते, न कभी ऐसा हुआ कि हीरे-जवाहरात से लदे हुए महाराजा उनके सामने क़तार बाँधकर सिर झुकाते।

उन्हें तो महारानी विक्टोरिया की जूठन मिली थी। उनके शासन की शुरुआत ही ऐसे ढंग से हुई थी जिसकी वह कभी आशा भी नहीं कर सकते थे, उनका शासन युद्ध की छाया में पला-बढ़ा, और अब युद्ध के बाद के समाजवादी इंगलैंड के अभावों के वातावरण में वह समाप्त हो रहा था। 1937 की मई की उस सुबह को जब कैंटरबरी के गिरजाघर के लाट-पादरी ने राजकुमार एलबर्ट, ड्यूक ऑफ़ यार्क, जार्ज षष्ठम को ईश्वर की अनुकम्पा से ब्रिटेन, आयरलैंड और समुद्र-पार के ब्रिटिश राज्यों का राजा घोषित किया था तो पृथ्वी के 5 करोड़ 20 लाख वर्गमील भू-खण्ड में से 1 करोड़ 60 लाख वर्गमील का भू-खण्ड किसी-न-किसी प्रकार

के बन्धन से उनके ताज से जुड़ गया था।

यही दुखद कार्य जार्ज षष्ठम के शासन की सबसे प्रमुख ऐतिहासिक उपलब्धि होने वाला था जिसकी पूर्व-घोषणा उनकी बैठक में उनके रिश्ते के भाई की उपस्थिति कर रही थी। इतिहास में उन्हें इस रूप में याद किया जायेगा कि इसी राजा के शासनकाल में ब्रिटिश साम्राज्य का विघटन हुआ। उनका राज्याभिषेक एक ऐसे साम्राज्य के सम्राट के रूप में हुआ था जो रोमन सम्राटों, सिकन्दर महान, चंगेज़ ख़ाँ, तुर्की के ख़लीफ़ाओं और नेपोलियन की लम्बी-चौड़ी योजनाओं से भी बड़ा था, और अब वह एक ऐसे राज्य के राजा के रूप में मरेंगे जो केवल एक द्वीप तक सीमित था और यूरोप के अन्य राष्ट्रों जैसा ही एक राष्ट्र बनता जा रहा था।

'मैं जानता हूँ कि मुझे सम्राट की उपाधि छोड़नी पड़ेगी,' राजा ने बड़े अर्थपूर्ण ढंग से कहा, "लेकिन अगर भारत से सारे सम्बन्ध टूट गये तो मुझे बड़ा दुख होगा।"

जार्ज षष्ठम अच्छी तरह जानते थे कि उस महान शाही सपने की चमक-दमक अब मन्द पड़ गयी थी। लेकिन अगर उसे बिलकुल ग़ायब ही हो जाना है तो यह कितने दुख की बात होगी, अगर उसके बाद उसकी कुछ उपलब्धियाँ और गरिमाएँ भी बाक़ी न रह सकीं, अगर वे बातें जिनका कि वह प्रतीक था, किसी ऐसे नये रूप में अभिव्यक्त न हो सकीं जो आधुनिक युग के अधिक अनुकूल हो!

उन्होंने अपना मत व्यक्त किया, 'बहुत ही दुख की बात होगी अगर स्वतन्त्र भारत ने कामनवेल्थ की ओर से भी मुँह फेर लिया।'

कामनवेल्थ सचमुच एक ऐसा ढाँचा प्रदान कर सकता था जिसमें जार्ज षष्ठम की आशाएँ पूरी हो सकती थीं। वह स्वतन्त्र राष्ट्रों की एक ऐसी बहु-जातीय सभा बन सकता था जिसका मेरुदण्ड ब्रिटेन हो, बराबर वालों में प्रथम। समान परम्पराओं, समान अतीत और समान प्रतीकात्मक बन्धनों से उनके ताज के साथ बँधा कामनवेल्थ विश्व के घटनाक्रम पर बहुत प्रभाव डाल सकता था। ऐसे संगठन के केन्द्र में रहकर ब्रिटेन अब भी विश्व के मंच पर उसी अन्दाज़ से बोल सकता जिसमें उसी शाही आवाज़ की गूंज होती जो किसी ज़माने में उसकी थी। लन्दन अब भी लन्दन हो सकता था—दुनिया के बहुत बड़े हिस्से के लिए सांस्कृतिक, आत्मिक, वित्तीय और व्यापारिक गतिविधियों का केन्द्र। शाही ठाठ-बाट भले ही चला जाये, लेकिन वह छाया तो फिर भी बाक़ी रहेगी जिसकी बदौलत एक द्वीप तक सीमित जार्ज षष्ठम का राज्य चैनल के पार यूरोप के दूसरे राष्ट्रों से अलग पहचाना जायेगा।

इस आदर्श को पूरा करने के लिए ज़रूरी था कि भारत कामनवेल्थ में रहे। अगर भारत ने इंकार कर दिया तो यह लगभग निश्चित ही है कि अफ्रीका-एशिया के दूसरे राष्ट्र भी, जो आने वाले कुछ वर्षों में स्वतन्त्र हो जायेंगे, कामनवेल्थ में शामिल होने से इंकार कर देंगे। इस तरह कामनवेल्थ साम्राज्य के गोरे राज्यों की गिरोहबन्दी बनकर रह जायेगा।

लेकिन बहुत लम्बी साम्राज्यवाद-विरोधी परम्परा से प्रभावित होने के कारण जार्ज षष्ठम के प्रधानमंत्री और उनकी लेबर पार्टी अपने राजा की इस सुखद प्रेरणा का शिकार नहीं थे। एटली ने तो माउंटबैटेन से यह तक नहीं कहा था कि उन्हें भारत को कामनवेल्थ में रखने की कोशिश करनी है।

केवल संवैधानिक राजा होने के कारण जार्ज षष्ठम अपनी इन आशाओं को पूरा करने के लिए कुछ भी तो नहीं कर सकते थे। उनके रिश्ते के भाई लुई माउंटबैटेन अलबत्ता कुछ कर सकते थे और वह राजा की इन आकांक्षाओं में हार्दिक रूप से उनके साथ थे। राज-परिवार का कोई दूसरा सदस्य पुराने साम्राज्य में इतने व्यापक रूप से नहीं घूमा-फिरा था जितना कि माउंबैटेन। उनकी बुद्धि ने तो यह समझ लिया था कि साम्राज्य का अवसान निकट है और इस बात को स्वीकार भी कर लिया था; लेकिन इस विचार के आते ही उनका मन मसोस उठता था।

बकिंघम पैलेस के उस कमरे में बैठे-बैठे महारानी विक्टोरिया के उन दो पड़नातियों ने आपस में एक गुप्त फ़ैसला किया। लुई माउंटबैटेन कामनवेल्थ के भविष्य के बारे में उन दोनों की समान आकांक्षा को पूरा करने का भार सँभालेंगे।

कुछ ही दिन बाद माउंटबैटेन ने एटली से आग्रह किया कि उन्हें जो ज़िम्मेदारियाँ सौंपी गयी हैं उनमें यह स्पष्ट आदेश भी शामिल कर दिया जाये कि यदि किसी प्रकार भी सम्भव हुआ तो वह संयुक्त या विभाजित स्वतन्त्र भारत को कामनवेल्थ में रखने की पूरी कोशिश करेंगे। आने वाले सप्ताहों के दौरान भारत के नये वाइसराय ने किसी दूसरे काम की ओर इतना ध्यान नहीं दिया, किसी दूसरे काम के बारे में लोगों को समझा-बुझाकर राज़ी करने की इतनी कोशिश नहीं की, किसी दूसरे काम में इससे अधिक कुटिलता का परिचय नहीं दिया जितना कि भारत और अपने भाई के ताज के बीच सम्बन्ध बनाये रखने में।

एक तरह से देखा जाये तो ऐसा लगता है कि भारत के वाइसराय को शानदार गद्दी पर बैठने का इतना स्वाभाविक अधिकार और किसी को

नहीं था जितना कि लुई माउंटबैंटेन को। सार्वजनिक रूप से उन्होंने अपनी होनी का परिचय नामकरण संस्कार के समय दिया था, जबकि उन्होंने अपनी नन्ही-सी मुट्ठी घुमाकर अपनी पड़नानी की शाही नाक पर से उनका चश्मा गिरा दिया था।

उनका वंशक्रम सीधे जाकर सम्राट शार्लेमान से मिलता था, बस बीच में एक कड़ी ननिहाली रिश्ते की थी। जन्म या विवाह के माध्यम से किसी-न-किसी रूप में उनकी रिश्तेदारी जर्मनी के क़ैसर विलहेल्म द्वितीय, रूस के ज़ार निकोलस द्वितीय, स्पेन के अलफ़ांसो तेरहवें, रूमानिया के फर्डिनेंड प्रथम, स्वीडेन के गुस्ताफ़ षष्ठम, यूनान के कांस्टैंटाइन प्रथम, नार्वे के हाकोन सप्तम और यूगोस्लाविया के अलेक्ज़ेंडर प्रथम—सभी से थी। लुई माउंटबैटेन के लिए यूरोप के संकट पारिवारिक समस्याएँ थे।

प्रथम विश्व-युद्ध के समाप्त होने पर माउंटबैटेन अठारह साल के हुए। उस समय यूरोप में राजसिंहासनों की संख्या लगातार घट रही थी। विक्टोरिया की चहेती पोती हेस की राजकुमारी विक्टोरिया की शादी महारानी के रिश्ते के भाई बैंटेनबर्ग के राजकुमार लुई से हुई थी। माउंटबैटेन इन दोनों की चौथी सन्तान थे; पर उनको राजसी जीवन का आनन्द प्राप्त करने का अवसर दूसरों के माध्यम से ही मिला। उन्होंने अपनी जवानी की गर्मियाँ अपने अधिक भाग्यशाली रिश्ते के भाइयों के महलों में बितायी थीं। उन सुखद गर्मियों की नैसर्गिक स्मृतियाँ उनके मन में हमेशा के लिए अंकित हो गयी थीं : विंडसर कासिल की वह चाय-पार्टियाँ जिनमें हर मेहमान ताजधारी बन सकता था; ज़ार की नौका पर बैठकर जल-विहार; अपने रिश्ते के भाई ज़ारेविच और उसकी बहन ग्रांड डचेज़ मेरी के साथ, जिससे उन्हें प्रेम हो गया था, सेंट पीटर्सबर्ग के आस-पास के जंगलों में घुड़सवारी।

इस पृष्ठभूमि के साथ माउंटबैटेन अच्छी-ख़ासी आमदनी के सहारे नाममात्र को राजमहल की कोई नौकरी करके सुख से अपना जीवन बिता सकते थे, एक मिटती हुई बिरादरी के तड़क-भड़क वाले समारोहों की एक ख़ूबसूरत सजावट के सुखद अस्तित्व की तरह। पर उन्होंने बिलकुल ही दूसरा मार्ग चुना था और आज जाड़े की इस सुबह को वह एक शानदार जीवन-वृत्त के गौरवान्वित शिखर पर खड़े हुए थे।

माउंटबैटेन अभी 43 वर्ष के ही हुए थे जब 1943 की शरद ऋतु में विंस्टन चर्चिल ने, जो किसी 'युवा तथा स्फूर्तिमय विचारों वाले आदमी' की खोज में थे, उन्हें दक्षिण-पूर्व एशिया में मित्र-राष्ट्रों की सेनाओं का सुप्रीम कमाण्डर नियुक्त कर दिया। सेनापति के इस पद ने उनके युवा कंधों पर

जिस अधिकार व सत्ता और जिस ज़िम्मेदारी का बोझ डाल दिया उसकी टक्कर का केवल एक ही पद और था—मित्र-राष्ट्रों की सेनाओं के सुप्रीम कमांडर की हैसियत से ड्वाइट आइज़नहावर का पद। एशिया के विस्तृत क्षेत्र में बारह करोड़ अस्सी लाख लोग उनके आधीन आ गये। उन दिनों को याद करते हुए उन्होंने बाद में लिखा कि जिस समय इस कमान की स्थापना की गयी थी उस समय उसके हिस्से में 'न कोई विजयें थीं, न कोई प्राथमिकताएँ; केवल बुरी तरह टूटा हुआ मनोबल, बेहद बुरा मौसम, भयानक शत्रु और शर्मनाक पराजयें' ही उनके हिस्से में आयी थीं।

उनके नीचे काम करने वालों में से कई ऐसे थे जो उम्र में उनसे बीस वर्ष बड़े और पद-सोपान में उनसे तीन-चार सीढ़ी ऊपर थे। कुछ लोग उन्हें केवल एक ऐसा रँगीला नौजवान समझते थे जिसने राज-परिवार के साथ अपने सम्बन्ध का फ़ायदा उठाकर डिनर-सूट के बजाय बस नौ-सेना की वर्दी पहन ली थी और पेरिस के नाचघरों को कुछ समय के लिए छोड़कर रणक्षेत्र में आ गया था।

उन्होंने स्वयं मोर्चे का दौरा करके अपने सिपाहियों का मनोबल बढ़ाया; अपने जरनैलों को बर्मा की भयानक बारिश में बढ़ने पर मजबूर करके उन पर अपना सिक्का जमाया; लन्दन और वाशिंगटन में अपने बड़े अफ़सरों की मिन्नत-ख़ुशामद करके, धौंस दिखाकर और चिकनी-चुपड़ी बातें करके ज़्यादा-से-ज़्यादा रसद और दूसरा सामान जुटाया।

उनकी सेना ने, जो कभी बिलकुल असंगठित थी और जिसका मनोबल बुरी तरह टूटा हुआ था, 1945 में जापानी सेना के ख़िलाफ़ थल पर इतनी बड़ी विजय प्राप्त कर ली जितनी इससे पहले किसी ने हासिल नहीं की थी। ऐटम बम गिरा दिये जाने की वजह से वह अपनी उस शानदार योजना 'आपरेशन ज़िपर' को पूरा नहीं कर सके जिसके अनुसार दो हज़ार मील दूर मलय प्रायद्वीप के बन्दरगाहों से ढाई लाख सैनिक जापान में उतारे जाने वाले थे।

बचपन में माउंटबैटेन ने भी अपने पिता की तरह ही नौ-सेना का अफ़सर बनने की ठानी थी; उनके पिता चौदह साल की उम्र में अपनी जन्मभूमि जर्मनी छोड़कर चले आये थे और उन्नति करते-करते ब्रिटेन की नौ-सेना के प्रथम सी-लॉर्ड के पद तक पहुँच गये थे। माउंटबैटेन ने नौ-सेना के कैडेट के रूप में अपनी पढ़ाई शुरू ही की थी कि उनके बहु-प्रशंसित पिता का सारा गौरव छिन्न-भिन्न हो गया। पहला विश्व-युद्ध छिड़ने पर ब्रिटेन में जर्मन-विरोधी उन्माद की जो लहर आयी उसकी वजह से उन्हें अपने पद से इस्तीफ़ा दे देना पड़ा। उनके पिता का दिल टूट गया; उन्होंने जार्ज

पंचम के अनुरोध पर अपना पारिवारिक नाम बैटेनबर्ग से बदलकर माउंटबैटेन कर लिया और उन्हें मिलफ़र्ड हेवेन का मार्क्विस बना दिया गया। बेटे पर भी इस घटना का इतना गहरा असर पड़ा कि उसने सौगन्ध खायी कि एक दिन वह उस पद पर पहुँचेगा जिससे उसके पिता को एक अन्यायपूर्ण उन्माद की वजह से हटा दिया गया था।

लेकिन दोनों महायुद्धों के बीच के लम्बे अन्तराल में माउंटबैटेन का जीवन-वृत्त एक शान्तिकालीन अफ़सर के घटनाहीन जीवन की तरह मन्द गति से आगे बढ़ता रहा। माउंटबैटेन ने दूसरे क्षेत्रों में, जिनका सैनिक जीवन से बहुत कम सम्बन्ध था, अपनी प्रतिभा का परिचय देकर जनता के मन पर अपनी छाप डाल दी थी। उनके आकर्षक व्यवहार, उनके सुन्दर चेहरे, और चारों ओर प्रसन्नता बिखेरने वाले उनके विनोदी स्वभाव के कारण ब्रिटेन के लोकप्रिय सस्ते अखबार, जो युद्ध की विभीषिका के बाद चमक-दमक की भूखी दुनिया की आवश्यकताओं को पूरा करने के लिए निकाले जाते थे, उन पर रीझे हुए थे। बहुत बड़ी सम्पत्ति की उत्तराधिकारी एडविन ऐशले के साथ उनका विवाह, जिसमें ब्रिटेन के राजसिंहासन के उत्तराधिकारी प्रिंस ऑफ़ वेल्स उनके 'बेस्ट मैन' थे, 1922 की सबसे बड़ी सामाजिक घटना थी।

अगले कुछ वर्षों तक रविवार को निकलने वाला शायद ही कोई ऐसा अखबार होगा जिसमें लुई और एडविना माउंटबैटेन का कोई चित्र या उनका कोई उल्लेख न छपा हो—माउंटबैटेन-दम्पति थिएटर में नोएल कावर्ड के साथ; माउंटबैटेन ऐस्कट की घुड़दौड़ देखते हुए शाही मेहमान के रूप में; चुस्त और मुस्तैद नौजवान लार्ड लुई भूमध्य सागर में जल-क्रीड़ा करते हुए; या पोलो के खेल में जीता हुआ कोई पुरस्कार स्वीकार करते हुए।

इन सब बातों से मिलकर माउंटबैटेन का एक ऐसा चित्र उभरता था जिसे उन्होंने कभी झुठलाया नहीं; कोई भी नाच, पार्टी या पोलो का मैच हो उसमें वह जी खोलकर हिस्सा लेते थे। लेकिन सार्वजनिक बिम्ब के पीछे उनका एक और व्यक्तित्व था, जिसे आम लोग नहीं जानते थे। वह नाच खत्म हो जाने के बाद उभरकर सामने आता था।

माउंटबैटेन जिस समय अपने जीवन की सबसे कठिन चुनौती का सामना करने की तैयारी कर रहे थे, उस समय उनकी शारीरिक तथा बौद्धिक शक्तियाँ अपने शिखर पर थीं। समुद्री युद्ध और सेनापति के उच्च पद ने उनमें पलक झपकते निर्णय लेने की क्षमता पैदा कर दी थी और नेतृत्व की उनकी स्वाभाविक प्रतिभा को उजागर कर दिया था। वह न तो

दार्शनिक थे और न गूढ़ बातें सोचने वाले विचारक, लेकिन उनकी बुद्धि बहुत तीक्ष्ण और विवेकशील थी जो जीवन-भर की कड़ी मेहनत की वजह से और भी पैनी हो गयी थी। उनमें हारकर भी निराश न होने वालों के प्रति आम अँग्रेज़ों की तरह कोई लगाव नहीं था। वह जीतने में विश्वास रखते थे। जब वह नौजवान अफ़सर थे, उन दिनों के उनके नौ-सैनिकों ने एक बार नावों की दौड़ में सारी प्रतियोगिता केवल इसलिए जीत ली थीं कि उन्होंने उनको नाव चलाने का एक बहुत बढ़िया तरीक़ा सिखा दिया था। बाद में जब उनके इस नये तरीक़े की आलोचना की गयी तो उन्होंने बहुत जलकर बस इतना कहा कि उनकी राय में महत्वपूर्ण बात यह है कि 'सबसे पहले दौड़ कौन पूरी करता है।'

उनकी जवानी की विनोदप्रियता अब प्रौढ़ावस्था में आकर एक असाधारण आकर्षण में बदल गयी थी और वह बड़ी आसानी से लोगों में मेल-जोल पैदा करा सकते थे। एक ऐसे आदमी ने, जो उनका प्रशंसक नहीं था, उनके बारे में कहा, 'माउंटबैटेन अगर अपने मन में ठान लें तो वह गिद्ध पर भी ऐसा जादू कर सकते हैं कि वह लाश छोड़कर उड़ जाये।'

सबसे बढ़कर, माउंटबैटेन में आत्म-विश्वास का एक अपार भण्डार था; यह एक ऐसा गुण था जिसे उनके निन्दक अहंकार कहना पसन्द करते थे। जब चर्चिल ने उन्हें एशियाई कमान का भार सौंपने की बात चलायी थी, तो उन्होंने इस पर विचार करने लिए 24 घण्टे की मोहलत माँगी थी।

'क्यों,' चर्चिल ने गुर्राकर कहा था, 'क्या तुम नहीं समझते कि तुम इस काम को निभा सकोगे?'

'सर,' माउंटबैटेन ने जवाब दिया था, 'मुझमें यह पैदाइशी कमज़ोरी रही है कि मैं समझता हूँ कि मैं कोई भी काम पूरा कर सकता हूँ।'

आने वाले सप्ताहों में विक्टोरिया के पड़नाती को इस आत्म-विश्वास की भरपूर जरूरत पड़ने वाली थी।

प्रायश्चित-यात्रा—1

हर गाँव में उनकी चर्या वही रहती थी। वहाँ पहुँचते ही, एशिया का सबसे प्रसिद्ध जीवित वासी, सीधे किसी झोंपड़ी में जाकर शरण माँगता था, मुसलमान की झोंपड़ी हो तो और भी अच्छा। अगर इंकार कर दिया जाता, जैसा कि कभी-कभी होता था, तो गांधी दूसरा दरवाज़ा खटखटाते थे। उन्होंने कहा था, 'अगर कोई मुझे रखने को तैयार नहीं होगा तो मैं बड़े

सुख से किसी पेड़ की ठंडी छाया में रह लूंगा।'

वहाँ डेरा डाल देने के बाद उनका मेजबान उन्हें जो कुछ भी खाने को दे देता वही खा लेते : आम, सब्जियाँ, बकरी के दूध का दही, नारियल का पानी। हर गाँव में दिन-भर के एक-एक घण्टे का बिलकुल बँधा हुआ कार्यक्रम होता था। गांधी पर हमेशा समय के सदुपयोग का भूत सवार रहता था। उनका कहना था कि एक-एक क्षण भगवान की देन है जिसे मनुष्य की सेवा में लगाया जाना चाहिए। अपने दिन-भर के समय को वह एक सोलह साल पुरानी आठ शिलिंग की इंगरसोल घड़ी के सहारे व्यवस्थित करते थे; बहुत ही थोड़ी-सी चीज़ें थीं जिन्हें वह अपनी कह सकते थे; उनमें एक यह घड़ी भी थी जो हर समय एक डोरी से उनकी कमर में बँधी रहती थी। वह रोज़ रात को दो बजे उठकर 'गीता' पढ़ते थे और सुबह की प्रार्थना करते थे। तब से भोर तक वह अपनी कुटिया में बैठकर बड़े धीरज के साथ पेंसिल से पत्रों के विस्तृत उत्तर लिखते थे। वह हर पेंसिल को तब तक इस्तेमाल करते रहते थे जब तक वह इतनी छोटी न हो जाती कि पकड़ी ही न जा सके, क्योंकि उनका कहना था कि वह पेंसिल भी उन्हीं जैसे किसी इंसान ने बनायी थी और उसे बर्बाद करना उस आदमी की मेहनत का अनादर करना होगा। रोज़ सुबह एक बँधे वक्त पर वह नमक के पानी का एनीमा लेते थे। गांधी प्राकृतिक चिकित्सा में दृढ़ आस्था रखते थे, और उन्हें पूरा विश्वास था कि पेट से दूषित विषैले तत्वों को निकालने का यही उपाय है। वर्षों तक यह माना जाता रहा कि जब महात्मा किसी को अपने हाथ से नमक के पानी का एनीमा देने को कह दें तो वह आदमी उनकी संगत में स्वीकार कर लिया गया।

सूरज निकलते ही गांधी गाँव में घूमना शुरू कर देते थे, वहाँ के रहने वालों के साथ बातें करते थे और उनके साथ मिलकर लगातार पूजा-पाठ करते रहते थे। जल्दी ही उन्होंने नोआखाली में शान्ति और सुरक्षा का वातावरण फिर वापस ले आने की अपनी मुहिम को सफल बनाने के लिए एक कार्यनीति तैयार कर ली। यह ठेठ गांधी की तरकीब थी। हर गाँव में वह खोजकर एक-एक ऐसे हिन्दू और मुसलिम नेता को ढूंढ निकालते जिस पर उनकी अपील का असर हुआ हो। फिर वह उन दोनों को एक ही छत के नीचे रहने पर राज़ी कर लेते। वे दोनों मिलकर गाँव में शान्ति बनाये रखने की गारंटी देते। अगर गाँव के मुसलमान हिन्दुओं पर हमला करते तो मुसलिम नेता आमरण अनशन का वचन देता। हिन्दू नेता भी इसी आशय का वचन देता।

लेकिन नोआखाली की उन रक्त-रंजित गलियों में गांधी ने अपने

आपको केवल यहीं तक सीमित नहीं रखा कि जिस गाँव से होकर वह गुज़रें उसमें फैली आपसी नफ़रत को दूर कर दें। ज्यों ही उन्हें यह आभास होता कि कोई गाँव भाई-भाई के बीच प्यार के उनके सन्देश को समझने लगा है, वह अपनी अपील को और व्यापक बना देते। गांधी के लिए ये खोये हुए गाँव ही, जिनमें पहुँचना भी आसान नहीं था, असली भारत थे—नोआखाली यात्रा के दौरान रास्ते में पड़े गाँवों जैसे असंख्य छोटे-छोटे गाँव। वह उन गाँवों को किसी भी अन्य जीवित आदमी से ज़्यादा अच्छी तरह जानते थे। वह चाहते थे कि इन्हीं गाँवों में नयी जान डालकर उनकी बुनियाद पर स्वतन्त्र भारत का निर्माण किया जाये, और इन गाँवों की ज़िन्दगी को किन नये साँचों में ढालना है, इसके बारे में भी उनके अपने विचार थे।

वह गाँव वालों से कहते, 'अपनी इस यात्रा के दौरान मैं आपको यह सिखाना चाहता हूँ कि आप गाँव के पानी को और अपने आपको किस तरह साफ़ रख सकते हैं; आप यहाँ की मिट्टी को, जिससे आपके शरीर बने हैं, किस तरह इस्तेमाल कर सकते हैं; आपके सिर पर जो अनन्त आकाश है उससे आप किस तरह जीवन-शक्ति प्राप्त कर सकते हैं; आपके चारों ओर जो हवा है उससे आप अपनी बुनियादी शक्ति को किस तरह बढ़ा सकते हैं; आप धूप का किस तरह सदुपयोग कर सकते हैं।'

गांधी बूढ़े हो चले थे। उन्हें केवल शब्दों से सन्तोष नहीं होता था। वह व्यावहारिक काम के महत्व में दृढ़ आस्था रखते थे। गांधी के बहुत-से अनुयायी समझते थे कि उन्हें अपना समय ज़्यादा महत्वपूर्ण कामों में लगाना चाहिए। वे इस बात पर खीझ उठते थे कि गांधी किसी कोढ़ी के लिए मिट्टी का लेप भी उसी लगन के साथ बनाते थे जिस लगन से वह वाइसराय के साथ इंटरव्यू की तैयारी करते थे। हर गाँव में वह वहाँ के रहने वालों के साथ कुएँ पर जाते थे। अकसर वह उन्हें कुएँ के लिए किसी बेहतर जगह का सुझाव देते। वह उनके साथ जाकर उनके सामुदायिक पाखानों का मुआइना करते, और अगर पाखाने न होते, जैसा कि अकसर होता था, तो वह उन्हें बताते कि पाखाने किस तरह बनायें; अकसर तो वह खुद उनके साथ मिलकर ज़मीन खोदते। उनका पक्का विश्वास था कि भारत में इतने ज़्यादा लोगों के मरने की वजह सफ़ाई की कमी ही है; वह वर्षों से लोगों को खुली जगहों में पाखाने जाने और सड़कों पर थूकने या नाक छिनकने, जहाँ गाँवों के ज़्यादातर लोग नंगे पाँव चलते थे, के ख़िलाफ़ समझाते आये थे।

एक बार उन्होंने बहुत ही भारी मन से कहा था, 'अगर हम सब

हिन्दुस्तानी मिलकर एक साथ थूकें तो इतना बड़ा समुद्र बन जायेगा कि उसमें तीन लाख अँग्रेज़ डूब जायें।' जब भी वह किसी गाँव वाले को सड़क के किनारे थूकते या नाक छिनकते देखते, वह उसे नरमी से झिड़क देते। वह घर-घर जाकर लोगों को बताते कि वे पीने का पानी साफ़ करने के लिए किस तरह कोयले और रेत की बहुत सीधी-सादी छन्नी बना सकते हैं। वह बार-बार कहते रहते थे, 'हम जो कुछ करते हैं और जो कुछ कर सकते हैं उसका अन्तर मिट जाये तो संसार की ज़्यादातर समस्याओं को हल करने के लिए काफ़ी होगा।'

रोज़ शाम को वह खुली प्रार्थना-सभा करते थे, जिसमें वह मुसलमानों को भी बुलाते थे, और इस बात का पूरा ध्यान रखते थे कि प्रतिदिन की उपासना के भाग के रूप में क़ुरान की कुछ आयतें ज़रूर पढ़ी जायें। इन सभाओं में कोई भी आदमी उनसे कोई भी सवाल पूछ सकता था। एक दिन एक देहाती उनसे उलझ पड़ा कि नोआखाली में अपना वक़्त बरबाद करने के बजाय उन्हें नयी दिल्ली जाकर जिन्ना और मुसलिम लीग से बात करनी चाहिए।

गांधी ने कहा, 'नेता उन लोगों का केवल अक्स होता है जिनका वह नेतृत्व करता है।' इससे पहले कि लोग आपस में मिल-जुलकर शान्ति के साथ रह सकें, यह ज़रूरी है कि पहले कोई उनका नेतृत्व करे। उन्होंने कहा कि 'तभी लोगों की मिल-जुलकर अच्छे पड़ोसियों की तरह रहने की इच्छा उनके नेताओं में प्रतिबिम्बित होगी।'

जब उन्हें लगता कि कोई गाँव उनके सन्देश को समझने लगा है, जब वहाँ की मुसलिम बिरादरी राज़ी हो जाती कि जो हिन्दू डरकर भाग गये थे वे अपने घर लौट आयें, तो वह वहाँ से पाँच-दस-पन्द्रह मील दूर अगले गाँव की ओर चल पड़ते। हमेशा वह सुबह साढ़े सात बजे निकलते थे। श्रीरामपुर की तरह ही उनकी टोली, गांधी के पीछे-पीछे, अमराइयों में से होती हुई, हरी काई की मोटी तह से ढके हुए पोखरों के पास से गुज़रती हुई आगे बढ़ती रहती और उनकी आहट पाते ही बत्तखें और मुर्ग़ाबियाँ कर्कश स्वर से चिल्लाती हुई आसमान की ओर उड़ जातीं। पतली-पतली पगडंडियाँ, ताड़ के झुरमुटों और छोटी-छोटी झाड़ियों के बीच से अपना रास्ता निकालती हुई बल खाती हुई आगे बढ़ती जातीं। रास्ते में कंकर-पत्थर बिखरे रहते और जहाँ-तहाँ कटे हुए पौधों की खूँटियाँ बाहर उभरी रहतीं। कभी-कभी इस छोटे-से जुलूस को टखने-टखने-भर कीचड़ में जूझते हुए आगे बढ़ना पड़ता। जब तक वे अपनी अगली मंज़िल पर पहुँचते, अकसर ऐसा होता कि 77-वर्षीय महात्मा के

नंगे पाँव बिवाई से दुखने लगते या उनमें घाव हो जाते जिनसे ख़ून बहता रहता और छाले पड़ जाते। अपना काम फिर से शुरू करने से पहले वह अपने पाँव गरम पानी में थोड़ी देर तक डुबोये रहते। इसके बाद गांधी अपनी इस प्रायश्चित-यात्रा का वह एकमात्र काम करते जो ऐश-आराम की कोटि में रखा जा सकता है। उनकी पोती मनु, जो हमेशा उनके साथ रहती थी, एक पत्थर से उनके चोट खाये हुए पाँवों की मालिश करती।

लन्दन, 18 फ़रवरी, 1947

तीन शताब्दियों से हाउस ऑफ़ कामन्स की दीवारों से उन मुट्ठी-भर लोगों की घोषणाओं की गूँज टकराती रही थी जो वहाँ जमा होकर ब्रिटिश साम्राज्य का मार्ग-दर्शन करते थे। उनकी बहसों और फ़ैसलों से पृथ्वी के कोने-कोने में बिखरे हुए पचास करोड़ लोगों के भाग्य का निबटारा होता आया था और पृथ्वी की आबाद होने लायक़ कुल ज़मीन के एक-तिहाई भाग पर गोरी नस्ल के, ईसाई, यूरोपियन श्रेष्ठ वर्ग का प्रभुत्व क़ायम करने में मदद मिल रही थी।

आज हाउस ऑफ़ कामन्स के सदस्य इस हॉल में, जिसे गरम रखने का भी कोई बन्दोबस्त नहीं था, अपने-अपने कोनों में बैठे सरदी से काँप रहे थे; उनके चारों ओर उदास परछाइयाँ अँधेरी झीलों की तरह फैली हुई थीं। तनाव के इस वातावरण में वे बड़ी उत्सुकता से प्रतीक्षा कर रहे थे कि उनका नेता आकर ब्रिटिश साम्राज्य के अवसान पर अपना शोक-सन्देश सुनाये। अपने भारी-भरकम शरीर को एक काले ओवरकोट में लपेटे विंस्टन चर्चिल बहुत निराश मुद्रा में आकर विपक्ष की एक कुर्सी में धँस गये। जब वह पहली बार कामन्स के सदस्य होकर आये थे, तब से चालीस वर्ष तक उनकी आवाज़ ब्रिटेन के साम्राज्य के सपनों को उस हॉल में शब्दों में साकार करती आयी थी। पिछले दस वर्षों से उनकी आवाज़ इंगलैंड की अन्तरात्मा के लिए अंकुश का काम कर रही थी और उसके साहस को बढ़ाती रही थी।

उनमें विलक्षण दूरदर्शिता थी, लेकिन उनकी कुछ हठधर्मियाँ ऐसी थीं जिनसे वह टस से मस होने को तैयार नहीं थे। यों तो वह साम्राज्य के हर कोने पर गर्व करते थे, पर उनमें से किसी के भी प्रति उनकी भावनाएँ वैसी नहीं थीं जैसी कि भारत के लिए। चर्चिल को भारत से इतना गहरा, इतना उग्र लगाव था कि वह अवास्तविक लगता था। वह भारत

अपनी रेजिमेंट, 'फ़ोर्थ क्वींस ओन हुसार्स' के साथ एक छोटे-से नौजवान अफ़सर की हैसियत से गये थे; वहाँ के धूल-भरे मैदानों में वह पोलो खेले थे, सुअर और शेर का शिकार किया था। वह खैबर दर्रे पर चढ़े थे और उत्तर-पश्चिम सीमा पर पठानों से लड़े थे। वहाँ से आने के इकतालीस वर्ष बाद अभी तक वह उस हिन्दुस्तानी को हर महीने दो पौंड भेजते थे जिसने उनकी फ़ौज की उस मामूली अफ़सरी के दिनों में दो वर्ष उनकी सेवा की थी। उनकी इस छोटी-सी बात में भारत के प्रति उनकी अधिकांश भावनाओं की झलक मिलती थी। सबसे बढ़कर उन्हें भारत में स्वयं अपने अनुभव के एक प्रतिबिम्ब के रूप में उस देश से लगाव था और उन्हें इस विचार से प्रेम था कि बहादुर और ईमानदार अँग्रेज़ एक सख्त बाप की तरह उस देश का शासन चलायें।

साम्राज्य के सपने में उनकी आस्था अडिग थी। वह हमेशा से यही कहते आये थे कि दुनिया में ब्रिटेन की हैसियत साम्राज्य के दम से है। वह बड़ी ईमानदारी से विक्टोरिया-युग के इस जड़-सिद्धान्त में विश्वास रखते थे कि वे 'घटिया नस्ल के लोग जिनका कोई क़ानून नहीं है' यूरोप वालों के शासन में उससे कहीं अच्छे हैं जैसा कि वे स्थानीय निरंकुश शासकों के अत्याचारी शासन में रहते। विश्व की कितनी ही समस्याओं के बारे में बहुत गहरी समझ-बूझ का परिचय देने के बावजूद भारत का सवाल उठते ही चर्चिल बिलकुल अंधे हो जाते थे। कोई भी चीज़ उन्हें अपनी इस दृढ़ आस्था से डिगा नहीं सकती थी कि भारत में अँग्रेज़ों का शासन बहुत न्यायपूर्ण रहा है और पूरी तरह भारत के हित में चलाया गया है; कि भारत की जनता अपने शासकों के प्रति कृतज्ञता तथा स्नेह का भाव रखती है; कि जो राजनीतिज्ञ स्वतन्त्रता के लिए आन्दोलन चला रहे थे वे बहुत ओछे विचारों वाले, अधपढ़े, खाते-पीते लोग थे, जो वहाँ की आम जनता की आकांक्षाओं तथा उसके हितों को प्रतिबिम्बित नहीं करते थे। स्वयं चर्चिल के भारत-सचिव ने बड़ी कटुता से कहा था कि चर्चिल भारत को लगभग उतनी ही अच्छी तरह समझते थे 'जितनी अच्छी तरह जार्ज तृतीय अमरीकी उपनिवेशों को समझते थे।'

1910 से वह भारत को स्वतन्त्रता की ओर ले जाने की हर कोशिश का डटकर विरोध करते आये थे। उन्होंने बड़े तिरस्कार के साथ गांधी और उनके कांग्रेसी अनुयायियों को 'भूसे के बने हुए लोग' कहकर बिलकुल दो कौड़ी का ठहरा दिया था। उस समय सदन में जितने लोग थे उनमें चर्चिल का दिल यह सोच-सोचकर सबसे ज़्यादा फटा जा रहा था कि 10 डाउनिंग स्ट्रीट में उनके उत्तराधिकारी उसी काम का बीड़ा उठाने

जा रहे थे जिसके बारे में स्वयं उन्होंने सोचने से भी इंकार कर दिया था—साम्राज्य को छिन्न-भिन्न कर देना। अगर वह और उनकी कंज़रवेटिव पार्टी 1945 का चुनाव हार भी गये थे तो क्या हुआ, हाउस ऑफ़ लॉर्ड्स में तो अभी तक उनका पूरा बहुमत था। इस वजह से उनके हाथ में यह ताक़त थी कि अगर वह चाहते तो भारत की आज़ादी को पूरे दो साल के लिए टाले रख सकते थे। जब उन्होंने अपने दुबले-पतले सोशलिस्ट उत्तराधिकारी प्रधानमन्त्री को भाषण देने के लिए उठकर खड़े होते देखा तो उनके तमतमाये हुए चेहरे पर अरुचि का भाव इस तरह फैल गया जैसे अचानक पित्ती उछल आयी हो।

क्लीमेंट एटली के हाथ में जो छोटा-सा लिखा हुआ भाषण था वह बहुत बड़ी हद तक उसी नौजवान एडमिरल का लिखा हुआ था, जिसे वह भारत से ब्रिटेन की विदाई की बातचीत करने के लिए नयी दिल्ली भेज रहे थे और जिसका नाम वह अभी बताने वाले थे। लुई माउंटबैटेन ने अपने लाक्षणिक साहस के साथ यह छोटा-सा भाषण स्वयं एटली के तैयार किये हुए लम्बे-चौड़े दस्तावेज़ की जगह पढ़े जाने के लिए लिखा था। इसमें नये वाइसराय की ज़िम्मेदारी बहुत सीधे-सादे शब्दों में बतायी गयी थी। सबसे बढ़कर इसमें वह नयी और बुनियादी महत्व की बात भी थी जिसके बारे में माउंटबैटेन का आग्रह था कि इसे शामिल करके ही भारत की गुत्थी को सुलझाने की कोई आशा की जा सकती है। उन्होंने एटली के साथ छः हफ़्ते तक जूझने के बाद उसे ठीक-ठीक उसी रूप में मनवा लिया था जिस रूप में कि वह चाहते थे।

जैसे ही एटली ने अपनी ऐतिहासिक घोषणा को पढ़ना शुरू किया, उस बर्फ़ जैसे ठण्डे सदन में एक लहर दौड़ गयी। 'महामहिम की सरकार इस बात को स्पष्ट कर देना चाहती है,' उन्होंने पढ़ना शुरू किया, 'कि यह उसका पक्का इरादा है कि वह हद-से-हद जून 1948 तक किसी तारीख़ को ज़िम्मेदार भारतीयों के हाथों में सत्ता सौंप देने के लिए आवश्यक क़दम उठायेगी।'

वहाँ बैठे हुए लोगों को उनके इन शब्दों का तात्पर्य अच्छी तरह समझ में आ गया तो अचानक एक सन्नाटा छा गया। इस आभास से कि ब्रिटिश राज्य की ज़िन्दगी के अब मुश्किल से चौदह महीने बाक़ी रह गये हैं जो उदासी पैदा हुई थी वह इस बात से भी कम नहीं हुई कि ये शब्द इतिहास का और स्वयं ब्रिटेन की अपनी घोषित नीति का परिणाम थे। ब्रिटिश जीवन का एक युग समाप्त हो रहा था। जिसे **मानचेस्टर गार्जियन** ने अगले दिन सुबह 'इतिहास का सबसे बड़ा सम्बन्ध-विच्छेद' लिखा, वह

आरम्भ होने वाला था ।

अपनी कुर्सी पर निढाल बैठे हुए उस भारी-भरकम व्यक्ति की जब बारी आयी तो उसने विरोध प्रकट करते हुए अपना सारा वाक्-चातुर्य दिखाकर साम्राज्य के पक्ष में अन्तिम बार एक फ़रियाद की । सरदी और भावावेश से थोड़ा-सा काँपते हुए, चर्चिल ने घोषणा की कि यह सारा मामला 'एक दु:खद और विनाशकारी सौदे पर परदा डालने के लिए युद्ध की प्रतिभाशाली विभूतियों का फ़ायदा उठाने की सरकार की कोशिश है।'

स्वतन्त्रता की तारीख तय करके एटली गांधी के इस 'सबसे सनकी विचार' को अपना रहे थे कि 'भारत को भगवान के भरोसे छोड़ दो ।'

चर्चिल ने मातम करते हुए कहा, "मुझे यह देखकर बहुत गहरी पीड़ा हो रही है कि ब्रिटिश साम्राज्य अपनी सारी गौरवशाली सफलताओं के साथ, मानव-जाति की उसने जो सेवाएँ की हैं उन सभी के समेत आज ढह रहा है। शत्रुओं के खिलाफ़ तो ब्रिटेन की रक्षा बहुतों ने की है। स्वयं उसके खिलाफ़ उसकी रक्षा कोई नहीं कर सकता ।...शर्मनाक तरीक़े से भागकर, समय से पहले ही जल्दबाज़ी में अपनी नाव खुद डुबोकर हम कम-से-कम हालत को और तो न बिगाड़ें—हममें से बहुत-से लोग दिल में जो एक टीस महसूस कर रहे हैं उसमें कम-से-कम अपमान का कलंक और तिरस्कार तो न जोड़ें ।"

ये एक सिद्धहस्त वक्ता के शब्द थे, पर वे सूरज के डूबने के खिलाफ़ एक व्यर्थ प्रलाप की तरह थे । जब वोट लेने के लिए घण्टी बजी तो कामन्स-सभा ने इतिहास के आदेश को स्वीकार कर लिया। बहुत बड़े बहुमत से उसने यह तय कर दिया कि जून 1948 से पहले भारत में ब्रिटिश शासन का अन्त कर दिया जाये ।

प्रायश्चित-यात्रा—2

गांधी की छोटी-सी टोली नोआखली के दलदली इलाक़े में जितना ही आगे बढ़ती गयी, उनका काम और कठिन होता गया । जिन पहले गाँवों में वे गये थे वहाँ मुसलमानों के बीच उन्हें जो सफलता मिली थी उसकी वजह से आगे चलकर आने वाले गाँवों के नेता सतर्क हो गये थे। यह महसूस करके कि यह उनकी सत्ता के लिए एक चुनौती है, उन्होंने लोगों को महात्मा और उनकी मुहिम के खिलाफ़ भड़काना शुरू कर दिया था ।

उस दिन उनकी तीर्थ-यात्रा के रास्ते में एक मुसलिम स्कूल पड़ा जहाँ एक खुली जगह में सात-आठ साल के बच्चे शेखजी के चारों ओर बैठे हुए

थे। अपने चहेते नाती-पोतों से मिलने के लिए उत्सुक बूढ़ नाना की तरह बाँछें खिलाये, बाँहें फैलाये गांधी उन बच्चों से बात करने को आगे बढ़े। उनको आता देखकर शेख़जी भी उछलकर खड़े हो गये। ग़ुस्से की नज़रों से देखते हुए उन्होंने झिड़ककर अपने शागिर्दों को झोंपड़ी के अन्दर इस तरह हाँक दिया मानो जो बूढ़ा उनकी तरफ़ आ रहा था वह कोई लकड़सुंघा हो जो उन पर कोई जादू चलाने आया हो। बच्चों को इस तरह भागते देखकर गांधी को बहुत दुःख हुआ। वह शेख़जी की झोंपड़ी के दरवाज़े पर खड़े बड़ी उदासी के साथ अपना हाथ हिला-हिलाकर उन बच्चों को बुलाने की कोशिश करते रहे जिनके धुंधले-धुंधले चेहरे उन्हें झोंपड़ी के अँधेरे में दिखायी दे रहे थे। बच्चों की काली-काली आँखें कौतूहल से फटी हुई थीं; उनकी समझ में कुछ नहीं आ रहा था। वे पलट-कर गांधी को घूरते रहे। आखिरकार गांधी ने अपने दिल के पास सीने पर हाथ रखकर उन्हें मुसलिम ढंग से सलाम किया। लेकिन इस सलाम के जवाब में एक भी बच्चे का हाथ नहीं उठा। गांधी पीछे मुड़कर वहाँ से चले आये और फिर अपनी राह पर आगे चल पड़े।

कुछ और घटनाएँ भी हुई थीं। चार दिन पहले किसी ने एक बाँस के पुल के नीचे से, जिस पर से होकर गांधी गुज़रने वाले थे, सहारा देने वाली एक बल्ली खिसका दी थी। सौभाग्यवश, पुल के गिरने से पहले ही यह बात देख ली गयी, नहीं तो गांधी और उनकी टोली दस फ़ुट नीचे कीचड़-भरे पानी में जा गिरते। इसी तरह एक दिन सुबह वह बाँसों और नारियलों के झुरमुट में से होकर गुज़र रहे थे। हर पेड़ पर ऐसा लगता था कि एक झंडा लगा हुआ है जिस पर इस तरह के नारे लिखे हुए थे: 'ख़बरदार, आगे न बढ़ना!', 'पाकिस्तान की माँग मान लो!' या 'अपनी ख़ैर चाहते हो तो लौट जाओ।'

गांधी पर इन नारों का कोई असर नहीं हुआ। गांधी का कहना था कि अहिंसा को मानने वाले आदमी की सबसे बड़ी ख़ूबी होती है शारीरिक साहस, बिना विरोध किये चुपचाप मार खा लेने का साहस, ख़ामोशी के साथ डटकर ख़तरे का सामना करने का साहस। दक्षिण अफ़्रीका में जब पहली बार उन्हें पीटा गया था, उसके बाद से दुबले-पतले शरीर वाले गांधी ने प्रचुर शारीरिक साहस के गुण का परिचय दिया था।

नारों में जिस तरह की बैर-भरी बातें कही गयी थीं और बच्चों ने जिस तरह उनसे मुँह फेर लिया था, उससे गांधी का मन दुखी हो उठा था; लेकिन इस दुख को मन में ही दबाकर गांधी बड़े शान्त भाव से अगली मंज़िल की ओर अपने बोझल क़दम बढ़ाते रहे। रात को हवा में

बड़ी सीलन और नमी थी, और जिस पगडंडी पर वे चल रहे थे उसकी चिकनी मिट्टी ज़्यादा ओस गिरने की वजह से बहुत चिपचिपी और रपटीली हो गयी थी। अचानक यह छोटा-सा क़ाफ़िला ठिठकर खड़ा हो गया। क़ाफ़िले के आगे-आगे गांधी चल रहे थे। उन्होंने अपनी लाठी नीचे रख दी और झुककर कुछ देखने लगे। जिस रास्ते से होकर वह नंगे पाँव गुज़रने वाले थे उस पर किसी अनजाने मुसलमान ने काँच के छोटे-छोटे टुकड़े और जगह-जगह बहुत-सा पाख़ाना बिखेर दिया था। गांधी ने बड़े शान्त भाव से एक ताड़ का पत्ता तोड़ा और झुककर बड़ी विनम्रता से वह काम करने लगे जो किसी भी हिन्दू के लिए सबसे नीच काम समझा जाता है। ताड़ के पत्ते को झाड़ू की तरह इस्तेमाल करके वह 77-वर्षीय प्रायश्चित-यात्री रास्ते से पाख़ाना हटाने लगा।

इस समय जो बूढ़ा अपने रास्ते से पाख़ाना साफ़ कर रहा था, उसका सबसे कट्टर अँग्रेज दुश्मन हाउस ऑफ़ कामन्स का वही सिद्धहस्त वक्ता था। चर्चिल ने अपने दीर्घ जीवनकाल में इतने बहुत-से कभी न भुलाये जा सकने वाले फ़िक़रे गढ़े थे कि अगर उन्हें जमा किया जाता तो गद्य की एक मोटी-सी पूरी किताब बन जाती, लेकिन उनमें थोड़े ही फ़िक़रे ऐसे रहे होंगे जिनकी आम लोगों के दिमाग़ पर इतनी गहरी छाप पड़ी हो जितनी कि उस फ़िक़रे की पड़ी जो उन्होंने 16 साल पहले फ़रवरी 1931 में गांधी का वर्णन करने के लिए गढ़ा था : 'अधनंगा फ़क़ीर'।

जिस घटना पर चर्चिल इस तरह भड़क उठे थे वह 17 फ़रवरी 1931 को हुई थी। एक हाथ में लाठी लिये और दूसरे से अपनी सफ़ेद चादर का छोर पकड़े हुए गांधी उस दिन सुबह नयी दिल्ली में वाइसराय भवन की लाल पत्थर की सीढ़ियाँ चढ़ रहे थे। कई हफ़्ते अँग्रेज़ों की जेल में रहने के कारण वह अब भी बहुत कमज़ोर थे। लेकिन जिस आदमी ने नमक सत्याग्रह संगठित किया था वह उस आलीशान महल में वाइसराय से भीख माँगने नहीं आया था। वह वहाँ भारत के प्रतिनिधि की हैसियत से आया था।

मुट्ठी-भर नमक और अपनी बाँस की लाठी से गांधी ने इस मन्दिर पर पड़ा हुआ परदा चीर दिया था। उनके आन्दोलन को इतना व्यापक समर्थन मिल रहा था कि वाइसराय लॉर्ड इर्विन इस बात पर मजबूर हो गये थे कि उन्हें जेल से रिहा कर दिया जाये और उन्हें दिल्ली बुलाकर उनके साथ भारतीय जनता के माने हुए नेता की हैसियत से बातचीत की जाये। वह अरब, अफ्रीकी और एशियाई नेताओं के इस लम्बे क्रम में सबसे पहले और सबसे महान थे, जो आने वाली दशाब्दियों में उनके इसी रास्ते

पर चलकर अँग्रेज़ों की जेल से अँग्रेज़ों के सम्मेलन-कक्ष में पहुँचे।

विंस्टन चर्चिल ने इस मुलाक़ात के दुष्परिणामों को सही-सही भाँप लिया था। उन्होंने बड़े तीखे शब्दों में 'इस अरुचिकर और अपमानजनक दृश्य' की आलोचना की थी 'कि यह आदमी जो किसी ज़माने में विलायत से बैरिस्टरी पास करके आया था और अब राजद्रोही फ़क़ीर बन गया था, वाइसराय के महल की सीढ़ियों पर अधनंगा दनदनाता हुआ चला जा रहा है और वहाँ जाकर सम्राट के प्रतिनिधि के साथ बराबरी से बैठकर समझौते की बातचीत करेगा!'

उन्होंने बड़ी दूरदर्शिता के साथ, जिसमें उनके सोलह साल बाद के भाषण की परछाईं पहले ही से दिखायी दे गयी थी, कहा: 'भारत एक बार हाथ से निकल गया तो फिर कभी हमें वापस नहीं मिलेगा और यह हमारे लिए घातक सिद्ध होगा। यह अनिवार्य रूप से एक ऐसे सिलसिले की कड़ी होगा जो हमें एक छोटी ताक़त के स्तर पर पहुँचा देगा।'

लेकिन उनके इन शब्दों का नयी दिल्ली में होने वाली बातचीत पर कोई असर नहीं हुआ। तीन सप्ताह में आठ बार मुलाक़ातें हुईं और उनका जो परिणाम निकला वह 'गांधी-इर्विन समझौते' के नाम से मशहूर हुआ। इस समझौते की शर्तें पढ़कर ऐसा लगता था जैसे दो सार्वभौम सत्ताओं के बीच कोई सन्धि हुई हो, और इससे पता चलता है कि गांधी की विजय कितनी बड़ी थी। इस समझौते के अनुसार इर्विन गांधी के उन हज़ारों अनुयायियों को जेल से रिहा करने पर राज़ी हो गये जो अपने नेता के साथ जेल चले गये थे। दूसरी ओर, गांधी भी अपना आन्दोलन वापस ले लेने और भारत के भविष्य के बारे में बातचीत करने के लिए लन्दन में एक गोलमेज़ सम्मेलन में भाग लेने को तैयार हो गये।

छः महीने बाद पूरी अँग्रेज़ क़ौम यह देखकर दंग रह गयी कि महात्मा गांधी ख़ाली एक लँगोटी और चप्पल पहने सम्राट के साथ चाय पीने के लिए बकिंघम पैलेस पहुँच गये। वह अँग्रेज़ी के प्रसिद्ध कवि रुडयार्ड किपलिंग की मशहूर कविता के पात्र गंगादीन की जीती-जागती तसवीर लग रहे थे—'सामने जो था वह न होने के बराबर, और पीछे उसके आधे से भी कम।' बाद में जब उनसे पूछा गया कि क्या इस पोशाक में जाना उचित था, तो गांधी ने मुसकराकर जवाब दिया, 'सम्राट जितने कपड़े पहने थे वह हम दोनों के लिए काफ़ी थे।'

उन दोनों की इस मुलाक़ात की जितनी व्यापक रूप से चर्चा हुई उससे पता चलता है कि गांधी की इस लन्दन-यात्रा का वास्तविक प्रभाव कितना गहरा था। वह जिस गोलमेज़ सम्मेलन में भाग लेने आये थे वह

विफल रहा। ब्रिटिश सरकार अभी तक भारतीय स्वतन्त्रता की बात सोचने को भी तैयार नहीं थी।

गांधी ने एलान किया कि असली काम तो 'सम्मेलन के बाहर है।... इस समय जो बीज बोया जा रहा है उससे शायद अँग्रेज़ों का कठोर रवैया कुछ नरम पड़े।' उस रवैये को नरम करने के लिए जितना काम गांधी ने किया उतना किसी और ने नहीं। ब्रिटेन की जनता और वहाँ के अख़बारों को इस आदमी ने मुग्ध कर लिया था, जो एक तमाचा खाने के बाद दूसरा गाल सामने करके साम्राज्य का तख़्ता उलट देना चाहता था।

वह एक लँगोटी बाँधे, हाथ में लाठी लिये जहाज़ पर से उतरकर सीधे आगे बढ़ गया था। उसके पीछे न कोई अंगरक्षक था, न कोई नौकर-चाकर; बस गिनती के कुछ शिष्य थे और एक बकरी थी, जो गांधी के पीछे-पीछे जहाज़ पर से उतरकर चली आ रही थी। यह बकरी वह भारत से इसलिए साथ लाये थे कि रोज़ सबेरे उन्हें एक कटोरा दूध पीने को मिल सके। उन्होंने बड़े-बड़े लोगों के ठहरने के आलीशान होटलों को ठुकराकर लन्दन के ईस्ट एण्ड की गन्दी बस्तियों के एक छोटे-से घर में रहना पसन्द किया था।

यह आदमी जब पहली बार लन्दन आया था तब वह विद्यार्थी था और उसकी ज़बान कभी खुलती नहीं थी; और अब वह कभी बोलते थकता नहीं था। वह चार्ली चैप्लिन, जान स्मट्स, जार्ज बर्नार्ड शा, कैंटरबरी के लाट-पादरी, हैरोल्ड लास्की, मारिया मांटेसरी, कोयला खानों के मज़दूरों, बच्चों और लंकाशायर की कपड़े की मिलों के उन मज़दूरों से भी मिला जो भारत में उसके आन्दोलनों की वजह से बेरोज़गार हो गये थे; वह लगभग हर उस आदमी से मिला जिसका कोई महत्व था; बस नहीं मिला तो विंस्टन चर्चिल से, जिन्होंने बड़ी हठधर्मी के साथ उससे मिलने से इंकार कर दिया था।

गांधी ने वहाँ अपनी बहुत गहरी छाप डाली। नमक सत्याग्रह की फ़िल्में वहाँ पहले ही दिखायी जा चुकी थीं जिनकी वजह से वह बहुत मशहूर हो गये थे। औद्योगिक अशान्ति, बेरोज़गारी और गम्भीर सामाजिक अन्याय के चंगुल में जकड़े हुए ब्रिटेन की आम जनता के लिए ईसा मसीह की तरह सूती चादर ओढ़े हुए और अपने प्रेम के सन्देश की वजह से ईसा मसीह से और भी मिलता हुआ पूरब का यह दूत उन्हें आकर्षित भी करता था और उससे उन्हें एक अजीब-सी बेचैनी भी होती थी। उसके प्रति उन्हें जो आकर्षण था उसका असली कारण शायद गांधी ने स्वयं अमेरिका के नाम अपने एक रेडियो-प्रसारण में बताया।

उन्होंने कहा कि सारी दुनिया का ध्यान भारत के स्वतन्त्रता संग्राम की ओर आकर्षित हुआ है 'क्योंकि हमने स्वतन्त्रता प्राप्त करने के लिए जो तरीक़े अपनाये हैं वे अनोखे हैं...दुनिया खून बहाते-बहाते बेहद तंग आ चुकी है। दुनिया बाहर निकलने का कोई रास्ता खोज रही है और मैं यह विश्वास प्रकट करके अपनी पीठ खुद ठोंक रहा हूँ कि शायद इस लालायित दुनिया को मुक्ति का मार्ग दिखाने का श्रेय भारत की प्राचीन भूमि को ही प्राप्त होगा।'

जिस पश्चिमी जगत की यात्रा पर गांधी गये हुए थे वह अभी मुक्ति का ऐसा मार्ग अपनाने को तैयार नहीं था जैसा मशीनगन के बजाय बकरी साथ लेकर चलने वाले इस क्रान्तिकारी ने सुझाया था। यूरोप की सड़कें फ़ौजी बूटों की चाप से और जोशीले नेताओं की कर्कश हुंकारों से गूंजने लगी थीं। फिर भी जब वह वहाँ से विदा हुए तो इटली के ब्रिंडिसी बन्दरगाह तक रास्ते के रेलवे-स्टेशनों पर अपने तीसरे दर्जे के डिब्बे की खिड़की से बाहर झुककर झाँकते हुए इस दुबले-पतले पोपले मुँह वाले आदमी को बड़े कुतूहल से देखने के लिए हज़ारों फ्रांसीसी, स्विस और इटैलियन लोग जमा होते रहे।

पेरिस में स्टेशन पर इतने लोग जमा हो गये थे कि गांधी को सामान के एक ठेले पर खड़े होकर उनके सामने भाषण देना पड़ा। स्विट्ज़रलैंड में, जहाँ वह अपने मित्र प्रसिद्ध लेखक रोम्याँ रोलाँ से मिलने गये थे, लेमान के दूध वाले इस बात के लिए बहुत बेचैन थे कि उन्हें 'भारत के राजा' की सेवा करने का सौभाग्य मिले। रोम में उन्होंने मुसोलिनी को चेतावनी दी कि फ़ासिज़्म 'ताश के घर' की तरह ढह जायेगा, फ़ुटबाल का एक मैच देखा और सिस्टीन गिरजाघर में सूली पर ईसा मसीह की मूर्ति देखकर रोये।

यूरोप के कई देशों की इस विजय-यात्रा के बावजूद गांधी को स्वदेश लौटते हुए बहुत पीड़ा का अनुभव हुआ। बम्बई में उनका स्वागत करने के लिए आये हुए हज़ारों लोगों से उन्होंने कहा, 'मैं ख़ाली हाथ लौटा हूँ।' भारत को फिर सविनय अवज्ञा का रास्ता अपनाना होगा। एक सप्ताह भी नहीं बीतने पाया था कि वही आदमी जो लन्दन में चाय की दावत पर सम्राट का मेहमान रह चुका था, एक बार फिर शाही मेहमान बना दिया गया—उसी यर्वदा जेल में।

अगले तीन वर्ष तक कभी जेल चले जाने और कभी जेल से वापस आ जाने का सिलसिला चलता रहा, और उधर लन्दन में चर्चिल गरजते रहे, 'गांधी को और हर उस चीज़ को जिसके लिए वह लड़ रहे हैं कुचल

देना होगा। लेकिन चर्चिल के विरोध के बावजूद अँग्रेज़ों ने भारत के लिए कुछ बुनियादी सुधार तैयार किये और 1935 के भारत सरकार अधिनियम के रूप में उसके प्रान्तों को कुछ स्थानीय स्वायत्त अधिकार दिये। अन्ततः जेल से रिहा होने पर गांधी ने अपनी राजनीतिक लड़ाई से हाथ खींचकर तीन वर्ष उन दो योजनाओं को पूरा करने में लगाये जो उन्हें विशेष रूप से प्रिय थीं—भारत के करोड़ों अछूतों की दुर्दशा और उसके गाँवों की हालत में सुधार।

जैसे-जैसे दूसरा विश्व-युद्ध निकट आता गया, गांधी का यह विश्वास भी पहले से अधिक दृढ़ होता गया कि जो अहिंसा भारत के अपने संघर्ष में उसका मार्गदर्शक सिद्धान्त रही है, वही एकमात्र ऐसा दर्शन है जो भारत को आत्म-विनाश से बचा सकता है।

जब मुसोलिनी ने इथिओपिया को रौंद डाला तो गांधी ने इथिओपिया-वासियों से अनुरोध किया कि वे 'अपने आपको बलि चढ़ जाने दें।' उन्होंने कहा कि उसका नतीजा विरोध करने से ज़्यादा कारगर होगा, क्योंकि 'मुसोलिनी को निर्जन रेगिस्तान तो चाहिए नहीं।' यहूदियों पर नाज़ियों के अत्याचारों से खिन्न होकर उन्होंने घोषणा की : 'अगर कभी भी मानवता के लिए कोई युद्ध न्यायोचित ठहराया जा सकता है तो एक पूरी नस्ल के ख़िलाफ़ मनमाने अत्याचारों को रोकने के लिए जर्मनी के ख़िलाफ़ युद्ध बिलकुल न्यायोचित होगा।'

'फिर भी,' उन्होंने कहा, 'युद्ध में मेरी आस्था नहीं है।' उन्होंने सुझाव दिया कि 'निहत्थे मर्द और औरतें, जिनमें पीड़ा सहने की वह शक्ति हो जो ईश्वर ने उन्हें दी है, शान्त भाव से दृढ़ संकल्प होकर मुक़ाबला करें।' उन्होंने कहा, 'इससे (जर्मनों का) हृदय-परिवर्तन होगा और वे मानव-प्रतिष्ठा का महत्व समझने लगेंगे।'

यूरोप के नज़रबन्दी कैम्पों में ढाये गये भयानक अत्याचार भी उनके मन में इस बात के बारे में कोई शंका नहीं पैदा कर सके कि उनका रवैया बुनियादी तौर पर सही था।

जब लड़ाई छिड़ ही गयी तो गांधी यही प्रार्थना करते रहे कि जैसे तूफ़ान के बाद अचानक धूप निकल आती है, वैसे ही तबाही के फलस्वरूप कम-से-कम कोई ऐसा वीरोचित क़दम उठाया जाये, कोई ऐसा अहिंसात्मक त्याग किया जाये जो मानवता को आत्म-विनाश के निरन्तर कसते हुए शिकंजे से बाहर निकालने का पथ आलोकित कर सके।

चर्चिल ने अपने देशवासियों को 'रक्त, श्रम, आँसुओं और पसीने' की आहुति देने के लिए ललकारा, लेकिन गांधी ने दूसरा ही रास्ता अपनाने

का सुझाव दिया; उन्हें उम्मीद थी कि अँग्रेज़ों की क़ौम इतनी बहादुर है कि वह उनके सिद्धान्त को अन्तिम रूप से कसौटी पर परखेगी। जब ब्रिटेन पर धुआँधार बम बरसाये जा रहे थे उस समय उन्होंने अँग्रेज़ों को लिखा: 'हिटलर और मुसोलिनी को न्योता दीजिये कि वे उन देशों में से, जिन्हें आप अपनी मिल्कियत कहते हैं, जो भी चाहें ले लें। उन्हें आपके सुन्दर द्वीप और उसकी सुन्दर इमारतों पर क़ब्ज़ा कर लेने दीजिये। आपसे यह सब-कुछ तो वे पा जायेंगे, लेकिन आपके दिमाग़ और आपकी आत्मा पर तो उनका क़ब्ज़ा नहीं हो पायेगा।'

यह मार्ग अपनाना गांधी के सिद्धान्त का तर्कसंगत पालन होता। लेकिन अँग्रेज़ों को, और सबसे बढ़कर उनके अदम्य नेता को, उनके ये शब्द एक सनकी बूढ़े की बकवास जैसे लगे।

गांधी स्वयं अपने काँग्रेस आन्दोलन से यह नहीं मनवा पाये कि शान्तिवाद का रास्ता ही सही रास्ता है। उनके अधिकांश अनुयायी पक्के फ़ासिस्ट-विरोधी थे और वे भारत को युद्ध में ले जाने के लिए उत्सुक थे, लेकिन इस शर्त पर कि उन्हें स्वतन्त्र लोगों की तरह ऐसा करने दिया जाये। पहली बार, लेकिन अन्तिम बार नहीं, गांधी और उनके शिष्य एक-दूसरे से अलग हो गये।

चर्चिल ने उन्हें फिर मिला दिया। भारत के बारे में उनका रवैया अब भी उतना ही हठधर्मी का था। वह ऐसे किसी समझौते पर विचार तक करने को तैयार नहीं थे जिसके आधार पर भारत के राष्ट्रवादी युद्ध के प्रयासों में भाग ले सकें।

जब अटलांटिक घोषणा-पत्र तैयार करने के लिए चर्चिल पहली बार रूज़वेल्ट से मिले तो उन्होंने यह साफ़ कर दिया कि, जहाँ तक उनका सम्बन्ध था, घोषणा-पत्र की उदार शर्तें भारत पर लागू नहीं होंगी। इस सवाल को जिस तरह उन्होंने अपनी चिढ़ बना लिया था उसे देखकर अमेरिकी राष्ट्रपति दंग रह गये। शीघ्र ही मित्र-राष्ट्रों की बैठकों में चर्चिल का एक और वाक्य बार-बार दोहराया जाने लगा: 'मैं ब्रिटिश साम्राज्य को भंग करने के लिए सम्राट का प्रधानमन्त्री नहीं बना हूँ।'

बहुत बाद में जाकर मार्च 1942 में, जब जापान की सेना बिलकुल भारत के द्वार पर पहुँच गयी, तब अमेरिका के और स्वयं अपने साथियों के दबाव के कारण चर्चिल ने गम्भीरता से भारत के सामने समझौते का सुझाव रखा। इस सुझाव को ले जाने के लिए उन्होंने सन्देश-वाहक के रूप में एक बहुत ही हमदर्द आदमी स्टैफ़र्ड क्रिप्स को चुना; वह शाकाहारी थे, बहुत सादा जीवन व्यतीत करने वाले सोशलिस्ट थे, काँग्रेस के नेताओं के

साथ उनके बहुत पुराने मित्रता के सम्बन्ध थे। यह देखते हुए कि सुझाव किसने तैयार किया था, क्रिप्स द्वारा लाया गया सुझाव सराहनीय हद तक उदार था। इसमें भारतवासियों के सामने वह सब-कुछ पेश कर दिया गया था जिसकी युद्ध के दौरान ब्रिटेन से अधिकतम सीमा तक जाकर देने की आशा की जा सकती थी; उसमें जापान की हार के बाद ऐसी चीज़ देने का दृढ़ वचन दिया गया था जो स्वतन्त्रता के बराबर थी, अर्थात डोमिनियन का दर्जा। लेकिन, एक इसलामी राज्य के लिए मुसलिम लीग की लगातार बढ़ती हुई माँग को देखते हुए, उसमें गुंजाइश रखी गयी थी कि आगे चल-कर यह माँग भी पूरी की जा सके।

क्रिप्स के आने के अड़तालीस घण्टे बाद गांधी ने उनसे कह दिया कि यह सुझाव माना नहीं जा सकता, क्योंकि उसमें आगे चलकर 'भारत के स्थायी विभाजन' की बात कही गयी है। इसके अलावा अँग्रेज़ हिंसा का सहारा लेकर भारत की भूमि की रक्षा के लिए उसका तात्कालिक सहयोग प्राप्त करने के बदले भविष्य में आज़ादी देने का वायदा कर रहे थे। यह ऐसा समझौता नहीं था जो अहिंसा के पुजारी को विचलित कर सकता। अगर जापानियों का मुक़ाबला करना ही था तो गांधी के पास इसका एक ही तरीक़ा था, अहिंसा का रास्ता।

गांधी अपने मन में एक और ही सपना छिपाये हुए थे। वह इसके विरोधी नहीं थे कि ख़ून की नदियाँ बहा दी जायें, शर्त बस यह थी कि यह ख़ून किसी उचित उद्देश्य के लिए बहाया जाये। वह कल्पना करते थे कि अनुशासन और अहिंसा के पाबन्द हिन्दुस्तानियों के जत्थे-के-जत्थे जापानियों की संगीनों पर अपनी जान देने के लिए आगे बढ़ेंगे और उस वक़्त तक बढ़ते रहेंगे जब तक कि वह प्रेरणामय क्षण न आ जाये कि उनके बलिदान का यह प्रबल प्रवाह शत्रु पर छा जाये, अहिंसा का मार्ग सच्चा सिद्ध हो और मानव-इतिहास की पूरी दिशा बदल जाये।

चर्चिल की योजना के बारे में उन्होंने अपना फ़ैसला सुना दिया कि वह 'एक डूबते हुए बैंक के नाम काटी गयी अगली किसी तारीख़ की चेक' की तरह थी। गांधी ने क्रिप्स से कहा कि अगर उनके पास और कोई सुझाव नहीं है तो 'अगले हवाई जहाज़ से अपने देश लौट जाना' ही उनके लिए अच्छा रहेगा।

क्रिप्स के जाने के अगले दिन सोमवार था जब गांधी मौन-व्रत रखते थे। लेकिन गांधी के लिए और भारत के लिए दुर्भाग्य की बात थी कि उनकी अन्तरात्मा की आवाज़ मौन नहीं थी, वह इस तरह का कोई व्रत नहीं रखे हुए थी। इस आवाज़ ने गांधी से कुछ कहा और यह सलाह

विनाशकारी सिद्ध हुई।

यह सलाह केवल दो शब्दों की थी, दो ऐसे शब्द जो गांधी के अगले संघर्ष का नारा बन गये : 'भारत छोड़ो !' गांधी का सुझाव था कि अँग्रेज भारत में अपने शासन की बागडोर फ़ौरन छोड़ दें। वे भारत को 'भगवान के भरोसे छोड़ दें या अराजकता के हाथों में ही सौंप दें।' अगर अँग्रेज भारत को उसके भाग्य पर छोड़ दें तो जापानियों के पास भारत पर आक्रमण करने का कोई कारण नहीं रह जायेगा।

बम्बई के एक सभा-भवन में, जहाँ गर्मी के मारे दम घुटा जा रहा था, गांधी ने 8 अगस्त 1942 को आधी रात के फ़ौरन बाद अखिल-भारतीय कांग्रेस कमेटी के अपने अनुयायियों को लड़ाई के मैदान में कूद पड़ने के लिए ललकारा। उनका स्वर बिलकुल शान्त और संयत था, परन्तु उन्होंने जो शब्द कहे उनमें इतना आवेश और भावावेग था कि गांधी के मुँह से वे अजीब लगते थे।

'मुझे फ़ौरन आज़ादी चाहिए,' उन्होंने कहा, 'आज ही रात को, अगर हो सके तो भोर होने से पहले।'

'मैं आप लोगों को एक मन्त्र देता हूँ, बहुत छोटा-सा मन्त्र है,' उन्होंने अपने अनुयायियों से कहा : 'वह मन्त्र है—"करो या मरो !" हम या तो भारत को आज़ाद करा लेंगे या इसकी कोशिश करते हुए अपने प्राण दे देंगे; हम यह देखने के लिए ज़िन्दा नहीं रहेंगे कि हमारी ग़ुलामी को हमेशा के लिए पक्का कर दिया जाये।'

लेकिन भोर होने से पहले गांधी को जो मिला वह आज़ादी नहीं थी बल्कि अँग्रेज़ों की जेल में जाने का एक और निमन्त्रण। बहुत सावधानी के साथ तैयारी करके अँग्रेज़ों ने गांधी और कांग्रेस के सभी नेताओं को युद्ध के दौरान के लिए जेल में डाल दिया। उनकी गिरफ़्तारी के बाद कुछ दिन के लिए हिंसा का विस्फोट हुआ, लेकिन तीन ही सप्ताह के अन्दर अँग्रेज़ों ने परिस्थिति अपने क़ाबू कर ली।

गांधी की इस चाल से मुसलिम लीग की बन आयी, क्योंकि बहुत ही नाज़ुक घड़ी में कांग्रेस के सारे नेताओं का राजनीतिक रंगमंच से सफ़ाया हो गया। इधर ये लोग जेलों में सड़ रहे थे और उधर उनके मुसलिम प्रतिद्वंद्वी ब्रिटेन के युद्ध-प्रयासों का समर्थन कर रहे थे और इस प्रकार अँग्रेज़ों पर अपने एहसानों का काफ़ी बोझ लाद रहे थे। गांधी की योजना न केवल अँग्रेज़ों को भारत छोड़ने पर मजबूर करने में विफल रही, बल्कि उसने बहुत बड़ी हद तक यह पक्का प्रबन्ध भी कर दिया कि देश छोड़कर जाने से पहले अँग्रेज़ उसे बाँट देने के लिए अपने को विवश महसूस करें।

गांधी आख़िरी बार अँग्रेज़ों की जेल में गये। इस बार का जेल-प्रवास समाप्त होने पर उन्होंने अपने जीवन के कुल मिलाकर 2,338 दिन जेल में बिताये थे, 249 दक्षिण अफ्रीका में और 2,089 भारत में। गांधी को इस बार यर्वदा जेल की जानी-पहचानी चहारदीवारियों में नहीं रखा गया, जहाँ वह पहले बहुत समय बिता चुके थे; इस बार उन्हें पास ही आग़ा खाँ के महल में रखा गया। जेल जाने के पाँच महीने बाद गांधी ने घोषणा की कि वह 21 दिन का अनशन करने जा रहे हैं। इस अनशन के कारण कुछ अस्पष्ट-से थे, लेकिन अँग्रेज़ कोई समझौता करने को तैयार नहीं थे। चर्चिल ने नयी दिल्ली यह सूचना भिजवा दी कि अगर गांधी भूख से मर जाना चाहता है तो उसे ऐसा करने की पूरी छूट है।

अनशन के बीच में गांधी की हालत बिगड़ने लगी। अँग्रेज़ रत्ती-भर भी झुकने को तैयार नहीं थे, इसलिए उन्होंने चुपके-चुपके गांधी की मौत की तैयारियाँ शुरू कर दीं। उनकी अन्त्येष्टि के लिए दो ब्राह्मणों को लाकर जेल में रख दिया गया। रात के अँधेरे में उनकी चिता के लिए चन्दन की लकड़ी भी चोरी-छुपे महल में पहुँचा दी गयी। 74-वर्षीय गांधी को छोड़-कर हर आदमी उनकी मौत के लिए तैयार था। अनशन शुरू करते समय उनका वज़न 110 पौंड से कम था। फिर भी 21 दिन तक केवल नमक का पानी और बीच-बीच में एक-दो बूँद नीबू या मोसम्बी का रस पीते रहने के बावजूद उनका अक्षय मनोबल टूटा नहीं। उन्होंने अपने ऊपर जो यातना खुद थोपी थी उसे वह झेल ले गये।

लेकिन एक और यातना उनकी राह देख रही थी। चन्दन की जो लकड़ी उनकी चिता के लिए मँगायी गयी थी वह दूसरी चिता की लपटें सुलगाने के लिए काम में लायी गयी—उनकी पत्नी की चिता के लिए। 22 फ़रवरी, 1944 को वह स्त्री जो उनसे विवाह के समय तेरह वर्ष की एक अनपढ़ बच्ची थी, गांधी की गोद में अपना सिर रखे-रखे मर गयी। गांधी उसकी जान बचाने के लिए अपना सिद्धान्त छोड़ने को तैयार नहीं थे। वह प्राकृतिक चिकित्सा में विश्वास रखते थे और उनका यह भी विश्वास था कि सुई लगाकर शरीर में कोई दवा पहुँचाना मानव-शरीर के साथ हिंसा करना है। यह मालूम होने पर कि उनकी पत्नी ब्रॉंकाइटिस के कारण मर रही हैं, अँग्रेज़ों ने ख़ास तौर पर हवाई जहाज़ से बहुत मँहगी और मुश्किल से मिलने वाली पेनिसिलीन जेल में पहुँचवायी। लेकिन ऐन वक़्त पर जब गांधी को पता चला कि जिस दवा से उनकी पत्नी की जान बच सकती थी, उसका इंजेक्शन देना होना होगा तो उन्होंने डॉक्टरों को यह दवा इस्तेमाल करने की इजाज़त देने से इंकार कर दिया।

पत्नी के मरने के बाद गांधी का स्वास्थ्य भी बड़ी तेज़ी से गिरने लगा। उन्हें कई बीमारियाँ एक साथ लग गयीं—मलेरिया, हुकवर्म और पेचिश। यह साफ़ था कि इस कमज़ोर और निढाल हालत में वह बहुत ज़्यादा दिन तक ज़िन्दा नहीं रहेंगे। आख़िरकार चर्चिल को उनकी इच्छा न होते हुए भी इस बात के लिए राज़ी कर लिया गया कि गांधी को रिहा कर दिया जाये ताकि वह अँग्रेज़ों की जेल में न मरें।

लेकिन वह अँग्रेजों के भारत में भी नहीं मरे। बम्बई के पास समुद्र के किनारे एक धनी समर्थक के बँगले के शान्त वातावरण में गांधी फिर धीरे-धीरे स्वस्थ होने लगे। उनके स्वास्थ्य में सुधार होता देखकर चर्चिल ने, जिन्होंने भारत के बढ़ते हुए अकाल के बारे में वाइसराय के ज़रूरी-से-ज़रूरी तार का भी जवाब देने की परवाह नहीं की थी, बहुत चिढ़कर एक तार नयी दिल्ली भेजा जिसमें पूछा था कि गांधी अभी मरा क्यों नहीं ?

कुछ दिन बाद गांधी के वही भक्त, जिनके बँगले में वह ठहरे हुए थे, वहाँ आये तो देखते क्या हैं कि महात्मा के एक शिष्य सिर के बल खड़े हुए हैं, दूसरे ध्यान लगाये बैठे हैं, तीसरे ज़मीन पर लेटे सो रहे हैं और महात्मा अपने खुले पाख़ाने में बैठे एकाग्र भाव से शून्य में तक रहे हैं।

वह ठहाका मारकर हँस पड़े। गांधी ने पाख़ाने से बाहर निकलते हुए उनके हँसने का कारण पूछा।

उनके मेज़बान ने हँसते हुए कहा, 'अरे बापू, ज़रा इस कमरे को देखिए तो : एक आदमी सिर के बल खड़ा है, दूसरा ध्यान लगाये बैठा है, तीसरा सो रहा है और आप ख़ुद ख़ुड्डी पर बैठे हैं—और ये हैं वे लोग जो भारत को आज़ाद कराने जा रहे हैं !'

नार्थोल्ट एयरपोर्ट, 20 मार्च 1947

नार्थोल्ट एयरपोर्ट के रनवे पर सुबह की हलकी रोशनी में एक हवाई जहाज़ खड़ा राह देख रहा था, ठीक उसी जगह जहाँ ढाई महीने पहले लुई माउंट-बैटेन नये साल के दिन हवाई जहाज़ से उतरे थे। उनके ख़ास नौकर चार्ल्स स्मिथ ने माउंटबैटेन-परिवार का सारा सामान हवाई जहाज़ पर चढ़ा दिया था—कुल 66 अदद थे, जिनमें ज़रूरत की ऐसी कोई चीज़ नहीं थी जो न रही हो, यहाँ तक कि चाँदी की ऐश-ट्रे का एक सेट भी था जिस पर नये वाइसराय की पारिवारिक मुहर भी लगी हुई थी। उनकी पत्नी ने ऊपर के पटरे पर एक पुराना जूते का डिब्बा भी रख दिया था, जिसे देख-कर हवाई जहाज़ के रवाना होने के वक़्त कुछ देर के लिए खलबली भी

मच गयी थी। उस डिब्बे में परिवार की पीढ़ियों से चली आ रही एक निशानी थी, हीरे का एक जड़ाऊ मुकुट, जिसे लेडी माउंटबैटेन वाइसराइन घोषित किये जाने के वक़्त पहनने वाली थीं।

उसी सामान में वे सारे दस्तावेज़, हिदायतें और स्थिति की व्याख्या करने वाले काग़ज़ात भी थे जिन्हें वाइसराय और उनके साथ काम करने वाले दूसरे लोग आने वाले महीनों में अपने मार्ग-दर्शन के लिए इस्तेमाल करने वाले थे। उनमें सबसे महत्वपूर्ण दस्तावेज़ सिर्फ़ दो पन्ने का था और उस पर क्लीमेंट एटली के दस्तख़त थे। उसमें माउंटबैटेन की ज़िम्मेदारियाँ बतायी गयी थीं। इससे पहले किसी भी वाइसराय को इस तरह ठोस ज़िम्मेदारी सौंपकर नहीं भेजा गया था। एक तरह से यह दस्तावेज़ माउंट-बैटेन ने ख़ुद ही लिखा था। उन्हें पूरी कोशिश करनी थी कि भारत में अँग्रेज़ों की सार्वभौम सत्ता 30 जून, 1948 तक कामनवेल्थ के अन्दर ही एक स्वतन्त्र राष्ट्र को सौंप देने की व्यवस्था हो जाये। मार्ग-दर्शन के रूप में उन्हें जहाँ तक हो सके आठ महीने पहले सर स्टैफ़र्ड क्रिप्स के नेतृत्व में नयी दिल्ली भेजे गये कैबिनेट मिशन द्वारा तैयार की गयी योजना का पालन करना था। इस योजना में मुसलिम लीग की पाकिस्तान की माँग के साथ समझौता करते हुए भारत को ऐसा संघ-राज्य बनाने का सुझाव दिया था जिसमें केन्द्रीय सरकार के अधिकार बहुत सीमित हों। लेकिन भारत के राजनीतिज्ञों पर, जो आपस में लड़ रहे थे, कोई समझौता थोपने का सवाल नहीं था। अपना पद संभालने के छः महीने, यानी एक अक्तूबर तक अगर माउंटबैटेन को संयुक्त भारत की योजना पर समझौता कराने का कोई रास्ता न दिखायी दे, तो उन्हें भारत की इस गुत्थी को सुलझाने के लिए कोई दूसरा हल सुझाना था।

जितनी देर उनके यार्क एम० डब्लू०-102 विमान की जाँच-पड़ताल हो रही थी, माउंटबैटेन युद्ध के दिनों के अपने दो साथियों से, जो उनके साथ दिल्ली जा रहे थे, पास ही टहल-टहलकर बातें कर रहे थे। एक थे उनके निजी कर्मचारी-मंडल के प्रधान कैप्टेन रोनल्ड ब्राकमैन और दूसरे थे उनके सीनियर ए० डी० सी० लेफ़्टिनेंट-कमांडर पीटर हाउज़। ब्राकमैन सोच रहे थे कि बम बरसाने वाला यह लंकास्टर विमान, जिसे ठीक-ठाक करके यात्री-विमान में बदल दिया गया था, कितनी ही बार माउंटबैटेन को बर्मा के जंगलों में मोर्चे की चौकियों पर और युद्ध की समस्याओं पर विचार करने के लिए बड़ी-बड़ी मीटिंगों में ले जा चुका था। उनके साथ क़दम मिलाकर चलते हुए एडमिरल, जो आम तौर पर बहुत प्रसन्न-चित्त रहते थे, इस समय कुछ चिन्ताग्रस्त और अपने-आप में खोये हुए लग

रहे थे। विमान के एक कर्मचारी ने आकर सूचना दी कि हवाई जहाज़ उड़ान के लिए तैयार है।

माउंटबैटेन ने आह भरकर कहा, 'अच्छा, तो हम भारत चले। मेरा मन जाने को नहीं हो रहा है। वहाँ के लोगों को मेरा आना अच्छा नहीं लगेगा। शायद जब हम अपने देश लौटें तो हमारी पीठ में गोलियाँ लगी होंगी।'

तीनों आदमी हवाई जहाज़ पर बैठ गये। इंजन घरघराने लगा। यार्क विमान थोड़ी देर ज़मीन पर दौड़ा, फिर धूप को चीरता हुआ पूरब की ओर उड़ा और भारत के लिए रवाना हो गया—महान साहसपूर्ण यात्राओं के उस गौरवशाली अध्याय को समाप्त करने के लिए, जो साढ़े तीन सौ वर्ष पहले कैप्टेन हाकिंस ने अपने 'हेक्टर' नामक समुद्री जहाज़ पर पूरब की ओर निकलकर आरम्भ किया था।

4
मरते हुए राज को आख़िरी सलामी

प्रायश्चित-यात्रा—3

कोई भी चीज़ उस बूढ़े को रोक नहीं सकती थी। अपने अदम्य उत्साह से प्रेरित होकर वह अपने दुखते हुए नंगे पाँव घसीटता हुआ गाँव-गाँव घूम रहा था और भारत के घावों पर अपने प्रेम का मरहम लगा रहा था। धीरे-धीरे घाव भरने लगे। जहाँ-जहाँ से गांधी के दुबले-पतले झुकी हुई कमर वाले शरीर की छाया गुज़र जाती, वहाँ उन्माद ठंडा पड़ने लगता। डरते-डरते, झिझकते-झिझकते शांति ने अपनी चादर नोआखाली की रक्त-रंजित दलदलों पर फैला दी।

नयी दिल्ली, मार्च-अप्रैल 1947

ग्रीनेडियर गार्ड्स के 23-वर्षीय कप्तान को, जो अभी हाल ही में उनका ए० डी० सी० नियुक्त हुआ था, माउंटबैटेन अपनी नौ-सेना की दूध जैसी सफ़ेद पोशाक में 'फ़िल्मी हीरो जैसे लग रहे थे।' लुई माउंटबैटेन सौम्य मुद्रा में एक सुनहरी लैंडो गाड़ी पर बैठकर, जो पचास साल पहले उनके चाचा जार्ज पंचम की शाही सवारी को दिल्ली की सड़कों पर ले जाने के लिए ख़ास तौर पर बनवायी गयी थी, वाइसराय भवन पहुँचे। उनके होंठों पर हलकी-सी दुखभरी मुसकराहट थी; उनकी बग़ल में उनकी पत्नी बैठी हुई थीं। जैसे ही उनकी सवारी के आगे-आगे चलने वाले घुड़सवार महल की शानदार सीढ़ियों के पास पहुँचे, रायल स्काट्स फ़्यूज़ीलियर्स के एक दस्ते ने बैगपाइप पर भारत के अन्तिम वाइसराय का स्वागत करने

के लिए एक धुन छेड़ी जो इस समय न जाने क्यों दर्द-भरी मालूम हो रही थी।

पिछले वाइसराय लॉर्ड वेवेल सीढ़ियों के ऊपर खड़े हुए राह देख रहे थे; उनके चेहरे पर एक हलकी-सी फीकी-फीकी मुसकराहट थी। नयी दिल्ली में उन दोनों की एक साथ उपस्थिति ही परंपरा का उल्लंघन था। आम तौर पर होता यह था कि पुराना वाइसराय बंबई में गेटवे ऑफ़ इंडिया से पानी के जहाज़ से पूरी धूमधाम के साथ विदा किया जाता था और नया वाइसराय अगले जहाज़ से उसी फाटक की ओर आता था; इस तरह भारत इस उलझन से बच जाता था कि एक ही वक़्त में उसकी धरती पर दो भाग्यविधाता कैसे रहें! परम्परा को भंग करने का आग्रह स्वयं माउंटबैटेन ने किया था ताकि वह उनसे बात कर सकें; सीढ़ियों के ऊपरी छोर पर पहुँचकर उन्होंने पूरी औपचारिकता के साथ सिर झुकाकर लॉर्ड वेवेल का अभिवादन किया।

कुछ देर तक दोनों वहाँ खड़े बातें करते रहे, चारों ओर फ़ोटोग्राफ़रों के कैमरों के फ़्लैशबल्ब जलते-बुझते रहे। उन दोनों में इतना ज़मीन-आसमान का अन्तर था कि देखकर दुख होता था : युद्ध के गौरवान्वित हीरो माउंटबैटेन—आत्म-विश्वास और स्फूर्ति की साकार प्रतिमा; और वेवेल, एक आँख का बूढ़ा सिपाही, जिसकी उसके नीचे काम करने वाले सभी लोग भूरि-भूरि प्रशंसा करते थे और जिसे राजनीतिज्ञों ने अचानक निकाल दिया था। वेवेल ने कुछ ही समय पहले अपनी डायरी में लिखा था कि पिछले पाँच वर्षों से मेरा दुर्भाग्य रहा है कि 'मैं फ़ौजों को पीछे हटाने की निगरानी करूँ और पराजय के आघात को जितना भी हो सके कम करूँ।'

वेवेल शीशम का भारी दरवाज़ा पार करके माउंटबैटेन को अपने साथ वाइसराय के अध्ययन-कक्ष में ले गये और वहाँ पहली बार उनका सीधा सामना उन भयावह समस्याओं से कराया जो उनकी राह देख रही थीं।

वेवेल ने बातचीत का सिलसिला शुरू करते हुए कहा, 'मुझे सचमुच बहुत अफ़सोस है कि तुम्हें यहाँ मेरी जगह भेजा गया है।'

माउंटबैटेन यह सुनकर कुछ सकपका गये, बोले, 'आपने तो बिलकुल दो-टूक बात कह दी। लेकिन क्यों? क्या आप समझते हैं कि मैं इस काम को संभाल नहीं सकूँगा।'

'नहीं, यह बात नहीं है,' वेवेल ने जवाब दिया, 'दरअसल मैं तुम्हें बहुत चाहता हूँ, लेकिन तुम्हें एक नामुमकिन काम सौंप दिया गया है।

इस समस्या को हल करने के लिए, जो कुछ मुझे आता था सब मैं आज़मा चुका हूँ, लेकिन मुझे रोशनी की कोई किरण दिखायी नहीं देती। न सिर्फ़ यह कि हमें लन्दन से कोई मदद नहीं मिली, बल्कि अब हम यहाँ ऐसी जगह पहुँच चुके हैं जहाँ से आगे बढ़ने का कोई रास्ता ही नहीं है।'

बड़े धीरज के साथ वेवेल ने समस्या को हल करने के लिए अपने प्रयत्नों की समीक्षा की। इसके बाद उन्होंने उठकर अपनी तिजोरी खोली। उसके अन्दर सिर्फ़ दो ऐसी चीज़ें बन्द थीं जो वह अपने उत्तराधिकारी को दे सकते थे। पहली चीज़ तो एक लकड़ी के डिब्बे में मख़मली सिलवटों के ऊपर रखी हुई चमक रही थी। वह ग्रैंड मास्टर ऑफ़ द ऑर्डर ऑफ़ स्टार ऑफ़ इंडिया का हीरों से जड़ा हुआ बैज था, जो माउंटबैटेन के नये पद का प्रतीक-चिह्न था, और अब से चौबीस घंटे बाद वह उस समारोह के लिए उसे अपने गले में लटकायेंगे जिसमें उन्हें बाक़ायदा वाइसराय के पद पर स्थापित किया जायेगा।

दूसरी चीज़ थी बादामी रंग की एक फ़ाइल, जिस पर लिखा हुआ था 'ऑपरेशन मैडहाउस'। उस फ़ाइल में वह एकमात्र हल था जो यह योग्य सिपाही भारत की गुत्थी को सुलझाने के लिए सुझा सकता था। बड़े उदास मन से उन्होंने तिजोरी में से उसे निकालकर मेज पर रख दिया।

'इसे "पागलखाना" इसलिए कहा गया है,' वेवेल ने समझाते हुए कहा, 'कि यह समस्या पागलखाने के लायक़ है। अफ़सोस के साथ कहना पड़ता है कि मुझे कोई दूसरा रास्ता दिखायी नहीं देता।'

उसमें कहा गया था कि अँग्रेज एक-एक प्रांत करके भारत छोड़कर चले जायें, पहले औरतें और बच्चे, फिर ग़ैर-फ़ौजी कर्मचारी, फिर सिपाही; यह एक ऐसा क़दम था जो, गांधी के शब्दों में, 'भारत को अराजकता के हवाले कर देता।'

'बहुत भयानक हल है, लेकिन मुझे यही एक हल दिखायी देता है,' वेवेल ने आह भरकर कहा। उन्होंने फ़ाइल मेज़ पर से उठाकर अपने स्तब्ध उत्तराधिकारी को दे दी।

'मुझे बहुत अफ़सोस है, बहुत-बहुत अफ़सोस है,' उन्होंने अपनी बात समाप्त करते हुए कहा, 'लेकिन मैं इसके अलावा तुम्हें और कुछ भी नहीं दे सकता।'

जिस समय नये वाइसराय अपनी नयी ज़िम्मेदारियों से यह उदासी-भरा परिचय समाप्त कर रहे थे, उनकी पत्नी वेवेल के अध्ययन-कक्ष के ठीक ऊपर वाले कमरे में अपने नये जीवन से इससे अधिक दर्द-भरा परिचय

प्राप्त कर रही थीं। अपने कमरे में पहुँचकर एडविना माउंटबैटेन ने किसी नौकर से अपने दो छोटे-छोटे सीलीहैम कुत्तों—मिज़्ज़ेन और जिब—के लिए, जिन्हें माउंटबैटेन-दम्पति अपने साथ लन्दन से लाये थे, कुछ खाने के लिए लाने को कहा था। वह यह देखकर आश्चर्यचकित रह गयीं कि आधे घंटे बाद दो नौकर पगड़ियाँ बाँधे हुए बड़ी गम्भीर मुद्रा में उनके सोने के कमरे में आये; दोनों के हाथों में चाँदी की एक-एक ट्रे थी जिस पर चीनी की प्लेट रखी हुई थी और उन प्लेटों में ताज़े भुने हुए मुर्ग के सीने के कई टुकड़े थे।

एडविना की आँखें आश्चर्य से फटी रह गयीं और वह बड़ी ललचायी नज़रों से मुर्ग को देखती रहीं। इंगलैंड में अभाव के कठोर वातावरण में उन्होंने कई हफ़्तों से ऐसा खाना नहीं देखा था। उन्होंने कनखियों से अपने पाँवों के पास भूँकते हुए कुत्तों को देखा और फिर एक नज़र मुर्ग पर डाली। उनकी अनुशासनबद्ध अंतरात्मा अपने पालतू कुत्तों को इस तरह का भोजन देने को तैयार नहीं थी।

'वह मुझे दे दो,' उन्होंने आज्ञा दी।

मुर्ग की दोनों प्लेटें मज़बूती से अपने हाथों में पकड़कर वह बाथरूम में चली गयीं और अन्दर से दरवाज़ा मज़बूती से बन्द कर लिया। और वहाँ वह औरत, जिसने अगले कुछ महीनों में वाइसराय-भवन में 25,000 लोगों का आतिथ्य-सत्कार किया, बड़े चाव से नदीदों की तरह वह मुर्ग खाने लगी जो उसके कुत्तों के लिए लाया गया था।

ऐसा लगता था कि उनके पति की तरह ही एडविना माउंटबैटेन को भी नियति ने ढूँढकर उन पर सारे वरदान लुटा दिये थे। उनके पास रूप था। उनके पास प्रखर बुद्धि थी, कुछ लोगों का तो ख़याल था कि उनकी बुद्धि उनके पति से भी प्रखर थी। उन्हें अपने नाना सर अर्नेस्ट कैसेल से उत्तराधिकार में बहुत दौलत मिली थी, और अपने पिता के परिवार से सामाजिक प्रतिष्ठा मिली थी, जिनके पूर्वजों में ब्रिटेन के उन्नीसवीं शताब्दी के महान प्रधानमन्त्री लॉर्ड पामर्स्टन और प्रसिद्ध दानी राजनीतिज्ञ सातवें अर्ल ऑफ़ शैफ़्ट्सबरी भी शामिल थे। उनके इस स्वर्ग में कभी-कभी दुख के बादल भी छाये थे। बहुत बचपन में ही माँ के मर जाने के बाद उनका बाल्यकाल बहुत ही दुखी बीता था और उनके स्वभाव में अपने-आप में ही घुटते रहने की प्रवृत्ति पैदा हो गयी थी। उनके दिल को बड़ी जल्दी चोट लग जाती थी और वह उन घावों की पीड़ा अपने मन के अन्दर बन्द किये रहती थीं जहाँ वह धीरे-धीरे उनके अस्तित्व को घुन की तरह खाती रहती

थी। वह छोटी-से-छोटी बात का बुरा मान जाती थीं। वह अपने पति की तरह मस्त स्वभाव की नहीं थीं, जो कभी किसी ऐसी चीज़ की आलोचना करने में संकोच नहीं करते थे जो उन्हें अच्छी नहीं लगती थी और अगर कोई उनकी किसी बात की आलोचना करता था तो उसे वह हँसकर बर्दाश्त भी कर लेते थे। एडविना माउंटबैटेन बहुत जल्दी बुरा मान जाती थीं। उनके एक पुराने नौकर का कहना है, 'लॉर्ड माउंटबैटेन से तो आप जो चाहें कह सकते थे, और जिस तरह चाहें कह सकते थे। लेकिन लेडी माउंटबैटेन से बात करते हुए बहुत सावधान रहना पड़ता था।'

उन्होंने अपने शर्मीलेपन को, अपने अन्तर्मुखी स्वभाव को, एक अटल इच्छा-शक्ति के शिकंजे में जकड़ दिया था। उस इच्छा-शक्ति के सहारे उन्होंने अपने-आपको वह बना लिया जो प्रकृति ने उन्हें नहीं बनाना चाहा था : बाहर घूमने-फिरने वाली औरत, जो देखने में बहिर्मुखी स्वभाव की मालूम होती थी, लेकिन बहिर्मुखी होने की क़ीमत वह हर बार चुकाती रहती थी। वह लगभग दस वर्षों से सार्वजनिक सभाओं में भाषण देती आ रही थीं, कभी-कभी तो एक सप्ताह में दो-दो, तीन-तीन बार, फिर भी किसी बड़ी सभा में भाषण देने से पहले उनके हाथ बुरी तरह काँपने लगते थे। उनका स्वास्थ्य चीनी मिट्टी के गुलदान की तरह ज़रा-सी भी ठेस लगने से टूट सकता था। उन्हें लगभग रोज़ ही आधे सिर में भयानक पीड़ा होती थी, लेकिन उनके परिवार कें बाहर यह बात किसी को भी मालूम नहीं थी, क्योंकि वह शारीरिक कमज़ोरी का यह दिखावा करने को तैयार नहीं थीं। उनके पति आत्म-विश्वास की साकार मूर्ति थे और यह डींग मारते रहते थे कि उन्हें 'कभी चिन्ता ने नहीं सताया, कभी नहीं'। लेकिन एडविना हमेशा चिन्ताग्रस्त रहती थीं। उनके पति बिस्तर पर लेटते ही तुरन्त गहरी नींद सो जाते थे, लेकिन उन्हें नींद का सुख गोली खाने के बाद की बेहोशी के रूप में ही मिलता था।

माउंटबैटेन-दम्पति ने जो पच्चीस वर्ष साथ बिताये थे, वे दो बिलकुल साफ़ अलग-अलग हिस्सों में बँटे हुए थे। अपने विवाहित जीवन के पहले चौदह वर्षों में, जब लुई माउंटबैटेन नौ-सेना की अपनी नौकरी में धीरे-धीरे उन्नति की सीढ़ियाँ चढ़ रहे थे, उस ज़माने में उनका यह आग्रह रहा कि उनकी पत्नी अपनी दौलत को और उनकी सामाजिक प्रतिष्ठा को नौ-सेना के वातावरण से अलग रखें, जिसमें उनका ज़्यादातर समय बीतता था। लेकिन नौ-सेना के केन्द्रों से दूर चले जाने पर, लन्दन, पेरिस या रिविएरा में एडविना, उनकी बेटी के कथनानुसार, 'सोलह आने सामाजिक तितली' बन जाती थीं, दिल खोलकर पार्टियाँ देतीं और पार्टियों में जातीं।

जब कभी नाच से फ़ुरसत मिलती तो किसी साहसिक काम से अपना जोश बनाये रखने की कोशिश करतीं : दक्षिणी प्रशान्त महासागर में नौका-विहार को चली जातीं, सिडनी से लन्दन तक की पहली हवाई उड़ान पर हो आतीं या बर्मा रोड पर जाने वाली प्रथम यूरोपियन स्त्री होने का श्रेय प्राप्त करतीं।

उनके जीवन का वह बेफ़िक्री का मासूम ज़माना इथिओपिया पर मुसोलिनी के हमले के साथ समाप्त हो गया था। म्यूनिख की घटना के समय तक यह रूपान्तरण पूरा हो चुका था। उसके बाद से एडविना का जीवन इस दृढ़ विश्वास के आधीन हो चुका था कि किसी सामाजिक अथवा राजनीतिक भलाई के लक्ष्य को प्राप्त करने में पूरी तरह संलग्न न रहना अनैतिक है। ऐश-आराम की ज़िन्दगी में मस्त रहने वाली यह बड़े घर की बेटी अचानक समाज-सुधारक बन गयी। समाज की यह तितली समाज की समस्याओं के बारे में चिन्तित रहने लगी और उसने ऐसा उदार दृष्टि-कोण अपना लिया जिसे उसके साथ के लोग समझ नहीं पाते थे।

युद्ध के दौरान एडविना ने 60,000 सदस्यों वाले सेंट जॉन ऐम्बुलेंस ब्रिगेड का नेतृत्व किया। जब जापान ने हथियार डाल दिये तो उनके पति ने उनसे अनुरोध किया कि वह फ़ौरन जापानी युद्ध-बन्दियों के कैम्पों का दौरा करें ताकि उनमें जिन लोगों की हालत बहुत बुरी हो उनकी देखभाल का या वापस भेजने का बन्दोबस्त किया जा सके। अभी लॉर्ड माउंटबैटेन के सिपाहियों ने मलय प्रायद्वीप की भूमि पर क़दम भी नहीं रखा था कि एड़विना माउंटबैटेन सिर्फ़ अपने पति के एक पत्र से लैस होकर एक सेक्रेटरी, अपने पति के कर्मचारी-मण्डल के तीन अफ़सरों और एक हिन्दुस्तानी अंगरक्षक के साथ उस क्षेत्र में दनदनाती हुई पहुँच गयीं जिस पर तब तक जापानियों का क़ब्ज़ा था। आगे बढ़ते-बढ़ते वह बालिकपान, मनिला और हाँगकाँग तक पहुँच गयीं, निडर होकर जापानियों को डाँटती-डपटती हुई और उन्हें मजबूर करती हुई कि जब तक मित्र-राष्ट्रों की सहायता न पहुँचे तब तक वे अपने युद्ध-बन्दियों के लिए खाने और दवाओं का प्रबन्ध करें। उनके काम की बदौलत हज़ारों भूखे और बुरी तरह बीमार लोगों के प्राण बच गये।

युद्ध समाप्त होने पर उनके पति की तरह उन्हें भी उनकी सेवाओं के उचित पुरस्कार के रूप में इतने तमग़े मिले कि उनसे उनका पूरा सीना ढक गया। अब वह नयी दिल्ली में पति के कंधे से कंधा मिलाकर बहुत महत्वपूर्ण भूमिका निभाने आयी थीं। उन्हें अपने पति के सबसे पहले और सबसे अधिक भरोसे के विश्वासपात्र के रूप में काम करना था, संकट के

क्षणों में बड़े विवेक का परिचय देते हुए उनके निजी दूत की ज़िम्मेदारी संभालनी थी; जिन भारतीय नेताओं से उनके पति को निबटना था उनके पास एडविना को ही उनके सबसे सफल दूत की हैसियत से जाना था।

अपने पति की तरह वह भी भारत पर अपने काम करने के विशिष्ट ढंग तथा अपने विशिष्ट चरित्र की गहरी छाप छोड़कर जाने वाली थीं। एडविना माउंटबैटेन असाधारण बहुमुखी प्रतिभा वाली स्त्री थीं; रात को वह रेशमी पोशाक पहने अपने बालों में छोटा-सा चमकता हुआ मुकुट लगाये 100 अतिथियों के औपचारिक भोज में अपनी सारी ज़िम्मेदारियाँ निभाने के बाद दूसरे दिन सुबह सीधी-सादी मामूली-सी पोशाक पहनकर टख़ने-टख़ने तक कीचड़ में सनी हुई किसी भारतीय गन्दी बस्ती में जाकर हैज़े से मरते हुए बच्चे का सिर अपनी गोद में रखकर उसकी सेवा-शुश्रूषा करतीं। ऐसे अवसरों पर वह मनुष्यमात्र के प्रति ऐसी दया का परिचय देतीं जो कुछ लोगों को उनके पति में दिखायी नहीं देती थी। उनका यह आचरण ऐसा नहीं था कि मानो कोई महान महिला तरस खाकर लगे हाथ ग़रीबों की विपदा की ओर ध्यान देकर उन पर एहसान कर रही हो, बल्कि अपने आचरण से वह भारत की विपदाओं के प्रति अपना हार्दिक दुख व्यक्त करती थीं। भारतवासियों ने भी एडविना माउंटबैटेन की भावनाओं की सच्चाई को पहचाना और उनके प्रति ऐसा सद्भाव प्रदर्शित किया जैसा उन्होंने अब तक किसी अँग्रेज़ महिला के प्रति नहीं दिखाया था।

भारत हमेशा से धूमधाम और तड़क-भड़क का देश रहा था और मार्च की उस सुबह, जब माउंटबैटेन भारत के वाइसराय बनाये जाने वाले थे, विक्टोरिया के ज़माने की शान-शौकत और मुग़ल सम्राटों के समय के उस वैभव की छाप भी मौजूद थी जो ब्रिटिश राज के सभी समारोहों में देखी जाती रही थी। वाइसराय-भवन के बीचोंबीच दरबार हॉल तक जाने वाली चौड़ी सीढ़ियों के सामने भारतीय सेना, नौ-सेना और वायु-सेना की टुकड़ियाँ सलामी देने के लिए तैनात थीं। हॉल तक के रास्ते के दोनों ओर माउंटबैटेन के अंगरक्षक लाल और सुनहरे कोट, सफ़ेद ब्रिरजिस और चमकदार काले चमड़े के घुटनों तक के लम्बे जूते पहने क़तार बाँधे खड़े थे; सुबह की धूप में उनकी संगीनें चमक रही थीं।

अन्दर हॉल के सफ़ेद संगमरमर के गुम्बद के नीचे भारत की सभी बड़ी-बड़ी विभूतियाँ प्रतीक्षा कर रही थीं: अपने काले लबादे पहने और घुँघराले बालों वाले विग लगाये हुए हाईकोर्ट के जज, जिनकी वेश-भूषा

उतनी ही ठेठ ब्रिटिश थी जितना कि वह क़ानून था जिसका वे पालन कराते थे; बड़े-बड़े आई० सी० एस० अफ़सर, जो ब्रिटिश राज के राजदुलारे समझे जाते थे, जिनके शुद्ध अँग्रेज़ी नस्ल के गोरे-गोरे चेहरों के बीच कहीं-कहीं कोई साँवले रंग का भारतीय चेहरा भी दिखायी दे जाता था; साटन की चमकदार पोशाकें पहने और हीरे-जवाहरात से लदे हुए राजे-महाराजों का दल, जो सोने के मोरों के झुंड जैसा लग रहा था; और सबसे बढ़कर जवाहरलाल नेहरू और उनके काँग्रसी साथी जो मोटी खादी के कपड़े पहने हुए तेज़ी से आगे बढ़ते हुए भविष्य की पूर्व-सूचना दे रहे थे।

जब माउंटबैटेन के जुलूस के पहले सदस्यों ने हॉल में प्रवेश किया तो गुम्बद के निचले सिरे पर ताक़ों में छुपकर बैठे हुए चार आदमियों ने शहनाई पर मद्धिम सुरों में स्वागत की धुन छेड़ी, और जैसे-जैसे जुलूस आगे बढ़ता गया उनके स्वर भी तेज़ होते गये। धुन के साथ-साथ हॉल की रोशनियाँ भी, जो पहले मद्धिम थीं, धीरे-धीरे तेज़ होती गयीं। जिस क्षण भारत के नये वाइसराय और वाइसरीन बड़े-से प्रवेश-द्वार के नीचे से गुज़रे, सारी रोशनियाँ पूरी चमक के साथ जगमगा उठीं और शहनाई की विजय-लहरी से सारा गुम्बद गूँज उठा। बड़ी गम्भीर मुद्रा से माउंटबैटेन-दम्पति फ़र्श पर बिछे हुए क़ालीन पर धीरे-धीरे क़दम बढ़ाते हुए उन सिंहासनों की ओर बढ़े जो उनकी प्रतीक्षा कर रहे थे।

माउंटबैटेन के मन में आशंका के बादल घिर रहे थे, उनके मन में इस समय बहुत कुछ वैसा ही तनाव था जैसा एक बार लड़ाई से पहले के संशयग्रस्त क्षणों में अपने जहाज़ 'केली' पर खड़े होकर उन्होंने अनुभव किया था। उनका एक-एक आचरण उस क्षण के वैभव के अनुरूप था; वह और उनकी पत्नी सिंहासनों के ऊपर तने हुए लाल मख़मल के शामियाने के नीचे पहुँचे और मुड़कर हॉल में उपस्थित लोगों के आमने-सामने आ गये। भारत के चीफ़ जस्टिस अपना दाहिना हाथ ऊपर उठाकर आगे बढ़े और माउंटबैटेन ने बड़ी सत्यनिष्ठा के साथ उस शपथ के शब्द दोहराये जिसने उन्हें भारत का अन्तिम वाइसराय बना दिया।

जैसे ही उन्होंने शपथ के अन्तिम शब्दों का उच्चारण किया, बाहर रायल हॉर्स आर्टिलरी की तोपें गरज उठीं और उनकी गूँज पूरे हॉल में फैल गयी। उसी क्षण उप-महाद्वीप के कोने-कोने में 31 तोपों की सलामी दी गयी—ख़ैबर दर्रे के ऊपर लंडीकोतल में; कलकत्ता के फ़ोर्ट विलियम में जहाँ से क्लाइव ने भारत में ब्रिटिश साम्राज्य का निर्माण आरम्भ किया था; लखनऊ की रेज़िडेंसी में जहाँ 1857 के सिपाही-विद्रोह के समय उसकी रक्षा करते हुए मारे जाने वाले वीर स्त्री-पुरुषों के सम्मान में यूनियन जैक

झंडा हमेशा लहराता रहता था; कुमारी अन्तरीप पर जिसकी पीली रेत के पास से होकर महारानी एलिज़ाबेथ प्रथम के जहाज़ गुज़रे थे; मद्रास के सेंट जार्ज के क़िले में जहाँ ईस्ट इंडिया कम्पनी ने ज़मीन के अपने पहले पट्टे को सोने के पत्र पर अंकित कराया था; पूना, पेशावर और शिमला में; भारत में हर उस जगह जहाँ फ़ौजी छावनी थी, सैनिकों की परेडें हुईं और दिल्ली में पहली तोप के दग़ते ही सिपाहियों ने सलामी दी।

जब दरबार हॉल के गुम्बद में तोपों की आख़िरी गूँज खो गयी तो नये वाइसराय आगे बढ़कर माइक्रोफ़ोन के पास आये। उनके सामने स्थिति इतनी गम्भीर थी कि माउंटबैटेन ने अपने कर्मचारी-मंडल की सलाह के ख़िलाफ़ फ़ैसला किया था कि वह परम्परा को तोड़कर उपस्थित लोगों के सामने भाषण देंगे।

'मैं अच्छी तरह जानता हूँ कि मुझे जो काम सौंपा गया है वह बहुत कठिन है,' उन्होंने कहा, 'मुझे अधिक-से-अधिक लोगों की अधिक-से-अधिक सद्भावना की ज़रूरत होगी, और आज मैं भारत से वही सद्भावना माँग रहा हूँ।'

जैसे ही उन्होंने अपना भाषण समाप्त किया, सन्तरियों ने हॉल के शीशम के भारी दरवाज़े खोल दिये। माउंटबैटेन के सामने अचानक एक ऐसा दृश्य आ गया जिसे वह दम साधे देखते रह गये; सामने किंग्ज़वे की चौड़ी सड़क नयी दिल्ली के मर्मस्थल को चीरती हुई दूर तक चली गयी थी। ऊपर गुम्बद से एक बार फिर शहनाई के स्वर फूट निकले। दोनों ओर बैठे हुए लोगों के बीच से वापस लौटते समय माउंटबैटेन को अचानक ऐसा लगा कि आशंका के सारे बादल छँट गये हैं। उन्होंने अनुभव किया कि इस संक्षिप्त समारोह ने उन्हें इस पृथ्वी का एक सबसे शक्तिशाली आदमी बना दिया था।

पैंतालीस मिनट बाद माउंटबैटेन अपनी फ़ौजी वर्दी उतारकर साधारण लिबास में आकर अपने दफ़्तर की मेज़ पर बैठ गये। उनके बैठते ही सुनहरी पगड़ी लगाये उनका जमादार चपरासी हाथ में हरे चमड़े से मढ़ा डाक का बक्स लेकर अन्दर आया और उसने बक्स वाइसराय के सामने इस तरह रख दिया जैसे कोई महत्वपूर्ण रस्म पूरी कर रहा हो। माउंटबैटेन ने बक्स खोलकर उसके अन्दर रखा हुआ दस्तावेज़ निकाला। यह उस सत्ता का बहुत क्रूर प्रमाण था, जिसके वह अभी उत्तराधिकारी बने थे; यह एक ऐसे आदमी की दया की अन्तिम अपील थी जिसे फाँसी दी जाने वाली थी। माउंटबैटेन को यह स्थिति कुछ आकर्षक भी लगी और कुछ भयावह भी। उन्होंने उस अर्ज़ी का ब्योरा पढ़ डाला। यह एक ऐसे आदमी

का मामला था जिसने अपनी पत्नी को बहुत-से लोगों के सामने इतनी बेरहमी से पीटा था कि वह मर गयी थी। मामले की इतनी अच्छी तरह छानबीन की जा चुकी थी और वह इतनी अपीलों की मंज़िलों से गुज़र चुका था कि कहीं कोई गुंजाइश ही नहीं थी जिसकी बुनियाद पर उसे छोड़ दिया जाता। माउंटबैटेन थोड़ी देर तक तो झिझके। फिर उन्होंने बड़े उदास मन से क़लम उठाकर वाइसराय की हैसियत से अपना पहला काम किया।

उन्होंने फ़ाइल के कवर पर लिख दिया : 'कोई बुनियाद ऐसी दिखायी नहीं देती कि राज्य की ओर से क्षमादान का विशेषाधिकार इस्तेमाल किया जाये।'

भारत के राजनीतिक नेताओं पर अपने विचारों का प्रभाव जमाना शुरू करने से पहले, लुई माउंटबैटेन ने यह भाँप लिया था कि पहले उन्हें अपने व्यक्तित्व की धाक जमानी होगी। भारत का अन्तिम वाइसराय जब अपने देश लौटे तो भले ही उसकी पीठ में गोली लगी हों, जैसी कि उन्होंने नार्थोल्ट के हवाई अड्डे पर बड़ी निराशा के साथ भविष्यवाणी की थी, लेकिन वह यह दिखा देंगे कि भारत ने उनका जैसा वाइसराय पहले कभी नहीं देखा था। माउंटबैटेन का दृढ़ विश्वास था कि 'शान-शौकत और चमक-दमक का भरपूर दिखावा किये बिना वाइसराय बनना नामुमकिन है।' वह अँग्रेज़ों को भारत से निकालने के लिए नयी दिल्ली भेजे गये थे, लेकिन उन्होंने मन में यह ठान ली थी कि जब वह जायेंगे तो चारों ओर लाल और सुनहरे रंगों की बहार होगी और ब्रिटिश राज का सारा पुराना गौरव अन्तिम बार अपने चरम शिखर पर होगा।

लड़ाई के दौरान समारोहों के अवसर पर धूमधाम और तड़क-भड़क पर लगायी गयी पाबन्दी को उन्होंने हटा देने की आज्ञा दे दी : चमकदार पूरी वर्दियाँ पहने हुए अंगरक्षक, पहरेदार बदलने की रस्म, बैंड-बाजे, चमचमाती हुई संगीनें, 'सभी कुछ' फिर लौट आया। उन्हें इस वैभव का एक-एक क्षण बहुत अच्छा लगता था, लेकिन इस सारी शान-शौक़त के पीछे, जिससे उन्हें निजी तौर पर उल्लास प्राप्त होता था, एक और भी गूढ़ उद्देश्य छुपा हुआ था।

इस शान-शौकत और धूमधाम का उद्देश्य यह था कि उनके चारों ओर वाइसराय के गौरव तथा सत्ता की चमक-दमक रहे, उनके चारों ओर एक ऐसा ढाँचा तैयार हो जाये जिससे उनके हर काम में एक नया आयाम जुड़ जाये। वह अपने पूर्ववर्ती वाइसराय के 'ऑपरेशन मैडहाउस' (पागल-

खाने की कार्रवाई) की जगह स्वयं अपना 'ऑपरेशन सिडक्शन' (वशीकरण की कार्रवाई) शुरू करने का इरादा रखते थे; वह काम-काज के ढंग में एक ऐसी छोटी-मोटी क्रान्ति लाना चाहते थे जिसका लक्ष्य भारत के जन-साधारण उतनी ही बड़ी हद तक थे जितना कि वे नेता, जिनसे उन्हें सुलह-समझौते की बातचीत करनी थी। इस कार्य-शैली में एक-दूसरे से सर्वथा भिन्न मूल्यों का बहुत विवेकपूर्ण मेल होने वाला था, राजसी ठाठ-बाट और आम लोगों जैसी सादगी, मरते हुए ब्रिटिश राज की पुरानी शान-शौकत के दृश्य और आने वाले भारत की झलकियाँ दिखाने वाली नयी पहलक़दमियाँ।

विचित्र बात है कि माउंटबैटेन ने अपनी इस क्रांति की शुरुआत रंग-रोग़न के ब्रश से की। उनके सभी कर्मचारी यह देखकर दंग रह गये कि उन्होंने पहला आदेश यह दिया कि वाइसराय के अध्ययन-कक्ष में, जहाँ इतनी वार्ताएँ विफल हो चुकी थीं, दीवारों पर जड़े हुए लकड़ी के तख्तों का गहरा मातमी रंग बदलकर उन पर कोई हलका लुभावना रंग कर दिया जाये ताकि जिन भारतीय नेताओं के साथ वह वहाँ बातचीत करें वे वहाँ बैठकर तनाव न अनुभव करें। वाइसराय-भवन की दिनचर्या में शिथिलता का जो वातावरण पैदा हो गया था उसे उन्होंने झिझोड़कर दूर कर दिया और वहाँ फ़ौजी सदर कमान जैसी चहल-पहल रहने लगी। उन्होंने यह व्यवस्था कर दी कि रोज़मर्रा का पहला सरकारी काम उनके सभी कर्मचारियों की एक मीटिंग होगी जिसे शीघ्र ही 'सुबह की प्रार्थना' कहा जाने लगा।

माउंटबैटेन के नीचे काम करने के लिए जो नये आई० सी० एस० अफ़सर नियुक्त किये गये थे वे उनकी मानसिक चुस्ती, समस्या की जड़ तक पहुँच जाने की उनकी क्षमता और सबसे बढ़कर दीवानों की तरह काम करने की धुन को देखकर चकित रह गये। उन्होंने चपरासियों के वे सारे चक्कर बन्द करवा दिये जो हरे रंग का चमड़ा मढ़े हुए बक्सों में काग़ज़ रखकर निजी चिन्तन के लिए वाइसराय को देने जाते थे। वह नहीं चाहते थे कि उन बक्सों को खोलने और बन्द करने में और अपने अध्ययन-कक्ष के गम्भीर एकान्त में बैठकर उन काग़ज़ात के हाशियों पर वह अपने हाथ से टिप्पणियाँ लिखने में अपना समय नष्ट करें। इसके बजाय वह थोड़े-से शब्दों में ज़बानी आदेश दे देना ज़्यादा पसन्द करते थे।

उनके साथ काम करने वाले एक कर्मचारी का कहना है, 'उनके पास पढ़ने के लिए भेजे जाने वाले किसी काग़ज़ पर अगर आप यह लिख दें कि "मैं आपसे इसके बारे में बात कर सकता हूँ ?" तो यह निश्चित था कि

आप उनसे बात करेंगे और आपको किसी भी समय अपनी बात कहने के लिए तैयार रहना पड़ता था, क्योंकि हो सकता था कि रात को दो बजे बुलावा आ जाये।'

असली बुनियादी परिवर्तन जो वह लाना चाहते थे, यह था कि उनको व उनके पद को आम जनता के सामने नयी शक्ल में पेश किया जाये। एक शताब्दी से भी अधिक से यह परम्परा चली आ रही थी कि भारत का वाइसराय अपने पद की तड़क-भड़क और वैभव की सीमाओं में बन्द रहता था, और जन-साधारण से दूर रहने के मामले में दलाई लामा की बराबरी करता था। हत्या के दो विफल प्रयासों के बाद वाइसरायों ने अपने चारों ओर सुरक्षा का एक ऐसा खोल बना लिया था कि जिन लोगों पर वे शासन करते थे उनसे उनका कभी कोई सम्पर्क ही नहीं रहता था। जब कभी वाइसराय की सफ़ेद और सुनहरी रेलगाड़ी भारत के लम्बे-चौड़े विस्तार से होकर गुज़रती थी तो रास्ते-भर गाड़ी गुज़रने के 24 घण्टे पहले से हर 100 गज़ की दूरी पर पहरेदार तैनान कर दिये जाते थे। वह जहाँ भी जाते सैकड़ों अंगरक्षक, पुलिस वाले और सिक्योरिटी वाले उनके साथ चलते थे। अगर वह गोल्फ़ खेलने जाते तो सारे रास्ते साफ़ कर दिये जाते और लगभग हर पेड़ के पीछे पुलिस वाले तैनात कर दिये जाते। अगर वह घुड़सवारी के लिए जाते तो उनके अंगरक्षकों और सिक्योरिटी गार्डों का एक पूरा दस्ता भी घोड़ों पर पीछे-पीछे उनके साथ चलता।

माउंटबैटेन ने इस दीवार को तोड़ने का फ़ैसला कर लिया था। सबसे पहले तो उन्होंने यह एलान कर दिया कि वह, उनकी पत्नी और उनकी बेटी सुबह घुड़सवारी के लिए अकेले जाया करेंगे। उनकी इस बात से पूरे वाइसराय-भवन में भय और विस्मय की लहर दौड़ गयी, और उन्हें अपनी बात मनवाने में काफ़ी समय लगा। लेकिन आख़िरकार उन्होंने अपनी बात मनवा ली और जिस रास्ते से होकर ये लोग सुबह घुड़सवारी के लिए निकलते थे उसके किनारे रहने वाले गाँव वालों ने अचानक एक ऐसा दृश्य देखा कि उन्हें अपनी आँखों पर विश्वास नहीं हुआ और उन्हें ऐसा लगा जैसे वे कोई सपना देख रहे हों : भारत के वाइसराय और उनकी पत्नी अकेले बिना किसी अंगरक्षक को साथ लिये उनके सामने से घोड़ों पर सवार चले जा रहे हैं और उनकी ओर देखकर हाथ हिला रहे हैं।

इसके बाद उन्होंने और उनकी पत्नी ने एक और भी क्रान्तिकारी क़दम उठाया। उन्होंने एक ऐसा काम किया जो दो सौ साल में किसी वाइसराय ने करने का साहस नहीं किया था : एक ऐसे हिन्दुस्तानी के घर जाना जो गिने-चुने विशेषाधिकार-प्राप्त राजे-महाराजों में से नहीं था।

सारा भारत यह देखकर दंग रह गया कि वाइसराय और उनकी पत्नी एक दिन शाम को जवाहरलाल नेहरू के नयी दिल्ली वाले मामूली-से घर में ऐसे ही टहलते हुए एक पार्टी में आ गये। नेहरू के यहाँ काम करने वालों को तो किसी तरह विश्वास ही नहीं हो रहा था कि वे जो देख रहे हैं सच है, और उधर माउंटबैटेन नेहरू की कुहनी पकड़कर टहलते हुए मेहमानों के बीच पहुँच गये और सबसे हाथ मिलाते रहे और हँसते-बोलते रहे।

उनके इस सद्भावना के प्रदर्शन का बहुत गहरा असर पड़ा। उस शाम नेहरू ने अपनी बहन से कहा, 'ख़ुदा का शुक्र है, आख़िरकार हमारे यहाँ एक ऐसा वाइसराय आया जो इंसान है, कलफ़दार क़मीज़ नहीं।'

यह साबित करने की उत्सुकता में कि अब वाइसराय-भवन में भारतीय जनता के प्रति सम्मान की एक नयी भावना व्याप्त है, माउंटबैटेन ने भारतीय सेना को, जिसके बीस लाख सैनिक उनके नीचे दक्षिण-पूर्व एशिया में काम कर चुके थे, वह सम्मान प्रदान किया जो उसे बहुत पहले ही मिल जाना चाहिए। उन्होंने अपने कर्मचारी-मण्डल में तीन भारतीय अफ़सरों को अपने अंगरक्षक के रूप में नियुक्त किया। इसके बाद उन्होंने यह आदेश जारी कर दिया कि वाइसराय-भवन के द्वार भारतवासियों के लिए खोल दिये जायें; उनके आने से पहले केवल कुछ इने-गिने लोगों को ही उसकी चहारदीवारी में घुसने का निमन्त्रण मिलता था। उन्होंने अपने कर्मचारियों को आदेश दे दिया कि वाइसराय-भवन में अब कोई ऐसी डिनर पार्टी नहीं होगी जिसमें भारतीय मेहमान न हों। केवल यह नहीं कि नाम के लिए कुछ मेहमानों को बुला लिया जाये; उनका आदेश था कि अब से उनकी मेज़ पर कम-से-कम आधे मेहमान हिन्दुस्तानी होने चाहिए।

उनकी पत्नी ने वाइसराय-भवन की खाने की मेज़ पर और भी चमत्कारी क्रान्ति कर दी। अपने भारतीय मेहमानों की भोजन-सम्बन्धी परम्पराओं का सम्मान करते हुए उन्होंने वाइसराय-भवन के रसोइयों को आदेश दिया कि वे अब खाने की ऐसी चीज़ें पकाना शुरू करें जो पिछली एक शताब्दी के दौरान कभी वाइसराय-भवन के शाही दस्तरख़्वान पर नहीं देखी गयी थीं—भारतीय शाकाहारी भोजन। इतना ही नहीं, उन्होंने यह भी आदेश दे दिया कि खाना थालियों में परोसा जाये और उनके मेहमानों के पीछे नौकर हाथ में पानी के जग और तसले और तौलिये लेकर खड़े रहा करें, ताकि अगर कोई मेहमान हाथ से खाना चाहे तो खा सके और कुल्ला कर सके।

सद्भावना के ये छोटे-मोटे प्रदर्शन, जिस देश में उनको पहली बार एक-दूसरे से प्रेम हुआ था उसके प्रति माउंटबैटेन-दम्पति के प्रत्यक्ष

तथा सच्चे लगाव की भावना, लोगों को यह आभास कि नया वाइसराय विजेता नहीं मुक्तिदाता है, उन लोगों के मन में, जो उनके नीचे एशिया में काम कर चुके थे, उनके प्रति आदर का भाव—इन सब बातों ने वाइसराय-दम्पति के चारों ओर एक सराहनीय वातावरण पैदा कर दिया।

उनके आने के कुछ ही समय बाद **न्यूयार्क टाइम्स** ने लिखा, 'इतिहास में किसी दूसरे वाइसराय को भारतीय जनता का इतना अधिक विश्वास, सम्मान और प्यार नहीं मिला।' सच तो यह है कि कुछ सप्ताह में इस 'वशीकरण अभियान' को इतनी उल्लेखनीय सफलता मिली कि स्वयं नेहरू को नये वाइसराय से मज़ाक में कहना पड़ा कि उनके साथ समझौते की बातचीत करना कठिन होता जा रहा है, क्योंकि 'भारत में कोई दूसरा आदमी उतनी बड़ी भीड़ें नहीं जुटा पाता जितनी वह जुटा लेते हैं।'

उसके शब्द इतने आतंकजनक थे कि पहले तो लुई माउंटबैटेन को उन पर विश्वास ही नहीं हुआ। नव-वर्ष के दिन क्लीमेंट एटली तक ने उनके सामने भारतीय परिस्थिति का जो नाटकीय चित्रण किया था वह भी इन शब्दों के सामने किसी शांत देहात के वर्णन जैसा लगता था। लेकिन जो आदमी उनके अध्ययन-कक्ष के एकांत में ये शब्द उनसे कह रहा था उसकी ख्याति यह थी कि सारे कर्मचारियों में न तो कोई उतना प्रतिभाशाली था और न कोई भारत को इतनी अच्छी तरह समझता था। जार्ज आबेल ऑक्सफ़र्ड में पढ़ाई में सर्वप्रथम रहा था और तीन खेलों में यह यूनिवर्सिटी की टीम में था; वह माउंटबैटेन के पूर्ववर्ती वाइसराय का सबसे निकटतम सहयोगी रह चुका था।

उसने माउंटबैटेन से बिना किसी लाग-लपेट के सीधे-सादे शब्दों में कहा कि भारत बड़ी तेज़ी से गृह-युद्ध की ओर बढ़ रहा है। उसकी समस्याओं का हल जल्दी-से-जल्दी ढूँढकर ही वह उसे बचा सकते थे। भारत पर शासन करने वाला महान प्रशासन-तंत्र ढह रहा था। युद्ध के दौरान नये अफ़सरों की भरती रोक देने की वजह से अँग्रेज़ अफ़सरों की कमी और हिन्दू तथा मुसलिम अफ़सरों के बीच बढ़ते हुए द्वेष का मतलब यह था कि उस चिर-प्रतिष्ठित संस्था का शासन, जिसे इंडियन सिविल सर्विस (आई० सी० एस०) कहते थे, साल-भर भी नहीं चल सकता था। बहस-मुबाहसे का वक़्त निकल चुका था। भयानक तबाही से बचने के लिए सोच-विचार की नहीं, बल्कि तेज़ी से कार्रवाई करने की ज़रुरत थी।

आबेल जैसी हैसियत के आदमी ने चूँकि ये शब्द कहे थे इसलिए नये

वाइसराय को बहुत निराशाजनक आघात पहुँचा। लेकिन यह तो केवल शुरुआत थी, इसके बाद भारत में अपने कार्यकाल के पहले पन्द्रह दिनों के दौरान उनके पास इसी तरह की रिपोर्टों का एक ताँता बँध गया। जिस आदमी को वह अपने साथ चीफ़ आफ़ स्टाफ़ बनाकर लाये थे, जनरल लॉर्ड इस्मे, उन्होंने भी उनके सामने इतना ही भयावह विश्लेषण प्रस्तुत किया; वह 1940 से 1945 तक विंस्टन चर्चिल के भी चीफ़ ऑफ़ स्टाफ़ रह चुके थे। भारतीय सेना में बहुत दिन तक अफ़सर रह चुकने के कारण वह इस उप-महाद्वीप के चप्पे-चप्पे से परिचित थे; इसके अलावा वह इससे पहले भी एक वाइसराय के सेक्रेटरी रह चुके थे। लॉर्ड इस्मे ने अपने विश्लेषण के अन्त में कहा, 'भारत की हालत उस जहाज़ जैसी है जिसमें गोला-बारूद लदा हो और बीच समुद्र में उसमें आग लग जाये।' उन्होंने माउंट-बैटेन से कहा कि सवाल यह है कि क्या आग को गोला-बारूद तक पहुँचने से पहले बुझाया जा सकता है?

माउंटबैटेन को पंजाब के अँग्रेज़ गवर्नर से मिली पहली रिपोर्ट में भी उन्हें चेतावनी दी गयी थी कि 'पूरे सूबे में गृह-युद्ध का वातावरण फैला हुआ है।' गवर्नर की बात कितनी सही थी, इसका चौंका देने वाला प्रमाण रिपोर्ट के एक बहुत ही महत्वहीन पैराग्राफ़ में बयान की गयी घटना में मिलता था। उसमें रावलपिंडी के पास के किसी देहात की एक बहुत ही दर्दनाक घटना बयान की गयी थी। किसी मुसलमान की भैंस उसके सिख पड़ोसी के खेत में चली गयी। जब भैंस के मालिक ने उसे वापस माँगा तो लड़ाई ठन गयी और फिर दंगा हो गया। दो घंटे बाद आस-पास के खेतों में सौ आदमियों की लाशें पड़ी हुई थीं, जिन्हें एक भैंस के आवारा स्वभाव की वजह से छुरां और हँसियों से काटकर वहाँ फेंक दिया गया था।

नये वाइसराय के आने के पाँच दिन बाद कलकत्ता में हिन्दुओं और मुसलमानों के बीच झगड़े हुए, जिनमें 99 लोगों की जानें गयीं। दो दिन बाद बम्बई में ऐसा ही झगड़ा हुआ जिसमें सड़कों की पटरियों पर कटी-फटी लाशें पायी गयीं।

हिंसा के इन विस्फोटों को देखकर माउंटबैटेन ने भारत के बड़े-बड़े पुलिस-अफ़सरों को अपने अध्ययन-कक्ष में बुलाकर पूछा कि क्या पुलिस भारत में शांति और व्यवस्था बनाये रख सकती है?

'नहीं, साहब,' उनका जवाब था, 'यह हमारे बस के बाहर है।' माउंट-बैटेन विचलित हो उठे; उन्होंने यही सवाल भारतीय सेना के कमांडर-इन-चीफ़ सर क्लाड आकिनलेक से पूछा। उनसे भी वही जवाब मिला।

माउंटबैटेन को जल्द ही पता लग गया कि उनके पूर्ववर्ती वाइसराय

ने बड़ी मेहनत से और बहुत कोशिश करके काँग्रेस और मुसलिम लीग की जो मिली-जुली सरकार बनायी थी और जिसके सहारे उनसे भारत का शासन चलाने की आशा की जाती थी, वह दरअसल ऐसे कटुता से भरे दुश्मनों का जमघट था कि उसके मंत्री एक-दूसरे से बात भी नहीं करते थे। ज़ाहिर था कि यह सरकार चलने वाली नहीं थी, और उसके टूट जाने पर माउंटबैटेन को यह भयानक ज़िम्मेदारी संभालनी होगी कि एक ऐसे प्रशासन-तंत्र के सहारे, जो उनकी आँखों के सामने छिन्न-भिन्न हुआ जा रहा था, वह देश का शासन ख़ुद चलायें।

इस भयावह सम्वभावना की बात सोचकर, चारों ओर से हिंसा की ख़बरों की बौछार देखकर, और अपने सबसे अनुभवी सलाहकारों की चेतावनियाँ सुनकर माउंटबैटेन ने एक फ़ैसला किया जो भारत में अपने पहले दस दिनों का शायद सबसे महत्वपूर्ण फ़ैसला था और वाइसराय की हैसियत से उनके हर फ़ैसले पर इसी एक फ़ैसले की छाप थी। वह फ़ैसला यह था कि भारत को सत्ता सौंपने के लिए जून 1948 की जो तारीख़ लन्दन में तय की गयी थी, जो तारीख़ उन्होंने ख़ुद एटली से तय कर देने को कहा था, वह ज़रूरत से ज़्यादा आशाजनक थी। भारत के भविष्य के लिए उन्हें जो भी करना था वह कुछ महीनों के अन्दर नहीं, बल्कि कुछ ही सप्ताहों के अन्दर करना था।

एटली-सरकार को 2 अप्रैल 1947 को भेजी गयी अपनी पहली रिपोर्ट में उन्होंने लिखा : 'यहाँ की परिस्थिति घोर अंधकारमय है।...मुझे कोई ऐसा आधार दिखायी नहीं देता जिस पर भारत के भविष्य के लिए कोई सर्वसम्मत हल ढूँढा जा सके।'

भारत की उथल-पुथल की स्थिति का वर्णन करने के बाद नौजवान एडमिरल ने उस व्यक्ति को, जिसने उन्हें यहाँ भेजा था, चेतावनी के कुछ शब्द लिखे। 'मैं जिस एकमात्र नतीजे पर पहुँचा हूँ,' उन्होंने लिखा, 'वह यह है कि अगर मैंने जल्दी कोई क़दम न उठाया तो मुझे गृह-युद्ध छिड़ जाने की परिस्थिति से निबटना होगा।'

5

एक बूढ़ा आदमी और उसका टूटा हुआ सपना

नयी दिल्ली, अप्रैल 1947

कमरे में कोई और नहीं था। कोई सेक्रेटरी भी चुपचाप नोट नहीं ले रहा था कि उनकी बातों में विघ्न डाल सके। माउंटबैटेन को पूरा विश्वास था कि जो समस्या उनके सामने थी उसे फ़ौरन हल करना ज़रूरी था, इसलिए उन्होंने भारत के नेताओं से बात करने के लिए एक क्रान्तिकारी तरीक़ा अपनाने का फ़ैसला किया था। भारत के आधुनिक इतिहास में पहली बार उसके भविष्य का फ़ैसला सम्मेलन की मेज़ के चारों ओर बैठकर नहीं, बल्कि निजी बातचीत के अन्तरंग वातावरण में होने जा रहा था। वाइसराय के अध्ययन-कक्ष में ताज़ा रंग किया गया था। वहाँ जो बातचीत अभी शुरू होने जा रही थी वह इस सिलसिले की पहली कड़ी थी। बातचीत के इस सिलसिले पर ही इसका दारोमदार था कि लॉर्ड माउंटबैटेन ने लन्दन भेजी गयी अपनी पहली रिपोर्ट में जिस गृह-युद्ध की आशंका व्यक्त की थी उसकी तबाही से भारत बच पायेगा या नहीं ? बातचीत के इस सिलसिले में पाँच आदमी भाग लेने वाले थे, लुई माउंटबैटेन और चार भारतीय नेता।

इन चारों हिन्दुस्तानियों ने अपने जीवन का ज़्यादातर हिस्सा अँग्रेज़ों के ख़िलाफ़ आन्दोलन चलाने और एक-दूसरे से बहस करने में बिताया था। वे चारों अधेड़ उम्र पार कर चुके थे। चारों वकील थे जिन्होंने सबसे पहले अपनी अदालती बहस की योग्यता को लन्दन में क़ानून की सबसे ऊँची संस्था 'इंस ऑफ़ कोर्ट' में आज़माया था। उनमें से हर एक के लिए भारत

के नये वाइसराय के साथ उसकी बातचीत उसके जीवन की सबसे बड़ी बहस होने वाली थी, एक ऐसी बहस जिसके लिए, एक तरह से, उनमें से हर एक पिछली चौथाई शताब्दी से तैयारी करता आया था।

माउंटबैटेन के मन में कोई शंका नहीं थी कि इस बहस का नतीजा क्या निकलना चाहिए। बहुत-से अँग्रेज़ों की तरह वह भी समझते थे कि भारत की एकता एक मात्र सबसे बड़ी धरोहर है जो अँग्रेज़ अपने पीछे छोड़कर जा सकते हैं। उनके मन में यह एकता बनाये रखने की बहुत गहरी इच्छा थी, बिलकुल धार्मिक आस्था जैसी गहरी इच्छा। उनका पक्का विश्वास था कि देश का बँटवारा कर देने की मुसलिम लीग की माँग को मान लेना बहुत बड़ी तबाही के बीज बोना होगा।

औपचारिक मीटिंगों में, जो एक तरह से सबकी नज़रों के सामने ही होती रहती थीं, भारत के नेताओं को अपने देश की समस्याओं के किसी भी हल पर राज़ी करने की सारी कोशिशें अभी तक विफल रही थीं। लेकिन माउंटबैटेन को आशा थी कि अपने अध्ययन-कक्ष के एकान्त में उनको एक-एक करके समझा-बुझाकर शायद वह उस थोड़े समय में, जो उनके पास था, उनके बीच कोई समझौता करा सकें। उन्हें दूसरों को समझा-बुझाकर राज़ी कर लेने की अपनी क्षमता पर पूरा भरोसा था; सबसे बढ़कर उन्हें यह विश्वास था कि उनकी बात का तर्क अकाट्य है। वह कुछ ही सप्ताह में वह काम करके दिखाने की कोशिश करने जा रहे थे जो उनसे पहले वाइसराय कई वर्षों में भी पूरा नहीं कर पाये थे—भारत के नेताओं को किसी प्रकार की एकता के लिए राज़ी करना।

तेज़ी से गिरते हुए अपने बालों को सफ़ेद गांधी टोपी से ढके, अपनी बास्कट के तीसरे काज में गुलाब का ताज़ा फूल लगाये उनके सामने इस समय जो आदमी बैठा हुआ था वह भारत के राजनीतिक रंगमंच की जानी-मानी हस्तियों में से था। उनकी अपने ढंग की निराली चालाकी के बावजूद जवाहरलाल नेहरू का व्यक्तित्व उतना ही रौबदार था जितना कि भारत के वाइसराय का। उनके संवेदनशील चेहरे का भाव अभी एक क्षण बिलकुल फ़रिश्तों जैसा कोमल होता था और दूसरे ही क्षण बिलकुल पैशाचिक क्रोध की मुद्रा में बदल जाता था; अकसर उस पर उदासी की एक झलक भी दिखायी दे जाती थी। माउंटबैटेन के चेहरे का भाव लगभग हमेशा ही बिलकुल ही संयत और शान्त रहता था, लेकिन नेहरू की मुद्रा शायद ही कभी ऐसी रहती हो। उनके चेहरे के भाव और मुद्राएँ किसी झील के पानी पर से गुज़रती हुई परछाइयों की तरह बदलती रहती थीं।

भारतीय नेताओं में वही अकेले ऐसे थे जिन्हें माउंटबैटेन पहले से

जानते थे। वे दोनों युद्ध के बाद उस समय मिले थे जब नेहरू सिंगापुर गये हुए थे; वहीं माउंटबैटेन के दक्षिण-पूर्व एशियाई कमान का हेडक्वार्टर था। अपने सलाहकारों की राय की परवाह न करते हुए माउंटबैटेन नेहरू से मिले थे; उनके सलाहकारों ने उनसे कहा था कि उन्हें ऐसे विद्रोही से कोई सरोकार नहीं रखना चाहिए जिसके जूतों पर अभी तक अँग्रेजों की जेल की गर्द जमी हुई है।[1] दोनों के बीच फ़ौरन सहानुभूति पैदा हो गयी। माउंटबैटेन और उनकी पत्नी के साथ उठते-बैठते नेहरू की आँखों के सामने एक बार फिर उस इंगलैंड का चित्र आ गया जिसे उन्होंने पिछले चालीस वर्षों से नहीं देखा था; उस इंगलैंड का चित्र जो बरसों अँग्रेज़ों की जेलों में रहते-रहते उनकी याद से लगभग बिलकुल मिट चुका था; खुली बाँहों से स्वागत करने वाला वह इंगलैंड जिसे उन्होंने अपने पढ़ाई के दिनों में जाना था। माउंटबैटेन-दम्पति को भी नेहरू के आकर्षक व्यक्तित्व, उनके सुसंस्कृत व्यवहार और उनके प्रसन्नचित्त स्वभाव से बहुत आनन्द मिलता था। माउंटबैटेन के सारे कर्मचारी यह देखकर स्तम्भित रह गये थे कि उन्होंने नेहरू के साथ अपनी खुली मोटर में बैठकर सिंगापुर की सड़कों से गुज़रने का फ़ैसला भी अपने-आप ही कर लिया था। सलाहकारों ने उन्हें चेतावनी दी थी कि उनके इस आचरण से एक ब्रिटिश-विरोधी विद्रोही की प्रतिष्ठा बढ़ेगी।

'उनकी प्रतिष्ठा बढ़ेगी?' माउंटबैटेन ने दो-टूक जवाब दिया था, 'उनकी वजह से प्रतिष्ठा मेरी बढ़ेगी। एक दिन यह आदमी भारत का प्रधानमन्त्री बनेगा।'

अब उनकी यह भविष्यवाणी पूरी हो चुकी थी। भारत की अन्तरिम सरकार के प्रधानमन्त्री होने के नाते नेहरू को यह सम्मान मिला था कि भारत के चार नेताओं में से सबसे पहले उन्होंने माउंटबैटेन के अध्ययन-कक्ष में प्रवेश किया।

नेहरू और माउंटबैटेन की पहली मुलाक़ात के बाद से दुनिया बहुत बदल चुकी थी, उनकी अपनी जिन्दगियाँ भी बहुत बदल चुकी थीं, लेकिन उस

---

1 22 जनवरी 1944 को जब माउंटबैटेन अहमदनगर में थल-सेना के 33वें रिसाले का मुआइना करने गये हुए थे, उस समय उन्हें पता चला कि नेहरू उसी शहर में नजरबन्द हैं। यह सोचकर कि उनके नीचे दस लाख से ज़्यादा हिन्दुस्तानी सिपाही युद्ध में लड़ रहे हैं, उन्होंने भारतीय नेता से मिलने की इजाज़त माँगी। उनकी यह प्रार्थना स्वीकार नहीं की गयी।

भेंट में पारस्परिक सहानुभूति की दबी हुई लहर ने उनके बीच जो हार्दिकता पैदा कर दी थी, वही नेहरू ने शीघ्र ही वाइसराय के अध्ययन-कक्ष में अनुभव की। और इसमें कोई आश्चर्य की बात भी नहीं थी। हालाँकि माउंटबैटेन को यह मालूम नहीं था, पर उनके यहाँ आने में कुछ हद तक नेहरू का भी हाथ था।[1]

इसके अलावा और भी बहुत-सी बातें थीं जो तीन हज़ार वर्ष पुराने कश्मीरी परिवार के सपूत और प्रोटेस्टेंट धर्म के मानने वालों में सबसे पुराने शासक घराने का वंशज होने का दावा करने वाले इस आदमी के बीच घनिष्ठतम सम्बन्ध स्थापित करने के लिए काफ़ी थीं। उन दोनों को बातें करने का बहुत चाव था और जब वे दोनों एक-दूसरे के साथ होते तो बिलकुल दिल खोलकर बातें करते। अमूर्त्त विचारों की दुनिया में खोये रहने वाले नेहरू माउंटबैटेन की व्यावहारिक चुस्ती के बहुत प्रशंसक थे, उनकी निर्णायक क़दम उठाने की उस क्षमता के जो युद्ध के दौरान सेना का नेतृत्व करने के कारण उनमें पैदा हुई थी। माउंटबैटेन भी नेहरू के सुसंस्कृत आचरण से, उनके विचारों की गूढ़ता से बहुत प्रेरणा प्राप्त करते थे। उन्होंने शीघ्र ही समझ लिया कि जवाहरलाल नेहरू ही वह अकेले भारतीय नेता थे जो ब्रिटेन और नये भारत के बीच सम्बन्ध बनाये रखने की उनकी आकांक्षा में उनका साथ दे सकते थे और उसे समझ सकते थे।

---

1. हालांकि यह बात माउंटबैटेन को नहीं मालूम थी, लेकिन उन्हें भारत भेजने का सुझाव एटली को उनके निकटतम सहयोगी और चांसलर ऑफ़ द एक्सचेक़र (वित्त-मन्त्री) सर स्टैफ़र्ड क्रिप्स ने दिया था। यह विचार दिसम्बर 1946 में लन्दन में क्रिप्स और कृष्ण मेनन की एक गुप्त बातचीत के दौरान सामने आया था। मेनन एक स्पष्टवादी भारतीय वामपंथी नेता थे और नेहरू से उनके बहुत घनिष्ठ सम्बन्ध थे। मेनन ने क्रिप्स और नेहरू के सामने यह सुझाव रखा था कि जब तक वेवेल वाइसराय रहेंगे तब तक कांग्रेस भारत में किसी प्रगति की कोई आशा नहीं कर सकती। ब्रिटिश नेता के सवाल के जवाब में उन्होंने लुई माउंटबैटेन का नाम लिया था, जिनके प्रति नेहरू के मन में सबसे अधिक सम्मान था। इस बात को अच्छी तरह जानते हुए कि अगर भारत के मुसलिम नेताओं को पता चल गया कि माउंटबैटेन की नियुक्ति का सुझाव कहाँ से आया था तो उनकी सारी उपयोगिता समाप्त हो जायेगी, दोनों नेताओं ने यह तय किया था कि वे अपनी बातचीत का भेद किसी को नहीं बतायेंगे। मेनन ने क्रिप्स के साथ अपनी इस बातचीत का ब्योरा अपनी मृत्यु से एक साल पहले फ़रवरी 1973 में नयी दिल्ली में इस पुस्तक के एक लेखक को बताया था।

अपनी स्वाभाविक स्पष्टवादिता के साथ माउंटबैटेन ने उन्हें बता दिया कि उन्हें बहुत ही भयानक ज़िम्मेदारी सौंपी गयी थी और वह भारत की समस्या को शुद्ध यथार्थनिष्ठता की भावना से हल करने की कोशिश करेंगे। आपस में बातचीत करते हुए वे दोनों बहुत जल्दी ही दो मुख्य बातों पर सहमत हो गये : एक तो यह कि रक्तपात से बचने के लिए जल्दी ही कोई निर्णय करना ज़रूरी है, और दूसरे यह कि भारत का विभाजन बहुत ही दुखद घटना होगी।

इसके बाद नेहरू ने उस दूसरे भारतीय नेता के कार्य की चर्चा की जो उनके बाद माउंटबैटेन के अध्ययन-कक्ष में आने वाला था, उस प्रायश्चित-यात्री के काम की जो नोआखली और बिहार में अकेला अपनी राह पर चला जा रहा था। नेहरू ने कहा कि जिस आदमी के वह इतने लम्बे अरसे से भक्त रहे हैं 'वह भारत के शरीर पर एक के बाद दूसरे घाव पर मरहम लगाकर उसे अच्छा करने की कोशिश करता घूम रहा है, बजाय इसके कि वह रोग का निदान कर पूरे शरीर को चंगा करने में भाग ले।'

नेहरू के शब्दों में इस बात की झलक मिलती थी कि भारत के मुक्तिदाता और उसके निकटतम सहयोगियों के बीच की खाई लगातार चौड़ी होती जा रही थी; इन शब्दों से माउंटबैटेन की समझ में यह बात भी बहुत अच्छी तरह आ गयी कि दिल्ली में उन्हें किस ढंग से काम करना होगा। अगर वह भारत के नेताओं को देश की एकता बनाये रखने के लिए राज़ी न कर सके, तो वह उन्हें उसका विभाजन कर देने के लिए राज़ी करने की कोशिश करेंगे। गांधी बँटवारे के कट्टर विरोधी थे और यह माउंटबैटेन के रास्ते में सबसे बड़ी बाधा आने वाली थी। ऐसी हालत में उनके लिए एक मात्र आशा यह रह जायेगी कि वह काँग्रेस के नेताओं को राज़ी कर सकें कि वे अपने नेता से सम्बन्ध तोड़ लें और अपने देश की गुत्थी सुलझाने के एक मात्र हल के रूप में देश का बँटवारा मान लें। अगर ऐसी हालत पैदा हो गयी तो सारा दारोमदार नेहरू पर रहेगा। माउंटबैटेन के लिए बेहद ज़रूरी था कि यह एक मित्र उनके साथ रहे। माउंटबैटेन ने सोचा कि शायद नेहरू की ही इतनी साख है कि वह गांधी से टक्कर ले सकें।

अब नेहरू के शब्दों से यह संकेत भी मिल गया था कि गांधी और उनकी पार्टी के नेताओं के बीच मतभेद हैं। माउंटबैटेन को इस खाई को और चौड़ा करके उसका फ़ायदा उठाना पड़ सकता था। उन्होंने नेहरू का समर्थन प्राप्त करने के लिए कोई कोशिश उठा नहीं रखी। उनके वशीकरण अभियान का किसी दूसरे भारतीय नेता पर उतना गहरा प्रभाव नहीं

पड़ने वाला था जितना कि उस यथार्थवादी कश्मीरी ब्राह्मण पर। उस दिन एक ऐसी मित्रता का सूत्रपात हो रहा था जो आगे चलकर निर्णायक सिद्ध होने वाली थी।

नेहरू को दरवाज़े तक छोड़ने के लिए जाते हुए माउंटबैटेन ने उनसे कहा : 'मिस्टर नेहरू, मैं चाहता हूँ कि आप मुझे ब्रिटिश राज का बोरिया-बिस्तर समेटने के लिए भेजा गया अन्तिम ब्रिटिश वाइसराय न समझकर नये भारत की ओर जाने का मार्ग दिखाने वाला पहला वाइसराय समझें।' नेहरू ने मुड़कर उस आदमी को देखा जिसे वह वाइसराय की गद्दी पर बिठाना चाहते थे, और फिर चेहरे पर एक हलकी-सी मुसकराहट के साथ उन्होंने कहा, 'अच्छा, अब मेरी समझ में आया कि जब लोग आपके आकर्षण को खतरनाक बताते हैं तो उसका क्या मतलब है।'

एक बार फिर वह नंगा फ़कीर 'सम्राट के प्रतिनिधि से बराबरी के साथ समझौते की बातचीत करने के लिए' वाइसराय के अध्ययन-कक्ष में बैठा हुआ था।

अपनी बग़ल में बैठी हुई इस मशहूर हस्ती को बड़े ध्यान से देखते हुए माउंटबैटेन के मन में यह विचार उठा कि, 'यह आदमी तो बिलकुल छोटी-सी चिड़िया जैसा लगता है, मेरी आराम-कुर्सी पर बैठी हुई प्यारी-सी उदास गौरैया जैसा।'

अनोखी जोड़ी थी : एक तरफ़ वह शाही नौ-सैनिक जिसे पूरी तड़क-भड़क के साथ अपनी वर्दी पहनने का बड़ा चाव था, और दूसरी तरफ़ वह बूढ़ा हिन्दुस्तानी जो अपने नंगे बदन को ढकने के लिए एक सूती चादर से ज़्यादा और कुछ इस्तेमाल करने को तैयार नहीं था। गोरे-चिट्टे ख़ूबसूरत माउंटबैटेन जिनके कसरती शरीर के अंग-अंग से फुर्ती उबली पड़ती थी; गांधी जिनका दुबला-पतला ढाँचा आराम-कुर्सी में धँसकर रह गया था; एक अहिंसा का पुजारी और दूसरा पेशेवर सिपाही; एक रईसों का रईस और दूसरा एक ऐसा आदमी जिसने अपने सारे जीवन पृथ्वी के सबसे कंगाल लोगों जैसी दरिद्रता की जिन्दगी बसर करने का व्रत ले रखा था; एक ओर माउंटबैटेन थे जिन्होंने युद्ध के दौरान संचार की यन्त्र-विद्या में पूरी निपुणता प्राप्त कर ली थी और जो हमेशा किसी ऐसे एलेक्ट्रोनिकी यन्त्र की खोज में रहते थे जो उनके नेतृत्व में लड़ने वाले लाखों सिपाहियों के साथ उनकी सम्पर्क-व्यवस्था को बेहतर बना सके; और दूसरी ओर गांधी थे, वह कृषकाय मसीहा जो इस सारे ताम-झाम को सन्देह की दृष्टि से देखते थे, फिर भी जिन्होंने अपनी जनता के साथ ऐसा

सम्पर्क स्थापित कर लिया था जैसा इस शताब्दी में कोई दूसरा आदमी नहीं कर पाया था।

इन सभी बातों से, उनकी पृष्ठभूमि की हर चीज़ से, ऐसा लगता था कि दोनों आदमी पैदा ही इसलिए हुए हैं कि उनके बीच मतभेद रहे। फिर भी आने वाले महीनों के दौरान शान्ति के पुजारी गांधी को, उनके एक निकटतम साथी के शब्दों में, उस पेशेवर सिपाही की आत्मा में 'कुछ उन्हीं नैतिक मूल्यों की गूँज सुनायी दी जो स्वयं उनकी आत्मा को आन्दोलित करते रहते थे।' और माउंटबैटेन को भी गांधी से इतना गहरा लगाव हो गया कि उनकी मृत्यु पर उन्होंने यह भविष्यवाणी की कि 'इतिहास में महात्मा गांधी का नाम उसी श्रद्धा के साथ लिया जायेगा जैसे ईसा और बुद्ध का लिया जाता है।'

गांधी के साथ अपनी इस पहली मुलाक़ात को माउंटबैटेन ने इतना महत्वपूर्ण समझा था कि उन्हें वाइसराय की गद्दी पर बिठाये जाने का समारोह सम्पन्न होने से पहले ही उन्होंने गांधी को दिल्ली आने का निमन्त्रण देते हुए एक पत्र भेज दिया था। गांधी ने उस पत्र का उत्तर लिख तो फ़ौरन दिया, लेकिन फिर शरारत-भरी हँसी के साथ अपने एक सहयोगी से कहा था, 'दो-एक दिन रुककर इसे डाक में डालना। मैं नहीं चाहता कि वह नौजवान यह समझ बैठे कि मैं उसका निमन्त्रण पाने के लिए मरा जा रहा था।'

उस 'नौजवान' ने इस निमन्त्रण के साथ ही एक और काम भी किया था, जिस तरह के कामों के लिए वह मशहूर होता जा रहा था और जिन कामों पर उसके साथी अँग्रेज़ों को कभी-कभी बेहद ग़ुस्सा आता था। उसने गांधी को बिहार से दिल्ली लाने के लिए अपना निजी विमान भेजने की पेशकश की थी, लेकिन गांधी ने उनकी यह पेशकश स्वीकार नहीं की। उन्होंने हमेशा की तरह रेल से तीसरे दर्जे के डिब्बे में ही सफ़र करने का आग्रह किया।

इस बात पर ज़ोर देने के लिए कि वह अपनी इस पहली मुलाक़ात को कितना महत्व देते थे और इस मुलाक़ात को विशेष हार्दिकता प्रदान करने के लिए माउंटबैटेन ने अपनी पत्नी से भी इस अवसर पर मौजूद रहने को कहा था। अब उस मशहूर हस्ती को अपने सामने खड़ा पाकर वाइसराय-दम्पति के चेहरे पर चिन्ता और परेशानी की एक लहर दौड़ गयी। उन दोनों ने फ़ौरन महसूस किया कि गांधी किसी बात से बेहद दुखी हैं, और रहस्यमय पश्चात्ताप ने उन्हें बुरी तरह जकड़ रखा था। क्या उनसे कोई ग़लती हुई थी? क्या शिष्टाचार के किसी नियम का पालन करने में उनसे

कोई चूक हुई थी ?

माउंटबैटेन ने अपनी पत्नी को बड़ी चिन्तित दृष्टि से देखा। वह सोच रहे थे, 'हे भगवान, कैसी बुरी शुरुआत हुई है !' जितनी भी उनसे बन पड़ी उतनी शिष्टता के साथ उन्होंने गांधी से पूछा कि क्या वह किसी बात की वजह से परेशान हैं ?

भारतीय नेता के सीने से एक बहुत धीमी और बहुत उदासी-भरी आह निकली। 'आप जानते हैं,' गांधी ने जवाब दिया, 'अपने जीवन-भर, जब मैं दक्षिण अफ्रीका में था तभी से, मैं माया-मोह को त्यागता आया हूँ।' उन्होंने बताया कि उनके पास वस्तुतः कुछ भी नहीं था : उनकी गीता, टीन के बर्तन जिसमें वह खाना खाते थे, जो यरवदा जेल में उनके प्रवास की निशानी थे, और उनके तीन गुरु। और इसके अलावा उनकी एक घड़ी थी, उनकी पुरानी आठ-शिलिंग की इंगरसोल घड़ी जो एक डोरी से उनकी कमर में बँधी रहती थी, क्योंकि अगर उन्हें दिन का एक-एक क्षण ईश्वर के काम में लगाना था तो उन्हें यह तो मालूम होना ही चाहिए कि कब क्या समय है।

'आप जानते हैं क्या हुआ ?' उन्होंने बहुत उदास मन से हँसते हुए कहा, 'वह चोरी चली गयी। किसी ने दिल्ली आते हुए रेल के डिब्बे में मेरी घड़ी चुरा ली।' जिस समय वह दुबला-पतला आदमी आराम-कुर्सी में धँसा हुआ ये शब्द कह रहा था, उस समय माउंटबैटेन ने देखा कि उसकी आँखों में आँसू छलछला आये थे। एक क्षण में सारी बात वाइसराय की समझ में आ गयी। गांधी को घड़ी खो जाने का इतना दुख नहीं था। उन्हें दुख इस बात का था कि उन लोगों ने उनकी बात समझी नहीं। किसी के अनजान हाथों ने ठसाठस भरे हुए उस रेल के डिब्बे में उनके पास से जो चीज़ चुरायी थी वह एक आठ-शिलिंग वाली घड़ी नहीं थी, बल्कि उनकी आस्था का एक टुकड़ा था।

आखिरकार बहुत देर तक चुप रहने के बाद गांधी ने भारत की मौजूदा दुविधा के बारे में बात करना शुरू किया। माउंटबैटेन ने बड़ी मित्रता के भाव से अपना हाथ हिलाकर उनकी बात काटते हुए कहा, 'गांधीजी, पहले तो मैं यह जानना चाहता हूँ कि आप कौन हैं ?'

वाइसराय के इन शब्दों में एक सोची-विचारी तरकीब की झलक थी। उन्होंने पक्का इरादा कर लिया था कि इससे पहले कि भारतीय नेता अपनी न्यूनतम माँगों और अन्तिम शर्तों की बौछार लगा सके, वह उन्हें अच्छी तरह जान लें। उन्हें उम्मीद थी कि उनका तनाव दूर करके, उनका विश्वास प्राप्त करके वह पारस्परिक भरोसे तथा सहानुभूति का ऐसा

वातावरण बना सकेंगे जिसमें स्वयं उनके अपने गतिशील व्यक्तित्व का ज़्यादा गहरा असर पड़ेगा।

महात्मा उनकी इस चाल से बहुत ख़ुश हुए। उन्हें अपने बारे में बातें करने का बहुत शौक़ था और माउंटबैटेन-दम्पति के रूप में उन्हें ऐसे श्रोता मिल गये थे जिन्हें सचमुच उनकी बातों में दिलचस्पी थी। वह बड़े विस्तार के साथ दक्षिण अफ्रीका के बारे में, बोअर युद्ध में स्ट्रेचर उठाने वाले के रूप में अपनी जिन्दगी के बारे में, सविनय अवज्ञा आन्दोलन और नमक सत्याग्रह के बारे में बातें करते रहे। उन्होंने कहा कि एक ज़माने में पश्चिम के लोगों ने ज़रतुस्थ, बुद्ध, मूसा, ईसा, मुहम्मद और राम के सन्देशों से प्रेरणा प्राप्त की थी। लेकिन इसके बाद कई शताब्दियों तक पूरब पर पश्चिम का सांस्कृतिक प्रभुत्व रहा। अब जबकि पश्चिम के सिर पर फिर ऐटम बम और भूत मँडला रहे हैं तो उसे पूरब की ओर देखना पड़ेगा। उन्होंने आशा प्रकट की कि यहाँ शायद उसे प्यार और भाईचारे का वह सन्देश मिल सके जिसका प्रचार करने की वह कोशिश करते रहे हैं।

उनकी बातचीत दो घण्टे तक चलती रही। बीच में एक छोटी-सी, फिर भी बहुत असाधारण, घटना हुई जिससे इस बात का संकेत मिलता था कि माउंटबैटेन की चाल कितनी सफल रही थी, और गांधी पर उसकी कितनी अनुकूल प्रतिक्रिया हुई थी।

बातचीत के बीच में तीनों उठकर फ़ोटो खिंचाने के लिए टहलते हुए मुग़ल गार्डन में गये। फ़ोटो खिंच जाने के बाद वे फिर अन्दर जाने के लिए मुड़े। 77-वर्षीय भारतीय नेता को दो जवान लड़कियों के कंधों पर हाथ रखकर चलने का शौक़ था, जिन्हें वह बड़े प्यार से अपनी बैसाखियाँ कहते थे। इस वक़्त भी उस क्रांतिकारी ने, जिसने अपना सारा जीवन अँग्रेज़ों के ख़िलाफ़ लड़ते हुए बिताया था, अनायास ही अपना हाथ ब्रिटेन की अन्तिम वाइसराइन के कंधे पर रख दिया, और उसी शांत भाव से चलते हुए, मानो अपनी संध्याकालीन प्रार्थना-सभा में जा रहे हों, वह फिर वाइसराय के अध्ययन-कक्ष में पहुँच गये।

जब गांधी वाइसराय के साथ अपनी दूसरी मुलाक़ात के लिए उनके अध्ययन-कक्ष में पहुँचे, दिल्ली गरमी की पहली झुलसती हुई लपटों में हाँफ रही थी। सूरज की सफ़ेद रोशनी में मुग़ल गार्डन के ढाक के पेड़ों से ऐसा लग रहा था जैसे चिंगारियाँ निकल रही हों, और संतरे का छिलका छील कर फेंक दिये जाने के मिनटों में बिलकुल पापड़ की तरह भुन जाता था। सारे शहर में अगर कहीं पहाड़ी घाटियों जैसी ताज़गी थी तो माउंट-

बैटेन के अध्ययन-कक्ष में। छोटी-से-छोटी बात का भी ध्यान रखने की जिस भावना के कारण उन्होंने अपने अध्ययन-कक्ष का रंग बदलवा दिया था उसी भावना के आधीन उन्होंने उसमें दिल्ली का सबसे अच्छा एयर-कंडीशनर भी लगवाया था, जिसकी बदौलत वह 75 डिग्री तापमान के ताज़गी भरे वातावरण में काम कर सकते थे।

उस मशीन की वजह से बहुत बड़ी दुर्घटना होते-होते बची। दिल्ली की भट्टी जैसी तपती हुई गरमी से अचानक उनके ठंडे अध्ययन-कक्ष में पहुँचते ही आधुनिक मशीनी ताम-झाम के कट्टर शत्रु गांधी को एयर-कंडीशनिंग के वरदानों का बहुत कटु प्रथम अनुभव हुआ। अपने अधनंगे मेहमान को सरदी के मारे काँपता हुआ देखकर माउंटबैटेन ने अपने ए० डी० सी० को बुलाने के लिए घंटी बजायी। वह और लेडी माउंटबैटेन दोनों एक साथ कमरे में आये।

'हे भगवान,' एडविना माउंटबैटेन ने घबराकर कहा, 'आप तो बेचारे को निमोनिया करा देंगे।'

उन्होंने लपककर एयर-कंडीशनर फ़ौरन बन्द कर दिया और खिड़की खोल दी; फिर वह जल्दी से जाकर अपने पति का पुराना नौ-सेना वाला एक स्वेटर ले आयीं और गांधी के काँपते हुए कंधों पर डाल दिया।

जब गांधी के शरीर में फिर कुछ गरमी आ गयी तो माउंटबैटेन अपने मेहमान को लेकर चाय पीने के लिए खुले में गये। दो नौकर माउंटबैटेन के लिए उनकी चाय चीनी के सेट में लाये जिस पर वाइसराय की मुहर छपी हुई थी। मनु भी गांधी के साथ गयी थी, वह अपने साथ जो थोड़ा-बहुत खाने को लायी थी उसने निकालकर मेज़ पर सजा दिया: नीबू का पानी, बकरी के दूध का दही और खजूर। गांधी ने यह सब-कुछ एक ऐसे चम्मच से खाया जिसका हैंडिल टूट गया था और उसकी जगह बाँस की एक खपची डोरी से बाँध दी गयी थी। जिन टूटी-फूटी टीन की प्लेटों में यह सब कुछ परोसा गया उन पर भी अँग्रेज़ों की वैसी ही छाप थी जैसी वाइसराय के चाय के सेट में शेफ़ील्ड के बने हुए छुरी-काँटों पर थी। गांधी के ये बरतन यरवदा जेल से आये थे।

गांधी ने मुसकराते हुए बकरी के दूध का दही माउंटबैटेन की तरफ़ बढ़ाया, और बोले, 'चखकर देखिये, बहुत अच्छा है।'

माउंटबैटेन ने किंचित अरुचि के साथ उस पीली-पीली दलिये जैसी पिलपिली चीज को देखा। उन्होंने दबे स्वर में कहा, 'मैं नहीं समझता कि मैंने कभी इसे चखा हो।' उन्हें उम्मीद थी कि इन शब्दों से हताश होकर शायद गांधी और अधिक उदारता दिखाने की कोशिश न करें। लेकिन

गांधी इतनी आसानी से हार मानने वाले नहीं थे।

'कोई बात नहीं है,' उन्होंने हँसते हुए कहा, 'हर काम कभी-न-कभी तो पहली बार किया ही जाता है। अब चखकर देखिये।'

माउंटबैटेन अब फँस गये थे; उन्होंने चुपचाप एक चम्मच दही ले लिया। उनकी राय में वह बहुत ही 'भयानक' था।

उनकी बातचीत की यह भूमिका वहाँ लॉन पर समाप्त हो गयी तो माउंटबैटेन ने वह सिलसिला शुरू किया जिससे उनसे पहले के वाइसराय हमेशा उकता जाते थे और धीरज खो बैठते थे—यानी गांधी से समझौते की वार्ता।

गांधी ने सचमुच अँग्रेजों को नाकों चने चबवा दिये थे। गांधी के लिए सत्य ही अन्तिम वास्तविकता थी। लेकिन गांधी के सत्य के दो पहलू थे—परम या निरपेक्ष सत्य और सापेक्ष सत्य। जब तक मनुष्य हाड़-मांस का यह शरीर धारण किये रहता है तब तक उसे परम सत्य की कभी-कभी झलक ही दिखायी देती है। अपने प्रतिदिन के जीवन में उसका साक्षात सापेक्ष सत्य से ही होता है। अपने इन दो प्रकार के सत्यों का अन्तर समझाने के लिए गांधी एक बहुत अच्छी मिसाल देते थे। वह कहते थे, अपना बायाँ हाथ बर्फ़ के पानी से भरे हुए कटोरे में डालो और फिर उसी हाथ को गुनगुने पानी के कटोरे में डालो। गुनगुना पानी बहुत गरम लगता है। अब अपना दाहिना हाथ गरम पानी के कटोरे में डालो और फिर उसी हाथ को उसी गुनगुने पानी के कटोरे में डालो, अब गुनगुना पानी ठंडा लगता है, हालाँकि उसका तापमान वही है जो पहले था। इससे वह यह नतीजा निकालते थे कि पानी का स्थिर तापमान परम सत्य है, लेकिन हाथ जिस सापेक्ष सत्य को अनुभव करता है वह बदलता रहता है। जैसा कि इस दृष्टांत से पता चलता है, गांधी का सापेक्ष सत्य कोई जड़ चीज़ नहीं थी। वह किसी समस्या के बारे में उनके बदलते हुए बोध के साथ बदलता रह सकता था। इसके कारण उनके रवैये में एक लचीलापन आ गया था, लेकिन जो अँग्रेज़ उनके साथ बातचीत करते थे उन्हें कभी-कभी ऐसा लगता था वह एशिया के लोगों की तरह दोतरफ़ा बात करने वाले बहुत काइयाँ आदमी हैं। एक बार उनके एक शिष्य तक ने झुँझलाकर उनसे कह दिया: 'गांधीजी, आपकी बात मेरी समझ में नहीं आती। आपने अभी पिछले हफ़्ते एक बात कही थी, और इस हफ़्ते बिलकुल ही दूसरी बात कह रहे हैं?'

'अरे,' गांधी ने जवाब दिया था, 'ऐसा इसलिए है कि मैंने इस एक हफ़्ते में कुछ सीख लिया है।'

इसलिए नये वाइसराय ने डरते-डरते गांधी से गम्भीर बातचीत का सिलसिला शुरू किया। वह यह तो मानने को तैयार नहीं थे कि उनके पास बैठा हुआ दुबले-पतले छोटे-से शरीर वाला आदमी, जो 'गौरैया की तरह चहक रहा था,' भारत के संकट का हल ढूंढने में उनकी मदद कर सकता है, लेकिन इतना जानते थे कि यह आदमी हल ढूंढने की कोशिशों पर पानी ज़रूर फेर सकता था। इससे पहले भी समझौता कराने की कोशिश करने वाले कई अँग्रेज़ों की उम्मीदें इस आदमी के अनबूझ व्यक्तित्व के चक्करों में उलझकर चकनाचूर हो चुकी थीं। गांधी ने ही 1942 में क्रिप्स को ख़ाली हाथ लन्दन वापस भेज दिया था। एक सिद्धान्त की बात पर उनके टस से मस न होने की वजह से भारत की गुत्थी को सुलझाने की वेवेल की सारी कोशिशें बेकार हो गयी थीं। उसके बाद नयी कोशिश शुरू की गयी। कैबिनेट मिशन ने यह काम शुरू किया, और कहा जाता था कि उसकी योजना को ही माउंटबैटेन ने अपना आधार बनाया था। लेकिन इस कैबिनेट मिशन की कोशिश को भी गांधी की चालों ने विफल कर दिया। अभी कल ही शाम को गांधी ने एक बार फिर कहा था कि भारत का बँटवारा 'मेरी लाश पर होगा। अपने जीते जी, मैं कभी भारत के बँटवारे के लिए तैयार नहीं हो सकता।'

माउंटबैटेन को इस बात का दुख था कि अगर न चाहते हुए भी उन्हें भारत का बँटवारा करना पड़ा तो उन्हें अपना यह फ़ैसला गांधी पर ज़बर्दस्ती थोपना पड़ेगा। इसके लिए उन्हें गांधी को शारीरिक रूप से नहीं तोड़ना होगा बल्कि उनका दिल तोड़ना पड़ेगा।

अपनी बातचीत की शुरुआत सही ढंग से करने के उद्देश्य से माउंटबैटेन ने गांधी से कहा कि ज़ोर-जबर्दस्ती के आगे कभी न झुकना हमेशा से अँग्रेज़ों की नीति रही, लेकिन उनके अहिंसा के आन्दोलन के आगे अँग्रेज़ों को झुकना पड़ा, और अब चाहे जो भी हो जाये अँग्रेज़ भारत छोड़कर चले जायेंगे। 'कुछ समय बाद आप लोगों के यहाँ से चले जाने में एक ही बात का महत्व है,' गांधी ने उत्तर दिया। उन्होंने याचना की, 'भारत का बँटवारा करके न जाइये।' अहिंसा का पुजारी अनुरोध कर रहा था, भारत के टुकड़े न कीजिये, चाहे उसके टुकड़े करने से इंकार करने की वजह से 'ख़ून की नदियाँ' ही क्यों न बह जायें।

माउंटबैटेन ने गांधी को विश्वास दिलाया, 'भारत का बँटवारा तो वह हल है जिसका सहारा मैं सबसे बाद में लेना चाहता हूँ। लेकिन उसके अलावा और क्या-क्या रास्ते हैं?'

गांधी के पास एक रास्ता था। वह देश को बँटने से बचाने के लिए

अपना सब-कुछ दाव पर लगा देने को तैयार थे, यहाँ तक कि वह वैसे फ़ैसले के लिए भी तैयार थे जैसा सुलेमान ने दिया था। उनका कहना था कि बच्चे के दो टुकड़े करने के बजाय उसे मुसलमानों को दे दो। वह इसके लिए तैयार थे कि उनके प्रतिद्वंद्वी जिन्ना और उनकी मुसलिम लीग से सरकार बनने को कहा जाये और तीस करोड़ हिन्दुओं को उनके शासन के आधीन कर दिया जाये, फिर सत्ता इस सरकार के हाथों में सौंप दी जाये। जिन्ना जो हिस्सा माँगते थे उसके बजाय उन्हें पूरा हिन्दुस्तान ही दे दिया जाये।

माउंटबैटेन बँटवारे से बचने के लिए कोई भी उपाय करने को तैयार थे। उनकी हालत बिलकुल वैसी ही थी जैसे डूबते को तिनके का सहारा। गांधी का यह सुझाव बिलकुल परियों की कहानी जैसी बात लगती थी, लेकिन उनके कुछ और विचार भी तो ऐसे ही थे और वे कामयाब हुए थे।

'आपको यह कैसे भरोसा है कि खुद आपकी काँग्रेस पार्टी इसे मान लेगी?' उन्होंने गांधी से पूछा।

गांधी ने जवाब दिया, 'काँग्रेस हर चीज़ से बढ़कर यह चाहती है कि देश का बँटवारा न हो। वह उसे रोकने के लिए कुछ भी करने को तैयार हो जायेगी।'

माउंटबैटेन ने पूछा कि इस पर जिन्ना का रवैया क्या होगा?

गांधी ने हँसकर जवाब दिया, 'अगर आप उनसे कहेंगे कि यह सुझाव मेरा है तो उनका जवाब होगा : "काइयाँ गांधी"।'

माउंटबैटेन एक क्षण तक चुप रहे। गांधी के सुझाव में बहुत कुछ ऐसा था जिसे व्यवहार में पूरा नहीं किया जा सकता था। वह अभी इतनी जल्दी अपनी साख दाव पर लगाने को तैयार नहीं थे। लेकिन वह किसी ऐसे विचार को, जिससे भारत एक बना रह सकता हो, अच्छी तरह सोच-विचार किये बिना ठुकरा देने को भी तैयार नहीं थे।

'देखिये,' उन्होंने गांधी से कहा, 'अगर आप मुझे औपचारिक रूप से इस बात का आश्वासन ला दें कि काँग्रेस आपकी इस योजना को मान लेगी, कि वह पूरी लगन के साथ इस योजना को सफल करने की कोशिश करेगी, तो मैं इस सुझाव पर विचार करने को तैयार हूँ।'

उनके ये शब्द सुनकर गांधी अपनी कुर्सी पर से लगभग बिलकुल उछल पड़े। उन्होंने माउंटबैटेन को विश्वास दिलाया, 'मैं पूरी लगन के साथ काम करने को तैयार हूँ। अगर आप यह फ़ैसला कर लें तो मैं लोगों से इसे मनवाने के लिए देश के कोने-कोने का दौरा करूँगा।'

कुछ ही घंटे बाद जब गांधी शाम की अपनी प्रार्थना-सभा में जा रहे थे तो एक भारतीय पत्रकार ने उनसे बात की। उसे ऐसा लगा कि महात्माजी 'ख़ुशी से फूले नहीं समा रहे थे।' जहाँ प्रार्थना-सभा होनी थी उसके पास पहुँचकर गांधी अचानक उस पत्रकार की ओर मुड़े और बड़ी उल्लास-भरी मुसकराहट के साथ उन्होंने उसके कान में कहा, 'मैं समझता हूँ कि मैंने धारा का रुख मोड़ दिया है।'

'अरे, यह आदमी तो मुझ पर धौंस जमाने की कोशिश कर रहा है!' लुई माउंटबैटेन ने बड़े अविश्वास के भाव से सोचा। उनके सामने बैठी हुई इस चट्टान जैसी हस्ती से टकराकर उनका वशीकरण अभियान अचानक ठप हो गया था। खादी की धोती अपने कंधों पर लबादे की तरह लपेटे हुए, चमकती हुई गंजी चाँद और चढ़ी हुई त्यौरियों वाला जो यह आदमी कुर्सी में फँसा हुआ बैठा था वह वाइसराय को भारतीय राजनीतिज्ञ की अपेक्षा रोमन सीनेटर ज़्यादा लगा रहा था।

लेकिन भारत के असली राजनीतिज्ञ वल्लभभाई पटेल ही थे। वह काँग्रेस पार्टी को बड़ी सख़्ती और बेरहमी के साथ चलाते थे। यों तो चारों भारतीय नेताओं में से उनसे ही निबटना माउंटबैटेन के लिए सबसे आसान होना चाहिए था। वाइसराय की तरह ही वह भी एक व्यवहारकुशल आदमी थे, जो अपने मतलब की बात को फ़ौरन पकड़ लेते थे; सौदेबाज़ी जमकर करते थे, लेकिन हक़ीक़त को पहचानते भी थे। लेकिन उन दोनों के बीच तनाव इतना वास्तविक था, इतना ठोस था कि माउंटबैटेन को ऐसा लग रहा था कि वह हाथ बढ़ाकर उस तनाव को छू सकते हैं।

इस तनाव का उन बड़ी-बड़ी समस्याओं से कोई सम्बन्ध नहीं था जो भारत के सामने थीं। इस तनाव की जड़ थी काग़ज़ की एक पर्ची, किसी की नियुक्ति के बारे में सरदार पटेल के गृह मन्त्रालय की ओर से भेजी गयी कोई सरकारी टिप्पणी। लेकिन पटेल ने जिस ढंग से वह टिप्पणी लिखी थी, उसके अन्दाज़ से माउंटबैटेन को ऐसा लगा कि वह जान-बूझकर उनकी सत्ता को चुनौती दे रहे हैं।

पटेल अपने अड़ियलपन के लिए मशहूर थे, यह शोहरत उनकी उम्र-भर की कमाई थी। माउंटबैटेन ने सहज ही अपने मन में यह ज़रूरत महसूस की कि उनसे बात करने के लिए आये हुए इस नये आदमी की वह थाह ले लें, यह अन्दाज़ा लगा लें कि उसे किस हद तक दबाया जा सकता है। माउंटबैटेन को पूरा यक़ीन था कि उनकी मेज़ पर रखा हुआ काग़ज़ का वह टुकड़ा उनकी एक परीक्षा थी; गम्भीर समस्याओं से उल-

झना आरम्भ करने से पहले उन्हें पटेल के साथ इस इम्तहान से गुज़रना ही था।

वाइसराय ने उस कागज़ को देखा जिस पर उन्होंने बहुत बुरा माना था, और फिर उसे मेज़ के पार पटेल के सामने सरका दिया। बड़े शान्त भाव से उन्होंने पटेल से उसे वापस ले लेने को कहा। पटेल ने साफ़ इंकार कर दिया।

माउंटबैटेन ने एक क्षण तक भारतीय नेता को बड़े ध्यान से देखा। उन्हें इस आदमी के और जिस संगठन का वह प्रतिनिधि था उस संगठन के समर्थन की ज़रूरत पड़ने वाली थी। लेकिन उन्हें इसका भी पूरा यक़ीन था कि अगर इस वक़्त उन्होंने उससे सीधी टक्कर न ली तो यह समर्थन उन्हें कभी नहीं मिलेगा।

'अच्छी बात है,' माउंटबैटेन ने कहा, 'मैं आपको बताऊँ, मैं क्या करने जा रहा हूँ। मैं अपना हवाई जहाज़ बुलवाने जा रहा हूँ।'

'लेकिन क्यों?' पटेल ने पूछा।

'क्योंकि मैं जा रहा हूँ,' माउंटबैटेन ने जवाब दिया। 'पहली बात तो यह कि यह नौकरी मुझे चाहिए ही नहीं थी। मैं तो तलाश में ही था कि आप जैसा कोई आदमी मुझे मिल जाये तो मुझे इसे छोड़ देने और एक असम्भव स्थिति से छुटकारा पाने का बहाना मिल जाये।'

'नहीं, ऐसा नहीं हो सकता!' पटेल ने घबराकर कहा।

'नहीं हो सकता?' माउंटबैटेन ने जवाब दिया। 'आप कहीं इस भ्रम में तो नहीं हैं कि मैं यहाँ रहकर आप जैसे आदमी की धौंस सहता रहूँगा? अगर आप समझते हैं कि आप मेरे साथ बदतमीज़ी से पेश आयेंगे, जैसा चाहेंगे सलूक करेंगे और मैं चुपचाप बर्दाश्त कर लूँगा तो यह आपकी भूल है। या तो आप यह नोट वापस लेंगे या फिर हम दोनों में से एक को इस्तीफ़ा देना पड़ेगा। और मैं आपको इतना बता दूँ कि अगर मैं गया तो जाने से पहले मैं आपके प्रधानमन्त्री और जिन्ना साहब को यह भी समझा दूँगा कि मैं क्यों जा रहा हूँ। उसके बाद हिन्दुस्तान में जो उथल-पुथल मचेगी, जो ख़ून-ख़राबा होगा उसकी ज़िम्मेदारी किसी और पर नहीं, आपके कंधों पर होगी।'

पटेल को अपने कानों पर विश्वास नहीं हो रहा था। वह माउंटबैटेन को घूरते रह गये।

उन्होंने एलान किया कि ऐसा हो ही नहीं सकता कि माउंटबैटेन एक ही महीने काम करने के बाद वाइसराय की गद्दी ठुकरा दें।

'मिस्टर पटेल,' माउंटबैटेन ने जवाब दिया, 'आप शायद मुझे जानते नहीं हैं। या आप अपना नोट यहीं खड़े-खड़े वापस लेंगे या फिर मैं प्रधान-मन्त्री को बुलवाकर अपने इस्तीफ़े का एलान कर दूंगा।'

काफ़ी देर तक चुप्पी रही। आखिरकार पटेल ने आह भरकर कहा, 'देखिये, अफ़सोस की बात तो यह है कि मैं समझता हूं कि आप सचमुच ऐसा कर सकते हैं।'

'आप ठीक समझते हैं, मैं पक्का इरादा कर चुका हूं,' माउंटबैटेन ने जवाब दिया।

पटेल ने हाथ बढ़ाकर उस काग़ज़ को उठा लिया, जो सारे झगड़े की जड़ था और उसे धीरे-धीरे फाड़ डाला।

अप्रैल का महीना था और तीसरे पहर का समय, फिर भी वाइसराय के अध्ययन-कक्ष में घरघराते हुए एयर-कंडीशनर की कोई ज़रूरत नहीं महसूस हो रही थी। मुसलिम लीग के नेता के रूखेपन के कारण ऐसा लगता था कि सारे वातावरण पर पाला पड़ गया है, वह कभी किसी को निकटता का आभास होने ही नहीं देते थे। जिस क्षण वह आये थे तभी से माउंटबैटेन को ऐसा लग रहा था कि मुहम्मद अली जिन्ना का रवैया बिलकुल बर्फ़ की सिल्ली की तरह जमा हुआ सर्द और सख्त था; उनके चेहरे पर दंभ और अरुचि की स्पष्ट झलक थी।

चारों भारतीय नेताओं में से जिन्ना को राज़ी करना सबसे ज़्यादा ज़रूरी था। आगे चलकर भारत की दुविधा का हल अन्त में उन्हीं पर निर्भर था। वाइसराय के अध्ययन-कक्ष में वह सबसे बाद में आये। पच्चीस वर्ष बाद लुई माउंटबैटेन ने जब इस घटना को याद किया तो उनके स्वर में उस समय की पुरानी व्यथा की गूंज बाक़ी थी। उन्होंने कहा, 'जब तक मैं मुहम्मद अली जिन्ना से नहीं मिला था तब तक मुझे अन्दाज़ा ही नहीं था कि भारत में जो ज़िम्मेदारी मुझे सौंपी गयी थी उसे पूरा करना कितना असम्भव काम था।'

उनकी इस मुलाक़ात के शुरू ही में एक बहुत ही अरुचिकर भूल हो गयी थी, एक ऐसी भूल जिससे जिन्ना के स्वभाव का पता चलता था कि वह किस तरह हर बात पहले से अच्छी तरह सोच-समझकर और नतीजे का हिसाब लगाकर करते थे; उनकी कोई भी प्रतिक्रिया अनायास नहीं होती थी। जिन्ना पहले से जानते थे कि माउंटबैटेन-दम्पति के साथ उनकी फ़ोटो खींची जायेगी, इसलिए उन्होंने एडविना माउंटबैटेन को रिझाने के लिए एक छोटी-सी कविता की पंक्ति याद कर ली था। उन्होंने

पहले से ही सोच रखा था कि एडविना बीच में होंगी, एक तरफ़ माउंटबैटेन होंगे और दूसरी तरफ़ वह खुद होंगे।

लेकिन बेचारे जिन्ना साहब को क्या मालूम था कि फ़ोटो खिंचते समय बीच में एडविना के बजाय वह खुद होंगे। लेकिन वह अपने स्वभाव से मजबूर थे। उनका दिमाग़ कंप्यूटर की तरह काम करता था और जो पंक्ति उन्होंने इतनी मेहनत से याद की थी उसे दोहराना उनके लिए ज़रूरी था। उन्होंने खिली हुई मुसकराहट के साथ कहा, 'आह, दो काँटों के बीच में फूल।'

अध्ययन-कक्ष में पहुँचते ही उन्होंने माउंटबैटेन से साफ़ कह दिया कि मैं आपको यह बताने आया हूँ कि मैं क्या मानने को तैयार हूँ। माउंटबैटेन ने जैसा गांधी के साथ किया था वैसा ही जिन्ना के साथ भी किया। उन्होंने हाथ हिलाकर उन्हें टोकते हुए कहा, 'मिस्टर जिन्ना, मैं अभी शर्तों पर बहस करने के लिए तैयार नहीं हूँ। पहले हम एक-दूसरे से परिचित हो लें।'

इसके बाद माउंटबैटेन ने अपने व्यक्तित्व के सारे आकर्षण का सहारा लेकर बड़े जोश के साथ अपने वशीकरण अभियान की दिशा मुसलिम नेता की ओर मोड़ दी। लेकिन जिन्ना को न पिघलना था, न पिघले। सबसे अलग-थलग रहने वाले आदमी के लिए जो आसानी से किसी को मुँह नहीं लगाता था और अपने निकटतम सहयोगियों के साथ भी कभी अपनी ज़िद से टलने को तैयार नहीं होता था, एक बिलकुल ही अजनबी आदमी के सामने अपने जीवन और अपने व्यक्तित्व के बारे में बात करने का विचार ही बेहद अरुचिकर था।

माउंटबैटेन भी अपने मिलनसार और मोहक व्यक्तित्व की सारी संचित शक्ति लगाकर हारी हुई बाज़ी खेलते ही रहे। उन्हें लग रहा था कि इस खींचातानी में न जाने कितने घंटे बीत गये हैं, लेकिन उन्हें जवाब में उस आदमी के मुँह से हूँ-हाँ के अलावा कुछ भी सुनने को न मिला। आख़िरकार लगभग दो घंटे बाद जिन्ना कुछ नरम पड़े। जब मुसलिम नेता अध्ययन-कक्ष से विदा हुए तो माउंटबैटेन ने अपने प्रेस-अटाशे एलेन कैंपबेल-जॉनसन से कहा : 'हे भगवान, आदमी था कि बर्फ़ की चट्टान! सारी मुलाक़ात तो उसे पिघलाने की कोशिश में ही बीत गयी।'

अप्रैल 1947 के पहले पखवाड़े में माउंटबैटेन और जिन्ना की छः ऐसी मुलाक़ातें हुईं जिन पर सारा दारोमदार था। कुल मिलाकर उनकी बातचीत मुश्किल से दस घंटे हुई होगी, लेकिन अन्त में भारत की दुविधा का हल

इसी बातचीत के आधार पर निकला। इन मुलाक़ातों के दौरान माउंटबैटेन का सबसे बड़ा हथियार था उनका 'अपनी इस योग्यता पर बेहद घमंड कि मैं लोगों को सही काम करने के लिए मना सकता हूँ, इसलिए नहीं कि मुझमें दूसरों को समझाने-बुझाने का गुण है बल्कि इससे भी बढ़कर इसलिए कि मैं सच्चाई को उनके लिए सबसे अधिक अनुकूल रूप में पेश कर सकता हूँ।' जैसा कि उन्होंने इस घटना को याद करते हुए बाद में कहा, उन्होंने जिन्ना को बँटवारे की हठधर्मी से डिगाने के लिए 'हर तरकीब इस्तेमाल की, हर तरह से उनसे अनुरोध किया।' लेकिन जिन्ना टस से मस न हुए। उन पर पाकिस्तान के असम्भव सपने को साकार करने का ऐसा जुनून सवार था कि कोई भी दलील उन्हें अपनी जगह से हिला नहीं सकती थी।

जिन्ना की अकड़ की दो बुनियादें थीं। एक तो उन्होंने अपने-आपको मुसलिम लीग का डिक्टटेर मनवा लिया था। उनके नीचे कुछ लोग थे जो शायद समझौते की बातचीत करने के लिए तैयार हो जाते, लेकिन जब तक जिन्ना ज़िन्दा थे ये लोग अपनी ज़बान नहीं खोल सकते थे। दूसरी, इससे भी महत्वपूर्ण, बात यह थी कि साल-भर पहले कलकत्ता की सड़कों पर बहे ख़ून की याद अभी तक ताज़ा थी।

माउंटबैटेन और जिन्ना एक बात पर तो शुरू से ही सहमत थे—जो भी करना हो बहुत जल्दी करना होगा। जिन्ना ने एलान किया कि वह समय बीत गया जब समझौता मुमकिन था। अब तो बस एक ही हल था कि जल्दी-से-जल्दी 'ऑपरेशन' कर दिया जाये। उन्होंने चेतावनी दी कि अगर ऐसा न क़िया गया तो हिन्दुस्तान मिट जायेगा।

जब माउंटबैटेन ने यह चिन्ता व्यक्त की कि बँटवारे के बाद कहीं हिंसा और ख़ून-ख़राबा न हो तो जिन्ना ने उन्हें आश्वस्त कर दिया कि एक बार बँटवारा हो जाने पर सारी मुसीबतें दूर हो जायेंगी और हिन्दुस्तान के दोनों टुकड़े मेल-जोल के साथ हँसी-ख़ुशी से रहेंगे। जिन्ना ने माउंटबैटेन से कहा कि यह बिलकुल वैसी ही बात होगी जैसी कि अदालत के एक मुक़दमे में हुई थी जिसकी वह पैरवी कर रहे थे। दो भाइयों के बीच उनके बाप की वसीयत में उन्हें दिये गये हिस्सों के बारे में कुछ झगड़ा था। लेकिन दो साल बाद जब अदालत ने उनका झगड़ा निबटा दिया तो दोनों में बहुत गहरी दोस्ती हो गयी। उन्होंने वाइसराय को यक़ीन दिलाया कि हिन्दुस्तान में भी यही होगा।

जिन्ना का आग्रह था कि हिन्दुस्तान के मुसलमान एक क़ौम हैं जिनकी 'अलग सभ्यता और संस्कृति, अलग भाषा और साहित्य, अलग कला और

अलग ढंग की इमारतें, अलग क़ानून और नैतिक सिद्धान्त, अलग रीति-रिवाज़ और अलग तारीख़-महीने, अलग इतिहास और परम्पराएँ हैं।'

जिन्ना ने दावे के साथ कहा, 'हिन्दुस्तान कभी सही माने में एक क़ौम नहीं रहा। सिर्फ़ नक़्शे पर देखने में वह एक लगता है। मैं गाय का गोश्त खाना चाहता हूँ और हिन्दू मुझे गाय मारने से रोकता है। हर बार जब कोई हिन्दू मुझसे हाथ मिलाता है तो उसे जाकर अपने हाथ धोने पड़ते हैं। मुसलमानों में और हिन्दुओं में अगर कोई चीज़ समान है तो वह है अँग्रेज़ की ग़ुलामी।'

माउंटबैटेन ने बाद में बताया कि उनकी बहस 'गोल-गोल चक्कर काटते रहने का एक रोचक और कुछ दुखान्त नाटक जैसा खेल' बनकर रह गयी। जिन्ना अपनी हर बात पर अड़े ही रहे। एकता के दृढ़ समर्थक माउंटबैटेन हर पहलू से जिन्ना पर वार करते रहे, यहाँ तक कि उन्हें डर लगने लगा कि कहीं 'मैं उस बूढ़े सज्जन को पागल न कर दूँ।'

जिन्ना बँटवारे के सुझाव को स्वाभाविक हल मानते थे। लेकिन इस बँटवारे के बाद जो राज्य बने उसमें इतनी शक्ति होनी चाहिए थी कि वह अपने पैरों पर खड़ा हो सके। इसलिए जिन्ना की दलील यह थी कि हिन्दुस्तान के दो बड़े सूबे, पंजाब और बंगाल, इसके बावजूद कि दोनों ही में बहुत बड़ी हिन्दू आबादी रहती थी, पाकिस्तान में शामिल कर दिये जायें।

माउंटबैटेन यह नहीं मान सकते थे। पाकिस्तान के पक्ष में जिन्ना की दलील की बुनियाद यह थी कि हिन्दुस्तान के अल्पसंख्यक मुसलमानों पर बहुसंख्यक हिन्दुओं की हुकूमत नहीं होनी चाहिए। फिर बंगाल और पंजाब के अल्पसंख्यक हिन्दुओं को मुसलिम राज्य में रखना किस बुनियाद पर उचित ठहराया जा सकता था? अगर जिन्ना इसलामी राज्य पाने के लिए हिन्दुस्तान के बँटवारे पर अड़े रहे तो उन्हीं की दलील की बुनियाद पर माउंटबैटेन को भी इस सौदे की एक शर्त के रूप में मजबूरन बंगाल और पंजाब का भी बँटवारा करना पड़ेगा।

जिन्ना ने इसका विरोध किया कि इस तरह उन्हें जो पाकिस्तान मिलेगा वह अपने पैरों पर खड़ा नहीं रह सकेगा, वह 'दीमक का खाया हुआ पाकिस्तान' होगा। माउंटबैटेन ने, जो उन्हें किसी भी तरह का पाकिस्तान नहीं देना चाहते थे, मुसलिम नेता से साफ़ कह दिया कि अगर आप समझते हैं कि जो राष्ट्र आपको मिलेगा वह इतना 'दीमक का खाया हुआ' होगा तो बेहतर है कि आप उसे न लें।

'ओह,' जिन्ना ने जवाब दिया, 'योर एक्सीलेंसी, आप बात नहीं

समझते। आदमी हिन्दू या मुसलमान होने से पहले पंजाबी या बंगाली होता है। उनका एक ही इतिहास, एक ही भाषा, एक ही संस्कृति और एक ही अर्थतन्त्र होता है। आपको उन्हें बाँटना नहीं चाहिए। अगर आपने ऐसा किया तो झगड़ा और ख़ून-ख़राबा कभी ख़त्म ही नहीं होगा।'

'जिन्ना साहब, मैं आपकी बात बिलकुल मानता हूँ।'

'आप मानते हैं ?'

'बिलकुल,' माउंटबैटेन ने अपनी बात जारी रखते हुए कहा, 'आदमी हिन्दू या मुसलमान होने से पहले पंजाबी या बंगाली ही नहीं होता बल्कि वह कुछ और होने से पहले हिन्दुस्तानी होता है। आपने तो हिन्दुस्तान की एकता की ऐली दलील पेश कर दी है जिसकी काट नामुमकिन है।'

'लेकिन आप बात बिलकुल नहीं समझे,' जिन्ना ने जवाबी वार किया और बात फिर वहीं आ गयी जहाँ से शुरू हुई थी।

माउंटबैटेन जिन्ना की हठधर्मी देखकर सन्नाटे में आ गये। उन्होंने बाद में इस घटना को याद करते हुए बताया, 'मैं कभी सोच भी नहीं सकता था कि एक पढ़ा-लिखा, समझदार, बैरिस्टरी-पास आदमी अपने दिमाग़ को इस तरह बन्द कर सकता है जैसे जिन्ना ने कर लिया था। ऐसा नहीं था कि बात उनकी समझ में न आती हो। बात वह समझते थे, लेकिन अचानक बीच में एक परदा-सा आ जाता था। इस पूरे क़िस्से में वही सारे झंझट की जड़ थे। दूसरों को तो समझाया-बुझाया जा सकता था, लेकिन जिन्ना को नहीं। उनकी ज़िन्दगी में कुछ भी करना नामुमकिन था।'

उनकी बातचीत 10 अप्रैल को, माउंटबैटेन के भारत आने के तीन हफ़्ते से भी कम ही समय के बाद, अपनी चरम अवस्था में पहुँची। दो घण्टे तक माउंटबैटेन ने भारत की एकता बनाये रखने के लिए जिन्ना से याचना की, उनकी ख़ुशामद की, उनसे बहस की और हर तरह से पैरवी की। अपना सारा वाक्-चातुर्य इस्तेमाल करके उन्होंने यह चित्र खींचा कि हिन्दुस्तान कितना महान बन सकता है, अलग-अलग जातियों और धर्मों के 40 करोड़ लोग एक केन्द्रीय संघ सरकार के माध्यम से एकता के सूत्र में बँधे हुए; जब यहाँ नये-नये उद्योग खुलेंगे तो उसकी आर्थिक शक्ति कितनी अधिक हो जायेगी, और विश्व की समस्याओं में वह सुदूर-पूर्व में सबसे प्रगतिशील घटक के रूप में कितनी बड़ी भूमिका अदा कर सकेगा। जिन्ना यह तो नहीं चाहते होंगे कि यह सब-कुछ नष्ट कर दिया जाये, इस उप-महाद्वीप का अस्तित्व एक घटिया दर्जे के राष्ट्र जैसा रह जाये।

जिन्ना पर कोई असर नहीं हुआ। माउंटबैटेन बहुत अफ़सोस के साथ इस नतीजे पर पहुँचे कि 'उनका दिमाग़ ख़राब था, उन पर पाकिस्तान

का भूत सवार था।'

जिन्ना के चले जाने के बाद अपने अध्ययन-कक्ष में अकेले बैठकर सोचते हुए माउंटबैटेन ने महसूस किया कि शायद जिन्ना जो कुछ चाहते थे वह उन्हें देना ही पड़े। नयी दिल्ली में उनकी ज़िम्मेदारी सबसे पहले उस राष्ट्र के प्रति थी जिसने उन्हें यहाँ भेजा था, ब्रिटेन के प्रति। वह बहुत चाहते थे कि भारत की एकता बनी रहे, लेकिन इस क़ीमत पर नहीं कि उनका अपना देश एक ऐसे हिन्दुस्तान में बुरी तरह फँसकर रह जाये जहाँ अराजकता और हिंसा का बोलबाला हो।

उन्हें कोई हल ढूँढना था, जल्दी ढूँढना था, और वह उस हल को ज़बर्दस्ती किसी पर थोप नहीं सकते थे। फ़ौज में सेनापति रहने के कारण तेज़ी से निर्णायक क़दम उठाना माउंटबैटेन का स्वभाव बन चुका था, वैसा ही क़दम जैसा कि उन्होंने इस वक़्त उठाया। आने वाले वर्षों में उनके आलोचकों ने उन पर यह दोष लगाया कि उन्होंने राजनेता की तरह नहीं बल्कि अधीर नौ-सैनिक की तरह काम किया। लेकिन माउंटबैटेन बेकार बहस में और ज़्यादा समय नष्ट नहीं करना चाहते थे। वह इस नतीजे पर पहुँच चुके थे कि अगर नरक की अग्नि शान्त होने तक भी बहस करते रहते तो भी हासिल कुछ न होता, और नतीजा यही होता कि भारत नरक बन जाता।

वह खरी यथार्थनिष्ठता के साथ यह मान लेने को तैयार थे कि उनके वशीकरण अभियान का मुसलिम नेता पर कोई असर नहीं हुआ था। अधिकाधिक यही प्रतीत हो रहा था कि भारत का बँटवारा ही एकमात्र रास्ता है। अब माउंटबैटेन को केवल यह काम करना था कि वह नेहरू और पटेल को यह सिद्धान्त स्वीकार कर लेने के लिए राज़ी कर लें और इसके लिए कोई ऐसी योजना तैयार करें जिसे उनका समर्थन मिल सके।

अगले दिन सुबह उन्होंने अपने कर्मचारी-मंडल के सामने जिन्ना के साथ बातचीत की समीक्षा की। फिर बड़े उदास मन से उन्होंने अपने चीफ़ ऑफ़ स्टाफ़ लॉर्ड इस्मे की तरफ़ मुड़कर देखा और कहा : अब समय आ गया है कि भारत के बँटवारे की योजना बनाने का काम शुरू कर दिया जाये।

अगर अप्रैल 1947 में लुई माउंटबैटेन, जवाहरलाल नेहरू या महात्मा गांधी को एक बहुत ही असाधारण ढंग से छुपाकर रखे गये रहस्य का पता होता तो भारत के सिर पर मँडलाता हुआ बँटवारे का खतरा टाला जा सकता था। यह रहस्य फ़िल्म के एक टुकड़े पर एक अटल सत्य की तरह अंकित था, उस फ़िल्म पर जो भारत के राजनीतिक सन्तुलन को और फल-

स्वरूप एशिया के इतिहास की पूरी दिशा को बदल सकती थी। फिर भी इस रहस्य को एक अनमोल ख़ज़ाने की तरह इतना छुपाकर रखा गया था कि अँग्रेज़ों की खुफ़िया पुलिस तक को, जो बड़े-से-बड़े रहस्य का सुराग़ लगाने में सारी दुनिया में मशहूर थी, इसका पता नहीं था।

फ़िल्म के बीच में दो काले-काले गोल धब्बे थे, लगभग पिंग-पाँग की गेंद के बराबर। दोनों धब्बों के चारों ओर एक कटी-फटी सफ़ेद गोट-सी लगी हुई थी, जैसे ग्रहण के समय सूरज के चारों ओर दिखायी देती है। इन दो धब्बों के ऊपर बहुत-से छोटे-छोटे सफ़ेद धब्बे पसलियों के पिंजरे के ऊपरी सिरे तक चले गये थे। यह एक्स-रे फ़िल्म थी, एक आदमी के फेफड़ों का एक्स-रे। वे काले गोल धब्बे इस बात के सूचक थे कि उतनी जगह में फेफड़े बिलकुल बेकार हो चुके हैं, खोखले हो चुके हैं। सफ़ेद धब्बों की छोटी-सी श्रृंखला उन क्षेत्रों की सूचक थी जहाँ फेफड़े बेकार होना शुरू हो गये थे और इनसे रोग के निदान की पुष्टि होती थी : टी० बी० फेफड़ों को धीरे-धीरे खाये जा रही थी। क्षय इतना व्यापक था कि उस फ़िल्म पर जिस आदमी के फेफड़ों की तसवीर थी वह मुश्किल से दो-तीन साल जी सकता था।

एक्स-रे की ये फ़िल्में एक ऐसे लिफ़ाफ़े में बन्द थीं, जिस पर किसी का नाम नहीं लिखा था, और यह लिफ़ाफ़ा बम्बई के मशहूर डॉक्टर जाल आर० पटेल की तिजोरी में सुरक्षित था। उनमें जिस आदमी के फेफड़ों की तसवीर थी वह वही ज़िद्दी और अड़ियल आदमी था जिसने लुई माउंटबैंटेन की भारत की एकता को बनाये रखने की सारी कोशिशों पर पानी फेर दिया था। मुहम्मद अली जिन्ना वाइसराय और भारत की एकता के बीच एक अटल बाधा की तरह खड़े थे और उनके सिर पर मौत का साया मँडला रहा था।

इस घातक रोग का पता, जो जिन्ना के जीवन को बहुत तेज़ी से समाप्त कर रहा था, डॉ० पटेल को माउंटबैंटेन के आने से नौ महीने पहले जून 1946 में तब चला जब उन्होंने उन फ़िल्मों को डेवलप करके पानी की ट्रे से निकाला। पेट-भर भोजन न मिलने वाले करोड़ों हिन्दुस्तानियों को हर साल मौत के मुँह में ढकेल देने वाले टी० बी० के क्रूर अभिशाप ने पाकिस्तान के पैग़ंबर के फेफड़ों पर सत्तर वर्ष की आयु में हमला किया था।

ज़िन्दगी-भर कमज़ोर फेफड़ों की वजह से जिन्ना का स्वास्थ्य खराब रहा था। युद्ध से बहुत पहले बर्लिन में वह प्लूरिसी से पैदा हो जानेवाली पेचीदगियों का इलाज करा चुके थे। उसके बाद उन्हें बार-बार ब्रौंकाइटिस

की खाँसी का दौरा पड़ता था और इसने उनके शरीर को इतना कमज़ोर कर दिया था कि कोई लम्बा भाषण देने के बाद वह घंटों हाँफते रहते थे।

शिमला में मई 1946 के अन्त में उन पर फिर ब्राँकाइटिस का दौरा पड़ा था। जिन्ना की वफ़ादार बहन फ़ातिया ने उन्हें फ़ौरन बम्बई की गाड़ी पर बिठा दिया था, लेकिन रास्ते में उनकी हालत और ख़राब हो गयी। उनकी हालत इतनी बुरी थी कि डॉ० पटेल को फ़ौरन आने का सन्देश भेज दिया गया। बम्बई पहुँचने से पहले ही डॉ० पटेल उनके डिब्बे में घुसे। उन्होंने फ़ौरन पता लगा लिया कि उनके प्रतिष्ठित रोगी की हालत 'बेहद ख़राब' है। उन्होंने जिन्ना को चेतावनी दी कि बम्बई के स्टेशन पर उनका स्वागत करने के लिए जो भीड़ जमा थी उसके बीच से होकर गुज़रने की अगर उन्होंने कोशिश की तो वह बीच में ही ढेर हो जायेंगे; इसलिए उन्हें बम्बई से पहले ही एक छोटे-से स्टेशन पर उतार-कर सीधे अस्पताल पहुँचा दिया गया। इस अस्पताल में जब धीरे-धीरे उनके शरीर में जान आ रही थी, तभी डॉ० पटेल को उस बात का पता चला था जो भारत का सबसे गुप्त रहस्य बन गया था।

अगर जिन्ना टी० बी० के कोई मामूली बदनसीब रोगी होते तो उन्हें अपनी बाक़ी ज़िन्दगी किसी सैनेटोरिम में काटनी पड़ती। लेकिन जिन्ना कोई साधारण मरीज़ नहीं थे। जब उन्हें अस्पताल से छुट्टी दी गयी तो डॉ० पटेल उन्हें अपने दफ़्तर में लाये। वहाँ बड़े उदास मन से उन्होंने अपने दोस्त और मरीज़ को बताया कि वह किस घातक रोग का शिकार है। उन्होंने जिन्ना को बताया कि उनके शरीर की सारी शक्ति अब लग-भग बिलकुल ख़त्म होती जा रही थी। अगर उन्होंने अपना काम का बोझ कम न किया, ज़्यादा आराम न किया, सिगरेट और शराब पीना न छोड़ा और अपने शरीर पर जो दबाव हैं उन्हें दूर न किया तो वह एक-दो साल से ज़्यादा चलने वाले नहीं।

जिन्ना ने यह कठोर सूचना बड़े निरीह भाव से सुनी। उनके पीले चेहरे पर कोई भी भाव नहीं आया, उन्होंने डॉ० पटेल से कहा कि अपने जीवन के ध्येय को छोड़कर किसी सैनेटोरियम में जाकर पड़े रहने का सवाल ही पैदा नहीं होता। इतिहास की इस नाज़ुक घड़ी में हिन्दुस्तान के मुसलमानों का नेतृत्व करने की ज़िम्मेदारी से मौत ही उन्हें विमुख कर सकती थी। वह डॉक्टर की सलाह मानकर अपना काम का बोझ सिर्फ़ उस हद तक कम करने को तैयार हुए जितना उनके इस महान दायित्व को ध्यान में रखते हुए सम्भव था। जिन्ना जानते थे कि अगर उनके हिन्दू दुश्मनों को पता चल गया कि वह मरने वाले हैं तो उनका पूरा

राजनीतिक दृष्टिकोण बदल जायेगा। वे उनके क़ब्र में पहुँचने तक इन्तज़ार करेंगे और फिर मुसलिम लीग के नेतृत्व में नीचे के ज़्यादा नरम नेताओं के साथ समझौता करके उनके सपने की धज्जियाँ उड़ा देंगे।[1]

डॉ० पटेल हर दूसरे हफ़्ते बहुत गुप्त रूप से जिन्ना को इंजेक्शन लगाते रहे, जिससे उनके शरीर में कुछ जान आयी और वह फिर काम में जुट गये। उन्होंने अपने डॉक्टर की सलाह का पालन करने की कोई कोशिश नहीं की। वह इसके लिए क़तई तैयार नहीं थे कि मौत के बुलावे की वजह से इतिहास के बुलावे को ठुकरा दें। असाधारण साहस और अपार उत्साह के साथ जिन्ना अपने जीवन का लक्ष्य प्राप्त करने के लिए मैदान में जमे रहे; और उनकी ज़िन्दगी के चिराग़ की लौ आखिरी बार ज़ोर से भड़क उठी। जिन्ना ने भारत के भविष्य के बारे में माउंटबैटेन से अपनी पहली बातचीत में कहा था, 'इस पूरे मामले में बुनियादी बात यह है कि जो कुछ करना हो, जल्दी-से-जल्दी किया जाये।' और जिन्ना ने स्वयं अपनी नियति के साथ जो सौदा किया था उसमें भी इसी तेज़ रफ़्तार की ज़रूरत थी।

सम्मेलन-कक्ष में अंडाकार मेज़ के चारों ओर बैठे हुए ग्यारह आदमी बड़ी गम्भीर मुद्रा से लॉर्ड माउंटबैटेन की प्रतीक्षा कर रहे थे कि वह आकर

---

1. माउंटबैटेन से पहले वाले वाइसराय लॉर्ड वेवेल ने 10 जनवरी और 28 फ़रवरी, 1947 को अपनी डायरी में इस आशय की रिपोर्टें दर्ज की थीं कि जिन्ना 'बीमार आदमी' हैं। लेकिन इन रिपोर्टों में कहीं यह नहीं बताया गया था कि वाइसराय को इस बात का भी पता था कि मुसलिम नेता की बीमारी कितनी गम्भीर है। बहरहाल, माउंटबैटेन को जो हिदायतें दी गयी थीं उनमें इस बात की तरफ़ इशारा भी नहीं किया गया था कि जिन्ना बहुत जल्दी मरने वाले हैं। जिन्ना के मरने के पच्चीस वर्ष बाद माउंटबैटेन ने कहा कि अगर उन्हें यह बात उस वक़्त मालूम हो जाती तो भारत में वह दूसरे ही ढंग से काम करते। इस बात के संकेत मिलते हैं कि जिन्ना के जीवन के अन्तिम छः महीनों में मुसलिम लीग के दूसरे सबसे बड़े नेता लियाक़त अली ख़ाँ को उनकी बीमारी का पता था। जिन्ना की बेटी मिसेज़ वाडिया ने दिसम्बर 1973 में बम्बई में इस पुस्तक के लेखकों को एक इंटरव्यू के दौरान बताया कि उन्हें इस बात का पता कि उनके वालिद को टी० बी० थी, उनके मरने के बाद चला। उनका यह ख़याल था कि जिन्ना ने यह भेद अपनी बहन फ़ातिमा को बता दिया था, लेकिन वह उन्हें न तो किसी को बताने देते थे और न किसी की मदद लेने देते थे।

कार्रवाई शुरू करें। एक तरह से ये लोग ईस्ट इंडिया कम्पनी के उन 24 संस्थापकों के वंशज थे, जिनकी व्यापारिक भूख के कारण साढ़े तीन शताब्दी पहले अँग्रेज़ सात समन्दर पार से भारत आये थे। ये लोग—ब्रिटिश भारत के ग्यारह प्रान्तों के ये गवर्नर—उस साम्राज्य के आधार-स्तम्भ थे जो उनके पूर्वजों की लोलुपता के फलस्वरूप बना था। वे भारतीय साम्राज्य की सेवा करते-करते अपने जीवन-वृत्त के चरम शिखर पर पहुँच चुके थे और आज सत्ता का वह सुख भोग रहे थे जिसकी उन्होंने अपनी जवानी में किसी दूरदराज़ सूनी-सी जगह पर नौकरी करते हुए कल्पना की होगी। इनमें से केवल दो आदमी हिन्दुस्तानी थे।

वे सभी योग्य और लगन वाले लोग थे। जीवन-भर नौकरी करके उन्होंने ज़िम्मेदारी के साथ शासन चलाना सीखा था और यही वह भारत में कर रहे थे। और इसके बदले में भारत उन्हें राजसी ठाठ-बाट से रहने का अवसर प्रदान कर रहा था। जिन सरकारी मकानों में वे रहते थे वे महल थे जिनमें सैकड़ों नौकर-चाकर हरदम उनकी सेवा के लिए मौजूद रहते थे। जितने इलाक़ों में उनका सिक्का चलता था उसका विस्तार और आबादी यूरोप के बड़े-से-बड़े राष्ट्रों के बराबर थी। वे अपने इलाक़ों में अपनी निजी रेलगाड़ियों में पूरी सुख-सुविधा के साथ सफ़र करते थे; शहरों में वे रोल्स-रायस मोटरों पर पगड़ी वाले अंगरक्षकों के साथ घूमते थे; जंगलों में वे हाथी पर बैठकर शिकार खेलते थे।

मेज़ के चारों ओर वे अपनी-अपनी हैसियत के मुताबिक़ बैठे थे। सबसे पहले तीन बड़ी प्रेसिडेंसियों—बम्बई, मद्रास और बंगाल—के प्रधान थे; इसके बाद सूबों की बारी आती थी : सबसे पहले पंजाब, फिर सिन्ध जिसमें कराँची का बन्दरगाह था, उत्तरप्रदेश, बिहार, उड़ीसा, बर्मा की सीमा से मिला हुआ असम जहाँ चाय के मशहूर बाग़ थे, मध्य प्रान्त और अन्त में था उत्तर-पश्चिम सीमा प्रान्त जो ख़ैबर दर्रे और अफ़गान सरहद का पहरेदार था।

इस मीटिंग में माउंटबैटेन बहुत अटपटा महसूस कर रहे थे। उनकी उम्र 46 वर्ष की थी और वह उस मेज़ के चारों ओर बैठे हुए लोगों में सबसे छोटे थे। वह जब वाइसराय बनकर आये थे तो उनके पास ऐसी कोई योग्यता नहीं थी जो इस पद के लिए आम तौर पर आवश्यक समझी जाती थी—न प्रतिभाशाली संसद-सदस्यों जैसा अनुभव और न प्रशासन के क्षेत्र में बड़ी-बड़ी सफलताओं की कोई पृष्ठभूमि। इन लोगों के सामने माउंटबैटेन की हैसियत भारत के लिए एक अजनबी जैसी थी। इन ग्यारह गवर्नरों में से अधिकांश ने इस देश के जटिल इतिहास को

समझने, उसकी अलग-अलग बोलियाँ सीखने और उसके जीवन के विभिन्न पहलुओं के विश्व-विख्यात विशेषज्ञ बनने में अपना सारा जीवन बिता दिया था। वे सभी अभिमानी लोग थे और उनके सामने माउंटबैटेन जैसा नौसिखिया जो भी योजना रखता उसे शंका की दृष्टि से देखना उनके लिए स्वाभाविक ही था।

फिर भी माउंटबैटेन को निजी तौर पर पूरा विश्वास था कि विशेषज्ञता की कमी उनके लिए उतनी बड़ी बाधा नहीं थी जितनी कि वह मालूम होती थी। उन्हें शक था कि ये विशेषज्ञ अभी तक कोई हल इसलिए नहीं खोज पाये थे कि 'वे ब्रिटिश राज के पुराने तौर-तरीक़ों में पूरी तरह डूबे हुए थे और हमेशा कोई ऐसा हल ढूँढ़ने की कोशिश करते थे जिससे मौजूदा व्यवस्था में कम-से-कम हेर-फेर करने की ज़रूरत पड़े।' माउंटबैटेन ने हर गवर्नर से पहले अपने-अपने सूबे की स्थिति बताने को कहा। उनमें से आठ ने खतरनाक और उपद्रवग्रस्त क्षेत्रों का चित्र खींचा, लेकिन साथ ही यह भी कहा कि उनके सूबों में स्थिति क़ाबू में है। लेकिन तीन सबसे महत्वपूर्ण सूबों के—पंजाब, बंगाल और सीमा प्रान्त के—गवर्नरों ने जो चित्र खींचा उससे वहाँ पर एकत्रित लोगों को स्थिति की गम्भीरता का कुछ आभास हुआ।

सबसे पहले सर ओलैफ़ कैरो बोले, जो उन दर्रों के पहरेदार थे जिनसे होकर पिछले तीन हज़ार वर्षों से आक्रमणकारी भारत में आते रहे थे। उनके चेहरे पर तनाव था और आँखें थकन से बोझल हो गयी थीं। सारी रात वह सो नहीं पाये थे, क्योंकि उनके प्रान्त में किसी-न-किसी उपद्रव के बारे में तार आते रहते थे। सर ओलैफ़ कैरो ने अपना सारा जीवन साम्राज्य के इस छोर पर ही बिताया था। पश्चिम का कोई भी ऐसा जीवित आदमी नहीं था जिसे वहाँ के अदम्य पठान क़बाइलियों के बारे में, उनकी संस्कृति तथा भाषा के बारे में उतनी जानकारी रही हो जितनी उन्हें थी। उनकी राजधानी पेशावर में अब भी दुनिया का एक सबसे रंगीन बाजार था और हफ़्ते में एक बार ऊँटों का काफ़िला खैबर दर्रा पार करके वहाँ खालें, मेवे, ऊन, चीनी के बर्तन, घड़ियाँ और शकर लेकर आता था; इनमें से कुछ चीज़ें चोरी से सोवियत संघ से लायी जाती थीं। उनके इस सूबे की पहाड़ी गुफ़ाओं में हथियार बनाने की बीसियों खुफ़िया फ़ैक्टरियाँ थीं जहाँ से पठानों के मशहूर लड़ाकू मसूदी, अफ़रीदी और वजीरी क़बीलों के लिए बहुत खूबसूरत नक़्क़ाशी वाले घातक हथियार बनकर आते थे।

उन्होंने चेतावनी दी कि उनका सूबा टुकड़े-टुकड़े होकर बिखर जाने

वाला है और अगर ऐसा हो गया तो अँग्रेज़ों की वह भयानक आशंका सच हो जायेगी कि उत्तर-पश्चिम से हमलावरों के गिरोह आकर साम्राज्य के दरवाज़े तोड़ देंगे और अन्दर घुस आयेंगे। अफ़ग़ानिस्तान के पठान क़बीले ख़ैबर दर्रे से होकर पेशावर पर टूट पड़ने और सिन्धु नदी के तट तक बढ़ आने के लिए तैयार खड़े थे; वे पिछली एक शताब्दी से इस इलाक़े पर अपना हक़ जताते आये थे। उन्होंने कहा, 'अगर हम सावधान न रहे तो जल्द ही हमें एक अन्तर्राष्ट्रीय संकट का सामना करना पड़ेगा।'

पंजाब के गवर्नर सर एवान जेंकिंस ने बहुत थोड़े शब्दों में जो चित्र खींचा वह और भी चिन्ताजनक था। जेंकिंस वेल्स के रहने वाले थे और पंजाब से उन्हें उतना ही गहरा लगाव था जितना कैरो को सीमा प्रांत से। वह अविवाहित थे और पंजाब के प्रति उनके लगाव को देखकर उनके आलोचक उन पर यह आरोप लगाते थे कि वह पंजाब के साथ विवाह करके 'उसमें इतना खो गये हैं कि यह भी भूल जाते हैं कि बाक़ी भारत का भी कोई अस्तित्व है।' उन्होंने एलान किया कि भारत की समस्याओं का जो भी हल ढूँढा जायेगा उससे पंजाब में हिंसा की लहर आना निश्चित है। अगर बँटवारे का फ़ैसला किया गया तो व्यवस्था बनाये रखने के लिए सेना के कम-से-कम चार डिवीज़नों की ज़रूरत होगी। अगर यह फ़ैसला न भी किया गया तो भी उन्हें सिखों की अलग इलाक़े की माँग का सामना करना पड़ेगा। उन्होंने कहा, 'यह भविष्यवाणी करना बिलकुल बेतुकी बात है कि अगर बँटवारा हुआ तो पंजाब में आग भड़क उठेगी; वहाँ तो इस समय भी आग सुलग रही है।'

तीसरे गवर्नर, बंगाल के सर फ्रेडरिक बरोज़ कलकत्ता में बीमार पड़े थे, लेकिन उनके प्रतिनिधि ने उस प्रान्त की हालत के बारे में जो कुछ बताया वह भी उतना ही चिन्ताजनक था जितनी कि सीमा प्रान्त और पंजाब की रिपोर्टें।

अन्त में जब सब गवर्नर अपनी-अपनी रिपोर्टें दे चुके तो माउंटबैटेन के कर्मचारी-मंडल ने हर गवर्नर को कुछ काग़ज़ात दिये। माउंटबैटेन ने घोषणा की कि उन काग़ज़ात में 'एक सम्भावित विचाराधीन योजना' का ब्योरा था। 'नाम की सुगमता' के लिए उसे 'बलक़ान योजना' कहा गया था और वह बँटवारे की योजना का पहला मसविदा था जिसे माउंटबैटेन ने अपने चीफ़ ऑफ़ स्टाफ़, लॉर्ड इस्मे से एक हफ़्ते पहले तैयार कराया था।

वहाँ पर एकत्रित गवर्नर जब उसको पलटने लगे तो अचानक धक्का-सा लगा। वे भारत की एकता के निर्माता और उसके संरक्षक थे और

अब उनको बताया जा रहा था कि विदा होते समय ब्रिटेन को शायद वह नाते-सम्बन्ध तोड़ने पड़ें जिनको बनाने में उन्होंने अपना जीवन बिताया था !

इस योजना का नाम, प्रथम विश्वयुद्ध के बाद मध्य यूरोप के राज्यों को छोटे-छोटे टुकड़ों में बाँट देने की योजना के नाम पर 'बलकान योजना' बहुत ठीक ही रखा गया था; भारत के ग्यारह प्रान्तों में से हर एक को यह फ़ैसला करने का अधिकार दिया गया था कि वह पाकिस्तान में शामिल होना चाहता है या भारत में रहना चाहता है; या अगर उसके हिन्दुओं और मुसलमानों दोनों का बहुमत तय करे तो स्वतन्त्र रहना चाहता है। माउंटबैटेन ने वहाँ पर एकत्रित अपने गवर्नरों से कहा कि वह 'संयुक्त भारत की आशा आसानी से त्यागने वाले नहीं हैं।' वह सारी दुनिया को यह बता देना चाहते थे कि अँग्रेज़ों ने भारत की एकता को बनाये रखने की पूरी कोशिश की थी। अगर ब्रिटेन इसमें विफल रहता तो सारी दुनिया के लिए यह जानना बेहद महत्वपूर्ण था कि 'बँटवारे का रास्ता अँग्रेज़ों के फ़ैसले की वजह से नहीं बल्कि भारतीय जनमत की वजह से किया गया था।' वह स्वयं यह समझते थे कि भावी पाकिस्तान अपने पैरों पर खड़ा रहने में इतनी बुरी तरह असमर्थ रहेगा कि उसे 'स्वयं अपने दोषों के कारण विफल होने का अवसर दिया जाना चाहिए' ताकि बाद में 'मुसलिम लीग इज्ज़त के साथ फिर संयुक्त भारत में वापस आ जाये।'

उन ग्यारह आदमियों ने बँटवारे के प्रति कोई उत्साह नहीं दिखाया। लेकिन उन्होंने उसका विरोध भी नहीं किया। सच तो यह है कि उनके पास भी कोई दूसरा हल नहीं था।

उस रात वाइसराय-भवन के शाही डाइनिंग रूम में गवर्नरों ने अपने अन्तिम सम्मेलन की समाप्ति पर अपनी पत्नियों के साथ एक औपचारिक भोज में भाग लिया। वे लॉर्ड और लेडी माउंटबैटेन के अतिथि थे। कमरे की दीवारों पर बने हुए इससे पहले के उन्नीस वाइसरायों के तैल-चित्र उन्हें अतीतकालीन न्यायाधीशों की तरह देख रहे थे। डिनर समाप्त होने पर नौकर पोर्ट की बोतलें लेकर आये। जब सबके गिलास भर दिये गये तो लुई माउंटबैटेन ने खड़े होकर अपना गिलास ऊपर उठाया। उस समय किसी को इसका आभास भी नहीं हुआ कि एक परम्परा का अन्त हो रहा था—उसके बाद फिर कभी भारत के वाइसराय ने एकत्रित गवर्नरों के सामने वह परम्परागत कामना करते हुए जाम पीने का प्रस्ताव नहीं किया जो उस समय माउंटबैटेन ने 4,000 मील दूर बैठे हुए

अपने रिश्ते के भाई के लिए की थी : 'लेडीज़ एन्ड जेंटिलमेन, आइये हम सम्राट के नाम का जाम पियें।'

सीमा प्रान्त और पंजाब, अप्रैल 1947 का अन्तिम भाग

नंगा पर्वत की भवावह सफ़ेद नुकीली चोटियों ने वाइसराय के विमान की गोल खिड़कियों को बिलकुल ढक लिया था। उसकी तराशी हुई चोटी विमान से 100 मील दूर उत्तर की ओर हवा में 25,000 फ़ीट ऊपर तक चली गयी थी। विमान में बैठे हुए यात्री क्षितिज के एक छोर से दूसरे छोर तक फैली उस पर्वतमाला की बरफ़ से ढकी हुई गहरे रंग की दीवार को देख सकते थे जिसका यह चोटी एक अंग थी। यह थी हिन्दुकुश पर्वतमाला, जो बर्फ़ से ढके हुए उस निर्जन विस्तार के सामने, जिसे दुनिया की छत कहा जाता था, एक दीवार की तरह खड़ी थी। विमान दक्षिण की ओर मुड़ा और सिन्धु नदी की बल खाती हुई जल-धारा के ऊपर से उड़ता हुआ उत्तर-पश्चिम सीमा प्रान्त की राजधानी पेशावर की ओर बढ़ा, जहाँ के मकानों के अहाते क़िले की दीवारों जैसे थे।

जब विमान हवाई अड्डे की ओर तेज़ी से उतरने लगा तो उस पर बैठे हुए यात्रियों ने अचानक देखा कि एक बहुत बड़ी उत्तेजित भीड़ को पुलिस के कुछ सिपाही बड़ी मुश्किल से रोक पा रहे हैं। लुई माउंटबैटेन ने अपने एयर-कंडीशंड दफ़्तर में बातचीत का सिलसिला कुछ दिन के लिए बन्द करके ख़ुद जाकर दो सबसे अधिक उपद्रवग्रस्त प्रान्तों की—पंजाब और सीमा प्रान्त की—राजनीतिक नब्ज़ देखने का फ़ैसला किया था।

यह ख़बर कि वह आ रहे हैं, पूरे सीमा प्रान्त में आग की तरह फैल गयी थी। जिन्ना की मुसलिम लीग के नेताओं के आवाहन पर 24 घंटे के अन्दर-अन्दर सूबे के कोने-कोने से दसियों हज़ार आदमी पेशावर में आकर जमा होने लगे थे। खचाखच भरी हुई ट्रकों पर, बसों से, मोटरों पर, स्पेशल ट्रेनों से वे ज़ोर-ज़ोर से हाथ हिलाकर नारे लगाते हुए राजधानी में उसके इतिहास के सबसे बड़े प्रदर्शन के लिए चले आ रहे थे।

उन लम्बे-तगड़े गोरे रंग के पठानों ने वाइसराय का स्वागत अनोखे ढंग से करने का फ़ैसला किया था। थके हुए तो वे थे ही, धूल और गरमी में उनका गुस्सा और बढ़ता जा रहा था; अपने नेताओं के आदेशों की परवाह न करते हुए उनका उन्माद ख़तरनाक स्तर तक पहुँचता जा रहा था। पुलिस ने उन्हें एक बहुत बड़े नीची-सी दीवार वाले अहाते में रेल की

पटरी और पेशावर के पुराने मुग़ल क़िले की ढालू दीवारों के बीच रोक रखा था। झुँझलायी हुई और उत्तेजित इस भीड़ को देखकर यह ख़तरा महसूस होता था कि कहीं बन्दूक़ की गोलियों की आवाज़ से इस वशीकरण अभियान के कोमल स्वर भंग न हो जायें।

ये लोग वहाँ उस सूबे की असंगत स्थिति के कारण आये थे, जिसकी 93 प्रतिशत आबादी मुसलमानों की थी, लेकिन काँग्रेस पार्टी के मंत्रि-मंडल का शासन था। काँग्रेस के नेता अब्दुल ग़फ़्फ़ार ख़ाँ नामक एक क़बायली सरदार थे। विशालकाय शरीर और चेहरे पर घनी दाढ़ी की वजह से वह देखने में किसी प्राचीन पैग़म्बर जैसे लगाते थे। उन्होंने अपना सारा जीवन उन पठानों के बीच, जिनके लिए ख़ूनी लड़ाइयाँ लड़ना और बदला लेना जीवन का एक अभिन्न अंग था, गांधी का प्रेम और सत्याग्रह का संदेश फैलाने में लगा दिया था। इस अनोखे पठान को उस समय तक उन लोगों का समर्थन प्राप्त रहा जब तक कि उसने गांधी के प्रति अपनी वफ़ादारी की वजह से जिन्ना के इसलामी राज्य के नारे का विरोध करना नहीं शुरू किया था। उसके बाद से जिन्ना के लोगों के उकसावे में आकर वहाँ की आबादी ग़फ़्फ़ार ख़ाँ के और पेशावर में उनकी स्थापित की हुई सरकार के ख़िलाफ़ हो गयी थी। माउंटबैटेन, उनकी पत्नी और उनकी 17-वर्षीय बेटी पमेला के स्वागत के लिए वहाँ शोर मचाती हुई जो विशाल भीड़ जमा हुई थी उसका उद्देश्य उन्हें इस का अन्तिम प्रमाण देना था कि अब उस सूबे का समर्थन 'सरहदी गांधी' को नहीं बल्कि मुसलिम लीग को प्राप्त है। चिन्तित गवर्नर सर ओलैफ़ कैरो ने अपने मेहमानों को अपने घर ले जाने के लिए एक मोटर पर, जिसकी सुरक्षा का पूरा बन्दोबस्त किया गया था, बिठाया। भीड़ लगातार बेक़ाबू होती जा रही थी; यह ख़तरा पैदा हो चला था कि किसी भी क्षण वह उस अहाते की, जिसमें पुलिस ने उसे घेर रखा था, नाकेबन्दी तोड़कर गवर्नर की कोठी की तरफ़ झपट पड़ेगी। ऐसा होने पर कोठी की रक्षा के लिए तैनात थोड़े-से फ़ौजी सिपाहियों के सामने गोली चलाने के अलावा और कोई चारा नहीं रह जायेगा। नतीजा यह होगा कि चारों ओर लाशें बिछ जायेंगी। माउंटबैटेन की सारी प्रतिष्ठा, समस्या को सुलझाने की उनकी सारी आशाएँ और वाइसराय की हैसियत से उनका सारा काम ख़ून की इस नदी में डूब जायेगा।

चिन्ताग्रस्त गवर्नर को ख़तरों को टालने का एक रास्ता सूझा, लेकिन पुलिस और सेना के कमांडरों ने उसें सरासर पागलपन ठहरा दिया। गवर्नर का सुझाव था कि माउंटबैटेन उस भीड़ के सामने चले जायें। उन्हें उम्मीद

थी कि उनकी एक झलक देखकर ही भीड़ शान्त हो जायेगी।

माउंटबैटेन कुछ क्षण तक सोच में पड़े रहे। 'अच्छी बात है,' अन्ततः उन्होंने कहा, 'मैं जोखिम उठाकर उन लोगों से मिलूँगा।' गवर्नर कैरो और उनके सुरक्षा अधिकारी यह जानकर परेशान हो गये कि उनकी पत्नी एडविना भी उनके साथ जाने के लिए अड़ गयी थीं।

कुछ मिनट बाद वाइसराय-दम्पति और गवर्नर को एक जीप से रेल की पटरी के उस पार पहुँचा दिया गया। रेल की पटरी के ऊँचे पुश्ते के दूसरी ओर गरमी से परेशान और धूल से अटे हुए एक लाख उत्तेजित लोग शोर मचाकर अपना असन्तोष व्यक्त कर रहे थे। माउंटबैटेन अपनी पत्नी का हाथ पकड़कर पुश्ते के ऊपर चढ़ गये। ऊपर पहुँचकर उन्होंने देखा कि उनके और पगड़ियों के ठाठें मारते हुए उस सागर के बीच मुश्किल से पन्द्रह फ़ीट की दूरी होगी। उस विशाल भीड़ के क़दमों की चाप से उनके पाँव तले धरती काँप रही थी। अपार मानव-समुद्र की भयावहता से, जिसके शोर-गुल और हाथ हिला-हिलाकर नारे लगाने के ढंग में भारत की जनता की विशालता और उसका सारा भावावेश साकार हो उठा था, माउंटबैटेन-दम्पति को एक क्षण के लिए चक्कर-सा आ गया। हज़ारों आगे बढ़ते हुए क़दमों से उड़-उड़कर धूल के बादल हवा में छा गये थे। भीड़ का शोर अपने बोझ से उन्हें कुचले दे रहा था। वशीकरण अभियान के लिए यह एक निर्णायक क्षण था, एक ऐसा क्षण जिसमें कुछ भी हो सकता था।

वे दोनों वहाँ खड़े-खड़े भीड़ को संशय की दृष्टि से देख रहे थे; उन्हें इस तरह खड़ा देखकर सर ओलैफ़ कैरो एक बार तो आशंका से सिहर उठे। भीड़ में बीस-तीस-चालीस हज़ार राइफलें तो ज़रूर रही होंगी। कोई भी पागल आदमी, खून का प्यासा कोई भी दीवाना, माउंटबैटेन को 'तालाब में तैरती हुई बत्तखों की तरह' अपनी गोली का निशाना बना सकता था। उनके कुछ सेकेंड तक वहाँ इस तरह खड़े रहने पर कैरो को आभास हुआ कि भीड़ के तेवर अच्छे नहीं हैं। एक क्षण के लिए उन्होंने सोचा, 'बस, अब कोई गड़बड़ी हुआ ही चाहती है।'

माउंटबैटेन की समझ में नहीं आ रहा था कि क्या करें। वह पश्तू का एक अक्षर नहीं बोल सकते थे, जो उस भीड़ की भाषा थी। पर वह इस तरह चिन्ता में डूबे हुए कुछ सोच रहे थे कि तभी न जाने क्या हुआ कि भीड़ अचानक शान्त होने लगी, मानो किसी ने उस पर जादू कर दिया हो। शायद इसी बीच भीड़ की इस विचित्र हलचल ने किसी हत्यारे का हाथ भी रोक दिया हो। साम्राज्य के सबसे मशहूर सिपाहियों के साथ बिना किसी तैयारी के इस मुलाक़ात के लिए माउंटबैटेन आधी आस्तीन की

ढीली-ढाली बुशशर्ट पहने हुए थे, जैसी कि वह बर्मा में उस समय पहना करते थे जब वह मित्र-राष्ट्रों की सेनाओं के सर्वोच्च सेनापति थे। उनके लिबास की एक खूबी का भीड़ पर बहुत असर पड़ा, और वह था उसका रंग—हरा रंग। हरा इसलाम का रंग था, हरा हाजियों का पवित्र रंग था। सहज भाव से वहाँ पर जमा हज़ारों लोगों को अचानक यह आभास हुआ कि उन्होंने उनके प्रति मित्रता प्रदर्शित करने के लिए ही हरी पोशाक पहन रखी है, उनके धर्म का सम्मान करने के लिए।

माउंटबैटेन सामने देख रहे थे, लेकिन उनकी पत्नी का हाथ अब भी उनके हाथ में था; उन्होंने एडविना के कान में चुपके से कहा : 'इन लोगों की तरफ़ हाथ हिलाकर उनका अभिवादन करो।' धीरे-धीरे, बड़ी शालीनता के साथ दुबली-पतली एडविना ने अपने पति के साथ ही अपना भी हाथ उठाकर भीड़ का अभिवादन किया। ऐसा लगता था कि एक क्षण के लिए भारत का भविष्य भीड़ के ऊपर हवा में उठे हुए उन दो हाथों पर आकर टिक गया है। उस उत्तेजित भीड़ पर कुछ देर के लिए एक सन्दिग्ध निस्तब्धता छा गयी। अचानक, जब ऐसा लग रहा था कि एडविना का गोरा हाथ आकाश को थपकियाँ दे रहा है, भीड़ में से एक शोर उठा जो बढ़ते-बढ़ते घन-गरज का एक अथाह सागर बन गया। हज़ारों गलों से लगातार बार-बार एक विजय-घोष हो रहा था, जो इस बात सूचक था कि 'वशीकरण अभियान' के लिए सबसे बड़े खतरे की घड़ी टल गयी।

वे झुँझलाये हुए पठान सूरमा चिल्ला रहे थे : 'माउंटबैटेन जिन्दाबाद ! माउंटबैटेन जिन्दाबाद !'

पठानों से इस मुठभेड़ के अड़तालीस घण्टे बाद, माउंटबैटेन और उनकी पत्नी पंजाब पहुँचे। सर एवान जेंकिंस वाइसराय-दम्पति को फ़ौरन रावलपिंडी से 25 मील दूर एक छोटे-से गाँव में ले गये। वहाँ माउंटबैटेन ने जो कुछ देखा उससे उन्हें बहुत गहरा आघात पहुँचा और उन्हें इस बात का सबूत मिल गया कि वहाँ के गवर्नर की यह चेतावनी कि उनके सूबे में आग धधक रही है, कितनी सही थी। अब उन्होंने अपनी आँखों से देख लिया कि हिन्दुस्तान में कैसी भयानक तबाही मची हुई है।

नौ-सेना के उस नौजवान सेनापति ने क्रीट के पास अपने विध्वंसक जहाज़ की दुर्घटना में अपने लगभग सभी साथियों को मौत के मुँह में जाते देखा था। बर्मा के भयानक जंगलों में वह लाखों सिपाहियों का नेतृत्व कर चुके थे। लेकिन 3,500 की आबादी वाले इस छोटे-से गाँव में, जो भारत के पाँच लाख गाँवों जैसा ही एक गाँव था, उन्होंने जो कुछ देखा उससे वह

विचलित हो उठे।

कई शताब्दियों से कहूटा की धूल-भरी गलियों में दो हज़ार हिन्दू तथा सिख और डेढ़ हज़ार मुसलमान मेल-जोल से शान्तिपूर्वक रहते आये थे। लेकिन उस दिन गाँव के बीच में केवल मसजिद की पत्थर की मीनार और सिखों के गुरुद्वारे का गोल गुंबद कहूटा की एकमात्र निशानियों के रूप में बचे रह गये थे जिनसे पता चलता था कि कभी यहाँ कोई गाँव था।

माउंटबैटेन के आने से फ़ौरन पहले ब्रिटिश नारफ़ोक रेजिमेंट की एक टुकड़ी यों ही गश्त करती हुई उस गाँव से गुज़री थी। कहूटा के रहने वाले उस रात भी एक-दूसरे पर पूरे भरोसे के साथ शान्तिपूर्वक सोये थे, जैसा कि वे कई पीढ़ियों से करते आये थे। लेकिन भोर होते-होते कहूटा का नाम-निशान लगभग बिलकुल मिट चुका था। वहाँ रहने वाले सारे हिन्दू या सिख या तो जान से मारे गये थे या डर के मारे रात के अँधेरे में भाग गये थे।

मुसलमानों का एक गिरोह गाँव पर भूखे भेड़ियों की तरह टूट पड़ा था और उसने बाल्टियों में पेट्रोल भर-भरकर सिखों और हिन्दुओं के घरों पर छिड़का था और आग लगा दी थी। कुछ ही मिनटों के अन्दर सारा इलाक़ा धू-धू करके सुलग उठा था, और सहायता के लिए बड़े दर्दनाक ढंग से चीखते-चिल्लाते हुए पूरे-के-पूरे परिवार आग की लपटों में जलकर राख हो गये थे। जो लोग किसी तरह बच निकले उन्हें पकड़कर एक साथ बाँध दिया गया और पेट्रोल छिड़ककर ज़िन्दा जला दिया गया। आग फैलते-फैलते मुसलिम बस्ती में भी पहुँच गयी और कहूटा पूरी तरह नष्ट हो गया। केवल कुछ हिन्दू औरतें बच गयीं, जिन्हें बलात्कार करने के लिए और मुसलमान बनाने के लिए सोते-सोते ही बाहर खींच लाया गया था। कुछ औरतें अपने को जल्लादों के चंगुल से छुड़ाकर फिर आग में कूद पड़ी थीं और जलकर मर गयी थीं।

माउंटबैटेन ने लन्दन को रिपोर्ट भेजी, 'जब तक मैं कहूटा नहीं गया था तब तक मुझे इस बात का अन्दाज़ा नहीं हुआ था कि कैसी-कैसी भयानक बातें हो रही हैं।'

पेशावर में उत्तेजित भीड़ का सामना, पंजाब के उस नष्ट-भ्रष्ट गाँव का हृदय-विदारक दृश्य—वे अन्तिम प्रमाण थे जिनकी माउंटबैटेन को ज़रूरत थी। नयी दिल्ली में अपने एयर-कंडीशंड अध्ययन-कक्ष में दस दिन तक मीटिंगें करने के बाद वह जिस फ़ैसले पर पहुँचे थे वह बिलकुल ठीक था। भारत को बचाने के लिए एक चीज़ आवश्यक थी और वह यह कि तेज़ी से कोई क़दम उठाया जाये। अगर उन्होंने फ़ौरन कोई कार्रवाई नहीं

की तो भारत का पूरा ढाँचा चरमराकर ढह जायेगा और उसके साथ ही ब्रिटिश राज और वाइसराय की हैसियत मे उनकी प्रतिष्ठा भी मिट्टी में मिल जायेगी। और तेज़ी के साथ कुछ करना है तो इस गुत्थी को सुलझाने का एक ही रास्ता था, एक ही हल था जिससे वह स्वयं बचना चाहते थे, लेकिन जो भारत की राजनीतिक स्थिति का तक़ाज़ा था—बँटवारा।

महात्मा गांधी की प्रायश्चित-यात्रा का अन्तिम कष्टप्रद दौर 1 मई 1947 की शाम को शुरू हुआ, नयी दिल्ली की भंगियों की बस्ती की उसी छोटी-सी झोंपड़ी में, जहाँ पन्द्रह दिन पहले उन्होंने अपने साथियों से भारत की एकता बनाये रखने की अपनी योजना मनवाने की असफल कोशिश की थी। वह ज़मीन पर पालथी-मारे बैठे थे, उनके गंजे सिर पर आज भी एक गीला अँगोछा ढका हुआ था। वह बड़े दुखी मन से अपने चारों ओर बैठे हुए लोगों की बहस सुन रहे थे—यह कांग्रेस पार्टी का हाई कमान था। यों तो इसका संकेत पिछली मीटिंग में ही मिल चुका था, लेकिन अब गांधी और उनके साथियों के अन्तिम रूप से अलग होने का समय आ गया था। गांधी ने जेल में अपने जीवन के कई बरस गुज़ारे थे, अपने शरीर को कष्ट देकर अनशन किये थे, हड़तालों और बायकाट आन्दोलनों का संगठन किया था—उन सभी कोशिशों ने मिलकर आज की इस मीटिंग के लिए रास्ता बनाया था। उन्होंने भारत की काया पलट दी थी और अहिंसा के सहारे अपने देशवासियों को स्वतन्त्रता दिलाने के लिए इस शताब्दी की एक मौलिक दार्शनिक विचारधारा की नींव डाली थी; और अब यह ख़तरा पैदा हो गया था कि उनकी यह गौरवान्वित विजय एक भयानक दुखांत नाटक बनकर रह जायेगी। उनके अनुयायी अब तंग आ चुके थे, उनका धीरज टूट चुका था और वे आज़ादी की मंज़िल तक पहुँचने के लिए आख़िरी और लाज़िमी क़दम के तौर पर हिन्दुस्तान के बँटवारे को मान लेने के लिए तैयार हो गये थे।

गांधी भारत की एकता के प्रति किसी रहस्यमयी श्रद्धा के कारण बँटवारे के विरोधी नहीं थे। भारत के गाँवों में उन्होंने बरसों जो समय बिताया था, उससे उन्हें देश की आत्मा का एक सहज बोध हो गया था। उनका यह बोध उन्हें बताता था कि देश का बँटवारा 'डॉक्टर का ऑपरेशन' नहीं साबित होगा, जैसा कि जिन्ना ने माउंटबैटेन को यक़ीन दिलाया था। वह एक भयानक क़त्लेआम बन जायेगा; उन हज़ारों गाँवों में जिन्हें वह इतनी अच्छी तरह जानते थे, दोस्त दोस्त के ख़ून का, पड़ोसी पड़ोसी के ख़ून का, अजनबी अजनबी के ख़ून का प्यासा हो जायेगा। एक घृणित

उद्देश्य के लिए उनका खून बहाया जायेगा, इस उप-महाद्वीप को दो ऐसे परस्पर विरोधी हिस्सों में बाँट देने के लिए जो हमेशा एक-दूसरे की बोटियाँ नोंचते रहेंगे। गांधी का विश्वास था कि आने वाले दसियों वर्षों तक हिन्दुस्तानियों की कई पीढ़ियों को इस ग़लती की क़ीमत चुकाते रहना पड़ेगा जो ये लोग करने जा रहे थे।

गांधी की मुश्किल यह थी कि उस रात उनके पास अपने सहज बोध के अलावा कोई दूसरा ठोस सुझाव नहीं था, उस सहज बोध के अलावा जिसे यही लोग पहले कितनी ही बार स्वीकार कर चुके थे। लेकिन अब वह पैग़म्बर नहीं रह गये थे। उन्होंने बाद में बड़ी कटुता से अपने एक मित्र से कहा, 'ये लोग मुझे महात्मा कहते हैं, लेकिन मैं आपसे बताता हूँ कि ये लोग मेरे साथ भंगी जैसा सलूक़ भी नहीं करते।'

माउंटबैटेन की तरह ही नेहरू, पटेल और दूसरे सभी लोग यह महसूस करते थे कि भारत के सिर पर बहुत बड़ी तबाही के बादल मँडला रहे हैं और बँटवारा कितना ही कष्टप्रद क्यों न हो, देश को बचाने का वही एक रास्ता है। गांधी का मन, गांधी की आत्मा पुकार-पुकारकर कह रही थी कि ये लोग ग़लती कर रहे हैं। और इन लोगों की राय ठीक हो, तो भी वह बँटवारे के बजाय देश में अराजकता को ही ज़्यादा पसन्द करते।

उन्होंने अपने अनुयायियों से कहा कि 'अँग्रेज़ों के दिये बिना जिन्ना को पाकिस्तान कभी मिल नहीं सकता। और काँग्रेस के बहुमत का अटल विरोध हो तो अँग्रेज़ कभी बँटवारा करेंगे नहीं। माउंटबैटेन कोई भी सुझाव रखें लेकिन उनके फ़ैसले को रोक देने की कुंजी तो आपके हाथ में है।' गांधी ने गिड़गिड़ाकर कहा, 'अँग्रेज़ों से कह दीजिये कि यहाँ से चले जायें। उनके जाने के बाद जो कुछ होगा, हम भुगत लेंगे। उनसे कह दीजिये कि वे भारत को छोड़कर चले जायें—भगवान के भरोसे छोड़ जायें, उनका जी चाहे तो उथल-पुथल और अराजकता के हवाले कर जायें, लेकिन वे यहाँ से चले जायें।'

'हमें आग में से होकर गुज़रना पड़ेगा,' उनका विश्वास था, 'लेकिन इस आग में तपकर हम निखर जायेंगे।'

लेकिन उनकी आवाज़ निर्जन की पुकार की तरह थी। उनके वे ही चुने हुए निकटतम सहायक भी अब इस आखिरी बार उनकी अन्तरात्मा की उस आवाज़ को सुनने को तैयार नहीं थे जो इससे पहले कितनी ही बार स्वयं उनकी आकांक्षाओं को व्यक्त कर चुकी थी।

पटेल तो माउंटबैटेन के भारत आने के पहले ही से बँटवारे को मान लेने को तैयार थे। वह बूढ़े हो चले थे. उन्हें दो बार दिल का दौरा पड़

चुका था और वह चाहते थे कि बँटवारा हो जाये ताकि यह रोज़-रोज़ की बहस ख़त्म हो और स्वतन्त्र भारत का निर्माण करने का काम शुरू किया जा सके। उनकी दलील थी कि जिन्ना जो राज्य माँगते हैं वह उन्हें दे दो, वह बहरहाल बहुत दिन टिक नहीं पायेगा। पाँच साल में मुसलिम लीग भीख माँगती हुई उनके दरवाज़े पर आयेगी कि भारत को फिर मिलाकर एक कर दो।

नेहरू के मन में बड़ी व्यथा थी; वह एक अजीब दुविधा में फँस गये थे। एक ओर था गांधी के प्रति उनका अगाध प्रेम और दूसरी ओर, माउंटबैटेन-दम्पति के प्रति प्रशंसा तथा मित्रता की नयी भावना। गांधी की बात उनके मन को छूती थी, माउंटबैटेन की बात उनके दिमाग़ को। नेहरू का सहज मन बँटवारे के विचार से ही सिहर उठता था, लेकिन उनकी तर्कबुद्धि उनसे कहती थी कि इसके अलावा कोई दूसरा रास्ता भी तो नहीं है। इस नतीजे पर पहुँचने के बाद से कि और कोई चारा ही नहीं है, माउंटबैटेन अपने वशीकरण अभियान का सारा सम्मोहन और सारी तर्क-शक्ति नेहरू को अपने मत के पक्ष में कर लेने के लिए इस्तेमाल करते रहे थे। एक दलील बहुत बुनियादी थी। जिन्ना के चले जाने के बाद हिन्दू-भारत में उस तरह की मज़बूत केन्द्रीय सरकार बनायी जा सकती थी जिसकी नेहरू को अपने सपनों के समाजवादी भारत का निर्माण करने के लिए ज़रूरत थी। अन्त में वह भी उस आदमी के मुक़ाबले पर डट गये जिसके पीछे वह इतने समय से चलते आये थे।

जब ये दो सशक्त स्वर भी बँटवारे के पक्ष में हो गये तो बाक़ी हाई कमान के राज़ी होने में कितनी देर लगती! नेहरू को यह अधिकार दे दिया गया कि वह वाइसराय को यह सूचना दे दें कि काँग्रेस अब भी 'संयुक्त भारत के विचार के साथ पूरी आस्था के साथ सम्बद्ध है,' लेकिन बँटवारे का सुझाव इस शर्त पर मानने को तैयार है कि पंजाब और बंगाल के दो बड़े सूबों का भी बँटवारा कर दिया जाये। जो आदमी उनकी अगुवाई करके उन्हें विजय की इस मंज़िल तक लाया था, वह अब अकेला रह गया था—उसकी विजय कलंकित हो चुकी थी और उसका सपना चूर-चूर हो चुका था।

अगले रोज़ 2 मई को, शाम को 6 बजे नयी दिल्ली में उतरने के ठीक 40 दिन बाद, वाइसराय का यार्क एम० डब्लू० 102 विमान पालम के हवाई अड्डे से फिर लन्दन के लिए रवाना हुआ। इस बार उस पर सबसे महत्वपूर्ण यात्री थे माउंटबैटेन के चीफ़ ऑफ़ स्टाफ़ लॉर्ड इस्मे, जो

अपने साथ ब्रिटिश सरकार के सामने पेश करने के लिए भारत के बँटवारे की एक योजना ले जा रहे थे।

आखिरकार जिन्ना की हठधर्मी की चट्टान से टकराकर माउंटबैटेन की सारी आशाएँ चकनाचूर हो चुकी थीं। उन्हें इस पूरे जोड़-तोड़ में सिर्फ़ इस एक बात का पता नहीं था जिससे सारा नक़शा ही बदल सकता था और वह बात थी जिन्ना की बीमारी। अपने बाक़ी जीवन-भर माउंटबैटेन को इस बात का पछतावा रहा कि वह जिन्ना को टस से मस नहीं कर सके थे और यह उनके जीवन की सबसे बड़ी निराशा थी। उनका मन इस बात से कितना व्यथित था कि इतिहास में उनका नाम भारत का बँटवारा करने वाले के रूप में लिया जायेगा, इसका अन्दाज़ा उस दस्तावेज़ से लगाया जा सकता था जो लॉर्ड इस्मे अपने साथ लेकर हवाई जहाज़ से लन्दन जा रहे थे। यह एटली-सरकार को भेजी गयी माउंटबैटेन की पाँचवीं निजी रिपोर्ट थी।

माउंटबैटेन ने लिखा था कि बँटवारा 'सरासर पागलपन' है, और 'अगर विचित्र साम्प्रदायिक उन्माद का भूत सबके सिर पर न सवार हो गया होता और इसने बाक़ी सभी रास्ते बन्द न कर दिये होते तो इसके (बँटवारे के) लिए मुझे कोई भी राज़ी नहीं कर सकता था।'

उन्होंने लिखा कि 'इस पागलपन के फ़ैसले की सारी ज़िम्मेदारी दुनिया की नज़रों में हिन्दुस्तानियों के ही कन्धों पर' डाली जानी चाहिए, 'क्योंकि जो फ़ैसला वे करने जा रहे हैं उसके लिए उन्हें एक दिन बुरी तरह पछताना पड़ेगा।'

6

एक छोटी-सी सुहानी जगह

शिमला, मई 1947

लुई माउंटबैटेन को अब एयर-कंडीशनिंग की कोई ज़रूरत नहीं रह गयी थी। उनके अध्ययन-कक्ष की खिड़की से जो दृश्य दिखायी देता था, उन्हें तरोताज़ा रखने के लिए काफ़ी था : दुनिया की सबसे ऊँची हिमालय पर्वतमाला की बर्फ़ से ढकी हुई चोटियाँ जो इधर भारत और उधर तिब्बत और चीन के बीच एक दीवार की तरह खड़ी हुई थीं। अब उनकी नज़रें भारत की चिलचिलाती हुई धूप में झुलसे हुए नीरस निर्जन दृश्यों को देखकर लौट नहीं जाती थीं। इस समय उनकी निगाहों के सामने सदाबहार हरियाली का दृश्य था; ज़मर्रुद जैसे हरे-भरे लॉन, चीड़ के ऊँचे-ऊँचे पेड़, और महीन नाज़ुक पत्तियों वाली पहाड़ी झाड़ियाँ। हफ़्तों की लगातार थकन के बाद माउंटबैटेन ने भी अपने पूर्वजों की डाली हुई परम्परा का पालन किया था। लॉर्ड इस्मे के लन्दन चले जाने के बाद वह दिल्ली छोड़कर यहाँ चले आये थे। यह जगह ब्रिटिश राज की सबसे बेमेल देन थी; अपने आस-पास की हर चीज़ से अलग एक सोलहो आने अँग्रेज़ी ढंग की बस्ती हिमालय की गोद में लाकर बिठा दी गयी थी और उस छोटी-सी बस्ती का नाम रख दिया गया था शिमला।

लोगों से बातचीत करते-करते माउंटबैटेन थक भले ही गये हों, पर उनका मन उमंग और आत्म-विश्वास से भरा हुआ था। उन्होंने छः हफ़्तों में ही वह काम कर दिखाया था जो उनसे पहले आये लोग बरसों में पूरा नहीं कर पाये थे। उन्होंने ब्रिटिश प्रधानमन्त्री को एक ऐसी योजना तो भेज दी थी जिससे अँग्रेज़ों को इज़्ज़त के साथ भारत से निकल जाने का

मौक़ा मिलता था और हिन्दुस्तानियों को अपनी बरसों से उलझी हुई गुत्थी को सुलझाने का एक हल, भले ही वह कष्टप्रद हो।

लन्दन से चलने से पहले चूंकि उन्होंने एटली से स्वतन्त्र निर्णय का पूरा अधिकार ले लिया था, इसलिए यह जरूरी नहीं था कि कोई योजना इंगलैंड भेजने से पहले वह उस पर औपचारिक रूप से भारतीय नेताओं की मंज़ूरी ले लें। उन्हें एटली-सरकार को सिर्फ़ यह विश्वास दिलाना था कि जब योजना उन नेताओं के सामने रखी जायेगी तो वे उसे स्वीकार कर लेंगे।

माउंटबैटेन ने अपने अध्ययन-कक्ष के एकान्त में जो कुछ सीखा-जाना था, उसका निचोड़ उस योजना में था। उसमें उन्होंने हर नेता की अन्तरतम भावनाओं तथा आस्थाओं के बारे में अपनी जानकारी के आधार पर बहुत सोच-विचार करने के बाद अपना मूल्यांकन पेश किया था कि जब फ़ैसले की घड़ी आयेगी तो वे कहाँ तक मानने को तैयार होंगे। उन्हें अपने फ़ैसले पर इतना भरोसा था कि शिमला के लिए रवाना होने से पहले ही उन्होंने बाक़ायदा एलान कर दिया था कि 17 मई को शिमला से वापस आने पर वह अपनी योजना उनके सामने रख देंगे।

लेकिन शिमला की चुस्त आबोहवा ने, वहाँ की देवलोक जैसी शान्ति ने उन्हें कुछ और सोचने के लिए प्रेरित किया और वाइसराय के मन में शंकाएँ उमड़ने लगीं। जब से वह योजना लन्दन पहुँची थी उनके पास एटली-सरकार की ओर से भेजे गये तारों का एक ताँता-सा बँध गया था, जिनमें कुछ शब्दों को इस तरह बदल देने का सुझाव रहता था जिनसे योजना का मूल आशय तो न बदले पर उसके लहज़े में कुछ सुधार हो जाये।

लेकिन इससे भी गम्भीर उनकी वह असली चिन्ता थी जो उनकी इस बढ़ती हुई आशंका की बुनियाद थी। उन्होंने जो योजना लन्दन भेजी थी अगर उसके सभी पहलुओं को पूरी तरह लागू कर दिया जाता तो यह विशाल भारतीय उप-महाद्वीप दो नहीं बल्कि तीन स्वतन्त्र राष्ट्रों में बँट जाता।

माउंटबैटेन ने उस योजना में एक धारा यह भी जोड़ दी थी कि अगर भारत के किसी प्रान्त में दोनों सम्प्रदायों के बहुमत चाहें तो उसे स्वतन्त्र होने का अधिकार होगा। यह धारा इस उद्देश्य से जोड़ी गयी थी कि बंगाल के साढ़े छः करोड़ हिन्दू और मुसलमान मिलकर अपना एक अलग देश बना सकते थे, जो अपने पैरों पर खड़ा हो सकता था और कलकत्ता का विशाल बन्दरगाह उसकी राजधानी होता।

यह विचार माउंटबैटेन के सामने कलकत्ता के मुसलिम नेता शहीद सुहरावर्दी ने रखा था। वह नाच-रंग और शराब-क़बाब के शौकीन थे, जिन्होंने दस महीने पहले इसी शहर में 'सीधी कार्रवाई का दिन' मनाने के मुसलिम लीग के नारे पर भयानक उपद्रव मचवा दिया था। वाइसराय को यह विचार पसन्द आया था। जिन्ना के दो सिर वाले बेतुके राज्य के मुक़ाबले में यह एक ऐसा राज्य हो सकता था जो अपने बल पर टिका रह सकता था। उन्हें यह देखकर कुछ ताज्जुब हुआ कि बंगाल के हिन्दू काँग्रेसी नेता इस योजना से कुछ असमंजस में पड़ गये थे। माउंटबैटेन ने चुपके-चुपके उनकी दिलचस्पी को बढ़ावा देने की भी कोशिश की थी। उन्होंने यह भी पता लगा लिया था कि जिन्ना इस विचार का विरोध नहीं करेंगे। लेकिन उन्होंने नेहरू और पटेल को इसकी भनक नहीं लगने दी थी, और उनकी यही भूल उस समय उन्हें चिन्तित कर रही थी। सचमुच क्या वे किसी ऐसी योजना को मान लेंगे जिसमें कलकत्ता का शानदार बन्दरगाह और उसके आस-पास की कपड़े और जूट की मिलों का पूरा सिलसिला उनसे छिन जाये, जिनके मालिक वे उद्योगपति थे जो उनकी पार्टी के लिए रुपये-पैसे का सबसे बड़ा सहारा थे ? अगर उन्होंने इस योजना को न माना तो माउंटबैटेन, ब्रिटिश सरकार को इतने बहुत-से आश्वासन दे चुकने के बाद भारत, ब्रिटेन और सारी दुनिया की नज़रों में सरासर बेवकूफ़ साबित होंगे।

अचानक उनके मन में एक विचार कौंधा। वह उस नेता के साथ निजी तौर पर बातचीत करके अपने मन को फिर से आश्वस्त करेंगे, जिस नेता को उन्होंने अपने सहयोगियों की परेशानी की परवाह न कर शिमला में अपने साथ छुट्टी बिताने का निमन्त्रण दिया था। माउंटबैटेन को इस समय पहले से कहीं अधिक यह लगा कि सौम्य और शालीन व्यक्तित्व वाले जवाहरलाल नेहरू के साथ उनका सम्बन्ध भारत में उनकी नीतियों के लिए सबसे बड़ा सहारा है, और आने वाले वर्षों के दौरान ब्रिटेन और उसके पुराने भारतीय साम्राज्य के बीच हार्दिक सद्भावना बने रहने की सबसे बड़ी उम्मीद भी।

भारत के प्रधानमन्त्री के साथ उनकी पत्नी की मित्रता भी बढ़ती गयी थी। एडविना माउंटबैटेन जैसी औरतें दुनिया में कम ही थीं और 1947 के हिन्दुस्तान में तो और भी कम। जब नेहरू संशय और निराशा में घिर जाते थे और सिकुड़कर अपने-आप में सीमित हो जाते थे उस समय उन्हें फिर अपने घेरे से निकालकर बाहर लाने में किसी को उतनी सफलता नहीं मिलती थी जितनी रईस घराने की इस आकर्षक महिला

को, जिसके रोम-रोम से सहानुभूति, समझदारी और हार्दिक स्नेह फूटा पड़ता था। अकसर ऐसा हुआ था कि चाय पीते-पीते, मुग़ल गार्डन में टहलते हुए या वाइसराय-भवन के तालाब में तैरते समय नेहरू पर उन्होंने अपना जादू चलाकर उन्हें नैराश्य के वातावरण से बाहर निकाला था, बिगड़ी हुई परिस्थिति को संभाल लिया था और बड़े गूढ़ ढंग से अपने पति के प्रयासों को सहारा दिया था।

माउंटबैटेन ने ठान लिया था कि उनके मन में जो विचार अपने-आप पैदा हुआ था, उसी पर वह अमल करेंगे। उन्होंने अपने कर्मचारी-मंडल के सदस्यों को अपने अध्ययन-कक्ष में बुलाकर अपना यह विचार उनके सामने रखा। वे स्तम्भित रह गये। उन लोगों ने कहा कि जिन्ना को दिखाये बिना उस योजना को नेहरू को दिखा देना सरासर विश्वासघात होगा। अगर उन्हें पता चल गया तो माउंटबैटेन की सारी साख मिट्टी में मिल जायेगी।

बड़ी देर तक माउंटबैटेन चुपचाप बैठे मेज़ पर अपनी उँगलियों से ताल देते रहे।

आखिरकार उन्होंने एलान किया, 'मुझे अफ़सोस है कि मैं आपकी बात नहीं मान सकता। आपकी सारी दलीलें बिलकुल ठीक हैं। लेकिन मेरा मन कहता है कि मैं यह योजना नेहरू को दिखा दूं, और मैं अपने मन की बात ही मानूंगा।'

उस रात माउंटबैटेन ने नेहरू को पोर्ट पीने के लिए अपने अध्ययन-कक्ष में बुलाया। बातें करते-करते उन्होंने योजना की एक प्रति, जिसमें लन्दन से भेजे गये संशोधन के सुझाव भी शामिल थे, कांग्रेसी नेता के सामने सरकाते हुए कहा कि 'आप इसे अपने कमरे में ले जाकर पढ़ लीजियेगा। शायद उसके बाद आप निजी तौर पर बता सकें कि इस योजना पर कांग्रेस की प्रतिक्रिया क्या होगी?' नेहरू बहुत खुश हुए और राज़ी हो गये।

कुछ घण्टे बाद माउंटबैटेन रोज़ की तरह अपनी थकन मिटाने के लिए अपना वंश-वृक्ष बनाने में व्यस्त हो गये और नेहरू अपने देश के भविष्य का फ़ैसला करने वाले उन काग़जात को ध्यान से पढ़ने लगे। उन्होंने जो कुछ पढ़ा उससे वह सहम उठे। उस योजना के पन्नों में से भारत का जो चित्र उभरा वह एक भयानक दुःस्वप्न जैसा था—दो टुकड़ों में नहीं बल्कि दर्जनों टुकड़ों में बँटे हुए भारत का चित्र। नेहरू ने पहले ही से भाँप लिया कि माउंटबैटेन ने बंगाल के लिए जो दरवाज़ा खुला छोड़ दिया था वह एक ऐसा नासूर बन जायेगा जिससे भारत का सारा

स्वस्थ रक्त बह जायेगा। वह देख रहे थे कि कलकत्ता का बन्दरगाह और उसके साथ कितनी ही मिलें, फ़ैक्टरियाँ और इस्पात के कारखाने छिन जाने से भारत के शरीर से उसके फेफड़े छिन जायेंगे; कश्मीर, उनका प्यारा कश्मीर, एक स्वतन्त्र राज्य बन जायेगा जिस पर एक ऐसे निरंकुश राजा का शासन होगा जिससे उन्हें नफ़रत थी; हैदराबाद भारत के उदर में एक बहुत बड़ी मुसलिम गाँठ बनकर रह जायेगा जिसे पचाना नामुमकिन होगा; आधा दर्जन दूसरी देसी रियासतें भी अपना अलग अस्तित्व बनाये रखने के लिए शोर मचाने लगेंगी। उन्हें यक़ीन था कि यह योजना भारत में बिखराव की सारी प्रवृत्तियों को—बोली, संस्कृति और जाति के झगड़ों को—इस हद तक बढ़ा देगी कि उप-महाद्वीप में ऐसा विस्फोट हो जायेगा जो इसे छोटे-छोटे, कमज़ोर ओर एक-दूसरे के दुश्मन राज्यों में तोड़कर रख देगा। अँग्रेज़ तीन शताब्दियों से 'लड़ाओ और शासन करो' के नारे के सहारे भारत पर राज्य करते आये थे और अब एक नया नारा देकर यहाँ से विदा होना चाहते थे : 'टुकड़े-टुकड़े करके चले जाओ'। ग़ुस्से के मारे उनका चेहरा तमतमा उठा और उनका शरीर काँपने लगा। नेहरू अपने विश्वासपात्र कृष्ण मेनन के कमरे में पहुँचे, जो उनके साथ ही शिमला आये थे। बहुत झल्लाकर उन्होंने योजना को मेनन के पलंग पर फेंक दिया।

'सारा खेल ख़त्म हो गया!' उन्होंने चिल्लाकर कहा।

माउंटबैटेन को अगले दिन सुबह एक पत्र मिला जिससे उन्हें अपने मित्र की तीव्र प्रतिक्रिया का पता चला। अपने आत्म-विश्वास में निश्चिन्त वाइसराय के लिए यह 'बम के धमाके' जैसा था। पत्र पढ़ते-पढ़ते उन्हें लगा कि पिछले छः हफ़्तों में उन्होंने इतनी मेहनत से जो ढाँचा खड़ा किया था वह ताश के महल की तरह ढह गया है। नेहरू ने लिखा था कि योजना पढ़कर जो चित्र उनके सामने उभरा था वह 'बिखराव, कलह और उथल-पुथल' का चित्र था। उसे पढ़कर वह सहम उठे थे और उन्हें यक़ीन था कि 'काँग्रेस पार्टी उसे बेहद नापसन्द करेगी और उस पर झुंझलायेगी।'

नेहरू के ये शब्द पढ़कर शान्त और निश्चिन्त वाइसराय को, जिन्होंने बड़े गर्व के साथ सारी दुनिया के सामने यह एलान कर दिया था कि वह दस दिन के अन्दर भारत की गुत्थी को सुलझाने का हल पेश कर देंगे, अचानक ऐसा लगा कि उनके पास कोई हल है ही नहीं। उसी दिन ब्रिटिश सरकार का मन्त्रिमंडल जिस योजना पर विचार कर रहा था,

जिस योजना के बारे में उन्होंने एटली को यक़ीन दिलाया था कि हिन्दुस्तानी उसे स्वीकार कर लेंगे, वह योजना एक मंज़िल से भी आगे नहीं बढ़ पायेगी, उसे कांग्रेस पार्टी की स्वीकृति नहीं मिल पायेगी जिसकी मंज़ूरी ज़रूरी थी।

माउंटबैटेन के आलोचक उन पर आवश्यकता से अधिक आत्म-विश्वास का आरोप भले ही लगायें, लेकिन वह उन लोगों में से नहीं थे जो विफलताओं का रोना रोते रहें। नेहरू की प्रतिक्रिया से निराश होने के बजाय माउंटबैटेन ने अपने-आपको इसके लिए बधाई दी कि उन्होंने वह योजना नेहरू को दिखा दी थी। और फिर वह बिगड़ी हुई स्थिति को सुधारने में लग गये। वाइसराय के लिए यह सौभाग्य की बात थी कि नेहरू के साथ उनकी दोस्ती इस आघात के बाद भी टूटी नहीं। माउंट-बैटेन के कहने पर नेहरू शिमला में एक रात और ठहरने को तैयार हो गये ताकि उन्हें ऐसी नयी योजना तैयार करने का समय मिल जाये जिसे काँग्रेस स्वीकार कर सके। इस नयी योजना में उन ख़ामियों को दूर करना ज़रूरी था जिनकी वजह से नेहरू को इतनी तकलीफ़ हुई थी। इस नयी योजना में भारत के प्रान्तों और देसी रियासतों के सामने एक ही रास्ता होगा—भारत में रहें या पाकिस्तान के साथ जायें।

स्वतन्त्र बंगाल का सपना ख़त्म हो गया था। लेकिन माउंटबैटेन को यक़ीन था कि जिन्ना का दो सिर वाला राज्य ज़्यादा दिन तक ज़िन्दा नहीं रह सकता। कुछ दिन बाद उन्होंने राजगोपालाचारी से, जो उनके बाद वाइसराय-भवन में उनकी जगह लेने वाले थे, भविष्यवाणी की कि चौथाई शताब्दी के अन्दर-अन्दर पूर्वी बंगाल पाकिस्तान से नाता तोड़ लेगा। 1971 के बाँगला देश के युद्ध ने उनकी इस भविष्यवाणी को उनकी बतायी हुई अवधि से एक वर्ष पहले ही सच साबित कर दिया।

अपनी योजना को नये सिरे से लिखने के लिए माउंटबैटेन ने अपने अध्ययन-कक्ष में वाइसराय के कर्मचारी-मंडल के सबसे ऊँचे भारतीय पदाधिकारी को बुलाया। इससे बड़ा व्यंग्य और क्या हो सकता था कि इस नाज़ुक घड़ी में वाइसराय ने जिस हिन्दुस्तानी का सहारा लिया था वह कभी भारत के प्रशासकों के उस श्रेष्ठ वर्ग में नहीं रहा था, जिसे आई० सी० एस० कहा जाता था। ऑक्सफ़र्ड या कैंब्रिज की कोई डिग्री भी उसके कमरे की दीवारों की शोभा नहीं बढ़ाती थी। उसने इतनी तेज़ी से उन्नति अपने पारिवारिक सम्बन्धों की वजह से भी नहीं की थी। वाइसराय-भवन के उस बिरले वातावरण में भी वी० पी० मेनन एक अनहोनी हस्ती थे, एक ऐसा आदमी जो अपने बल-बूते पर

यहाँ तक पहुँचा था ।

बारह भाई-बहनों के परिवार में वह सबसे बड़े भाई थे । उन्होंने तेरह वर्ष की उम्र में पढ़ाई छोड़ दी थी और फिर बारी-बारी से राज-मज़दूर का काम किया, कोयला-खान में मज़दूरी की, साउथ इंडियन रेलवेज़ में इंजन में कोयला झोंकने वाले का काम किया, कपास की दलाली की नाकाम कोशिश की और स्कूल में पढ़ाया। आखिरकार उन्होंने अक्षर ढूँढ-ढूँढकर दो उँगलियों से टाइप करना सीख लिया और अपने वाक्-चातुर्य के बल पर 1929 में शिमला में भारत-सरकार के प्रशासन में अपने लिए एक नौकरी ढूँढ़ ली ।[1]

इसके बाद का घटनाक्रम उस प्रशासन के इतिहास में किसी के भी उन्नति करने की सबसे चमत्कारी मिसाल है। 1947 तक मेनन वाइसराय के कर्मचारी-मंडल में एक उच्चतम पद पर पहुँच चुके थे, जहाँ उन्होंने बहुत जल्दी ही माउंटबैटेन का विश्वास और आगे चलकर उनका स्नेह प्राप्त कर लिया ।

माउंटबैटेन ने मेनन से कहा कि उसी दिन शाम तक उन्हें उस घोषणा को नये सिरे से लिख डालना है जिससे भारत को उसकी स्वतन्त्रता मिलेगी । उसमें जो बुनियादी रास्ता बताया गया था, यानी बँटवारा, वह तो रहेगा, लेकिन यह ज़िम्मेदारी हिन्दुस्तानियों की होगी कि वे अपनी विधानसभाओं के बहुमत से वह रास्ता चुनें ।

मेनन ने माउंटबैटेन के आदेश के अनुसार अपना काम पूरा कर दिया। दोपहर के भोजन और रात के भोजन के बीच के समय में ही उन्होंने अपना काम पूरा कर दिया। जिस आदमी ने अक्षर ढूँढ-ढूँढकर

---

1. जब मेनन शिमला जाते हुए दिल्ली पहुँचे तो उन्हें पता चला कि उनके पास जितने रुपये थे वह किसी ने चुरा लिये हैं। निराश होकर वह एक बूढ़े प्रतिष्ठित सिख सज्जन के पास गये और अपनी व्यथा की सारी कहानी सुनाकर उनसे शिमला तक जाने के किराये के लिए 15 रुपये उधार माँगे । सिख सज्जन ने रुपये दे दिये । जब मेनन ने उनके पैसे वापस करने के लिए उनका पता पूछा तो उन्होंने कहा : 'नहीं, मुझे पैसे वापस करने के बजाय तुम वायदा करो कि अपने जीवन-भर जब भी कोई ईमानदार आदमी तुमसे सहायता माँगेगा तो तुम उसे इतनी ही रक़म देते रहोगे ।' उनके मरने से छः सप्ताह पहले बंगलौर में उनके घर के दरवाज़े पर एक भिखारी आया । मेनन ने अपनी बेटी से बटुआ मँगवाकर उसमें से पन्द्रह रुपये निकाले और उस भिखारी को दे दिये । वह अब तक अपना क़र्ज़ अदा कर रहे थे।

दो उँगलियों से टाइप करके अपनी रोज़ी कमाना शुरू किया था, उसने दफ़्तर के बरामदे में बैठकर, जहाँ से सामने हिमालय की चोटियाँ दिखायी देती थीं, उस योजना को नये सिरे से लिखकर सचमुच एक कमाल कर दिया था जिसके आधार पर इस उप-महाद्वीप में एक नयी व्यवस्था क़ायम की जाने वाली थी और दुनिया का नक़्शा बदला जाने वाला था।

मनु अपेंडिसाइटिस के भीषण दौरे से तड़प रही थी। उसके दादा ने उसके शरीर पर कई कम्बल डाल दिये थे। उनके नीचे भी उसका दुबला-पतला शरीर बुरी तरह काँप रहा था। तेज़ बुख़ार की वजह से उसकी आँखें धुँधला गयी थीं। उसके पेट में भयानक पीड़ा हो रही थी जिसे दबाने के लिए वह हाथ-पैर समेटे इस तरह गठरी बनी हुई थी जैसे माँ के गर्भ में बच्चा रहता है। चिन्ता में डूबे हुए गांधी चुपचाप उसके पास टहल रहे थे।

एक बार फिर उनकी आस्था को चुनौती दी गयी थी। गांधी प्राकृतिक चिकित्सा में गहरा विश्वास रखते थे। वह आधुनिक चिकित्सा की निन्दा इसलिए करते थे कि उसमें आत्मा को महत्व न देकर रोग के शारीरिक पक्ष पर ज़ोर दिया जाता था, संयम और आत्मानुशासन के बजाय गोलियाँ और दवाएँ खाने को महत्व दिया जाता था, और पैसा कमाने की चिन्ता ज़्यादा रहती थी। उनका कहना था कि भारत के खेतों और जंगलों को ईश्वर ने इस देश की व्याधियों को हरने के लिए असंख्य जड़ी-बूटियों से सम्पन्न कर रखा है। यही कारण था कि जब आग़ा ख़ाँ के महल में उनकी पत्नी अपनी आख़िरी साँसें गिन रही थीं तो उन्होंने इंजेक्शन की सुई से उनके शरीर को छेदने की इजाज़त नहीं दी थी।

जब मनु ने शुरू-शुरू में पेट में दर्द की शिकायत की तो गांधी ने वही इलाज करने को कहा जो प्राकृतिक चिकित्सा में बताया गया है: मिट्टी का लेप, नपा-तुला भोजन और एनीमा।

उसकी दिन-ब-दिन हालत बिगड़ती गयी। अब 36 घण्टे बाद बड़े संकट का सामना था। प्राकृतिक चिकित्सा में इतनी गहरी आस्था के बावजूद गांधी ने आधुनिक चिकित्सा के बारे में भी विस्तार के साथ पढ़ा था। वह अच्छी तरह जानते थे कि उनकी पोती किस रोग की शिकार है।

नोआखाली की तरह ही वहाँ भी मनु को अपने बापू पर पूरा भरोसा था। उसने अपने-आपको पूरी तरह उनके हाथों में सौंप दिया था, और वह उनकी इच्छा के अनुसार कुछ भी करने को तैयार थी। गांधी मन-ही-मन बहुत व्यथित थे। उनकी प्राकृतिक चिकित्सा विफल हो गयी थी।

उनके लिए यह विफलता और मनु की बीमारी उन दोनों की आत्मा की कमज़ोरी के चिह्न थे। लेकिन जैसा कि उन्होंने बाद में बताया, उनमें 'इतना साहस नहीं था कि जिस लड़की की देखभाल उन्हें सौंपी गयी थी उसे वह इस तरह मर जाने दें।' उनकी आस्था टूट गयी और उन्होंने हार मान ली। जो आदमी अपनी मरती हुई पत्नी को इंजेक्शन की सुई से छेदे जाने की हिंसा बर्दाश्त करने को तैयार नहीं था वह 'बेहद आनाकानी के बाद' अपनी मरती हुई पोती के लिए ऑपरेशन की हिंसा सहन करने को तैयार हो गया। मनु को फ़ौरन अपेंडिसाइटिस के ऑपरेशन के लिए अस्पताल पहुँचा दिया गया।

जब दवा सुंघाये जाने के बाद उसे धीरे-धीरे बेहोशी आने लगी तो गांधी ने चुपके से उसके माथे पर हाथ रखकर कहा, 'राम-नाम याद करती रहो, सब ठीक हो जायेगा।'

कुछ घण्टे बाद अस्पताल के एक डॉक्टर को गांधी की ऐसी बुरी हालत देखकर बहुत परेशानी हुई। उसने उन्हें अलग ले जाकर उनसे आराम करने की, अपने थके हुए शरीर को कुछ विश्राम देने की प्रार्थना करते हुए कहा, 'आज जनता को आपकी जितनी ज़रूरत है उतनी पहले कभी नहीं थी।'

गांधी ने उसे बेहद बुझी-बुझी नज़रों से देखा और बड़े उदास भाव से जवाब दिया, 'न जनता को मेरी ज़रूरत है और न उन लोगों को जिनके हाथ में सत्ता है। मैं तो बस यही चाहता हूँ कि मैं अपना काम करते-करते मरूँ और जब मेरे प्राण निकलें तब भी मेरे होंठों पर ईश्वर का नाम हो।'

7

महल-दुमहले, शेर-चीते, हाथी-घोड़े, हीरे-मोती

सिर पर पगड़ी बाँधे एक नौकर दबे-पाँव बड़े अदब के साथ अपने मालिक की विशाल काया की ओर बढ़ रहा था। कमरे को पार करने के लम्बे सफ़र में शेर, चीते और हिरन की बिछी हुई कितनी ही खालों को वह अपने नंगे पाँवों सहलाता हुआ आगे बढ़ रहा था। वह अपने हाथों में चाँदी की ट्रे लिये हुए था जिसे वह अपने मालिक के पलंग के पास ले जा रहा था। यह ट्रे 1921 में ब्रिटिश सिंहासन के उत्तराधिकारी प्रिंस ऑफ़ वेल्स, एडवर्ड, के भारत आगमन के अवसर पर खास तौर पर ऑर्डर देकर लन्दन से मँगायी गयी थी। ट्रे में सोने का पानी चढ़ी हुई चायदानी से एक खास तरह की मुग्ध कर देने वाली सुगन्ध आ रही थी। यह चाय की पत्ती और साथ में रखे हुए बिस्कुट लन्दन की मशहूर कम्पनी फ़ोर्टनम एन्ड मेसन हवाई जहाज़ से महीने में दो बार भेजती थी। उनके बैड-रूम की दीवारों पर, धुँधली-धुँधली रोशनी में जानवरों के सिर और कितने ही पुरस्कार टँगे थे; यह सब-कुछ वहाँ के मालिक ने अपनी शिकारी बन्दूक़, पोलो की स्टिक या क्रिकेट के बल्ले के कमाल दिखाकर जीते थे।

नौकर ने ट्रे पलंग के पास मेज़ पर रख दी और अपने मालिक के कान की तरफ़ झुका। पलंग पर सोया आदमी सिख था और रेशमी जाली में कसकर बँधी हुई उसकी काली दाढ़ी उसके सोते हुए चेहरे के चारों ओर ऐसी लग रही थी मानो वह अपने गले में आबनूस की लकड़ी का तौक़ पहने हो।

'बेड-टी,' नौकर ने बेहद विनम्रता से दबे हुए स्वर में कहा।

पलंग पर सोये हुए उस छः फ़ीट चार इंच लम्बे आदमी ने इस तरह

अँगड़ाई ली जैसे कोई चीता नींद से जाग रहा हो। जैसे ही वह उछलकर खड़ा हुआ एक दूसरे नौकर ने किसी अँधेरे कोने से लपककर उसके बलिष्ठ कन्धों पर एक रेशमी गाउन डाल दिया। अपनी आँखों से नींद झिटकते हुए भारतीय देसी रियासत पटियाला के आठवें महाराजा हिज़ मोस्ट ग्रेशस हाइनेस यादवेन्द्रसिंह ने अपने जीवन के एक और दिन शुरू होने पर बाहर नज़र डाली।

यादवेन्द्रसिंह दुनिया के सबसे अनोखे संगठन के अध्यक्ष थे। वह ऐसी सभा थी जिस पर अभी तक न तो किसी आदमी का प्रभुत्व रहा था और न आगे चलकर रहने की आशा थी। वह भारत के नरेन्द्र-मंडल के अध्यक्ष थे—चांसलर ऑफ़ द चैंबर ऑफ़ इंडियन प्रिंसेज़। मई की इस सुबह को, हिरोशिमा की तूफ़ानी तबाही और दुनिया की बुनियादों को हिला देने वाले युद्ध के समाप्त होने के लगभग दो वर्ष बाद इस नरेन्द्र-मंडल में शामिल 565 महाराजा, नवाब, राजा और दूसरे रजवाड़े आज भी भारत के एक-तिहाई भू-विस्तार के, जिसमें देश की चौथाई आबादी रहती थी, सार्वभौम शासक बने हुए थे। वे इस बात का जीता-जागता प्रमाण थे कि अँग्रेज़ों के शासन में दो हिन्दुस्तान थे—एक, प्रान्तों का हिन्दुस्तान, जिनका शासन दिल्ली की केन्द्रीय सरकार चलाती थी और दूसरा, रजवाड़ों का एक अलग भारत।

इन रजवाड़ों का सिलसिला, जिनका आधुनिक काल से कोई सम्बन्ध नहीं था, उस समय से चला आ रहा था जब अँग्रेज़ों ने भारत के विभिन्न टुकड़ों को अलग-अलग समय पर जीता था। जिन शासकों ने अँग्रेज़ों का खुली बाँहों से स्वागत किया था या जिन्होंने लड़ाई के मैदान में उनके दाँत खट्टे कर दिये थे, उन्हें उनकी गद्दियों पर इस शर्त पर बने रहने का अधिकार दिया गया था कि वे अँग्रेज़ों की सर्वोपरि सत्ता मान लें। अलग-अलग शासकों और ब्रिटिश सम्राट के बीच अनेक सन्धियों के एक क्रम की सहायता से इस व्यवस्था को औपचारिक रूप दे दिया गया था। रजवाड़ों ने सम्राट की 'सर्वोपरि सत्ता' को स्वीकार कर लिया था और नयी दिल्ली में वाइसराय को उनका प्रतिनिधि मानकर अपने वैदेशिक मामलों तथा प्रतिरक्षा की जिम्मेदारी उनके हाथों में सौंप दी थी। इसके बदले में अँग्रेज़ों ने उन्हें अपनी रियासतों की सीमा में स्वायत्त सत्ता का उपभोग करते रहने का आश्वासन दिया था।

हैदराबाद के निज़ाम या कश्मीर के महाराजा जैसे कुछ रजवाड़ों का शासन इतनी बड़ी-बड़ी रियासतों पर था जो विस्तार और आबादी में पश्चिमी यूरोप के बड़े-से-बड़े राष्ट्रों से टक्कर ले सकती थीं। बम्बई के

पास काठियावाड़ प्रायद्वीप में कुछ रियासतें ऐसी भी थीं जिनके शासक अस्तबलों जैसे मकानों में रहते थे और जिनका विस्तार लन्दन के रिचमन्ड पार्क से बड़ा नहीं था। उनकी बिरादरी में दुनिया का सबसे अमीर आदमी भी था और इतने ग़रीब रजवाड़े भी थे जिनका पूरा राज्य ढोरों की चरागाह से बड़ा नहीं था। चार सौ से अधिक रजवाड़े ऐसे थे जिनकी रियासतों का विस्तार 20 वर्गमील से अधिक नहीं था। उनमें से बहुत-से ऐसे थे जो अपनी प्रजा पर अँग्रेज़ों से ज़्यादा अच्छी तरह शासन करते थे। कुछ छोटे-मोटे निरंकुश शासक ऐसे भी थे जिन्हें अपनी रिआया की हालत सुधारने से ज़्यादा दिलचस्पी अपनी रियासत की आमदनी ऐयाशी पर लुटाने में थी।

उनकी राजनीतिक प्रवृत्तियाँ कुछ भी रही हों, पर भारत के रजवाड़ों में से हर एक के पास औसतन 11 उपाधियाँ, 5.8 बीवियाँ, 12.6 बच्चे, 1.2 हाथी, 2.8 निजी रेल के डिब्बे, 3.4 रोल्स-रायस मोटरें और शिकार में मारे हुए 22.9 शेर थे। 1947 के वसन्त में वे एक गम्भीर समस्या बनें हुए थे। भारत की समस्या का कोई भी हल इस अजीब स्थिति का निबटारा किये बिना सफल नहीं हो सकता था।

गांधी, नेहरू और काँग्रेस के लिए तो इसका हल सीधा-सादा था—रजवाड़ों का राज ख़त्म कर दिया जाये और उनकी रियासतें स्वतन्त्र भारत में मिला दी जायें। यह हल यादवेन्द्रसिंह और उनके जैसे दूसरे लोगों को कभी अच्छा लग ही नहीं सकता था। पंजाब के बीचों-बीच उनकी पटियाला रियासत भारत की सबसे समृद्ध रियासतों में से थी। उनके पास पैदल फ़ौज के एक डिवीज़न के बराबर सेना भी थी और ज़रूरत पड़ने पर रक्षा के लिए सेंचुरियन टैंकों का एक रिसाला भी था।

चाय की चुस्कियाँ लेते समय नरेन्द्र-मंडल के अध्यक्ष के चेहरे पर चिन्ता और तनाव के बादल छाये हुए थे। मई की उस सुबह को उन्हें एक ऐसी बात मालूम थी जो भारत के वाइसराय को भी नहीं पता थी। उन्हें मालूम था कि उनकी पंजाबी रियासत से 6,000 मील दूर लन्दन में एक आदमी सब-कुछ दाव पर लगाकर इस कोशिश में लगा हुआ था कि उनका और उनके जैसे दूसरे रजवाड़ों का भविष्य वह न होने पाये जो नेहरू और काँग्रेस के समाजवादी चाहते थे।

जो आदमी उनकी पैरवी करने गया था वह कोई महाराजा नहीं, बल्कि एक अँग्रेज़ था। वह वाइसराय की जानकारी या उनकी मंज़ूरी के बिना ही लन्दन में मौजूद था। सर कानरैड कॉरफ़ील्ड एक पादरी के बेटे थे, और

वह अब तक भारत पर शासन करने वाले अँग्रेज़ों की एक सबसे बड़ी ताक़त के, और उसके साथ ही उनकी एक सबसे बड़ी कमज़ोरी के प्रतिनिधि थे। कॉरफ़ील्ड ने अपना अधिकांश जीवन भारत के रजवाड़ों की सेवा में बिताया था और ये रियासतें ही उनके लिए हिन्दुस्तान थीं। उनकी नज़रों में भारत के रजवाड़ों की भलाई में ही भारत की भलाई थी। उन्हें इन रजवाड़ों के दुश्मनों से, नेहरू और कांग्रेस से, उतनी ही नफ़रत थी जितनी कि इन नेताओं को रजवाड़ों से थी।

मई 1947 में कॉरफ़ील्ड वाइसराय के राजनीतिक सचिव थे, जिनकी यह ज़िम्मेदारी थी कि वाइसराय के सहायक की हैसियत से उस सत्ता का काम-काज संभालें जो इन रजवाड़ों ने ब्रिटिश सम्राट को सौंप दी थी। माउंटबैटेन तो दिल्ली आने के बाद से काँग्रेस और मुसलिम लीग के झगड़े का हल ढूँढने में इतना व्यस्त रहे थे कि उन्हें कॉरफ़ील्ड और उनके रजवाड़ों की समस्या से जूझने का समय ही नहीं मिला था। इससे कॉरफ़ील्ड को कोई परेशानी नहीं हुई थी। नेहरू के साथ वाइसराय की बढ़ती हुई दोस्ती के बारे में गहरी आशंकाएँ लिये हुए कॉरफ़ील्ड लन्दन इस उद्देश्य से गये थे कि माउंटबैटेन उनके रजवाड़ों के साथ जिन शर्तों पर सौदा पटाने को तैयार थे उससे बेहतर शर्तें वहाँ जाकर मनवा सकें। कॉरफ़ील्ड यह पैरवी एक ऐसे कमरे में कर रहे थे जो भारत के रजवाड़ों की भावनाओं का सम्मान करते हुए अपने ढंग का अनोखा कमरा था। लन्दन में भारत-सचिव के इस अष्टभुजी कमरे में, जिसे जॉन मोर्ले के ज़माने से ही 'सुनहरा पिंजरा' कहा जाता था, घुसने के लिए सचिव की मेज़ के सामने एक-दूसरे के बिलकुल समान दो दरवाज़े थे ताकि समान पद के दो महाराजा किसी तरह का अपमान या ऊँच-नीच का भेदभाव अनुभव किये बिना सचिव के सामने एक साथ आ सकें।

कॉरफ़ील्ड ने उस समय उस दफ़्तर की कुर्सी पर बैठे हुए व्यक्ति लॉर्ड लिस्टोवेल के सामने बड़े ज़ोरदार ढंग से यह दलील पेश की कि भारतीय रजवाड़ों ने अपने अधिकार ब्रिटिश सम्राट को सौंपे थे, किसी और को नहीं। जिस क्षण भारत स्वतन्त्र हो उसी क्षण ये अधिकार उनको वापस कर दिये जाने चाहिए। उसके बाद उन्हें इस बात की पूरी छूट होनी चाहिए कि वे भारत या पाकिस्तान के साथ जैसे भी सम्बन्ध चाहें स्थापित कर लें, या अगर वे चाहें और यह मुमकिन हो तो वे स्वतन्त्र भी हो जायें। उन्हें इससे कम कुछ देना उन सन्धियों का उल्लंघन होगा जिनसे ये रियासतें ब्रिटेन के साथ जुड़ी हुई हैं।

शुद्ध क़ानूनी दृष्टि से कॉरफ़ील्ड की दलील बिलकुल ठीक थी। लेकिन

व्यवहार में इसके परिणामों की कल्पना करके ही रोंगटे खड़े हो जाते थे। अगर कॉरफ़ील्ड की ज़ोरदार पैरवी को मानकर उस पर पूरी तरह अमल किया जाता तो यह खतरा था कि स्वतन्त्र भारत इतने छोटे-छोटे असंख्य टुकड़ों में बँट जायेगा जिसकी कल्पना शिमला में नेहरू ने भी नहीं की थी।

एक ज़माने में अँग्रेज़ी के प्रसिद्ध कवि रूडयार्ड किपलिंग को ऐसा लगता था कि विधाता ने महाराजाओं को सिर्फ़ इसलिए बनाया है कि मानवता के सामने संगमरमर के महल-दुमहलों, शेर-चीतों, हाथी-घोड़ों और हीरे-मोतियों का एक चौंधियाने वाला शानदार दृश्य प्रस्तुत किया जा सके। वे शक्तिशाली रहे हों या कमज़ोर, अमीर रहे हों या ग़रीब, उनकी नस्ल ही बिलकुल अलग थी। उनकी बदौलत ही सबकी ज़बान पर एक ऐसे भारत के क़िस्से रहते थे जो अब मिटनेवाला था। उनकी अच्छाइयों और बुराइयों, उनकी फ़िज़ूलखर्चियों और ऐयाशियों, उनकी सनक और उनकी बेवक़ूफ़ियों के विवरणों ने जन-साधारण में प्रचलित क़िस्से-कहानियों के भंडार को समृद्ध किया था और कल्पनातीत सपनों की भूखी दुनिया को मन्त्रमुग्ध कर दिया था। उनके दिन अब लदने वाले थे, लेकिन भारत के महाराजाओं के चले जाने के बाद दुनिया भी बहुत नीरस हो जाने वाली थी।

भारत के रजवाड़ों के बारे में जो क़िस्से मशहूर थे वे उनकी बिरादरी के उन बहुत ही थोड़े-से लोगों की देन थे, जिनके पास इतनी दौलत थी, इतना फ़ालतू समय था और जिन्हें इतना गहरा शौक़ था कि वे अपनी कल्पना की हर उड़ान को साकार कर सकें। कितनी ही ऐसी उत्कट इच्छाएँ थीं जो इन फ़िज़ूलखर्च रईसज़ादों को एक बिरादरी में बाँधे रखती थीं और वे ऐसी लगन के साथ, जो हर आदमी में नहीं पायी जाती, अपनी इन इच्छाओं, कामनाओं और वासनाओं को तुष्ट करने की चेष्टा में लगे रहते थे। शिकार, मोटरें, खेलकूद, महल और हरम—सभी कुछ तो उनकी इन इच्छाओं की परिधि में आ जाता था, लेकिन इन महाराजाओं को सबसे ज़्यादा लगाव हीरे-जवाहरात से था।

महाराजा बड़ौदा तो एक तरह से सोने और हीरे-जवाहरात की पूजा करते थे। दरबार में वह जो पोशाक पहनकर आते थे वह ख़ालिस सोने के तार की बुनी हुई होती थी और उनकी रियासत में एक ही परिवार ऐसा था, जिसे उसके तारों को बुनने की इजाज़त थी। उस परिवार के हर आदमी के नाख़ून इतने लम्बे बढ़ा दिये जाते थे कि उनमें कंघियों जैसे दाँते

काटे जा सकें और फिर अपने नाखूनों की इन कंघियों से वे सोने के तार का ताना-बाना बिलकुल सीधा रखकर गठा हुआ कपड़ा बुनते थे।

उनके पास हीरे-जवाहरात का जो ऐतिहासिक संग्रह था उसमें दुनिया का सातवाँ सबसे बड़ा हीरा सितार-ए-दकन भी था, और वह हीरा भी जो फ्रांस के बादशाह नेपोलियन तृतीय ने अपनी प्रेयसी यूजीन को दिया था। उनके इस रत्न-भंडार में सबसे बहुमूल्य चीज़ मोतियों के बने हुए कई परदे थे जिन पर लाल और हरे जवाहरात से बहुत ख़ूबसूरत बेल-बूटे बने हुए थे।

महाराजा भरतपुर के पास इससे भी अनोखा संग्रह था। उनके सबसे शानदार कारीगरी के नमूने हाथीदाँत के बने हुए थे। इनमें से हर एक में पूरे-पूरे परिवारों की कई-कई बरस की मेहनत लगी थी। हाथी के दाँतों को छील-छीलकर इतनी नाज़ुक कलाकृतियों का रूप देने में ज़रा-सी चूक हो जाने से बरसों की मेहनत पर पानी फिर सकता था। कपूरथला के सिख महाराजा की पगड़ी पर दुनिया का सबसे बड़ा पुखराज किसी दानवी जन्तु की आँख की तरह चमकता रहता था और उसकी ख़ूबानी जैसी चमक के चारों ओर 3,000 और हीरे-मोती दमकते रहते थे। महाराजा जयपुर का ख़ज़ाना राजस्थान की एक पहाड़ी के सीने में दफ़न था और कई पीढ़ियों से रणकुशल राजपूतों की एक विशेष जाति के सूरमाओं की एक टुकड़ी यहाँ पहरा देती आयी थी। हर महाराजा को अपने जीवन में केवल एक बार यहाँ जाकर अपने राज-पाट की शान-शौक़त बढ़ाने के लिए अपनी पसन्द के हीरे-जवाहरात चुन लाने का मौक़ा दिया जाता था। इस ख़ज़ाने के चमत्कारों में एक तीन लड़ी का हार था जिसमें पिरोया हुआ हर लाल कबूतर के अण्डे के बराबर था और हर लड़ी में एक बहुत बड़ा पन्ना था जिसमें से सबसे बड़ा 90 कैरट का था।

पटियाला के सिख महाराजा के रत्न-भंडार का सबसे अनमोल रत्न मोतियों का एक हार था जिसका बीमा इंगलैंड के मशहूर लॉयड्स बैंक ने दस लाख डॉलर का किया था। लेकिन उसमें सबसे अनोखी चीज़ थी हलके आसमानी रंग के 1001 हीरों से जड़ा हुआ सीने पर पहनने का एक कवच। इस शताब्दी के आरम्भ से पहले तक महाराजा पटियाला का यह दस्तूर था कि वह साल में एक बार सीने पर केवल यह कवच बाँधे बिलकुल नंगे अपनी प्रजा के सामने आते थे और उस समय उनका शक्तिशाली लिंग पूरी तरह उत्तेजित रहता था। उनकी इस हरकत को शिवलिंग की लौकिक अभिव्यक्ति माना जाता था। जब महाराजा अपनी प्रजा के बीच से होकर गुज़रते थे तो सब लोग ख़ुशी से तालियाँ बजाते और इस प्रकार

वे इस राजसी लिंग के आकार का भी अभिवादन करते और इस बात का भी कि उसमें से ऐसी शक्ति प्रसारित होती थी जो उनके राज्य की सीमाओं से सभी भूत-प्रेतों को भगा देती थी।

प्राचीनकाल में मैसूर के किसी महाराजा को किसी चीनी मनीषी ने बता दिया था कि दुनिया की सबसे सशक्त कामोत्तेजक औषधियाँ हीरे को पीसकर बनायी जाती थीं। इस दुर्भाग्यपूर्ण खोज की वजह से शाही ख़ज़ाना बड़ी तेज़ी से ख़ाली होने लगा, क्योंकि सैकड़ों बहुमूल्य हीरे महाराजा की वासना की चक्की में पीस डाले गये। इनसे तैयार होने वाली औषधियाँ जिन वारांगनाओं को तृप्त करने के लिए होती थीं उन्हें हाथी पर बिठाकर सारे राज्य में घुमाया जाता था। इन हाथियों की सूँड़ों को लाल और चुन्नियों से सजाया जाता था और उनके कानों में महाराजा के बचे-खुचे हीरों के बडे-बड़े कुण्डल बनाकर पहनाये जाते थे।

महाराजा बड़ौदा जिस हाथी पर बैठकर निकलते थे उसकी सजधज इससे भी ज़्यादा निराली होती थी। यह हाथी 100 साल का बूढ़ा जानवर था जो अपने नुकीले दाँतों से बीस लड़ाइयों में बीस दूसरे हाथियों को मौत के घाट उतार चुका था। उसका सारा साज़-सामान सोने का बना हुआ था : वह हौदा जिस पर महाराजा बैठते थे, उसकी ज़ीन और काठी, उसकी पीठ पर डाली जाने वाली झूल—हर चीज़। इस हाथी के दोनों कानों से दस-दस सोने की ज़ंजीरें लटकती रहती थीं। हर ज़ंजीर उसकी एक विजय का प्रतीक थी और उनमें से हर एक की क़ीमत 25,000 पौंड थी।

प्रचलित लोक-कथाओं के अनुसार और समकालीन व्यवहार में भी हाथी कई पीढ़ियों से राजा-महाराजाओं की सबसे प्रिय सवारी रहा था। वह ब्रह्माण्ड की पूरी व्यवस्था का प्रतीक माना जाता था। हिन्दुओं के विश्वास के अनुसार उसका जन्म राम के हाथ से हुआ था और वह सारी सृष्टि, आकाश और बादलों का आधार-स्तम्भ था। साल में एक बार मैसूर के महाराजा अपने फ़ीलख़ाने के सबसे बड़े हाथी के सामने साष्टांग दंडवत की मुद्रा में लेटकर अपनी श्रद्धा व्यक्त करते थे और इस प्रकार प्रकृति की शक्तियों के साथ अपने अटूट सम्बन्ध को फिर से जागृत करते थे।

हर राजा की हैसियत इस बात से आँकी जाती थी कि उसके फ़ीलख़ाने में कितनी संख्या में, कितने पुराने और कितने बड़े हाथी हैं। जब हैनिबाल ने अपने हाथियों की सेना लेकर आल्पस पर्वत के पार चढ़ाई की थी तब से दुनिया में किसी ने एक जगह पर इकट्ठा इतने हाथी नहीं देखे थे जितने साल में एक बार दशहरे के त्यौहार पर मैसूर में जमा होते थे। फूलों की लड़ियों से बनायी गयी बहुत सुन्दर झूलें डाले हुए और माथे पर

सोने और हीरे के जड़ाऊ आभूषण सजाये हुए एक हज़ार हाथियों का जुलूस शहर की सड़कों से निकाला जाता था। उनमें जो सबसे बलवान नर हाथी होता था उसे महाराजा का सिंहासन उठाने का सौभाग्य प्राप्त होता था। ठोस सोने के बने हुए इस सिंहासन पर ज़री और मखमल की गद्दियाँ और एक सुनहरा छत्र लगा रहता था, जो महाराजा की सत्ता का प्रतीक होता था। उस हाथी के पीछे इसी तरह सजे हुए दो और हाथी होते थे, जिनकी पीठ पर ख़ाली हौदे होते थे। इन हाथियों के दिखायी देते ही सड़क के दोनों और खड़े हुए दर्शकों की भीड़ पर श्रद्धापूर्ण निस्तब्धता छा जाती थी। ये ख़ाली हौदे महाराजा के पूर्वजों की आत्माओं के लिए होते थे।

बड़ौदा में हर राजसी समारोह के अवसर पर हाथियों की लड़ाई ज़रूर होती थी। उनकी लड़ाई का दृश्य बहुत भयानक होता था। दो विशालकाय हाथियों को भाले कोंच-कोंचकर क्रोध से उन्मत्त करके एक-दूसरे से भिड़ा दिया जाता था। अपने अपार भार से पृथ्वी को कँपाते हुए और अपनी भयभीत चिंघाड़ से आसमान को गुँजाते हुए वे उस समय तक लड़ते रहते थे जब तक कि उनमें से एक मर नहीं जाता था।

पूर्वी भारत की धेनकनाल रियासत के राजा हर साल अपने हज़ारों मेहमानों को अपने हाथियों का इतना ही शानदार कमाल देखने का अवसर प्रदान करते थे, लेकिन उसमें कोई ख़ून-ख़राबा नहीं होता था। उनके फ़ीलख़ाने से सबसे अच्छे नर और मादा हाथी को चुनकर सबके सामने उनका मैथुन कराया जाता था।

महाराजा ग्वालियर ने इस शताब्दी के आरम्भ से पहले बहुत हिसाब लगाकर अपने महल में इतना बड़ा फ़ानूस लगवाने का फ़ैसला किया जो बकिंघम पैलेस के सबसे बड़े फ़ानूस से भी बड़ा हो। उन्होंने वेनिस में फ़ानूस बनवाने का ऑर्डर दे तो दिया, लेकिन बाद में किसी ने महाराजा को बताया कि कहीं ऐसा न हो कि उनके महल की छत उस फ़ानूस का बोझ न सह सके। उन्होंने इस शंका का समाधान करने के लिए एक ख़ास क्रेन बनवाकर अपना सबसे भारी हाथी महल की छत पर चढ़वाया। जब उस हाथी के बोझ से छत नहीं गिरी तो महाराजा ने पूरे विश्वास के साथ एलान किया—और बाद में उनका यह विश्वास ठीक निकला—कि वह छत फ़ानूस का बोझ भी संभाल लेगी।

मोटरों का चलन हो जाने के बाद अनिवार्य रूप से शाही हाथियों का इस्तेमाल एक उपयोगी पशु के रूप में न रहकर उत्सवों और समारोहों तक सीमित रह गया। भारत में पहली मोटर 1892 में मँगायी गयी थी जो महाराजा पटियाला के मोटरख़ाने की शोभा बढ़ाने के लिए मँगायी

गयी फ्रांसीसी मोटर डि डियान बूतों थी। आने वाली पीढ़ियों के लिए इसके गौरवान्वित पद का प्रमाण उसकी लाइसेंस प्लेट में सुरक्षित कर दिया गया था—उसका नम्बर था '0'। निज़ाम हैदराबाद मोटरें भी उसी तरकीब से हथियाते थे जिसकी वजह से वह कंजूसी के लिए मशहूर हो गये थे। जब कभी अपनी राजधानी की सीमा में उनकी शाही नज़र किसी दिलचस्प मोटर पर पड़ जाती तो वह उसके मालिक से कहला भेजते कि 'हिज़ एक्ज़ाल्टेड हाइनेस' को उसे तोहफ़े के तौर पर पाकर बहुत खुशी होगी। 1947 तक निज़ाम के मोटरखाने में सैकड़ों ऐसी मोटरें जमा हो गयी थीं जिन्हें उन्होंने कभी इस्तेमाल नहीं किया था।

स्वाभाविक था कि हिन्दुस्तान के राजे-महाराजे खिलवाड़ के लिए मोटरों में सबसे ज़्यादा पसन्द करते थे रोल्स-रायस को। और रोल्स-रायस भी तरह-तरह की शक्ल और साइज़ में मँगाते थे—बन्द छत वाली, खुली छत वाली, स्टेशन वैगन, यहाँ तक कि ट्रकें भी। महाराजा पटियाला की नन्हीं-सी डियान मोटर बाद में उनके मशीनी हाथियों के सामने, उनकी सत्ताईस रोल्स-रायस मोटरों के सामने बिलकुल बौने जैसी लगने लगी थी। हिन्दुस्तान में सबसे अनोखी रोल्स-रायस मोटर महाराजा भरतपुर की थी, खुल सकने वाली छत की इस मोटर की बॉडी चाँदी की बनी हुई थी। कहा जाता था कि उसके चाँदी के ढाँचे में से रहस्मयी कामोत्तेजक लहरें निकलती थीं और महाराजा का सबसे बड़ा उपकार यही समझा जाता था कि वह अपनी बिरादरी के किसी दूसरे महाराजा की शादी के मौक़े पर यह मोटर उन्हें उधार दे दें। महाराजा भरतपुर ने शिकार खेलने के लिए भी खास तौर पर एक रोल्स-रायस गाड़ी बनवायी थी। एक बार 1921 में वह प्रिंस ऑफ़ वेल्स और उनके नौजवान ए० डी० सी० लॉर्ड लुई माउंटबैटेन को उस मोटर पर काले चीतल का शिकार खिलाने ले गये। भारत के भावी वाइसराय ने उस रात अपनी डायरी में लिखा, 'वह मोटर खुले जंगली इलाक़े में गड्ढों और बड़े-बड़े पत्थरों पर कूदती-फाँदती इस तरह चली जा रही थी जैसे समुद्र की तूफ़ानी लहरों पर कोई नाव जा रही हो।'

लेकिन हिन्दुस्तान के राजा-महाराजाओं के पास जितनी मोटरें थीं उनमें सबसे अद्‌भुत महाराजा अलवर की लंकास्टर मोटर थी, बिलकुल अपने मालिक जैसी विचित्र। अन्दर और बाहर उसकी पूरी बॉडी पर सोने का पानी चढ़ा हुआ था। ड्राइवर के हाथ में नक़्क़ाशीदार हाथी दाँत का स्टीयरिंग होता था और वह ज़री की गद्दी पर बैठता था। ड्राइवर के पीछे बाक़ी मोटर की शक्ल बिलकुल उस घोड़ागाड़ी जैसी थी जिस पर

बैठकर इंगलैंड का राजा राज्याभिषेक के लिए जाता है। उसके इंजन में न जाने क्या कमाल था कि इस ताम-झाम के बावजूद मोटर घण्टे में 70 मील की रफ़्तार से सड़कों पर दौड़ती रहती थी।

हिन्दुस्तान के रजवाड़ों को मालगुज़ारी, शुल्क, कर और टैक्स से जितनी आय होती थी वह सब उनके हाथ में रहती थी, इसलिए वे जिस तरह भी चाहते अपनी हर सनक को पूरा कर सकते थे।

महाराजा ग्वालियर, जिनकी रियासत का शासन भारत में सबसे अच्छे शासनों में से समझा जाता था, बिजली की रेलगाड़ियों के बेहद शौकीन थे। महाराजा ने अपने लिए जो बिजली की रेलगाड़ी बनवायी थी उसकी कल्पना कोई खिलौनों का शौकीन लड़का भी नहीं कर सकता था। यह रेलगाड़ी बहुत बड़ी मेज़ पर बिछायी गयी ठोस चाँदी की 250 फ़ीट लम्बी पटरियों पर चलती थी। यह मेज़ महल के उस बड़े-से हॉल के बीचोंबीच रखी गयी थी जहाँ शाही दावतें होती थीं। रेल की पटरियाँ महाराजा के बाबर्चीख़ाने तक पहुँचाने के लिए महल की दीवारों में खास सुरंगें बनायी गयी थीं। महाराजा के मेहमान मेज़ के चारों ओर बैठते थे और महाराजा मेज़ के एक सिरे पर, जहाँ उनके सामने एक बहुत बड़ा-सा बोर्ड होता था जिस पर तरह-तरह के खटके और बटन लगे रहते थे। इनकी मदद से महाराजा के मेहमानों के लिए खाना लाने वाली रेलगाड़ियों पर नियन्त्रण रखा जाता था। इस बोर्ड पर लगा हुआ कोई बटन दबाकर महाराजा किसी मेहमान के सामने सब्ज़ी पहुँचा देते थे, दूसरा खटका दबाकर किसी के पास आलू भेज देते थे, या बाबर्चीख़ाने में सन्देश भेजकर अपने भूखे मेहमानों के लिए खाने की कोई भी चीज़ मँगा सकते थे। बटन दबाकर वह अपने किसी मेहमान के सामने से मिठाई का बर्तन हटा भी सकते थे और गाड़ी उस मेहमान की ख़ाली प्लेट को पीछे छोड़ती दूसरे मेहमान के पास जा पहुँचती थी।

एक दिन रात को वाइसराय की दावत बड़ी धूमधाम से की गयी थी; अचानक बिजली के तार एक-दूसरे में उलझ गये। वाइसराय और उनकी पत्नी हक्का-बक्का देख रहे थे और बिजली की रेलगाड़ियाँ दावत के कमरे में एक सिरे से दूसरे सिरे तक इधर-उधर भागी फिर रही थीं, किसी मेहमान के कपड़ों पर शोरबा उछालती, किसी के ऊपर भुना हुआ गोश्त फेंकती और किसी के ऊपर मटर के दाने बिखराती। रेलों के इतिहास में शायद इतनी बड़ी दुर्घटना कभी नहीं हुई होगी।

बम्बई के उत्तर में रियासत जूनागढ़ के नवाब को कुत्तों का अजीब

शौक़ था। उनके चहेते कुत्ते जिन घरों में रखे जाते थे उनमें टेलीफ़ोन और बिजली की सुविधा के साथ-साथ कुछ घरेलू नौकर भी रहते थे। इन घरों की बनावट और सुख-सुविधा उनकी प्रजा में से इने-गिने लोगों को ही नसीब होती होगी। जब कोई कुत्ता मर जाता था तो उसका शव कुत्तों के क़ब्रिस्तान में ले जाया जाता था, शव-यात्रा के साथ शोपाँ के शोक-संगीत की धुन बजायी जाती थी और उसकी क़ब्र पर संगमरमर का मक़बरा बनाया जाता था।

उन्होंने बाबी नामक एक लैब्राडोर कुत्ते के साथ अपनी लाडली कुतिया रोशना की शादी इतनी धूमधाम से रचायी थी कि उसमें भारत के सभी राजे-महाराजों, और बड़े-बड़े प्रतिष्ठित लोगों को निमन्त्रित किया गया था। मेहमानों में वाइसराय का नाम भी शामिल था और वह इस बात से बहुत खीझ गये थे कि वाइसराय ने आने से इंकार कर दिया था। फिर भी बारात में डेढ़ लाख आदमी थे। आगे-आगे नवाब साहब के बॉडीगार्डों का रिसाला और उनके सजे-धजे हाथी चल रहे थे। शादी के जुलूस के बाद नवाब साहब ने वर-वधू के सम्मान में बहुत शानदार दावत का आयोजन किया था, जिसके बाद नव-विवाहित जोड़े को उनके बहुत ही सुन्दर नये घर में पहुँचा दिया गया था। इस पूरे जशन में नवाब साहब ने नौ लाख रुपये ख़र्च किये थे जिससे उनकी 6,20,000 की रिआया में से 12,000 लोगों की साल-भर की सारी बुनियादी ज़रूरतें पूरी की जा सकती थीं।

भारत के बड़े-बड़े महाराजाओं के महल अपने विस्तार और अपनी लागत में ताजमहल से टक्कर लेते थे, भले ही उनमें उस सुरुचि का प्रमाण न मिलता हो। महाराजा मैसूर का 600 कमरों का महल वाइसराय-भवन से भी बड़ा था। उस घर के बीस कमरों में तो केवल वे शेर, चीते, हाथी और जंगली भैंसे रखे हुए थे जो तीन पीढ़ियों के दौरान इन महाराजाओं ने राज्य के जंगलों में मारे थे। रात को जब उसकी छत पर और खिड़कियों में हज़ारों बिजली की बत्तियाँ जगमगा उठती थीं तो ऐसा लगता था कि किसी बहुत बड़े समुद्री जहाज़ पर कोई उत्सव मनाया जा रहा है और वह जहाज़ भटककर न जाने कैसे इस भूखंड पर आ गया है। जयपुर के संगमरमर के हवामहल में सिर्फ़ सामने की ओर संगमरमर के चौखटों में जड़ी हुई 953 खिड़कियाँ थीं और इनमें से हर चौखटा संगतराशी के कमाल का नमूना था। एक झील के बीच बना हुआ महाराजा उदयपुर का संगमरमर का महल कुहरे में ऐसा लगता था जैसे कोई भूत उठ रहा

हो।

कपूरथला के बहुत योग्य महाराजा जब पेरिस में वारसाई का महल देखने गये तो उन्हें यह यक़ीन हो गया कि फ्रांस के महान सम्राट लुई चौदहवें ने उनके रूप में नया जन्म लिया है, और इसलिए उन्होंने अपनी छोटी-सी रियासत में उस राजा के सारे वैभव को उतार लाने का फ़ैसला किया। फ्रांस से बहुत-से कारीगरों को बुलवाकर उन्होंने हिमालय की तलहटी में अपने लिए हु-ब-हू वारसाई के महल जैसा एक महल बनवाया। उसे सेवरेस[1] के गुलदानों, गोबेलिन[2] के परदों और प्राचीन फ्रांसीसी कलाकृतियों से सजाया गया, फ्रांसीसी उनके दरबार की भाषा घोषित कर दी गयी और उनके सिख नौकर-चाकर भी फ्रांसीसी राजा के दरबार के नौकर-चाकरों की तरह नक़ली बालों के ख़ुशबूदार विग लगाने लगे और रेशमी वास्कटें, घुटने तक के चुस्त निकर और रुपहले बक्सुओं वाले नोकदार जूते पहनने लगे।

इनमें से कुछ महलों में ऐसे सिंहासन थे कि उनकी जैसी कारीगरी की, और उनकी तरह आरामदेह कोई और चीज़ आदमी के बैठने के लिए पहले कभी नहीं बनायी गयी थी। मैसूर के महाराजा के सिंहासन में अट्ठाईस मन सोना लगा था और उस पर चढ़ने के लिए ठोस सोने की नौ सीढ़ियाँ बनायी गयी थीं जो भगवान विष्णु के उन नौ क़दमों की प्रतीक थीं जो उन्होंने सत्य की मंज़िल तक पहुँचने के लिए उठाये थे। उड़ीसा के एक महाराजा का सिंहासन बहुत बड़े पलंग की तरह बना हुआ था। इसे उन्होंने लन्दन में पुरानी अनमोल चीज़ें बेचने वाले एक व्यापारी से ख़रीदा था और उसमें अपनी हैसियत के अनुसार बहुत-से हीरे-जवाहरात जड़वा लिये थे। इसकी सबसे बड़ी विशेषता यह थी कि महारानी विक्टोरिया ने ठीक ऐसे ही पलंग पर अपनी सुहागरात मनायी थी।

नवाब साहब रामपुर का सिंहासन एक ऐसे हॉल में रखा था जो गिरजाघर के बराबर था। जिस चबूतरे पर वह रखा हुआ था उसके दूधिया संगमरमर के खम्भे नंगी औरतों की शकल के तराशे गये थे। उनके सिंहासन में एक अनोखापन ऐसा था जिसकी प्रेरणा भी फ्रांस के सम्राट लुई चौदहवें से ली गयी थी। सिंहासन की ज़री की गद्दी के बीच में एक गोल कटाव था जिसके ठीक नीचे एक तसला रखा रहता था। नवाब

---

1. पेरिस का उपनगर जहाँ बहुत ख़ूबसूरत चीनी के बर्तन बनते हैं।
2. फ्रांस के प्रसिद्ध गोबेलिन परिवार ने 15वीं शताब्दी में परदों का कपड़ा रँगने और बुनने का कारख़ाना लगाया था।

साहब दरबार के काम-काज में विघ्न डाले बिना शाही गूंज-गरज के साथ निवृत्त हो सकते थे।

इन महलों में रहने वाले लोगों के पास फ़ुरसत बहुत होती थी। अपना खाली वक़्त काटने के लिए उनके दो खास शौक़ थे—औरतें और खेलकूद। हिन्दू हो या मुसलमान, हर असली राजा के महल में एक हरम ज़रूर होता था, जिसमें नित नयी नाचनेवालियाँ और रखैलें लायी जाती थीं, और उसके इस हरम में किसी दूसरे का दखल नहीं होता था।

आमतौर पर हर रियासत के जंगलों पर भी राजा का ही पूरा हक़ रहता था; उनमें रहने वाले पशु-पक्षी, और खासतौर पर शेर, जिनकी संख्या 1947 में भारत में 20,000 थी, उनकी बन्दूक का निशाना बनने के लिए ही होते थे। भरतपुर के महाराजा ने आठ वर्ष की उम्र में पहला शेर मारा था। 35 वर्ष के होने तक वह इतने शेर मार चुके थे कि उनकी खालों को सिलकर उनके महल के सभी स्वागत-कक्षों में दीवार से दीवार तक फ़र्श पर बिछा दिया गया था। उन्हीं के राज्य में एक बार में इतनी मुर्ग़ाबियाँ मारी गयी थीं जितनी दुनिया में पहले कभी नहीं मारी गयी होंगी। वाइसराय लॉर्ड हार्डिंग के सम्मान में जिस शिकार का आयोजन किया गया था उसमें तीन घंटे के अन्दर 4,482 चिड़ियाँ मारी गयी थीं। महाराजा ग्वालियर ने अपने जीवनकाल में 1,400 से अधिक शेर मारे थे और उन्होंने गिने-चुने लोगों के लिए शेर के शिकार के गुर बताते हुए एक किताब भी लिखी थी।

इन दोनों ही क्षेत्रों में नरेन्द्र-मंडल के अध्यक्ष के पिता पटियाला के सातवें आलीशान महाराजा सर भूपेन्द्रसिंह अपनी पीढ़ी के माने हुए सिद्ध-हस्त कलाकार थे। दो महायुद्धों के बीच के दौर में सर भूपेन्द्रसिंह एक तरह से हिन्दुस्तान के महाराजाओं के प्रतीक थे। छः फ़ीट चार इंच लम्बा क़द, 300 पौंड वज़न, होठों पर वासना की मुसकराहट और आँखों में दम्भ का तेज, मूंछों के दोनों सिरे सुई की नोकों की तरह ऊपर की ओर और बड़े सुथरे ढंग से बटकर बाँधी गयी काली दाढ़ी—वह ऐसे लगते थे कि मुग़ल-शैली के चित्र में से कोई आदमी निकलकर बीसवीं शताब्दी में साकार हो उठा हो।

उनकी खुराक इतनी थी कि दिन-भर का काम-काज करते हुए दस सेर खाना खा जाते थे। चाय पीते वक़्त दो मुर्ग़े खा जाना तो मामूली बात थी। उन्हें पोलो खेलने का बेहद शौक़ था और अपनी पोलो की टीम, टाइगर्स ऑफ़ पटियाला के कप्तान की हैसियत से वह सारी दुनिया में इस

खेल में नाम कमा चुके थे। उन्होंने चाँदी के इतने कप जीते थे कि उनसे पूरा कमरा भर गया था। उनके इस शौक़ को पूरा करने के लिए उनके अस्तबल में दुनिया के 500 बेहतरीन पोलो के घोड़े थे।

अपनी किशोरावस्था से ही महाराजा भूपेन्द्रसिंह राजे-महाराजों के दूसरे ख़ास शौक़ में भी ऐसी ही सुरुचि का उल्लेखनीय परिचय दे चुके थे, यानी औरतों का शौक़। जवानी के चढ़ने तक उन्हें अपने हरम से इतना लगाव हो चुका था कि पोलो खेलने और शिकार के शौक़ भी उसके सामने माँद पड़ गये थे। वह ख़ुद अपनी निगरानी में अपने हरम के लिए एक सच्चे पारखी की नजर से नित नयी सुन्दरियाँ चुनते थे, जो शकल-सूरत और काम-कला में अपनी प्रवीणता की दृष्टि से एक-दूसरे से बिलकुल भिन्न होती थीं। उनका हरम जब अपने पूरे निखार पर पहुँचा तो उस समय उसमें 350 सुन्दरियाँ थीं।

पंजाब की तेज गरमी के दिनों में शाम के वक़्त पूरा हरम महाराजा के तैरने के तालाब के किनारे आ जाता था। महाराजा बीस-पच्चीस लड़कियों को नंगी जल-परियों की तरह तालाब के चारों ओर खड़ा कर देते थे। तालाब में बर्फ़ की बड़ी-बड़ी सिलों की ठंडक चारों ओर की गर्म हवा में एक शीतल मादकता भर देती थी। इन सिलों के बीच शिथिल भाव से तैरते-तैरते महाराजा साहब बीच-बीच में जब तालाब के किनारे आ लगते तो किसी सुन्दरी की छाती मसलकर या ह्विस्की की एक चुस्की लेकर फिर जल-क्रीड़ा में मग्न हो जाते। महाराजा भूपेन्द्र के अपने निजी कमरों की छतों और दीवारों पर भारत के प्राचीन मन्दिरों की प्रसिद्ध कामोत्तेजक कलाकृतियों के प्रतिरूप अंकित थे, जिनमें प्रणय-लीला और मैथुन की वे सभी संभावनाएँ दिखायी गयी थीं जिनकी कल्पना की जा सकती थी। कमरे के एक कोने में एक बहुत चौड़ा रेशमी डोरियों का झूला था जिस पर महाराजा भूपेन्द्र छतों और दीवारों पर अंकित अधिक जटिल मुद्राओं को व्यवहार में उतार लाने का अभ्यास करते थे।

अपनी अतृप्त वासना को सन्तुष्ट करने के लिए महाराजा ने अपनी वारांगनाओं के आकर्षण को अपनी रुचि के अनुसार नये-नये रूपों में ढालते रहने का कार्यक्रम भी बनाया था। इसके लिए सर भूपेन्द्र ने अपने हरम के दरवाज़े तरह-तरह के अत्तारों, जौहरियों, केश-भूषा के माहिरों सौंदर्य निखारने वाले विशेषज्ञों और चित्ताकर्षक वस्त्र बनाने वालों के लिए खोल दिये थे। उनके यहाँ फ्रांसीसी, अँग्रेज और हिन्दुस्तानी प्लास्टिक-सर्जनों की एक टोली भी थी जो उनकी बदलती हुई रुचियों के अनुसार या लन्दन की फ़ैशन की पत्रिकाओं में छपे हुए नमूनों के अनुसार उनकी चहेती सुन्दरियों

के शरीर के गठन को भी बदलने के लिए हर समय मुस्तैद रहते थे। अपने शाही शौक़ को परवान चढ़ाने के लिए उन्होंने अपने हरम के एक हिस्से को एक प्रयोगशाला में बदल दिया था जहाँ रासायनिक विधियों से तरह-तरह के सुगन्धित इत्र, सौंदर्य प्रसाधन, लेप-उबटन और औषधियाँ तैयार की जाती थीं।

यह सारा ताम-झाम महाराजा के इस रूपनगर की लौकिक कमज़ोरियों पर परदा डालने के ही काम आता था। कौन आदमी, भले ही वह सर भूपेन्द्रसिंह की तरह प्रकृति के सभी वरदानों से सम्पन्न हो, हरम की जालियों के पीछे से झाँकती हुई कामातुर अनुभवी स्त्रियों को सन्तुष्ट कर सकता था? अन्ततः कामोत्तेजक औषधियों का सेवन अनिवार्य हो गया। उनके हिन्दुस्तानी डॉक्टरों ने मोतियों, सोने, चाँदी, लोहे, तरह-तरह की जड़ी-बूटियों और मसालों से भाँति-भाँति की भस्में और कुश्ते तैयार किये। एक ज़माने में उनका सबसे कारगर नुस्ख़ा महीन कटी हुई गाजर और गोरैया के भेजे को मिलाकर तैयार किया जाता था।

जब इनका असर भी घटने लगा तो महाराजा भूपेन्द्रसिंह ने कई फ्रांसीसी जानकरों को बुलवाया, जिनके बारे में उन्हें सहज ही यह विश्वास था कि वे इस मामले के विशेषज्ञ होंगे। लेकिन अफ़सोस, उनका रेडियम का इलाज भी कुछ दिन तक अपना असर दिखाकर बेकार हो गया। इससे पहले जो विशेषज्ञ अपना सारा ज्ञान आज़मा चुके थे, उनकी तरह ही इन लोगों के पास भी महाराजा की असली बीमारी का कोई इलाज नहीं था। भोग-विलास में डूबे हुए महाराजा की बीमारी यह नहीं थी कि उनमें पुंसत्व की कमी हो। उन्हें भी वही बीमारी थी जिसका शिकार उनसे पहले भी उनके जैसे बहुत-से राजा-महाराजा हो चुके थे। उनके जीवन में ऊब थी, उकताहट थी। इसी बीमारी से उनकी मौत हुई।

:

धर्मभीरू भारत में यह स्वाभाविक ही था कि कुछ राजे-महाराजों के बारे में इस प्रकार की मान्यता बन जाये कि उनकी उत्पत्ति किसी दैवी स्रोत से हुई है। मैसूर के महाराजा अपने को चन्द्रमा का वंशज कहते थे। साल में एक बार शरद पूर्णिमा के दिन महाराजा अपनी प्रजा के लिए ईश्वर का साकार रूप हो जाते थे। नौ दिन तक वह हिमालय की किसी गुफ़ा में समाधि लगाये हुए साधु की तरह अपने महल के एक अँधेरे कमरे में सबकी आँखों से ओझल हो जाते थे। न दाढ़ी बनाते थे, न नहाते थे। उन नौ दिनों तक, जब उनके बारे में यह माना जाता था कि उनके शरीर में ईश्वर का वास है, न उन्हें कोई छू सकता था, न देख सकता था। नौ

दिन बाद वह बाहर निकलते थे। सुनहरी झूल डालकर एक हाथी सजाया जाता था; उसके माथे पर पन्नों से जड़ा हुआ एक पत्तर लगाया जाता था। फिर उस हाथी पर बैठकर महाराजा साहब मैसूर के घुड़-दौड़ के मैदान में जाते थे। उनके साथ घोड़ों और ऊँटों पर सवार, भाले लिये हुए बहुत-से सिपाही चलते थे। वहाँ उनकी प्रजा उनके दर्शन के लिए खचाखच भरी रहती थी; ब्राह्मण पुजारी मन्त्रों का उच्चारण करके उनके बाल कटवाते थे, उन्हें नहलाते थे और भोजन कराते थे। सूरज डूबने पर जब घुड़-दौड़ के मैदान पर अँधेरा छाने लगता था तो महाराजा के लिए एक काला घोड़ा लाया जाता था। जैसे ही वह घोड़े पर सवार होते थे, मैदान के चारों ओर हज़ारों मशालें जल उठती थीं। उनकी झिलमिलाती हुई गुलाबी रोशनी में काले घोड़े की पीठ पर सवार महाराजा साहब पूरे मैदान का सरपट चक्कर लगाते थे। प्रजा तालियाँ बजाकर उनका अभिवादन करती थी और इस बात के लिए आभार प्रकट करती थी कि चन्द्रवंशी महाराजा अपनी प्रजा के बीच लौट आये; कुछ लोग इस बात के लिए भी आभार प्रकट करते थे कि महाराजा ने उन्हें यह नयनाभिराम दृश्य देखने का अवसर दिया।

उदयपुर के महाराजा इससे भी ऊँची दैवी शक्ति, सूर्य, को अपना आदि पूर्वज मानते थे। उनका राजवंश भारत में सबसे पुराना था और कम-से-कम दो हज़ार साल से लगातार शासन करता आया था। साल में एक बार महाराजा उदयपुर भी ईश्वर का साकार रूप हो जाते थे। उनके महल के चारों ओर जो झील थी, जिसमें कितने ही घड़ियाल रहते थे। उसमें एक बजरे पर खड़े होकर वह झील के आर-पार चक्कर लगाते थे और फिर विधिवत नये सिरे से अपने महल में प्रवेश करते थे। उनके पीछे बजरे पर उनके दरबारी सफ़ेद अँगरखे पहने अपनी श्रद्धा व्यक्त करने के लिए हाथ बाँधे खड़े रहते थे।

गंगा के तट पर पवित्र नगरी बनारस के महाराजा इतने लम्बे-चौड़े दावे तो नहीं करते थे, पर वे इनमें से किसी से भी कम पुण्यात्मा नहीं थे। परम्परा यह थी कि रोज़ सुबह जब महाराजा की आँख खुले तो उनके सामने एक गाय ज़रूर हो, जिसे हिन्दुओं में ब्रह्मांड की अनश्वरता का प्रतीक माना गया है। रोज़ सुबह एक गाय महाराजा के शयन-कक्ष की खिड़की के पास ले जायी जाती थी और उसकी पसलियों में लकड़ी कोंचकर उसे रंभाने पर मजबूर किया जाता था कि उसकी आवाज़ सुनकर महाराजा की नींद टूटे। एक बार जब महाराजा साहब रामपुर के नवाब के यहाँ मेहमान होकर गये हुए थे, तो इस प्रातःकालीन दिनचर्या का पालन

करना कठिन समस्या बन गया, क्योंकि महाराजा साहब के ठहरने का प्रबन्ध महल की दूसरी मंज़िल पर किया गया था। आख़िरकार नवाब साहब ने अपने मेहमान की परम्परा को बनाये रखने के लिए एक अनोखी तरकीब निकाली। उन्होंने एक क्रेन मँगवाया जिसकी मदद से रोज़ सुबह एक गाय रस्सियों से लटकाकर महाराजा के शयन-कक्ष की खिड़की तक पहुँचायी जाती थी। गाय को इस विचित्र यात्रा की आदत तो होती नहीं थी, इसलिए वह बार-बार तड़पकर इतने ज़ोर से रंभाती थी कि महाराजा साहब ही नहीं बल्कि महल के दूसरे लोग भी जाग पड़ते थे!

राजे-महाराजे, धर्म-परायण हों या नास्तिक, हिन्दू हों या मुसलमान, अमीर हों या ग़रीब, विलासप्रिय हों या सन्त स्वभाव के, लगभग दो शताब्दी से भारत में ब्रिटिश शासन के सबसे मज़बूत आधार-स्तम्भ थे। अँग्रेज़ों पर आरोप लगाया जाता था कि उन्होंने 'लड़ाओ और राज करो' की नीति से भारत पर शासन किया। उन्होंने रियासतों से सम्बन्ध रखने के लिए इस नीति का बहुत कारगर इस्तेमाल किया। उसूलन तो अँग्रेज़ किसी भी रियासत के शासक को कुशासन के अपराध में उसकी गद्दी से हटा सकते थे। यों तो हर राजा-महाराजा कोई भी कुकर्म या भयानक-से-भयानक अपराध करके भी बचा रह सकता था; चोरी-छुपे अगर वह दो-चार क़त्ल भी करवा दे तो अँग्रेज़ उससे कुछ नहीं कहते थे, लेकिन शर्त बस यह थी कि अँग्रेज़ों के लिए वफ़ादारी में कोई कमी न होने पाये। इसका नतीजा यह हुआ कि भारत के उन भागों की क्रान्तिकारी हवाओं के ख़िलाफ़ जिन पर अँग्रेज़ों का शासन था, अँग्रेज़ों का उपकार मानने वाली ये प्रतिक्रियावादी रियासतें अँग्रेज़ी शासन की नैया को संभाले रखने के लिए लंगरों का काम करती थीं।

कभी-कभी इन रजवाड़ों की वफ़ादारी इससे भी अधिक ठोस रूप में देखने में आती थी। पहले महायुद्ध के दौरान 23 सितम्बर 1917 को फ़िलस्तीन के मोर्चे पर अलेनबी की चढ़ाई के समय महाराजा जोधपुर के भालेदार सिपाहियों ने ही तुर्कों से हैफ़ा का बन्दरगाह छीना था।[1] बीकानेर

---

1 लन्दन में महारानी विक्टोरिया के हीरक जयन्ती समारोह के अवसर पर शांतिकालीन वातावरण में इन्हीं महाराजा ने पश्चिमी समाज को घुड़सवारी की जोधपुरी बिरजिस से परिचित कराया था। हुआ यह कि जब महाराजा समारोह के लिए पहुँचे तो उन्हें मालूम हुआ कि जिस जहाज पर उनका सामान आ रहा

के महाराजा का ऊँट-सवारों का रिसाला दो महायुद्धों में अँग्रेज़ों की फ़ौजों के कंधे-से-कंधा मिलाकर चीन, फ़िलस्तीन, मिस्र और फ्रांस में और लुई माउंटबैटेन के झंडे तले बर्मा में लड़ चुका था। महाराजा ग्वालियर ने 1917 में अपनी पैदल सेना के तीन बटालियन और एक अस्पताली जहाज़ मुसीबत में फँसी हुई अँग्रेज़ फ़ौजों की मदद के लिए भेजा था। इन सारी फ़ौजों को भरती करने और हथियारों आदि से लैस करने का सारा ख़र्च भारत-सरकार ने नहीं बल्कि ख़ुद उन राजे-महाराजों ने दिया था। महाराजा जयपुर ख़ुद लाइफ़गार्ड में मेजर थे। 1943 में इटली के मांटे कैसिनो की पहाड़ी ढलानों पर उन्होंने अपनी पैदल सेना के सिपाहियों का नेतृत्व किया। महाराजा बूंदी को बर्मा की लड़ाई में बहादुरी के साथ अपनी बटालियन का नेतृत्व करने के इनाम में 'मिलिट्री क्रॉस' दिया गया था।

एहसानमन्द अँग्रेज़ों ने भी अपने इन वफ़ादार और दरियादिल सेवकों का आभार मानते हुए उनका ऋण चुकाने के लिए उन्हें अनेक सम्मानों और हीरे-जवाहरात से जड़े हुए तमग़ों से विभूषित किया, जिनसे इन लोगों को सबसे अधिक प्यार था। एडवर्ड सप्तम के राज्याभिषेक के अवसर पर ग्वालियर, कूचबिहार और पटियाला के महाराजाओं को अवैतनिक अंगरक्षकों की हैसियत से घोड़ों पर सवार होकर शाही बग्घी के साथ चलने का सम्मान प्रदान किया गया। ऑक्सफ़र्ड और कैम्ब्रिज के विश्वविद्यालयों ने इन शासकों और उनकी सन्तानों को अपनी डिग्रियाँ प्रदान कीं—कुछ को सम्मान के रूप में और कुछ को पढ़ा-लिखाकर। ब्रिटिश सम्राट के सबसे वफ़ादार रजवाड़ों के रत्नजटित सीनों पर 'ऑर्डर ऑफ़ द स्टार ऑफ़ इंडिया' और 'ऑर्डर ऑफ़ द इंडियन एम्पायर' के तमग़े सितारों की तरह चमकते थे।

अपने किस सेवक को सर्वोपरि सत्ता कितने सम्मान की दृष्टि से देखती थी, इसका अनुमान इस बात से लगाया जाता था कि किसे किस दर्जे का पुरस्कार दिया गया है; छोटे-बड़े पुरस्कारों का यह क्रम बड़ी सूझ-बूझ के साथ तैयार किया गया था। रजवाड़ों के पद-सोपान में हर शासक की हैसियत का अन्तिम प्रमाण इस बात में मिलता था कि उसे कितनी तोपों की सलामी दी जाती थी। वाइसराय को इस बात का

था वह रास्ते में समुद्र में डूब गया है। अपनी मर्यादा बनाये रखने के लिए उन्हें लन्दन के एक दर्ज़ी को बताना पड़ा कि उनकी यह ख़ास पोशाक किस तरह बनायी जाती है।

अधिकार था कि अगर किसी शासक को उसकी असाधारण सेवाओं के लिए पुरस्कार देना चाहे तो उसकी सलामी में तोपों की संख्या बढ़ा दे, या सज़ा देने के लिए तोपों की संख्या घटा दे। सलामी में तोपों की संख्या किसी राजा की रियासत की लम्बाई-चौड़ाई या आबादी के आधार पर ही तय नहीं की जाती थी बल्कि इस पर भी मुनहसिर थी कि सर्वोपरि सत्ता के प्रति कितना वफ़ादार रहा है और उसकी रक्षा के लिए उसने कितना ख़ून बहाया है या अपने खज़ाने का कितना हिस्सा दिया है। पाँच शासकों- हैदराबाद के निज़ाम और ग्वालियर, कश्मीर, मैसूर और बड़ौदा के महाराजाओं—को सबसे बड़ी, यानी 21 तोपों की सलामी दी जाती थी। उनके बाद क्रमशः उन्नीस, सत्रह, पन्द्रह, तेरह, ग्यारह और नौ तोपों की सलामी वाली रियासतों की बारी आती थी। बहुत छोटी-छोटी रियासतों पर शासन करने वाले सवा चार सौ ऐसे अभागे राजा और नवाब भी थे जिन्हें कोई भी सलामी नहीं दी जाती थी। वे भारत के भूले-बिसरे राजा थे जिनके सम्मान में कभी कोई तोप नहीं गरजती थी।

अकसर महाराजाओं ने बहुत सराहनीय सफलताएँ भी प्राप्त कीं। जिन रियासतों के शासक प्रबुद्ध विचारों वाले लोग थे, पश्चिमी ढंग की शिक्षा प्राप्त कर चुके थे, उन रियासतों की प्रजा को ऐसी सुविधाएँ और अधिकार भी प्राप्त थे जो अँग्रेज़ों के सीधे शासन में रहने वालों को भी नहीं मिले हुए थे। बड़ौदा के महाराजा ने इस शताब्दी के आरम्भ से पहले ही बहु-विवाह पर पाबन्दी लगा दी थी और सबके लिए मुफ़्त और अनिवार्य शिक्षा की व्यवस्था कर दी थी। वह अछूतों के लिए जिस तरह लड़े उसकी बहुत चर्चा भले ही न हुई हो, पर इस काम के प्रति उनकी लगन किसी प्रकार गांधी से कम नहीं थी। उन्होंने अछूतों के रहने की और उन्हें पढ़ाने की व्यवस्था की और ख़ुद अपने ख़र्च से न्यूयार्क की कोलम्बिया यूनिवर्सिटी में उस आदमी को पढ़ाया जो आगे चलकर इन्हीं अछूतों का नेता बना—डॉ० भीमराव अम्बेडकर को। बीकानेर के महाराजा ने अपनी प्रजा की सुविधा के लिए राजस्थान में अपनी रेगिस्तानी रियासत में जगह-जगह झीलें बनवाकर और बाग़ लगवाकर उसे स्वर्ग-समान बना दिया। भोपाल में औरतों को बराबरी का जो दर्जा दिया गया वह उन्हें हिन्दुस्तान में कहीं और नसीब नहीं था। मैसूर में विज्ञान की शिक्षा की सबसे अच्छी संस्था थी। वहाँ पानी से बिजली पैदा करने के लिए कितने ही बाँध बनाये गये थे और कितने ही उद्योग स्थापित किये गये थे। महाराजा जयपुर इतिहास के एक सबसे बड़े खगोल-शास्त्री के वंशज थे,

जिन्होंने यूक्लिड के **रेखागणित के सिद्धान्त** नामक पुस्तक का संस्कृत में अनुवाद किया था; उनकी राजधानी में संसार की एक सबसे प्रमुख वेधशाला थी। दूसरा महायुद्ध शुरू होते-होते इन रियासतों पर एक नयी पीढ़ी शासन करने लगी थी, ऐसे लोगों की पीढ़ी जिनमें पहले जैसी तड़क-भड़क नहीं थी, जो अपने पूर्वजों की तरह विलासप्रिय नहीं थे, जो अपनी रियासतों में परिवर्तन और सुधार की ज़रूरत के प्रति अधिक सजग थे। गद्दी पर बैठने के बाद पटियाला के आठवें महाराजा ने पहला काम यह किया कि अपने पिता सर भूपेन्द्रसिंह का हरम बन्द करवा दिया। महाराजा ग्वालियर एक सरकारी अफ़सर की बेटी से शादी करके अपने पिता के आलीशान महल से अलग रहने लगे। इन लोगों का और इनके जैसे बहुत-से दूसरे राजाओं का, जो बड़ी योग्यता और बड़ी ज़िम्मेदारी के साथ अपनी रियासतों का शासन चलाते थे, सबसे बड़ा दुर्भाग्य यह है कि आम लोगों के दिमाग़ में महाराजाओं का नाम उनकी बिरादरी के उन्हीं मुट्ठी-भर लोगों के साथ जोड़ा जायेगा जो फ़िज़ूलखर्च और ऐयाश थे।

भारत की दो रियासतों के लिए, जिनके शासकों को 21 तोपों की सबसे बड़ी सलामी दी जाती थी, लन्दन में सर कानरैड कॉरफ़ील्ड की कोशिशों का बहुत महत्व था। दोनों ही रियासतों का क्षेत्र बहुत विस्तृत था। दोनों ही रियासतों का समुद्र से कोई सीधा सम्बन्ध नहीं था। दोनों ही के शासकों का धर्म उनकी प्रजा के विशाल बहुमत के धर्म से भिन्न था। दोनों ही के शासक एक ही सपना देखते थे कि अपनी रियासतों को पूर्णतः स्वतन्त्र सार्वभौम राष्ट्र बना दें।

यों तो भारत में बहुत-से विचित्र और अनोखे राजा-महाराजा थे, लेकिन उनमें सबसे अजीब थे रुस्तमे-दौराँ, अरस्तू-ए-ज़माँ, वालिए-मुमालिक, आसिफ़जाह, नवाब मीर उस्मान अली खाँ बहादुर, मुज़फ़्फ़र-उल-मुल्क, निज़ामुल-मद, सिपहसालार, फ़तेह-जंग, हिज एक्ज़ाल्टेड हाइनेस, अँग्रेज़ी तख़्त के सबसे वफ़ादार दोस्त, हैदराबाद के सातवें निज़ाम। वह बहुत मज़हबी और आलिम मुसलमान थे। वह और मुसलिम शासक-वर्ग के कुछ लोग मिलकर भारत की सबसे विस्तृत और सबसे बड़ी आबादी वाली रियासत पर शासन करते थे। उनकी रियासत इस उप-महाद्वीप के बीच में थी और उसमें 2 करोड़ हिन्दू और 30 लाख मुसलमान रहते थे। वह बहुत दुबले-पतले, छोटे-से क़द के बूढ़े आदमी थे। मुश्किल से सवा पाँच फ़ीट का क़द होगा और वज़न सिर्फ़ 90 पौंड। बरसों सुपारी चबाते रहने की वजह से उनके दाँत बिलकुल सड़ चुके थे। उन्हें हरदम यह डर लगा रहता था कि उनका कोई दरबारी जलन के

मारे उन्हें ज़हर दे देगा और इसीलिए वह जहाँ भी जाते थे अपने साथ एक खाना चखने वाला ले जाते थे जिसे उनके साथ खाना पड़ता था। उनके खाने में हमेशा एक ही बँधी हुई चीज़ें होती थीं—मलाई, मिठाई, फल, सुपारी, और रात को एक प्याला अफ़ीम। निज़ाम हिन्दुस्तान के एकमात्र शासक थे जिन्हें 'एक्ज़ाल्टेड हाइनेस' का ख़िताब था; उन्हें यह सम्मान इसलिए दिया गया था कि उन्होंने पहले महायुद्ध के समय अँग्रेजों के युद्ध-कोष में ढाई करोड़ पौंड की रक़म दी थी।

1947 में निज़ाम दुनिया के सबसे अमीर आदमी माने जाते थे। उनकी दौलत के बारे में बहुत-से क़िस्से मशहूर थे। उनसे ज़्यादा मशहूर उनकी कंजूसी के क़िस्से थे जिसके सहारे वह इतनी दौलत बटोर पाये थे। वह बहुत ही मैला सूती पाजामा पहनते थे और उनके पैरों में बहुत ही घटिया क़िस्म की सलीपरें होती थीं, जो वह बाज़ार से कुछ रुपयों में ही मँगा लेते थे। पैंतीस साल से वह वही एक फँफूदी लगी हुई तुर्की टोपी पहनते आये थे। हालाँकि उनके पास सौ आदमियों को एक साथ खाना खिलाने-भर के लिए काफ़ी सोने के बर्तन थे, लेकिन वह अपने सोने के कमरे में चटाई पर बैठकर टीन की प्लेट में खाना खाते थे। वह इतने कंजूस थे कि उनके मेहमान सिगरेट पीकर जो बुझे हुए टुर्रे छोड़ जाते थे उन्हें वह फिर से सुलगा कर पी लेते थे। एक बार किसी ख़ास मौक़े पर उन्हें शाही दस्तरख़ान पर शैम्पेन रखने पर मजबूर होना पड़ा। उन्होंने बेदिली से एक बोतल मेज़ पर रखवायी, लेकिन इस बात पर कड़ी नज़र रखी कि वह पास बैठे हुए तीन-चार मेहमानों से आगे न जाने पाये। 1944 में जब लॉर्ड वेवेल वाइसराय की हैसियत से हैदराबाद आने वाले थे तो निज़ाम ने ख़ास तौर पर दिल्ली तार भिजवाकर पुछवाया कि लड़ाई के ज़माने की ऊँची क़ीमतों को देखते हुए क्या वाइसराय साहब का सचमुच यह आग्रह होगा कि शैम्पेन पिलायी जाये। हफ़्ते में एक बार, इतवार को गिरजाघर से लौटते हुए अँग्रेज़ रेज़िडेंट उनके यहाँ आता था। हमेशा बड़ी पाबन्दी से एक नौकर निज़ाम और उनके मेहमान के लिए ट्रे में एक प्याली चाय, एक बिस्कुट और एक सिगरेट रखकर लाता था। एक इतवार रेज़िडेंट साहब पहले से कोई सूचना दिये बिना किसी बहुत ही ख़ास मेहमान को अपने साथ लेकर आ गये। निज़ाम ने चुपके से नौकर के कान में कुछ कहा और वह दूसरे मेहमान के लिए भी एक ट्रे लेकर आया। उसमें भी वही एक प्याली चाय, एक बिस्कुट और एक सिगरेट रखी थी।

ज़्यादातर रियासतों में यह दस्तूर था कि साल में एक बार बड़े-बड़े अमीर-उमरा और जागीरदार अपने राजा को एक अशरफ़ी का नज़राना

पेश करते थे; राजा अशरफ़ी को छूकर ज्यों-का-त्यों वापस कर देता था। लेकिन हैदराबाद में नज़राने को इस तरह वापस कर देने का कोई दस्तूर नहीं था। निज़ाम हर अशरफ़ी को झपटकर उठा लेते थे और अपने तख़्त के पास रखे हुए काग़ज़ के एक थैले में डालते जाते थे। एक बार एक अशरफ़ी गिर पड़ी। निज़ाम फ़ौरन कुहनियों और घुटनों के बल रेंगते हुए इस लुढ़कती हुई अशरफ़ी को पकड़ने के लिए लपके।

सचमुच निज़ाम इतने कंजूस थे कि एक बार बम्बई से उनका डॉक्टर उनका एलेक्ट्रो-कार्डियोग्राम लेने आया, लेकिन वह अपनी मशीन ही नहीं चला पाया। बाद में डॉक्टर को पता चला कि उसकी मशीन क्यों नहीं चली थी। निज़ाम ने बिजली के पैसे बचाने के लिए अपने महलों में बिजली की वोल्टेज कम करवा दी थी जिसकी बजह से कोई मशीन वहाँ ठीक से काम कर ही नहीं सकती थी।

निज़ाम का सोने का कमरा किसी गन्दी बस्ती की झोंपड़ी की कोठरी मालूम होता था। उसमें टूटा-सा पलंग, एक टूटी-सी मेज़ और तीन टीन की कुर्सियों के अलावा कोई फ़र्नीचर नहीं था। हर ऐश-ट्रे जली हुई सिग-रेटों के टुकड़ों और राख से ऊपर तक भरी रहती थी; यही हाल रद्दी काग़ज़ की टोकरियों का था जिन्हें साल में सिर्फ़ एक बार उनकी साल-गिरह के दिन साफ़ किया जाता था। उनके दफ़्तर में धूल से अटे हुए सरकारी काग़ज़ों के ढेर लगे रहते थे और छत पर ढेरों मकड़ी के जाले।

फिर भी उस महल के अँधेरे कोनों में इतनी दौलत छुपी हुई थी कि कोई हिसाब नहीं। निज़ाम की मेज़ की एक दराज़ में एक पुराने अख़बार में लिपटा हुआ मशहूर जेकब हीरा रखा रहता था, जो नींबू के बराबर था, पूरे 280 कैरट का जगमगाता हुआ अनमोल हीरा। निज़ाम उसे पेपरवेट की तरह इस्तेमाल करते थे। उनके बाग़ में जहाँ चारों ओर झाड़-झंखाड़ उगा रहता था दर्जनों ट्रकें ऊपर तक लदी हुई सोने की ठोस ईंटों के बोझ की वजह से पहियों की धुरी तक कीचड़ में धँसी हुई खड़ी रहती थीं। निज़ाम के हीरे-जवाहरात तहख़ानों के फ़र्श पर कोयले के टुकड़ों की तरह बिखरे पड़े रहते थे; नीलम, पुखराज, लाल, हीरे के मिले-जुले ढेर जगह-जगह लगे रहते थे। कहा जाता था कि उनमें अकेले मोती ही इतने थे कि लन्दन के पिकैडिली सर्कस के सारे फ़ुटपाथ उनसे ढक जाते। उनके पास बीस लाख पौंड से ज़्यादा नक़द रक़म रही होगी—पौंड और रुपयों में—जिसके उन्होंने पुराने अख़बारों में लपेटकर तहख़ानों और दुछत्तियों के धूल से अटे हुए कोनों में ढेर लगा रखे थे। वहाँ पड़े-पड़े निज़ाम की इस दौलत पर ब्याज तो क्या मिलता, उलटे उनमें से हर साल कई हज़ार पौंड के नोट

चूहे कुतर जाते थे।

निज़ाम के पास काफ़ी बड़ी फ़ौज थी जिसमें भारी तोपें और हवाई जहाज़ भी थे। सच तो यह है कि उनके पास हर चीज़ मौजूद थी जो एक स्वतन्त्र राज्य के लिए ज़रूरी थी; बस दो चीज़ों की कमी थी—एक बन्दरगाह की और दूसरे, अपनी जनता के समर्थन की।

वहाँ की बहुसंख्यक हिन्दू आबादी को मुसलिम अल्पसंख्यकों से, जो उन पर शासन करते थे, नफ़रत थी। लेकिन इसमें शुबहे की कोई गुंजाइश नहीं थी कि इस रियासत का जिसकी लम्बाई-चौड़ाई फ्रांस की आधी होगी, कंजूस और ख़बती शासक अपने लिए किस तरह के भविष्य के सपने देख रहा था।

जब सर कानरैड कॉरफ़ील्ड ने निज़ाम को अँग्रेज़ों के जून 1948 तक भारत छोड़ देने के फ़ैसले की सूचना दी तो वह कुर्सी पर से उछल पड़े और ज़ोर से चिल्लाये, "आखिरकार मैं आज़ाद हो जाऊँगा!"

भारत के दूसरे छोर पर एक और राजा के मन में ऐसी ही महत्वाकांक्षा की ज्वाला धधक रही थी। संसार के सबसे नयनाभिराम दृश्यों से सजी हुई स्वर्ग जैसी कश्मीर घाटी पर शासन करने वाले महाराजा हरीसिंह हिन्दू थे, लेकिन उनकी 40 लाख रिआया ज़्यादातर मुसलमान थी। अगर लद्दाख़, तिब्बत और सिनक्यांग के बीहड़ इलाक़े को दुनिया की छत कहा जा सकता है तो हिमालय की भवावह चोटियों की छाँव में बसी हुई उनकी इस रियासत को इस छत के ठीक नीचे बनी हुई एक दुछत्ती कहना अनुचित न होगा। यहाँ भारत, भावी पाकिस्तान, चीन और अफ़ग़ानिस्तान की सरहदों का मिलन। निश्चित था।

हरीसिंह बहुत कमज़ोर, ढुलमुलयक़ीन और हमेशा दुविधा में पड़े रहने वाले आदमी थे। वह अपना सारा समय अपनी सर्दियों की राजधानी जम्मू और सुन्दर फूलों से पटी हुई झीलों वाली गर्मियों की राजधानी श्रीनगर में आलीशान दावतें देने में बिताते थे। उन्होंने अपने शासनकाल के आरम्भ में कुछ छोटे-मोटे सुधारों की कोशिश करने के बाद बिलकुल निरंकुश शासन क़ायम कर दिया था, जिसकी वजह से उनकी जेलें उनके राजनीतिक दुश्मनों से हमेशा भरी रहती थीं। हाल-ही में जवाहरलाल नेहरू भी उनकी एक जेल में रह आये थे। जब नेहरू ने अपने पूर्वजों के राज्य में जाने की कोशिश की थी तो महाराजा ने उन्हें गिरफ़्तार करने का हुक्म दे दिया था। हरीसिंह के पास भी अपने राज्य की सरहदों की रक्षा के लिए एक सेना थी, जिसकी वजह से उनके स्वतन्त्रता के दावे में एक खतरनाक ज़ोर पैदा हो गया था।

8

वह अशुभ दिन

नई दिल्ली, मई-जून 1947

पूरे भारतीय उप-महाद्वीप के एक छोर से दूसरे छोर तक फैले हुए कई स्थानों में कितनी ही चिताओं से काले धुएँ के बादल पृथ्वी और आकाश के बीच मख़मली खम्भों की तरह उठ रहे थे। जल्दी-जल्दी सजायी गयी इन चिताओं की लपटों को भड़काने के लिए न चन्दन की लकड़ी थी, न घी के छींटे। इन चिताओं की चटचटाती हुई लपटों को देखने वाले न शोक से विह्वल थे, न वे मन्त्रों का उच्चारण कर रहे थे। इन लपटों के दर्शक थे कुछ निरीह अँग्रेज़ सरकारी अफ़सर। इन लपटों में काग़ज़ झोंका जा रहा था, चार टन दस्तावेज़, रिपोर्ट और फ़ाइलें। सर कानरैंड कॉरफ़ील्ड के आदेश पर सुलगायी गयी इन चिताओं में भारतीय इतिहास की कुछ अत्यन्त तूफ़ानी और रंगीन दास्तानों के रोंगटे खड़े कर देने वाले ब्यौरे जलाकर राख किये जा रहे थे; इन काग़ज़ों में महाराजाओं की पाँच पीढ़ियों के कुकर्मों और शर्मनाक हरकतों का सिलसिलेवार इतिहास था। ब्रिटिश राज के एक के बाद एक आने वाले कितने ही प्रतिनिधियों ने बड़ी मेहनत और बड़े ध्यान से इस ब्यौरे को दर्ज करके सिलसिलेवार सजाया था। इसलिए ये फ़ाइलें स्वतन्त्र भारत और पाकिस्तान के प्रशासकों के हाथों में बहुत ब[illegible]ा हथियार बन सकती थीं; हालाँकि जब अँग्रेज़ों ने इन्हें जमा करने का फ़ैसला किया था उस समय उनके सामने भी यह उद्देश्य न रहा हो, ऐसी बात नहीं थी।

कॉरफ़ील्ड अब महाराजाओं के भविष्य के बारे में तो कोई आश्वासन नहीं दे सकते थे, लेकिन उन्होंने कम-से-कम उनके अतीत पर कोई आँच न

आने देने का फ़ैसला कर लिया था। उन्होंने इन पुराने दस्तावेज़ों को नष्ट कर देने के बारे में एटली-सरकार की मंज़ूरी ले ली थी। दिल्ली वापस लौटते ही उन्होंने अपने रेज़ीडेंट और राजनीतिक एजेंटों को आदेश भिजवा दिया था कि उनके पास अपने राजे-महाराजों के निजी जीवन के बारे में जो भी फ़ाइलें हों उन्हें जलाना शुरू कर दें।

पहली चिता सर कानरैड ने ख़ुद अपने दफ़्तर की खिड़की के नीचे जलायी और उसकी लपटों में वे सारे दस्तावेज़ झोंक दिये जो अब तक एक ऐसी तिजोरी में छिपाकर रखे गये थे जिसकी एक चाभी ख़ुद उनके पास रहती थी और दूसरी एक और आदमी के पास। डेढ़ सौ साल का अध्ययन, रजवाड़ों की रंगरेलियों की सबसे चुनी हुई चटपटी कहानियों का संग्रह सर कानरैड की इस चिता की भेंट चढ़ गया और उसकी राख दिल्ली की सड़कों पर और घरों की छतों पर बिखर गयी। जब नेहरू को पता चला कि क्या हो रहा है तो उन्होंने इस सामग्री के, जिसे वह भारत की धरोहर का बहुमूल्य अंग समझते थे, नष्ट किये जाने के ख़िलाफ़ फ़ौरन अपनी आवाज़ उठायी।

लेकिन तब तक बहुत देर हो चुकी थी। पटियाला में, हैदराबाद में, इन्दौर में, मैसूर में, बड़ौदा में, गांधी के जन्म-स्थान पोरबन्दर में, हिमालय की चोटियों पर चित्राल में और घने जंगलों वाले कोचीन में—हर जगह अँग्रेज़ अफ़सर एक पूरे युग की दिलचस्प दास्तानों से आग की लपटों की प्यास बुझाने की कोशिश कर रहे थे।

हिन्दुस्तान के कुछ राजे-महाराजों की काम-लीला की दास्तानें इतनी लम्बी थीं कि उनके सहारे घण्टों तक अच्छी-ख़ासी होली जल सकती थी। शुरू-शुरू में रामपुर के एक नवाब ने पास-पड़ोस के कई रजवाड़ों से यह शर्त लगायी थी कि साल-भर में कौन सबसे ज़्यादा कुआँरी कन्याओं की नथ उतारता है। उन्होंने अपने गाँव के कारिन्दों को गाँव-गाँव भिजवाकर हाँका करवाया और घेर-घेर कर कुआँरी कन्याओं को पकड़ बुलवाया। ज़ाहिर है, नवाब साहब ने शर्त बड़ी आसानी से जीत ली। कहा जाता है कि साल-भर बाद जब उनकी जमा की हुई नथें गलवायी गयीं तो कई सेर ख़ालिस सोना निकला।

जिस होली में कश्मीर के महाराजा का कच्चा चिट्ठा जलाया गया उसमें दो महायुद्धों के बीच का दुनिया का एक सबसे शर्मनाक क़िस्सा भी जलकर राख हो गया। हुआ यह था कि एक आदमी ने लन्दन के सेवॉय होटल में कश्मीर के महाराजा को एक औरत के साथ रंगे हाथों पकड़ लिया; महाराजा ने समझा कि वह आदमी उस हसीना का शौहर है जो

बिस्तर पर उनका पहलू गरम कर रही थी। दरअसल बात यह थी कि महाराजा ठगों के एक गिरोह के चंगुल में फँस गये थे जिन्होंने महाराजा के निजी बैंक खाते के रास्ते कश्मीर की रियासत के शाही ख़ज़ाने को दुहना शुरू कर दिया था। भाँडा तब फूटा जब उस औरत के असली शौहर ने इस लूट में अपना पूरा हिस्सा न पाने पर चिढ़कर पुलिस में शिकायत कर दी। इसके बाद जो मुक़दमा चला उसमें बेचारे महाराजा साहब की आबरू बचाने के लिए उनका नाम मिस्टर 'ए' कहकर लिया जाता रहा। अपनी इन मुसीबतों की वजह से औरतों की तरफ़ से महाराजा हरीसिंह का दिल खट्टा हो गया और वह कश्मीर लौट आये; यहाँ अपनी रियासत के नौजवानों की सोहबत में उन्होंने वासना को तृप्त करने के नये क्षितिज खोज निकाले। उनकी सारी हरकतों का पूरा ब्यौरा अँग्रेज़ी सरकार के प्रतिनिधियों ने हू-ब-हू दर्ज कर दिया था। और अब वह पहाड़ की ठंडी हवाओं के झोंकों के सहारे दूर हिमालय के क्षितिज में विलीन हो गया।

हैदराबाद के निज़ाम को फ़ोटोग्राफ़ी का और अश्लील चित्रों का बहुत शौक़ था। अपने ये दोनों शौक़ एक में मिलाकर उन्होंने हिन्दुस्तान में अश्लील चित्रों का सबसे बड़ा संग्रह जमा कर लिया था। इन तसवीरों को जमा करने के लिए बूढ़े नवाब ने अपने मेहमानखाने की दीवारों और छतों में ख़ुफ़िया कैमरे लगवा रखे थे जो उन कमरों में होने वाली एक-एक हरकत की तसवीरें खींचते रहते थे। महल के मेहमानखाने के बाथरूम के आईने के पीछे भी उन्होंने एक कैमरा लगवा रखा था। यह कैमरा हिन्दुस्तान की बड़ी-से-बड़ी हस्तियों की तसवीरें निज़ाम के पाख़ाने में निवृत्त होने की मुद्रा में लेता रहता था। इन तसवीरों को उनके संग्रह में सबसे महत्वपूर्ण स्थान प्राप्त था।

निज़ाम की फ़ाइल में सबसे ताज़ा रिपोर्ट अँग्रेज रेज़िडेंट की इन कोशिशों के बारे में थी कि निज़ाम के बेटे और वारिस का सेक्स-जीवन ऐसा हो जो भावी निज़ाम को शोभा दे। पूरी सावधानी बरतते हुए रेज़िडेंट साहब ने निज़ाम से बातों-बातों में ज़िक्र किया कि उनके कानों तक कुछ इस तरह की ख़बरें उड़ती-उड़ती पहुँची हैं कि नौजवान शहज़ादे के शौक़ के दायरे में शहज़ादियाँ नहीं आती हैं। निज़ाम ने फ़ौरन अपने बेटे को बुलवाया। रेज़िडेंट साहब के लाख मना करने पर भी निज़ाम ने अपने बेटे को मजबूर किया कि वह फ़ौरन और सबके सामने इस बात को झूठ साबित करे कि वह ख़ानदान का सिलसिला आगे चलाने के लिए आमादा नहीं है।

कानरैड कॉरफ़ील्ड की इन होलियों में जो शर्मनाक दास्तानें मिटती जा रही थीं, उनमें शायद सबसे शर्मनाक दास्तानों का सम्बन्ध राजस्थान की आठ लाख की आबादी वाली छोटी-सी रियासत अलवर के महाराजा के 40 साल के शासन के बारे में था। अलवर के महाराजा का व्यक्तित्व इतना आकर्षक था और वह इतने सुसंस्कृत थे कि लगातार कई वाइसराय उनके जादू के असर में रहे। उन्हें यह यक़ीन हो गया था कि वह भगवान राम का अवतार हैं। इसीलिए वह हमेशा काले दस्ताने पहने रहते थे कि उनकी दैवी उँगलियाँ नश्वर मनुष्यों के स्पर्श से अपवित्र न हो जायें। इंगलैंड के बादशाह से हाथ मिलाने के लिए भी उन्होंने अपने दस्ताने नहीं उतारे थे। उन्होंने कई बड़े-बड़े पंडितों को इस काम के लिए रखा था कि वे यह हिसाब लगाकर बतायें कि राम की पगड़ी कितनी बड़ी रही होगी ताकि वह भी अपने लिए वैसी ही पगड़ी बनवा सकें।

इस मर्त्य-लोक में महाराजा की भूमिका निभाने के लिए जन्म पाकर अपने दैवी पद पर पूरा विश्वास रखने वाले महाराजा साहब अपनी सत्ता का भरपूर उपयोग करते थे। हिन्दुस्तान में उनके जैसे सच्चे निशानेबाज़ कम ही रहे होंगे। जब वह शेर के शिकार को निकलते तो शेर को निशाने की पहुँच के अन्दर लाने के लिए वह बकरी या किसी दूसरे जानवर के बजाय इंसान के बच्चों को इस्तेमाल करते थे। अपनी रियासत की किसी भी झोंपड़ी से वह किसी बच्चे को पकड़ मँगवाते और उसके भयभीत माँ-बाप को पूरा यक़ीन दिला देते कि बच्चे तक पहुँचने से पहले ही शेर उनकी गोली का निशाना हो चुका होगा। अपनी वासना को तृप्त करने के लिए वह औरतों के बजाय मर्दों को ज़्यादा पसन्द करते थे। उनका शाही बिस्तर फ़ौजी अफ़सरों की तरक्क़ी की सीढ़ी था; हर नौजवान को उनकी फ़ौज का अफ़सर बनने से पहले उनका बिस्तर ज़रूर गरम करना पड़ता था। अफ़सर बन जाने के बाद उन्हें महाराजा की बीभत्स रंगरेलियों में हिस्सा लेना पड़ता था, जिनमें अकसर बड़ी बेरहमी से किसी-न-किसी को मौत के घाट उतार दिया जाता था।

आख़िरकार, जिन दिनों लॉर्ड विलिंगडन वाइसराय थे उन दिनों दो घटनाओं की वजह से उनकी सारी काली करतूतें सामने आयीं। महाराजा अलवर को वाइसराय-भवन में दोपहर के खाने की दावत दी गयी थी। वह लेडी विलिंगडन के पास बैठे थे। वह अपनी उँगली पर जो बहुत बड़े हीरे की अँगूठी पहने हुए थे उसे लेडी विलिंगडन बहुत सराह रही थीं। महाराजा अलवर ने अँगूठी उतारकर वाइसराय की पत्नी की ओर बढ़ा दी कि वह उसे अच्छी तरह देख सकें।

लेडी विलिंगडन अकारण ही उस अँगूठी की प्रशंसा नहीं कर रही थीं। परम्परा यह चली आयी थी कि अगर वाइसराय या उनकी पत्नी किसी महाराजा की किसी चीज़ में विशेष रुचि दिखायें तो वह चीज़ उन्हें दे दी जाती थी। लेडी विलिंगडन हीरे-जवाहरात की बेहद शौक़ीन थीं और उन्होंने भारत में अपने प्रवास के दौरान बहुत-से ज़ेवर जमा कर लिये थे। उन्होंने महाराजा अलवर की अँगूठी अपनी उँगली पर पहनी, उसे देखकर बहुत ख़ुश हुईं और फिर उसे वापस कर दिया।

महाराजा अलवर ने चुपके से एक वेटर से एक कटोरे में पानी मँगवाया और फिर भगवान राम के इस अवतार ने उस अँगूठी को पहनने से पहले अच्छी तरह धोया ताकि उस पर वाइसराय की पत्नी की उँगली के स्पर्श का कोई नाम-निशान बाक़ी न रह जाये। सारे मेहमानों की आँखें फटी-की-फटी रह गयीं।

महाराजा के अँग्रेज़ अन्नदाताओं की नज़रों में उनका आख़िरी अपराध, जिसके लिए उन्हें कभी क्षमा नहीं किया जा सकता था वह था जो उन्होंने पोलो के मैदान में किया था। मैच शुरू होने से पहले उनका एक घोड़ा अड़ गया। महाराजा को उसकी इस ढिठाई पर इतना ग़ुस्सा आया कि उन्होंने वहीं उस पर मिट्टी का तेल छिड़कवाकर ख़ुद उसमें आग लगा दी। एक जानवर के साथ सरेआम इस तरह की बेरहमी का प्रदर्शन इंसाफ़ की नज़रों में उस बेरहमी से बड़ा अपराध था जो महाराजा साहब उन लोगों के साथ बरतते जिनसे वह अपनी वासना की तृप्ति करते थे। महाराजा अलवर को गद्दी से उतारकर देश-निकाला दे दिया गया।

हो सकता है कि महाराजा अलवर हद से आगे निकल गये हों, लेकिन सदाचार के ठेकेदार अँग्रेज़ शासकों और उनके विलासप्रिय पराधीन राजाओं के सम्बन्धों को बिगाड़ने वाली यह अकेली घटना नहीं थी। इनमें से सबसे गम्भीर संकट बड़ौदा के महाराजा की वजह से पैदा हुआ था। महाराजा बड़ौदा इस बात से बहुत नाराज़ थे कि उनकी रियासत के रेज़िडेंट को, जो महाराजा की नज़रों में दो कौड़ी का मामूली कर्नल था, उतनी ही तोपों की सलामी दी जाती थी जितनी तोपों की सलामी महाराजा को दी जाती थी। इस पर खीझकर महाराजा ने ठोस सोने की दो तोपें बनवायीं ताकि उनकी सलामी में कर्नल की सलामी से ज़्यादा शाही गूँज हो। महाराजा की इस हरकत से चिढ़कर रेज़िडेंट ने महाराजा बड़ौदा के चाल-चलन के बारे में बहुत ख़राब रिपोर्ट लन्दन भेज दी। इसमें उन्होंने महाराजा पर आरोप लगाया कि वह अपने हरम में औरतों

को गुलाम बनाकर रखते हैं।

जब महाराजा को पता चला कि उनके ख़िलाफ़ क्या हो रहा है तो उन्होंने अपने सबसे अच्छे ज्योतिषियों और पंडितों को बुलाकर उस उपद्रवी कर्नल से छुटकारा पाने की कोई ऐसी तरकीब ढूँढ निकालने और साथ ही उन्हें इस काम के लिए सबसे अच्छी साईत विचारने को कहा। उन लोगों ने हीरे की भस्म का ज़हर देकर उसे मरवा देने का सुझाव दिया। महाराजा ने कर्नल के पद के आदमी के लिए उपयुक्त आकार का हीरा चुनकर उसे पिसवाया।

एक दिन रात को यह चूरा कर्नल के खाने में मिलवा दिया गया, लेकिन उसका असर होने से पहले ही कर्नल के पेट में इतना दर्द हुआ कि उसे अस्पताल पहुँचा दिया गया और वहाँ उसका पेट साफ़ कर दिया गया।

बादशाह के प्रतिनिधि की हत्या की कोशिश से बहुत संगीन समस्या उठ खड़ी हुई। महाराजा के न्यायाधीश उनके ब्राह्मण पुरोहितों के इस आश्वासन से सन्तुष्ट नहीं हुए कि उन्होंने कर्नल की आत्मा के पुनर्जन्म का पक्का बन्दोबस्त करने के लिए आवश्यक पूजा-पाठ कर लिया था; न्यायाधीश महाराजा के जौहरी के इस आश्वासन से भी सन्तुष्ट नहीं हुए कि रेज़िडेंट को जो हीरा खिलाया गया था उसका मूल्य 'ठीक उतना ही था जितना एक अँग्रेज़ कर्नल का होता है।' महाराजा को गद्दी से उतारकर निर्वासित कर दिया गया।

उनके निर्वासित किये जाने का बदला उनके दोस्त महाराजा पटियाला ने लिया। जब वह वाइसराय, जिसने उनके निर्वासन के आदेश पर दस्तख़त किये थे, उनकी रियासत में आये तो महाराजा पटियाला ने 31 तोपों की सलामी दाग़ने वाले अपने तोपचियों को आदेश दे दिया कि वे अपनी तोपों में इतनी थोड़ी बारूद भरें कि इंगलैंड के बादशाह के प्रतिनिधि को जो सलामी दी जाये उसकी आवाज़ 'बच्चों के पटाख़े से ज़्यादा न हो।'

कॉरफ़ील्ड के लन्दन से लौटने के बाद सिर्फ़ ये दस्तावेज़ ही नहीं जलाये गये, और भी बहुत कुछ हुआ। सारे हिन्दुस्तान से विभिन्न महाराजाओं ने नयी दिल्ली पत्र भेजकर केन्द्रीय सरकार को यह सूचना दी कि वे उन समझौतों को रद्द कर देना चाहते हैं जिनके तहत उनकी रियासतों में भारतीय रेलों, डाक-तार की व्यवस्था और अन्य सुविधाओं के लिए उनकी रियासतों के इलाक़ों को इस्तेमाल किया जाता है। यह उन्होंने केवल यह जताने के लिए किया था कि आने वाले किसी टकराव में उनकी ताक़त कितनी अधिक होगी, लेकिन इससे जो तसवीर उभरकर सामने आयी वह बहुत भयानक थी: एक ऐसे भारत की तसवीर जिसमें न रेलें

चल सकती थीं, न डाक भेजी जा सकती थी, न तार और टेलीफ़ोन की व्यवस्था काम कर सकती थी।

दीवार पर टँगे हुए बड़े-से तैल चित्र में से राबर्ट क्लाइव की निस्तेज आँखें वाइसराय के अध्ययन-कक्ष में आते हुए सात भारतीय नेताओं को देख रही थीं। भारत के 40 करोड़ इंसानों के ये प्रतिनिधि, उन इंसानों के जिन्हें गांधी 'बुझी हुई आँखों वाली मानवता के दयनीय नमूने' कहते थे, 2 जून 1947 की सुबह को माउंटबैटेन के अध्ययन-कक्ष में समझौते के उन दस्तावेज़ों का मुआइना करने आये थे जिनसे उन्हें उनका उपमहाद्वीप वापस मिलने वाला था। वाइसराय अभी 48 घण्टे पहले इन दस्तावेज़ों पर ब्रिटिश मन्त्रिमंडल की मंज़ूरी लेकर इन्हें ख़ुद अपने साथ लन्दन से लाये थे।

एक-एक करके सभी नेता कमरे में पड़ी हुई गोल मेज़ के चारों ओर बैठ गये। काँग्रेस के प्रतिनिधि थे नेहरू, पटेल और उसके अध्यक्ष आचार्य कृपालानी; मुसलिम लीग के प्रतिनिधि थे जिन्ना, लियाक़त अली ख़ाँ और अब्दुर्रब निश्तर। बलदेवसिंह उन साठ लाख लोगों के प्रतिनिधि की हैसियत से मौजूद थे जिन पर अभी थोड़ी देर बाद बोले जाने वाले शब्दों का प्रभाव दूसरों की अपेक्षा अधिक नाटकीय ढंग से पड़ने वाला था; वह सिखों के प्रवक्ता थे।

दीवार से लगी हुई दो कुर्सियों पर माउंटबैटेन के दो सबसे प्रमुख सलाहकार लॉर्ड इस्मे और सर एरिक मिएविल बैठे थे। मेज़ पर बीच में वाइसराय ख़ुद बैठे थे। सरकारी फ़ोटोग्राफ़र ने जल्दी से भावी इतिहास के लिए वहाँ एकत्रित लोगों का चित्र सुरक्षित कर लिया। सब लोग चुप थे; बस बीच-बीच में किसी के धीरे से खखारने की आवाज़ आ जाती थी। एक सेक्रेटरी ने लाकर सबके सामने एक-एक-बादामी रंग की फ़ाइल रख दी जिसमें उस योजना की एक-एक प्रति रखी हुई थी।

दिल्ली आने के बाद से पहली बार माउंटबैटेन को आपस में सीधी बातचीत करने की अपनी कूटनीति छोड़कर गोलमेज़ सम्मेलन करने का तरीक़ा अपनाना पड़ रहा था। लेकिन उन्होंने फ़ैसला कर लिया था कि बोलेंगे सिर्फ़ वही। वह यह ख़तरा मोल लेने को तैयार नहीं थे कि मीटिंग में आम बहस छिड़ जाये, क्योंकि उसका नतीजा यह हो सकता था कि सब लोग एक-दूसरे पर चिल्लाने लगें।

उन्होंने सबसे पहले तो इस बात का उल्लेख किया कि पिछले पाँच वर्षों में उन्होंने कई बहुत महत्वपूर्ण मीटिंगों में हिस्सा लिया था जिनमें युद्ध के भाग्य का निबटारा किया गया था। लेकिन उन्हें इनमें से कोई भी ऐसी

मीटिंग नहीं याद थी जिसमें ऐसा फ़ैसला लिया गया हो जिसका इतिहास पर उतना गहरा असर पड़ा हो जितना इस फ़ैसले का पड़ने वाला था, जो उनके सामने था।

माउंटबैटेन ने संक्षेप में दिल्ली आने के बाद से अलग-अलग लोगों से अपनी बातचीत का ब्योरा दिया और इस बात पर ज़ोर दिया कि सभी ने उन्हें यही समझाया था कि फ़ौरन कुछ करना ज़रूरी है।

फिर इतिहास में दर्ज किये जाने के लिए उन्होंने जिन्ना से आख़िरी बार पूछा कि क्या वह भारत की एकता को उस रूप में स्वीकार करने को तैयार हैं जिस रूप में उसकी कल्पना कैबिनेट मिशन की योजना में की गयी थी? उतने ही रस्मी ढंग से जिन्ना ने भी जवाब दिया कि वह तैयार नहीं थे। इसके बाद माउंटबैटेन उस सवाल पर आये जिसके लिए यह मीटिंग बुलायी गयी थी। संक्षेप में उन्होंने अपनी योजना की ब्योरे की बातें बतायीं। उन्होंने इस बात पर ज़ोर दिया कि 'डेमिनियन स्टेट्स' वाली धारा, जिसे चर्चिल का समर्थन मिल चुका था, इस बात का सबूत नहीं है कि अँग्रेज़ अपनी एक टाँग यहाँ जमाये रखना चाहते हैं, बल्कि सिर्फ़ इस बात का आश्वासन है कि अगर अँग्रेज़ों की मदद की ज़रूरत हो तो वे अचानक अपना हाथ खींच नहीं लेंगे। उन्होंने कलकत्ता की बात की, सिखों की भावी पीड़ा की बातें कीं।

उन्होंने कहा कि 'मैं आपसे यह नहीं कहता कि आप अपने अन्तःकरण के ख़िलाफ़ एक ऐसी योजना को पूरी तरह मान लें जिसके कुछ हिस्से आपके सिद्धान्तों के ख़िलाफ़ हों।' उन्होंने बस इतना कहा कि वे उसे शान्ति की भावना के साथ स्वीकार करें और यह प्रण करें कि वे ख़ून की नदियाँ बहाये बिना उसे पूरा करने की कोशिश करेंगे।

वाइसराय ने कहा कि उनका इरादा अगली सुबह उनसे फिर मिलने का है। वाइसराय ने आशा व्यक्त की कि आधी रात से पहले ही मुसलिम लीग, काँग्रेस व सिख—तीनों, इस योजना को भारतीय समझौते के आधार के रूप में स्वीकार करने के लिए अपनी रज़ामन्दी ज़ाहिर कर चुके होंगे। ऐसा हो जाये तो उनका सुझाव था कि वह, नेहरू, जिन्ना और बलदेवसिंह शाम को ही आल-इंडिया रेडियो से इसकी संयुक्त घोषणा कर दें। क्लीमेंट एटली इसकी पुष्टि करते हुए लन्दन से एलान कर देंगे।

अपनी बात समाप्त करते हुए उन्होंने कहा, 'सज्जनो, मैं चाहता हूँ कि आधी रात तक आप सब लोग इस योजना पर अपनी प्रतिक्रिया बता दें।'

लुई माउंटबैटेन लन्दन से दिल्ली वापस लौटे तो अपने साथ एक दबा-दबा-सा ग़म भी लेते आये थे जिसकी वजह से लन्दन में अपनी सफलताओं पर उनका सन्तोष और भविष्य के लिए उनकी 'भरपूर आशा' कुछ फीकी पड़ गयी थी। उन्हें डर था कि 'महात्मा गांधी, जिनके बारे में पूरे भरोसे के साथ पहले से कुछ भी नहीं कहा जा सकता था', उनका विरोध करने वाले थे।

इस सम्भावना के विचार से ही वाइसराय का दिल काँप उठता था। उन्हें इस 'छोटी-सी निराश गौरैया' से सच्चा स्नेह हो गया था। उनके लिए यह विचार ही भयावह था कि उन जैसे पेशेवर सिपाही को वाइसराय की हैसियत से अहिंसा के पुजारी से उस राष्ट्र के भविष्य के सवाल पर, जिसका वह सारी दुनिया की नज़रों में प्रतीक था, सीधी टक्कर लेनी पड़ेगी।

लेकिन यह एक वास्तविक ख़तरा था। जिन्ना ने भारत की एकता को बनाये रखने की आशाओं पर पानी फेर दिया था और अब गांधी भारत का बँटवारा कर देने की आशाओं पर पानी फेर देंगे। हिन्दुस्तान आने के बाद से माउंटबैटेन ने बड़े गूढ़ ढंग से काँग्रेस के नेताओं को अपने निकट लाने की कोशिश की थी ताकि अगर टकराव की नौबत आ जाये तो वह गांधी को बे-असर कर सकें।

यह काम जितना उन्होंने सोचा था उससे आसान निकला। बाद में उस ज़माने की बातों का ज़िक्र करते हुए माउंटबैटेन ने कहा, 'मुझे बेहद अजीब लगा कि एक तरह से वे सभी गांधी के ख़िलाफ़ और मेरे साथ थे। एक तरह से वे सभी मुझे बढ़ावा दे रहे थे कि मैं उनकी तरफ़ से गांधी से टक्कर लूँ।'

लेकिन माउंटबैटेन जानते थे, गांधी के पास पार्टी के नेताओं के मुक़ाबले में कहीं अधिक साधन थे। ख़ुद पार्टी उनके हाथ में थी। चार आने वाले वे लाखों मेम्बर जो उनकी पूजा करते थे, उनकी मुट्ठी में थे और सबसे बढ़कर उन लाखों-करोड़ों लोगों को आन्दोलित करने का हुनर जितना उन्हें आता था उतना किसी और को नहीं आता था। अगर वह राजनीतिक नेंताओं की परवाह न करके सीधे भारत की जनता से अपील करने का फ़ैसला करते तो भयानक रस्साकशी पैदा हो जाती जिसमें एक तरफ़ होते वाइसराय, नेहरू और पटेल और दूसरी ओर गांधी के व्यक्तित्व का अपार नैतिक बल।

बाहर से देखने में ऐसा लगता था कि गांधी ऐसा ही करने की तैयारी कर रहे थे। जिस दिन माउंटबैटेन अपनी योजना लेकर लन्दन से अपने यार्क विमान पर रवाना हुए थे उसी दिन शाम को गांधी ने अपनी प्रार्थना-

सभा में कहा था : 'भले ही सारे देश में आग भड़क उठे, हम एक इंच भूमि पर भी पाकिस्तान नहीं बनने देंगे।'

लेकिन वर्किंग कमेटी के फ़ैसले के बाद से बीता एक महीना गांधी के लिए व्यक्तिगत रूप से आन्तरिक वेदना, उथल-पुथल और शंका का दौर था। उनकी अन्तरात्मा, उनके शरीर का एक-एक रोम कह रहा था कि देश का बँटवारा ग़लत है। उन्होंने न केवल यह महसूस किया कि काँग्रेस के नेता उनसे दूर होते जा रहे हैं बल्कि शायद पहली बार उन्हें इसका पूरा विश्वास नहीं हो पा रहा था कि भारत की जनता उनकी ललकार पर मैदान में कूद पड़ने को तैयार हो जायेगी।

एक सुबह दिल्ली की सड़कों पर टहलते हुए उनके एक कार्यकर्त्ता ने उनसे कहा : 'फ़ैसले की इस घड़ी में आपका कहीं ज़िक्र ही नहीं है। ऐसा लगता है, आपको और आपके आदर्शों को तिलांजलि दे दी गयी है।'

'हाँ,' गांधी ने बड़ी कटुता से जवाब दिया, 'मेरी तसवीरों और मूर्तियों को हार पहनाने के लिए हर आदमी बहुत उत्सुक रहता है, लेकिन मेरी सलाह मानने को कोई तैयार नहीं है।'

इसके कुछ ही दिन बाद एक रात गांधी अपनी सुबह की पूजा के समय से आधा घण्टा पहले ही साढ़े तीन बजे जाग गये। नयी दिल्ली की भंगियों की बस्ती में उनकी चटाई के पास लेटी हुई मनु सब सुन रही थी कि गांधी बहुत व्यथित होकर अँधेरे में अपने आप से क्या बातें कर रहे थे।

'आज मेरे साथ कोई भी नहीं है,' वह इतनी धीमी आवाज़ में कह रहे थे मानो रात में कानाफूसी कर रहे हों। 'पटेल और नेहरू तक समझते हैं कि मैं जो कुछ कह रहा हूँ वह ग़लत है और अगर बँटवारे की बात पर समझौता हो जाये तो यहाँ फिर शांति क़ायम हो जायेगी।'

वह कह रहे थे, 'ये लोग शायद यह भी सोचते हैं कि उम्र के साथ मेरी समझ-बूझ कम होती जा रही है।' इसके बाद बड़ी देर तक वह चुप रहे, फिर ठंडी आह भरकर वैसे ही दबे स्वर में बोले, 'हो सकता है कि सब लोग ठीक कहते हैं और मैं ही अँधेरे में भटक रहा हूँ।'

फिर बड़ी देर तक ख़ामोशी रही और फिर मनु ने उनके मुँह से ये शब्द निकलते सुने : 'शायद मैं यह देखने के लिए जिन्दा न रहूँ, लेकिन जिस मुसीबत का मुझे अंदेशा है वह भारत पर टूट ही पड़े और उसकी आज़ादी ख़तरे में पड़ जाये तो आने वाली पीढ़ियों को मालूम तो रहे कि इस बूढ़ी आत्मा को उन मुसीबतों की कल्पना से ही कितनी व्यथा हुई थी!'

जिस 'बूढ़ी आत्मा' ने ये शब्द कहे थे वह 2 जून को सब नेताओं के

चले जाने के डेढ़ घण्टे बाद उस भारतीय प्रतिक्रिया को व्यक्त करने के लिए, जिसकी सबसे अधिक प्रतीक्षा थी और जिसका सबसे अधिक महत्व था, वाइसराय के अध्ययन-कक्ष में आयी। इससे पहले वाली मीटिंग में आने से उन्होंने इसलिए इंकार कर दिया था कि वह स्वयं काँग्रेस के पदाधिकारी नहीं थे, लेकिन हर क्षण उनका अस्तित्व उस मीटिंग पर छाया रहा था। गांधी के आने की प्रतीक्षा करते हुए माउंटबैटेन उन शब्दों की कल्पना करके ही भयभीत हो उठे थे जो अभी सुनने वाले थे; वह सोच रहे थे कि गांधी की अजेय अन्तरात्मा ने उनसे कोई ऐसी बात न कह दी हो जिससे उन दोनों के बीच टकराव हो जाये।

गांधी वक़्त के बहुत पाबन्द थे। जैसे ही उन्होंने कमरे में प्रवेश किया वैसे ही आतिशदान पर रखी हुई घड़ी ने साढ़े बारह का घण्टा बजाया।

माउंटबैटेन उनका स्वागत करने के लिए अपनी जगह से उठे और बड़ी तेज़ी से कमरा पार करते हुए उनकी ओर बढ़े। उनके होंठों पर हार्दिक स्वागत की मुसकराहट थी। लेकिन वह बीच ही में ठिठक गये। गांधी ने अपने होंठों पर उँगली रखकर उन्हें रोक दिया था, मानो कोई माँ बच्चे से चुप रहने को कह रही हो। यह संकेत पाते ही वाइसराय ने सन्तोष की साँस ली और मन-ही-मन सोचा, 'भगवान की कृपा है कि आज इनका मौन का दिन है।'

उस दिन सोमवार था। वह आवाज़ जो भारतवासियों को माउंटबैटेन के ख़िलाफ़ उठ खड़े होने के लिए ललकार सकती थी वह बरसों से हर सोमवार को मौन रहती थी। माउंटबैटेन को जिस उत्तर की इतनी उत्सुकता से प्रतीक्षा थी वह उन्हें मिलने वाला नहीं था।

गांधी बड़े इतमीनान से एक आराम-कुर्सी पर बैठ गये और फिर उन्होंने अपनी धोती की तह में से मैले इस्तेमाल किये हुए लिफ़ाफ़ों का एक बंडल और पेंसिल का एक छोटा-सा, मुश्किल से दो इंच लम्बा टुकड़ा निकाला। वह काग़ज़ का छोटे-से-छोटा टुकड़ा भी कभी व्यर्थ नहीं जाने देते थे। उनके पास जो चिट्ठियाँ आती थीं उनके लिफ़ाफ़े वह ख़ुद कैंची से काटकर खोलते थे और उनसे लिखने के लिए छोटे-छोटे पैड बना लेते थे और उनको ऊपर से नीचे तक अपनी टेढ़ी-मेढ़ी लिखाई से भर देते थे।

जब माउंटबैटेन अपनी योजना समझा चुके तो गांधी ने एक पुराने लिफ़ाफ़े के पीछे लिखना शुरू किया। उन्होंने अपने सारे जीवन में सबसे महत्वपूर्ण और सबसे कष्टदायक शब्द सुने थे। उन पर यह उनकी पहली रहस्यमयी प्रतिक्रिया थी। लिखते-लिखते उन्होंने पाँच पुराने लिफ़ाफ़ों के काग़ज़ भर दिये और जब वह चले गये तो माउंटबैटेन ने उन्हें आने वाली

पीढ़ियों के लिए सुरक्षित कर लिया।

गांधी ने लिखा था, 'मुझे अफ़सोस है कि मैं बोल नहीं सकता। सोमवार को मौन रखने का व्रत लेते समय मैंने दो हालतों में उसे भंग कर देने की गुंजाइश रखी थी, एक तो तब जब किसी उच्च पदाधिकारी से किसी ज़रूरी समस्या के बारे में बात करना हो और दूसरे जब किसी बीमार आदमी की देखभाल करनी हो। लेकिन मैं जानता हूँ कि आप नहीं चाहते कि मैं अपना मौन आज भंग करूँ।

'मुझे दो-एक बातों के बारे में कुछ कहना है, लेकिन आज नहीं। अगर हम दोनों की फिर मुलाक़ात हुई तो मैं कहूँगा।'

इसके बाद वह वाइसराय के अध्ययन-कक्ष से उठकर चले गये।

वाइसराय-भवन के लम्बे बरामदों में अँधेरा और सन्नाटा था। बस कभी-कभार सफ़ेद वर्दी पहने हुए कोई नौकर किसी भूत की तरह तेज़ी से निकल जाता था। लेकिन माउंटबैटेन के अध्ययन-कक्ष में बत्तियाँ अभी तक जल रही थीं। इस समय वहाँ आज के थका देने वाले दिन की आख़िरी मुलाक़ात चल रही थी। माउंटबैटेन ने अपने मेहमान को बड़े अविश्वास के साथ देखा, जैसे उसके विचित्र आचरण का कारण उनकी समझ में न आ रहा हो। काँग्रेस ने समय की सीमा के अन्दर ही यह सूचना भिजवा दी थी कि वह उनकी योजना को मान लेने को तैयार है। सिखों ने भी यही कहा था। लेकिन जिस आदमी को सन्तुष्ट करने के लिए यह योजना बनायी गयी थी, जिस आदमी की हठधर्मी और अड़ियलपन की वजह से भारत पर बँटवारे का फ़ैसला ज़बर्दस्ती थोपा गया था, वह अब टाल-मटोल कर रहा था। एक तरह से आज जिन्ना का भी मौन का दिन था। बरसों से जिन्ना जिन बातों के लिए कोशिश करते आये थे वे सारी वहाँ मौजूद थीं, बस उन्हें स्वीकार करना था। न जाने क्यों जिन्ना 'हाँ' कहने से आनाकानी कर रहे थे; शायद इस शब्द को कभी न बोलने का उन्होंने अपना पेशा बना लिया था।

बहुमूल्य होल्डर में लगी हुई क्रेवेन-ए सिगरेट का लम्बा कश खींचते हुए जिन्ना इसी बात पर अड़े हुए थे कि जब तक वह माउंटबैटेन की योजना को मुसलिम लीग की कौंसिल के सामने न रखें तब तक वह उस पर लीग की प्रतिक्रिया नहीं बता सकते। उन्हें कौंसिल के मेम्बरों को दिल्ली बुलाने के लिए कम-से-कम एक हफ़्ते का वक़्त चाहिए था।

जिन्ना से निबटने में माउंटबैटेन के मन में जितनी खीझ पैदा हुई थी वह सब इस समय उमड़ आयी। बात कुछ उनकी समझ में नहीं आ

रही थी। जिन्ना को उनका कमबख़्त पाकिस्तान मिल गया था। सिखों तक ने उसे अनमनेपन से स्वीकार कर लिया था। जो पाने के लिए वह अब तक दाव लगाते आये थे वह उन्हें मिल गया था और अब ऐन वक़्त पर वह सारा बना-बनाया खेल बिगाड़ देने की कोशिश कर रहे थे। केवल एक शब्द 'हाँ' कहने में अपनी बेहद असमर्थता की वजह से वह सारे ढाँचे को गिरा देना चाहते थे।

माउंटबैटेन भी उनकी स्वीकृति ले लेने की ठान चुके थे। एटली प्रतीक्षा कर रहे थे—उन्हें 24 घण्टे से भी कम के अन्दर अपनी ऐतिहासिक घोषणा करनी थी। माउंटबैटेन एटली और उनकी सरकार को वचन दे चुके थे कि उनकी यह योजना सफल होगी; अब उसे अचानक तोड़ने-मरोड़ने की ज़रूरत नहीं होगी जैसी कि शिमला में नेहरू की वजह से हुई थी। इस बार वे पूरे भरोसे के साथ कह सकते थे कि उन्होंने एक ऐसी योजना को अपनी मंज़ूरी दी थी जिसे सभी भारतीय नेता स्वीकार कर लेंगे। वह बड़ी मुश्किल से काँग्रेस के नेताओं को समझा-बुझाकर यहाँ तक ले आये थे कि बँटवारे को मान लेने को तैयार हो जायें। गांधी तक ने कुछ समय के लिए इस स्थिति को स्वीकार कर लिया था कि उनसे सलाह किये बिना फ़ैसला कर लिया जाये। अगर आख़िरी वक़्त कोई हिचक पैदा हो जाती, उन्हें ज़रा-सा भी शक हो जाता कि जिन्ना कोई और रियासत हासिल करने के लिए जोड़-तोड़ कर रहे हैं तो इतनी मेहनत और सावधानी से बनाया गया यह पूरा ढाँचा बिखर जाता।

'मिस्टर जिन्ना,' माउंटबैटेन ने कहा, 'अगर आप समझते हैं कि जब तक आप अपने लोगों को दिल्ली बुलायें तब तक मैं बात यहीं रोके रख सकूँगा, तो यह आपका दीवानापन है। आप जानते हैं कि सारा मामला इतना लम्बा खिंच चुका है कि हमारे सब्र का प्याला अब छलकने वाला है।

'आपको आपका पाकिस्तान मिल गया है। एक वक़्त ऐसा भी था कि दुनिया में कोई नहीं समझता था कि वह आपको मिल सकेगा। मैं जानता हूँ कि आप उसे कटा-फटा, दीमक का खाया हुआ कहते हैं, लेकिन है तो पाकिस्तान। अब सारा दारोमदार इस पर है कि कल आप भी सबके साथ इसे मानने के लिए राज़ी हो जायें। काँग्रेस ने इसे इस शर्त पर माना है कि आप भी राज़ी हो जायेंगे। अगर उन्हें शक हो गया कि आप उन्हें नीचा दिखाने के लिए टालमटोल कर रहे हैं तो वे अपनी मंज़ूरी वापस ले लेंगे और बड़ी छीछालेदर मचेगी।'

'नहीं, नहीं,' जिन्ना यही रट लगाये रहे कि हर काम बाक़ायदा क़ानूनी ढंग से होना चाहिए। उन्होंने कहा, 'मैं अकेला तो मुसलिम लीग

हूँ नहीं।'

'मिस्टर जिन्ना, छोड़िये भी इन बातों को,' माउंटबैटेन ने अपनी बढ़ती हुई निराशा के बावजूद बड़े शान्त भाव से कहा, 'मुझे यह समझाने की कोशिश न कीजिये। आप बाक़ी सारी दुनिया से यह कह सकते हैं, लेकिन आप अपने को बहलाने की कोशिश न कीजिये कि जैसे मुझे यह मालूम नहीं है कि आपकी मुसलिम लीग में क्या होता है और किसकी क्या हैसियत है!'

जिन्ना ने फिर बात टालने की कोशिश की कि हर काम ठीक ढंग से होना चाहिए।

'मिस्टर जिन्ना,' माउंटबैटेन ने कहा, 'मैं आपको एक बात बता देना चाहता हूँ। मैं आपको अपनी ही योजना को खुद बरबाद नहीं करने दूँगा। मैं आपको उस हल को ठुकराने नहीं दूंगा जिसके लिए आपने इतनी मेहनत की है। आपकी तरफ़ से मैं मंजूर कर लूँगा।'

'कल मीटिंग में,' माउंटबैटेन कहते रहे, 'मैं कहूँगा कि मुझे काँग्रेस का जवाब मिल गया है; उन्होंने कुछ शंकाएँ उठायी हैं जिन्हें मैं दूर कर दूँगा और उन्होंने यह बात मान भी ली है। सिख भी मान गये हैं।

'उसके बाद मैं कहूँगा कि कल रात जिन्ना साहब के साथ बड़ी देर तक बहुत दोस्ताना ढंग से मेरी बातचीत हुई और हमने विस्तारपूर्वक योजना पर विचार किया और जिन्ना साहब ने मुझे निजी तौर पर यक़ीन दिलाया है कि वह इस योजना से सहमत हैं।

'उस वक़्त, मिस्टर जिन्ना,' माउंटबैटेन अपनी बात कहते रहे, 'मैं आपकी तरफ़ मुड़कर देखूँगा। मैं यह नहीं चाहता कि आप कुछ बोलें। मैं नहीं चाहता कि काँग्रेस आपको खुलेआम कुछ कहने पर मजबूर करे। मैं आपसे बस एक बात चाहता हूँ। मैं चाहता हूँ कि आप अपना सिर हिला दें, जिससे यह ज़ाहिर हो कि आप मुझसे सहमत हैं।

'अगर आपने अपना सिर नहीं हिलाया, मिस्टर जिन्ना,' माउंटबैटेन ने बात ख़त्म करते हुए कहा, 'तो फिर समझ लीजिये कि मैं आपके लिए कुछ नहीं कर पाऊँगा, आपका सारा बना-बनाया खेल बिगड़ जायेगा। सब-कुछ ढह जायेगा। मैं धमकी नहीं दे रहा हूँ। मैं सिर्फ़ आपको पहले से बताये दे रहा हूँ कि क्या होने वाला है। अगर आपने उस वक़्त सिर नहीं हिलाया तो फिर मेरा यहाँ कोई काम नहीं रह जायेगा, आपका पाकिस्तान आपसे छिन जायेगा, और जहाँ तक मेरा सवाल है आप भाड़ में जायें, मुझे कोई परवाह नहीं है।'

भारत के बँटवारे की माउंटबैटेन-योजना के लिए भारतीय नेताओं की औपचारिक स्वीकृति प्राप्त करने के लिए हुई मीटिंग ठीक उसी तरह शुरू हुई जैसे माउंटबैटेन ने कहा था। एक बार फिर बोलने का सारा ज़िम्मा खुद लेकर और एक तरह से उनकी ओर से बोलते हुए, वाइसराय ने इन नेताओं को चुप रहने पर मजबूर कर दिया जिसके वे आदी नहीं थे। उन्होंने कहा कि उनकी उम्मीद के मुताबिक़ सभी पार्टियों को योजना के बारे में बहुत गहरे शक थे और उन्होंने इस बात के लिए उनका आभार माना कि उन्होंने अपने ये शक उन्हें बताये। फिर भी कांग्रेस ने अपनी मंजूरी दे दी है। सिखों ने भी हामी भर ली है। फिर उन्होंने कहा कि कल रात जिन्ना साहब के साथ बहुत देर तक उनकी दोस्ताना ढंग से बातचीत हुई और उन्होंने यक़ीन दिलाया है कि वह उसे मान लेने को तैयार हैं।

ये शब्द कहते-कहते माउंगबैटेन अपनी दाहिनी ओर बैठे हुए जिन्ना साहब की ओर मुड़े। उस क्षण माउंटबैटेन को कुछ भी पता नहीं था कि वह मुसलिम नेता क्या करने वाला है। उस क्षण को याद करके वह कहते थे कि 'वह उनके जीवन का सबसे रोमांचकारी क्षण था।' युगों जैसे लम्बे एक सेकेंड तक वह जिन्ना के भावहीन निरीह चेहरे को घूरते रहे। फिर जिन्ना ने बड़ी आनाकानी के साथ बहुत धीरे से सिर हिलाकर अपनी सहमति प्रकट की। उनकी ठोढ़ी मुश्किल से आधा इंच नीचे की ओर झुकी होगी, जिससे कम में शायद उनकी सहमति को कोई देख भी न पाता।

इस हलकी-सी जुम्बिश से, जिसे लोग शायद ही देख पाये होंगे, साढ़े चार करोड़ लोगों के एक नये राष्ट्र को अन्तिम स्वीकृति मिल गयी। उसकी शकल कितनी ही बिगड़ी हुई क्यों न हो, उसके जन्म में कितनी ही कठिनाइयों का सामना क्यों न करना पड़े, लेकिन पाकिस्तान का 'असम्भव सपना' आख़िरकार पूरा होने वाला था। माउंटबैटेन को आगे बढ़ने के लिए काफ़ी सहमति मिल गयी थी। इससे पहले कि उन सात नेताओं में से कोई भी किसी शक या शुबहे की बात कह पाता, माउंटबैटेन ने एलान कर दिया कि अब से उनकी यही योजना भारतीय समस्या को हल करने का आधार होगी।

गांधी को इस फ़ैसले की ख़बर तब मिली जब वह शाम को टहलने के बाद गरम पानी में अपने पाँव सेंक रहे थे। जिस समय उनकी एक शिष्या पत्थर की बटिया से उनके पाँवों की मालिश कर रही थी, एक दूसरी

शिष्या ने आकर उन्हें नेताओं के साथ वाइसराय की दूसरी मुलाक़ात का ब्योरा सुनाया। उसकी बातें सुनते समय गांधी के व्यथित चेहरे पर उदासी के बादल छा गये। जब उसने अपनी बात पूरी कर ली तो गांधी ने आह भरकर कहा, 'भगवान उनकी रक्षा करे और उन्हें सद्बुद्धि दे!'

3 जून 1947 की उस शाम को सात बजने के थोड़ी ही देर बाद चार सबसे प्रमुख नेताओं ने इस उप-महाद्वीप को दो अलग सार्वभौम राष्ट्रों में बाँट देने पर अपनी सहमति का औपचारिक रूप से एलान कर दिया।

पद की गरिमा के अनुसार सबसे पहले माउंटबैटेन बोले। उनके शब्दों में आत्म-विश्वास था, उनका भाषण छोटा था और उनका स्वर बहुत शान्त। उनके बाद नेहरू हिन्दी में बोले। जिस समय उन्होंने अपने श्रोताओं को बताया कि 'पीड़ा और यातना के बीच भारत के महान भविष्य' का निर्माण हो रहा है, उस समय उनके चेहरे पर उदासी छा गयी। अपनी भावनाओं को वश में रखते हुए उन्होंने उस योजना के स्वीकार कर लिये जाने का अनुरोध किया जिससे निजी तौर पर उनका मन बहुत व्यथित था, और अन्त में उन्होंने कहा कि 'आपसे इन सुझावों को मान लेने का अनुरोध करते हुए मुझे कोई ख़ुशी नहीं हो रही है।'

इसके बाद जिन्ना की बारी आयी। उनकी सफलता कितनी बड़ी और साथ ही कितनी बेतुकी थी, इसका उनके उस भाषण से अच्छा कोई दूसरा सबूत नहीं मिल सकता था। मुहम्मद अली जिन्ना अपने सुनने वालों के सामने ऐसी भाषा में, जो उनकी समझ में आ सके, इस ख़बर का एलान नहीं कर सकते थे कि उन्होंने उनके लिए एक नया राज्य हासिल कर लिया है। उन्हें भारतीय मुसलमानों को अँग्रेज़ी में इस 'ऐतिहासिक फ़ैसले' की सूचना देनी पड़ी कि इस उप-महाद्वीप में एक इसलामी राज्य बनेगा और उन्होंने अपना भाषण 'पाकिस्तान ज़िन्दाबाद' के नारे से समाप्त किया। इसके बाद रेडियो के एक एनाउंसर ने उनका भाषण उर्दू में पढ़ा।

जिस दिन नेताओं ने वाइसराय की योजना को स्वीकार कर लिया उसके दूसरे दिन अहिंसा के पैग़म्बर को अपनी वाणी फिर मिल गयी। उनके मौन के दिन के कारण माउंटबैटेन को साँस लेने का जो थोड़ा-सा समय मिल गया था वह अब समाप्त हो चुका था। 4 जून को दोपहर के थोड़ी ही देर बाद माउंटबैटेन को एक ज़रूरी सन्देश मिला कि गांधी काँग्रेस के नेताओं से नाता तोड़कर उसी दिन शाम को अपनी प्रार्थना-सभा में उनकी

योजना की निन्दा करने वाले हैं। माउंटबैटेन ने फ़ौरन गांधी के पास अपना एक दूत भिजवाकर उनसे आकर मिलने का अनुरोध किया।

गांधी ने शाम को 6 बजे वाइसराय के अध्ययन-कक्ष में प्रवेश किया। उनकी प्रार्थना-सभा सात बजे थी। माउंटबैटेन के पास तबाही को रोकने के लिए एक घण्टे से भी कम समय था। माउंटबैटेन देखते ही समझ गये कि गांधी कितने परेशान हैं। आराम-कुर्सी पर 'टूटे हुए पंख वाली चिड़िया की तरह' बैठे हुए गांधी बार-बार अपना हाथ उठाकर बेहद धीमे स्वर में जो सुनायी भी मुश्किल से देता था यही कह रहे थे, 'बहुत भयानक है, बहुत भयानक है।'

माउंटबैटेन जानते थे कि इस मनोदशा में गांधी कुछ भी कर सकते थे। अगर गांधी ने खुलेआम उनकी योजना की निन्दा कर दी तो तबाही मच जायेगी। नेहरू, पटेल और दूसरे नेताओं को मजबूर होकर या तो गांधी से अपना नाता तोड़ना पड़ेगा या फिर जो समझौता उन लोगों ने माउंटबैटेन के साथ किया था उसे रद्द करना पड़ेगा। माउंटबैटेन ने भी क़सम खा ली थी कि उनका दिमाग़ जितनी भी दलीलें सोच सकता था, उन सबको वह इस्तेमाल करेंगे। माउंटबैटेन ने गांधी से पहले तो यह कहा कि उन्होंने (गांधी ने) भारत की एकता के लिए अपने जीवन-भर काम किया, अब उस एकता को इस योजना से नष्ट होते देखकर उनके मन में जो भावनाएँ पैदा हुई होंगी उन्हें वह अच्छी तरह समझते थे, क्योंकि वैसी ही भावनाएँ स्वयं उनके मन में भी थीं।

बोलते-बोलते अचानक माउंटबैटेन के मन में एक प्रेरणा उत्पन्न हुई। उन्होंने कहा कि अख़बारों ने इस योजना को 'माउंटबैटेन-योजना' का नाम दिया है, लेकिन उन्हें उसे 'गांधी-योजना' कहना चाहिए था। माउंटबैटेन ने कहा कि उस योजना के सभी मुख्य तत्व गांधी ने ही उन्हें सुझाये थे। गांधी परेशान होकर उन्हें देखते रहे।

माउंटबैटेने ने अपनी बात जारी रखते हुए कहा कि गांधी ने ही तो उनसे कहा था कि फ़ैसला हिन्दुस्तानियों पर छोड़ दिया जाये और योजना में यही किया गया है। जनता के वोट से चुनी गयी प्रांतीय विधानसभाएँ भारत के भविष्य का फ़ैसला करेंगी। हर प्रांत की विधानसभा वोट लेकर यह तय करेगी कि वह भारत में रहना चाहती है या पाकिस्तान में। गांधी ने ही तो अँग्रेज़ों से कहा था कि वे जल्दी-से-जल्दी भारत छोड़ दें। सो 'डोमिनियन स्टेट्स' से उनकी यह इच्छा भी पूरी हो जायेगी।

'अगर कोई ऐसा चमत्कार हो जाये कि विधानसभाएँ एकता के पक्ष में वोट दे दें,' माउंटबैटेन ने गांधी को समझाया, 'तो आप जो चाहते हैं

वह आपको मिल जायेगा। अगर वे इसके लिए राज़ी न हों तो आप यह तो नहीं चाहेंगे कि हम हथियारों के बल पर उनके फ़ैसले का विरोध करें।'

तर्क देकर, पैरवी करके, अपने व्यक्तित्व का सारा माधुर्य और आकर्षण इस्तेमाल करके माउंटबैटेन ने अपनी बात गांधी के सामने रखी। गांधी देश के बँटवारे के विरोधी थे, पर वाइसराय की ज़ोरदार पैरवी ने उन्हें विचलित कर दिया था। लगभग 78 वर्ष की उम्र में गांधी को 30 साल में पहली बार भारतीय जनता पर अपने प्रभाव के बारे में कुछ संशय-सा होने लगा; अपनी पार्टी के नेताओं से भी उनकी पटरी नहीं बैठती थी। निराशा और संशय के इस वातावरण में वह अपनी अन्तरात्मा में कोई हल खोज रहे थे, वह यही राह देख रहे थे कि उनकी अन्तरात्मा, जिसने उनके जीवन के कितने ही गम्भीर संकटों में उन्हें मार्ग दिखाया था, शायद उनके कान में कुछ कह दे। लेकिन उस दिन, जून की उस शाम को, अन्तरात्मा की वह आवाज़ चुप थी और गांधी संशयों में घिरे थे। उनकी समझ में नहीं आ रहा था कि अपने मन की बात मानकर बँटवारे की निन्दा करें और देश में हिंसा और अराजकता फैल जाने दें, या वाइसराय के इस आग्रहपूर्ण अनुरोध को मान लें ?

माउंटबैटेन अभी अपनी बात पूरी भी नहीं कर पाये थे कि गांधी के जाने का समय आ गया। उन्होंने माउंटबैटेन से जाने की इजाज़त माँगते हुए कहा कि वह कभी प्रार्थना-सभा में देर से नहीं पहुँचते।

कोई घण्टे-भर बाद गांधी हरिजन बस्ती के बीच की खुली जगह में एक मंच पर पालथी मारकर बैठे हुए अपना फ़ैसला सुना रहे थे। उनके सामने बैठे हुए लोगों में से बहुत-से प्रार्थना सुनने नहीं बल्कि अहिंसा के पुजारी के मुँह से माउंटबैटेन-योजना पर भरपूर हमला करने की ललकार सुनने आये थे। लेकिन उस शाम इस तरह की कोई ललकार उस आदमी के मुँह से सुनायी नहीं दी, जो कितनी ही बार यह वचन दे चुका था कि देश के बँटवारे को मानने से पहले वह स्वयं अपने शरीर के दो टुकड़े करवा देगा।

उन्होंने कहा, बँटवारे के लिए वाइसराय को दोष देने से कोई फ़ायदा नहीं है। अपने-आपको देखिये, अपने मन को टटोलिये तब आपको मालूम होगा कि जो कुछ हुआ है उसका कारण क्या है। माउंटबैटेन ने समझा-बुझाकर दूसरों से अपनी बात मनवा लेने की कला के बल पर वाइसराय की हैसियत से अपनी अन्तिम और सबसे बड़ी सफलता प्राप्त कर ली थी।

गांधी की इस चुप्पी के लिए बहुत-से हिन्दुस्तानियों ने उन्हें कभी माफ़ नहीं किया और उस दुबले-पतले बूढ़े को, जिसका हृदय अभी तक भारत के

बँटवारे की बात सोचकर रो उठता था, एक दिन इन लोगों के क्षोभ की क़ीमत अपने प्राण देकर चुकानी पड़ी।

भारत के ब्रिटिश साम्राज्य के इतिहास में दूसरी और अन्तिम बार कोई वाइसराय प्रेस-कान्फ्रेंस में बोल रहा था। माउंटबैटेन भारतीय पत्रकारों को और सारी दुनिया के पत्रकारों को उस जटिल योजना का ब्योरा बता रहे थे जिसने हमारे इस ग्रह पर एक नये राष्ट्र-समूह को, तीसरे विश्व को जन्म दिया। रूस, अमेरिका, चीन और यूरोप के संवाददाता भारत के अख़बारों के प्रतिनिधियों के साथ बैठे बड़े ध्यान से वाइसराय का भाषण सुन रहे थे।

माउंटबैटेन के लिए यह भारत में अपने कार्यकाल का सबसे गौरव-शाली क्षण था। दो महीनों से भी कम में उन्होंने असम्भव को सम्भव कर दिखाया था। उन्होंने जब अपना भाषण समाप्त किया तो हॉल तालियों से गूँज उठा। इसके बाद उन्होंने बिना किसी संकोच के लोगों से प्रश्न पूछने को कहा।

जब सवालों की बौछार का लम्बा सिलसिला ख़त्म होने लगा तो किसी गुमनाम भारतीय संवाददाता की आवाज़ हॉल को पार करके उनके पास तक पहुँची। वह आख़िरी सवाल था जिसका अभी तक कोई उत्तर नहीं दिया गया था। माउंटबैटेन को छः महीने पहले जिस वर्ग-पहेली को हल करने की ज़िम्मेदारी सौंपी गयी थी उसमें अब यही एक ख़ाना भरने को रह गया था।

'सर,' उस आवाज़ ने पूछा था, 'अगर सभी लोग इस बात को मानते हैं कि इस वक्त और सत्ता सौंपे जाने के बीच ज़्यादा-से-ज़्यादा तेज़ी से काम करना ज़रूरी है, तो आपने इसके लिए कोई तारीख़ भी ज़रूर सोच रखी होगी?'

'जी हाँ, यक़ीनन,' माउंटबैटेन ने जवाब दिया।

'और अगर आपने तारीख़ तय कर ही ली है तो वह तारीख़ क्या है?' सवाल पूछने वाले ने और कुरेदा।

वाइसराय सवाल के सुनते समय अपने दिमाग़ में बड़ी तेज़ी से हिसाब लगा रहे थे। दरअसल उन्होंने कोई तारीख़ तय नहीं की थी। लेकिन उन्हें इतना ज़रूर मालूम था कि यह काम जल्द ही हो जाना चाहिए।

उन्होंने खचाखच भरे हुए सभा-भवन को बड़े ध्यान से देखा। कमरे में उत्सुकता भरी ख़ामोशी छायी हुई थी; बस ऊपर छत पर चलते हुए बिजली के पंखों की आवाज़ उसे भंग कर रही थी। बाद में इस घटना को

याद करके उन्होंने बताया, 'मैं यह ठान चुका था कि मैं यह साबित कर दूंगा कि सब-कुछ मेरा ही किया-धरा है।'

'जी हाँ,' उन्होंने कहा, 'मैंने सत्ता सौंप देने की तारीख़ तय कर ली है।'

जिस समय वह यह बात कह रहे थे उस समय भी बहुत-सी तारीखें उनके दिमाग़ में तेज़ी से चक्कर काट रही थीं। सितम्बर के शुरू में? सितम्बर के बीच में? अगस्त के बीच में? अचानक ऐसा लगा कि जुआ खेलने की मेज़ पर तेज़ी से घूमती हुई सुई एक जगह आकर रुक गयी और गोली एक ख़ाने में जाकर इस तरह से टिक गयी कि माउंटबैटेन ने उसी क्षण फ़ैसला कर लिया। इस तारीख़ के साथ उनके अपने जीवन की सबसे गौरवशाली विजय की याद जुड़ी हुई थी। बर्मा के जंगलों में लम्बी लड़ाई इसी दिन समाप्त हुई थी और जापानी साम्राज्य ने बिना किसी शर्त के आत्म-समर्पण कर दिया था। नये लोकतांत्रिक एशिया के जन्म के लिए जापान के आत्म-समर्पण की दूसरी वर्षगाँठ से अच्छी तारीख़ और क्या हो सकती थी?

माउंटबैटेन की आवाज़ अचानक भावनाओं के आवेश से रुँध गयी। उन्होंने एलान कर दिया: 'भारतीय हाथों में सत्ता अन्तिम रूप से 15 अगस्त 1947 को सौंपी जायेगी।' बर्मा के जंगलों का विजेता भारत का मुक्तिदाता बनने वाला था।

भारत की आज़ादी की तारीख़ का अचानक अपनी मर्ज़ी से एलान करके माउंटबैटेन ने जैसे एक विस्फोट कर दिया। हाउस ऑफ़ कॉमंस में, प्रधानमन्त्री के निवास-स्थान डाउनिंग स्ट्रीट में, बकिंघम पैलेस में किसी ने सोचा भी नहीं था कि माउंटबैटेन भारत में ब्रिटेन के घटनामय इतिहास पर इस तरह अचानक परदा गिरा देंगे। दिल्ली में भी वाइसराय के निकटतम सहयोगियों तक को कुछ पता नहीं था कि माउंटबैटेन क्या करने वाले हैं। उन भारतीय नेताओं को भी, जिनके साथ उन्होंने इतने घण्टे बिताये थे, इस बात का कोई संकेत नहीं मिला था कि वह इतनी जल्दबाज़ी से काम लेंगे।

लेकिन माउंटबैटेन ने एक अक्षम्य अपराध यह किया था कि उन्होंने भारत के ज्योतिषियों से पूछे बिना ही तारीख़ चुनकर उसका एलान भी कर दिया था। 1947 में 15 अगस्त को शुक्रवार पड़ने वाला था और शुक्रवार का दिन अशुभ होता है।

जैसे ही रेडियो पर माउंटबैटेन की तय की हुई तारीख़ का एलान हुआ, सारे हिन्दुस्तान में ज्योतिषी अपने पंचांग खोलकर बैठ गये। पवित्र नगरी काशी के ज्योतिषियों ने और दक्षिण के ज्योतिषियों ने फ़ौरन एलान

कर दिया कि 15 अगस्त का दिन इतना अशुभ है कि 'भारत के लिए अच्छा यही होगा कि हमेशा के लिए नरक की यातनाएँ भोगने के बजाय वह एक दिन के लिए अँग्रेज़ों का शासन और सहन कर ले।'

कलकत्ता में स्वामी मदनानन्द ने इस तारीख़ की घोषणा सुनते ही अपना नवांश निकाला और ग्रहों, नक्षत्रों तथा राशियों की स्थिति देखते ही वह चीख पड़े : 'क्या अनर्थ किया है इन लोगों ने ? कैसा अनर्थ किया है इन लोगों ने !'

उन्होंने फ़ौरन माउंटबैटेन को एक पत्र लिखा : 'भगवान के लिए भारत को 15 अगस्त को स्वतन्त्रता न दीजिये। अगर इसके बाद बाढ़ तथा अकाल का प्रकोप और नर-संहार हुआ तो इसका कारण केवल यह होगा कि स्वतन्त्र भारत का जन्म एक अशुभ दिन हुआ था।'

9
सबसे टेढ़ा सम्बन्ध-विच्छेद

नयी दिल्ली, जून 1947

पहले कभी इस तरह की कोई कोशिश भी नहीं की गयी थी। रास्ता दिखाने के लिए न तो पहले की कोई मिसाल थी, न किसी ने गहरी समझ-बूझ के साथ कुछ बताया था, जिसके सहारे इतिहास के इस सबसे बड़े, सबसे जटिल सम्बन्ध-विच्छेद को व्यवस्थित ढंग से सम्पन्न किया जा सकता; 40 करोड़ इंसानों का परिवार टूटने जा रहा था और उसके साथ ही कई शताब्दियों तक धरती के एक ही टुकड़े पर रहकर उन्होंने जो कुछ जुटाया था, उनके पास घर का जो भी सामान था वह सब बँटने जा रहा था।

15 अगस्त में अभी 73 दिन बाक़ी थे और इतने ही दिन के अन्दर सम्बन्ध-विच्छेद के सारे काग़ज़ात तैयार कर लिये जाने थे। इसका पक्का प्रबन्ध करने के लिए कि सभी सम्बन्धित लोग पूरी लगन के साथ काम में जुटे रहें, माउंटबैटेन ने हर दिन के काम का एक कैलेंडर बनवाकर दिल्ली के हर दफ़्तर में लगवा दिया था। जैसे किसी भयानक विस्फोट से पहले उलटी गिनती गिनकर बीतते हुए सेकेंड की सूचना दी जाती है, उसी तरह इस कैलेंडर के हर पन्ने के बीच में एक बड़े-से लाल चौखटे में बड़े-बड़े अंकों में लिखा रहता था कि 15 अगस्त के लिए कितने दिन रह गये हैं।

भारत के इस सम्बन्ध-विच्छेद के साथ बेहद लम्बी-चौड़ी फ़ेहरिस्त तैयार करके जायदाद के बँटवारे के बारे में समझौते की शर्तें तैयार करने की ज़िम्मेदारी आखिरकार दो आदमियों को सौंपी गयी, जो एक तरह

से तलाक़ के मुक़दमे में दोनों पक्षों के वकीलों की हैसियत रखते थे। दोनों ही बहुत अनुभवी सरकारी अफ़सर थे; वे भारत में अँग्रेज़ों के एक शताब्दी के शासन की अगर सबसे अच्छी नहीं तो हरी-भरी पैदावार ज़रूर थे।

दोनों एक जैसे सरकारी बँगलों में रहते थे। दोनों के दफ़्तरों में कुछ ही दरवाज़ों की दूरी थी। दोनों लड़ाई से पहले की एक जैसी शेवरलेट मोटरों पर अपने-अपने दफ़्तर आते थे। दोनों को एक जैसी तनख्वाह मिलती थी और दोनों पाबन्दी के साथ प्रॉविडेंट फ़ंड में एक-दूसरे के बराबर ही रक़म कटवाते थे। उनमें से एक हिन्दू था और दूसरा मुसलमान।

जून से अगस्त तक रोज़ चौधरी मुहम्मद अली, जो मुसलमान थे, और एच० एम० पटेल, जो हिन्दू थे, अपने देशवासियों के माल-असबाब और बरतन-भाँडों के बँटवारे का हिसाब लगाने में जूझते रहते। उनके पास रास्ता दिखाने के लिए अँग्रेज़ों के सिखाये हुए सोचने के ढंग और दफ़्तर के काम-काज के क़ायदे-क़ानूनों और लाल फ़ीते से मज़बूती से बँधी हुई फ़ाइलों के ढेरों के अलावा कुछ न होता था। सबसे बड़ा व्यंग्य तो यह था कि उन्होंने हिन्दुस्तान के हिस्से-बखरे करने का यह सारा काम अपने पुराने औपनिवेशिक मालिकों की भाषा अँग्रेज़ी में किया। बीसियों छोटी-बड़ी कमेटियों में काम कर रहे सैकड़ों सरकारी अफ़सर उनके पास अपनी रिपोर्टें भेजते थे। फिर ये दोनों उनके आधार पर अपनी सिफ़ारिशें तैयार करके बँटवारा-कौंसिल के पास भेजते थे जिसके अध्यक्ष वाइसराय थे।

शुरू में ही कांग्रेस ने सबसे बहुमूल्य सम्पत्ति अपने हिस्से में माँगी—इस देश का नाम 'भारत'। इस सुझाव को अस्वीकार करते हुए कि वे अपने नये राज्य का नाम 'हिन्दुस्तान' रख लें, कांग्रेस ने इस बात पर आग्रह किया कि पाकिस्तान चूँकि भारत से अलग होकर जा रहा है इसलिए देश के नाम भारत और संयुक्त राष्ट्रसंघ जैसी संस्थाओं में भारत की अपनी हैसियत के हक़दार वे ही हैं।

जैसा कि तलाक़ के ज़्यादातर मामलों में होता है, दोनों पक्षों के बीच सबसे ज़्यादा तू-तू, मैं-मैं पैसे के सवाल को लेकर हुई। सबसे बड़ी रक़म उस क़र्ज़ की थी जो अँग्रेज़ों के ज़िम्मे बाक़ी था। अँग्रेज़ों पर बीसियों साल से भारत का ख़ून चूसने का आरोप लगाया जाता रहा था, लेकिन भारत में अपना फैला हुआ कारोबार समेटते समय उन पर पाँच अरब डालर उन लोगों के बाक़ी थे जो उनके शोषण का शिकार रहे थे। उन पर इतना बड़ा क़र्ज़ लड़ाई के दौरान चढ़ गया था; एक तरह से यह वह

क़ीमत थी जो अँग्रेज़ों को अपनी उस विजय के लिए चुकानी पड़ रही थी जिसने उन्हें दिवालिया बना दिया था और जिसने उस ऐतिहासिक घटना-क्रम को जो अब शुरू हो रहा था इतना निकट ला दिया था।

इसके अलावा नक़द रक़म का भी बँटवारा करना था। सरकारी बैंकों में जो नक़द पैसा था, रिज़र्व बैंक के तहख़ानों में सोने की जो ईंटें थीं—उन सबका बँटवारा होना था; एक-एक मैले फटे हुए नोट का, देश के सुदूरतम कोनों में, नागा आदिवासियों के इलाक़े में छोटे-से बँगले में डिप्टी-कमिश्नर की सन्दूकची में रखे हुए मैले-कुचैले डाक के एक-एक टिकट का बँटवारा होना था।

यह समस्या इतनी उलझी हुई थी कि आख़िरकार इसे हल करने के लिए एच० एम० पटेल और मुहम्मद अली को सरदार पटेल के घर के एक कमरे में बन्द कर दिया गया और उनसे कह दिया गया कि जब तक वे किसी समझौते पर नहीं पहुँच जायेंगे तब तक उन्हें वहीं रहना पड़ेगा। लाहौर के बाज़ार में मोल-तोल करने वाले ख़ोमचे वालों की तरह कई दिन तक सौदेबाज़ी करने के बाद वे इस नतीजे पर पहुँचे क़ि बैंकों में मौजूद नक़द रक़म व अँग्रेज़ों से मिलने वाले पौंड-पावने का 17.5 प्रतिशत पाकिस्तान को मिलेगा और भारत के क़र्ज़ का 17.5 प्रतिशत पाकिस्तान अदा करेगा।

दोनों ने यह भी सिफ़ारिश की कि भारत के विशाल प्रशासन-तन्त्र की चल-सम्पत्ति का 80 प्रतिशत भारत को मिले और 20 प्रतिशत पाकिस्तान को। हिन्दुस्तान के हर हिस्से में सरकारी दफ़्तरों में मेज़-कुर्सियाँ, झाड़ूएँ और टाइपराइटर गिने जाने लगे। इस हिसाब-किताब के दौरान कुछ ऐसी बातों का पता चला जिन पर सचमुच रोना आता था। मिसाल के तौर पर, पता यह चला कि इस पृथ्वी के सबसे अधिक अकाल-पीड़ित देश के कृषि और खाद्य विभाग के पास कुल मिलाकर क्लर्कों के बैठने की 425 मेज़ें, 85 बड़ी मेज़ें, अफ़सरों की 85 कुर्सियाँ, 850 सादी कुर्सियाँ, हैट टाँगने के 50 खूँटी-स्टैंड, आईना लगे हुए 6 खूँटी-स्टैंड, किताबें रखने की 130 अलमारियाँ, लोहे की 4 तिजोरियाँ, 20 टेबल-लैम्प, 170 टाइपराइटर, 120 पंखे, 120 घड़ियाँ, 110 साइकिलें, 600 क़लमदान, दफ़्तर की 3 मोटरें, 2 सोफ़ा-सेट और 40 क़मोड थे।

सामान के बँटवारे पर बहस ही नहीं बल्कि लड़ाइयाँ भी हुईं। विभागों के बड़े अफ़सरों ने अपने सबसे अच्छे टाइपराइटर छुपा देने की, या दूसरे पक्ष के हिस्से में आने वाली नयी मेज़-कुर्सियों की जगह पुरानी टूटी हुई मेज़-कुर्सियाँ लगा देने की कोशिश की। कुछ दफ़्तर तो बिलकुल

कबाड़ी बाज़ार बन गये जहाँ लाखों लोगों की क़िस्मत का फ़ैसला करने वाले बड़े-बड़े सफ़ेदपोश इज़्ज़तदार ज्वाइंट-सेक्रेटरी एक क़लमदान के बदले पानी के जग की, हैट टाँगने के खूँटी-स्टैंड के बदले छतरी रखने के स्टैंड की, 125 पिन-कुशन के बदले एक कमोड की अदला-बदली कर रहे थे। सरकारी मेहमानख़ानों में खाने के बरतनों, छुरी-काँटों और दीवार पर लगी हुई तसवीरों के बँटवारे पर खूब जूतमपैज़ार हुई। लेकिन एक चीज़ पर कभी बहस नहीं होती थी। जितनी शराब होती वह हिन्दू भारत को मिल जाती थी उसके बदले में मुसलिम पाकिस्तान के हिसाब में कुछ रक़म डाल दी जाती थी।

इन बँटवारों में लोग जिस कमीनेपन और टुच्चेपन का सबूत देते थे उसे देखकर हैरत होती थी। लाहौर के सुपरिंटेंडेंट-पुलिस पैट्रिक रिच ने अपना सारा सामान अपने नीचे काम करने वाले एक हिन्दू और एक मुसलमान अफ़सर के बीच बाँट दिया। हर चीज़ का बँटवारा हुआ : पैर में लपेटने की फ़ौजी पट्टियों, पगड़ियों, बन्दूकों, लाठियों का। आख़िर में बच गये पुलिस-बैंड के बाजे। रिच ने उन्हें भी बँटवा दिया, शहनाई पाकिस्तान को मिली, ढोल भारत को; बिगुल पाकिस्तान को, मजीरे हिन्दुस्तान को। फिर भी एक बाजा बच गया—पीतल का एक बड़ा-सा बिगुल। रिच को यह देखकर किसी तरह यक़ीन नहीं आ रहा था कि वे दोनों अफ़सर जो बरसों तक एक-दूसरे के साथ काम कर चुके थे इस बात पर लड़-मरने को तैयार थे कि वह बिगुल किसके हिस्से में जायेगा।

कई दिन इसी बहस में बीत गये कि समुद्र में मारे गये जहाज़ियों की विधवाओं को पेंशन कौन देगा? क्या सारी मुसलमान बेवाओं को, वे कहीं भी रहें, पेंशन देने की ज़िम्मेदारी पाकिस्तान की होगी? क्या पाकिस्तान में रहने वाली हिन्दू विधवाओं की पेंशन भारत देगा? भारत की 18,077 मील लम्बी सड़कों में से 4,913 मील और 26,421 मील लम्बी रेल-लाइनों में से 7,112 मील पर पाकिस्तान का क़ब्ज़ा हो जायेगा। क्या सड़क विभाग के बुलडोज़रों, ठेलों और फावड़ों को और रेल के इंजनों और सवारी तथा मालगाड़ियों के डिब्बों को 80 और 20 के अनुपात से बाँटा जायेगा, या इस अनुपात से कि किसके हिस्से में कितनी सड़कें और रेलें आयी हैं?

सबसे ज़्यादा झगड़ा तो भारत की लाइब्रेरियों की किताबों को लेकर हुआ। **एनसाइक्लोपीडिया ब्रिटेनिका** का बँटवारा इस तरह किया गया कि एक खण्ड भारत को तो दूसरा खण्ड पाकिस्तान को और तीसरा फिर भारत को। शब्दकोश तक आधे-आधे फाड़कर बाँट दिये गये, शुरू के आधे

अक्षरों से आरम्भ होने वाले शब्द भारत के हिस्से में आये और बाद के पाकिस्तान के हिस्से में। जिस किताब की एक ही प्रति थी उसके बारे में लाइब्रेरियनों को यह फ़ैसला करना पड़ता था कि किस राज्य को उस किताब में स्वाभाविक रूप से ज़्यादा दिलचस्पी होगी। कभी-कभी तो इस दिलचस्पी का फ़ैसला करने में हाथापाई तक हो जाती थी।

कुछ चीज़ों का बँटवारा हो ही नहीं सकता था। गृह-विभाग ने बड़ी दूरदर्शिता के साथ कहा कि 'देश के बँटवारे के बाद मौजूदा ख़ुफ़िया विभाग की ज़िम्मेदारियों में कोई कमी नहीं होगी' और उसके अफ़सर इस बात पर अड़े रहे कि वे एक भी फ़ाइल या एक भी दवात पाकिस्तान को नहीं देंगे।

पूरे उप-महाद्वीप में एक ही प्रेस ऐसा था जो ऐसी दो चीज़ें छाप सकता था जिनसे किसी राष्ट्र को पहचाना जाता है—डाक के टिकट और नोट। भारत ने अपने भावी पड़ोसियों के साथ इस प्रेस में साझेदारी करने से इंकार कर दिया। नतीजा यह हुआ कि हज़ारों मुसलमानों को हिन्दुस्तानी नोटों पर 'पाकिस्तान' की मुहर लगाकर अपने नये राज्य के लिए काम-चलाऊ मुद्रा बनानी पड़ी।

अनिवार्य रूप से भारत की सम्पत्ति के बँटवारे में पुरानी कठिनाइयाँ और ख़राबियाँ भी प्रतिबिंबित हुईं। पूर्वी बंगाल में, जो पाकिस्तान के हिस्से में आया था, 1947 में 70 हज़ार टन चावल और 30 हज़ार टन गेहूँ की कमी पड़ने वाली थी। मुसलमानों ने भारत सरकार से प्रार्थना की कि उनके पश्चिमी प्रान्त सिंध ने 11 हज़ार टन फ़ालतू चावल भारत भेजा था, वह वापस कर दिया जाये। वह उन्हें वापस नहीं मिला, हिन्दुओं के कमीनेपन की वजह से नहीं बल्कि एक ऐसी दुखद वास्तविकता की वजह से जो भारत की वास्तविकता के अनुरूप थी। वह चावल खा लिया गया था।

नौकरशाहों के अलावा कुछ चरमपंथी विचारों के लोग भी अपने दावे पेश कर रहे थे। कुछ मुसलमान चाहते थे कि ताजमहल को तोड़कर पाकिस्तान भिजवा दिया जाये, क्योंकि उसे एक मुसलमान ने बनवाया था। हिन्दू साधुओं का यह हठ था कि सिन्धु नदी जो मुसलिम भारत के बीच से होकर बहती है जिस तरह भी हो उन्हें मिलनी चाहिए, क्योंकि अब से 25 शताब्दी पहले वेद उसी के पवित्र तट पर बैठकर लिखे गये थे।

दोनों में से किसी भी राज्य को साम्राज्यवादी सत्ता के भोंडे-से-भोंडे प्रतीकों को हथिया लेने के लिए झपट पड़ने में तनिक भी संकोच नहीं हुआ। वाइसराय की सुनहरी और सफ़ेद रेलगाड़ी, जो दक्षिण की तपती

धूप में झुलसे हुए मैदानों का भी चक्कर लगा आयी थी, भारत को मिली। भारतीय सेना के कमांडर-इन-चीफ़ और पाकिस्तान के गवर्नर की निजी मोटरें पाकिस्तान के हिस्से में आयीं।

लेकिन सबसे उल्लेखनीय बँटवारा वाइसराय-भवन के अस्तबल में हुआ। झगड़ा बारह घोड़ागाड़ियों को लेकर था। हाथ की गढ़ी हुई सोने और चाँदी की तरह-तरह की सजावटों से लैस, चमचमाते साज़ और लाल मख़मली गद्दियों वाली इन गाड़ियों में साम्राज्यवादी सत्ता की वह सारी शान-शौक़त और उसका वह सारा राजसी दम्भ साकार हो उठा था, जिस पर ब्रिटिश राज की भारतीय प्रजा मन्त्रमुग्ध भी हो उठती थी और उसका रोष भी उबल पड़ता था। भारत के हर वाइसराय को, हर शाही मेहमान को, भारत से होकर गुज़रने बाले हर शाही मुसाफ़िर को इन्हीं में से किसी एक गाड़ी पर बिठाकर राजधानी की सड़कों पर घुमाया जाता था। वे औपचारिक अवसरों पर वाइसराय की सवारी के लिए बनायी गयी थीं। उनमें से छः की सजावट सुनहरी थी और छः की रुपहली। छः-छः गाड़ियों के सैट को तोड़ना सचमुच बड़ी दुखद बात होती। तय यह पाया कि एक राज्य को सुनहरी गाड़ियाँ दे दी जायें और दूसरा राज्य रुपहली गाड़ियों पर सन्तोष करे।

माउंटबैटेन के ए० डी० सी० लेफ़्टिनेंट-कमांडर पीटर होज़ ने सुझाव दिया कि सिक्का उछालकर सन-पुतली के आधार पर इस बात का फ़ैसला कर लिया जाये कि इन शाही गाड़ियों का कौन-सा सेट किस राज्य को मिलेगा। उनके पास पाकिस्तान के बॉडीगार्ड के हाल ही में नियुक्त किये गये कमांडर-मेजर याक़ूब खाँ और वाइसराय के बॉडीगार्ड के कमांडर-मेजर गोविन्दसिंह खड़े देख रहे थे कि चाँदी का एक सिक्का हवा में उछाला गया।

'पुतली,' गोविन्दसिंह ने चिल्लाकर कहा।

सिक्का खनकता हुआ अस्तबल के फ़र्श पर आ गिरा। तीन आदमी उसे झुककर देखने लगे। मेजर गोविन्दसिंह के मुँह से ख़ुशी की चीख निकल गयी। भाग्य ने यह फ़ैसला कर दिया था कि भारत के साम्राज्य-वादी शासकों की सुनहरी गाड़ियाँ नये समाजवादी भारत के नेताओं को लेकर उसकी राजधानी की सड़कों पर निकला करेंगी।

इसके बाद होज़ ने घोड़ों के साज़, चाबुकों, कोचवानों के जूतों और वर्दियों का भी बँटवारा कर दिया कि किस गाड़ी के साथ क्या-क्या सामान जायेगा। आख़िर में सामान के उस पूरे ढेर में एक बिगुल बच गया जिसकी मदद से कोचवान अपने घोड़ों को ठीक रास्ते पर रखता

था। वाइसराय के इस पूरे ताम-झाम में बिगुल एक ही था।

वाइसराय के ए० डी० सी० कुछ देर तो बड़े असमंजस में पड़े रहे, क्योंकि अगर उस बिगुल के दो टुकड़े कर दिये जाते तो वह फिर कभी बजता ही नहीं। यह हो सकता था कि उसका फ़ैसला भी सिक्का उछाल-कर कर दिया जाता। अचानक होज़ को बहुत अच्छी तरकीब सूझी।

उसने यह सुझाव अपने साथियों के सामने रखा। उसने कहा, 'आप जानते हैं कि इसका बँटवारा नहीं किया जा सकता। मेरी राय में इसका एक ही हल है कि इसे मैं रख लूँ।'

होज़ ने मुसकराकर वह बिगुल अपनी बग़ल में दबा लिया और घुड़-साल से बाहर निकल गये।

गर्मी के उन भाग-दौड के महीनों में किताबों, बैंकों के नोटों और दफ़्तरों की कुर्सियों का ही हिसाब-किताब करके बँटवारा नहीं करना था। रेलवे के चेयरमैनों और छोटे-मोटे मन्त्रियों से लेकर जमादारों, चपरासियों, नौकरों-चाकरों और भारतीय प्रशासन में बरसाती मेंढकों की तरह पनपने वाले बाबुओं तक लाखों सरकारी कर्मचारियों का भी बँटवारा होना था। उनमें से हर एक को यह चुन लेने का अधिकार दिया गया था कि वह भारत की सेवा करेगा या पाकिस्तान की? इसके बाद उन्हें इंसानों के ढेर की तरह उनकी पसन्द के राज्य के हवाले कर दिया गया।

लेकिन सबसे कष्टदायक बँटवारा उन लाखों हिन्दुओं, मुसलमानों, सिखों और अँग्रेज़ों का था जो भारत में अँग्रेज़ों की बनायी हुई सबसे गौरवशाली संस्था—भारतीय सेना—में जमा थे।

माउंटबैटेन ने जिन्ना से अनुरोध किया था कि वह एक अँग्रेज़ सर्वोच्च कमांडर के आधीन भारतीय सेना को ज्यों-का-त्यों बना रहने दें; यह अँग्रेज़ भारत और पाकिस्तान दोनों के प्रति उत्तरदायी होगा और बँटवारे के बाद मुसीबत के दिनों में वही इस उप-महाद्वीप में शान्ति का सबसे अच्छा संरक्षक होगा। लेकिन जिन्ना ने इंकार कर दिया था। उनका कहना था कि सेना किसी भी राष्ट्र की सार्वभौम सत्ता का अभिन्न अंग होती है। वह चाहते थे कि पाकिस्तान की सेना 15 अगस्त से पहले ही पाकिस्तान की सीमा के अन्दर बन जाये। भारतीय सेना के दो-तिहाई आदमी भारत के हिस्से में आने थे और एक-तिहाई पाकिस्तान के हिस्से में। इस उप-महाद्वीप की हर चीज़ की तरह उनका भी बँटवारा होना था और इस तरह एक महान परम्परा का अन्त हो जाना था।

1945 में भारतीय सेना में 25 लाख सैनिक थे। और यह सेना इटली में, पश्चिमी रेगिस्तान में और बर्मा में बहुत बहादुरी से लड़कर गौरव प्राप्त कर चुकी थी। भारत के बँटवारे के फ़ैसले का एक और अनिवार्य नतीजा यह होने वाला था कि उसका बँटवारा भी उसी साम्प्रदायिक आधार पर होने जा रहा था, हालाँकि उसे गर्व था कि साम्प्रदायिकता की भावना उसे छू तक नहीं गयी है।

जुलाई के शुरू में भारतीय सेना के हर अफ़सर को भरने के लिए एक फ़ार्म दिया गया। वही उस सेना की तबाही का माध्यम बन गया। उसमें हर अफ़सर से यह बताने को कहा गया था कि वह भारतीय सेना में काम करेगा या पाकिस्तानी सेना में? सेना के हिन्दू और सिख अफ़सरों के सासने कोई समस्या नहीं थी; जिन्ना उन्हें अपनी फ़ौज में नहीं रखना चाहते थे, इसलिए हर एक ने भारत की ही सेवा करने का फ़ैसला किया।

लेकिन उन मुसलमानों के लिए, जिनके पुश्तैनी घर बँटवारे के बाद भी हिन्दुस्तान में ही रहने वाले थे, काग़ज़ का वह सादा टुकड़ा बहुत बड़ी दुविधा का कारण बन गया। क्या वे अपनी धरती को, अपने पुश्तैनी घरों को, अपने परिवारों तक को छोड़कर एक ऐसी सेना में नौकरी करने के लिए चले जायें जो सिर्फ़ इस बुनियाद पर उनसे वफ़ादारी माँगती थी कि वे मुसलमान थे? या इसी धरती पर रहें जिससे वे अनेक बन्धनों से बँधे हुए थे, और इस बात की जोखिम उठायें कि मुसलिम-विरोधी भावना उनकी तरक़्क़ी के सारे रास्ते रोक देगी?

इसी दुविधा की पीड़ा झेलने वालों में लेफ़्टिनेंट-कर्नल हबीबुल्ला भी थे, जो अल अलामीन की लड़ाई में अपने जौहर दिखा चुके थे। हबीबुल्ला ने आखिरकार एक हफ़्ते की छुट्टी ले ली और अपने घर लखनऊ चले गये जहाँ उनके बाप यूनिवर्सिटी के वाइस-चांसलर रह चुके थे और जहाँ उनकी माँ पाकिस्तान की कट्टर समर्थक थीं।

दोपहर के खाना खाने के बाद उन्होंने अपने बाप की मोटर ली और लखनऊ की सड़कों पर घूमते रहे। उन्होंने अपने बाप-दादा के घर देखे, जो अवध की सल्तनत में बड़े-बड़े ताल्लुक़ेदार रह चुके थे; मशहूर रेज़िडेंसी पर हसरत की एक नज़र डाली जिस पर अभी तक 1857 के ग़दर के दिनों के तोप के गोलों के निशान बाक़ी थे। वह सोच रहे थे, 'इसके लिए हमारे बाप-दादा ने अपनी जान दी थी; जब मैं इंगलैंड में स्कूल में पढ़ता था और जब मैं पश्चिमी रेगिस्तान में जर्मन फ़ौजों की तोपों का सामना कर रहा था तब मैं इसी हिन्दुस्तान के सपने देखा करता था। यही मेरा घर है। मैं इसी का हिस्सा हूँ। मैं यहीं रहूँगा।' नतीजा यह

हुआ कि हबीबुल्ला के दोनों भाई, उनकी बहन और बहनोई पाकिस्तान चले गये। लेकिन उनकी माँ, जो जिन्ना की पक्की समर्थक थीं, हिन्दुस्तान में ही रह गयीं।

मेजर याक़ूब ख़ाँ के लिए, जो वाइसराय के बॉडीगार्ड में एक नौजवान मुसलिम अफ़सर थे, यह उनकी ज़िन्दगी का सबसे महत्वपूर्ण फ़ैसला था। अपने फ़ैसले के बारे में सोच-विचार करने के लिए वह भी रियासत रामपुर में अपने पुश्तैनी घर गये। वहाँ उनके बाप प्रधानमन्त्री थे और उनके चाचा नवाब थे।

जब वह नवाब साहब के आलीशान महल की बग़ल में बनी हुई अपनी पुश्तैनी हवेली में पहुँचे तो उनके दिल में भावनाओं का एक तूफ़ान उमड़ रहा था। उस घर के साथ उनकी कितनी ही सुखद स्मृतियाँ जुड़ी हुई थीं—क्रिसमस के मौक़े पर सोने के बर्तनों में सौ-सौ मेहमानों की खाने की दावतें, बीस-बीस, तीस-तीस झूमते हुए हाथियों की पीठ पर बैठकर बन्दूकें संभाले हुए जंगलों में शिकार के लिए जाना; और फिर उसके बाद नवाब साहब के महल में नाच-गाने की महफ़िलें; महल की ड्योढ़ी पर खड़ी हुई रोल्स-रायस मोटरों की क़तारें और पानी की तरह बहती हुई शैम्पेन। याक़ूब को याद था कि जंगलों के बीच में तम्बू गाड़ दिये जाते थे और उनमें साटन और मख़मल के गद्दे बिछा दिये जाते थे, ऐश-आराम की हर चीज़ और हर तरह के पकवान वहाँ मौजूद रहते थे; ऐसे में पिकनिक का क्या ही मज़ा आता था! वह अपने चाचा के महल में घूमता रहा, गरम पानी के तैरने के तालाब का आनन्द लेता रहा; उस बड़े-से हॉल में गया जहाँ शाही दावतें होती थीं और दीवार पर महारानी विक्टोरिया और जार्ज पंचम की बड़ी-बड़ी तसवीरें लगी हुई थीं। उसने सोचा, यह दूसरी ही ज़िन्दगी थी। बँटवारे के बाद जो समाजवादी भारत बनेगा उसमें इसका नाम-निशान भी बाक़ी नहीं रह जायेगा। उस हिन्दुस्तान में उसके जैसे लोगों के लिए, एक नवाब के खानदान की मुसलिम सन्तान के लिए, कोई जगह नहीं होगी।

उस दिन रात को उसने अपनी माँ को अपने फ़ैसले के बारे में समझाने की कोशिश की : वह सब-कुछ यहीं छोड़कर पाकिस्तान जा रहा था।

'तुम्हारी ज़िन्दगी तो कट चुकी है,' उसने अपनी माँ से कहा, 'मेरे सामने अभी पूरी ज़िन्दगी पड़ी है। मैं नहीं समझता कि बँटवारे के बाद हिन्दुस्तान में मुसलमानों को तरक़्क़ी करने का कोई मौक़ा मिल सकेगा।'

बूढ़ी माँ ने उसे कुछ ग़ुस्से से और कुछ निराशा से देखा और बोलीं, 'बेटा, तेरी ये सब बातें मेरी समझ में तो आतीं नहीं। मैं तो यह जानती

हूँ कि हम यहाँ दो सौ साल से रहते आये हैं। "हम हवा की लहरों पे उड़के आये।" हम आकर यहाँ हिन्दुस्तान के मैदानों में बसे। हमने दिल्ली को लुटते और तबाह होते देखा है। हमने ग़दर की मुसीबतें झेली हैं। तुम्हारे बाप-दादा इसी धरती के लिए अँग्रेज़ों से लड़े थे। तुम्हारे परदादा को ग़दर में फाँसी दी गयी थी। लड़ते-लड़ते हमने अपनी ज़िन्दगियाँ बिता दीं, तब कहीं जाकर हमें सिर छुपाने को अब यह घर नसीब हुआ है। हमारे पुरखों की हड्डियाँ यहाँ दफ़न हैं।' यह कहते-कहते वह उदास हो गयीं।

आखिर में उन्होंने कहा, 'मैं तो बूढ़ी हो गयी हूँ। अब मेरा चलचलाव है। सियासत तो मेरी समझ में आती नहीं, लेकिन माँ होने के नाते मैं अपने मतलब की बात जानती हूँ। मुझे डर लगता है कि हम हमेशा के लिए बिछुड़ जायेंगे।'

उनका बेटा इस बात को मानने को तैयार नहीं था। उसने कहा कि बस इतनी-सी बात है कि नौकरी दिल्ली में न की, कराची में कर ली।

अगले दिन सुबह वह चला गया। गर्मियों की सुहानी सुबह थी। उसकी माँ सफ़ेद साड़ी पहने हुए थीं, जैसी कि मुसलमान औरतें शोक मनाते समय पहनती हैं। पीछे हवेली के गहरे रंग की पत्थर की दीवार की पृष्ठभूमि में वे ऐसी लग रही थीं जैसे रोशनी का कोई धब्बा हो। उन्होंने अपने बेटे को क़ुरान के नीचे से गुज़ारा, फिर वह पवित्र किताब उसके हाथों में दे दी; बेटे ने क़ुरान को चूमा और माँ-बेटे ने मिलकर उसकी कुछ आयतें पढ़ीं। आखिरी शब्दों का उच्चारण करने के बाद माँ ने अपने बेटे पर कुछ पढ़कर फूँका ताकि उनकी दुआ उसके साथ जाये।

पैकर्ड मोटर उसे स्टेशन ले जाने के लिए खड़ी थी। याक़ूब ने मोटर का दरवाज़ा खोलते हुए हाथ हिलाकर सबसे विदा ली। उसकी बूढ़ी माँ उदास ज़रूर थीं, पर वह भावनाओं के आवेग में बह नहीं गयीं। बड़े शालीन भाव से वह तनकर सीधी खड़ी रहीं और जवाब में उन्होंने सिर्फ़ धीरे-से अपना सिर हिला दिया। उनके पीछे हवेली की खिड़कियों में से तुर्रेदार पगड़ियाँ बाँधे हुए लगभग दो दर्जन नौकरों ने छोटे मालिक को आख़िरी बार सलाम किया। उन्हीं में से एक खिड़की याक़ूब ख़ाँ के उस कमरे की थी जिसमें वह अपने नौजवानी के दिनों में रहते थे। उसमें अब उनके क्रिकेट के पैड, फ़ोटो-एलबमें, पोलो के मैचों में जीते हुए कप और उनकी जवानी की याद दिलाने वाली न जाने कितनी और चीज़ें रखी थीं। याक़ूब ने सोचा—अभी जल्दी क्या है, पाकिस्तान में बस जायेंगे तो किसी दिन आकर सब उठा ले जायेंगे।

लेकिन याक़ूब ख़ाँ का सोचना ग़लत निकला। वह इसके बाद न कभी अपने इस पुश्तैनी घर में लौटे और न उनकी कभी अपनी माँ से फिर मुलाक़ात हुई। कुछ ही महीने बाद वह कश्मीर की बर्फ़ से ढकी हुई पहाड़ी ढलानों पर पाकिस्तानी सेना की एक बटालियन की अगुवाई करते हुए एक ऐसी चौकी पर हमला कर रहे थे जिस पर उन लोगों का क़ब्ज़ा था जो कभी उनके साथी थे। जो फ़ौजी टुकड़ियाँ उनके हमले का सामना कर रही थीं उनमें गढ़वाल-रेजिमेंट की भी एक टुकड़ी थी। उसके कमांडर भी याक़ूब ख़ाँ की तरह ही मुसलमान थे। लेकिन जुलाई 1947 में उन्होंने जो फ़ैसला किया था वह याक़ूब ख़ाँ के फ़ैसले से बिलकुल उलटा था। उन्होंने अपनी जन्मभूमि में ही रहने का फ़ैसला किया था। वह भी रामपुर के रहने वाले थे। वह भी ख़ान थे। उनका नाम था युनुस ख़ाँ। वह याक़ूब के बड़े भाई थे।

लुई माउंटबैंटेन भारत के युद्धरत राजनीतिज्ञों को समझौते पर मजबूर करने में अपनी सफलता का पूरी तरह आनन्द भी नहीं ले पाये थे कि उन पर एक इससे भी जटिल समस्या थोप दी गयी। इस बार उन्हें नयी दिल्ली में जिन लोगों से बातचीत करनी थी वे विलायत से बैरिस्टरी पास करके आये हुए मुट्ठी-भर लोग नहीं थे। वे महाराजा यादवेन्द्रसिंह के 565 सुनहरे मोरों का झुंड थे—भारत के राजा-महाराजा और नवाब।

महाराजा पटियाला के नरेन्द्र-मंडल में एकत्रित इन शासकों के बारे में पहले से कुछ नहीं कहा जा सकता था कि कब क्या कर बैठें। वे बात-बात पर भड़क उठते थे और अकसर ग़ैर-ज़िम्मेदारी का सबूत देते थे। उन्होंने वाइसराय को उस भयानक ख़तरे के बारे में सोचने पर मजबूर कर दिया जो भारत पर शताब्दियों से मँडला रहा था। अगर भारत के राजनीतिज्ञ उसका बँटवारा कर सकते थे तो रजवाड़े देश को नष्ट कर सकते थे। उनकी वजह से इस उप-महाद्वीप के विभाजन का ही नहीं, उसके बीसियों छोटे-छोटे राज्यों में बँटकर टुकड़े-टुकड़े हो जाने का ख़तरा पैदा हो गया था। वे जाति, धर्म, प्रदेश और भाषा की उन विघटनकारी शक्तियों को अचानक ही सक्रिय कर देने की धमकी दे रहे थे जो भारतीय एकता की हलकी-सी परत के नीचे छुपी हुई थीं। इन रजवाड़ों के पास अपनी निजी सेनाएँ और वायु-सेनाएँ थीं; वे चाहते तो भारत की रेलों की आवाज़ ही रोक सकते थे, डाक-तार और टेलीफ़ोन की व्यवस्था को ठप कर सकते थे और उसके हवाई जहाज़ों को दूसरे रास्तों से होकर उड़ने पर मजबूर कर सकते थे। अपनी स्वतन्त्रता के लिए वे जो

दबाव डाल रहे थे उसके सामने झुक जाने का मतलब होता—इस उप-महाद्वीप के टुकड़े-टुकड़े कर देने का सिलसिला शुरू कर देना। भारत में ब्रिटिश साम्राज्य का बचा-खुचा हिस्सा एक-दूसरे के ख़ून के प्यासे इलाक़ों का जमाव बनकर रह जाता जिस पर भारत के विशाल पड़ोसी चीन की ईर्ष्या-भरी दृष्टि पड़ना अनिवार्य था।

सर कानरैड कॉरफ़ील्ड को अपनी लन्दन की ख़ुफ़िया यात्रा से कम-से-कम कुछ सीमित सफलता तो मिल ही गयी थी। ब्रिटिश मन्त्रिमंडल ने सिद्धान्त रूप में उनकी यह दलील बिलकुल मान ली थी कि उनके वे सारे विशेषाधिकार जो किसी ज़माने में इन रजवाड़ों ने ब्रिटिश सम्राट के हवाले कर दिये थे, उन्हें वापस मिल जाने चाहिए। उन्होंने रजवाड़ों के लिए एक चोर दरवाज़ा खोल दिया था और अब उन्हें उनमें से सबसे महत्वपूर्ण रजवाड़ों को इस रास्ते को इस्तेमाल करने पर उकसाने में कोई संकोच नहीं हो रहा था।

माउंटबैटेन ने बड़ी कटुता से लन्दन भेजी गयी अपनी एक रिपोर्ट में लिखा, 'मुझे किसी ने इस बात का इशारा तक नहीं दिया था कि रज-वाड़ों की समस्या ब्रिटिश भारत की समस्या से अगर अधिक जटिल नहीं तो कम-से-कम उतनी ही जटिल साबित होने वाली थी।'

सौभाग्यवश भारतीय रियासतों के इन शासकों से निबटने के लिए माउंटबैटेन से अच्छा कोई दूसरा आदमी नहीं हो सकता था। वह भी तो उन्हीं में से एक थे। यूरोप के आधे से ज़्यादा राजघरानों से उनकी रिश्ते-दारी थी; जो इन रजवाड़ों के लिए सबसे बड़ी सनद थी। और सबसे बड़ी बात यह थी कि जिस सम्राट की छत्रछाया में वे इतने अर्से तक सुरक्षित रहते आये थे उनसे भी उनकी रिश्तेदारी थी। सच तो यह है कि सबसे पहले माउंटबैटेन ने भारत के बहुचर्चित साम्राज्य की वास्तविकता को इन्हीं में से कई रजवाड़ों के साथ देखा था, जिनके राज-पाट को वह अब ख़त्म करने जा रहे थे। जब वह अपने रिश्ते के भाई प्रिंस ऑफ़ वेल्स के साथ भारत की उस अलौकिक यात्रा पर आये थे तब वह इन्हीं में से कई लोगों के मेहमान रहे थे। इन्हीं राजाओं के हाथियों पर बैठ कर माउंटबैटेन ने जंगलों में शेरों का शिकार किया था। इन्हीं के चाँदी के प्यालों में उन्होंने शैम्पेन पी थी, इन्हीं के सोने के बर्तनों में उन्होंने यहाँ के स्वादिष्ट पकवान खाये थे, इन्हीं के बिल्लूरी फ़ानूसों की रोशनी में वह उस लड़की के साथ नाचे थे जो बाद में उनकी बीवी बनी। भारत के उन इने-गिने हिन्दुस्तानियों में, जो वाइसराय से इतने बेतकल्लुफ़ थे कि अकेले में उनका प्यार का नाम 'डिकी' लेकर उनमें बात कर सकें, बहुत-से वे

रजवाड़े भी थे जिनसे उस यात्रा के दौरान माउंटबैटेन की दोस्ती हुई थी।

राजा-महाराजाओं के साथ तमाम राजसी सम्बन्धों और अपनी दोस्ती के बाजूवद माउंटबैटेन असलियत को पहचानते थे, वह उन उदारवादी सिद्धान्तों के मानने वाले थे जिनकी वजह से लेबर पार्टी की सरकार के लिए भी वह स्वीकार्य थे। वह जानते थे कि इन राजा-महाराजाओं की पिछली पीढ़ी के शासक ब्रिटिश राज के सबसे पक्के मित्र भले ही रहे हों, लेकिन भारत में जो नया युग आरम्भ हो रहा था उसमें ब्रिटेन को अपने मित्र कहीं और, काँग्रेस के समाजवादियों के बीच, ढूँढने होंगे। माउंटबैटेन ये नयी मित्रताएँ स्थापित करने की ठान चुके थे, और वह जानते थे कि भारत के राष्ट्रीय हितों की अपेक्षा इन निरंकुश शासकों की छोटी-सी बिरादरी के हितों को अधिक महत्व देकर वह इस लक्ष्य को पूरा नहीं कर सकते।

अपने इन मित्रों के लिए वह हद-से-हद इतना ही कर सकते थे कि उन्हें अपने-आप से, उन कोरी कल्पनाओं से, उन सुनहरे सपनों से बचा लें जिन्हें वे अपनी रियासतों के हर तरफ़ से बन्द और हर तरह की सुख-सुविधा से भरपूर वातावरण में ही देख सकते थे। अपनी नौजवानी के दिनों से ही एक भयानक दृश्य की कल्पना से माउंटबैटेन के रोंगटे खड़े हो जाते थे, और आज 1947 में भी उस घटना की याद करके उनकी आँखों में आँसू आ जाते थे। यह दृश्य उनकी कल्पना में अकसर आता था—1918 में एकातरीनबर्ग के उस तहख़ाने का वह बीभत्स दृश्य जब उनके चाचा रूस के ज़ार को और उनके उन भाइयों को जिनके साथ वह बचपन में खेले थे मौत के घाट उतार दिया गया था। उन्हीं में वह राजकुमारी मेरी भी थी जिससे वह मन-ही-मन किसी दिन ब्याह रचाने की आशा लगाये रहते थे। वह जानते थे कि इन भारतीय रजवाड़ों में कुछ ऐसे सिर-फिरे भी हैं जो अपनी ग़ैर-ज़िम्मेदारी की वजह से कोई ऐसी हरकत कर सकते हैं कि उनके महलों में भी ज़ार के उस तहख़ाने की तरह ख़ून की नदियाँ बह जायें। उनके अपने राजनीतिक सचिव कॉरफ़ील्ड इन लोगों को जो रास्ता अपनाने के लिए उकसा रहे थे उसका यही नतीजा हो सकता था।

उनमें से बहुत-से रजवाड़े यह माने बैठे थे कि माउंटबैटेन उनको बचा लेंगे, वह कोई ऐसा चमत्कार करेंगे जिससे वे और उनके सारे विशेषाधिकार ज्यों-के-त्यों बने रहें। लेकिन वह ऐसा कुछ नहीं करने वाले थे। उनमें ऐसा करने की न शक्ति थी और न इच्छा। इसके बजाय वह अपने इन जीवन-भर के प्यारे मित्रों को समझाने वाले थे कि उनके लिए अब सबसे अच्छा रास्ता यही है कि अपनी रही-सही इज़्ज़त लेकर चुप-

चाप विलुप्त हो जायें।

माउंटबैटेन चाहते थे कि ये लोग स्वतन्त्रता का कोई दावा न करें और 15 अगस्त से पहले यह एलान कर दें कि वे भारत या पाकिस्तान में से किसी एक के साथ जाने को तैयार हैं। इसके बदले में वह वाइसराय की हैसियत से अपनी सत्ता का पूरा इस्तेमाल करके नेहरू और जिन्ना को इस बात के लिए राज़ी करने को तैयार थे कि उनके सहयोग की क़ीमत के रूप में इन लोगों के निजी भविष्य के लिए जो व्यवस्था सबसे अच्छी हो, कर दें।

माउंटबैटेन ने इस सौदे का सुझाव सबसे पहले वल्लभभाई पटेल के सामने रखा, क्योंकि भारतीय मन्त्रिमंडल में रियासतों की समस्याएँ निबटाने की ज़िम्मेदारी उन्हीं पर थी। माउंटबैटेन ने कहा कि अगर काँग्रेस इस बात के लिए राज़ी हो जाये कि रजवाड़ों की उपाधियाँ, उनके महल और उनके निजी खर्च की रक़म उनसे छीनी नहीं जायेगी, उन्हें गिरफ़्तारी से अभयदान प्राप्त रहेगा, उन्हें ब्रिटिश उपाधियाँ और तमग़े पाने का अधिकार रहेगा और उन्हें अर्ध-कूटनीतिक पद दिया जायेगा, तो वह इसके बदले में उन्हें विलय के ऐसे समझौते पर हस्ताक्षर कर देने के लिए राज़ी करने की कोशिश करेंगे जिस में वे अपनी सारी अधिकार-सत्ता त्यागकर भारतीय संघ में विलीन हो जायें और स्वतन्त्रता का कोई दावा नहीं करें।

सौदा तो ऐसा था कि मुँह में पानी भर आये। पटेल जानते थे कि काँग्रेस में कोई भी आदमी ऐसा नहीं है जो रजवाड़ों से निबटने में माउंटबैटेन का मुक़ाबला कर सके। लेकिन उन्होंने वाइसराय से कहा, 'शर्त यह है कि सब लोग उसमें शामिल होंगे। अगर आप मुझे टोकरी में पेड़ के सारे सेब तोड़कर ला देंगे तो मैं ख़रीद लूँगा। अगर सारे सेब नहीं होंगे तो मैं नहीं ख़रीदूंगा।'

'आप एक दर्जन मेरे लिए छोड़ देंगे?' वाइसराय ने पूछा।

'इतने तो बहुत हैं,' पटेल ने जवाब दिया, 'मैं आपको दो देने को तैयार हूँ।'

'दो तो बहुत कम हैं,' माउंटबैटेन ने कहा।

कुछ देर तक भारत के अन्तिम वाइसराय और भारत की भावी रियासतों के मन्त्री कबाड़ियों की तरह उन रियासतों के बारे में मोल-तोल करते रहे जिनकी आबादी अमेरिका की आबादी के दो-तिहाई के बराबर थी। आख़िर में छः पर तोड़ हो गया। लेकिन इससे माउंटबैटेन की कठिनाई कुछ कम नहीं हुई। पाँच सौ पैंसठ रजवाड़ों में से छः कम, और कुछ पाकिस्तान के हिस्से के निकाल दीजिये, फिर भी माउंटबैटेन

अहिंसात्मक क्रांति के सौम्य पैगम्बर

हिंसा की महामारी से आक्रांत इस शती के सामने गाँधी ने एक विकल्प पेश किया—अहिंसा और सिविल नाफ़रमानी का। चर्चिल के मशहूर शब्दों में यह "आधे नंगे फ़कीर" अपने देश भर में पैदल, या देश की गरीब से गरीब जनता से अपनी अभिन्नता जतलाने के लिए रेलवे के थर्ड क्लास के डिब्बों में सफ़र किया करते थे। जब वे ब्रिटिश साम्राज्य के महलों 'बंकिघम पैलेस' में सम्राट के साथ चाय-पान करने गये, तो भी उन्होंने अपनी रोज़मर्रा की पोशाक—एक सूती, सादी चादर ओढ़ रक्खी थी; वे ज़िन्दगी को स्वानुशासित सादगी में ढाल कर बिताने के अभ्यस्त हो चुके थे। साम्राज्यशाही के उस युग को चुनौती देने का उनके लिए प्रतीक था लकड़ी का बना चरखा जिसे वे रोज़ाना, धार्मिक कृत्य की तरह, काफ़ी समय चलाया करते थे।

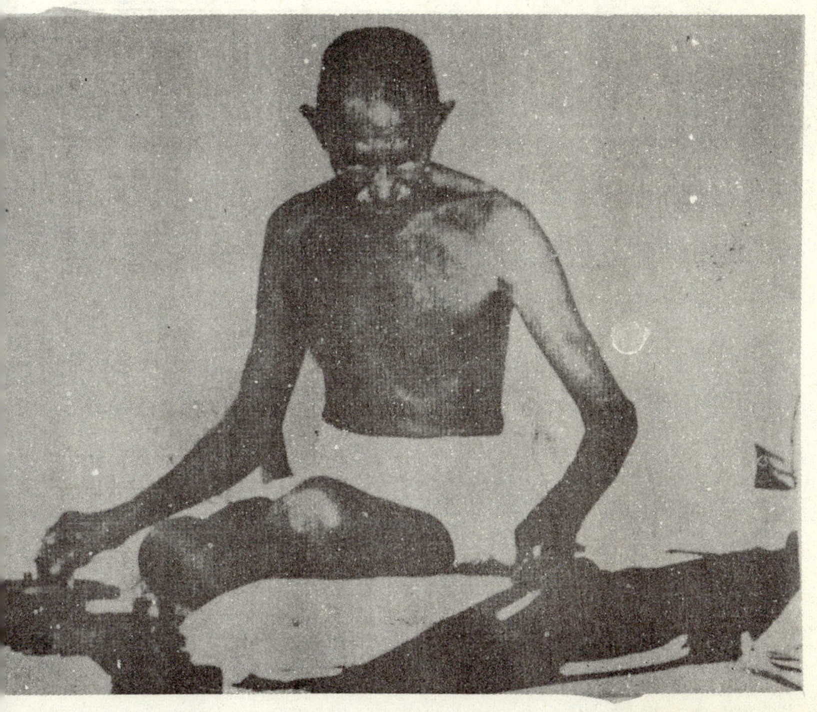

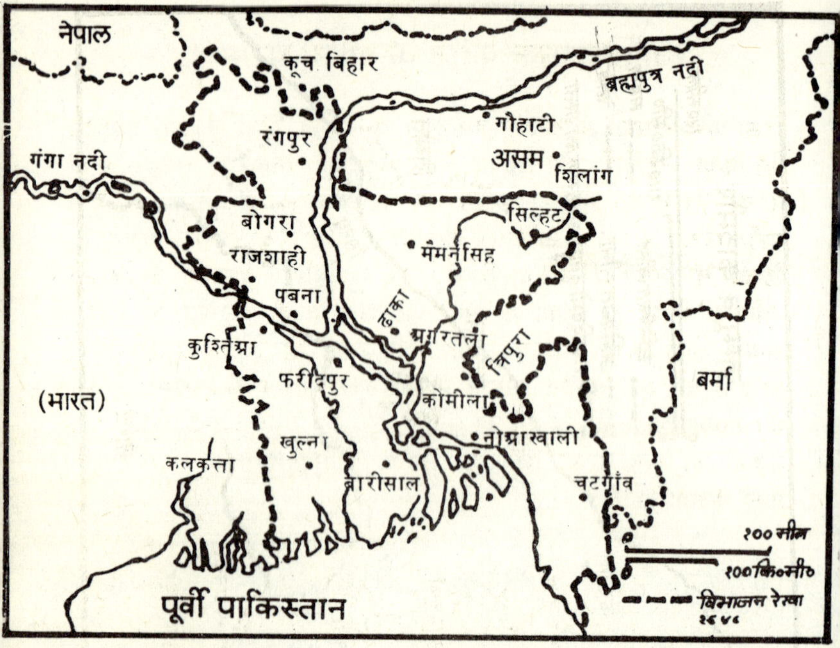

नेपाल
कूच बिहार
ब्रह्मपुत्र नदी
गोहाटी
रंगपुर
असम
शिलांग
गंगा नदी
सिलहट
बोगरा
राजशाही
मैमनसिंह
पबना
ढाका
अगरतला
कुश्तिया
त्रिपुरा
फरीदपुर
(भारत)
कोमीला
बर्मा
नोआखाली
खुलना
कलकत्ता
बारीसाल
चटगाँव
१०० मील
१०० कि० मी०
विभाजन रेखा
१९४८

पूर्वी पाकिस्तान

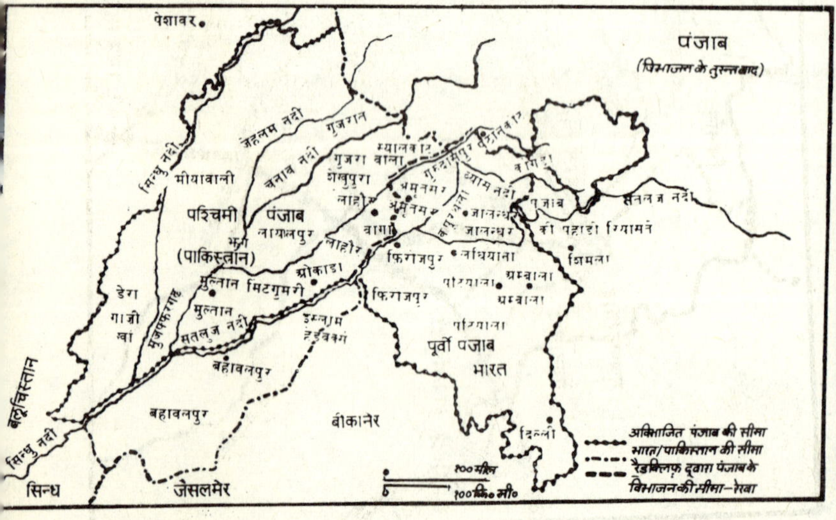

पेशावर
पंजाब
(विभाजन के तुरन्त बाद)
जेहलम नदी
गुजरात
सिन्धु नदी
चनाब नदी
गुजरांवाला
शेखुपुरा
मीयांवाली
लाहौर
अमृतसर
ब्यास नदी
सतलज नदी
पश्चिमी
पंजाब
लायलपुर
बागा
जालन्धर
पंजाब
की पहाड़ी रियासतें
(पाकिस्तान)
लाहौर
फिरोजपुर
लुधियाना
शिमला
ओकाड़ा
मुल्तान
मिटगुमरी
पटियाला
अम्बाला
डेरा
गाजी
खां
मुजफ्फरगढ़
फिरोजपुर
मुल्तान
सतलुज नदी
पटियाला
पूर्वी पंजाब
भारत
बहावलपुर
बलूचिस्तान
बहावलपुर
बीकानेर
दिल्ली
अविभाजित पंजाब की सीमा
भारत/पाकिस्तान की सीमा
रैडक्लिफ़ द्वारा पंजाब के
विभाजन की सीमा–रेखा
100 मील
100 कि० मी०
सिन्ध
जेसलमेर

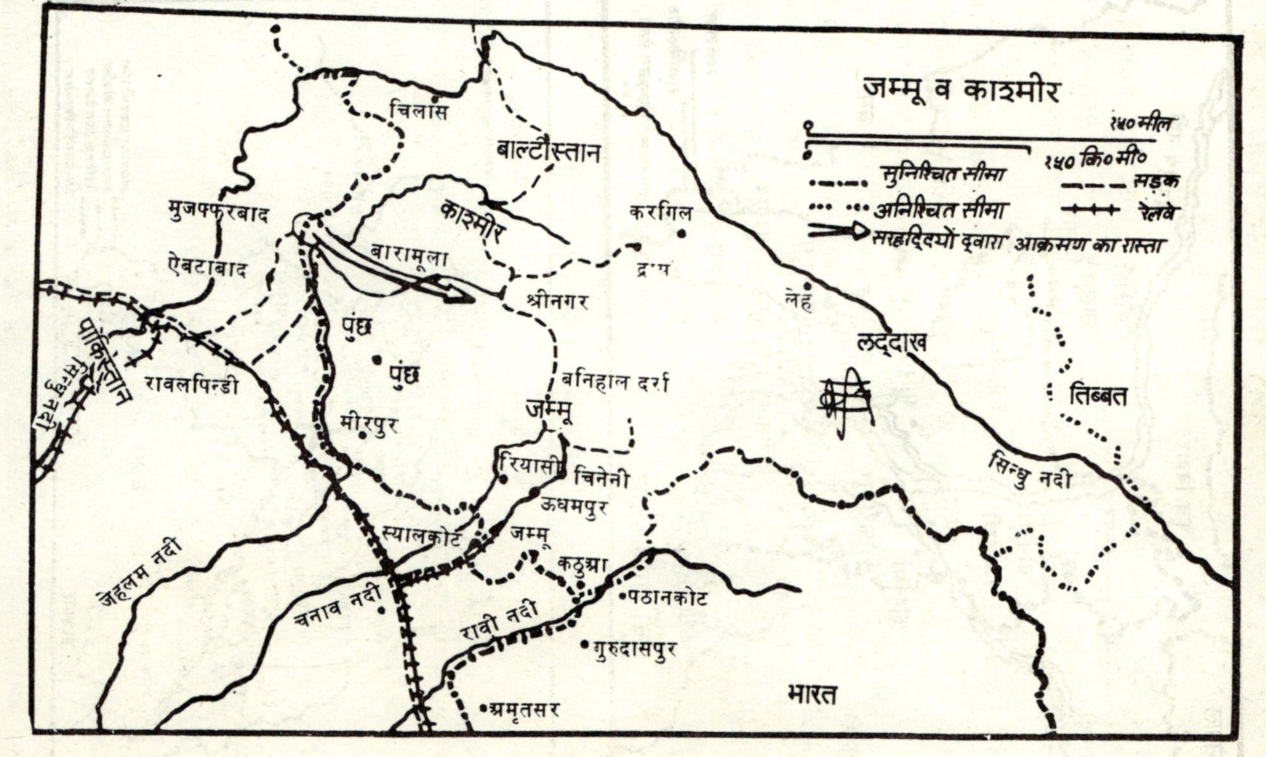

जम्मू व काश्मीर
१५० मील
१५० कि० मी०
सुनिश्चित सीमा
अनिश्चित सीमा
सरहद्दियों द्वारा आक्रमण का रास्ता
सड़क
रेलवे
चिलास
बाल्टीस्तान
मुजफ्फरबाद
ऐबटाबाद
काश्मीर
बारामूला
करगिल
श्रीनगर
लेह
लद्दाख
पुंछ
पुंछ
पाकिस्तान
सिन्धु नदी
रावलपिन्डी
बनिहाल दर्रा
जम्मू
तिब्बत
मीरपुर
रियासी
चिनेनी
सिन्धु नदी
ऊधमपुर
स्यालकोट
जम्मू
जेहलम नदी
कठुआ
चनाव नदी
पठानकोट
रावी नदी
गुरुदासपुर
भारत
अमृतसर

राजे – महाराजे : वह भी जमाना था !

किप्लिंग ने लिखा था : 'नियति ने इ राजे-महाराजाओं की नस्ल को दुनिय के सामने एक भव्य तमाशा प्रस्तुत कर के लिए पैदा किया था !' इनकी दुनिय महल-दुमहले, शेर-चीते, हाथी-घोड़े औ हीरे-मोती के जखीरों से भरीपूरी दुनिय थी ! 1947 में भारत के 565 महाराजा नवाब, राजा और कुंवर देश के एक तिहाई हिस्से और दस करोड़ जनत पर निरंकुश राज करते थे। इनकी परंपरागत दिलचस्पी शिकार और मैथुन में थी। जन्म के वक्त से लंगड़े महाराज उदयपुर (दांई ओर) चीते के शिकार से बाज नहीं आते थे। उनके एक सहयोगी पटियाला के महाराज सोने की छतरी के नीचे टहल रहे हैं।

भारत के अंतिम वायसराय-दम्पति

लॉर्ड और लेडी माउंटबैटेन 22 मार्च 1947 को भारत को शीघ्र ही मिलने वाली स्वतन्त्रता की व्यवस्था करने के लिए दिल्ली पहुंचे। महात्मा गांधी और अन्य भारतीय नेताओं से लम्बे और अक्सर मुश्किलों से भरे बहस मुबाहसों के बाद (सामना पृष्ठ, ऊपर का चित्र) माउंटबैटेन ने 3 जून, 1947 को बातचीत में सब भागीदारों का समर्थन भारत के दो टुकड़े कर दो नये राष्ट्र बनाने के लिए पा लिया (सामना पृष्ठ, नीचे का चित्र)। माउंटबैटेन के बांयीं ओर बैठे थे मुस्लिम लीग की तरफ़ से मुहम्मद अली जिन्ना, लियाक़त अली खां और अब्दुररब निश्तर, और उनके दांयीं ओर कांग्रेस की ओर से बैठे थे जवाहरलाल नेहरु, वल्लभभाई पटेल और आचार्य कृपालानी। सिक्खों के प्रतिनिधि के रूप में बलदेवसिंह उपस्थित थे।

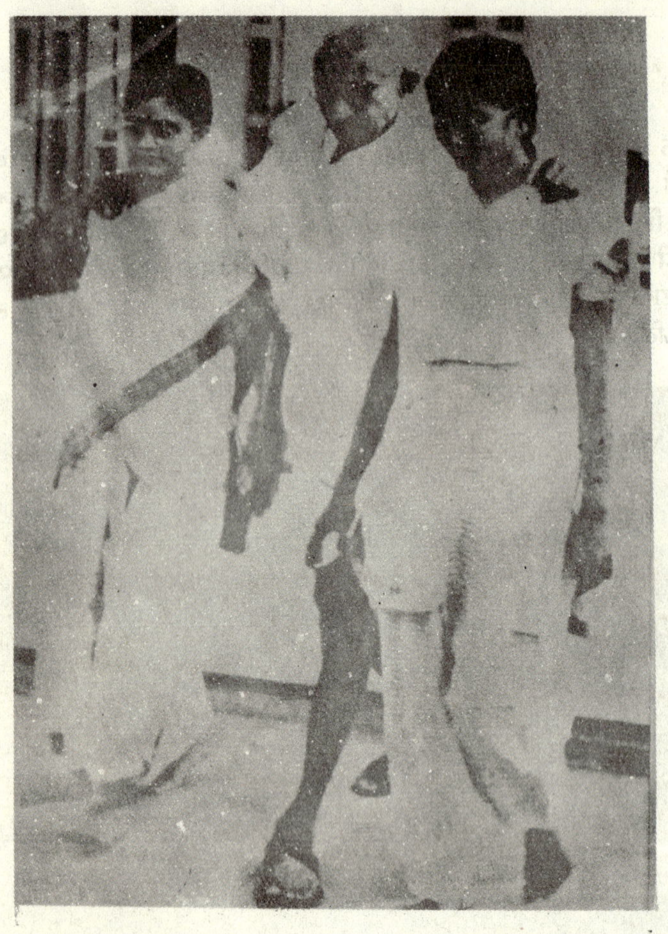

भारत को आज़ादी दिलाने वाले नेता का
अंतिम धर्मयुद्ध

अपनी दो पोतियों आभा (बांयीं) और मनु (दांयीं)—'सहारे की बैसाखियां'-के कन्धों का आसरा ले कर गांधी अपने जीवन के अंतिम धर्मयुद्ध के लिए निकल पड़े। लक्ष्य था घृणा और हत्या द्वारा चिथड़े-चिथड़े किये गये बंगाल के गांव-गांव में फिर से शान्ति और प्रेम का संदेश फैलाना।

वह दिन जब कि एक युग चुक गया

15 अगस्त, 1947, नई दिल्ली : हर्ष और उल्लास से उन्मत्त भीड़ से घिरी हुई माउंटबैटेन-दम्पति की स्वर्णपत्र-मढ़ी बग्गी भारत की आज़ादी के जश्न में हिस्सा लेते हुए मानव-समूह के समुद्र पर तैरती हुई लकड़ी की एक बेड़ी सी बन गयी (ऊपर का चित्र)! दो दिन पहले, माउंटबैटेन-दम्पति कराची में थे—पाकिस्तान की आज़ादी के दिन की खुशियों में हिस्सा लेने के लिए।

"दिल में रंचमात्र भी खुशी नहीं थी"

अपने औंक्रिया व्यक्तिगत चिन्ह, एक ताज़ा तोड़ा हुआ गुलाब का फुल जो कि बास्केट के एक बटन में अटका रहता था, चिन्तामग्न जवाहरलाल नेहरु वायसराय के महल में घड़ी भर के लिए ठिठके खड़े रहे (नीचे का चित्र)। भारतीय राजनीति के धरातल पर ब्रिटेन से ली गई संसदीय जनतांत्रिक प्रणाली और कार्ल मार्क्स के आर्थिक समाजवाद के एक साथ पनपाने को उत्सुक जवाहरलाल नेहरु माउंटबैटेन के इस विश्वास से सहमत हो गये कि भारत के विभाजन का विकल्प केवल एक गृह-युद्ध में ही संभव है। कुछ प्रारम्भिक हिचक दिखला कर उन्होंने अपने पुराने अग्रणी गांधी का साथ छोड़ दिया और 'दिल में रंचमात्र भी खुशी' के अभाव में अपने देशवासियों से वायसराय द्वारा प्रस्तावित भारत के विभाजन को स्वीकार कर लेने के लिए कहा। लेकिन भारत को आज़ादी का गहरा मूल्य चुकाना पड़ा। देश विभाजन ने एक करोड़ अभागे, असमर्थ लोगों को सड़कों पर, रेल के डिब्बों मेंऔर खड़ी फ़स्ल से भरे पंजाब के खेतों में उठा फेंका। मनुष्य के इतिहास में देशान्तरण का यह सब से बड़ा उदाहरण था (सामने के चित्र)।

अनजाने में इतने बड़े सर्वनाश का कारण बनने वाले और इस सर्वनाश के कुछेक शिकार

चार भारतीयों के साथ, जो कि नये सीमा-निर्धारण के लिए उसकी सहायता में नियुक्त थे, पंजाब के एक भाग में चित्र खिंचवाते हुए सर सिरिल रैंडक्लिफ़ (सफ़ेद सूट में, नीचे)। पंजाब प्रान्त के विभाजन का दायित्व भी इन पर था। भारत में सिख पिता और अपहृत मुसलमान युवती की बेटी तन्वीरा बूटासिंह (नीचे, बांयीं ओर)—तन्वीरा की माँ उन दस करोड़ भारतीयों में से थीं जिसे अपने घर, माँ-बाप सबसे बिछड़ना पड़ा। सिक्ख पत्रकार कर्तारसिंह दुग्गल (नीचे, दांयीं ओर) और मुस्लिम मेडिकल छात्रा आयशा अली जिसे भी अपना जन्म-जात संग छोड़ना पड़ा! लेकिन उसकी जगह इन्हें मिला प्रेम। इन दोनों ने विवाह कर लिया और अब नई दिल्ली में रहते हैं।

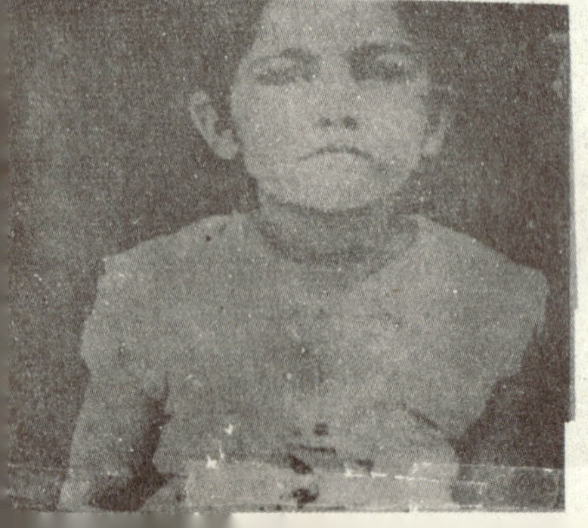

NWR

जिन लोगों ने
गांधी की
हत्या की

बांयें से दांयी ओर बैठे हुए : नारायण आप्टे 34—फ़ाँसी की सज़ा हुई; वीर सावरकर—रिहा कर दिये गये; नाथूराम गोडसे, 39, जिन्होंने गोली चलायी—एक धर्मान्ध पत्रकार—फ़ाँसी की सज़ा हुई; विष्णु करकरे, 34, एक छोटे-से ढाबे के मुसलमान-विरोधी मालिक, आजन्म क़ैद की सज़ा हुई। खड़े हुए : शंकर किस्तैया, बागड़े का नौकर—सज़ा मिली लेकिन अपील पर छूट गये; गोपाल गोडसे, 29, हत्यारे का भाई—उम्र कैद की सज़ा हुई; मदनलाल पावा, 20, एक पंजाबी शरणार्थी जिसने चोटों से घायल अपने पिता का बदला लेने की कसम उठायी थी—उम्र कैद; दिगम्बर बाडगे, 37, गैर-कानूनी हथियारों के व्यापारी जिस ने एक साधु का स्वाँग रच रक्खा था—सरकारी गवाह बन गया, और रिहा कर दिया गया। (सामने के पृष्ठ पर) पुलिस द्वारा प्रचारित चित्र।

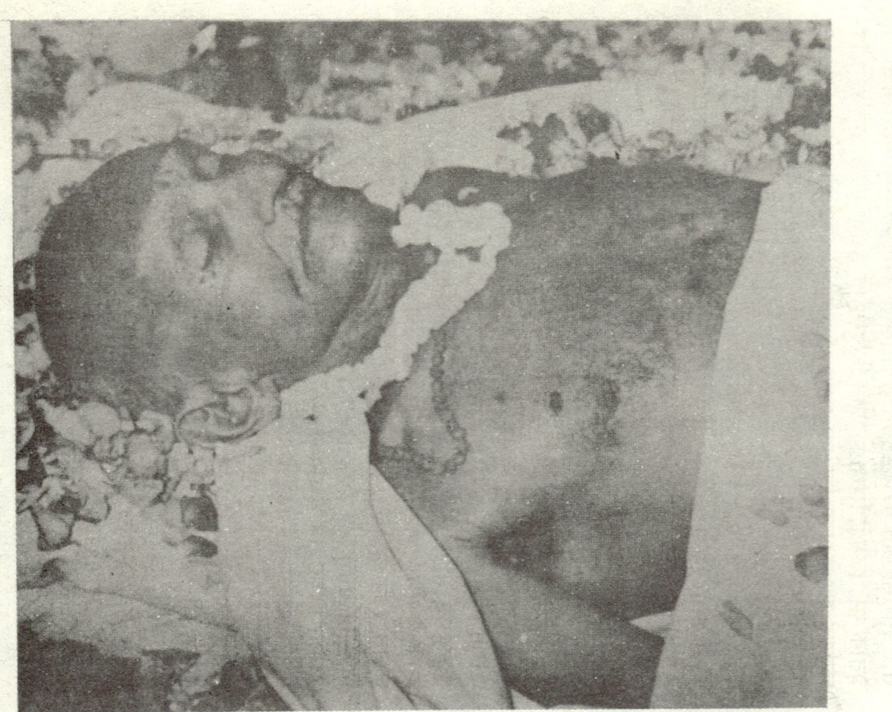

भारत के महात्मा ने 'हे राम' कहते हुए प्राण छोड़े

जैसा कि उन्हें आशा थी कि होगा, गांधी के प्राण राम का नाम लेते हुए छूटे। मृत्यु की निर्मम छाया में अपने निस्पन्द चेहरे का अन्तिम और मर्मस्पर्शी दर्शन अपने देशवासियों को दिखलाते हुए गांधी। उनके अनुयायिओं ने उनके शव पर अन्तिम भेंट के रूप में गुलाब की पंखुड़ियों की उनकी सादी चादर पर वर्षा कर दी—यह चादर उस सूत से बनी हुई थी जो उन्होंने जीवन में अपने चरखे पर कभी स्वयं काता था।

को 15 अगस्त तक के कुछ ही हफ़्तों के अन्दर 550 सेब तोड़ने थे और ऐसे सेब जिनका पेड़ की टहनी से टूटना मुश्किल था।

जवाहरलाल नेहरू ने उनके सामने जो सुझाव रखा वैसा असाधारण सुझाव कभी किसी अँग्रेज़ के सामने किसी हिन्दुस्तानी ने नहीं रखा था। वह उपनिवेशों के उन्मूलन के इतिहास में अपने ढंग का अकेला सुझाव रहेगा। वाइसराय के अध्ययन-कक्ष में, जिसमें उन्होंने कई घंटे गहरी चिन्ता में डूबे रहकर बिताये थे, जवाहरलाल नेहरू ने भारत के अन्तिम वाइसराय से, उस सिंहासन पर बैठने वाले आख़िरी आदमी से जो उस सत्ता का प्रतीक था जिसके ख़िलाफ़ इतने हिन्दुस्तानी संघर्ष करते आये थे, औपचारिक रूप से कहा कि वह सबसे गौरवान्वित पद को स्वीकार कर लें जो स्वतन्त्र भारत किसी भी व्यक्ति को दे सकता था—भारत के गवर्नर-जनरल का पद।

नेहरू के दिमाग़ में इस विचार का बीज उनके प्रतिद्वंद्वी जिन्ना ने बोया था। जिन्ना को इस बात की चिन्ता थी कि इस उप-महाद्वीप की सम्पदा का जब बँटवारा हो तो पाकिस्तान को उसका उचित हिस्सा मिले, इसलिए उन्होंने माउंटबैटेन के सामने यह सुझाव रखा था कि जब तक बँटवारे का काम पूरा न हो जाये तब तक वह सर्वोच्च पंच के रूप में 15 अगस्त के बाद भी यहाँ रहें।

माउंटबैटेन को जो सम्मान दिया जा रहा था उसकी अपार प्रतिष्ठा के बावजूद उन्हें उसे स्वीकार करने में बहुत संकोच था, और उनकी पत्नी को भी। भारत में उन्होंने जो चार महीने बिताये थे उनमें उन्होंने शानदार सफलताएँ प्राप्त की थीं। अब वह और उनकी पत्नी 'गौरव की चमक-दमक के बीच' यहाँ से जाने की आशा कर सकते थे। वह अच्छी तरह जानते थे कि आगे चलकर बहुत मुसीबतें आने वाली हैं और अगर वे यहाँ टिक गये तो उनकी पिछली सारी सफलताओं पर कलंक का धब्बा लग जायेगा। वह यह भी महसूस करते थे कि उनके लिए उचित यह था कि जिन्ना भी उनके सामने ऐसा ही सुझाव रखें।

लेकिन मौत की घड़ियाँ गिनते हुए मुसलिम नेता में अब इतना सब्र नहीं रह गया था कि जिस राज्य को हासिल करने के लिए उन्होंने इतनी मेहनत की थी उसके सर्वोच्च पद की शान-शौक़त और तड़क-भड़क को ठुकरा दें। उन्होंने माउंटबैटेन को बताया कि वह ख़ुद पाकिस्तान के गवर्नर-जनरल बनेंगे।

लेकिन माउंटबैटेन ने उनसे कहा कि उन्होंने ग़लत पद चुना था।

ब्रिटिश संविधान के अनुसार, जो दोनों राज्यों पर लागू होने वाला था, सारी ताक़त प्रधानमन्त्री के हाथ में होगी। गवर्नर-जनरल का पद तो केवल सत्ता का प्रतीक था, जैसे इंगलैण्ड के बादशाह का जिसके हाथ में कोई ताक़त नहीं होती।

जिन्ना पर उनकी दलील का कोई असर नहीं हुआ। उन्होंने बड़ी रुखाई से जवाब दिया, 'मैं गवर्नर-जनरल बनूंगा और जो मैं कहूंगा वही प्रधानमन्त्री को करना होगा।'

एटली, चर्चिल और स्वयं बादशाह ने यह महसूस करके कि नेहरू ने यह सुझाव रखकर ब्रिटेन को कितना बड़ा सम्मान दिया है, माउंटबैटेन ने उसे स्वीकार कर लेने का अनुरोध किया। जिन्ना ने भी उनसे यही अनुरोध किया।

लेकिन इस पद को स्वीकार करने से पहले उन्हें एक आदमी के आशीर्वाद की ज़रूरत थी। शुरू में तो इस बात की कल्पना भी नहीं की जा सकती थी कि वह आदमी जो अहिंसा के सिद्धान्त का प्रवर्त्तक था इस बात के लिए राज़ी भी होगा कि स्वतन्त्र भारत में राज्यसत्ता के प्रधान के पद पर एक ऐसे आदमी को बिठाया जाये जिसने अपना सारा जीवन युद्ध की कला में बिताया था। इसके अलावा गांधी ने अपने अनोखे ढंग से सारी दुनिया को यह बता दिया था कि वह इस पद के लिए सबसे आदर्श आदमी किसे समझते हैं : एक अछूत भंगी लड़की को 'जिसका इरादा पक्का हो, जो भ्रष्टाचार से कोसों दूर हो और हीरे की तरह शुद्ध हो।'

लेकिन तमाम मतभेदों के बावजूद गांधी और माउंटबैटेन के बीच एक सच्चा लगाव पैदा हो गया था। माउंटबैटेन पर मानो गांधी ने जादू कर दिया था। उन्हें गांधी के शरारत-भरे मज़ाक बहुत अच्छे लगते थे। जिस क्षण से वह भारत में आये थे उन्होंने ब्रिटिश राज के सब पुराने घिसे-पिटे तौर-तरीक़ों को छोड़ दिया था और वह महात्मा गांधी और उनके विचारों को बिना किसी पूर्वाग्रह के देखते थे। हर मुलाक़ात के साथ गांधी के प्रति उनका निजी स्नेह बढ़ता गया।

गांधी स्वयं भी बहुत स्नेहमय स्वभाव के आदमी थे; उन्होंने माउंटबैटेन के हार्दिक स्नेह को पहचान लिया था और उसके जवाब में वैसा ही स्नेह उनके प्रति दिखाया था। जुलाई में एक दिन तीसरे पहर वह आदमी जो अँग्रेज़ों की जेलों में कई वर्ष बिता चुका था वाइसराय के अध्ययन-कक्ष में आया। वहाँ बैठकर गांधी ने माउंटबैटेन से कहा कि वह उस देश के प्रथम गवर्नर-जनरल बनने का कांग्रेस का निमन्त्रण स्वीकार कर लें,

जिसे उनके देशवासी अँग्रेज़ों के चंगुल से छुड़ाने में उन्हें 35 वर्ष लगे थे।

गांधी के वे शब्द माउंटबैटेन के लिए निजी तौर पर अपार सराहना के शब्द थे, और साथ ही वे अँग्रज़ों के लिए भी इतनी ही सराहना के शब्द थे। गांधी बड़ी-सी आराम-कुर्सी में धँसकर बिलकुल खो गये थे; उन्हें देखकर माउंटबैटेन भाव-विह्वल हो उठे। वह सोच रहे थे, 'हमने इस आदमी को जेल में रखा, इसे अपमानित किया, इसका तिरस्कार किया। हमने इसकी उपेक्षा की, फिर भी इसका दिल कितना बड़ा है कि वह हमारे साथ यह कर रहा है।' भावावेग के कारण माउंटबैटेन की आँखें डबडबा आयी थीं; उन्होंने इस प्रोत्साहन के लिए गांधी के प्रति आभार प्रकट किया।

गांधी ने बहुत हलके-से सिर हिलाकर उनके इन शब्दों को स्वीकार किया और अपनी बात कहते रहे। अपना दुबला-पतला हाथ चारों ओर घुमाकर उन्होंने वाइसराय-भवन और उसके मुग़ल ग़ार्डन के विस्तार की ओर संकेत किया। उस वाइसराय से, जिसे उस शाही महल के चप्पे-चप्पे से प्यार था, जिसे उसकी शान-शौक़त, उसकी तड़क-भड़क और चमक-दमक में आनन्द आता था, जो वहाँ के नौकरों-चाकरों से, वहाँ की खाने-पीने की व्यवस्था से बेहद खुश था, गांधी ने कहा कि स्वतन्त्र भारत में यह सब-कुछ छोड़ना होगा। यह सारा अहंकार-भरा ठाठ-बाट, अतीत से इन सब चीज़ों का सम्बन्ध, भारत की ग़रीब जनता को मुँह चिढ़ाता था। उसके नये नेताओं को एक नया आदर्श दूसरों के सामने रखना होगा। गांधी ने आशा व्यक्त की कि माउंटबैटेन राष्ट्र के पहले प्रधान की हैसियत से इस मामले में दूसरों की अगुवाई करेंगे। गांधी ने अनुरोध किया कि वह वाइसराय-भवन को छोड़कर किसी मामूली घर में जाकर रहें जहाँ नौकर-चाकर न हों। लुतयेंस के बनाये हुए इस महल में अस्पताल बनाया जा सकता था।

माउंटबैटेन के चेहरे पर अचानक एक तनाव-सा आ गया और उस पर एक सूखी-सी मुसकराहट फैल गयी। वह सोचने लगे कि यह चालाक गांधी मुझसे अपना पाख़ाना खुद साफ़ करने को कह रहा है। एटली, बादशाह, नेहरू और जिन्ना उनके ऊपर एक ऐसा काम थोपे दे रहे थे जिसके बारे में उनके मन में बहुत गम्भीर आशंकाएँ थीं। और अब यह बूढ़ा उन्हें भारत का पहला समाजवादी बनाने की कोशिश कर रहा था, एक नाममात्र का ऐसा नेता जो किसी छोटे-से बँगले से बैठकर मानव-जाति के पाँचवें हिस्से पर शासन करे और रोज़ सुबह उठकर अपने हाथ से उस बँगले में झाड़ू लगाये।

पंजाब, जुलाई 1947

वाइसराय के अध्ययन-कक्ष की खिड़की से मुश्किल से दस-बारह मील की दूरी पर पंजाब के हरे-भरे लहलहाते हुए खेत थे। भारत के इस अन्न-भंडार में इससे पहले कभी इतनी अच्छी फ़सल नहीं हुई थी जैसी कि तब जौ, सुनहरे गेहूँ, मक्का और गन्ने के खेतों में पक रही थी। बैलगाड़ियों पर भारत की इस सबसे उपजाऊ धरती के फल लादकर धूल-भरी सड़कों पर अलसाये हुए बैल खींचकर न जाने कहाँ ले जा रहे थे।

ये बैलगाड़ियाँ जिन गाँवों की ओर जा रही थीं वे सभी थोड़े-बहुत अन्तर के साथ एक जैसे ही थे। हरी काई की परत से ढके हुए कच्चे तालाब में एक ओर औरतें कपड़े धोती थीं और दूसरी ओर छोटे-छोटे लड़के गोबर में सनी हुई भैंसों को नहलाते थे; कच्ची दीवारों वाली झोंपड़ियों के झुरमुट में भैंसें, बकरियाँ, गायें, कुत्ते और नंगे पाँव भागते हुए बच्चे टख़ने-टख़ने तक कीचड़ और मवेशियों के पेशाब में से किसी तरह आगे बढ़ने का रास्ता निकालते थे। कहीं किसी कोने में बड़े-से कूबड़ वाला बैल कोल्हू चलाता रहता था, या चक्की में अनाज पीसता रहता था तो कहीं गाँव की गोरियों की टोली चूल्हों में जलाने के लिए उपले पाथती थीं।

लाहौर का शहर पंजाब की जान था। वह मुग़ल बादशाहों की लाडली शाहज़ादी की तरह था। उसमें अलिफ़-लैला के क़िस्सों का जादू था। इस शहर पर मुग़ल सम्राटों ने अपने दस्तकारों और कारीगरों का सारा हुनर लुटा दिया था। औरंगज़ेब की बनवायी हुई जामा मसजिद पर जड़े हुए पत्थरों पर शताब्दियों तक धूल जमने के बाद अभी तक चमक बाक़ी थी; उसकी मेहराबों पर संगमरमर को काट-काटकर लिखे हुए अल्लाह के 99 नाम आज भी पहले जैसे दिखायी देते थे। अकबर का शानदार लम्बा-चौड़ा क़िला, उसकी चिकने पत्थर की छतें और महीन लेस जैसी पत्थर की जालियाँ देखने वाले का मन मोह लेती थीं। नूरजहाँ का मज़ार आज भी उस क़ैदी सुन्दरी की याद दिलाता था जो अपने सैयाद से शादी करके इस मुल्क की मलिका बनी थी। अकबर के हरम के सबसे अनमोल रतन अनारकली का मक़बरा आज भी वह दर्द-भरी दास्तान सुनाता था जब शाहज़ादे पर अपनी मुसकराहटें लुटाने के ज़ुर्म में उसे दीवार में ज़िन्दा चुनवा दिया गया था। और शालीमार बाग़ के वे 300 गुनगुनाते हुए फ़व्वारे अभी तक अपने राग सुनाते थे।

दिल्ली से ज़्यादा रंगीन, बम्बई से ज़्यादा रईसी ठाठ वाला, और

कलकत्ता से ज़्यादा पुराना यह शहर कुछ लोगों के लिए हिन्दुस्तान की सबसे दिलकश बस्ती था। इस शहर की जान थी उसकी चौड़ी सड़क माल रोड, जिसके दोनों ओर चायख़ानों, दुकानों, होटलों और सिनेमाघरों की चहल-पहल हमेशा रहती थी।

लाहौर को इस बात पर नाज़ था कि वहाँ किताबों की दुकानों से ज़्यादा शराबख़ाने थे। उसके नाचघरों में भी उतने ही शौदाई जाते थे जितने कि वहाँ के मन्दिरों और मसजिदों में। वहाँ की हीरा-मंडी जैसी रौनक़ हिन्दुस्तान के किसी भी वेश्याओं के बाज़ार में नहीं होती थी। इस शहर को बहुत अरसे से 'पूरब का पेरिस' कहे जाने का गौरव प्राप्त रहा था।

एक बार किसी ने इस शहर को देखकर कहा था कि यहाँ के स्कूली लड़के ऐक्टरों जैसे कपड़े पहनते हैं और ऐक्टर उन रंगीले छैला जवानों की तरह रहते हैं जिन्हें शौक़ीन औरतें अपना दिल बहलाने के लिए पालती हैं; यहाँ की शरीफ़ज़ादियाँ तवायफ़ों जैसा लिबास पहनती हैं और तवायफ़ें लन्दन की इश्तहारी हसीनाओं जैसा। यह कुरते-शलवार का वतन था।

यहीं अँग्रेज़ों ने शिक्षा की कुछ सबसे अच्छी संस्थाएँ क़ायम की थीं जिनमें वे नेताओं की नयी पीढ़ी को नाज़ुक पौधों की तरह पालते थे। ईसाई पादरियों के खोले हुए इन स्कूल-कॉलेजों के गिरजाघरों की मीनारों से लेकर उनके क्रिकेट के मैदानों तक हर चीज़, लेटिन और ग्रीक के शब्दों से भरी हुई पढ़ाई, बेंत हाथ में लेकर चलने वाले वहाँ के मास्टर, हर स्कूल की अलग रंग की टोपियाँ और ब्लेज़र के कोट जिनकी जेबों पर 'दैवी ज्योति हमारी मार्गदर्शक' और 'ज्ञान प्राप्त करने का साहस' जैसे मूलमन्त्र कढ़े रहते थे—ये सभी चीज़ें विलायत के स्कूलों-कॉलेजों से ज्यों-की-त्यों पौधों की तरह उखाड़कर पंजाब के तपते हुए मैदानों में लाकर लगा दी गयी थीं।

दीवारों पर लगी हुई उनकी खेल-कूद की टीमों की तसवीरें पीली पड़ने लगी थीं, जिनमें से कुछ चेहरे अपनी खिलाड़ियों वाली टोपियों के नीचे से झाँकते हुए या बड़े गर्व से अपनी हाकियाँ या क्रिकेट के बल्ले थामे हुए दिखायी देते थे। इन नौजवानों में हिन्दू, मुसलमान और सिख सभी थे और इन सभी ने गिरजाघरों में साथ खड़े होकर ईसाइयों के प्रार्थना-गीत गाये थे, सभी ने चाउसर और थैकरे की रचनाएँ पढ़ी थीं, सभी ने खेल-कूद के मैदानों में एक-दूसरे को घायल करके अपने उन शासकों की मर्दाना ख़ूबियाँ हासिल करने की कोशिश की थी, जिनसे आज वे अपने इस उप-महाद्वीप को वापस माँग रहे थे।

लाहौर की सबसे बड़ी ख़ूबी यह थी कि वह बहुत रवादार शहर था,

जहाँ के पाँच लाख हिन्दुओं, एक लाख सिखों और छः लाख मुसलमानों के बीच साम्प्रदायिक भेद-भाव किसी भी दूसरे शहर की अपेक्षा कम था। यहाँ के क्लबों में सिख, मुसलमान और हिन्दू मर्द और औरतें एक साथ अँग्रेज़ी नाच नाचते थे और उनके बीच साम्प्रदायिक दूरी सिर्फ़ साड़ी की मोटाई के बराबर रह जाती थी। स्वागत समारोहों में, खाने-पीने की दावतों में और नाच-रंग में सभी धर्मों के लोग बिना किसी भेद-भाव के एक-दूसरे से मिलते थे। शहर के बाहर जो आलीशान कोठियाँ और बँगले बने हुए थे वे सभी के थे—हिन्दुओं, सिखों, मुसलमानों, ईसाइयों और पारसियों के।

यह सब-कुछ एक ख़ूबसूरत सपने जैसा था और जुलाई 1947 में वह सपना टूटने वाला था। जनवरी से ही मुसलिम लीग के मुजाहिद पंजाब के उन इलाक़ों में ख़ुफ़िया मीटिंगें करने लगे थे जहाँ मुसलमानों का बहुमत था। हिन्दुस्तान के दूसरे हिस्सों में हिन्दुओं के अत्याचार का शिकार होने वाले मुसलमानों की तसवीरें और खोपड़ियाँ तथा हड्डियाँ दिखाकर ये लोग साम्प्रदायिकता की आग भड़का रहे थे। कभी-कभी इन अत्याचारों का शिकार बताये जाने वाले किसी आदमी को घुमा-घुमाकर उसके घाव लोगों को दिखाये जाते थे। लगातार कई दंगे और प्रदर्शन होने की वजह से हिन्दुओं, मुसलमानों और सिखों की उस मिली-जुली सरकार को जो पिछले दस साल से इस प्रान्त का शासन चलाती आयी थी, इस्तीफ़ा देना पड़ा था। नतीजा यह हुआ था कि यहाँ के गवर्नर सर एवान जेंकिस को मजबूरन शासन की बागडोर अपने हाथों में लेनी पड़ी।

हिंसा की पहली लहर मार्च के शुरू में आयी थी, जब एक सिख नेता ने 'पाकिस्तान मुर्दाबाद' का नारा देकर एक बाँस पर लगा हुआ मुसलिम लीग का झंडा काट गिराया था। मुसलमानों ने फ़ौरन इस चुनौती का जवाब ख़ून की नदियाँ बहाकर दिया। इसके बाद जो दंगे हुए उनमें 3,000 से ज़्यादा आदमी मारे गये जिनमें से ज़्यादातर सिख थे। भारतीय सेना के उत्तरी कमान के कमांडर-इन-चीफ़ लेफ़्टिनेंट-जनरल फ्रैंक मेसर्वी ने जब हवाई जहाज़ से सिखों के उन गाँवों को देखा जिन्हें मुसलमानों ने तबाह कर दिया था तो वह मारे गये सिखों की लाशों की क़तारों-की-क़तारें देखकर दंग रह गये, 'मानो शिकार के बाद मुर्ग़ाबियों का झुंड ज़मीन पर बिछ गया हो।'

अन्त में अधिकारीगण शान्ति और व्यवस्था स्थापित करने में सफल तो हो गये थे, लेकिन उसके बाद से इस तरह के उपद्रव बार-बार होने लगे थे, जिनका एक नमूना लुई माउंटबैटेन खुद अपनी आँखों से अप्रैल में कहूटा

गाँव में देख चुके थे।

आखिरकार यह ज़हर जो चारों ओर फैल रहा था, रिसते-रिसते लाहौर तक पहुँच गया। लाहौर की सारी रंगीनी, सारी चमक-दमक, सारी चहल-पहल खत्म हो चुकी थी। अब वहाँ 'गर्मी, धूल-भरी आँधियों, दंगों और हर तरफ़ उठती हुई आग की लपटों' के अलावा कुछ भी नहीं था।

डर के मारे एक लाख लोग शहर छोड़कर जा चुके थे। बेहद गर्मी के बावजूद लोगों ने बाहर खुले आसमान के नीचे सितारों की छाँव में सोने का आम पंजाबी तरीक़ा छोड़ दिया था। हमेशा यह डर लगा रहता था कि न जाने कब कोई चोरी-छुपे आकर किसी सोते हुए आदमी का गला काटकर चला जाये। शहर के कुछ हिस्सों में मुसलमान नौजवान सड़क के आर-पार एक तार बिछा देते थे और जब किसी को तेज़ी से साइकिल पर आता देखते थे तो अचानक तार तान देते थे। वे हमेशा सिखों को ही अपना निशाना बनाते थे, क्योंकि अपनी दाढ़ी और पगड़ी की वजह से ये लोग दूर से पहचाने जाते थे।

लाहौर में सबसे ज़्यादा उपद्रव पत्थर की उस सात मील लम्बी दीवार से घिरे हुए इलाक़े में होता था जिसे अकबर ने शहर की रक्षा के लिए बनवाया था। इतना घना आबाद इलाक़ा दुनिया में शायद ही कोई दूसरा रहा होगा। यहाँ की गलियों, बाड़ों, दूकानों, मन्दिरों, मसजिदों और टूटे-फूटे मकानों में तीन लाख मुसलमान और एक लाख हिन्दू और सिख भेड़-बकरियों की तरह घुस-पिलकर रहते थे। इंसानों के इस तूफ़ानी समुद्र में एशिया के बाज़ारों की सारी खुशबुएँ मिलती थीं, उनका सारा शोर-गुल और सारी चीख-पुकार सुनायी देती थी। जहाँ भी कोई खुली जगह मिलती कोई-न-कोई अपना खोमचा लगा लेता। सिर पर छाबड़ियों में, ठेलों पर वे अपना सामान आवाज़ लगा-लगाकर बेचते थे : गरम पकौड़ियाँ, सन्तरों के ढेर, हलवा और बर्फ़ी, पपीते, अमरूद, केले, खजूर के पिंड जिन पर मक्खियाँ भिनभिनाती रहती थीं। आँखों में कीचड़-भरे बच्चे ज़ंग लगी मशीनों से गन्ने का रस निकालते रहते थे।

गलियों में कबूतर की ढाबलियों जैसी छोटी-छोटी दूकानों की क़तारें थीं, जिन्हें बरसात में अचानक बाढ़ आ जाने से बचाने के लिए ज़मीन से दो फ़ुट की ऊँचाई पर बनाया गया था। उनके बीच अपने-आप ही ऐसी हदें खिंच गयी थीं कि चमड़े का काम करने वालों की सब दूकानें एक जगह थीं और टीन का काम करने वालों की दूसरी जगह। फिर जौहरी बाज़ार था जहाँ काँच की अलमारियों में सोने की चूड़ियाँ चमकती रहती थीं जो

बहुत-से हिन्दुओं के लिए पैसा बचाने का एकमात्र तरीक़ा था। एक तरफ़ अत्तारों की दूकानें थीं जहाँ अगर की बत्तियाँ और काँच की फँसी शीशियों में गाहकों की पसन्द के हिसाब से भाँति-भाँति के इत्र मिलते थे। जूते वालों की दूकानों पर ज़री के काम की सुनहरी सलीपरों की क़तारें सजी रहती थीं। मीना और पच्चीकारी के काम की दूकानें थीं जिनमें तरह-तरह के गहने और दूसरी चीज़ें मिलती थीं। बुढ़िया के काते जैसे बारीक सोने के तार के ज़ेवर, लाख की पालिश वाले ख़ूबसूरत बेल-बूटेदार तरह-तरह के प्याले और तश्तरियाँ, हाथी-दाँत और सीप की जड़ाई के चन्दन की लकड़ी की सन्दूक़चियाँ—सभी कुछ तो वहाँ मिलता था।

वहीं कुछ दूकानें ऐसी भी थीं जहाँ तरह-तरह के हथियार, चाक़ू, छुरे और सिखों की किरपानें भी मिलती थीं। कुछ फूल वालों की दूकानें थीं जिन पर गुलाब के फूलों के अम्बार लगे रहते थे और छोटे-छोटे लड़के चमेली के हार और गजरे गूँथकर झालर की तरह दूकानों के सामने टाँगते जाते थे। चाय वालों की दूकानों पर बिलकुल काले रंग की चाय की पत्ती से लेकर हरी चाय की पत्तियों तक दर्जनों तरह की चाय मिलती थी। कपड़े के व्यापारी अपनी गद्दियों पर नंगे पाँव पालथी मारकर बैठे रहते थे और उनके पीछे रंग-बिरंगे कपड़ों के थान अलमारियों में सजे रहते थे। कुछ दूकानों पर शादी की पगड़ियाँ, गोटा-पट्टा और रंगीन काँच के नक़ली नगीने मिलते थे। हज्जाम, लुहार, ठठेरे, दर्ज़ी, बढ़ई, कबाड़ी—सभी अपनी-अपनी दूकानें सजाये हुए वहाँ दिखायी देते थे। इतने बहुत-से कारोबारों का मिला-जुला शोर अजीब समाँ बाँध देता था।

काले बुरक़े पहने हुए मुसलमान औरतों की जाली के पीछे से चमकती हुई आँखें, घण्टियाँ बजाते हुए और शोर मचाते हुए ताँगों, रिक्शों, साइकिलों और बैलगाड़ियों के रेले के बीच से अपना रास्ता निकाल लेती थीं। इस बाज़ार के पास ही हिन्दू बस्ती में ऊपर की मंज़िल पर पुराने लाहौर के सबसे अमीर आदमी की पेढ़ी थी, जहाँ से वह नक़्क़ाशीदार चौखट वाली खिड़कियों के पीछे से इस सारी चहल-पहल को देखता रहता था। इस खिड़की से बुलाक़ी शाह ने जो जाल फैला रखा था उसमें पंजाब के लगभग एक-चौथाई किसान फँसे हुए थे, कुछ तो सारी उम्र के लिए। वह हिन्दुस्तान का सबसे कामयाब महाजन था।

अब बुलाक़ी शाह की इन खिड़कियों के नीचे की गलियों में मौत का बाज़ार गर्म था। बिना सोचे-समझे अंधाधुंध किसी को भी मौत के घाट उतार दिया जाता था। किसी को सिखों जैसी पगड़ी बाँधे देखा तो उसे मार दिया, किसी को मुसलमानों जैसी दाढ़ी रखे देखा तो उसे मार

दिया। मारने वाले तीनों ही सम्प्रदायों के गुंडे थे जो विरोधी सम्प्रदायों के लोगों की घात में पुराने शहर में घूमते रहते थे। जैसे ही कोई शिकार उनकी बस्ती में भटकता हुआ आ जाता वे उसे मारकर गलियों की भूल-भुलैयों में ग़ायब हो जाते।

एक अँग्रेज़ पुलिस-अफ़सर को अब तक याद है कि उन दिनों मौत बिजली जैसी तेज़ी से आती थी। पलक मारते सारा काम तमाम हो जाता था। इससे पहले कि मारा जाने वाला चिल्लाये उसकी लाश सड़क पर तड़पती दिखायी देती थी, सारे दरवाज़े बन्द हो जाते थे और कहीं कोई नज़र नहीं आता था।

मारे जाने वालों में मुसलमानों और ग़ैर-मुसलिमों के पलड़े न जाने कैसे बिलकुल बराबर रहते थे। शहर का अँग्रेज़ इंसपेक्टर-जनरल पुलिस जॉन बैनेट कहता, 'आज मुसलमानों का पलड़ा भारी है। कोई शर्त लगाने को तैयार है कि आज रात ही हिन्दू हिसाब बराबर कर लेंगे ?'

हर शनीचर को पुलिस दो साप्ताहिक डायरियाँ तैयार करती थी—एक अपराधों की डायरी और दूसरी राजनीतिक गतिविधियों की गुप्त डायरी। बैनेट यह फ़ैसला कभी नहीं कर पाये कि इन साम्प्रदायिक हत्याओं को किस डायरी में दर्ज किया जाये, इसलिए एक अँग्रेज़ नौकर-शाह जैसी मुस्तैदी के साथ उन्होंने फ़ैसला किया कि उन्हें दोनों डायरियों में दर्ज कर दिया जाये।

लाहौर से पैंतीस मील पूरब की तरफ़ पंजाब का दूसरा सबसे बड़ा शहर अमृतसर था, जिसकी पुरानी गलियों के बीच सिखों का सबसे बड़ा गुरुद्वारा, स्वर्ण-मन्दिर था। एक तालाब के बीच में बने हुए संगमरमर के इस गुरुद्वारे तक पहुँचने के लिए संगमरमर का एक पुल बना हुआ था। इसके सुनहरे गुम्बद के नीचे सिखों की पवित्र पुस्तक 'ग्रंथ-साहब' की मूल पांडुलिपि रेशमी कपड़े में लिपटी हुई रखी थी और उस पर रोज ताज़े फूल चढ़ाये जाते थे। यह स्थान इतना पवित्र माना जाता था कि इसे सिर्फ़ मोरों के पंख की बनी हुई झाड़ू से बुहारा जाता था।

भारत में, जिसकी भूमि के चप्पे-चप्पे पर ईश्वर-भक्ति की छाप लगी थी, साठ लाख सिख, जिनके लिए अमृतसर का स्वर्ण-मन्दिर सबसे बड़ा तीर्थ था, उस धर्म को मानते थे जो इस देश की धरती से जन्म लेने वाला एकमात्र प्रमुख धर्म था। लम्बे-चौड़े डीलडौल वाले इन सिखों की आबादी देश की कुल आबादी के केवल दो प्रतिशत के बराबर थी, लेकिन वे भारत के सबसे चुस्त, सबसे सुगठित और सबसे लड़ाकू लोग थे।

1947 में भारत के साठ लाख सिखों में से पचास लाख पंजाब में ही रहते थे। वहाँ की आबादी में केवल 13 प्रतिशत सिख थे, लेकिन उनके पास वहाँ की लगभग 40 प्रतिशत ज़मीन थी, जिस पर वे वहाँ की लगभग दो-तिहाई फ़सल उगाते थे। भारत की सेना में लगभग एक-तिहाई सैनिक सिख थे और दोनों लड़ाइयों में भारतीय सेना में जितने लोगों को पुरस्कृत किया गया था उनमें से लगभग आधे सिख थे।

पंजाब का दुर्भाग्य यह था कि वहाँ के मुसलमान और सिख अँग्रेज़ों के अधीन तो रह सकते थे, पर एक-दूसरे के अधीन नहीं रह सकते थे। पंजाब में सिखों के शासन की मुसलमानों के दिमाग़ में जो याद बाक़ी थी उसकी तसवीर बहुत भयानक थी। उन्हें बस इतना याद था कि सिखों ने 'मसजिदों को नापाक किया, औरतों की इज़्ज़त लूटी, मक़बरे और मज़ार ढा दिये, बच्चों से लेकर बूढ़ों तक हर उम्र के मुसलिम मर्दों तथा औरतों को क़त्ल कर दिया, संगीनें भोंककर या गला घोंटकर मार डाला, गोली से उड़ा दिया, बोटी-बोटी काटकर फेंक दिया या ज़िन्दा जला दिया।'

मार्च में सिखों के साथ जो हिंसा बरती गयी थी उसका जब उन्होंने कोई जवाब नहीं दिया तो मुसलमानों को और दिल्ली के राजनीतिज्ञों को कुछ ताज्जुब भी हुआ और कुछ तसल्ली भी। दबी ज़बान से कहा जाने लगा कि सिखों में अब वह लड़ाकू भावना नहीं रह गयी, पैसा आ जाने की वजह से वे कुछ ढीले पड़ गये हैं।

लेकिन उनकी मनोदशा का यह बिलकुल ग़लत अनुमान था। जून के शुरू में जब वाइसराय और भारत के नेताओं के बीच देश के बँटवारे का समझौता हो रहा था, उसी समय लाहौर के नेडोज़ होटल में सिख नेताओं की एक ख़ुफ़िया मीटिंग यह तय करने के लिए हो रही थी कि अगर बँटवारे का फ़ैसला मान लिया गया तो सिख क्या रास्ता अपनायें। इस मीटिंग में जिस आदमी की आवाज़ छायी हुई थी वह वही सिरफिरा उन्मादी नेता था जिसने मार्च में अपनी किरपान से मुसलिम लीग का झण्डा काटकर उपद्रव की आग भड़का दी थी। सिखों के नेता तारासिंह, जिन्हें उनके अनुयायी 'मास्टर' इसलिए कहते थे कि वह कभी किसी स्कूल में छोटे-मोटे अध्यापक रह चुके थे, उनकी भड़कायी हुई हिंसा की इस आग में अपने परिवार के कई सदस्य खो चुके थे और इस समय उनके मन में एक ही भावना—बदला लेने की भावना थी।

पंजाब पर आगे चलकर कितनी बड़ी मुसीबत का पहाड़ टूटने वाला था इसका अन्दाज़ा मास्टर तारासिंह के उस भाषण से किया जा सकता

था जिसमें उन्होंने गरजकर कहा था, 'सिखो, जापानियों और नाज़ियों की तरह मर-मिटने के लिए तैयार हो जाओ। हमारी धरती पर लुटेरों का क़ब्जा होने वाला है, हमारी औरतें बेइज़्ज़त की जाने वाली हैं। उठो और एक बार फिर मुग़ल हमलावरों को मिटा दो। हमारी धरती माँ हमसे ख़ून की भीख माँग रही है। हम उसकी यह प्यास अपने ख़ून से और अपने दुश्मन के ख़ून से बुझायेंगे!'

नयी दिल्ली में वाइसराय और उसके कर्मचारी-मंडल को रोज़ दर्जनों छोटे-बड़े फ़ैसले करने पड़ते थे। कुछ समस्याओं पर बहस कभी ख़त्म ही होने नहीं आती थी, जैसे यह कि जिन हज़ारों अँग्रेज़ों को स्वतन्त्रता मिल जाने पर समय से पहले ही रिटायर किया जा रहा था उनकी पेंशन कौन देगा और यह कि वे सैकड़ों अँग्रेज़ नागरिक और अफ़सर जो यहाँ भारत और पाकिस्तान के अनुरोध पर रुक रहे थे किन शर्तों पर काम करें।

उनकी अन्तरिम सरकार, जिसमें ज़्यादातर काँग्रेस और मुसलिम लीग के मन्त्री थे, आने वाले बँटवारे की वजह से पैदा होने वाले तनावों से टूटने लगी थी। उसे 15 अगस्त तक चलाते रहने के लिए माउंटबैटेन ने एक बहुत अच्छी तरकीब निकाली। उन्होंने सभी मन्त्रालयों की ज़िम्मेदारी काँग्रेस को सौंप दी, लेकिन हर मन्त्री के साथ मुसलिम लीग का एक प्रतिनिधि भी लगा दिया कि वह यह निगरानी रखे कि कोई ऐसी बात न होने पाये जिससे पाकिस्तान के हितों को नुक़सान पहुँचे। माउंटबैटेन ने एक अँग्रेज़ जनरल सर राबर्ट लाकहार्ट को उस जनमत-गणना की निगरानी के लिए तैनात कर दिया जिसमें यह फ़ैसला होने वाला था कि उत्तर-पश्चिम सीमा-प्रान्त भारत में शामिल हो या पाकिस्तान में। चूँकि काँग्रेस के कहने पर माउंटबैटेन ने बंगाल को स्वतन्त्र होने का मार्ग चुनने का अवसर नहीं दिया था, इसलिए उन्होंने अब काँग्रेस की इस माँग को नहीं माना कि सीमा-प्रान्त को स्वतन्त्र होने का अवसर दिया जाये।

माउंटबैटेन ने जल्दबाज़ी में भारत की स्वतन्त्रता के लिए 15 अगस्त की तारीख चुन ली थी। वही सबसे टेढ़ी खीर बन गयी थी। कई ज्योतिषियों ने मिलकर अन्त में भारतीय राजनीतिज्ञों को यह सलाह दी कि 15 अगस्त का दिन तो राष्ट्र के आधुनिक इतिहास को आरम्भ करने के लिए बेहद मनहूस दिन है, लेकिन उसकी तुलना में 14 अगस्त को ग्रहों की स्थिति काफ़ी अच्छी है। भारत के राजनीतिज्ञों ने ग्रहों की दशा को टालने के लिए जो सुझाव रखा उसे वाइसराय ने तुरन्त मानकर सन्तोष की साँस ली। उन्होंने यह फ़ैसला कर दिया कि भारत और पाकिस्तान

14 अगस्त 1947 की ठीक आधी रात को स्वतन्त्र राज्य बन जायें।

खादी का वह तिरंगा झण्डा, जो शीघ्र ही भारत के आकाश पर अँग्रेज़ों के झण्डे यूनियन जैक की जगह लेने वाला था, तीस साल से स्वतन्त्रता की प्यासी जनता की मीटिंगों, जुलूसों और प्रदर्शनों में लहराता आया था। संघर्षशील काँग्रेस के लिए इस झण्डे को गांधी ने स्वयं चुना था। उसकी केसरिया, सफ़ेद और हरे रंग की पट्टियों के बीचोंबीच उन्होंने चर्खा रखा था, जो एक तरह से उनकी निजी मुहर थी; यह मामूली-सा अस्त्र उन्होंने ही भारतीय जनता को उसकी अहिंसात्मक मुक्ति के लिए दिया था।

अब, जबकि ,स्वतन्त्रता मिलने वाली थी, काँग्रेस में इस तरह की आवाज़ें उठने लगीं कि राष्ट्र के भावी झण्डे में 'गांधीजी के खिलौने' को केन्द्रीय स्थान पाने का क्या अधिकार है? पार्टी के सक्रिय कार्यकर्ता अधिकाधिक संख्या में यह महसूस कर रहे थे कि चर्खा अतीत का प्रतीक था, वह औरतों के मतलब की चीज़ था और अन्तर्मुखी प्राचीन भारत का चिह्न था।

उनके आग्रह पर राष्ट्रीय ध्वज में सबसे सम्मानित स्थान एक दूसरे चक्र को दिया गया, जो सम्राट अशोक के विजेता सैनिकों का युद्ध-चिह्न था। बल तथा साहस के प्रतीक दो शेरों के बीच शक्ति तथा सत्ता का प्रतीक अशोक का धर्मचक्र नये भारत का प्रतीक बन गया।

गांधी को जब अपने अनुयायियों के इस फ़ैसले का पता चला तो वह बहुत उदास हो गये। उन्होंने कहा, 'यह डिज़ाइन कितना ही कलात्मक क्यों न हो मैं कभी ऐसे झण्डे को सलामी नहीं दूँगा जिसके पीछे इस प्रकार का सन्देश हो।'

वयोवृद्ध नेता ने जिस राष्ट्र को बनाने के लिए इतना कुछ किया था उसमें उनको आगे चलकर लगातार निराशाओं का सामना करना था। उस सिलसिले की यह पहली ही कड़ी थी। गांधी के प्यारे भारत के न केवल दो टुकड़े किये जा रहे थे बल्कि शीघ्र ही इस बँटवारे के बाद जो नया भारत बनने वाला था उसमें और उस भारत में कोई समानता नहीं थी जिसके वह अपने लम्बे संघर्ष में सपने देखते आये थे और जिसके लिए वह लड़े थे।

गांधी का हमेशा से यह सपना रहा था कि वह एक ऐसे आधुनिक भारत का निर्माण करेंगे जो एशिया और सारी दुनिया के सामने उनके सामाजिक आदर्शों की जीती-जागती मिसाल हो। उनके आलोचक इन

आदर्शों को एक बूढ़े की सनक समझते थे। लेकिन उनके अनुयायियों के लिए ये आदर्श पागलपन की ओर बढ़ती हुई मानवता को डूबने से बचाने के लिए एक समझदार व्यक्ति द्वारा दिखाया गया मार्ग था।

जुलाई 1947 में इस पूरे उप-महाद्वीप में छायी हुई साम्प्रदायिक हिंसा ही गांधी की चिन्ता का मुख्य विषय बनी रही। उन्होंने आग्रह किया कि वह नेहरू को अपने साथ ले जाकर पश्चिमी पंजाब से आने वाले पहले हिन्दू और सिख शरणार्थियों से मिलेंगे।

बहुत भयानक सामना था। एक ही कहूटा गाँव की घटनाओं को देखकर वाइसराय का दिल दहल गया था। और ये कहूटा जैसे सैकड़ों गाँवों से किसी तरह अपनी जान बचाकर आये हुए बत्तीस हज़ार लोग थे जिन्हें दिल्ली से 120 मील दूर भारत के पहले शरणार्थी कैम्प में रखा गया था।

क्रोध से चिल्लाते हुए या अपनी विपदाओं पर रोते-बिलखते हुए उन्होंने गांधी की मोटर को व्यथा के सागर की लहरों की तरह घेर लिया। वे अपने हाथ हिला-हिलाकर, उँगलियों के इशारों से उन्हें कुछ बताने की कोशिश कर रहे थे, उनसे कुछ प्रार्थना कर रहे थे। उनके चेहरे क्रोध और घृणा से विकृत हो गये थे; उनकी निराशा-भरी अंधकारमय आँखें सान्त्वना की भीख माँग रही थीं। उनके ऊपर मक्खियों के झुण्ड मँडला रहे थे जो कभी-कभी उनके घावों पर भी आकर बैठ जाते थे जो अभी तक हरे थे। उनके भागते हुए क़दमों से उड़ने वाली धूल उनकी नाक में और उनके सूखे हुए गलों में भरती जा रही थी और हर चीज़ पर छायी जा रही थी। पसीने और साँस की बदबू में डूबी हुई विपदाग्रस्त इंसानों की इस दीवार ने चारों ओर से गांधी और नेहरू को भींच रखा था।

सारा दिन गांधी उनके बीच काम करते रहे और जल्दी-जल्दी बनाये गये उनके इस कैम्प में कुछ व्यवस्था लाने की कोशिश करते रहे। उन्होंने बताया कि पाख़ानों के लिए गड्ढे किस तरह खोदे जायें, उन्होंने उन लोगों को स्वास्थ्य और सफ़ाई के नियमों के बारे में बताया, उनके लिए एक दवाख़ाने की व्यवस्था की और जितने बीमार लोगों की सेवा-सुश्रूषा वह कर सकते थे उन्होंने की।

शाम होते-होते वे दिल्ली वापस जाने के लिए रवाना हुए। गांधी की बूढ़ी हड्डियाँ दिन-भर की इस भाग-दौड़ से थककर चूर हो गयी थीं, इतनी व्यथा देखकर उनका मन उदास था। वह मोटर की पिछली सीट पर लेटकर सो गये; उन्होंने अपनी टाँगें अपने उस शिष्य की गोद में रख लीं

जिसने दो महीने पहले उनसे मुँह फेर लिया था।

सामने नज़रें जमाये नेहरू शून्य में ताक रहे थे। उनके चेहरे पर न कोई भाव आता था, न जाता था; ऐसा लगता था जैसे वह अपने चेहरे पर नक़ाब लगाये हों। वह बड़ी देर तक इसी तरह चुपचाप बैठे रहे। शायद वह सोच रहे थे कि अभी जो दृश्य उन्होंने देखे थे उनका भारत के भविष्य पर, जिसके शासन की बागडोर वह शीघ्र ही संभालने वाले थे, क्या असर पड़ेगा। मानो अपनी उँगलियों के कोमल स्पर्श से उस पीड़ा को कम करने के लिए जो उन्होंने गांधी को पहुँचायी थी, नेहरू धीरे-धीरे बड़ी नरमी से उस सोते हुए आदमी के पाँव दबाने लगे, जिसके लिए उन्होंने अपना जीवन अर्पित कर दिया था।

सूरज डूबे गांधी की आँख खुली। तेज़ी से दौड़ती हुई मोटर के दोनों ओर गन्ने, गेहूँ और धान के विस्तृत खेत सुदूर क्षितिज तक किसी की खुली हुई हथेली की तरह ऐसे फैले हुए थे मानो दुनिया के छोर तक चले गये हों। इस लम्बे-चौड़े मैदान पर एक धुँधलका छाया हुआ था जिसमें से डूबते सूरज की गुलाबी रोशनी छन-छनकर आ रही थी। गोधूलि वेला थी, ऐसी वेला जो भारत जितनी ही प्राचीन और भारत जैसी ही अविस्मरणीय थी। यह पंजाब के विशाल मैदानों में जहाँ-तहाँ बिखरी हुई दसियों हज़ार झोंपड़ियों के चूल्हों से उठता हुआ धुंआ था। हर जगह औरतें चूल्हों के सामने उकड़ूँ बैठकर, अपनी फटी-पुरानी उड़े-उड़े रंग वाली साड़ियाँ कंधों पर डाले, हाथों में चूड़ियाँ खनकाती हुई आग सुलगाती थीं और बड़ी लगन के साथ चने-छोले और चपातियाँ बनाती थीं। जब आँच मद्धम पड़ने लगती तो वे चूल्हे में कुछ उपले और डाल देतीं, जो पवित्र गो-माता की बहुत-सी देनों में से अन्तिम देन थी। असंख्य चूल्हों में उपले की आग से उठने वाला धुआँ संध्याकालीन आकाश पर रात की चादर की तरह छाता जा रहा था और उसमें एक तीखी सुगन्ध भर रहा था। यह भारत माता के शरीर की सुगन्ध थी।

घने होते हुए इस अंधकार में गांधी ने मोटर रुकवायी और सड़क के किनारे संध्याकालीन प्रार्थना के लिए बैठ गये। नीम और पीपल के पेड़ों की छाया में उनका दुबला-पतला झुका हुआ शरीर इस विस्तृत उदास मैदान के साथ एकाकार हो गया था। मोटर की पिछली सीट पर नेहरू आँखें बन्द किये और अपनी उँगलियाँ आँखों पर रखे बड़े ध्यान से घोर निराशा में डूबे हुए इस आदमी को काँपती हुई आवाज़ में अपने गीता के भगवान से यह प्रार्थना करते हुए सुन रहे थे कि भारत को उस दुर्भाग्य से मुक्ति दिलाये जो उसके सिर पर मँडला रहा था।

10

'हम हमेशा भाई-भाई रहेंगे'

यह दुनिया की सबसे कठोर सीमाओं में जकड़ी हुई बिरादरी की अन्तिम सभा थी। ज़री की सुनहरी पोशाकों, तमग़ों से चमचमाती हुई वर्दियों, हीरे-जवाहरात से दमकती हुई पगड़ियों में सजे-धजे पसीने से तर-बतर भारत के 75 सबसे महत्वपूर्ण महाराजा और नवाब और 74 दूसरे राजे-महाराजों का प्रतिनिधित्व करने वाले उनके दीवान नयी दिल्ली की उमस-भरी गरमी में वाइसराय के मुँह से यह सुनने के लिए जमा हुए थे कि इतिहास ने उनकी क़िस्मत का क्या फ़ैसला किया है।

माउंटबैटेन ख़ुद अपनी नौ-सेना की वर्दी पर चमकते हुए तमग़ों की क़तार सजाये हुए नरेन्द्र-मंडल के उस छोटे-से चन्द्राकार कमरे में आये। नरेन्द्र-मंडल के अध्यक्ष उन्हें अपने साथ मंच पर ले गये जहाँ से वह बड़े शान्त भाव से अपने सामने बैठे हुए इन दुखी लोगों को घूरकर देखते रहे।

वाइसराय पटेल की टोकरी में सेब तोड़-तोड़कर भरने के लिए बिलकुल तैयार होकर आये थे। उनके सबसे कट्टर विरोधी सर कानरैड कॉरफ़ील्ड उस समय हवाई जहाज़ से लन्दन जा रहे थे; उन्होंने समय से पहले ही अपने पद से अवकाश प्राप्त कर लिया था। उन्होंने भारतीय नरेशों की इस विचित्र मंडली से, जिसकी सेवा में उन्होंने अपना सारा जीवन बिता दिया था, एक ऐसी नीति को मान लेने का अनुरोध करने के बजाय, जिससे वह स्वयं ही सहमत नहीं थे, भारत छोड़कर चले जाना ही उन्होंने अच्छा समझा।

उनके चले जाने की वाइसराय को बहुत ख़ुशी थी। माउंटबैटेन को पक्का विश्वास था कि उन्होंने जो रास्ता बताया है उसी पर चलकर भारत के राजे-महाराजे अपने लिए सबसे अच्छी व्यवस्था की आशा कर सकते थे। इसलिए उन्होंने पक्का इरादा कर लिया था कि ये लोग कितना ही न

चाहें, वे कितने ही व्यथित होकर इसके ख़िलाफ़ आवाज़ क्यों न उठायें, पर वह उन्हें बटोरकर पटेल की सेबों की टोकरी में डाल देंगे।

माउंटबैटेन अपने भाषण के लिए कुछ लिखकर नहीं लाये थे, पर उनके स्वर में खरापन और जोश था। उन्होंने अपने श्रोताओं से अनुरोध किया कि वे विलय के समझौते पर हस्ताक्षर करके अपनी रियासतों को लेकर भारत या पाकिस्तान में शामिल हो जायें। उन्होंने उनसे ज़ोर देकर कहा कि हथियार उठाने का नतीज़ा ख़ून-ख़राबे और तबाही के अलावा और कुछ नहीं होगा। उन्होंने उनसे अनुरोध किया, 'आज से दस साल बाद की बात सोचिये। सोचिये कि उस वक़्त भारत की और दुनिया की हालत क्या होगी, और फिर उसी हिसाब से काम करने की कोशिश कीजिये।'

इतिहास के उतार-चढ़ाव की इस दलील का वहाँ पर जमा भाँति-भाँति के लोगों पर उतना असर नहीं हुआ जितना कि वाइसराय की उस बात का जो उन्होंने इसके बाद कही। उनका अस्तित्व मिटने वाला था, जिस दुनिया से वे परिचित थे वह ढह रही थी, लेकिन जिस दलील का उनमें से कुछ लोगों पर सबसे ज़्यादा असर हुआ उसका सम्बन्ध मीनाकारी के उन रंग-बिरंगे टुकड़ों से था जो उनके सीनों पर चमक रहे थे। माउंट-बैटेन यही अनुरोध करते रहे कि अगर वे विलय के समझौते पर दस्तख़त कर देंगे तो पटेल और काँग्रेस उन्हें इस बात की इजाज़त दे देंगे कि वे ब्रिटेन के बादशाह से सम्मान और उपाधियाँ पहले की तरह ही पाते रहें।

अपना भाषण समाप्त करने के बाद वाइसराय ने उन राजा-महाराजाओं से प्रश्न पूछने को कहा। माउंटबैटेन उन लोगों की बेतुकी बातें सुनकर दंग रह गये। उन लोगों को जिन चीज़ों से दिलचस्पी थी उनमें से कुछ तो ऐसी बेतुकी थीं कि वाइसराय एक क्षण के लिए यह सोचने लगे कि इन लोगों को और उनके दीवान लोगों को यह पता भी है या नहीं कि उनके साथ क्या होने वाला है। इस प्रतिष्ठित सभा में भाग लेने वाले एक सज्जन को सबसे बड़ी चिन्ता यह थी कि अगर उन्होंने भारत में अपनी रियासत का विलय कर दिया तो क्या आज की तरह उन्हें अपनी रियासत के जंगलों में शेर का शिकार करने का अधिकार रहेगा? एक और रियासत के दीवान ने, जिनके मालिक को ऐसी नाज़ुक घड़ी में यूरोप के जुएखानों और नाच-घरों में रंगरेलियाँ मनाने से अच्छा और कोई काम नहीं सूझा था, यह बहाना पेश किया कि चूँकि इस समय उनकी रियासत के शासक समुद्र की यात्रा पर हैं, इसलिए वह फ़ैसला नहीं कर सकते कि कौन-सा रास्ता अपनायें।

माउंटबैटेन एक क्षण तक कुछ सोचते रहे, फिर उन्होंने अपने सामने रखा हुआ बड़ा-सा काँच का गोल पेपरवेट उठा लिया। काँच के उस गोल टुकड़े को अपने हाथों में किसी प्राचीन भारतीय साधु-महात्मा की तरह घुमाते हुए उन्होंने कहा : 'मैं अभी अपने गोले में देखकर बताता हूँ कि आपका जवाब क्या हो ?'

अपने माथे पर बल डालकर वह काँच के उस गोले को बड़े रहस्यमय ढंग से घूरते रहे। लगभग दस सेकेंड तक बिलकुल सन्नाटा छाया रहा, जिसके दौरान सभा-भवन में कुछ अधिक स्थूल काया वाले नरेशों की साँस लेने की आवाज़ ही सुनायी देती रही। भारत में महाराजा भी ऐसे जादू-टोने को मज़ाक़ समझकर टाल नहीं सकते थे।

माउंटबैटेन ने बड़े नाटकीय ढंग से अस्फुट स्वर में कहना शुरू किया, 'ओह, वह रहे आपके महाराजा साहब। वह जहाज़ के कप्तान की मेज़ पर बैठे हैं। वह पूछ रहे हैं—"कहिये, क्या बात है ?"...वह कह रहे हैं—"विलय के समझौते पर दस्तख़त कर दीजिये।" '

इसके अगले दिन भारत के वाइसराय और देसी रियासतों के राजा अन्तिम औपचारिक भोज के लिए जमा हुए। जो कुछ हो रहा था उसे देखकर माउंटबैटेन बहुत उदास थे। उन्होंने ब्रिटिश सम्राट के सबसे पुराने और सबसे वफ़ादार मित्रों से अन्तिम बार उनके नाम का जाम पीने का अनुरोध किया।

उन्होंने उन लोगों से कहा, 'आप जल्द ही एक क्रान्ति का सामना करने वाले हैं। थोड़े ही समय बाद आपकी सार्वभौम सत्ता आप से छिन जायेगी। लेकिन ऐसा होना अनिवार्य है, इससे बचा नहीं जा सकता।' फिर उन्होंने अनुरोध किया, '15 अगस्त को जिस नये भारत का उदय होने वाला है उसकी ओर से मुँह न मोड़िये। उस भारत के पास विदेशों में अपने प्रतिनिधित्व के लिए काफ़ी संख्या में योग्य आदमी नहीं होंगे।' उसे डॉक्टरों, वकीलों, योग्य प्रशासकों और सेना में अँग्रेज़ों की जगह लेने के लिए प्रशिक्षित अफ़सरों की ज़रूरत होगी। उनमें से कई राजे-महाराजे विदेशों में शिक्षा प्राप्त कर चुके थे, उन्हें अपनी रियासतों के शासन का काम-काज चलाने का अनुभव था, वे लड़ाई में अपने जौहर दिखा चुके थे, उनमें अनेक ऐसे कौशल थे जिनकी भारत को ज़रूरत पड़ने वाली थी। उनके सामने दो रास्ते थे—वे फ्रांस के दक्षिणी समुद्रतट की ऐशगाहों में रंगरेलियाँ मना सकते थे, या फिर वे अपने राष्ट्र के लिए अपनी सेवाएँ अर्पित कर सकते थे और भारतीय समाज में अपने लिए और अपने वर्ग

के लिए एक नयी भूमिका ढूँढ सकते थे। माउंटबैटेन को इसके बारे में तनिक भी सन्देह नहीं था कि उन्हें कौन-सा रास्ता अपनाना चाहिए। उन्होंने बड़े विनीत भाव से कहा, 'इस नये भारत को अपना लीजिये।'

कुछ शासकों के लिए विलय के क़रारनामे पर हस्ताक्षर करना बहुत क्रूर आघात सिद्ध हुआ। मध्य भारत के एक राजा हस्ताक्षर करने के कुछ ही सेकेंड बाद दिल के दौरे से वहीं गिरकर मर गये। धौलपुर के राणा ने आँखों में आँसू भरकर माउंटबैटेन से कहा : 'इससे हमारे पूर्वजों का और आपके बादशाह के पूर्वजों का वह पुराना सम्बन्ध टूट गया जो 1765 से चला आ रहा था!' बड़ौदा के गायकवाड़, जिनके किसी पूर्वज ने अँग्रेज़ रेज़िडेंट को हीरे का चूरा खिलाकर उसकी जान लेने की कोशिश की थी, हस्ताक्षर करने के बाद वी० पी० मेनन की बाँहों में लिपटकर बच्चों की तरह फूट-फूटकर रोये। किसी छोटी-सी रियासत के राजा हस्ताक्षर करने से पहले कई दिन तक आनाकानी करते रहे, क्योंकि वह अभी तक राजाओं के शासन करने के दैवी अधिकार में विश्वास रखते थे। पंजाब के आठ महाराजाओं ने महाराज़ा पटियाला के यहाँ एक औपचारिक भोज समारोह में एक साथ विलय के समझौते पर हस्ताक्षर किये। किसी ज़माने में पटियाला के महाराजा सर भूपेन्द्रसिंह इसी जगह अपने मेहमानों की ऐसी खातिर करते थे जिसकी हिन्दुस्तान में दूसरी मिसाल नहीं थी। उस भोज में भाग लेने वाले एक महाराजा ने बाद में कहा कि इस बार 'वातावरण में ऐसी उदासी थी जैसे हम लोग किसी का अन्तिम संस्कार करने आये हों।'

कुछ शासक ऐसे भी थे जो माउंटबैटेन, वी० पी० मेनन और पटेल के सारे प्रलोभनों का शिकार होने से बचते रहे। माउंटबैटेन के एक निकटतम निजी दोस्त नवाब भोपाल ने बड़ी कटुता से शिकायत की कि देसी रियासतों के राजाओं को अपनी मौत के परवाने पर दस्तख़त करने का निमन्त्रण दिया जा रहा है। उदयपुर के महाराणा ने अपनी रियासत से मिली हुई कई रियासतों के राजाओं के साथ मिलकर एक संघ बना लेने की कोशिश की। ग्वालियर के महाराजा ने भी, जिनके बाप को बिजली की रेलों का शौक़ था, इसी तरह की कोशिश की। अपने प्रधानमन्त्री के कहने पर त्रावणकोर के महाराजा ने, जिनकी रियासत में बन्दरगाह भी था और यूरेनियम के बहुत समृद्ध भण्डार भी, स्वतन्त्रता की माँग उठायी।

जैसे-जैसे 15 अगस्त की तारीख़ निकट आती गयी, इन बचे-खुचे

विरोध करने वालों को भी पटेल की टोकरी में पहुँचा देने के लिए दबाव बढ़ता गया। जहाँ-जहाँ पटेल के स्थानीय कांग्रेस संगठन थे वहाँ उन्होंने राजाओं को विलय पर मजबूर करने के लिए प्रदर्शन किये, सड़कों पर जुलूस निकाले। उड़ीसा की एक रियासत के महाराजा को बहुत बड़ी भीड़ ने उनके महल में घेर लिया और तब तक वहाँ से निकलने नहीं दिया जब तक कि उन्होंने दस्तख़त नहीं कर दिये। कांग्रेस के एक प्रदर्शनकर्त्ता ने त्रावणकोर के शक्तिशाली प्रधानमन्त्री के चेहरे पर छुरे से वार किया, जिससे भयभीत होकर महाराजा ने दिल्ली तार भेजकर विलय की स्वीकृति दे दी।

विलय के सिलसिले में जितना तूफ़ान जोधपुर के नौजवान महाराजा ने मचाया उतना किसी और ने नहीं। महाराजा जोधपुर अपने बाप के मरने पर हाल ही में गद्दी पर बैठे थे। उनके कई बहुत मँहगे शौक़ थे, जैसे हवाई जहाज़ पर उड़ना, औरतें और जादूगरी के तमाशे। उन्होंने यह जान लिया था कि कांग्रेस के समाजवादियों पर इनमें से किसी का भी असर होने वाला नहीं है। अपने पड़ोसी महाराजा जैसलमेर के साथ मिलकर उन्होंने दिल्ली में छुपकर जिन्ना से मिलने का बन्दोबस्त किया, वह उनसे यह पूछना चाहते थे कि अगर वे अपनी प्रधानत: हिन्दू रियासतों को लेकर उनके राज्य में आ मिलें तो वे किस प्रकार के स्वागत की आशा कर सकते हैं ?

जिन्ना यह सोचकर उछल पड़े कि दो बड़ी रियासतों को अपने प्रतिद्वंद्वियों से छीनकर वह उनको नीचा दिखा सकते हैं। जिन्ना ने अपने मेज़ की दराज़ में से फ़ौरन एक सादा काग़ज़ निकाला और जोधपुर के महाराजा के आगे बढ़ा दिया।

जिन्ना ने उनसे कहा, 'आप अपनी शर्तें इस पर लिख दीजिये, मैं उस पर दस्तख़त कर दूँगा।'

दोनों ने अपने होटल में जाकर विचार करने के लिए कुछ मोहलत माँगी। वहाँ पहुँचे तो देखते क्या हैं कि वी० पी० मेनन उनकी राह देख रहे हैं। न जाने किस रहस्यमय सूत्र से मेनन को पता चल गया था कि ये लोग ऐसी चाल चल रहे हैं जिससे आगे चलकर पाकिस्तान में मिल जाने का फ़ैसला कर सकें। उन्होंने महाराजा जोधपुर से कहा कि वाइसराय साहब उनसे फ़ौरन वाइसराय-भवन में मिलना चाहते हैं।

महाराजा को एक कमरे में बिठाकर मेनन चारों ओर भाग-भागकर माउंटबैटेन को ढूंढने लगे। आखिरकार वाइसराय उन्हें मिल गये, लेकिन उन्हें कुछ भी पता नहीं था कि मेनन ने क्या किया है। मेनन ने उनसे

प्रार्थना की कि वह फ़ौरन नीचे आकर रूठे हुए महाराजा को मनाने की कोशिश करें।

वर्तमान महाराजा के पिता, जिनका अभी हाल ही में देहान्त हुआ था, 26 साल तक माउंटबैटेन के दोस्त रह चुके थे। माउंटबैटेन ने नौजवान महाराजा से कहा कि अगर आज वह जिन्दा होते तो उनकी इस हरकत से उन्हें बेहद तकलीफ़ होती। उन्होंने उनसे यह भी कहा कि केवल अपने स्वार्थ के लिए अपनी हिन्दू रियासत की प्रजा को पाकिस्तान में ले जाने की कोशिश करना सरासर मूर्खता होगी। इसके बदले में उन्होंने महाराजा जोधपुर से वादा किया कि वह और मेनन मिलकर पटेल को यह समझाने की पूरी कोशिश करेंगे कि उनके निजी शौक़ के बारे में जहाँ तक हो सके नरमी बरतें।

माउंटबैटेन इस उतावले नौजवान महाराजा से एक कच्चे समझौते पर हस्ताक्षर ले लेने के लिए मेनन को वहीं छोड़कर चले गये। उनके चले जाने के बाद महाराजा जोधपुर ने अपने कारख़ाने का बना हुआ फ़ाउंटेनपेन जेब से निकाला। समझौते पर दस्तख़त करने के बाद उन्होंने क़लम का ढक्कन खोला और उसमें से एक छोटा-सा पिस्तौल निकल आया जिसे वह मेनन के सिर की तरफ़ तानकर खड़े हो गये।

'मैं आपकी धमकियों में आने वाला नहीं हूँ,' उन्होंने चिल्लाकर कहा। शोर सुनकर माउंटबैटेन लौट आये और उन्होंने पिस्तौल ज़ब्त कर ली।

तीन दिन बाद मेनन ने विलय के पक्के क़रारनामे का काग़ज़ महाराजा के महल भिजवा दिया। मुँह लटकाकर महाराजा ने दस्तख़त कर दिये। इसके बाद उन्होंने अपने अतीत को दफ़न कर देने के लिए जश्न मनाने का फ़ैसला किया जिसमें न चाहते हुए भी मेनन को मेहमान की हैसियत से हिस्सा लेना पड़ा। तमाम शाम वह इस बेचारे सरकारी अफ़सर के गले में ह्विस्की उँडेलते रहे। इसके बाद मेनन को कई दौर शैम्पेन के पीने पड़े; इसी बीच महाराजा ने तरह-तरह के भुने हुए गोश्त की आलीशान दावत, साज़िंदों और कुछ चुनी हुई नाचने वालियों का इन्तज़ाम करवाया। मेनन जैसे शाकाहारी के लिए यह शाम एक भयानक अनुभव सिद्ध हुई। लेकिन असली मुसीबत तो अभी आने वाली थी। शराब के नशे में चूर महाराजा साहब को अचानक ऐसा लगा कि संगीत के स्वर बहुत तेज़ हैं। ग़ुस्से में आकर उन्होंने अपनी पगड़ी ज़मीन पर फेंक दी, नाचने वालियों और साज़िंदों को वापस भेज दिया और यह एलान किया कि वह ख़ुद अपने निजी हवाई जहाज़ पर मेनन को लेकर

दिल्ली जायेंगे। उन्होंने हवाई जहाज़ राकेट जैसी तेज़ी के साथ ऊपर उड़ाया और फिर दिल्ली के हवाई अड्डे पर उतरने से पहले रास्ते में उन्होंने हवाई जहाज़ को कितनी ही कलाबाज़ियाँ खिलायीं और वे सारे करतब दिखा डाले जो वह जानते थे। मेनन का सिर चकरा रहा था, मतली हो रही थी और उनका चेहरा बिलकुल पीला पड़ गया था। मेनन किसी तरह रेंगकर हवाई जहाज़ के बाहर निकले, लेकिन अपनी उँगलियों में वह उस दस्तावेज़ को अभी तक मज़बूती से दबाये हुए थे जिसकी वजह से पटेल की खुली हुई टोकरी में एक सेब और पहुँचने वाला था।

मुट्ठी-भर अड़ियल राजा-महाराजाओं की टालमटोल के बावजूद यह निश्चित हो गया था कि 15 अगस्त तक वह पटेल से किया गया अपना वादा पूरा कर देंगे। वह उन्हें ऊपर तक भरी सेबों की टोकरी दे देंगे। पाँच रजवाड़े, जिनकी रियासतें पाकिस्तान के इलाक़े में थीं, जिन्ना के साथ चले गये। बाक़ी सबको माउंटबैटेन और मेनन ने समेट लिया; बस तीन बच गये।

लेकिन जो तीन रियासतें बच गयी थीं, वे बड़ी रियासतें थीं। कुछ कट्टरपंथी मुसलमानों के गिरोह के उकसावे में आकर, जिन्हें हिन्दू भारत में अपने विशेषाधिकार छिन जाने का डर था, भारत की सबसे बड़ी आबादी वाली रियासत हैदराबाद ने माउंटबैटेन की सलाह मानने से इंकार कर दिया था। भारत के साथ समझौता कराने की हर कोशिश की उपेक्षा करते हुए हैदराबाद के निज़ाम ने ब्रिटेन को इस बात पर मजबूर करने की नाकाम कोशिश की कि वह उनकी रियासत को एक स्वतन्त्र राज्य मान ले। अपने महल में बैठकर यह कंजूस राजा 'अपने सबसे पुराने दोस्त की बेवफ़ाई' और ब्रिटेन के सम्राट के साथ 'लम्बी वफ़ादारी के बन्धनों' के टूट जाने का दुखड़ा रोते रहे। कश्मीर के महाराजा भी दोनों में से किसी भी राज्य में शामिल होने से इंकार करते रहे।

तीसरे और आख़िरी राजा जिस वजह से भारत में शामिल होने से इंकार कर रहे थे वह कुछ दूसरे ही क़िस्म की थी : मुसलिम लीग के किसी गुर्गे ने नवाब साहब जूनागढ़ को समझा दिया था कि स्वतन्त्र भारत में सबसे पहला काम यह किया जायेगा कि उनके कुत्तों को ज़हर दे दिया जायेगा। इसलिए उन्होंने यह फ़ैसला किया था कि या तो वह स्वतन्त्र रहेंगे या पाकिस्तान में शामिल हो जायेंगे, इस बात के बावजूद कि उनकी

हिन्दू आबादी वाली छोटी-सी रियासत की कोई सरहद पाकिस्तान के मुसलिम राज्य से नहीं मिलती थी।

पंजाब में, जिसे हिन्दुस्तान का सबसे अच्छे प्रशासन वाला प्रदेश समझा जाता था, सड़कों पर और रेल से सफ़र करना अब सुरक्षित नहीं रह गया था। सिखों के गिरोह देहात में दरिन्दों की तरह घूम रहे थे और मौक़ा मिलते ही मुसलिम गाँवों या मुसलिम बस्तियों पर टूट पड़ते थे। जिन मर्दों को वे मारते थे उनके लिंग काटकर वे उनके मुँह में या मारी गयी किसी मुसलमान औरत के मुँह में ठूँस देते थे। लाहौर में एक दिन शाम को एक आदमी तेज़ी से साइकिल पर एक गली से निकलकर चाय की उस दूकान के सामने से गुज़रा जहाँ शहर का सबसे नामी मुसलमान गुंडा अपना दरबार लगाता था। उसने दूध ले जाने का एक बहुत बड़ा पीतल का बर्तन चायख़ाने की छत पर फेंका जहाँ बहुत-से लोग बैठे हुए थे। बर्तन झनकारता हुआ छत पर गिरा और सब लोग जान बचाने के लिए इधर-उधर दुबक गये। जब वह बर्तन फटा नहीं तो एक वेटर ने उसे खोला। उसमें उस मुसलिम गुंडे के लिए अमृतसर के नामी सिख गुंडे ने तोहफ़ा भेजा था। उस बर्तन में बीसियों कटे हुए लिंग भरे थे, जिन्हें आसानी से पहचाना जा सकता था कि वे मुसलमानों के थे।

लाहौर में तो ऐसे अंधाधुंध क़त्ल हो रहे थे और इस तरह बिना सोचे-समझे कहीं भी आग लगा दी जाती थी कि एक अँग्रेज़ पुलिस-अफ़सर ने तो कहा कि लगता है, 'शहर अपनी जान लेने पर ख़ुद तुला हुआ है। बड़े डाकख़ाने में हिन्दुओं और सिखों के नाम हज़ारों ऐसे पोस्टकार्ड आये हुए थे जिन पर औरतों के साथ बलात्कार या मर्दों के क़त्ल किये जाने के चित्र बने हुए थे। इनके पीछे लिखा रहता था : 'जब मुसलमानों का क़ब्ज़ा होता है तो हमारे हिन्दू और सिख भाई-बहनों के साथ यह सलूक़ होता है। इससे पहले कि दरिन्दे तुम्हारे साथ यह सलूक़ करने पायें, भाग जाओ!' यह सिखों और हिन्दुओं में दहशत फैलाने के लिए मुसलिम लीग की तरफ़ से चलायी गयी मुहिम थी।

लाहौर की अच्छी रिहायशी बस्तियों के रहने वाले मुसलमान, जिनमें एक ज़माने में इतनी रवादारी थी जितनी हिन्दुस्तान में कहीं नहीं थी, अपने बँगलों और कोठियों को मुसलिम भीड़ों से बचाने के लिए अपने फाटकों पर हरे रंग का चाँद-तारा बनाने लगे थे। लारेंस रोड पर एक पारसी व्यापारी ने, जिसकी बिरादरी को इस साम्प्रदायिक उन्माद से कोई मतलब नहीं था अपने फाटक पर एक सन्देश लिखवा रखा था। इस

सन्देश के शब्द लाहौर के भाई-चारे के टूटे हुए सपने का मातम थे। उसमें कहा गया था : 'मुसलमान, सिख और हिन्दू सब भाई-भाई हैं, लेकिन, मेरे भाइयो, यह घर तो पारसी का है।'

अमृतसर में हालत इससे भी बुरी थी। वहाँ बाज़ारों में जिस तरह लोग बिना किसी झिझक के खड़े होकर पेशाब कर देते थे उसी तरह बे-झिझक किसी का क़त्ल भी कर देते थे। शहर के हिन्दुओं ने एक क्रूर तरीक़ा यह अपनाया था कि वे किसी मुसलमान के मुँह पर अचक्के में नाइट्रिक एसिड या गंधक के तेज़ाब की शीशी उँडेल देते थे। आग लगाने वाले हर जगह सक्रिय थे।

पंजाब में 15 अगस्त के बाद मारकाट रोकने के लिए माउंटबैटेन ने 55,000 सिपाहियों का एक विशेष सेना-दल तैनात करने का फ़ैसला किया था। उसमें भारतीय सेना की ऐसी टुकड़ियों से चुन-चुनकर लोग भरती किये जाते थे जो अपनी अनुशासन की पाबन्दी और अपनी जातीय उत्पत्ति के कारण साम्प्रदायिक उन्माद से अपेक्षाकृत मुक्त रहते थे, जैसे गोरखे। इसका नाम रखा गया पंजाब सीमा सेना-दल और इसका कमांडर बनाया गया मेजर-जनरल टी० डब्लू० 'पीते' रीस को। बर्मा में 19वें भारतीय डिवीज़न के कमांडर की हैसियत से उसने जो शानदार काम किया था उससे माउंटबैटेन बहुत प्रभावित थे। पंजाब के गवर्नर ने अनुमान लगाया था कि बँटवारा होने पर प्रान्त में शान्ति बनाये रखने के लिए कितने सिपाहियों की ज़रूरत पड़ सकती है। उससे दुगने सिपाही इस सेना-दल में रखे गये थे। लेकिन जब तूफ़ान आया तो यह सेना-दल भी उसी तरह बह गया जैसे भयंकर समुद्री ज्वार आने पर तट पर बनी हुई छोटी-छोटी झोंपड़ियाँ बह जाती हैं।

सच तो यह है कि किसी को भी—न नेहरू को, न जिन्ना को, न पंजाब के जानकार गवर्नर को, और न स्वयं वाइसराय को पहले से कोई अन्दाज़ा था कि कितनी बड़ी तबाही आने वाली है। बाद में इतिहासकारों को उनकी इतनी बड़ी भूल पर आश्चर्य होगा और भारत के अन्तिम वाइसराय पर आलोचना की ख़ूब बौछार भी हुई।

नेहरू और जिन्ना स्वयं बहुत सहनशील थे, कठमुल्लायन से कोसों दूर थे। उन दोनों ने बहुत बड़ी ग़लती यह की कि यह अन्दाज़ा नहीं लगाया कि इस उप-महाद्वीप के जन-साधारण किस हद तक साम्प्रदायिक उन्माद का शिकार हो जायेंगे। चूँकि उन दोनों में से किसी को भी साम्प्रदायिक उन्माद छू तक नहीं गया था, इसलिए वे सचमुच विश्वास

करते थे कि बँटवारे के बाद हिंसा की लहर चढ़ने के बजाय उतरने लगेगी। वे यह मान बैठे थे कि जो घटनाएँ होने वाली थीं उन पर आम लोगों की प्रतिक्रिया भी उतनी ही विवेकपूर्ण होगी जितनी कि स्वयं उनकी। लेकिन दोनों ही भयंकर भूल कर रहे थे। आने वाली आज़ादी की धुन में मगन, उन्होंने अपनी इच्छाओं को वास्तविकता समझ लिया और वही वाइसराय को भी बता दिया।

जिन प्रशासन अथवा गुप्तचर सेवाओं के सहारे अँग्रेज़ सौ वर्ष से भारत पर शासन करते आये थे अगर उनमें से भी किसी ने बताया होता कि क्या होने वाला है तो घटनाओं को पहले से न देख सकने के दुष्परिणाम कुछ कम हो सकते थे। लेकिन किसी को भी पहले से पता नहीं था। नतीजा यह हुआ कि भारत आशंकित तो था, पर भयभीत नहीं था और तेज़ी से सर्वनाश की ओर बढ़ता जा रहा था।

दुर्भाग्य यह था कि एकमात्र भारतीय नेता जिसने पहले से ही भाँप लिया था कि कितनी बड़ी मुसीबत आने वाली है, वही व्यक्ति था जो बँटवारे को रोकने के लिए एड़ी-चोटी का ज़ोर लगा रहा था। गांधी भारत के जन-जीवन में इतना घुल-मिल गये थे, उनके सुख-दुख में, उनके प्रतिदिन के जीवन में उनके इतना साथ रहे थे कि उनमें अपने देश के तेवर पहचानने की विलक्षण क्षमता पैदा हो गयी थी। उनके अनुयायी अकसर कहा करते थे कि वह प्राचीन भारतीय लोककथाओं के किसी ऐसे पहुँचे हुए महात्मा की तरह थे जो जाड़े की ठिठुरती हुई रात में अलाव के पास बैठकर आग तापते-तापते अचानक काँप उठे और अपने किसी चेले से कहे, 'बाहर देखो, वहाँ अँधेरे में कोई ग़रीब बेचारा सरदी से ठिठुर रहा है।' चेला देखता तो सचमुच वहाँ एक आदमी खड़ा होता। गांधी के शिष्यों का कहना था कि वह भी भारत की आत्मा को इतने ही सहज भाव से समझ लेते थे।

जिन दिनों वाइसराय पंजाब सीमा सेना-दल का संगठन कर रहे थे, एक बार किसी मुसलिम महिला ने गांधी को बँटवारे का विरोध करने पर बहुत बुरा-भला कहा। उसने पूछा, 'अगर दो भाई एक ही घर में रहते हों और अलग होकर दो अलग-अलग घरों में रहना चाहें तो क्या आप उन्हें ऐसा करने से रोकेंगे?'

गांधी ने जवाब दिया, 'काश, हम दो भाइयों की तरह एक-दूसरे से अलग हो सकते! लेकिन हम उस तरह अलग नहीं होंगे। ख़ून की नदियाँ बहेंगी। हम उस माँ की कोख के अन्दर ही, जो हमें जन्म देती है, एक-दूसरे की बोटियाँ नोचकर फेंक रहे हैं।

माउंटबैटेन को असली डर पंजाब का नहीं सता रहा था। उन्हें असली डर था कलकत्ता से। वह जानते थे कि कलकत्ता फ़ौज भेजना बेकार होगा। अगर उसकी बदबूदार घनी आबाद बस्तियों और भीड़-भाड़ वाले बाज़ारों में कभी कोई उपद्रव शुरू हो गया तो चाहे जितनी बड़ी फ़ौज भेज दी जाये उसे क़ाबू में नहीं ला सकेगी। बहरहाल, यों भी पंजाब के लिए सेना-दल संगठित करने में ही भारतीय सेना की वे सारी टुकड़ियाँ खप गयी थीं जिन पर साम्प्रदायिक झगड़े के समय निष्पक्ष रहने का भरोसा किया जा सकता था।

बाद में उन दिनों को याद करते हुए माउंटबैटेन ने कहा, 'अगर कलकत्ता में कभी गड़बड़ी होती तो कहाँ इतना खून बहता कि पंजाब में जो कुछ हुआ वह उसके सामने बच्चों का खेल मालूम होता!'

वह जानते थे कि उस शहर में शान्ति बनाये रखने के लिए उन्हें किसी दूसरी तरकीब का सहारा लेना होगा। आख़िर में उन्होंने जो तरकीब चुनी वह जुआ खेलने जैसी थी। लेकिन कलकत्ता में ख़तरे उतने बड़े थे और उनका मुक़ाबला करने के लिए उपलब्ध साधन इतने थोड़े थे कि किसी चमत्कार से ही स्थिति को संभाला जा सकता था। उन्होंने योजना यह बनायी थी कि दुनिया के इस सबसे ज़्यादा मुसीबत के मारे शहर में साम्प्रदायिक उन्माद के तूफ़ान को रोकने के लिए वह अपनी निराश गौरैया गांधी को इस्तेमाल करें।

जुलाई के अन्त में उन्होंने अपना यह सुझाव गांधी के सामने रखा। उन्होंने समझाया कि अपने सीमा सेना-दल की सहायता से वह पंजाब को संभालेंगे। उन्होंने यह भी कहा कि अगर कलकत्ता में कोई झंझट उठ खड़ा हुआ, तो 'हम डूब जायेंगे। मैं कुछ भी नहीं कर पाऊँगा। वहाँ फ़ौज का एक ब्रिगेड है, लेकिन मेरा उसमें और सिपाही भेजने का कोई इरादा नहीं है। अगर कलकत्ता में आग भड़क उठे, तो भड़क उठे; कोई कर ही क्या सकता है?'

'हाँ, मेरे दोस्त,' गांधी ने उनसे कहा, 'यह आपकी बँटवारे की योजना का फल है।'

माउंटबैटेन ने उनकी बात को स्वीकार करते हुए कहा, 'हो सकता है कि यह सच हो लेकिन न आपने ही कोई दूसरा हल बताया, न किसी और ने। लेकिन इस वक़्त आप ही कुछ कर सकते हैं।' शायद गांधी अपने व्यक्तित्व और अहिंसा के आदर्श के बल पर कलकत्ता में वह कर दिखा सकते थे जो सेना नहीं कर सकती। वाइसराय अपनी घिरी हुई सेनाओं के लिए जो सहायता भेजना चाहते थे वह केवल यही थी कि गांधी को भेज

दें । माउंटबैटेन ने उनसे कलकत्ता जाने का अनुरोध करते हुए कहा, 'आप वहाँ एक आदमी का सीमा सेना-दल होंगे ।'

माउंटबैटेन के अनुरोध के बावजूद, गांधी का कोई इरादा कलकत्ता जाने का नहीं था । वह पहले ही फ़ैसला कर चुके थे कि वह भारत का स्वतन्त्रता-दिवस नोआखाली के आतंकित अल्पसंख्यक हिन्दुओं के बीच प्रार्थना करने, चर्खा कातने और उपवास रखने में बितायेंगे । नव-वर्ष के दिन अपनी प्रायश्चित-यात्रा पर निकलते समय उन्होंने प्रण किया था कि इन लोगों की रक्षा करने में वह अपने प्राण तक न्योछावर कर देंगे । लेकिन माउंटबैटेन की अकेली आवाज़ नहीं थी जो उनसे कलकत्ता की भय-त्रस्त गंदी बस्तियों में आने का अनुरोध कर रही थी ।

दूसरी आवाज़ एक ऐसे आदमी की थी जिसके बारे में इस पूरे उप-महाद्वीप में कल्पना भी नहीं की जा सकती थी कि वह किसी भी राजनीतिक काम में गांधी का साथ दे सकता है । अगर कोई जान-बूझकर किसी ऐसे आदमी को ढूंढने निकलता जो गांधी के हर आदर्श से प्रतिकूल हो, जिसका रहन-सहन का ढंग गांधी के सौंदर्य-रस से भरपूर अस्तित्व के बिलकुल विपरीत हो तो उसे हसन शहीद सुहरावर्दी से अच्छा आदमी नहीं मिल सकता था ।

गांधी ने यह बताते हुए कि वे नये भारत पर शासन करने के लिए किस प्रकार के मंत्रियों की आशा करते हैं, जिस प्रकार के भ्रष्ट और घूसखोर राजनीतिज्ञों की निन्दा करना चाहते थे, उन्हीं का साकार रूप थे 47-वर्षीय सुहरावर्दी । उनका राजनीतिक दर्शन बहुत सीधा-सादा था : अगर कोई आदमी चुनाव जीतकर किसी पद पर पहुँच जाये तो उसके लिए उस पद को छोड़ना नहीं चाहिए । सुहरावर्दी ने सरकारी पैसे से गुंडों की एक पूरी फ़ौज पालकर, जो उनके राजनीतिक प्रतिद्वंद्वियों को डंडे मार-मारकर चुप कर देते थे, इस बात का पक्का बन्दोबस्त कर लिया था कि सत्ता बराबर उन्हीं के हाथों में रहे ।

1942 के उस अकाल के दिनों में, जिसमें पूरा बंगाल तबाह हो गया था, सुहरावर्दी ने कलकत्ता के भूखों मरते हुए लोगों के लिए भेजा गया टनों अनाज बीच में ही रोक कर काले बाज़ार में बेचा था और इस व्यापार में करोड़ों रुपये कमाये थे । वह बेहतरीन रेशमी सूट, और दो रंग के मगरमच्छ की खाल के जूते पहनते थे । उनके काले बाल, जिन्हें रोज़ सुबह उनका निजी हज्जाम आकर सँवारता था, हमेशा क्रीम से चमकते रहते थे । गांधी ने अपने जीवन के पिछले चालीस साल अपनी काम-वासनाओं को समूल समाप्त कर देने की कोशिश में बिताये थे, तो सुहरावर्दी

ने अपनी वासना पर कोई अंकुश नहीं लगाया था और ऐसा लगता था कि उन्होंने अपने सामने यह लक्ष्य रखा था कि वह कलकत्ता की हर कैंबरे डांसर और हर आला दर्जे की वेश्या के साथ ज़रूर सोयेंगे। गांधी के हाथ में जो झागदार गिलास होता था उसमें हमेशा पानी होता था जिसमें थोड़ा-सा खाने का सोडा मिला होता था। सुहरावर्दी के हाथों में हमेशा शैम्पेन का गिलास रहता था। गांधी सोयाबीन के बीज उबालकर उसके भरते के साथ दही मिलाकर अपना पेट भर लेते थे, जबकि सुहरावर्दी की ख़ूराक में यूरोपीय और भारतीय खाने के हर तरह के पकवान और तरह-तरह की केक-पेस्ट्रियाँ होती थीं, जिसकी वजह से सीने से लेकर कमर के नीचे तक उनका शरीर चर्बी की मोटी-मोटी तहों से ढक गया था।

सबसे बुरी बात यह थी कि उनके हाथ खून से रंगे हुए थे। अगस्त 1946 में जिस दिन जिन्ना के नारे पर 'सीधी कार्यवाही का दिन' मनाया गया था, सुहरावर्दी ने उस दिन छुट्टी की घोषणा करके और मुसलिम लीग के लोगों को पहले से यह बताकर कि उस दिन पुलिस का ध्यान कहीं और रहेगा, कलकत्ता में ख़ून की नदियाँ बहा देने और तबाही मचा देने की पूरी तैयारी कर दी थी। सुहरावर्दी को डर था कि कलकत्ता के हिन्दू अब उस क़त्लेआम का बदला लेने की तैयारियाँ कर रहे हैं, इसीलिए वह गांधी से मदद माँगने के लिए भागे-भागे आये थे।

वह भागे-भागे गांधी के सोदपुर आश्रम पहुँचे और उनके नोआखाली के लिए रवाना होने से एक दिन पहले ही उन्हें वहाँ पकड़ लिया। उन्होंने गांधी से कलकत्ता में ही ठहरने का अनुरोध किया। उन्होंने गांधी से कहा कि कलकत्ता के मुसलमानों को वही बचा सकते थे और शहर पर नफ़रत का जो तूफ़ान मँडला रहा था उसे रोक सकते थे।

उन्होंने अनुरोध किया, 'बहरहाल, आप पर मुसलमानों का भी उतना ही हक़ है जितना हिन्दुओं का। आप हमेशा यही कहते रहे हैं कि हम भी आपके उतने ही हैं जितने हिन्दू हैं।'

गांधी का एक विलक्षण गुण यह था कि वह दुश्मन की भी अच्छाई पहचान लेते थे, फिर धीरे-धीरे उसका फ़ायदा उठाने की, उस अच्छाई को उभारने की कोशिश करते थे। उन्होंने महसूस किया कि सुहरावर्दी के दिल में अपने मुसलमान अनुयायियों के भविष्य के बारे में सच्ची चिन्ता है।

गांधी ने कहा कि अगर वह कलकत्ता में रुकने के लिए राज़ी हुए, तो उनकी दो शर्तें होंगी। पहली यह कि सुहरावर्दी को नोआखाली के मुसलमानों से यह पक्का वादा लेना होगा कि वहाँ के हिन्दू उनके बीच सुरक्षित रहेंगे। गांधी ने यह बात बिलकुल साफ़ कर दी थी कि अगर एक भी हिन्दू

मारा गया तो उनके सामने आमरण अनशन करने के अलावा कोई चारा नहीं रह जायेगा। गांधी ठेठ अपने ढंग से सुहरावर्दी पर अपने प्राणों की नैतिक ज़िम्मेदारी डाल रहे थे।

सुहरावर्दी ने गांधी को वह वचन दे दिया जो वह नोआखाली के मुसलमानों से चाहते थे, तो उसके बाद गांधी ने सौदे की दूसरी शर्त उनके सामने रखी। उन्होंने कहा कि वह इस शर्त पर कलकत्ता में रहने को तैयार हैं कि सुहरावर्दी कलकत्ता की किसी गंदी बस्ती के बीचोंबीच उनके साथ आकर दिन-रात रहें और अपने साथ न कोई हथियार रखें और न अपनी रक्षा के लिए किसी तरह के पहरे का इन्तज़ाम करें। वे दोनों मिलकर शहर की शांति के लिए अपने प्राणों की ज़मानत देंगे।

जब सुहरावर्दी ने उनका यह सुझाव मान लिया तो गांधी ने पत्र लिखकर दिल्ली सूचना भेजी : 'मैं यहाँ आकर फँस गया हूँ और अब मैं बहुत बड़ी जोखिम उठाने जा रहा हूँ। नतीजा तो भविष्य ही बतायेगा। कड़ी नज़र रखना।'

माउंटबैटेन के मशहूर कैलेंडर के अब कुछ ही पन्ने बाक़ी रह गये थे। भारत में ब्रिटिश शासन के वे अन्तिम दिन काम के बोझ से दबे हुए वाइसराय और उनके कर्मचारी-मंडल को 'सबसे अधिक भागदौड़ के दिन मालूम हो रहे थे, और जैसे-जैसे कैलेंडर के पन्ने एक-एक करके फटते जा जा रहे थे वैसे-वैसे समस्याएँ भी एक-एक करके कम होती जा रही थीं। उत्तर-पश्चिम सीमा-प्रांत में जनमत-गणना करानी थी, जिसके फलस्वरूप अन्त में यह इलाक़ा पाकिस्तान को मिल गया; और इसी तरह असम के चाय-बाग़ान के पास सिलहट में भी दूसरी जनमत-गणना होनी थी। स्वतन्त्रता के अवसर पर उत्सव मनाने का सारा इन्तज़ाम करना था। काँग्रेस नेताओं का आग्रह था कि ब्रिटिश राज की पुरानी परम्पराओं के अनुसार इस अवसर पर 'खूब धूमधाम' होनी चाहिए। उनका नीरस फीका समाजवाद बाद में आता रहेगा।

काँग्रेस ने आदेश जारी कर दिया कि 15 अगस्त को सारे देश में कसाईखाने बन्द रहेंगे। देश के सारे सिनेमाघरों में लोगों को मुफ़्त सिनेमा दिखाया जायेगा और दिल्ली में स्कूल जाने वाले हर बच्चे को मिठाई और स्वतन्त्रता का पदक दिया जायेगा। कुछ समस्याएँ भी थीं। लाहौर में एक सरकारी घोषणा में कहा गया था कि 'उपद्रव-ग्रस्त स्थिति को देखते हुए धूमधाम और रंगीनी का जश्न मनाने का सवाल ही नहीं उठता।' दक्षिणपंथी हिन्दू महासभा के नेताओं ने जो भारत के बँटवारे के कट्टर विरोधी

थे, अपने अनुयायियों से कहा, 'खुशी मनाना और 15 अगस्त के उत्सव में भाग लेना असम्भव है।' उन्होंने अपने सदस्यों से कहा कि इसके बजाय वे अपनी 'क्षत-विक्षत मातृभूमि' को ज़बर्दस्ती अखण्ड बनाने का फिर से व्रत लें।

कूटनीतिक शिष्टाचार में कुछ सवालों पर झगड़े की वजह से पाकिस्तान में आज़ादी का जश्न मनाने की योजनाएँ कुछ समय के लिए ठप हो गयीं। जिन्ना अपने अहंकार के कारण यह चाहते थे कि वाइसराय के मुक़ाबले में उन्हें प्रधानता दी जाये, हालाँकि सही मायनों में उनका राज्य आधी रात को ही जाकर स्वतन्त्र होने वाला था। वह जो चाहते थे वह उन्हें नहीं मिला।

मुसलिम नेता को अभी और कई निराशाओं का सामना करना था। उन्हें शाही सवारी के लिए जो रुपहली गाड़ी मिली थी उसे खींचने वाला एक सधा हुआ घोड़ा लँगड़ा हो गया और कराची में पहली बार उनकी सवारी निकालने के लिए वाइसराय को अपनी खुली छत की रोल्स रायस मोटर देनी पड़ी। पाकिस्तान के जन्म के अवसर पर जश्न मनाने का सारा कार्यक्रम जिन्ना ने ख़ुद बनाया था। सबसे पहले 13 अगस्त को जिन्ना के निवास-स्थान पर एक औपचारिक सरकारी भोज से यह कार्यक्रम शुरू होना था, लेकिन इसमें एक अड़चन आ गयी। जो आदमी दुनिया के सबसे महत्वपूर्ण इसलामी राष्ट्र का प्रधान बनने वाला था उसे उसके एक कर्मचारी ने दबी ज़बान से याद दिलाया कि 13 अगस्त का दिन रमज़ान के आख़िरी हफ़्ते में पड़ेगा, जिस दिन दुनिया के सारे मुसलमानों से रोज़ा रखने की उम्मीद की जाती है।

बम्बई, अगस्त 1947

हमेशा की तरह आज भी वह अकेले थे। सुबह की हलकी-हलकी धूप में मुहम्मद अली जिन्ना चुपचाप बम्बई के मुसलिम क़ब्रिस्तान में एक मामूली-सी पत्थर की क़ब्र की तरफ़ चले जा रहे थे। वहाँ पहुँचकर उन्होंने एक ऐसी रस्म अदा की जो आने वाले दिनों में लाखों-करोड़ों मुसलमान उनकी ख़िदमतों के बदले में उनकी क़ब्र पर अदा करने वाले थे। अपने ख़्वाबों की जन्नत पाकिस्तान के लिए रवाना होने से पहले उन्होंने उस क़ब्र पर आख़िरी बार फूल चढ़ाये जिसे वह हमेशा के लिए हिन्दुस्तान में छोड़कर जा रहे थे।

जिन्ना कमाल के आदमी थे, लेकिन उनकी ज़िन्दगी का शायद सबसे

बड़ा कमाल या उनके स्वभाव से सबसे ज़्यादा बेमेल बात उस क़ब्र के नीचे सोयी हुई औरत के लिए इस नीरस मुसलिम नेता की मुहब्बत थी। उनकी मुहब्बत और उनकी शादी उस ज़माने के हिन्दुस्तानी समाज के लगभग हर क़ायदे-क़ानून के ख़िलाफ़ थी। सच तो यह है कि उस औरत की क़ब्र उस इसलामी क़ब्रिस्तान में होनी ही नहीं चाहिए थी। हिन्दुस्तानी मुसलमानों के मसीहा की बीवी का जन्म मुसलिम परिवार में नहीं हुआ था। रतन बाई जिन्ना एक पारसी की बेटी थीं !

41 वर्ष की उम्र में अपने बहुत गहरे दोस्त की 17 वर्षीया बेटी रत्ती के इश्क में जिन्ना बुरी तरह पागल हो उठे थे। लेकिन उससे पहले तक यही लगता था कि वह उम्र-भर कुआँरे ही रहेंगे। दोनों छुट्टियाँ मनाने दार्जिलिंग गये हुए थे और वहाँ के माउंट एवरेस्ट होटल में ठहरे थे। रत्ती पर तो जिन्ना ने जैसे जादू कर दिया था। उसके बाप ग़ुस्से के मारे आपे से बाहर हो गये और उन्होंने अदालत से यह हुक्म जारी करा दिया कि जिन्ना उनकी बेटी से न मिलें। लेकिन अपनी अठारहवीं सालगिरह के दिन रत्ती जो साड़ी पहने हुए थी वही साड़ी पहने और दोनों बग़ल में एक-एक कुत्ता दबाये हुए अपने करोड़पति बाप की हवेली छोड़कर चली आयी और जिन्ना से शादी कर ली।

उनकी यह शादी दस साल तक क़ायम रही। रत्ती जवान होकर बेहद ख़ूबसूरत औरत निकली। इस शहर में भी जो अपनी ख़ूबसूरत औरतों के लिए सारी दुनिया में मशहूर था, उसके हुस्न का चर्चा घर-घर में होता था। वह अपने दुबले-पतले नाज़ुक-से शरीर पर बारीक साड़ियाँ और बेहद कसे हुए कपड़े पहनती थी। वह बेहद हँसमुख, चंचल और मिलनसार औरत होने के साथ ही बहुत ही हाज़िरजवाब और सच्ची लगन वाली भारतीय राष्ट्रप्रेमी भी थी।[1]

उनकी उम्र में और उनके स्वभाव में जो अन्तर था उसकी वजह से दोनों के बीच तनाव पैदा होना अनिवार्य था। रत्ती की तड़क-भड़क और

---

1. एक बार 1921 में नयी दिल्ली में दोपहर के खाने की किसी दावत में वह वाइसराय लॉर्ड रीडिंग की बग़ल में बैठी हुई थी, जो इस बात का दुखड़ा रो रहे थे कि विश्वयुद्ध की वजह से ऐसा वातावरण पैदा हो गया है कि जर्मन जाना कठिन हो गया है। रत्ती जिन्ना ने पूछा कि आख़िर वहाँ जाना इतना मुश्किल क्यों है ?

'बात यह है,' रीडिंग ने समझाते हुए कहा, 'जर्मन लोग हम अँग्रेज़ों को पसन्द नहीं करते, इसलिए मैं नहीं जा सकता।'

रत्ती ने चुपके से पूछा, 'फिर आप अँग्रेज लोग हिन्दुस्तान कैसे आये ?'

उसके फक्कड़पन की वजह से जिन्ना कभी-कभी बहुत मुश्किल में फँस जाते थे और उनका राजनीतिक जीवन भी कुछ संकुचित होता जा रहा था। जिन्ना को अपनी चंचल और हमेशा मगन रहने वाली बीवी से प्यार तो बहुत था, पर उन्हें उससे खुलकर बात करने में कठिनाई होती थी। 1928 में जब उनकी यह हसीन बीवी, जिससे उन्होंने प्यार तो किया था पर जिसे वह कभी समझ नहीं पाये, उन्हें छोड़कर चली गयी तो जिन्ना का सुनहरा सपना चकनाचूर हो गया। साल-भर बाद फ़रवरी 1929 में ज़रूरत से ज़्यादा मार्फ़ीन खा लेने की वजह से उसकी मृत्यु हो गयी; उसके गुर्दे में बहुत दिन से दर्द उठता था जिसे दबाने के लिए वह मार्फ़ीन खाती थी। उसके चले जाने पर समाज में तो जिन्ना की बदनामी हो ही चुकी थी, उनका दिल भी टूट गया। उसकी क़ब्र पर इस वक़्त फूल चढ़ाते समय वह बच्चों की तरह-तरह फूट-फूटकर रो पड़े थे। इसके बाद कभी किसी ने क़ायदे-आज़म को सबके सामने भावावेग से विचलित होते नहीं देखा। वह अकेले रह गये थे; उनके स्वभाव में कटुता आ गयी थी। उस क्षण के बाद से उन्होंने अपना सारा जीवन भारत के मुसलमानों में जागृति फैलाने में लगा दिया।

नयी दिल्ली, अगस्त 1947

जिन्ना के रहन-सहन के ठेठ अँग्रेज़ों वाले साहबी ढंग में अब केवल वह एक आँख का बिना कमानी वाला चश्मा बाक़ी रह गया था जिसे वह बड़े रोब से अपनी दाहिनी आँख पर लगाते थे। अब वे ठाठदार लिनेन के सूट भी नहीं रह गये थे। मुहम्मद अली जिन्ना आज ऐसा लिबास पहनकर अपने वतन कराची जा रहे थे, जो उन्होंने पचास साल पहले क़ानून की पढ़ाई के लिए लन्दन रवाना होने के बाद से कभी नहीं पहनता था : घुटनों तक लम्बी चुस्त शेरवानी, कसा हुआ चूड़ीदार पाजामा और बिना डोरी का जूता।

सैयद अहसान नामक एक नौजवान अफ़सर, जो अभी कल तक वाइसराय का ए० डी० सी० था और अब उनका नया नौ-सेना का ए० डी० सी० नियुक्त हुआ था, उनके पीछे-पीछे उस रुपहले डी० सी०-3 विमान की सीढ़ियों पर चढ़ा जो कराची की इस ऐतिहासिक यात्रा के लिए वाइसराय ने उन्हें दिया था। सीढ़ियों के ऊपर पहुँचकर जिन्ना ने पीछे मुड़कर दूर क्षितिज पर अपना सिर ऊँचा किये खड़ी हुई उस शहर की इमारतों की धूमिल रूपरेखा को अन्तिम बार देखा जिसमें उन्होंने अपने

इसलामी राज्य के लिए अनथक संघर्ष किया था। उन्होंने अस्फुट स्वर में कहा, 'शायद मैं दिल्ली को आख़िरी बार देख रहा हूँ।'

नं० 10, औरंगज़ेब रोड का वह घर, जहाँ उन्होंने हिन्दुस्तान के बड़े से चाँदी के नक़्शे पर अपने असंभव सपने की सीमाएँ हरे रंग से खींच कर अपनी राजनीति तैयार की थी, अब बिक चुका था। अनोखी विडम्बना थी कि इस मकान के नये मालिक धनवान हिन्दू उद्योगपति सेठ डालमिया थे। कुछ ही घण्टों बाद जिस जगह बरसों से मुसलिम लीग का हरा और सफ़ेद झण्डा फहराता आया था, वहीं गोरक्षा संघ का झण्डा फहराया जाने वाला था; अब उस घर में इसी संस्था का काम होने वाला था।

उनके ए० डी० सी० सैयद अहसान ने बताया कि विमान की कुछ सीढ़ियाँ चढ़ने में जिन्ना साहब पर इतना ज़ोर पड़ा कि वह हाँफते हुए अपनी सीट पर 'लगभग गिर पड़े'। पाइलट ने इंजन चालू किये, हवाई जहाज़ उड़ान भरने के लिए आगे बढ़ा, और जिन्ना चुपचाप बैठे शून्य में तकते रहे। जैसे ही विमान हवा में ऊपर उठा उन्होंने किसी व्यक्ति विशेष को सम्बोधित किये बिना ही अस्फुट स्वर में कहा: 'क़िस्सा ख़त्म हो गया।'

पूरी उड़ान के दौरान वह बैठे अपना अख़बार पढ़ने का शौक़ पूरा करते रहे। एक-एक करके वह अपनी बायीं ओर की सीट पर रखे हुए ढेर में से अख़बार उठाते, पढ़ते और बड़े सुथरे ढंग से फिर तह करके दाहिनी ओर की सीट पर रखे हुए दूसरे ढेर के ऊपर रख देते। अपनी सफलताओं का इतना प्रशंसात्मक विवरण पढ़ते समय भी उनके चेहरे पर न कोई भाव आया, न गया। पूरी यात्रा के दौरान वह एक शब्द बोले और न अपनी भावनाओं का तनिक भी संकेत दिया, किसी को इसका रत्ती-भर भी पता नहीं चलने दिया कि यह उड़ान उनके लिए क्या अर्थ रखती थी।

जब विमान कराची के पास पहुँचा तो जिन्ना के ए० डी० सी० ने अचानक खिड़की से नीचे झाँककर देखा। 'वह विशाल रेगिस्तान, जिसके बीच-बीच में रेत की छोटी-छोटी पहाड़ियाँ उभरी हुई थीं, धीरे-धीरे अपार जन-समूह एक सफ़ेद समुद्र का रूप धारण करता जा रहा था।' सूरज की रोशनी में उनके सफ़ेद कपड़े और भी चमक रहे थे।

जिन्ना की बहन ने भावावेश में उनका हाथ पकड़कर कहा, 'जिन्न, जिन्न, वह देखो।' जिन्ना ने बड़े निरीह भाव से अपनी आँखें खिड़की की ओर फेरीं। उनका चेहरा अब भी पत्थर की मूर्ति की तरह निश्चल था। एक-एक क्षण के लिए उस अपार जन-समूह का अभूतपूर्व दृश्य देखकर भी, जिन लोगों के लिए उन्होंने पाकिस्तान की माँग उठायी थी उन्हें देखकर भी

उसमें कोई परिवर्तन नहीं हुआ। 'हाँ,' उन्होंने कहा, 'बहुत लोग हैं।'

जब तक विमान ज़मीन पर उतरकर रुका वह इस यात्रा से थककर इतना चूर हो चुके थे कि बड़ी मुश्किल से अपनी सीट से उठ पाये। उन्हें विमान से बाहर ले जाने के लिए उनके एक ए० डी० सी० ने उन्हें सहारा देने की कोशिश की, लेकिन जिन्ना ने उसकी मदद लेने से इंकार कर दिया। क़ायदे-आज़म किसी दूसरे आदमी के हाथ का सहारा लेकर अपने वतन कराची में क़दम रखने को तैयार नहीं थे। एक बार फिर अपनी अदम्य इच्छा-शक्ति का पूरा ज़ोर लगाकर वह बिना सहारा लिये सीधे तनकर चलते हुए सीढ़ियों से नीचे उतर आये और पागलों की तरह चीखती-चिल्लाती, नारे लगाती भीड़ के बीच से होकर आगे बढ़ते हुए अपनी मोटर तक पहुँच गये।

कराची के सारे रास्ते-भर आदमियों का वह समुद्र, जो उन्होंने हवाई जहाज से देखा था, एक चमकती हुई सफ़ेद चादर की तरह दूर तक फैला हुआ था। इस घनी भीड़ को चीरती हुई, रेगिस्तानी हवा की चीख की तरह, बीच-बीच में 'पाकिस्तान ज़िन्दाबाद' की आवाज़ गूँज उठती थी। केवल एक बार ऐसा हुआ कि भीड़ में से कोई आवाज़ नहीं आयी। जिन्ना समझ गये कि यह हिन्दुओं का इलाक़ा था, 'ज़ाहिर है, उनके लिए ख़ुश होने की कोई वजह भी नहीं है।' इसके बाद उसी निश्चल मुद्रा के साथ, जो इस पूरी यात्रा के दौरान उनके चेहरे पर बनी रही थी, जिन्ना कुछ कहे या कोई भाव व्यक्ति किये बिना ही मध्यम वर्ग की उस बस्ती से गुज़रे जिसके एक दुमंज़िले पत्थर के घर में 1876 में क्रिसमस के दिन उनका जन्म हुआ था।

गवर्नमेंट हाउस की, जो पाकिस्तान के पहले गवर्नर-जनरल की हैसियत से अब उनका सरकारी निवास-स्थान था, सीढ़ियाँ धीरे-धीरे चढ़ते हुए जिन्ना के भावहीन चेहरे के पीछे से उन उद्‌गारों का जो उनके मन में उठ रहे होंगे, हलका-सा संकेत मिला। सीढ़ियों के ऊपर पहुँचकर वह साँस लेने के लिए रुके और उन्होंने मुड़कर अपने नये ए० डी० सी० पर नज़र डाली। ऐसा लगा कि उनकी आँखों में चमक थी और एक क्षण के लिए उनके चेहरे पर एक हलकी-सी मुसकराहट भी दौड़ गयी।

'जानते हो,' उन्होंने भर्रायी हुई आवाज़ में सैयद अहसान से धीरे से कहा, 'मुझे कभी उम्मीद भी नहीं थी कि मैं अपनी ज़िन्दगी में पाकिस्तान देख सकूँगा।'

वह महान क्षण, जिस क्षण के लिए माउंटबैटेन को भारत भेजा गया था,

बिलकुल निकट आ गया था। अब से 36 घण्टे से भी कम के अन्दर भारत से ब्रिटेन का तीन-शताब्दी पुराना सम्बन्ध समाप्त होने वाला था। पाँच महीने पहले उनका हवाई जहाज़ सुबह के कुहरे को चीरता हुआ नार्थोल्ट एयर-पोर्ट से भारत के लिए रवाना हुआ था; उस समय किसी ने भी, यहाँ तक कि स्वयं अन्तिम वाइसराय ने भी, यह नहीं सोचा था कि यह सम्बन्ध इतनी जल्दी टूट जायेगा।

अन्त इतना निकट आ जाने पर माउंटबैटेन जो कुछ भी करते थे उस पर एक ही चिन्ता की छाप रहती थी। वह चाहते थे कि ब्रिटिश राज पूरे गौरव और धूमधाम के साथ यहाँ से विदा हो, और उसकी विदाई के समय गाया गया गीत इतनी गहरी सद्भावना से ओत-प्रोत हो कि ऐसा वातावरण उत्पन्न हो जिसमें ब्रिटेन और उसके भारतीय साम्राज्य से बने राज्यों के बीच एक नये सम्बन्ध का उदय हो।

माउंटबैटेन जानते थे कि वह इतनी मेहनत से जो वातावरण बनाने की कोशिश कर रहे थे वह एक बात से एक ही क्षण में बिगड़ सकता था। और वह बात थी सीमा के बारे में फ़ैसला, जो उस समय तैयार किया जा रहा था। माउंटबैटेन किसी भी हालत में यह नहीं चाहते थे कि स्वतन्त्रता-समारोह सम्पन्न होने से पहले उस फ़ैसले का ब्योरा बताया जाये।

वह जानते थे कि इस फ़ैसले मे बहुत पेचीदगियाँ पैदा होंगी। भारत और पाकिस्तान की स्थापना हो जायेगी और दोनों में से किसी भी राज्य के नेताओं को दो ऐसी बुनियादी बातों का पता भी नहीं होगा जिनके आधार पर कोई राष्ट्र राष्ट्र कहलाता है—एक यह कि उनके नागरिकों की संख्या क्या है और उनकी सबसे महत्वपूर्ण सीमाएँ कहाँ हैं। पंजाब और बंगाल के सैकड़ों गाँवों में हज़ारों लोगों को 15 अगस्त का दिन भय और अनिश्चय के वातावरण में बिताना पड़ेगा। वे किसी भी प्रकार का जश्न या उत्सव नहीं मना सकेंगे, क्योंकि उन्हें यही नहीं मालूम होगा कि वे किस राज्य का हिस्सा होंगे।

कुछ ऐसे इलाक़े भी होंगे जिनमें प्रशासन या पुलिस की उचित व्यवस्था नहीं होगी। यह सब-कुछ जानते हुए भी माउंटबैटेन मन में यही ठाने हुए थे कि वह सीमा के फ़ैसले को 15 अगस्त तक गुप्त ही रखेंगे। वह महसूस करते थे कि जो भी फ़ैसला दिया जायेगा उससे दोनों ही पक्षों में रोष पैदा होगा। उनका तर्क यह था कि 'हिन्दुस्तानियों को अपने स्वतन्त्रता-दिवस की खुशी तो मना लेने दो। जो मुसीबत आयेगी उसे वे बाद में झेल लेंगे।'

उन्होंने लन्दन सूचना भेजी : 'मैंने फ़ैसला किया कि हमें किसी भी तरह 15 अगस्त तक नेताओं को इस फ़ैसले के ब्योरे का पता नहीं लगने देना

चाहिए; हमने ऐसा न किया तो हमारा सारा काम बिगड़ जाने और सत्ता-हस्तान्तरण के दिन भारत व ब्रिटेन में अच्छे सम्बन्ध बने रहने की आशाओं पर पानी फिर जाने का ख़तरा पैदा हो जायेगा।'

सीमा के बारे में फ़ैसले की रिपोर्ट 13 अगस्त को सुबह वाइसराय-भवन में दो बादामी मुहरबन्द लिफ़ाफ़ों में पहुँची। माउंटबैटेन के आदेश से उन लिफ़ाफ़ों को उनकी हरे रंग की चमड़े की एक सन्दूकची में बन्द करके ताला लगा दिया गया। दोपहर को वह पाकिस्तान की स्थापना के जश्न में भाग लेने के लिए कराची के लिए रवाना हो रहे थे, उससे फ़ौरन पहले वह सन्दूकची लाकर उनकी मेज़ पर रख दी गयी। अगले 72 घण्टे तक जब सारा भारत ख़ुशी से नाच रहा था, वे दोनों लिफ़ाफ़े किसी बोतल में बन्द भूत की तरह वाइसराय की डाक की सन्दूकची में पड़े रहे, इस इन्तज़ार में कि कब चाभी घुमायी जाये और यह गम्भीर सन्देश उत्सव मनाने में मगन उप-महाद्वीप को सुनाया जाये।

बैरकों में, छावनियों में, फ़ौजी पड़ावों में दो हिस्सों में बाँटी जा रही एक महान सेना के हिन्दू, सिख और मुसलमान सिपाही एक-दूसरे से अन्तिम विदा ले रहे थे—वे भी उसी तरह बँटे रहे थे जिस तरह वह उप-महाद्वीप बँटा जिसकी उन्होंने सेवा की थी। दिल्ली में, सेना की एक पुरानी मशहूर घुड़सवार रेजिमेंट प्रोबिंस हॉर्स की सिख और डोगरा पलटनों के सिपाहियों ने मुसलिम पलटन के सिपाहियों को उनके विदा होने से पहले शानदार दावत दी। परेड के खुले मैदान में उन्होंने आख़िरी बार साथ बैठकर पुलाव, मुर्ग़, कबाब और खीर खायी। दावत ख़त्म हो जाने के बाद सिखों, मुसलमानों और हिन्दुओं ने मिलकर आख़िरी बार भाँगड़ा नाच किया और इसके साथ उनकी रेजिमेंट के इतिहास की सबसे यादगार शाम समाप्त हुई।

पाकिस्तान के हिस्से में आने वाले इलाक़ों की मुसलिम रेजिमेंटों ने भी भारत जाने वाले अपने हिन्दू और सिख साथियों को ऐसी ही दावतें दीं। रावलपिंडी में दूसरी घुड़सवार सेना ने अपने पुराने साथियों का 'बड़ा खाना' किया। इस अवसर पर मुसलिम कर्नल मुहम्मद इद्रीस से विदा लेने के लिए, जिन्होंने दूसरे महायुद्ध के दौरान कुछ सबसे भीषण लड़ाइयों में उनका नेतृत्व किया था, हर हिन्दू और सिख अफ़सर ने कुछ-न-कुछ कहा, और बोलते समय इनमें से अकसर लोगों की आँखों में आँसू थे।

कर्नल इद्रीस ने जवाब में कहा, 'आप लोग कहीं भी जायें पर हम हमेशा भाई-भाई रहेंगे, क्योंकि हमने एक साथ अपना ख़ून बहाया है।'

इसके बाद इद्रीस ने भावी पाकिस्तानी सेना के दफ़्तर से आयी हुई

वह आज्ञा रद्द कर दी जिसमें कहा गया था कि सारे भारतीय सिपाही यहाँ से जाने से पहले अपने हथियार वापस करके जायें। कर्नल इद्रीस ने कहा, 'ये लोग सिपाही हैं। यहाँ हथियार लेकर आये थे; यहाँ से हथियार लेकर जायेंगे।'

अगले दिन सुबह कर्नल इद्रीस के नीचे काम करने वाले इन सिपाहियों की जान केवल इसलिए बच सकी कि उन्होंने उनकी ओर से यह अन्तिम हस्तक्षेप किया था। रावलपिंडी से चलने के घण्टे-भर बाद जिस ट्रेन में दूसरी घुड़सवार सेना के सिख और हिन्दू सिपाही जा रहे थे उसे मुसलिम लीग नेशनल गार्ड्स के लोगों ने घेर लिया। अगर इन लोगों के पास हथियार न होते तो सब मौत के घाट उतार दिये गये होते।

सबसे मर्मस्पर्शी विदाई उस संस्था के लॉन और नाचघर में दी गयी जिसमें किसी ज़माने में सिर्फ़ भारत के अँग्रेज़ शासकों को ही जाने की इजाज़त थी—दिल्ली के इम्पीरियल जिमखाना क्लब में। बाद में इस अवसर की याद करते हुए एक हिन्दुस्तानी ने बताया कि पूरी शाम 'बेहद उदासी' छायी रही और ऐसा लगता था कि 'जो कुछ हो रहा है वह सच नहीं है।' काग़ज़ की चीनी लालटेनों की झालर के नीचे वहाँ जितने लोग जमा थे सब एक ही साँचे के ढले मालूम होते थे—सुथरी कटी हुई मूँछें, सैम ब्राउन की पेटियाँ, ब्रिटिश वर्दियाँ और उन पर चमकते हुए उन तमग़ों की क़तारें जो भारत के अँग्रेज़ शासकों की सेवा करने के बदले में पाये थे। नाचघर में उनकी बीवियों की रंग-बिरंगी साड़ियाँ मद्धिम-मद्धिम रोशनी में झिलमिला रही थीं।

वे शराबख़ाने में बातें कर रहे थे, शराब पी रहे थे और आख़िरी बार एक-दूसरे को पुराने क़िस्से सुना रहे थे—फ़ौजी मैस के क़िस्से, रेगिस्तान के क़िस्से, बर्मा के जंगलों के क़िस्से, सरहद पर अपने ही देशवासियों पर हमले के क़िस्से, अपने उस पूरे जीवन के सुख-दुख के क़िस्से जो उन्होंने एक जैसी वर्दियों में, एक जैसे ख़तरों का सामना करके साथ-साथ गुज़ारे थे।

उस यादों-भरी रात को उनमें से किसी को यह गुमान भी नहीं था कि जल्द ही उन्हें कैसी दुखद भूमिका अदा करनी पड़ेगी। वे एक-दूसरे के गले में बाँहें डाले ख़ुश हो-होकर चिल्ला रहे थे : 'सितम्बर में सुअर का शिकार खेलने आयेंगे,' या 'लाहौर में पोलो खेलने आना न भूल जाना,' या 'पारसाल कश्मीर में जो हिरन बच निकला उसे इस बार घेरना है।'

जब रात का कार्यक्रम समाप्त करने का वक़्त आया तो पहली-सातवीं राजपूत रेजिमेंट के हिन्दू ब्रिगेडियर करियप्पा ने नाचने के ऊँचे चबूतरे

पर खड़े होकर सबसे शान्त हो जाने को कहा और बोले, 'हम लोग यहाँ "फिर मिलेंगे" कहने के लिए जमा हुए हैं, सिर्फ़ "फिर मिलेंगे" कहने के लिए, क्योंकि हम उसी दोस्ती की भावना के साथ फिर मिलेंगे जिसके बन्धनों से हम हमेशा एक-दूसरे के साथ बँधे रहे हैं। हम लोग इतने अरसे तक सुख-दुख में एक-दूसरे के साथ रहे हैं कि हमारे इतिहास को अलग कर सकना नामुमकिन है।' उन्होंने साथ-साथ रहने के अनुभवों की याद दिलाकर अन्त में कहा : 'हम भाई-भाई रहे हैं, हम हमेशा भाई-भाई रहेंगे, और उन शानदार बरसों को कभी नहीं भूलेंगे जो हमने साथ बिताये हैं।'

अपना भाषण समाप्त करके हिन्दू ब्रिगेडियर चबूतरे के पीछे की ओर गये और वहाँ से सफ़ेद कपड़ों से ढकी हुई एक शील्ड उठा लाये। उन्होंने हिन्दू अफ़सरों की ओर से अपने मुसलिम साथियों को विदाई की भेंट के रूप में यह शील्ड वहाँ पर मौजूद सबसे सीनियर मुसलिम अफ़सर आग़ा रज़ा को दी। रज़ा न उस पर से कपड़ा हटाकर ऊपर उठाया ताकि सब लोग उसे देख सकें। पुरानी दिल्ली के एक सुनार की बनायी हुई इस शील्ड में दो सिपाही, एक हिन्दू और दूसरा मुसलमान, साथ-साथ खड़े दिखाये गये थे; वे दोनों किसी समान दुश्मन पर अपनी राइफलों का निशाना साधे हुए थे।

जब रज़ा वहाँ पर मौजूद सभी मुसलमानों की तरफ़ से करियप्पा को उस तोहफ़े के लिए धन्यवाद दे चुके तो बैंड ने गाने की धुन छेड़ी। अपने-आप सब अफ़सरों ने एक-दूसरे के हाथ पकड़ लिये। कुछ ही क्षणों में बाँहों में बाँहें डाले उन्होंने एक घेरा बना लिया, जिसमें हिन्दू और मुसलमान बिलकुल घुल-मिल गये थे। वे झूम-झूमकर साथ-साथ नाच रहे थे और उनकी आवाज़ें दिल्ली की गर्म और भीगी रात में एक साथ गूंज रही थीं।

आख़िरी गाना ख़त्म हो जाने के बाद बड़ी देर तक ख़ामोशी रही। इसके बाद भारतीय अफ़सर अपने-अपने गिलास हाथ में लिये हुए नाच-घर के दरवाज़े के पास गये और उसकी सीढ़ियों पर दोनों तरफ़ बाहर लॉन तक क़तारें बाँधकर खड़े हो गये। एक-एक करके उनके पाकिस्तानी साथी उनके बीच से होकर गुज़रे और रात की गोद में विलीन हो गये। भारतीय अफ़सरों ने अपने गिलास उठाकर अपने विदा होते हुए साथियों को ख़ामोश सलामी दी।

जैसा कि उन्होंने वायदा किया था, वे एक-दूसरे से फिर मिले ज़रूर, लेकिन इतनी दुखद परिस्थितियों में जिसकी उस रात किसी ने कल्पना भी

नहीं की होगी। इन पुराने साथियों की अगली मुलाक़ात लाहौर के पोलो के मैदान में नहीं बल्कि कश्मीर के लड़ाई के मैदान में हुई। वहाँ चाँदी की उस शील्ड, जिसे ब्रिगेडियर रज़ा अपने साथ ले गये थे, पर बनी हुई दोनों सिपाहियों की राइफलें किसी समान दुश्मन को नहीं बल्कि एक-दूसरे को अपना निशाना बना रही थीं।

11
आज़ादी की सुहानी सुबह

पंजाब, 15 **अगस्त** 1947

भारत का उल्लासमय स्वतन्त्रता-दिवस पंजाब के लिए सचमुच भयानक अनुभवों का दिन था। उसके प्राचीन दृश्यों पर आज़ादी की जो पहली किरणें फूट रही थीं उनका रंग गुलाबी और सुनहरा न होकर ख़ूनी लाल रंग था। अमृतसर में जिस समय शहर के नये अधिकारीगण अपने कर्तव्य का पालन करते हुए मुग़ल क़िले में आज़ादी का जश्न मनाने की रस्में पूरी कर रहे थे, उसी समय वहाँ से एक मील से भी कम की दूरी पर ग़ुस्से से बिफरा हुआ सिखों का गिरोह एक मुसलिम बस्ती को तहस-नहस कर रहा था। उन्होंने उस बस्ती के एक-एक मर्द को बड़ी बेरहमी से मार डाला। औरतों को नंगा करके उनके साथ बार-बार बलात्कार किया गया, फिर उन्हें इसी हालत में काँपते-थरथराते हुए स्वर्ण-मन्दिर के उस शहर की सड़कों पर घुमाने के बाद सबके गले काट दिये गये।

पटियाला की सिख रियासत में सिखों के गिरोह भूखे भेड़ियों की तरह देहातों का चक्कर काट रहे थे और जो मुसलमान सरहद के पार भागकर पाकिस्तान जाने की कोशिश करता हुआ पकड़ा जाता उस पर वे टूट पड़ते। महाराजा के भाई राजकुमार बलेंद्रसिंह की मुठभेड़ इसी तरह के किरपानों से लैस एक गिरोह से हो गयी। उन्होंने उन लोगों से अपने गाँव लौट जाने की प्रार्थना करते हुए कहा : 'फ़सल कटने के दिन हैं। घर जाकर अपनी फ़सल काटो।'

'हमें पहले एक दूसरी फ़सल काटनी है,' गिरोह के नेता ने हवा में अपनी किरपान घुमाते हुए कहा।

अमृतसर का लाल ईंटों का रेलवे-स्टेशन अच्छा-ख़ासा शरणार्थी कैम्प बना हुआ था। पंजाब के पाकिस्तानी हिस्से से भागकर आये हुए हज़ारों हिन्दुओं को यहाँ से दूसरे ठिकानों को भेजा जाता था। वे मुसाफ़िरख़ानों में, टिकट की खिड़की के पास, प्लेटफ़ार्मों पर भीड़ लगाये अपने खोये हुए दोस्तों और रिश्तेदारों को हर आने वाली गाड़ी में खोजते थे।

15 अगस्त को तीसरे पहर के बाद स्टेशन-मास्टर चनीसिंह अपनी नीली टोपी और हाथ में सधी हुई लाल झण्डी का सारा रोब दिखाते हुए पागलों की तरह रोती-बिलखती भीड़ को चीरकर आगे बढ़े। थोड़ी ही देर में नं० 10 डाउन एक्सप्रेस के पहुँचने पर जो दृश्य सामने आने वाला था उसके लिए वह पूरी तरह तैयार थे—मर्द और औरतें तीसरे दर्जे के धूल से अटे हुए पीले रंग के डिब्बों की तरफ़ झपट पड़ेंगे और बौखलाये हुए उस भीड़ में किसी ऐसे बच्चे को ढूँढेंगे जिसे वे भागने की जल्दी में पीछे छोड़ आये थे, चिल्ला-चिल्लाकर लोगों के नाम पुकारेंगे और व्यथा और उन्माद से विह्वल होकर भीड़ में एक-दूसरे को ढकेलकर, रौंदकर आगे बढ़ जाने की कोशिश करेंगे। आँखों में आँसू भरे हुए एक डिब्बे से दूसरे डिब्बे तक भाग-भागकर अपने किसी खोये हुए रिश्तेदार का नाम पुकारेंगे, अपने गाँव के किसी आदमी को खोजेंगे कि शायद कोई ख़बर लाया हो। असबाब के ढेर पर बैठा माँ-बाप से बिछुड़ा हुआ कोई बच्चा रो रहा होगा; इस भगदड़ के दौरान पैदा होने वाले किसी बच्चे को उसकी माँ इस भीड़-भाड़ के बीच अपना दूध पिलाने की कोशिश कर रही होगी।

स्टेशन-मास्टर चनीसिंह ने प्लेटफ़ार्म के एक सिरे पर खड़े होकर लाल झण्डी दिखायी और ट्रेन रुकवा दी। जैसे ही वह फ़ौलादी दैत्याकार गाड़ी रुकी, चनीसिंह ने एक अनोखा दृश्य देखा। चार हथियारबन्द सिपाही उतरे हुए चेहरे वाले इंजन-ड्राइवर के पास अपनी बन्दूकें संभाले खड़े थे। जब भाप की सीटी और ब्रेकों के रगड़ने की कर्कश आवाज़ बन्द हो गयी तो स्टेशन-मास्टर को अचानक ऐसा लगा कि कोई बहुत बड़ी गड़बड़ी है।

प्लेटफ़ार्म पर खचाखच भरी हुई भीड़ को मानो साँप सूँघ गया हो। उनकी आँखों के सामने जो दृश्य था उसे देखकर वह सन्नाटे में आ गये थे। स्टेशन-मास्टर चनीसिंह आठ डिब्बों की उस गाड़ी को आँखें फाड़े घूर रहे थे। हर डिब्बे की सारी खिड़कियाँ खुली हुई थीं, लेकिन उनमें से किसी के भी पास कोई चेहरा झाँकता हुआ दिखायी नहीं दे रहा था। एक भी दरवाज़ा नहीं खुला। एक भी आदमी ट्रेन से नीचे नहीं उतरा। उस गाड़ी

में इंसान नहीं भूत आये थे।

स्टेशन-मास्टर ने आगे बढ़कर एक झटके के साथ पहले डिब्बे का दरवाज़ा खोला और अन्दर गये। एक क्षण में उनकी समझ में आ गया कि उस रात 10 डाउन एक्सप्रेस से अमृतसर में एक भी मुसाफ़िर क्यों नहीं उतरा था। वह भूतों की नहीं, बल्कि लाशों की गाड़ी थी। उनके सामने डिब्बे के फ़र्श पर इंसानी जिस्मों का ढेर लगा हुआ था, किसी का गला कटा हुआ था, किसी की खोपड़ी चकनाचूर थी, किसी की आँतें बाहर निकल आयी थीं। डिब्बों में आने-जाने के रास्ते में कटे हुए हाथ, टाँगें और धड़ इधर-उधर बिखरे पड़े थे। इंसानों के उस भयानक ढेर के बीच से चनींसिंह को अचानक किसी की घुटी-घुटी आवाज़ सुनायी दी। यह सोचकर कि उनमें से शायद कोई ज़िन्दा बच गया हो उन्होंने ज़ोर से आवाज़ लगायी : 'अमृतसर आ गया है। यहाँ सब हिन्दू और सिख हैं। पुलिस मौजूद है। डरो नहीं।'

उनके ये शब्द सुनकर कुछ मुर्दे हिलने-डुलने लगे। इसके बाद स्टेशन-मास्टर चनींसिंह ने जो भयानक दृश्य देखा वह उनके दिमाग़ पर एक डरावने सपने की तरह हमेशा के लिए अंकित हो गया। एक औरत ने अपने पास पड़ा हुआ अपने पति का कटा हुआ सिर उठाया और उसे अपने सीने से दबोचकर चीखें मार-मारकर रोने लगी। उन्होंने बच्चों को अपनी मरी हुई माँओं के सीने से चिपटकर रोते-बिलखते देखा। कोई मर्द लाशों के ढेर में से किसी बच्चे की लाश निकालकर उसे फटी-फटी आँखों से देख रहा था। जब प्लेटफ़ार्म पर जमा उस भीड़ को आभास हुआ कि क्या हुआ है तो उन्माद की एक लहर दौड़ गयी।

स्टेशन-मास्टर का सारा शरीर सुन्न पड़ गया था। वह लाशों की क़तारों के बीच से गुज़र रहा था। हर डिब्बे में उसने यही दृश्य देखा। आख़िरी डिब्बे तक पहुँचते-पहुँचते उसे मतली होने लगी। चनींसिंह जब प्लेटफ़ार्म पर उतरे तो उनका सिर चकरा रहा था, उनकी नाक में मौत की बदबू बसी हुई थी और वह सोच रहे थे—'रब ने यह सब-कुछ होने कैसे दिया!'

उन्होंने पीछे मुड़कर एक बार फिर ट्रेन पर नज़र डाली। हत्यारों ने अपना परिचय देने के लिए आख़िरी डिब्बे पर मोटे-मोटे सफ़ेद अक्षरों में लिख रखा था : 'यह पटेल और नेहरू को हमारा आज़ादी का तोहफ़ा है।'

उस विचित्र बूढ़े की प्रार्थनाओं और चर्खे का जादू कलकत्ता की उन गन्दी बस्तियों में अपना असर दिखा रहा था, जिनके बारे में समझा जाता

था कि वहाँ जो विस्फोट होगा उसके सामने पंजाब की दर्दनाक घटनाएँ भी फीकी पड़ जायेंगी। पिछली शाम जो जुलूस हैदरी हाउस तक गया था उसमें निहित आश्वासन पूरा हो गया था। कलकत्ता की उन्हीं सड़कों और गलियों में जो एक ही साल पहले 'सीधी कार्रवाई के दिन' लाशों से पट गयी थीं, आज हिन्दू और मुसलमान मिलकर जश्न मनाने के लिए जुलूस निकाल रहे थे। गांधी के सेक्रेटरी प्यारेलाल नैयर ने लिखा है, 'ऐसा लगता था कि एक साल के पागलपन की काली घटाओं के बाद अचानक समझदारी और सद्भावना की धूप निकल आयी है।'

कलकत्ता के पूरे वातावरण में आये असम्भव लगने वाले परिवर्तन का प्रमाण उस जुलूस में मिलता था जो बहुत सबेरे ही हैदरी हाउस पहुँच गया था। यह हिन्दू और मुसलमान लड़कियों का जुलूस आधी रात से पैदल चलता हुआ गांधी के दर्शन के लिए आया था। दिन-भर हैदरी हाउस की तीर्थ-यात्रा करने के लिए लोगों का जो ताँता बँधा रहा उसकी यह पहली कड़ी थी।

हर आधे घण्टे बाद गांधी को अपनी प्रार्थना रोककर या चर्खा चलाना बन्द करके भीड़ को दर्शन देने के लिए छज्जे पर आना पड़ता था। चूँकि वह इसे शोक का दिन मानते थे, इसलिए उस जनता के लिए, जिसका नेतृत्व करके उन्होंने उसे आज़ादी की मंज़िल तक पहुँचाया था, उन्होंने बधाई का कोई औपचारिक सन्देश तैयार नहीं किया था। यह सन्देश अपने-आप ही उनकी ज़बान पर आ गया और वह भारत की जनता के नाम नहीं बल्कि उसके नये नेताओं के नाम था।

उनका आशीर्वाद लेने के लिए आये हुए राजनीतिज्ञों के एक दल को उन्होंने चेतावनी दी, 'सत्ता से बचो। सत्ता भ्रष्टाचार फैलाती है। उसकी तड़क-भड़क के भ्रम में मत आओ। याद रखो कि यह पद तुम्हें भारत के गाँवों के ग़रीबों की सेवा करने के लिए मिला है।'

उस दिन तीसरे पहर 30,000 आदमी शंख बजाते हुए बेलियाघाटा रोड पर गांधी की प्रार्थना-सभा में जमा हुए, पिछले दिन जितने जमा हुए थे उससे तीन गुने ज़्यादा। घर के बाहर की खुली जगह में जल्दी-जल्दी बिछायी गयी एक लकड़ी की चौकी पर खड़े होकर गांधी ने उनके सामने भाषण दिया। कलकत्ता में उन लोगों ने जो कुछ कर दिखाया था उसके लिए उन्होंने उन्हें बधाई दी। गांधी ने आशा व्यक्त की कि उनकी इस शानदार मिसाल से शायद पंजाब में उनके देशवासियों को कुछ प्रेरणा मिले।

गांधी के बाद सुहरावर्दी ने भाषण दिया। चौबीस घण्टे के उपवास

के बाद उनका चेहरा बिलकुल उतर गया था। जो आदमी कलकत्ता के मुसलमानों का माना हुआ नेता था उसने इस मिली-जुली भीड़ से कहा कि वे 'जयहिन्द' का नारा लगाने में उसका साथ देकर इस मेल-जोल को हमेशा के लिए अमर कर दें। उसने नारा लगाया तो मानसून के बादलों में बिजली कड़कने की तेज़ आवाज़ की तरह 30,000 कण्ठों से एक साथ वही शब्द गूँज उठे।

मीटिंग के बाद गांधी की पुरानी शेवरलेट मोटर पर बैठकर दो आदमी शहर का चक्कर लगाने के लिए निकले। इस बार भीड़ ने महात्मा गांधी का स्वागत पत्थरों और गालियों से नहीं किया। हर नुक्कड़ पर उन पर फूलों और गुलाब-जल की वर्षा की गयी और लोगों ने बड़ी कृतज्ञता के साथ नारे लगाये : 'गांधी—आपने हमें बचा लिया।'

पूना, 15 अगस्त 1947

बम्बई से 119 मील दक्षिण-पूरब की ओर पश्चिमी घाट की गोद में बसे हुए पूना शहर में एक खुले मैदान में जो उत्सव मनाया जा रहा था वह पूरे भारत में मनाये जाने वाले हज़ारों उत्सवों जैसा ही था। झण्डा-अभिवादन का समारोह था। लेकिन 500 आदमियों की उस भीड़ के बीच जो झण्डा बाँस के ऊपर धीरे-धीरे चढ़ रहा था वह स्वतन्त्र भारत का नहीं, केसरिया रंग का तिकोना झण्डा था जिस पर वही स्वस्तिक का चिह्न बना हुआ था जो थोड़े-से बदले हुए रूप में दस साल तक पूरे यूरोप को आतंकित किये रहा था।

पूना में फहराये गये केसरिया झण्डों पर भी वह चिह्न उसी वजह से बनाया गया था जिस वजह से उसे हिटलर ने अपनाया था। वह आर्यों का प्रतीक-चिह्न था और अतीत में खोये हुए किसी युग में जब आर्य विजेताओं के पहले दल इस उप-महाद्वीप पर आये तभी वह प्रतीक-चिह्न भी भारत में आया। पूना में उस झण्डे के चारों ओर जो लोग जमा थे, वे सभी अर्धफ़ासिस्ट राष्ट्रीय स्वयं-सेवक संघ के सदस्य थे। इन्हीं में से कुछ लोगों को 48 घण्टे पहले कराची में जिन्ना और माउंटबैटेन की हत्या कर देने की ज़िम्मेदारी सौंपी गयी थी। ये कट्टर हिन्दू अपने को प्राचीन आर्यों का उत्तराधिकारी मानते थे।

इनके मन में भी वही भावना थी जो भारत के दूसरे छोर पर अहिंसा और शान्ति का सन्देश देने वाले महात्मा के मन में थी। इन्हें भी भारत के बँटवारे से बेहद पीड़ा हुई थी। लेकिन महात्मा गांधी और उनके आदर्शों

के साथ इन लोगों की समानता बस यहीं तक सीमित थी।

इन लोगों का जिस दल से सम्बन्ध था उसके मन में एक बहुत पुराना सपना पल रहा था—सिन्धु नदी की पवित्र धारा से लेकर पूरब में बर्मा तक, उत्तर में तिब्बत से लेकर दक्षिण में कन्याकुमारी तक फिर से एक विशाल हिन्दू साम्राज्य की स्थापना करने का सपना। उन्हें गांधी से और उनके हर काम से नफ़रत थी। वे भारत के हृदय-सम्राट को हिन्दू-धर्म का सबसे बड़ा दुश्मन समझते थे। अहिंसा के जिस सिद्धान्त के आधार पर उन्होंने भारत को आज़ादी की मंज़िल तक पहुँचाया था वह इन लोगों की दृष्टि में कायरों का दर्शन था जिसने हिन्दुओं की शक्ति और उनके चरित्र को दूषित कर दिया था। उनके मन में जो सपना पल रहा था उसमें भारत के अल्पसंख्यक मुसलमानों के प्रति भाई-चारे और सहिष्णुता की उस भावना के लिए कोई जगह नहीं थी जिसका प्रचार गांधी करते थे। हिन्दू होने के नाते वे अपने-आपको भारत के आर्य-विजेताओं का एक-मात्र उत्तराधिकारी और इसलिए इस उप-महाद्वीप का असली मालिक समझते थे। उनका कहना था कि मुसलमान मुग़लों की सन्तान थे जिन्होंने ज़बर्दस्ती यहाँ अपना क़ब्ज़ा जमा लिया था।

लेकिन भारत के बुज़ुर्ग नेता का एक अपराध वे कभी माफ़ नहीं कर सकते थे। गांधी वह एकमात्र भारतीय राजनीतिज्ञ थे जो अन्तिम घड़ी तक भारत के बँटवारे का विरोध करते रहे, और उनको ही ये लोग बँटवारे के लिए ज़िम्मेदार समझते थे। ये गांधी पर ऐसा आरोप लगायें, यही गांधी के जीवन के सबसे निष्ठुर वर्ष में उनके प्रति सबसे अधिक निर्दयता थी।

अगस्त की उस शाम को पूना में इस भीड़ में सबसे आगे जो आदमी खड़ा था वह एक पत्रकार था। उस समय नाथूराम गोडसे 37 वर्ष का हो चुका था, पर उसके भरे-भरे गालों पर बच्चों जैसा भोलापन था, जिसकी वजह से वह अपनी उम्र से छोटा लगता था। उसकी आँखें बहुत असाधारण थीं—बड़ी-बड़ी, उदास आँखें और बरबस अपनी ओर खींच लेने वाली तिरछी चितवन। जब वह शान्त बैठा होता तो भी उसके चेहरे पर अरुचि का एक भाव होता, वह अपना मुँह और नथुने कुछ इस तरह सिकोड़े रहता मानो उसके पास बैठे हुए किसी आदमी के शरीर से बदबू आ रही हो और वह शिष्टतावश अपनी अरुचि को व्यक्त न कर पा रहा हो।

लेकिन इस समय वह शान्त मुद्रा में नहीं था। नाथूराम गोडसे **हिन्दू राष्ट्र** नामक जिस दैनिक अखबार का सम्पादन करता था उसके पहले पन्ने पर वह भारत के स्वतन्त्रता-दिवस के बारे में अपनी भावनाएँ स्पष्ट

कर चुका था। उसके अखबार में जिस जगह आमतौर पर सम्पादकीय छापा जाता था वह खाली छोड़ दी गयी थी और उसके चारों ओर शोक-सूचक मोटी काली लकीर खींच दी गयी थी।

उसने अपने अनुयायियों को बताया कि सारे भारत में स्वतन्त्रता की खुशी मनाने के लिए जो उत्सव मनाये जा रहे थे वे 'जान-बूझकर जनता से इस बात को छिपाने की कोशिश में थे कि सैकड़ों हिन्दुओं का क़त्लेआम हो रहा है और सैकड़ों हिन्दू औरतों का अपहरण करके उनके साथ बलात्कार किया जा रहा है।'

उसने चिल्लाकर कहा, 'भारत का बँटवारा एक इतनी बड़ी विपदा है जिसने लाखों भारतवासियों को भयानक मुसीबतों का शिकार बना दिया है।' यह सब 'काँग्रेस पार्टी और सबसे बढ़कर उसके नेता गांधी का काम है।'

अपनी बात पूरी कर चुकने के बाद नाथूराम गोडसे की अगुवाई में उसके 500 साथियों ने अपने झण्डे को सलामी दी। हथेली नीचे की ओर किये हुए अपने अँगूठे दिल के पास रखकर उन्होंने शपथ ली कि 'जिस मातृभूमि ने मुझे जन्म दिया है और जिसने मुझे पाल-पोसकर बड़ा किया है उसकी सौगन्ध खाकर मैं कहता हूँ कि मैं उसके लिए अपने शरीर की बलि देने को तैयार हूँ।'

हमेशा की तरह इस बार भी इन शब्दों को दोहराते हुए गोडसे के शरीर में गर्व की लहर दौड़ गयी। नाथूराम गोडसे को कहीं भी सफलता नहीं मिली थी—न स्कूल की परीक्षाओं में, न उन आधे दर्जन व्यापारों में जो उसने हाथ में लिये। उसके बाद उसने राष्ट्रीय स्वयंसेवक संघ के उग्रपंथी विचारों को अपना लिया था। उसकी परम्पराओं और साहित्य को अच्छी तरह आत्मसात करके, लिखना और भाषण देना सीखकर वह इस आन्दोलन का सबसे प्रमुख प्रचारक बन गया था। अब उसे अपने लिए एक नयी भूमिका दिखायी दी। अब वह बदला लेगा, भारत को हिन्दू-पुनरुत्थान के शत्रुओं से मुक्त कर देगा। नाथूराम गोडसे के जीवन की यह पहली भूमिका थी जिसमें उसे विफलता का मुँह नहीं देखना पड़ा।

नयी दिल्ली, 15 अगस्त 1947

15 अगस्त 1947 को स्वतन्त्रता-समारोह के सर्वप्रमुख कार्यक्रम में भाग लेने के लिए जो अपार भीड़ उमड़ पड़ी थी उसकी याद वर्षों तक बनी रही। लगता था कि एक विशाल जन-सागर नये राष्ट्र के अभिवादन के

लिए ठाठें मार रहा है। पहले महायुद्ध में ब्रिटिश साम्राज्य की रक्षा के लिए अपने प्राणों की आहुति देने वाले 90,000 भारतीय सैनिकों की याद में बनाये गये नयी दिल्ली के इंडिया गेट के पास खुले मैदान में शाम को पाँच बजे भारत का झण्डा फहराया जाने वाला था।

माउंटबैटेन और उनके सलाहकारों ने, ब्रिटिश राज के बड़ी धूमधाम से मनाये जाने वाले सारे समारोहों के आयोजन के लिए बनाये गये सारे नियमों और सारी हिदायतों के आधार पर यह अनुमान लगाया था कि 30,000 लोग वहाँ आयेंगे। उनके इस अनुमान में कई हज़ार की नहीं बल्कि पाँच लाख से ज़्यादा की ग़लती थी। इससे पहले कभी किसी ने भारत की राजधानी में इस तरह की कोई भीड़ नहीं देखी थी।

चारों ओर फैले हुए इस अपार जन-सागर की लहरों ने झण्डे के पास बनाये गये छोटे-से मंच को अपनी लपेट में ले लिया था। एक दर्शक को तो वह मंच ऐसा लगा जैसे 'कोई छोटी-सी नाव तूफ़ानी समुद्र में हिचकोले खा रही हो।' भीड़ को रोकने के लिए लगायी गयी बल्लियाँ, बैंड वालों के लिए बनाया गया मंच, बड़ी मेहनत से बनायी गयी विशिष्ट अतिथियों की दर्शक-दीर्घा और रास्तों के दोनों ओर बाँधी गयी रस्सियाँ—हर चीज़ इंसानों की इस प्रबल धारा में बह गयी। पुलिस लाचार खड़ी हुई देखती रही और लोग सारी बाधाओं को रौंदते हुए, कुर्सियों को सूखी टहनियों की तरह तोड़ते हुए आगे बढ़ते रहे। छतरपुर का किसान रंजीतलाल, जो मुँह-अँधेरे ही अपने गाँव से चल पड़ा था, इस भीड़ में आकर खो गया था। वह समझता था कि भारत में इतनी भीड़ सिर्फ़ गंगा-स्नान के मेले के लिए होती है। भीड़ में चारों ओर से वह इतनी बुरी तरह पिसा जा रहा था कि वह गाँव से साथ लायी रोटियाँ भी नहीं खा पाया। वह अपना हाथ उठाकर मुँह तक नहीं ले जा सकता था।

लेडी माउंटबैटेन की दो सेक्रेटरी एलिज़बेथ कालिंस और म्यूरिएल वाटसन पाँच बजे के कुछ ही देर बाद वहाँ पहुँचीं। वे ताज़े धुले हुए सफ़ेद दस्ताने, दावतों और पार्टियों में जाने की अपनी बेहतरीन पोशाकें पहनकर और अपने हैट में चिड़ियों के रंग-बिरंगे पर लगाकर पूरी तरह सज-धजकर आयी थीं। अचानक उन्होंने अपने-आपको खुशी में चूर, पसीने में नहाये हुए अधनंगे लोगों की उस भीड़ में फँसा हुआ पाया। उनके लिए पाँव जमाकर खड़े रहना मुश्किल हो रहा था और भीड़ उन्हें जिधर ढकेल देती उधर ही वे चली जातीं। सहारे के लिए उन्होंने एक-दूसरे का हाथ पकड़ रखा था, सिर पर उनकी टोपियाँ टेढ़ी हो गयी थीं, उनके कपड़े अस्त-व्यस्त हो गये थे और वे जान लड़ाकर सीधे खड़े रहने की कोशिश

कर रही थीं। एलिज़बेथ लड़ाई के दिनों में लेडी माउंटबैटेन की हर यात्रा के दौरान उनके साथ रह चुकी थी, लेकिन आज अपने जीवन में पहली बार उसे डर लग रहा था। म्यूरिएल की बाँह मज़बूती से पकड़कर उसने हाँफते हुए कहा, 'ये लोग हमें रौंदकर मार डालेंगे।'

म्यूरिएल ने चारों ओर फैली हुई भीड़ पर एक नज़र डाली और सन्तोष की साँस लेकर धीरे से कहा, 'शुक्र है कि इन लोगों ने जूते नहीं पहन रखे हैं।'

गवर्नर-जनरल की 17-वर्षीया बेटी पमेला माउंटबैटेन अपने पिता के कर्मचारी-मंडल के दो सदस्यों के साथ आयी। बड़ी मुश्किल से वे भीड़ को चीरकर लकड़ी के मंच की ओर बढ़ रहे थे। वहाँ पहुँचने से सौ गज़ पहले ज़मीन पर बैठे हुए लोगों की एक ठोस दीवार ने उनका रास्ता रोक दिया। वे लोग एक-दूसरे से इतने सटकर बैठे हुए थे कि उनके बीच से हवा का गुज़रना भी मुश्किल था।

मंच पर से नेहरू ने उन लोगों को भीड़ में देख लिया और पुकारकर पमेला से कहा कि लोगों के ऊपर से फाँदती हुई मंच पर आ जाये।

'कैसे आऊँ?' उसने चिल्लाकर जवाब दिया। 'मैं ऊँची एड़ी के जूते पहने हूँ।'

'जूते उतार लो,' नेहरू ने जवाब दिया।

पमेला ऐसे ऐतिहासिक अवसर पर इतनी अभद्रता की हरकत करने की कल्पना स्वप्न में भी नहीं कर सकती थी। 'नहीं,' उसने हाँफते हुए कहा, 'मैं ऐसा नहीं कर सकती।'

'तो फिर पहने रहो,' नेहरू ने कहा। 'लोगों के ऊपर पाँव रखकर चली आओ। कोई कुछ नहीं कहेगा।'

'नहीं,' पमेला ने फिर कहा, 'एड़ी उन्हें चुभेगी।'

'नादान बच्चों जैसी बातें न करो,' नेहरू ने अधीर होकर कहा, 'जूते उतारकर चली आओ।'

भारत के अन्तिम वाइसराय की बेटी ने एक ठण्डी साँस लेकर अपने जूते उतारकर हाथ में ले लिये और मंच तक बिछे हुए मानव-शरीरों के क़ालीन को रौंदती हुई आगे बढ़ी। वह जिन लोगों के ऊपर पाँव रखती हुई आगे बढ़ रही थी वे ख़ुश होकर हँसते रहे और उसे आगे बढ़ने में मदद देते रहे; जब उसके पाँव लड़खड़ाने लगते तो वे उसे संभाल लेते, कुहनी को सहारा देकर उसे आगे बढ़ा देते और उसके चमकदार ऊँची एड़ी के जूतों की ओर इशारा करके उसकी लाचारी का मज़ा लेते।

जैसे ही माउंटबैटेन-दम्पति की सवारी के साथ चलने वाले अंगरक्षकों

की चमकदार रंगीन पगड़ियाँ दूर क्षितिज पर दिखायी दीं, भीड़ लहर की तरह आगे की ओर उमड़ पड़ी। अपने माता-पिता को धीरे-धीरे मंच की ओर बढ़ते हुए देखते समय पमेला की आँखों के सामने एक अनोखा दृश्य आया। मंच के चारों ओर उमड़ते हुए इंसानों के उस समुद्र में हज़ारों ऐसी औरतें भी थीं जो अपने दूध-पीते बच्चों को सीने से लगाये हुए थीं। इस डर से कि कहीं उनके बच्चे लहर की तरह बढ़ती हुई भीड़ में पिस न जायें, जान पर खेलकर वे उन्हें रबर की गेंदों की तरह हवा में उछाल देतीं और जब वे नीचे आ गिरते तो फिर उन्हें उछाल देतीं। एक क्षण में हवा में इस तरह सैकड़ों बच्चे उछाल दिये गये। उस नौजवान लड़की की आँखें आश्चर्य से फटी रह गयीं और वह सोचने लगी, 'हे भगवान, बच्चों की वर्षा हो रही है।'

गाड़ी पर बैठे-बैठे ही माउंटबैटेन ने समझ लिया कि झण्डा फहराने के अलावा और रस्में जिनका कार्यक्रम उन्होंने बनाया था, अदा नहीं की जा सकती थीं। वह स्वयं गाड़ी से उतर ही नहीं पा रहे थे।

'बस, झण्डा फहरा दिया जाये,' उन्होंने चिल्लाकर नेहरू से कहा। 'बैंड वाले भीड़ के बीच में खो गये थे। वे अपने बाजे नहीं बजा सके। सलामी देने वाले सिपाही अपनी जगह से हिल नहीं सके।'

खुशी से चिल्लाती हुई भीड़ के ऊपर से होकर आती हुई उनकी आवाज़ मंच पर बैठे हुए लोगों ने सुनी। स्वतन्त्र भारत का केसरिया, सफ़ेद और हरे रंग का झण्डा ऊपर चढ़ने लगा। महारानी विक्टोरिया के पड़नाती ने अपनी बग्घी पर सीधे तनकर खड़े-खड़े झण्डे को सलामी दी।

जब झण्डा लहराता हुआ भीड़ के सिरों के ऊपर दिखायी दिया तो लाखों कंठों से विपुल उल्लास के स्वर गूँज उठे। उस मधुर क्षण के उल्लास में भारत प्लासी की लड़ाई को, 1857 के अत्याचारों को और जलियाँवाला बाग़ की खूनी दास्तान को भी भूल गया। एक क्षण के लिए मार्शल लॉ के अपमानों को, लाठियाँ बरसाने वाली पुलिस को और स्वतन्त्रता के शहीदों को फाँसी पर चढ़ा दिये जाने की घटनाओं को भी लोगों ने भुला दिया। तीन कष्टमय शताब्दियों का सारा इतिहास हटाकर एक तरफ़ रख दिया गया ताकि भारत बिना किसी रोक-टोक के उस क्षण का आनन्द ले सके।

ऐसा लगता था कि प्रकृति ने भी इस क्षण की ऐतिहासिक छाप को और भी रंगीन बना देने की ठान ली थी। जैसे ही भारत का नया झण्डा ऊपर शिखर के निकट पहुँचा वैसे ही आकाश पर अचानक इन्द्रधनुष निकल आया। अंधविश्वासों में डूबी हुई भारतीय जनता के लिए, जो

यह मानती थी कि मनुष्य के भाग्य का फ़ैसला ग्रहों और नक्षत्रों की स्थिति से होता है, इस समय इन्द्रधनुष का निकलना दैवी संकेत था। सबसे अद्‌भुत बात तो यह थी कि इन्द्रधनुष के हरे, पीले और नीले रंग भी उस कमान के बीचोंबीच लहराते हुए झण्डे के तीन रंगों जैसे ही लग रहे थे। आकाश पर इन्द्रधनुष को चमकता देखकर मंच के चारों ओर बैठे हुए आकृतिहीन जन-समुदाय में से किसी गुमनाम आवाज़ ने ज़ोर से चिल्लाकर कहा, 'जब भगवान स्वयं ही हमें ऐसा संकेत दे रहे हैं तो फिर हमारे सामने कौन टिक सकता है?'

लुई और एडविना माउंटबैटेन को अपने जीवन का सबसे असाधारण अनुभव होना अभी बाक़ी था—लुतयेंस के बनाये हुए महल तक अपनी वापसी का अनुभव। उनकी सुनहरी घोड़ागाड़ी उस अपार जन-समूह के बीच लहरों पर हिचकोले खाते हुए लकड़ी के तख़्ते जैसी लग रही थी जिसे पकड़कर डूबने वाला अपनी जान बचाने की कोशिश करता है। हर्ष के उन्माद में डूबी हुई ऐसी उल्लसित भीड़ उन दोनों में से किसी ने भी अपने जीवन में कभी नहीं देखी थी। नेहरू को उनके देशवासियों ने ज़बर्दस्ती उठाकर उसी गाड़ी में उनके साथ चलने के लिए बिठा दिया था। माउंटबैटेन सोच रहे थे, यह सब-कुछ ऐसा लग रहा है जैसे 'लाखों लोग एक साथ पिकनिक के लिए निकले हों, और उनमें से हर एक को इतना आनन्द आ रहा हो जितना जीवन में पहले कभी नहीं आया था।' फ़ौरन उनकी समझ में आ गया कि हर्ष और उल्लास की जो यह धारा अपने-आप ही इतने वेग से फूट पड़ी है उसे रोक सकना असम्भव है। वह उल्लास उस दिन के वास्तविक महत्व को पहले से बनाये गये कार्यक्रम की धूमधाम की अपेक्षा ज़्यादा अच्छी तरह प्रतिबिंबित करता था।

ऊपर की ओर उठे हुए हाथों के उस जंगल के बीच जो उनकी ओर बढ़ने के लिए बेचैन हो रहे थे, खड़े होकर माउंटबैटेन ने भीड़ पर एक नज़र डाली और यह पता लगाने की कोशिश की कि इंसानों के सिरों का यह अनन्त विस्तार कहाँ तक चला गया है? जहाँ तक उनकी नज़र पहुँचती थी, उन्हें भीड़-ही-भीड़ दिखायी देती थी।

तीन बार माउंटबैटेन और उनकी पत्नी ने गाड़ी से बाहर झुककर तीन औरतों को, जो थककर बिलकुल निढाल हो चुकी थीं, गाड़ी के पहिये के नीचे आने से बचाने के लिए ऊपर गाड़ी पर चढ़ा लिया। तीनों काले चमड़े से मढ़ी हुई सीट पर बैठ गयीं जिसकी गद्दियाँ इंगलैंड के राजा और रानी के बैठने के लिए बनायी गयी थीं। वे वहाँ बैठी हुई

विस्मय से फटी हुई अपनी काली आँखों से चारों ओर देख रही थीं और घूँघट के अन्दर खिलखिलाकर हँस रही थीं। घोड़ा-गाड़ी धीरे-धीरे लचकती हुई आगे बढ़ रही थी। तीनों औरतें ख़ुशी से फूली नहीं समा रही थीं। भारत के अन्तिम वाइसराय और उनकी पत्नी भी उनकी बग़ल में बैठे हुए बहुत ख़ुश होकर हँस रहे थे।

सबसे बढ़कर, लुई और एडविना के दिमाग़ में इस गौरवशाली दिन की अमिट छाप के साथ जो एक चीज़ हमेशा जुड़ी रही वह थी बार-बार दोहराये जा रहे एक नारे की गूँज। भारत के पूरे इतिहास में किसी दूसरे अँग्रेज़ को यह सौभाग्य प्राप्त नहीं हुआ था कि वह लोगों को इतनी हार्दिक भावना के साथ यह नारा लगाते हुए सुने। नयी दिल्ली में उस शाम को यह नारा बार-बार भीड़ के बीच से बादलों की गरज की तरह गूँज उठता था। यह माउंटबैटेन की सफलता को जनता का समर्थन था। अपनी डगमगाती हुई गाड़ी में खड़े होकर उन्हें वह चीज़ मिली जो न उनकी पड़नानी को नसीब हुई थी, न उनकी किसी सन्तान को—यानी, भारत की जनता की प्रशंसा, सच्ची प्रशंसा। भीड़ बार-बार नारा लगा रही थी : 'माउंटबैटेन की जय !', 'माउंटबैटन की जय !'

ख़ुशियाँ मनाती हुई नयी दिल्ली की इस भीड़ से छः हज़ार मील दूर स्काटलैंड की पहाड़ियों के बीच बने हुए बालमोरल के क़िले के आँगन में एक सरकारी मोटर आकर रुकी। मोटर में जो अकेला आदमी बैठा हुआ था उसे फ़ौरन अध्ययन-कक्ष में पहुँचा दिया गया, जहाँ जार्ज षष्ठम बैठे प्रतीक्षा कर रहे थे। पूरे शिष्टाचार के साथ झुककर भारत के अन्तिम सेक्रेटरी ऑफ़ स्टेट लॉर्ड लिस्टोवेल ने बड़े गम्भीर भाव से बादशाह को सूचना दी कि भारतवासियों के हाथों में सत्ता के हस्तान्तरण का काम सुचारु रूप से सम्पन्न हो गया है। इसके साथ ही ब्रिटेन के बादशाह की शासन-सत्ता का स्वरूप ही हमेशा के लिए बदल गया था। लॉर्ड लिस्टोवेल ने उन्हें बताया कि वह उन्हें वे प्राचीन मुहरें वापस करने आये थे जो सेक्रेटरी ऑफ़ स्टेट के पद की निशानी थीं, भारतीय साम्राज्य को ब्रिटिश ताज के साथ जोड़ने वाले बन्धनों का प्रतीक थीं।

उन्होंने अपनी बात जारी रखते हुए कहा कि दुर्भाग्यवश वे मुहरें अब थीं नहीं। कई साल पहले किसी ने उन्हें कहीं ऐसी जगह रख दिया था कि वे मिल नहीं रही थीं। भारत के अन्तिम सेक्रेटरी ऑफ़ स्टेट के पास इस समय अपने बादशाह को देने के लिए केवल यही बच रहा था कि सिर

झुकाकर वह उनका अभिवादन करे और अपना ख़ाली हाथ उनकी ओर बढ़ा दे।

भारत की राजधानी पर शाम का धुँधलका छाने लगा था। लाखों क़दमों की चाप से उड़ने वाली धूल भी बैठने लगी थी। हज़ारों लोग अभी तक सड़कों पर जमा होकर गा रहे थे, नारे लगा रहे थे और एक-दूसरे से गले मिल रहे थे। पुरानी दिल्ली में लाल क़िले की दीवारों के पास हज़ारों लोग ख़ुशियाँ मनाते हुए घूम रहे थे। वहाँ अच्छा-ख़ासा मेला लगा हुआ था। सपेरे, जादूगर हाथ देखने वाले ढोंगी ज्योतिषी, भालू का नाच दिखाने वाले, दंगल के पहलवान, पेट में तलवार उतार लेने वाले बाजीगर, गालों को चाँदी की नुकीली सलाई से बींधे हुए फ़कीर, बाँसुरी बजाने वाले—सभी अपने-अपने करतब दिखा रहे थे। हज़ारों और लोग शहर के बाहर उन मैदानों की ओर वापस जा रहे थे जहाँ से वे आये थे। उन्हीं में छतरपुर का ब्राह्मण किसान रंजीतलाल भी था। वह इस बात पर बहुत दुखी था कि जो ताँगे वाला उसे चार आने में दिल्ली ले आया था वही अब घर वापस ले जाने के दो रुपये माँग रहा था। मन-ही-मन उसे कोसते हुए कि यह आज़ादी तो बहुत मँहगी पड़ी, वह और उसका परिवार बीस मील दूर अपने गाँव की ओर पैदल ही चल पड़ा।

आख़िरकार अपने महल के निजी कमरे में पहुँचकर लुई और एडविना माउंटबैटेन ने एक-दूसरे को अपनी बाँहों में समेट लिया। उनकी आँखों से ख़ुशी के आँसू बह रहे थे। उनका जीवन-चक्र पूरा घूमकर फिर उसी जगह आ गया था। जिस शहर में आज से पच्चीस साल पहले उन्हें एक-दूसरे से प्रेम हुआ था उसी की सड़कों पर आज उन्होंने साथ-साथ एक ऐसी विजय का उल्लास अनुभव किया था जो बिरलों को ही नसीब होती है। नौ-सेना के एडमिरल की हैसियत से उन्हें साढ़े-सात लाख जापानी सैनिकों का आत्म-समर्पण स्वीकार करले का भी गौरव प्राप्त हो चुका था, लेकिन जैसा अनुभव उन्हें आज हुआ था वैसा पूरे जीवन में कभी नहीं होने वाला था। लुई माउंटबैटेन सोच रहे थे कि ऐसी ख़ुशी तो कोई बड़ी लड़ाई ख़त्म होने पर ही मनायी जाती है—फ़र्क बस इतना था कि 'यह ऐसी लड़ाई थी जिसमें दोनों पक्षों की जीत हुई थी, ऐसी लड़ाई जिसमें कोई हारा नहीं था।'

अगले दिन सुबह नयी दिल्ली से आये हुए किसी आदमी ने नं० 10, डार्उनिग स्ट्रीट के दरवाज़े की घण्टी बजायी। यह ब्रिटेन के प्रधानमन्त्री क्लीमेंट

एटली का घर था। अगर वह भरपूर सन्तोष अनुभव कर रहे थे तो यह सर्वथा उचित ही था। स्वतन्त्रता प्राप्त करने के साथ भारत ने ब्रिटेन के प्रति ऐसी सद्भावना और मैत्री का प्रदर्शन किया था जिसकी छः महीने पहले कोई आशा भी नहीं कर सकता था। इंडोनेशिया में हालैंड के और इंडो-चायना में फ्रांस के आचरण के साथ ब्रिटेन के आचरण की तुलना करते हुए एक बहुत प्रतिष्ठित भारतीय ने कहा था, 'हम अँग्रेज़ों के साहस और उनकी राजनीतिक योग्यता की प्रशंसा किये बिना नहीं रह सकते।'

फिर भी, माउंटबैटेन ने अपने भूतपूर्व-सेक्रेटरी जार्ज एबेल को एटली को यह समझाने के लिए भेजा था कि वह इस तरह के बयानों पर बहुत ज़्यादा ख़ुशी ज़ाहिर न करें। एबेल ने एटली को उनके घर को बाग़ में बताया कि जिस तरह आज़ादी मिली है वह उनकी सरकार की भी बहुत बड़ी विजय है और उस आदमी की भी जिसे उन्होंने अन्तिम वाइसराय बनाने के लिए चुना था। साथ ही उन्होंने यह चेतावनी भी दी कि इस विजय पर बहुत जल्दी और बहुत खुलेआम ख़ुशी न मनायें, क्योंकि अनिवार्य रूप से बँटवारे के फलस्वरूप 'भयानक ख़ून-ख़राबा होने वाला है और बेहद गड़बड़ी मचने वाली है।'

एटली ने अपने पाइप का कश लेते हुए बहुत उदास होकर अपना सिर हिलाया। वह इसके लिए तैयार हो गये कि इस सफलता की डींग मारने के लिए न कोई ढोल बजवाये जायेंगे और न ही प्रधानमन्त्री की ओर से आत्म-सन्तोष व्यक्त करने वाला कोई बयान दिया जायेगा। उन्हें 'किसी प्रकार का भ्रम नहीं था।' जो सफलता उन्होंने प्राप्त की थी वह महत्वपूर्ण थी, लेकिन वह यह बात भी अच्छी तरह जानते थे कि अब इसकी क़ीमत चुकानी होगी और क़ीमत होगी यह कि 'जिस भारत को हम छोड़कर आये हैं वहाँ ख़ून की नदियाँ बहेंगी।'

12
'हमारे लोग पागल हो गये हैं'

पंजाब, अगस्त-सितम्बर 1947

ऐसा पहले कभी नहीं हुआ था। ऐसी तबाही पहले कभी नहीं मची थी, इतने बड़े पैमाने पर तबाही की कल्पना भी नहीं की जा सकती थी। उसका कोई नियम नहीं, कोई तरीक़ा नहीं था। उस बर्बरता के पीछे कोई तर्क नहीं था। छः हफ़्ते तक पुराने ज़माने की ताऊन की तबाही की तरह पूरे उत्तरी भारत में हत्या का उन्माद छाया रहा। उसके अभिशाप से कहीं बचाव नहीं था, कोई कोना ऐसा नहीं था जहाँ इसका ज़हर न फैल गया हो। दूसरे विश्वयुद्ध के चार साल में कुल जितने अमेरिकी मारे गये थे उसके आधे हिन्दुस्तानी कुछ ही दिन के इस क़त्लेआम में मारे गये।

हर जगह यही हुआ कि जो तादाद में ज़्यादा और बलवान थे उन्होंने तादाद में थोड़े और कमज़ोर लोगों पर हमला किया। नयी दिल्ली की औरंगज़ेब रोड के ठाठदार बँगलों में, पुरानी दिल्ली के चाँदनी चौक की सुनारों की पेढ़ियों में, अमृतसर के मुहल्लों में, लाहौर के उपनगर की आलीशान कोठियों में, रावलपिण्डी के बाज़ार में, दीवार से घिरे हुए पेशावर शहर में; छोटी-बड़ी दुकानों, कच्ची झोंपड़ियों, गाँव की गलियों में; ईंटों के भट्टों, कारख़ानों और खेतों में; रेलवे स्टेशनों और चायख़ानों में जो लोग अलग-अलग बिरादरियों के होते हुए भी पीढ़ियों से साथ-साथ रहते आये थे, वे नफ़रत से पागल होकर एक-दूसरे पर टूट पड़े। यह युद्ध नहीं था, गृहयुद्ध नहीं था, छापेमार लड़ाई भी नहीं थी। यह एक तरह का उबाल था, अचानक एक समाज टूटकर ढह रहा था। एक हरकत से दूसरी के लिए उकसावा मिलता, एक भयानक कांड से दूसरे की शुरु-

आत होती, हर क़त्ल के बाद एक और क़त्ल होता, हर अफ़वाह के जवाब में दूसरी अफ़वाह फैलायी जाती, हर अत्याचार का जवाब दूसरे अत्याचार से दिया जाता। किसी विस्फोट के बाद ढहती हुई इमारत की धीमी गति से दिखायी जाने वाली फ़िल्म की तसवीरों की तरह पंजाब के समाज की दीवारें ढहकर गिरती नज़र आने लगीं।

हिन्दू, सिख और मुसलमान पागल होकर इस तरह एक-दूसरे के ख़ून के प्यासे हो उठे कि यक़ीन नहीं होता। भारत में हमेशा से हर चीज बड़े पैमाने पर होती आयी थी, और पंजाब में जितने बड़े पैमाने पर लोग मारे गये और उससे लोगों को जितनी तकलीफ़ हुई और जितनी मुसीबतों का सामना करना पड़ा उसमें भी यह परम्परा पूरी तरह निभायी गयी। यूरोप में तो लोगों ने एक-दूसरे को बमों और तोप के गोलों से मारा था या बाक़ायदा गैस की कोठरियों में बन्द करके उनका दम घोंट दिया था; लेकिन पंजाब के लोग बाँस, लाठियाँ, हाकी-स्टिकें, चाक़ू, छुरे, डंडे, तलवारें, हथौड़े और ईंट-पत्थर लेकर या अपने हाथ के नाख़ूनों से ही जान लेने को उतारू हो गये थे। उनका यह क़त्लेआम अचानक अपने-आप ही बिना किसी वजह के शुरू हो गया था। उनके नेताओं ने अनजाने ही जिन भावनाओं को भड़का दिया था उनका यह रूप देखकर वे आतंकित हो उठे थे और उन्हें फिर समझदारी का रास्ता अपनाने का उपदेश दे रहे थे। लेकिन अब कोई उनकी सलाह मानने को तैयार नहीं था, क्रूरता के उस छोटे-से दौर में जब भारत पागल हो उठा था, किसी बात के पीछे कोई तर्क नहीं था।

दूसरी गोरखा रेजिमेंट के कैप्टेन आर० ई० ऐटकिंस ने अपने पाँवों के पास एक ऐसा दृश्य देखा कि दहशत के मारे उसकी चीख निकल गयी। उसने लोगों को मुहावरे में यह बात कहते तो सुना था, पर उसने कभी उस पर यक़ीन नहीं किया था। लेकिन आज वह बात हक़ीक़त बनकर उसकी आँखों के सामने थी। लाहौर की नालियाँ बहते हुए ख़ून से लाल हो गयी थीं। यह ख़ूबसूरत शहर जिसे पूरब का पेरिस कहा जाता था, अब वीरानी और तबाही की जीती-जागती तसवीर बना हुआ था। पूरी-की-पूरी सड़कों के किनारे के हिन्दू-घर धू-धू करके जल रहे थे और मुसलमान पुलिस वाले और फ़ौजी खड़े देख रहे थे। रात के वक़्त उन घरों को तहस-नहस करते हुए लुटेरों की आवाज़ें ऐटकिंस को ऐसी लगतीं जैसे दीमक लकड़ी के कुंदों को खा रही हो। ब्रागांज़ा होटल में जहाँ ऐटकिंस का हेडक्वार्टर था, दयनीय और पागलों की तरह चीखते हुए कुछ हिन्दू

व्यापारियों ने उन्हें घेर रखा था और वे उन्हें लाहौर के नरक से अपनी जीप पर बाहर निकाल ले जाने के लिए कुछ भी देने को तैयार थे—पच्चीस-तीस-पैंतीस हज़ार रुपया, अपनी बेटियाँ, अपनी बीवियों के ज़ेवर, कुछ भी।

पास ही अमृतसर में शहर के ज़्यादातर मुसलिम हिस्सों में ईंट और मलबे के ढेर के अलावा और कुछ नहीं रह गया था जिनसे काला धुआँ बल खाता हुआ ऊपर आसमान की तरफ़ उठ रहा था। गिद्ध उनकी टूटी-फूटी दीवारों पर बैठे उनकी निगरानी कर रहे थे, और वे खण्डहरों में हर तरफ़ से सड़ती हुई लाशों की बू से घिरे हुए थे। हर जगह पंजाब का चेहरा इसी तरह के दृश्यों से बदसूरत हो गया था। लायलपुर में एक कपड़े की मिल के मुसलमान मज़दूर अपनी ही तरह मिल में काम करने की सारी मुसीबतें झेलने वाले सिख मज़दूरों पर टूट पड़े और उनमें से एक-एक को क़त्ल कर दिया। जिस दृश्य को देखकर ऐटकिंस का दिल दहल गया था वह यहाँ उससे भी कई गुने भयानक रूप में दिखायी दिया : यहाँ पर सैकड़ों हिन्दुओं और सिखों के ख़ून से एक पूरी नहर लाल हो गयी थी।

शिमला में सेसिल होटल के बरामदे से, जहाँ गरमियों के दिनों में आये हुए ब्रिटिश राज के शासक बैठकर चाय की चुस्कियाँ लिया करते थे, लॉर्ड माउंटबैटेन के प्रेस-अटाशे की पत्नी फ़े कैम्पबेल-जॉन्सन ने अपनी आँखों के सामने जो कुछ देखा उससे उसका दिल दहल गया। साइकिलों पर कुछ सिख अपनी नंगी किरपानें चमकाते हुए माल रोड पर मुसलमानों का पीछा इस तरह कर रहे थे जैसे शिकारी लोमड़ी का पीछा करते हैं। वह अपने हाँफते हुए शिकार के पास पीछे से आते और अपनी किरपानों के एक ही वार से उसका सिर धड़ से अलग कर देते। एक दूसरी अँग्रेज़ औरत ने इसी तरह मौत का शिकार होने वाले एक और आदमी का कटा हुआ सिर सड़क पर लुढ़कते देखा, जिस पर तुर्की टोपी अभी तक पहले की तरह ही मौजूद थी, और उसका सिख हत्यारा अपनी ख़ून में सनी तलवार चमकाता हुआ दूसरे शिकार की तलाश में तेज़ी से आगे निकल गया था। वह लगातार चिल्लाता जा रहा था : 'अभी और मारूँगा ! अभी और मारूँगा !'

किसी का हत्यारा उसका दोस्त भी हो सकता था और अजनबी भी। मोंटगोमरी बाज़ार में निरंजनसिंह नाम का एक चायवाला था। वह पन्द्रह साल से चमड़े का काम करने वाले एक मुसलमान को असम की गरम-गरम चाय बनाकर पिलाता आया था। अगस्त में एक दिन सुबह वही मुसलमान उसकी दूकान में आया। अचानक चाय बनाते-बनाते उसने गाहक

की ओर देखा। उसका चेहरा नफ़रत के मारे ऐंठ गया था और वह निरंजनसिंह की तरफ़ उँगली उठा-उठाकर कह रहा था : 'मार डालो, इसे मार डालो !'

दर्जन-भर मुसलमान गुण्डे भागते हुए गली में से निकले। एक ने तलवार से निरंजनसिंह की टाँग घुटने के पास से काट दी। दूसरे ही क्षण उन लोगों ने उसके 90 साल के बूढ़े बाप और इकलौते बेटे को मार डाला था। बेहोश होने से पहले उसने जो अन्तिम दृश्य देखा वह यह था कि वही आदमी जिसे वह पन्द्रह साल से चाय पिलाता आया था उसकी 18 साल की बेटी को कंधे पर लादकर लिये जा रहा था और वह डरकर चीख रही थी।

ज़िले-के-ज़िले ऐसे थे जिनमें एक भी गाँव ऐसा नहीं बचा था, जिसका एक भी बाज़ार सही-सलामत बचा हो। हर जगह अल्पसंख्यकों में डर और दहशत समा गयी थी। लाहौर-कराची रेलवे-लाइन पर एक शहर था डकार्नां, जहाँ बहुत-सी मिलें थीं और वहाँ की ज़्यादातर आबादी मुसलमानों की थी। वहीं भारतीय नौ-सेना से निकला हुआ एक 20-वर्षीय हट्टा-कट्टा जवान मदनलाल पहावा अपनी चाची के घर में दुबका पड़ा था। खिड़की से उसे दिखायी दे रहा था कि शहर के मुसलमान खुशी से नाच रहे हैं, गा रहे हैं, झंडे फहरा रहे हैं, और अपना नया नारा लगा रहे हैं : 'हँस के लिया है पाकिस्तान, लड़के लेंगे हिन्दुस्तान।' मदनलाल को मुसलमानों से नफ़रत थी। राष्ट्रीय स्वयंसेवक संघ की अपनी काली पट्टी वाली खाकी वर्दी पहनकर उसने मुसलमानों में दहशत फैलाने में बहुत मदद की थी। अब दहशत का शिकार होने की उसकी बारी थी। उसने सोचा, 'हम सब लोग डरे हुए हैं। हम उन भेड़ों की तरह हैं जो क़साईखाने में काटे जाने की राह देख रही हों।'

जहाँ सिखों का ज़ोर था वहाँ वे सबसे ज़्यादा संगठित थे, और वे सबसे बेरहम हत्यारे थे। अहमद ज़फ़रुल्ला फ़ीरोज़पुर के पास एक गाँव में मुसलिम मुज़ारा था। एक रात सिख जत्थे ने उस गाँव पर धावा बोल दिया। बाद में उसने उन दिनों की चर्चा करते हुए कहा, 'हम जानते थे कि हम चूहों की तरह मार डाले जायेंगे। हम लोग अपनी चारपाइयों के पीछे, उपलों के ढेर के पीछे जहाँ जगह मिली छिप गये। सिखों ने कुल्हाड़ियों से दरवाज़ा तोड़ दिया। मेरी बायीं बाँह में गोली लगी। मैं उठने की कोशिश कर ही रहा था कि इतने में देखा कि मेरी बीवी को चार गोलियाँ लगीं। उसकी जाँघ और पीठ से ख़ून बह रहा था। मेरे तीन साल के बेटे के पेट में गोली लगी। वह रो भी नहीं पाया। बस गिरकर

मर गया।

'मैंने अपनी बीवी और दूसरे बेटे को साथ लिया, मरे हुए बेटे को वहीं छोड़ दिया और किसी तरह रेंगकर बाहर सड़क पर आया। मैंने देखा कि दूसरी झोंपड़ियाँ से बाहर निकलने वाले मुसलमानों को सिख अपनी गोलियों का निशाना बना रहे हैं। कुछ सिख लड़कियों को अपने कंधों पर लादकर ले जा रहे थे। हर तरफ़ रोना-पीटना, चीख-पुकार और शोर-गुल मचा हुआ था। कुछ सिख मेरे ऊपर झपटे और उन्होंने मेरी मरी हुई बीवी को मेरे हाथों में से घसीट लिया और दूसरे लड़के को भी गोली मारकर मुझे वहीं धूल में मरने के लिए छोड़ गये। मेरे पास न रोने की सकत थी और न बहाने के लिए आँसू। मेरी आँखें उसी तरह बिलकुल सूख गयी थीं जैसे मानसून से पहले सिन्ध की नदियाँ। मैं बेहोश होकर गिर पड़ा।'

लाहौर के उत्तर में शेख़ूपुरा की व्यापारी बस्ती में सारे हिन्दुओं और सिखों को एक बड़े-से गोदाम में भेड़-बकरियों की तरह भर दिया गया, जिसमें वहाँ का बैंक क़र्ज़ के बदले अनाज के बोरे गिरवीं रखता था। गोदाम के अन्दर उन बेवस और लाचार हिन्दुओं को पुलिस और फ़ौज से भागे हुए मुसलमानों ने मशीनगन से भून दिया। एक भी आदमी ज़िन्दा नहीं बचा था।

जो अँग्रेज़ अफ़सर भारत या पाकिस्तान की सेनाओं में काम करने के लिए रुक गये थे उनके मुँह से हमेशा एक ही बात सुनने को मिलती थी: 'ऐसी बुरी हालत तो हमने कभी दूसरे महायुद्ध के दिनों में भी नहीं देखी थी।'

न्यूयार्क टाइम्स के अनुभवी संवाददाता रॉबर्ट ट्रमबुल ने लिखा: 'मेरा दिल कभी किसी भी चीज़ को देखकर इतना नहीं दहला, तरावा के समुद्री तट पर लाशों का ढेर देखकर भी नहीं। आज हिन्दुस्तान में जितनी बार पानी बरसता है उससे ज़्यादा बार ख़ून बहता है। मैंने सैकड़ों लोगों की लाशें देखी हैं, और सबसे निर्मम दृश्य मैंने उन हजारों हिन्दुस्तानियों का देखा जिनकी आँखें निकाल ली गयी थीं या हाथ-पाँव काट दिये गये थे। गोली मारकर किसी की हत्या कर देना तो बहुत रहम की बात समझी जाती है और यह बहुत कम होता था। आम तौर पर मर्दों, औरतों और बच्चों को डंडों और पत्थरों से बुरी तरह घायल करके मरने के लिए छोड़ दिया जाता था। गरमी और मक्खियों की वजह से उनकी मृत्यु की पीड़ा और बढ़ जाती थी।'

ऐसा लगता था, दोनों तरफ़ से होड़ लगी हुई थी कि कौन ज़्यादा

बर्बरता दिखा सकता है। पंजाब सीमा सेना-दल के एक अफ़सर ने देखा कि 'एक ऐसे गाँव में जिस पर सिखों ने हमला किया था, चार मुसलमान बच्चों को लोहे की सलाई से बींधकर छोटे-छोटे सुअरों की तरह भूना गया।' एक दूसरे अफ़सर ने देखा कि कुछ सिरफिरे मुसलमानों ने हिन्दू औरतों की एक टोली को क़त्ल करने के लिए ले जाने से पहले उनके स्तनों को बुरी तरह क्षत-विक्षत कर दिया था।

मुसलिम इलाक़ों में कभी-कभी हिन्दुओं से कहा जाता था कि वे दो में से एक रास्ता चुन लें—इसलाम क़बूल कर लें, या पाकिस्तान से चले जायें। लायलपुर के पच्छिम में एक छोटे-से गाँव के हिन्दू किसान बाग़दास को तीन-सौ दूसरे हिन्दुओं के साथ पास के गाँव में तालाब के पास बनायी गयी मसजिद में ले जाया गया। वहाँ मौलवी साहब ने उनके सामने क़ुरान की कुछ आयतें पढ़ीं और उनसे कहा, 'अब तुम लोगों के सामने दो ही रास्ते हैं—या तो मुसलमान हो जाओ और हँसी-ख़ुशी रहो, या अपनी जान से हाथ धो डालो।'

बाग़दास ने स्वीकार किया, 'हमने पहला रास्ता चुन लिया।' धर्म बदलने के बाद उनमें से हर एक का एक नया मुसलिम नाम रख दिया गया और उनसे क़ुरान की कुछ आयतें पढ़वायी गयीं। फिर उन्हें मसजिद के सहन में भेड़-बकरियों की तरह हाँक दिया गया जहाँ गाय का गोश्त भूना जा रहा था। एक-एक करके हर हिन्दू को उस गोश्त की एक-एक बोटी खिलायी गयी। बाग़दास ने उस वक़्त तक अपने जीवन में कभी गोश्त नहीं खाया था। उसे उलटी होने लगी, लेकिन उसने किसी तरह उसे रोका क्योंकि उसने सोचा, 'अगर मैंने उनका हुक्म न माना तो मैं मार डाला जाऊँगा।'

बाग़दास का ब्राह्मण पड़ोसी भी इन्हीं लोगों के साथ था। उसने इस बात की इजाज़त माँगी कि इस अवसर के महत्व को देखते हुए वह अपनी बीवी और तीनों बच्चों को अपने साथ घर ले जाकर अपनी शादी के बर्तन ले आये और उनमें खाये। जिन मुसलमानों ने उसे पकड़ा था वे इस बात से बहुत ख़ुश हुए। बाग़दास ने बाद में इस घटना को बयान करते हुए बताया, 'उस ब्राह्मण ने अपने घर में एक छुरा छिपा रखा था। घर पहुँचकर उसने छुरा निकाला और पहले अपनी बीवी का गला काटा, फिर अपने तीनों बच्चों का और अन्त में ख़ुद अपने सीने में छुरा भोंक लिया।' उनमें से कोई भी गोश्त खाने वापस नहीं गया।

स्यालकोट के पास के एक गाँव में सरदार प्रेमसिंह नामक एक सिख वह कारोबार करता था जिससे मुसलमानों को सबसे ज़्यादा नफ़रत होनी

चाहिए। वह सूदख़ोर महाजन था। प्रेमसिंह बताता है, 'मैं बहुत धनी परिवार में पैदा हुआ था। हमारा बहुत बड़ा दुमंज़िला घर था जिसके सामने लोहे का फाटक लगा था। गाँव का हर आदमी जानता था कि मुझसे ज़्यादा धनी कोई नहीं है। कितने ही मुसलमान आकर मेरे पास अपने ज़ेवर गिरवीं रख जाते थे। मैं इन ज़ेवरों को लोहे की एक तिजोरी में रख देता था। गाँव के हर मुसलमान ने अपनी ज़िन्दगी में कभी-न-कभी मेरे पास अपने यहाँ के ज़ेवर ज़रूर गिरवीं रखे थे।'

आज़ादी के फ़ौरन बाद एक दिन सुबह प्रेमसिंह ने देखा कि मुसलमानों की बहुत बड़ी भीड़ लाठियाँ, सब्बल और छुरे लिये हुए उसके घर की तरफ़ चली आ रही है। वह उस भीड़ में लगभग हर मर्द को पहचानता था। उनमें से हर एक कभी-न-कभी उसका क़र्ज़दार रह चुका था। वे चिल्ला रहे थे, 'तिजोरी, तिजोरी!'

प्रेमसिंह जानता था, 'ये लोग लम्बा हाथ मारना चाहते हैं।' लेकिन उसकी तिजोरी में मुसलमानों के ज़ेवरों के अलावा और भी कुछ था। उसके अन्दर एक दुनाली बन्दूक़ और पच्चीस कारतूस भी थे। प्रेमसिंह ने तिजोरी खोलकर बन्दूक़ निकाल ली और भागकर घर की दूसरी मंज़िल पर चढ़ गया। एक घण्टे तक एक खिड़की से दूसरी खिड़की पर जाकर फाटक तोड़ने की कोशिश करती हुई भीड़ से अपने घर की रक्षा करता रहा। जिस समय वह इस काम में व्यस्त था उसी समय नीचे की मंज़िल पर कुछ और ही हो रहा था। प्रेमसिंह की बीवी को जब यह यक़ीन हो गया कि अब कुछ ही देर में भीड़ फाटक तोड़कर घर में घुस आयेगी तो उसने अपनी तीन बेटियों को प्रेमसिंह के दफ़्तर में बुलाया। उसने मिट्टी के तेल का बड़ा-सा पीपा लेकर अपने ऊपर उलट लिया और गुरु नानक की दुहाई देकर और अपनी बेटियों से भी ऐसा करने को कहकर उसने अपने शरीर में आग लगा ली।

उसका पति अभी तक अपनी जान की बाज़ी लगाकर लड़ रहा था। सीढ़ियों से एक अजीब-सी बदबू ऊपर आते देखकर उसकी समझ में न आया कि यह क्या हो रहा है। अन्त में जब उसके पास सिर्फ़ पाँच कारतूस बच गये तो भीड़ के पाँव उखड़ गये। थका-हारा प्रेमसिंह लड़खड़ाता हुआ सीढ़ियों से नीचे उतरा। वहाँ पहुँचकर महाजन को मालूम हुआ कि वह बदबू कहाँ से आ रही थी। वहाँ तिजोरी के सामने उसकी बीवी और उन तीन बेटियों की जली हुई लाशें पड़ी थीं जिन्होंने मुसलमानों के हाथों बलात्कार का शिकार होने के बजाय जल कर मरना ही बेहतर समझा था।

जो सिख और हिन्दू अपने घरों से उजाड़े गये थे उनमें से सभी धनवान

नहीं थे। कुलदीपसिंह 14 साल का लड़का था। लाहौर से उत्तर की ओर छः सौ मुसलमानों का एक गाँव था जिसमें पचास हिन्दू और सिख भी रहते थे, कुलदीपसिंह का बाप भी उन्हीं में से एक था। वह बटाई पर खेती करता था। कुलदीप दो कोठरियों वाली झोंपड़ी में अपने माँ-बाप, दो भैंसों, एक गाय और ज़िन्दगी की सारी मुसीबतों के साथ रहता था। एक दिन उनके मुसलमान पड़ोसियों ने उनका घर घेर लिया और चिल्लाने लगे, 'पाकिस्तान छोड़कर चले जाओ, नहीं तो हम तुम्हें मार डालेंगे।'

'भागकर हम लोगों ने गाँव के सबसे असरदार सिख के घर में जाकर शरण ली। मुसलमान वहाँ भी तलवारें, छुरे, लोहे की बड़ी-बड़ी सलाखें लेकर पहुँच गये जिनके सिरे पर मिट्टी के तेल में भीगा हुआ कपड़ा बँधा था। वे हमें जलाकर मार डालने आये थे। हमने उनके ऊपर ईंट और पत्थर फेंके। उन लोगों ने एक सिख को पकड़ कर उसकी दाढ़ी में आग लगा दी। दाढ़ी में आग लगे-लगे ही उसने एक मुसलमान के सिर पर बड़ा-सा पत्थर मारकर उसकी जान ले ली। इसके बाद वह गुरु का नाम लेता हुआ वहीं गिरकर मर गया।

'वे लोगों को घसीट कर बाहर सड़क पर ले जाते थे और वहाँ उन्हें मार डालते थे। मैं भागकर ऊपर चढ़ गया। वहाँ सारी औरतें जमा थीं और नीचे जो कुछ हो रहा था देख रही थीं। वे जानती थीं कि उन्हें पकड़ कर उनके साथ बलात्कार किया जायेगा। उनमें से कुछ की गोद में बच्चे भी थे। उन्होंने छत पर बड़ी-सी चिता जलायी। उन्होंने अपने बच्चों को पहले अपना दूध पिलाया और उन्हें चिता में फेंक देने के बाद खुद भी उसमें कूद पड़ीं।'

वह सिख लड़का कुलदीप बाद में बताता था, 'मुझसे यह सब देखा न गया।' वह छत पर से कूद पड़ा और इस गड़बड़ी और बढ़ते हुए अँधेरे में भागकर एक पेड़ पर चढ़ गया जिस पर वह छः घण्टे तक छिपा रहा।

उसे अब तक याद था कि 'उस घर से जलती हुई लाशों की बदबू आ रही थी। मेरे माँ-बाप बाहर नहीं आये। मैं जानता था कि उन्हें या तो मार डाला गया होगा या वे भी उस आग में कूद पड़े होंगे। मैंने देखा कि वे लोग दो लड़कियों को उठाये ले जा रहे थे। वे रो नहीं रही थीं। वे बेहोश थीं।

'जब रात का सन्नाटा छा गया तो मैं पेड़ पर से उतरा। मैं उस घर में गया। सब लोग मर चुके थे। मुझे और उन दो लड़कियों को छोड़कर उस गाँव का एक-एक आदमी मार डाला गया था।' 14 साल के उस

सिख लड़के ने रात भूसे की कोठरी में बितायी, वह इतना सहम गया था कि रो भी नहीं पा रहा था। सुबह होने पर उसने उन दोस्तों और पड़ोसियों की जली लाशों में, जिन्हें वह बचपन से जानता था, अपने माँ-बाप की लाशें पहचानने की कोशिश की। लेकिन वह पहचान नहीं पाया। उसे ज़मीन पर खून में सना हुआ एक छुरा पड़ा दिखायी दिया। उससे उसने अपने केश काट डाले ताकि वह देखने में मुसलमान लग सके और फिर वह वहाँ से भाग गया।

इस दहशत का न कोई मज़हब था, न कोई ज़ात। अगस्त के उन दर्दनाक दिनों में जो कुछ हुआ उसमें धर्मकाँटे की तरह दोनों पलड़े बिलकुल बराबर रहते थे, आँख के बदले आँख, क़त्ल के बदले क़त्ल, बलात्कार के बदले बलात्कार, अन्धी बेरहमी के बदले अंधी बेरहमी। कुलदीपसिंह और मुहम्मद याक़ूब के बीच सिर्फ़ धर्म का अन्तर था। याक़ूब भी 14 साल का लड़का था। वह अमृतसर के पास हिन्दुस्तान में रहता था। जिस वक़्त सिखों ने हमला किया उस वक़्त वह उस झोंपड़ी के सामने जिसमें वह अपने माँ-बाप और छः भाई-बहनों के साथ रहता था, कंचे खेल रहा था। वह गाँव के छोर पर गन्ने के खेत में जाकर छिप गया।

याक़ूब को अब तक याद था, 'सिखों ने कुछ औरतों के स्तन काट दिये, बाक़ी औरतें डर के मारे इधर-उधर भाग रही थीं। हमारे गाँव के कुछ लोगों ने अपने हाथों से अपनी बीवियों और बेटियों को मार डाला कि वे सिखों के क़ब्ज़े में न आ सकें। सिखों ने मेरे दो छोटे भाइयों को उनके सीने में भाले भोंककर मार डाला। मेरे बाप से यह न देखा गया। उसके सिर को खून चढ़ गया। वह तलवार चमकाता हुआ पागलों की तरह इधर-उधर भागा फिर रहा था। खुले खेतों में सिख उसे पकड़ नहीं पाये। उन्होंने उसके पीछे गाँव के कुत्ते छोड़ दिये। कुत्ते उसकी टाँग पर काटने लगे जिसकी वजह से मेरे बाप के लिए तेज़ भागना नामुमकिन हो गया। आख़िरकार सिखों ने उसे पकड़ ही लिया। कुछ लोगों ने उसे कस कर पकड़ लिया और ज़मीन पर गिराकर तलवार से उसकी बोटी-बोटी काट डाली। उसका सिर, हाथ और टाँगें धड़ से अलग कर दी गयी थीं। इसके बाद उन्होंने उसकी लाश कुत्तों के खाने के लिए वहीं छोड़ दी।'

याक़ूब के गाँव के पाँच सौ मुसलमानों में से पचास, पंजाबी सीमा सेना-दल की एक टुकड़ी के हस्तक्षेप की वजह से क़त्ल होने से बच गये। अपने परिवार में अकेला याक़ूब ही ज़िन्दा बचा। उसे 'गोरखा फ़ौजियों की एक ट्रक पर बिठाकर एक ऐसे अजनबी देश में पहुँचा दिया गया जिसके बारे में नेताओं का कहना था कि वह मुसलमानों का देश था।'

उस भयानक मारकाट से लाखों लोगों के दिल और दिमाग को ऐसी चोट पहुँची कि उस घाव के निशान फिर कभी नहीं मिटे। शायद ही कोई पंजाबी परिवार ऐसा रहा होगा जिसका कोई-न-कोई आदमी इस पागलपन के क़त्लेआम में मारा न गया हो। बरसों तक पंजाब में इन्हीं यादों की चर्चा होती रही, और हर घटना का वर्णन दूसरी से ज़्यादा दर्दनाक होता था। हर दास्तान किसी ऐसे आदमी की दास्तान होती थी जिसे अपनी उस धरती से उखाड़कर जिसके साथ उसका बरसों से सम्बन्ध रहा था, अपनी जान बचाकर भाग निकलने पर मजबूर कर दिया गया था। सन्तसिंह नामक एक सिख को उस धरती से बेहद गहरा लगाव था जहाँ से उसे मार भगाया गया था। सच पूछा जाये तो इस धरती की क़ीमत उसने अपने ख़ून से चुकायी थी, वह ख़ून जो उसने पहले महायुद्ध के दौरान गैलीपोली के मैदान में अँग्रेज़ों के लिए बहाया था। हज़ारों दूसरे सिख फ़ौजियों की तरह उसे भी जो ज़मीन इनाम में दी गयी थी उसे साफ़ करके उस पर फ़सल बोने में उसे सोलह साल लग गये थे। यह ज़मीन लाहौर के दक्षिण-पश्चिम में रावी और सतलज नदियों के बीच अँग्रेज़ों की एक नहर-योजना के सिलसिले में विकसित किये गये इलाक़े में थी। वह अपनी बीवी को ब्याह कर वहीं एक तम्बू में लाया था और वहीं उसके साथ दस साल से ज़्यादा अरसे तक रहा था। उसी ज़मीन पर उसके बच्चे पैदा हुए थे, वहीं उसने पाँच कोठरियों का ईंट और गारे का मकान बनाया था जिस पर उसे गर्व भी था और जो उसकी सफलता का जीता-जागता प्रमाण था। आज़ादी के दो दिन पहले सन्तसिंह के खेतों में काम करने वाले एक मुसलमान मजदूर ने उसे एक पर्चा लाकर दिया जो चोरी-छुपे मुसलमानों में बाँटा जा रहा था।

उस पर्चे में लिखा था, 'सिखों और हिन्दुओं का अब इस मुल्क से कोई नाता नहीं है। उन्हें यहाँ से निकाल दिया जाना चाहिए।' इसके तीन दिन बाद हमला हुआ। सन्तसिंह और उसके गाँव के 200 सिखों ने जान बचाकर वहाँ से भाग निकलने का फ़ैसला किया। उसे और पाँच दूसरे आदमियों को फ़ौज के एक 80 बरस के बूढ़े पेंशनयाफ़्ता सार्जेंट के साथ एक ट्रक पर गाँव की औरतों की रखवाली के लिए बिठा दिया गया। चलने से पहले वह गुरुद्वारे गया, जिसे बनवाने में उसका भी हाथ था। उसने गुरु नानक से प्रार्थना करते हुआ कहा : 'मैं यहाँ ख़ाली हाथ आया था और यहाँ से ख़ाली हाथ ही जा रहा हूँ। मैं और कुछ नहीं चाहता, बस मेरी हिफ़ाज़त करना।'

बीरवाला गाँव से बाहर निकलते ही गुरु का संरक्षण समाप्त हो

गया। सन्तसिंह की ट्रक का पेट्रोल ख़त्म हो गया। उसे अब तक याद था : "अँधेरा छा चुका था। इस डर से कि कहीं मुसलमान हमें देख न लें हम सड़क की बजाय रेल की पटरी के किनारे-किनारे चल रहे थे। हम लोगों को बताया गया था कि उन लोगों ने बीरवाला में सड़क की नाकेबन्दी कर रखी है और जो भी सिख या हिन्दू मिल जाता है उसे मार दिया जाता है। अँधेरे में हमें उन लोगों के चीखने-चिल्लाने की आवाज़ सुनायी दे रही थी, क्योंकि वह बस्ती वहाँ से कुछ सौ गज़ की ही दूरी पर थी।

'एक बूढ़े मुसलमान ने हमें देख लिया और अँधेरे में उधर ही भागा। हम जानते थे कि वह उन्हें ख़बर देने गया है। फिर हमने कुछ आवाज़ों को अपनी तरफ़ बढ़ते सुना। हमारे नेता ने फ़ैसला किया कि सारी औरतों को गोली मार दी जाये ताकि उनके साथ बलात्कार करके उन्हें अपवित्र न किया जा सके। हमने उन्हें तीन क़तारों में ज़मीन पर पास-पास बिठा दिया और उनकी आँखों पर पट्टी बाँध दी। दो महीने का एक बच्चा अपनी माँ की छाती से लगा दूध पी रहा था। हमने उनसे बार-बार सिखों की प्रार्थना 'सतगुरु नाम' का जाप करते रहने को कहा।

'मेरी बीवी बीच में बैठी थी। उन्हीं के बीच मेरी दो बेटियाँ, मेरी बहू और मेरी दो पोतियाँ थीं। मैंने उधर से आँखें फेर लेने की कोशिश की। मेरे पास दुनाली बंदूक़ थी। दूसरों के पास .303 की राइफलें, दो रिवाल्वर और एक स्टेनगन थी। मैंने उन्हें गुरु ग्रन्थ साहब के पाँचवें अध्याय का वह हिस्सा पढ़कर सुनाया जिसमें कहा गया है, "सब कुछ रब की मर्ज़ी से होता है, और अगर तुम्हारा वक़्त आ गया है तो कोई उसे टाल नहीं सकता।" मैंने एक सफ़ेद रूमाल निकालकर अपने साथियों से कहा कि मैं तीन तक गिनती गिनकर उसे तीन बार हिलाऊँगा। उसके बाद हम गोली चलायेंगे।

'मैंने पहली बार रूमाल हिलाकर कहा "एक!" फिर मैंने उसे दुबारा हिलाया और कहा "दो!" तमाम वक़्त मैं ईश्वर से प्रार्थना कर रहा था, "भगवान, मुझे छोड़ न देना, सहारा दिये रहना।" मैंने तीसरी बार रूमाल उठाया था कि इतने में दूर पर मोटर की तेज़ रोशनियाँ चमक उठीं। मैंने सोचा कि शायद मेरी प्रार्थना सुन ली गयी। मैंने अपने साथियों के सामने उन लोगों से मदद माँगने का सुझाव रखा। "और अगर वे लोग मुसलमान निकले तो?" बूढ़े सार्जेंट ने पूछा।

' "बहरहाल, पूछ देखने में क्या हर्ज है," मैंने कहा।

'वह फ़ौज की ट्रक थी। उसमें मुसलमान सिपाही बैठे थे, लेकिन उनका अफ़सर—मेजर—अच्छा आदमी था। उसने हमें विश्वास दिलाया

कि वह हमें बचा लेगा। हमने उसके पैर चूमे और फिर आगे चल पड़े।"

कलकत्ता, 17 अगस्त 1947

उनकी संख्या एक लाख के लगभग रही होगी। वे पाँच बजे से राह देख रहे थे। नरकलडंगा के चौक में कहीं तिल धरने को जगह नहीं थी; उसके चारों ओर के घरों की छतों पर लोग खड़े थे, खिड़कियों में से झाँक रहे थे या छज्जों पर जमा थे। आस-पास जो थोड़े-से पेड़ थे उन पर भी पके फलों की तरह लोगों के सिर दिखायी दे रहे थे मानो वे पेड़ का ही हिस्सा हों। पंजाब के मैदान से अठारह सौ मील दूर, जहाँ हिन्दू और मुसलमान बड़ी दरिंदगी से एक-दूसरे को मार रहे थे, उस मैदान में जमा हिन्दुओं और मुसलमानों की मिली-जुली भीड़ उस कृशकाय छोटे-से आदमी के आने की बाट जोह रही थी जिसने एशिया के सबसे अधिक हिंसात्मक शहर में हिंसा नहीं होने दी थी।

आखिरकार जब प्रार्थना-मंच के चारों ओर जमा भीड़ के उस पार गांधी की क्षीण आकृति दिखायी दी तो पूरी भीड़ में एक रहस्यमयी लहर-सी दौड़ गयी। उत्साह और उल्लास से भरपूर उस विशाल जन-समूह पर नज़र डालते समय एक शंका गांधी के मन को सालने लगी। यह सब-कुछ इतना अच्छा था कि आसानी से विश्वास नहीं होता था।

उन्होंने कहा, 'कलकत्ता में आप लोग जो चमत्कार देख रहे हैं उसके लिए सब लोग मुझ पर बधाइयों की बौछार कर रहे हैं। हम सबको ईश्वर का आभार मानना चाहिए उसने हम पर इतनी अपार कृपा की। लेकिन हमें यह नहीं भूलना चाहिए कि कलकत्ता में अब भी इक्का-दुक्का जगहें ऐसी हैं जहाँ हालात बिलकुल ठीक नहीं हैं।'

उन्होंने अपने हिन्दू और मुसलमान अनुयायियों से कहा कि वे उनके साथ मिलकर प्रार्थना करें कि 'कलकत्ता का यह चमत्कार एक क्षणिक उबाल' साबित न हो।

दुनिया के सबसे कमीने शहर में एक निहत्थे आदमी ने अहिंसा के बल पर जो कर दिखाया था वह काम पंजाब में 55,000 हथियारबन्द पेशेवर सिपाही नहीं कर सके। जिस पंजाब सीमा सेना-दल को वाइसराय और भारतीय सेना के कमांडर-इन-चीफ़ ने इतनी मेहनत से ठोक-बजाकर संगठित किया था, वह उसी प्रान्त की घटनाओं के प्रबल प्रवाह में जिसकी रक्षा करने की जिम्मेदारी उसे सौंपी गयी थी, डूब गया। यह बात समझ

में आती थी कि वह क्यों डूब गया। पंजाब के बारह ज़िलों में आग लगी हुई थी। उनमें से कुछ ज़िले तो फ़िलस्तीन से भी बड़े थे जहाँ एक लाख अँग्रेज़ सिपाही भी शान्ति बनाये रखने में सफल नहीं हुए थे। पंजाब की कच्ची सड़कें ट्रकों और टैंकों के चलने लायक़ नहीं थीं। वहाँ तो घुड़सवार सैनिक ही काम आ सकते थे, लेकिन अब उस सेना में, जिसे किसी जमाने में अपने घोड़ों पर गर्व था, घुड़सवार रिसाले रहे नहीं थे।

प्रान्त में प्रशासन का पूरा ढाँचा ढह जाने की वजह से सेना-दल का काम बेहद पेचीदा हो गया था। तार, डाक, टेलीफ़ोन—सभी अचानक ठप हो गये थे। कोई और बेहतर जगह न मिलने की वजह से हिन्दुस्तानियों को पंजाब के अपने वाले हिस्से का शासन एक ऐसे घर में बैठकर चलाने पर मजबूर होना पड़ा जहाँ सिर्फ़ एक टेलीफ़ोन था और पाख़ाने में एक रेडियो लगा था।

पाकिस्तान में हालत इससे भी बदतर थी। वह नया राष्ट्र अराजकता के कगार पर खड़ा था। जिन्ना साहब का खोया हुआ बिलियर्ड खेलने का सामान तो मिल गया था, लेकिन इसके अलावा लगभग और कुछ भी बरामद नहीं हुआ था। रेल के सैंकड़ों डिब्बे, जिनमें नये राज्य के लिए भेजा गया सामान भरा था, रास्ते में ही ग़ायब हो गये, चुरा लिये गये; या अपने ठिकाने के बजाय कहीं और पहुँच गये। कराची में अभी तक मेज़-कुर्सियाँ नहीं पहुँची थीं। सरकारी कर्मचारियों को अपने दफ़्तरों के सामने फ़ुटपाथ पर बैठकर दुनिया के सबसे बड़े मुसलिम राष्ट्र के पहले सरकारी दस्तावेज़ टाइप करना पड़े थे। अन्दर उनके अफ़सर लकड़ी के ख़ाली बक्सों पर बैठकर नये राष्ट्र का शासन चलाते थे।

पूरा अर्थतन्त्र अस्त-व्यस्त था। पाकिस्तान के गोदामों में चमड़े, जूट और कपास के भण्डार भरे हुए थे, लेकिन उन्हें इस्तेमाल करने के लिए वहाँ फ़ैक्टरियाँ या मिलें नहीं थीं। इस उप-महाद्वीप में कुल जितनी तम्बाकू पैदा होती थी उसका चौथाई हिस्सा पाकिस्तान में पैदा होता था, लेकिन वहाँ अपने सिगरेट पीने वालों की सिगरेटें जलाने के लिए माचिसें बनाने की कोई भी फ़ैक्टरी नहीं थी। बैंकों का सारा कारोबार ठप पड़ा था, क्योंकि उनके हिन्दू मैनेजर और क्लर्क भागकर हिन्दुस्तान चले गये थे।

लेकिन पुरानी भारतीय सेना के सामान में से पाकिस्तान को उसका हिस्सा देने के मामले में हिन्दुस्तान ने इस तरह की वायदा-खिलाफ़ी की जिससे लगता था कि वह जान-बूझकर उसके ज़िन्दा रहने में बाधा डाल रहा है। बँटवारे के समझौते के अनुसार पाकिस्तान के हिस्से में जो

1,70,000 टन फ़ौज़ी सामान आया था उसमें से उसे सिर्फ़ 6,000 टन ही मिल सका। उसके हिस्से के हथियार और गोला-बारूद ले जाने के लिए तीन सौ स्पेशल ट्रेनों की मंज़ूरी दी गयी थी, लेकिन पहुँचीं सिर्फ़ तीन। जब पाकिस्तानी अफ़सरों ने उन्हें खोला तो उनमें 5,000 जोड़ी जूते, 5,000 बेकार राइफलें, नर्सों की कुछ पोशाकें और कुछ लकड़ी के डिब्बे निकले जिनमें ईंटें और बीमारियों की रोकथाम की दवाएँ भरी हुई थीं।

इस चालबाज़ी से पाकिस्तान में बहुत कटुता पैदा हो गयी और बहुत-से लोगों को यह यक़ीन हो गया कि उनके हिन्दुस्तानी पड़ोसी पालने में ही उनका गला घोंट देने की कोशिश कर रहे हैं। इस बात का यक़ीन सिर्फ़ उन्हीं को हो, ऐसी बात नहीं थी। फ़ील्ड-मार्शल सर क्लाड आकिन-लेक ने, जिन्हें फ़ौजी सामान के बँटवारे की निगरानी करने के लिए कुछ दिन के लिए रोक लिया गया था, ब्रिटिश सरकार को सूचना दी, 'मुझे यह बात कहने में तनिक भी संकोच नहीं है कि मौजूदा भारतीय मन्त्रि-मंडल पाकिस्तान के राज्य की स्थापना को रोकने में कुछ भी उठा न रखने पर तुला हुआ है।'

लेकिन पाकिस्तान को असली ख़तरा हिन्दुस्तान की तिकड़मों से नहीं था। अपने भारतीय पड़ोसी की तरह वह नया राष्ट्र भी मानव-इतिहास में आबादी की सबसे बड़ी अदला-बदली की चपेट में आने वाला था। पंजाब में हो रहे ख़ून-ख़राबे का लाज़मी नतीजा था आबादी की अदला-बदली, और दोनों तरफ़ के ख़ून के प्यासे सिर-फिरे लोग भी यही चाहते थे। पंजाब के एक सिरे से दूसरे सिरे तक डर के मारे लोग जो साथ ले जा सके लेकर मोटरों पर, साइकिलों पर, रेलगाड़ियों से, खच्चरों पर, बैलगाड़ियों में या पैदल ही अपने घरों को छोड़कर किसी भी ऐसी जगह की ओर भागे जा रहे थे जहाँ वे अपनी जान बचा सकें। उनकी इस भगदड़ से आबादी की इतने बड़े पैमाने पर और इतनी तेज़ी से अदला-बदली हुई जिसकी इतिहास में कोई मिसाल नहीं। सितम्बर के अन्त तक यह रेल-पेल इंसानों की ऐसी तूफ़ानी बाढ़ बन गयी कि पचास लाख नर-नारी पंजाब की सड़कों पर और उसके खेतों में बिखर गये। तीन महीने के अन्दर एक करोड़ से अधिक आदमी अपने घरों से उजड़ गये। अगर वे एक-दूसरे का हाथ पकड़कर सीधी लाइन में खड़े हो जाते तो उनकी क़तार कलकत्ता से न्यूयार्क तक पहुँच जाती। मध्य-पूर्व में इस्राइल का नया राज्य बनने के वक़्त जितने लोग शरणार्थी बने थे उनसे इन उजड़े हुए लोगों की संख्या दसगुनी अधिक थी। विश्व-युद्ध के बाद जो लोग पूर्वी

यूरोप से भागे थे उनकी संख्या यहाँ के शरणार्थियों की तुलना में एक तिहाई-चौथाई भी नहीं थी। जो अभागे लोग इन उजड़े हुए क़ाफ़िलों में शामिल थे उनके लिए इस सफ़र की शुरुआत लाखों तरीक़ों से हुई थी और उन्होंने लाखों तरीक़ों से अपने बाप-दादा की धरती से विदा ली थी।

हिन्दुस्तान में दिल्ली से उत्तर की ओर करनाल शहर के मुसलमानों को उनकी बस्तियों में डुग्गी पिटवाकर सूचना दी गयी, 'मुसलिम आबादी के बचाव के लिए रेलगाड़ियाँ आ गयी हैं जो उन्हें पाकिस्तान पहुँचा देंगी।' एक घण्टे के अन्दर बीस हज़ार लोग अपने घर-बार छोड़कर रेलवे-स्टेशन पर पहुँच गये। इसी तरह हिन्दुस्तान के ही एक और शहर कसौली में 2,000 मुसलमानों को डुग्गी पिटवाकर चेतावनी दी गयी कि उनके पास शहर छोड़ देने के लिए सिर्फ़ चौबीस घण्टे का वक़्त है। अगले दिन सुबह वे परेड के मैदान में जमा हुए और एक-एक कम्बल और पहने हुए कपड़े छोड़कर उनके पास जो कुछ था उनसे रखा लिया गया। इसके बाद दयनीय लोगों का लुटा हुआ क़ाफ़िला अपने ख़्वाबों की जन्नत की ओर चल पड़ा।

मदनलाल पाहवा, जो अपनी चाची के घर में पड़ा-पड़ा यह सोचता रहता था कि 'हम सब उन भेड़ों की तरह हैं जो क़साईख़ाने में काटे जाने का इन्तज़ार कर रही हों', अपने चचेरे भाई की बस पर बैठकर चल पड़ा। वह परिवार अपने साथ जो भी सामान ले सकता था उस बस पर लाद दिया गया : फ़र्नीचर, कपड़े, पैसा, सोना, शिवजी की तसवीरें—सभी कुछ। उस बस में अगर कोई नहीं था तो परिवार का सबसे महत्वपूर्ण आदमी—मदनलाल के बाप। उन्होंने जाने से इंकार कर दिया, क्योंकि उनके ज्योतिषी ने उनसे कह दिया था कि 20 अगस्त 1947 का दिन सफ़र शुरू करने के लिए अच्छा दिन नहीं है। इसके बावजूद कि उनके एक मुसलमान दोस्त ने उन्हें चेतावनी दे दी थी कि उसी दिन हिन्दुओं पर हमला होने वाला है, क़त्ल और आगज़नी की जो वारदातें हो चुकी थीं उनके बावजूद, जब तक उनके ज्योतिषी ने उन्हें बता नहीं दिया कि 23 अगस्त को सुबह साढ़े नौ बजे का वक़्त वहाँ से चलने के लिए शुभ है तब तक वह वहाँ से टस-से-मस नहीं हुए।

कोई भी इस लानत से बचा नहीं। कसौली में लेडी लिनलिथगो टी० बी० सैनेटोरियम के मुसलमान मरीज़ों को वहाँ के हिन्दू डॉक्टरों ने अस्पताल छोड़ देने का हुक्म दे दिया। उनमें से कुछ के एक ही फेफड़ा था; कुछ मरीज़ ऐसे थे जिनका ऑपरेशन हुआ था, लेकिन घाव अभी तक भरा नहीं था। उन्हें भी सैनेटोरियम के फाटक पर ले जाकर छोड़

दिया गया और कह दिया गया कि वे पैदल पाकिस्तान चले जायें। पाकिस्तान में बाबालाल आश्रम के पच्चीस साधुओं को, जिन्होंने अपना सारा जीवन वहीं पूजा-पाठ, ज्ञान-ध्यान और योगाभ्यास में बिताया था, उनकी इमारत से खदेड़ दिया गया। वे अपने जोगिया रंग के वस्त्र पहने मन्त्र पढ़ते हुए चल पड़े; उनके आगे-आगे आश्रम के सफ़ेद घोड़े पर उनके सन्त स्वामी सुन्दर थे। उनके वहाँ से जाते ही एक भीड़ ने उनके आश्रम में आग लगा दी।

ज़्यादातर शरणार्थियों को चलते वक़्त सबसे बड़ी चिन्ता यह थी कि अपना जितना भी सामान बचाकर साथ ले जा सकें ले चलें। मोंटगोमरी के एक धनी हिन्दू व्यापारी बी० आर० अदालखा ने 'रास्ते में मुसलमानों को रिश्वत देने के लिए कि वे उन्हें जान से मारें नहीं', चालीस हज़ार रुपये अपनी कमर से बाँध लिये। बहुत-से लोगों के पास, ख़ासतौर पर धनी हिन्दुओं के पास, उनकी ज़िन्दगी-भर की सारी बचत हीरे-जवाहरात और सोने की चूड़ियों की शकल में थी। लाहौर से थोड़ी दूर पर एक हिन्दू किसान ने अपनी बीवी का सारा सोना और गहने छोटी-छोटी पोटलियों में बाँधकर अपने कुएँ में फ़ेंक दिये। रावलपिण्डी के हिन्दू आढ़ती मतिदास ने अपनी ज़िन्दगी-भर की सारी कमाई, तीस हज़ार रुपये और चालीस तोले सोना, एक बक्स में भर ली। यह सोचकर कि कहीं वह बक्स खो न जाये उसने उसे अपनी क़लाई के साथ बाँध लिया। लेकिन यह तरकीब किसी काम नहीं आयी। कुछ ही दिन बाद एक मुसलमान लुटेरे को उसका बक्स चुराने के लिए मतिदास की बाँह काटनी पड़ी।

अपने मन में भय और कटुता, घृणा और द्वेष लिये हुए वे अपने-अपने सफ़र पर चल पड़े; पहले हज़ारों की संख्या में, फिर लाखों की संख्या में ये अभागे लोग पंजाब की सड़कों और रेलवे-लाइनों पर बाढ़ के पानी की तरह फैल गये। इनकी वजह से दोनों नये राष्ट्रों के सामने, जो अपने अस्तित्व को बनाये रखने के लिए संघर्ष कर रहे थे, बहुत भयानक समस्याएँ आ खड़ी होने वाली थीं—बीमारियों की, अकाल की, इतने बड़े पैमाने पर लोगों को फिर से बसाने की समस्याएँ—जिन्हें सोचकर ही दिमाग़ चकरा जाता था। सारे पंजाब में उन्माद की लहर फैली हुई थी। वही उन्माद ये लोग अपने साथ दूसरी जगहों में भी ले जाते; भयानक अत्याचारों के क़िस्से सुना-सुनाकर ये लोग उसी उन्माद का ज़हर और जगहों में भी फैलाते, जिसकी वजह से हिंसा के नये विस्फोट होते और बहुत-से दूसरे लोग भी लाचार होकर दर-दर की ठोकरें खाने निकल पड़ते। इस

भयानक भगदड़ से सारी पृथ्वी के सबसे उपजाऊ खेतों वाली धरती का चेहरा ही बदल गया। जिन जगहों में मुग़लों ने फलती-फूलती इसलामी संस्कृति के कुछ बेहतरीन नमूने बनाये थे वहाँ इने-गिने मुसलमान ही बाक़ी रह गये। लाहौर के 6 लाख सिखों और हिन्दुओं में से मुश्किल से एक हज़ार ही वहाँ बचे रहे। अगस्त के अन्त में जब हिंसा की लहर अपने चरम बिन्दु पर पहुँची, तो किसी के अज्ञात हाथों ने वहाँ से भागने से पहले एक ऐसी हरकत की जो लाहौर के चकनाचूर स्वप्न का आख़िरी मातम थी, इस बात पर एक मूक और कटुता-भरी टिप्पणी थी कि आज़ादी के फ़ौरन बाद के कुछ घण्टों का पंजाबियों के लिए क्या मतलब था। किसी ने शहर में महारानी विक्टोरिया की मशहूर मूर्ति के चरणों में एक काला गुलदस्ता रख दिया था।

कलकत्ता, अगस्त 1947

इस बार पाँच लाख लोग उनकी राह देख रहे थे। 'कलकत्ता का चमत्कार' अभी तक क़ायम था। कलकत्ता के हरे-भरे विस्तृत मैदान में, जहाँ किसी ज़माने में पोलो के घोड़े और सफ़ेद पतलून और क़मीज़ पहने हुए क्रिकेट के खिलाड़ी ही दिखायी देते थे, आज पाँच लाख काले चेहरे जमा थे, भाई-चारे के बन्धनों में जकड़े हुए पाँच लाख हिन्दू और और मुसलमान। गांधी अपनी दृष्टि की सारी उदारता के बावजूद ऐसे दृश्य की कल्पना भी नहीं कर सकते थे। उस दिन मुसलमानों का सबसे बड़ा त्योहार ईद-उल-फ़ित्र था। उस दिन इतने लोग उनकी प्रार्थना-सभा में आये थे जितने इससे पहले कभी नहीं आये।

सुबह से ही हज़ारों हिन्दू और मुसलमान उस खण्डहर जैसे मकान की खिड़कियों के नीचे से, जिसमें गांधी ठहरे हुए थे, ताँता बाँधकर गुज़र रहे थे। वे उनका आशीर्वाद लेने आये थे, उन्हें फूल और मिठाई भेंट करने आये थे। चूँकि वह सोमवार का दिन था, जिस दिन वह मौन रहते थे, इसलिए गांधी ने अपना ज़्यादातर दिन मिलने आने वाले लोगों के लिए कृतज्ञता और शुभ-कामनाओं की छोटी-छोटी पर्चियाँ लिखने में बिताया। जिस समय वह अपनी इस चर्या में व्यस्त थे, हिन्दू और मुसलमान कलकत्ता की सड़कों पर जुलूस निकाल रहे थे। वे एकता और दोस्ती के नारे लगा रहे थे, एक-दूसरे को सिगरेटें पिला रहे थे, एक-दूसरे पर गुलाबजल छिड़क रहे थे, आपस में मिठाइयाँ बाँट-बाँटकर खा रहे थे।

जब गांधी मैदान के बीच में प्रार्थना के लिए बनाये गये मंच पर

पहुँचे तो भीड़ में उत्साह की लहर दौड़ गयी। प्यार और भाई-चारे की ज्योति फैलाता हुआ इतना शानदार दृश्य अपने सामने देखकर गांधी भावातिरेक से भर उठे। ठीक सात बजे वह उठे और उन्होंने हाथ जोड़-कर जन-समूह का अभिवादन किया। इसके बाद वयोवृद्ध हिन्दू नेता ने अपना मौन-व्रत भंग करके 'ईद मुबारक' कहा।

जिस भयंकर विभीषिका ने पंजाब की नींव तक हिलाकर रख दी थी उसकी चपेट में आने के बाद लाखों पंजाबियों के मन में सबसे पहले ईंट और खपरैल की उस छोटी-सी इमारत की ओर भागने का सहज भाव उत्पन्न होता था जो हर बड़े शहर में संगठन और सुव्यवस्था का एकमात्र सांत्वना देने वाला प्रतीक होता था—रेलवे-स्टेशन। उनके पक्के सीमेंट के प्लेटफ़ार्मों के पास से होकर जो ट्रेनें कई पीढ़ियों से दिन-रात धड़धड़ाती हुई गुज़रती रहती थीं उनकी चर्चा भारत के घर-घर में होने लगी थी, और इसके साथ ही वे इस उप-महाद्वीप में अँग्रेज़ों की एक सबसे ठोस सफलता भी थीं। यूरोप और अमेरिका की लम्बी-लम्बी रेलवे-लाइनों पर चलने वाली ओरिएंट एक्सप्रेस, ट्रांस-साइबेरियन और यूनियन पैसिफ़िक जैसी ट्रेनों की तरह यहाँ की फ्रंटियर मेल, हावड़ा-पेशावर एक्सप्रेस, बम्बई-मद्रास मेल आदि ट्रेनों ने एक पूरे उप-महाद्वीप को एकता-बद्ध कर दिया था और उनकी पटरियों के किनारे विज्ञान तथा प्रगति के सारे वरदानों के बीज बो दिये थे।

अब 1947 की गरमियों के उन दिनों में यही ट्रेनें लाखों हिन्दुस्तानियों के लिए उनके चारों ओर की भयानक घटनाओं से दूर भाग जाने की सबसे बड़ी आशा बन गयी थीं। हज़ारों दूसरे लोगों के लिए वे चलती-फिरती क़ब्रें बन गयी थीं। उन भयानक दिनों में पंजाब के बीसियों स्टेशनों पर रेल का इंजन दिखायी देते ही उन्माद के दृश्य दिखायी देते थे। जिस तरह समुद्र की लहरों को काटता हुआ जहाज़ आगे बढ़ता है, यह इंजन भी प्लेटफ़ार्मों पर ठसाठस भरे हुए यात्रियों के बीच से अपना रास्ता बनाता हुआ आगे बढ़ता था और जो अभागे उसके सामने आ जाते थे वे पलक झपकते उसके पहियों के नीचे पिसकर हड्डी, मांस के लोथड़ों और ख़ून का ढेर बन जाते थे। कई यात्री तो ऐसे होते थे जो बिना कुछ खाये-पिये वहाँ चिलचिलाती धूप में पड़ रहते थे, जिसकी तेज़ी को कम करने के लिए कोई बारिश का छींटा भी नहीं पड़ता था। रोती-चीखती भीड़ हर डिब्बे की खिड़कियों और दरवाज़ों पर टूट पड़ती। वे अपने शरीर और थोड़े-बहुत सामान को किसी तरह डिब्बे में ठूँस देते और ऐसा लगता कि इंसानी

जिस्मों के दबाव से डिब्बा कुछ फैलता जा रहा है। दर्जनों लोग दरवाज़े का हैंडिल पकड़कर, फ़ुटबोर्ड पर, दो डिब्बों को जोड़ने वाली कपलिंग पर अपने पाँव टिकाने की कोशिश करते। मिठाई के थाल पर चिपके हुए मक्खियों के झुण्ड की तरह एक भीड़-की-भीड़ हर डिब्बे से चिपक जाती। जब पकड़ने के लिए डंडा नहीं रह जाता तो सैकड़ों लोग इन डिब्बों की गोलाईदार छतों पर चढ़ जाते, और उनकी तपती हुई लोहे की चादरों से चिपके रहते, यहाँ तक कि हर छत पर शरणार्थियों की एक चौड़ी-सी दीवार बन जाती।

विपदा के इस बोझ से ट्रेन की कमर झुकने लगती। उसके धुएँ की बदबू इंसानी पसीने की बदबू में दब जाती; उसकी सीटी की आवाज़ उसके डिब्बों में बैठे हुए मुसीबत के मारे लोगों की चीख-पुकार में डूब जाती। अपने बोझ को मौत के सुहाने सपनों की मंज़िल तक पहुँचा देने के लिए ट्रेन आगे चल पड़ती।

एक हिन्दू स्कूल-मास्टर निहाल अन्नबी और उनकी बीवी तथा छः बच्चों के लिए सुरक्षा की खोज का यह सफ़र कभी शुरू ही नहीं होने पाया। उस छोटी-सी पाकिस्तानी बस्ती के स्टेशन से, जहाँ वह बीस बरस से बच्चों को पढ़ा रहे थे, ट्रेन के चलने का छः घंटे तक इन्तज़ार करने के बाद, निहाल और उनके परिवार को आख़िरकार इंजन की सीटी की तेज़ आवाज़ सुनायी दी। लेकिन ट्रेन तो चली नहीं, सिर्फ़ इंजन आगे निकल गया। मुसलमानों का एक गिरोह दहाड़ता हुआ, लाठियाँ, भाले और गडाँसे लिये स्टेशन पर टूट पड़ा और 'अल्लाहो-अकबर' का नारा लगाते हुए ट्रेन पर पिल पड़ा और जो भी हिन्दू नज़र आया उसे मौत के घाट उतार दिया गया। कुछ लाचार मुसाफ़िरों को डिब्बे की खिड़कियों के बाहर फेंक दिया गया ताकि प्लेटफ़ार्म पर खड़े हुए मुसलमान भी अपनी ख़ून की प्यास बुझा सकें। कुछ हिन्दुओं ने भाग जाने की कोशिश की, लेकिन हरी वर्दी वाले मुसलमानों ने पीछा करके उन्हें मार डाला और उनकी लाशों को, और अधमरे लोगों को भी, स्टेशन के सामने वाले कुएँ में फेंक दिया। मास्टरजी, उनकी बीवी और छः बच्चे दहशत के मारे एक-दूसरे से चिपके अपने डिब्बे में बैठे रहे; मुसलमान दरवाज़ा तोड़कर डिब्बे में घुस आये और गोलियाँ चलाने लगे।

निहाल की बीवी को वह घटना कभी नहीं भूलेगी। 'मेरे पति और बेटे को गोलियाँ लगीं। मेरा बेटा "पानी, पानी!" चिल्ला रहा था। मेरे पास उसे देने के लिए पानी था ही नहीं। मैं मदद के लिए चिल्लायी। कोई पास नहीं फटका। धीरे-धीरे मेरे बच्चे ने रोना भी बन्द कर दिया

और उसकी आँखें मुंद गयीं। मेरे पति के मुंह से भी कोई आवाज़ नहीं निकल रही थी। उनके सिर से ख़ून रिस-रिसकर बह रहा था। अचानक वह तड़पकर पैर पटकने लगे और फिर ख़ामोश हो गये। मैंने उन दोनों को झँझोड़कर जगाने की कोशिश की लेकिन कोई जवाब नहीं मिला।

'मेरी बेटियाँ मुझसे चिपकी हुई थीं, मेरी साड़ी कसकर पकड़े हुए थीं। मुसलमानों ने हम लोगों को डिब्बे के बाहर फेंक दिया। मेरी तीन बड़ी बेटियों को वे उठा ले गये। उन लोगों ने सबसे बड़ी बेटी के सिर पर वार किया। वह मेरी ओर अपनी बाँहें फैलाकर चिल्लायी : "माँ, माँ!" मैं हिल भी न पायी।

'कुछ देर बाद मुसलमानों ने मेरे पति और बेटे को डिब्बे में से निकालकर कुएँ में फेंक दिया। उसके बाद उन्हें फिर किसी ने नहीं देखा। मैं बिलकुल दीवानी हो गयी, पागलों की तरह चिल्लाने लगी। मेरी सारी भावनाएँ मर चुकी थीं, उन दो बच्चों के लिए भी कोई भावना बाक़ी नहीं रह गयी थी जो ज़िन्दा बच गये थे। मुझे ऐसा लगता था कि मैं भी मर चुकी हूँ।'

मास्टरजी की बीवी की तरह उस ट्रेन के दो हज़ार मुसाफ़िरों में से सिर्फ़ सौ पंजाब के दूसरे सिरे तक का अपना भयानक सफ़र पूरा करने के लिए ज़िन्दा बच गये।

कश्मीरीलाल कट्टर हिन्दू था। उसे यात्रा आरम्भ करने के लिए जो शुभ घड़ी बतायी गयी थी उस घड़ी तक उसने इन्तज़ार किया, लेकिन जब एक बदनसीब ट्रेन पर बैठकर उसने अपनी यात्रा शुरू की तो उसे मालूम हुआ कि ज्योतिष भी अधूरी विद्या है, उसका कहा हमेशा सच नहीं होता। भारतीय सीमा की सुरक्षा तक पहुँचने से चौदह मील पहले ही मुसलमानों का एक गिरोह धीमी चाल से चलती हुई उनकी ट्रेन पर चढ़ गया। ये लोग पास वाले डिब्बे में औरतों पर झपट पड़े और उनके शरीर के सारे गहने उतारने लगे। पाँच-छः आदमियों ने जवान औरतों को खिड़की के बाहर फेंक दिया और फिर ख़ुद भी ट्रेन से कूद पड़े।

बाक़ी लोग कश्मीरीलाल के डिब्बे की तरफ़ झपटे। एक आदमी ने उसके सामने बैठी हुई औरत का सिर तलवार के एक ही वार में धड़ से लगभग बिलकुल अलग कर दिया। एक बीभत्स क्षण तक केवल कुछ नसों और मांस के कुछ रेशों से धड़ के साथ जुड़ा हुआ उसका सिर टूटी हुई गुड़िया के सिर की तरह उसके कंधों पर झूलता रहा। उसकी गोद में लेटा हुआ बच्चा, जिसे वह दूध पिला रही थी, उसे देख-देखकर मुसकराता रहा। दो खंजर कश्मीरीलाल के शरीर में भी घुस गये। वह डिब्बे के

फ़र्श पर ढेर हो गया और फ़ौरन ही उसके साथ के कुछ मुसाफ़िरों के निढाल शरीर भी उसके ऊपर आ गिरे। बेहोशी आने से कुछ ही पहले उसे बहुत अजीब-सा आभास हुआ कि जैसे कोई उसके पाँवों से जूते उतार रहा हो।

वहाँ से कुछ ही डिब्बों की दूरी पर धनीराम पंसारी ने जैसे ही गोलियाँ चलने की आवाज़ सुनी, उसने अपनी बीवी और चार बच्चों को डिब्बे के फ़र्श पर ढकेल दिया। बहुत-से और लोग घायल होकर उनके ऊपर ढेर हो गये। जब उनका ख़ून बह-बहकर उसके शरीर पर आने लगा तो धनीराम को एक तरकीब सूझी जिसकी वजह से ही शायद उसके बच्चों की जान बच गयी। उसने अपने हाथ अपने मरते हुए पड़ोसियों के ख़ून में डुबोकर उसे अपने और अपने बच्चों के मुँह पर मल लिया ताकि हमला करने वाले उन्हें मरा समझकर छोड़ दें।

जैसे-जैसे दोनों दिशाओं में भागने वालों की रफ़्तार बढ़ती गयी, वैसे-वैसे सीमा के दोनों ओर इन अभागे शरणार्थियों से भरी हुई ट्रेनें हमले का ख़ास निशाना बनती गयीं। जब भी ये ट्रेनें स्टेशनों पर या किसी खुली जगह में आकर रुकतीं उन्हें फ़ौरन घेर लिया जाता। पटरियाँ उखाड़कर उन्हें घात में बैठे हुए हत्यारों के गिरोहों के सामने रोक दिया जाता। इन्हीं हत्यारों के गुर्गे पहले से डिब्बों में घुस जाते और पहले से तय की हुई किसी जगह पर ज़ंजीर खींचकर गाड़ी रोक देते। ड्राइवरों को रिश्वत देकर या डरा-धमकाकर उनसे मनचाही जगहों पर गाड़ी रुकवा ली जाती। सीमा के दोनों ओर हर आदमी का लिंग सही मानों में उसके जीवन का सहारा बन गया था। भारत में हिन्दू और सिख रास्ते में रोक ली गयी ट्रेनों के डिब्बों में चोरों की तरह घुस आते और जिस किसी को भी वे पाते कि उसका ख़तना हुआ है उसे फ़ौरन क़त्ल कर देते। और पाकिस्तान में जिसका ख़तना न हुआ हो उसे मुसलमान मार डालते।

लगातार चार-पाँच दिन तक एक भी ट्रेन लाहौर या अमृतसर ऐसी नहीं पहुँची जिसमें कुछ लाशें और कुछ घायल मुसाफ़िर न हों। यू० सी० दुबे हिन्दुस्तानी फ़ौज के मेजर थे। स्वतन्त्रता-दिवस को जब उन्होंने अपने फ़ौजी मेस की छत पर, जहाँ उन्होंने अँग्रेज अफ़सरों के बहुत अपमान सहे थे, अपने देश का झण्डा फहरते देखा तो वह ख़ुशी से फूले नहीं समाये थे। लेकिन लाहौर में, जहाँ वह भारतीय सम्पर्क अधिकारी थे, उन्होंने इस सचाई को नग्न रूप में देखा कि आज़ादी के लिए क्या क़ीमत चुकानी पड़ी थी। लाशों और घायलों से लदी हुई एक ट्रेन स्टेशन पर आकर लगी। उसके रुकते ही उसके हर ख़ामोश डिब्बे के दरवाज़ों के नीचे से

ख़ून बहकर पटरियों पर इस तरह गिरने लगा जैसे 'बहुत गरमी पड़ने पर रेफ्रीजरेटर के दरवाज़े के नीचे से पानी रिसता है।'

अपने हमलों में संगठन और बर्बरता का अनूठा परिचय देकर सिख जत्थों ने सबको मात कर दिया और अपनी क्रूरता से एक महान जाति के नाम को कलंकित कर दिया। एक बार अमृतसर के पास एक ट्रेन को रोककर उन्होंने राहत कर्मचारियों के भेस में कुछ लोगों को उस ट्रेन में भेजा और जो लोग पिछले हमले में बच गये थे उन्हें भी ठिकाने लगा दिया। **लाइफ़** पत्रिका की नामी फ़ोटोग्राफ़र मार्गरेट बुर्क-व्हाइट को अमृतसर स्टेशन पर सिखों का वह गिरोह अब तक याद था, 'जिनकी लम्बी-लम्बी दाढ़ियों को देखकर मन में सहज ही श्रद्धा उत्पन्न होती थी। वे अकालियों की गहरे नीले रंग की पगड़ियाँ बाँधे, प्लेटफ़ार्म पर पालथी मारे बैठे थे।' उनमें से हर एक की 'गोद में एक लम्बी-सी किरपान थी और वे चुपचाप अगली ट्रेन के आने की राह देख रहे थे।'

हर ट्रेन के साथ फ़ौजी सन्तरी भी चलते थे, लेकिन अकसर होता यही था कि अगर हमला करने वाले उनकी बिरादरी के होते थे तो वे उन पर गोली नहीं चलाते थे। उनमें कुछ सच्चे सूरमा भी थे। पाकिस्तान की सरहद से साठ मील पहले ही अपनी ट्रेन की रफ़्तार धीमी होते देखकर अहमद ज़हूर नामक रेलवे-कर्मचारी को दाल में कुछ काला लगा। वह चुपचाप इंजन पर चढ़ गया। वहाँ पहुँचकर देखता क्या है कि दो-तीन सिख ट्रेन के हिन्दू ड्राइवर को अमृतसर स्टेशन पर गाड़ी रोक देने के लिए रिश्वत में नोटों की गड्डी दे रहे हैं। डर से काँपता हुआ ज़हूर अपने अँग्रेज़ लेफ़्टिनेंट को सचेत करने के लिए चुपके से वहाँ से खिसक आया और जो कुछ उसने देखा था सब उसे बता दिया। अमेरिकी फ़िल्मों के ट्रेन लूटने वाले डाकुओं की तरह वह नौजवान अफ़सर गाड़ी की छत पर चढ़ गया और एक के बाद दूसरा डिब्बा फाँदता हुआ इंजन तक जा पहुँचा। हाथ में रिवॉल्वर लेकर उस अँग्रेज़ अफ़सर ने ड्राइवर से ट्रेन की रफ़्तार तेज़ करने को कहा। इसके जवाब में उसने ब्रेक और ज़ोर से दबा दिया। अँग्रेज़ ने पिस्तौल की मूठ से उसके सिर पर वार करके उसे वहीं गिरा दिया। उसके दोनों आदमियों ने ड्राइवर को रस्सियों से बाँध दिया और उसने ख़ुद इंजन चलाने की ज़िम्मेदारी संभाल ली। कुछ ही मिनट बाद ज़हूर और उसके साथ के 3,000 मुसलमान मुसाफ़िरों ने एक अनोखा दृश्य देखा। पूरे ज़ोर से सीटी बजाती हुई उनकी ट्रेन घण्टे में साठ मील की रफ़्तार से दनदनाती हुई अमृतसर स्टेशन के पार निकल गयी। वह नौजवान अँग्रेज इंजन के दरवाज़े के पास खड़ा था और प्लेटफ़ार्म पर सिखों की

फ़ौज हाथ में नंगी चमकती हुई तलवारें लिये हैरत से देख रही थी कि कब ट्रेन रुके और वे क़त्लेआम शुरू करें। जब सब लोग सही सलामत पाकिस्तान पहुँच गये तो उस ट्रेन के मुसलमान मुसाफ़िरों ने आभार प्रकट करने के लिए उस अँग्रेज़ को हार पहनाये, लेकिन ये हार गेंदे के फूलों के नहीं बल्कि नोटों के थे।

कलकत्ता, अगस्त 1947

इस बार लगभग दस लाख लोग उनकी राह देख रहे थे। इस ख़ूनी पखवाड़े के दौरान जब पंजाब के सिर पर ख़ून सवार था, शाम को गांधी की प्रार्थना-सभा में आने वाले लोगों की संख्या दिन-ब-दिन बढ़ती ही जा रही थी। इस आश्चर्यजनक ढंग से लगातार बढ़ती हुई उनकी इस संख्या ने इस निर्मोही महानगरी को अशान्ति और द्वेष के मरुस्थल के बीच शान्ति और भाई-चारे का एक सुखद हरा-भरा स्थल बना दिया था। संसार के सबसे अभागे शहर में रहने वाले लोगों ने प्रेम के उस दूत का सन्देश सुना था और हिंसा तथा घृणा की अपनी सहज आकांक्षा पर क़ाबू पा लिया था। कलकत्ता का चमत्कार अभी तक क़ायम था। जैसा कि **न्यूयार्क टाइम्स** ने लिखा, यह शहर 'भारत में एक अजूबा था।'

गांधी ने अपनी सहज विनम्रता का परिचय देते हुए इसका श्रेय लेने से इंकार कर दिया। उन्होंने अपने अख़बार **हरिजन** में लिखा : 'हम ईश्वर के हाथों के खिलौने हैं। वही हमें अपने इशारों पर नचाता है।' लेकिन नयी दिल्ली से एक पत्र आया जिसमें उन्हें भरपूर सम्मान दिया गया था। माउंटबैटेन ने अपनी 'उदास गौरैया' को लिखा था : 'पंजाब में हमारे पास 55,000 सिपाही हैं, फिर भी वहाँ बड़े पैमाने पर दंगे हो रहे हैं। बंगाल में हमारे सेना-दल में सिर्फ़ एक सिपाही है और वहाँ कोई दंगा नहीं हुआ।' एक सेना-नायक और भारत के अन्तिम वाइसराय की हैसियत से उन्होंने बड़े विनीत भाव से 'अपने एक सिपाही वाले सीमा सेना-दल के प्रति श्रद्धांजलि अर्पित करने' की इजाज़त माँगी।

पंजाब, अगस्त 1947

जवाहरलाल नेहरू और लियाक़त अली ख़ाँ एक खुली कार में एक-दूसरे की बग़ल में बैठे हुए जा रहे थे। उन्होंने तीस साल अँग्रेज़ी शासन के ख़िलाफ़ संघर्ष करके पाकिस्तान व भारत को स्वतन्त्र कराया था। उनका

विजेताओं जैसा स्वागत करने के लिए खुशियाँ मनाती हुई भीड़ जमा होनी चाहिए थी। लेकिन इसके बदले दोनों ही ख़ामोशी से उदास बैठे हुए आतंक और व्यथा के दृश्यों के बीच से गुज़र रहे थे। उनके देशवासियों के चेहरों पर स्वतन्त्रता के वरदानों के लिए कृतज्ञता के अलावा हर भाव था। दोनों दूसरी बार पंजाब का दौरा कर रहे थे और इस अराजकता के वातावरण में फिर से शान्ति और व्यवस्था लाने का कोई उपाय खोजने की कोशिश कर रहे थे।

हर चीज़ उनके क़ाबू से बाहर निकल चुकी थी। उनकी पुलिस बिलकुल निकम्मी साबित हुई थी। फ़ौज वफ़ादार ज़रूर रही—लेकिन बस वफ़ादार ही रही। जो कुछ हो रहा था उसके प्रति उदासीनता और कभी-कभी उसमें सक्रिय सहयोग के कारण प्रशासन-तन्त्र बिलकुल ठप हो गया था। उनकी मोटर एक के बाद एक ऐसे गाँवों के बीच से होकर गुज़र रही थी जिन्हें बिलकुल तबाह कर दिया गया था, उन खेतों के बीच से जिनमें फ़सल तैयारी खड़ी थी, पर काटी नहीं गयी थी। वे मुसीबत के मारे शरणार्थियों की उन लम्बी, कभी न ख़त्म होने वाली क़तारों के बीच से गुज़र रहे थे जिनमें हिन्दू और सिख चुपचाप पूरब की ओर जा रहे थे और मुसलमान चुपचाप पश्चिम की ओर। उनके साथ सफ़र करने वाले एक कर्मचारी का कहना है कि दोनों नेता मोटर की पिछली सीट पर इस तरह सिकुड़े हुए बैठे थे मानो अपनी व्यथा के बोझ से दबे जा रहे हों।

अन्त में नेहरू ने दम घोंट देने वाली इस ख़ामोशी को तोड़ा। उन्होंने बहुत ही धीमे स्वर में लियाक़त अली खाँ से कहा, 'इस बँटवारे ने हमें कैसे नरक में पहुँचा दिया! जब हम इसके लिए राज़ी हुए थे तब कभी सोचा भी नहीं था कि यह सब-कुछ हो सकता है। हम भाइयों की तरह रहते थे। यह सब-कुछ हुआ कैसे?'

'हमारे लोग पागल हो गये हैं,' लियाक़त अली ने कहा। अचानक शरणार्थियों की क़तार में से एक आदमी निकलकर उनकी मोटर की तरफ़ लपका। वह मर्द था, हिन्दू था, उसका चेहरा व्यथा से बिलकुल विकृत हो चुका था, और जब वह सिसकियाँ लेता था तो उसका सारा शरीर काँप उठता था। उसने नेहरू को पहचान लिया था। नेहरू बड़े आदमी थे, दिल्ली से आये हुए बड़े साहब थे, सरकार के आदमी थे, वह उसके लिए कुछ कर सकते थे। उस आदमी ने नेहरू से मदद की भीख माँगी। उसके आँसू उसके चेहरे पर से बहते हुए उसकी बहती हुई नाक में मिल रहे थे, उसकी मेहनत करने वाली मज़बूत खुरदरी उँगलियाँ हवा में इस तरह चल रही थीं मानो वह किसी नृत्य-नाटिका में गिड़गिड़ाकर भीख माँगने का

अभिनय कर रहा हो। उसी सड़क पर तीन मील पहले मुसलमानों के एक गिरोह ने गन्ने के खेत में से निकलकर शरणार्थियों के इस क़ाफ़िले पर अचानक हमला किया था और उसकी इकलौती दस बरस की बच्ची को उससे छीन ले गये। उसने रो-रोकर नेहरू से कहा कि वह अपनी बच्ची को प्यार करता था, उसे बहुत प्यार करता था। 'उसे मुझे वापस दिला दीजिये। दया करके उसे मुझे वापस दिला दीजिये।'

नेहरू ने बाद में अपने साथ काम करने वाले एक कर्मचारी को बताया कि उस दयनीय व्यक्ति की स्थिति में अपने इतने सारे देशवासियों पर टूट पड़ी मुसीबत के पहाड़ का नग्न रूप अपने सामने खड़ा देखकर उनका निढाल मन जैसे रोगी हो गया और वह मोटर में एक ओर को लुढ़क गये थे। वह तीस करोड़ जनता के प्रधानमन्त्री थे, लेकिन वह इस एक रोते-बिलखते आदमी की कोई मदद नहीं कर सकते थे जो उनसे बस इतनी-सी भीख माँग रहा था कि वह कोई चमत्कार करके उसकी बेटी उसे वापस दिला दें। व्यथा से पीड़ित होकर नेहरू ने आगे झुककर दोनों हाथों में अपना सिर थाम लिया और उनके साथ चलने वाले अंगरक्षक ने उस व्यथा से पीड़ित बाप को उनकी मोटर के पाँवदान पर से उतार दिया।

इस अनुभव से नेहरू को इतना गहरा आघात पहुँचा था कि उस रात उन्हें नींद नहीं आयी। वह लाहौर के उस घर के बरामदे में, जहाँ वह ठहरे हुए थे, चिन्ता में डूबे हुए और कुछ सोचते हुए घण्टों टहलते रहे। नेहरू को इससे बहुत धक्का लगा था कि लोग साम्प्रदायिकता के पागल-पन में इतने बेरहम भी हो सकते हैं। पटेल जो उनके दोस्ताना दुश्मन थे, कन्धे बिचकाकर और यह कहकर कि 'यह तो होना ही था,' इस सारी घटना को टाल जाते। नेहरू ऐसा नहीं कर सकते थे। पंजाब में चल रही नफ़रत की आँधी से उनका रोम-रोम विचलित हो गया था। अपने हिन्दू देशवासियों का समर्थन खो देने का ख़तरा उठाकर भी इस पागलपन का विरोध करने से वह डरते नहीं थे।

मुसीबत यह थी कि उनकी समझ में नहीं आ रहा था कि विरोध किस तरह करें। जिस तबाही ने पंजाब की नींवें हिलाकर रख दी थीं, उसने उनके कन्धों पर एक ऐसी ज़िम्मेदारी थोप दी थी जिसका सामना करने के लिए ज़िन्दगी ने उन्हें तैयार ही नहीं किया था। जब कोई ठोस घटना उनके सामने आती तो वह ग़ुस्से से भड़क उठते। उस दिन तीसरे पहर अमृतसर में जब उन्हें बताया गया कि किसी गाँव के सिख अपने मुसलमान पड़ोसियों को क़त्ल करने की तैयारियाँ कर रहे हैं तो उन्होंने आदेश दिया कि सिख नेताओं को उनके सामने लाकर बड़े-से बरगद के पेड़

के नीचे पेश किया जाये।

उन्होंने उनसे कहा, 'मैंने सुना है कि आज रात आप लोग अपने मुसलिम पड़ोसियों का क़त्लेआम करने के मंसूबे बना रहे हैं। अगर उनका बाल भी बाँका हुआ तो कल सुबह मैं आप लोगों को यहाँ जमा करवाकर ख़ुद अपने बॉडीगार्डों को हुक्म दूंगा कि सब को गोली मार दें।'

नेहरू की दुविधा यह थी कि इस तरह की कार्रवाई एक जगह तो कारगर हो गयी, लेकिन इसे इतने बड़े देश में जो दुनिया में दूसरा सबसे बड़ा देश है, हर जगह कैसे काम में लायें, जबकि इस देश के सामने ऐसी समस्याएँ थीं जिनका सामना दुनिया के किसी और देश ने कभी नहीं किया था। वह चिन्ताग्रस्त थे और थकन से चूर। उन्होंने रात को ढाई बजे अपने ए० डी० सी० को जगाया और कहा कि वायरलेस पर दिल्ली से पता करे कि वहाँ की नयी ख़बरें क्या हैं। बुरी ख़बरों के उस अम्बार में एक ख़बर ऐसी भी थी जिससे उन्हें कुछ तसल्ली हो सकती थी। अपने जिस बूढ़े नेता का साथ उन्होंने बँटवारे के सवाल पर छोड़ दिया था वह अब भी अपना चमत्कार दिखा रहा था—कलकत्ता में शान्ति थी।

संकेत हुआ, ज़ोर से सीटी बजायी गयी। उसके बजते ही छः हिन्दू गली में से निकलकर सड़क के बीच में शान्तिपूर्वक चलते हुए दो अधेड़ उम्र के आदमियों के पीछे हो लिये। वे दोनों भागे, लेकिन बचकर जाते कहाँ? 'मुसलमान, मुसलमान,' चिल्लाते हुए हिन्दू लड़कों ने उन्हें पीट-पीटकर ज़मीन पर गिरा दिया। उन दोनों आदमियों ने डर के मारे काँपते हुए क़समें खा-खाकर कहा कि वे हिन्दू हैं, अपने हिन्दू नाम बताये, हिन्दू बस्तियों में अपने पते बताये। लेकिन उन पर हमला करने वालों के 17-वर्षीय नेता सुनील राय को, जो अभी विद्यार्थी ही था, इससे पक्का सबूत चाहिए था। उसने उनकी धोतियाँ खोल दीं। दोनों पर मुहम्मद साहब के धर्म की मुहर लगी थी। दोनों का ख़तना हुआ था।

उन्हें पकड़ने वाले एक लड़के ने उनके सिरों पर तौलिये डाल दिये; दूसरे ने रस्सियों से उनकी मुश्कें कस दीं। उनके पीछे भीड़ बढ़ती जा रही थी; लाठियाँ, छुरे और लोहे की छड़ें लिये हुए लोग भीड़ में शामिल हो गये थे। उन दोनों आदमियों को सड़क पर ठेल-ठेलकर आगे ले जाया जा रहा था और वे लड़के जिनकी उम्र के उन दोनों के बेटे रहे होंगे, उनके ख़ून के प्यासे होकर चिल्ला रहे थे। कोई 200 गज़ चलने के बाद वह नदी के एक मोड़ के पास आ निकले।

उन लड़कों के 17-वर्षीय नेता ने बाद में बताया, 'अगर कोई और

वक़्त होता तो हम अपनी पवित्र नदी के पानी को मुसलमानों के ख़ून से गन्दा न करते। नदी के किनारे बहुत-से धर्म-परायण हिन्दू पूजा कर रहे थे। कुछ औरतें नहा रही थीं।'

उन्होंने अपने दोनों क़ैदियों को कमर-कमर तक पानी में नदी में ढकेल दिया। लोहे की एक छड़ हवा में घूमी और धड़ से पहले मुसलमान के सिर पर आकर गिरी। उसकी खोपड़ी फट गयी, वह बेचारा लड़खड़ाकर नदी में गिर पड़ा। जिस जगह उसका सिर पानी के नीचे गया था वहीं पानी के धरातल पर लाल रंग का एक घेरा बन गया।

दूसरा आदमी अपनी जान बचाने के लिए लड़ता रहा। हत्यारों के इस गिरोह के सरदार ने बाद में बताया, उस लड़के ने उसके सिर पर भी वार किया। बच्चों ने उसके मुँह पर पत्थर फेंके। एक और लड़के ने उसकी गर्दन में छुरा भोंक दिया ताकि उसके मरने में कोई शक न रह जाये।

उसी जगह के आस-पास चारों ओर धर्मात्मा हिन्दू पूजा-पाठ में व्यस्त रहे। कुछ ही गज़ की दूरी पर हो रही हत्याओं से उनकी पूजा में कोई विघ्न नहीं पड़ा। सुनील राय ने ठोकरों से दोनों लाशों को बीच धारा की ओर ढकेल दिया, ताकि नदी का पानी उन्हें अपने साथ बहा ले जाये। जब दोनों लाशें ओझल हो गयीं और उनके ख़ून की लाली हुगली नदी के मैले पानी में घुल-मिल गयी तो हत्यारों ने तीन बार नारा लगया : 'काली माई की जय !'

भोर पहर का समय था। 31 अगस्त 1947 का दिन था। सोलह दिन के चमत्कार के बाद वह ज़हर आख़िर में भयानक रातों वाले उस शहर में भी फैलने लगा था। कलकत्ता की शान्ति टूट गयी थी। दूसरी जगहों की तरह यहाँ भी यह ज़हर ट्रेनों में भर-भरकर आने वाले उन शरणार्थियों ने फैलाया था जो अपने साथ पंजाब से भयानक अत्याचारों के क़िस्से लाये थे। बारूद में आग लगाने का काम इस अफ़वाह ने किया, जिसकी कभी पुष्टि नहीं हो सकी, कि मुसलमानों ने ट्राम में एक हिन्दू लड़के को पीट-पीटकर मार डाला था।

उसी रात दस बजे सिरफिरे हिन्दू नौजवानों का एक जुलूस हैदरी हाउस के अहाते में घुस आया और गांधी से मिलने की माँग करने लगा। गांधी अपनी चटाई पर लेटे हुए गहरी नींद सो रहे थे। एक तरफ़ उनकी चहेती मनु सो रही थी और दूसरी तरफ़ उनकी दूसरी पोती आभा। भीड़ ने एक नौजवान को अपने सामने कर रखा था, जिसके पट्टियाँ बँधी हुई थीं और जो भौंचक्का होकर चारों ओर देख रहा था। उन लोगों का कहना था कि मुसलमानों ने उसे पीटा था। मनु और आभा जाग पड़ीं

और भागकर बरामदे में आयीं और भीड़ को शान्त करने की कोशिश करने लगीं। लेकिन कोई फ़ायदा नहीं हुआ। गांधी के समर्थकों को अलग ढकेल कर भीड़ घर के अन्दर घुस आयी। इस शोर-गुल से गांधी की आँख खुल गयी और वह उन लोगों का सामना करने के लिए उठ खड़े हुए। 'यह कैसा पागलपन है?' उन्होंने पूछा। 'हमला करना है तो मुझ पर हमला करो।'

इस बार उनके शब्द भीड़ के शोर में खो गये। भीड़ के बीच से दो मुसलमान निकलकर, जिनमें से एक को बुरी तरह पीटकर लहूलुहान कर दिया गया था, गांधी के पीछे जाकर दुबक गये। भीड़ में से किसी ने कोई भारी-सी चीज़ गांधी की तरफ़ फेंककर मारी। वह बाल-बाल बच गये। वह भारी चीज़ पीछे दीवार में जाकर लगी।

गांधी के किसी शिष्य ने परेशान होकर पुलिस को सूचना दे दी थी जो उसी क्षण वहाँ पहुँच गयी। गांधी बहुत परेशान थे। वह चटाई पर लेट तो गये, लेकिन उन्हें नींद नहीं आयी। उन्होंने कहा, 'कलकत्ता का चमत्कार भी चार दिन की चाँदनी की तरह ख़त्म हो गया।'

कलकत्ता की शान्ति के बारे में गांधी के रहे-सहे भ्रम भी अगले दिन नष्ट हो गये। दोपहर के थोड़ी ही देर बाद उन ग़रीब मुसलमानों की बस्तियों पर लगातार हमले किये गये जो गांधी के चमत्कार से हौसला पाकर अपने घरों को लौट आये थे। उनमें से ज़्यादातर हमले राष्ट्रीय स्वयं-सेवक संघ के सिरफिरे नौजवानों ने किये थे। जहाँ गांधी ठहरे हुए थे वहाँ से कुछ ही दूर बेलियाघाटा रोड पर उस ट्रक पर दो दस्ती बम फेंके गये, जिस पर सहमे हुए मुसलमानों को उनकी बस्ती से निकालकर ले जाया जा रहा था।

गांधी फ़ौरन वहाँ पहुँच गये। वहाँ का दृश्य देखकर उन्हें मतली-सी होने लगी। जो दो आदमी मारे गये थे वे चीथड़े पहने हुए बेचारे ग़रीब मज़दूर थे। उनकी पथरायी हुई आँखें खुली थीं और वे ख़ून में लथपथ सड़क पर पड़े थे; उनके खुले हुए घावों पर मक्खियाँ भिनभिना रही थीं। उनमें से एक के चीथड़ों में से एक चवन्नी लुढ़ककर सड़क पर आ गिरी थी और उसकी लाश के पास ही पड़ी चमक रही थी। गांधी स्तम्भित खड़े इस क़साइयों जैसी बेरहमी को देखते रहे। इस दृश्य को देखकर इतनी अरुचि हो रही थी कि उन्होंने रात को खाना भी नहीं खाया। वह सोच में डूबकर चुप हो गये। उन्होंने कहा, 'मैं रोशनी के लिए प्रार्थना कर रहा हूँ। मैं अपने अन्तरतम की गहराइयों में खोज रहा हूँ। ऐसे में चुप रहने से बड़ी मदद मिलती है।'

उसी शाम को वह थोड़ी देर टहलने के बाद आकर अपनी चटाई पर बैठ गये और एक सार्वजनिक घोषणा का मसविदा तैयार करने लगे। वह जो जवाब ढूँढ रहे थे उन्हें मिल गया था। कलकत्ता में फिर समझदारी का वातावरण पैदा करने के लिए गांधी अपने 78 साल के बूढ़े शरीर पर आमरण अनशन की यातना झेलने जा रहे थे।

कलकत्ता में फिर से समझदारी का वातावरण पैदा करने के लिए गांधी जो अस्त्र इस्तेमाल करने जा रहे थे वह एक ऐसे देश के लिए बहुत ही बेतुका मालूम होता था जहाँ भूख से मरना शताब्दियों से एक निरन्तर अभिशाप रहा था। फिर भी यह हथियार उतना ही पुराना था जितना भारत। भारत के ऋषियों की प्राचीन वन्दनाओं का यह कथन कि 'अगर तुम ऐसा करोगे, तो मैं ही मरूँगा' हमेशा इस देश के लोगों को, जिनके पास दूसरे पर दबाव डालने का कोई और साधन नहीं था, प्रेरणा देता रहा था। 1947 के भारत में, किसान अब भी महाजन की चौखट पर भूख-हड़ताल करके बैठ जाते थे और अपनी भूख की यातना का दबाव डालकर उससे याचना करते थे कि वह क़र्ज़ की वसूली कुछ समय के लिए टाल दे। क़र्ज़ देने वाला भी भूख-हड़ताल करके क़र्ज़दार पर दबाव डाल सकता था कि वह अपना दायित्व पूरा करे। गांधी की अनन्य प्रतिभा इसी बात में थी कि जो चीज़ अभी तक एक वैयक्तिक उपाय तक सीमित थी उसे उन्होंने राष्ट्रव्यापी आयाम प्रदान कर दिया था।

उस छोटे-से चतुर आदमी के हाथों में अनशन का अस्त्र किसी भी निहत्थे और अल्प-विकसित देश की जनता द्वारा इस्तेमाल किया गया सबसे सशक्त हथियार बन गया था। चूंकि अनशन से प्रतिद्वंद्वी के मन में तात्कालिकता का आभास उत्पन्न होता था जो उसे समस्या का सामना करने पर मजबूर कर देता था, इसलिए जब भी गांधी के सामने कोई ऐसी बाधा आ जाती जिसे दूर करना असम्भव होता तो वह हमेशा इसी का सहारा लेते थे।

अपने जीवन में उन्होंने अनेक बार अपने प्रमुख अनशनों से बड़ी शानदार सफलताएँ प्राप्त की थीं। किसी मामूली या बहुत बड़े कारण के आधार पर वह आहार लेने से सार्वजनिक रूप से इंकार कर चुके थे। दो बार वह इक्कीस-इक्कीस दिन का अनशन करके मृत्यु के द्वार तक पहुच चुके थे। गांधी के अनशन चाहे दक्षिण अफ्रीका में काले लोगों के साथ न्याय के लिए रहे हों, या भारत में हिन्दू-मुसलिम एकता के लिए, छूतछात की लानत दूर करने के लिए या अँग्रेज़ों को जल्दी-से-जल्दी निकालने के लिए, सारी

दुनिया के करोड़ों लोगों पर उनका प्रभाव पड़ा था। एक ऐसा देश, जिसके 83 प्रतिशत निवासी न पढ़े-लिखे थे और न ही उनके पास रेडियो थे, गांधी के इन अनशनों की पूरी जानकारी रखता था और जब कभी उनके मरने का खतरा पैदा हो जाता था तो सारा राष्ट्र सिहर उठता था। इस मामले में उसमें एक अनोखी और सहज एकता दिखायी देती थी।

गांधी के लिए अनशन सबसे बढ़कर एक प्रार्थना थी, देह पर आत्मा का प्रभुत्व स्थापित करने का सबसे अच्छा तरीक़ा। वह ज़ोर देकर कहते थे, 'मेरा विश्वास है कि देह पर आत्मा के बढ़ते हुए प्रभुत्व के माध्यम से ही आत्मा की शक्ति को बढ़ाया जा सकता है। हम बड़ी आसानी से यह भूल जाते हैं कि भोजन जिह्वा के रसास्वादन के लिए नहीं बल्कि शरीर को हृष्ट-पुष्ट बनाये रखने के लिए बनाया गया था ताकि वह दासों की तरह हमारा काम करे।' निजी रूप से अनशन उनके लिए प्रायश्चित की अपनी निरन्तर आवश्यकता को पूरा करने का सबसे अच्छा साधन था।

गांधी का कहना था कि सार्वजनिक रूप से अपनी इच्छा से अपने ऊपर थोपी गयी अनशन की यातना उसे अहिंसा के अस्त्रागार का सबसे प्रभावशाली हथियार बना देती है, और वह सारी दुनिया में इस अस्त्र के प्रयोग के सबसे बड़े सिद्धान्तवेत्ता बन गये। गांधी का विश्वास था कि अनशन कुछ विशेष परिस्थितियों में ही किया जा सकता था। किसी ऐसे शत्रु के ख़िलाफ़, जिसके प्यार या स्नेह पर अनशन करने वाले का कोई अधिकार न हो, अनशन करना बेकार था।

अनशन से किसी भी समस्या में समय का महपूत्वर्ण आयाम जुड़ जाता था। उसके नाटकीय ढंग के खतरे से लोग उन बंधे हुए ढर्रों से हटकर, जिनके वे आदी हो चुके थे, सोचने पर मजबूर होते थे और उन्हें नये विचारों का सामना करना पड़ता था। प्रभावशाली होने के लिए राजनीतिक अनशन के साथ प्रचार बहुत ज़रूरी था। इस अस्त्र को कभी-कभी ही और बहुत सोच-समझकर इस्तेमाल करना ज़रूरी था। बार-बार इस्तेमाल करने से वह हास्यास्पद बन सकता था।

गांधी के शिष्य जानते थे कि इस उम्र में अनशन करना कितने बड़े जोखिम का काम हो सकता है, इसलिए उन्होंने पूरा ज़ोर लगाकर गांधी से यह विचार छोड़ देने को कहा।

कांग्रेस में उनके पुराने साथी सी० राजगोपालाचारी ने, जो अब बंगाल के पहले भारतीय गवर्नर बना दिये गये थे, उनसे पूछा, 'बापू, गुंडों के ख़िलाफ़ कोई कैसे अनशन कर सकता है ?'

'मैं उन लोगों के दिल को छूना चाहता हूँ जो गुंडों को सहारा दे रहे हैं, जो उनके पीछे हैं।'

'लेकिन अगर आप मर गये,' उनके पुराने शिष्य ने नया तर्क दिया, 'तो जिस आग को आप बुझाने की कोशिश कर रहे हैं और ज़ोर से भड़क उठेगी।'

गांधी ने जवाब दिया, 'कम-से-कम मैं अपने जीते जी तो यह नहीं देखूंगा।'

उन्हें कोई भी चीज़ डिगा नहीं सकती थी। पहली सितम्बर की रात को गांधी ने मनु और आभा को जगाकर उन्हें बताया कि हैदरी हाउस के सामने दंगे का शिकार होने वालों को देखने के बाद वह रात का जो खाना नहीं खा पाये थे उसी से उनका अनशन शुरू हो गया है। उन्होंने कहा कि या तो वह सफल होंगे या फिर मर जायेंगे—'या कलकत्ते में शांति होगी, या मैं मर जाऊँगा।'

इस बार गांधी के शरीर की शक्ति बड़ी तेज़ी से जवाब देने लगी। नये साल के दिन से उन पर जो भावात्मक दबाव पड़ रहा था वह अपना असर छोड़ गया था।

अगले दिन उनके डॉक्टर ने देखा कि उनके दिल की हर चार धड़कनों में से एक धड़कन ग़ायब है। दोपहर को मालिश कराने और गरम पानी का एनीमा लेने के बाद उन्होंने खाने का सोडा मिलाकर एक लिटर पानी पिया। इसके कुछ ही देर बाद उनकी आवाज़ इतनी धीमी पड़ गयी कि वह सुनायी भी मुश्किल से देती थी।

गांधी ने जो चुनौती दी थी उसकी ख़बर कुछ ही घंटों में सारे कलकत्ता में आग की तरह फैल गयी। लेकिन हिंसा की जो महामारी शुरू हो गयी थी उसे एक दिन में तो रोका नहीं जा सकता था। सारे शहर में आग धधकती रही, लूटमार होती रही, लोग क़त्ल किये जाते रहे। अपनी चटाई पर लेटे-लेटे गांधी को ख़ुद एक खतरनाक आवाज़ सुनायी देती थी—कहीं दूर से आती हुई गोलियाँ चलने की आवाज़, जिसका मतलब था कि कुछ और लोग मारे गये।

जिस समय वह असह्य पीड़ा से त्रस्त वहाँ लेटे हुए थे, उनके शिष्यों ने शहर के हिन्दू चरमपंथियों के नेताओं को ढूँढ़ निकाला। उन लोगों ने उन्हें बताया कि नोआख़ाली में उनके हज़ारों हिन्दुओं की जान सिर्फ़ उस वादे की वजह से बच सकी जो गांधी ने वहाँ के मुसलिम नेताओं से ले लिया था। उन्होंने चेतावनी दी कि अगर कलकत्ता में मुसलमानों का ख़ून होता रहा और गांधी मर गये तो नोआखाली में हज़ारों हिन्दू मार डाले

जायेंगे ।

अनशन की दूसरी सुबह तक गोलियाँ चलने की आवाज़ के साथ ही एक नयी आवाज़ भी आने लगी थी—शांति के उन नारों की आवाज़ जो हैदरी हाउस की तरफ़ बढ़ती हुई संख्या में आने वाले विभिन्न प्रतिनिधि-मंडलों की ओर से लगाये जा रहे थे । कलकत्ता के दंगाइयों ने कुछ देर के लिए अपने हाथ रोककर गांधी के स्वास्थ्य के बारे में डॉक्टरों की रिपोर्ट के बारे में सोचा । राजगोपालाचारी ने वहाँ आकर घोषणा की कि यूनिवर्सिटी के छात्र शहर में शांति स्थापित करने के लिए एक आन्दोलन छेड़ने जा रहे हैं । गांधी का स्वास्थ्य तेज़ी से गिरता जा रहा था। हिन्दू और मुसलिम नेता भागे-भागे उनके पास अनशन तोड़ देने का अनुरोध करने आये । एक मुसलमान गांधी के क़दमों पर गिर पड़ा और रो-रोकर कहने लगा : 'अगर आपको कुछ हो गया तो हम मुसलमान बिलकुल मिट जायेंगे ।' लेकिर गांधी के थके हुए शरीर के अन्दर जिस दृढ़ संकल्प की ज्वाला धधक रही थी वह इन मिन्नतों से बुझने वाली नहीं थी । उन्होंने बहुत ही धीमे स्वर में कहा, 'जब तक यहाँ पिछले पन्द्रह दिनों जैसी शानदार शान्ति फिर से क़ायम नहीं हो जायेगी तब तक मैं अपना अनशन नहीं तोड़ूँगा ।'

तीसरे दिन भोर पहर गांधी की आवाज़ बिलकुल ही डूबने लगी । उनकी नब्ज़ इतनी तेज़ी से गिरती जा रही थी कि उनके मरने का डर पैदा हो गया। जैसे ही यह खबर चारों ओर फैली कि गांधी मरने वाले हैं, कलकत्ता में क्षोभ और ग्लानि की लहर दौड़ गयी। शहर से बाहर पूरे राष्ट्र का ध्यान हैदरी हाउस की उस चटाई पर केन्द्रित हो गया जिस पर भारत का महात्मा दम तोड़ रहा था।

जैसे-जैसे गांधी की जीर्ण-शीर्ण काया से जीवन-शक्ति का ह्रास होता गया वैसे-वैसे उस शहर में, जो अपने त्राता को बचाने पर तुला हुआ था, भाई-चारे और प्यार की लहर दौड़ गयी । उन ग़रीब बस्तियों में जहाँ सबसे ज़्यादा दंगे हुए थे, फिर से शान्ति और व्यवस्था क़ायम करने के लिए हिन्दुओं और मुसलमानों के मिले-जुले जुलूसों ने उन पर धावा बोल दिया। इस बात का कि कलकत्ता में सचमुच हृदय-परिवर्तन हो गया था, सबसे प्रभावशाली प्रमाण उस समय मिला जब सत्ताईस गुंडों का एक गिरोह हैदरी हाउस में आया। सिर झुकाये हुए, पश्चाताप से भर्राई हुई आवाज़ों में उन्होंने अपने अपराधों को स्वीकार किया और गांधी से क्षमा माँगकर उनसे अपना अनशन समाप्त कर देने की भीख माँगी ।

उसी शाम को वे उपद्रवी भी आये जिन्होंने बेलियाघाटा रोड पर

हत्याएँ की थीं जिन्हें देखकर गांधी इतने उद्विग्न हो उठे थे। अपना अपराध स्वीकार करने के बाद उनके प्रवक्ता ने गांधी से कहा : 'मैं और मेरे साथी कोई भी सज़ा जो आप हमें देना चाहें, भुगतने को तैयार हैं, बस आप अपना अनशन तोड़ दीजिये।' यह कहकर उन्होंने अपनी धोतियों की झोलियाँ खोल दीं। बहुत-से चाक़ू, छुरे, पिस्तौल और बाघनख झनझनाकर फ़र्श पर बिखर गये, जिनमें से कुछ पर अब भी ख़ून के कत्थई धब्बे जमे हुए थे। गांधी और उनके शिष्य यह सब-कुछ आश्चर्य से देखते रहे। जब वे गांधी की चटाई के पास आकर बैठे तो गांधी ने उनसे बहुत धीमी आवाज़ में कहा : 'मैं तुम्हें यह सज़ा देना चाहता हूँ कि जिन मुसलमानों को तुमने सताया है उनकी बस्तियों में जाओ और उनकी रक्षा के लिए अपने-आपको समर्पित कर दो।'

उस दिन शाम को राजगोपालाचारी के हाथ के लिखे हुए एक सन्देश में यह घोषणा की गयी कि शहर में एक बार फिर पूर्ण शान्ति स्थापित हो गयी है। गुंडों के गिरोहों ने अपनी मर्ज़ी से जो दस्ती बम, बन्दूक़, पिस्तौल और छुरे वापस कर दिये थे वे एक ट्रक पर लादकर हैदरी हाउस के फाटक पर लाये गये। कलकत्ता के हिन्दू, सिख और मुसलमान नेताओं ने एक संयुक्त बयान में गांधी को वचन दिया : 'हम शहर में फिर कभी साम्प्रदायिक झगड़े नहीं होने देंगे और जीवन-भर उन्हें रोकने की कोशिश करते रहेंगे।'

आख़िरकार 4 सितम्बर की रात को सवा नौ बजे, गांधी ने तिहत्तर घण्टे बाद थोड़ा-सा सन्तरे का रस पीकर अपना अनशन समाप्त किया। यह फ़ैसला करने से पहले उन्होंने अपनी चटाई के चारों ओर खड़े हुए हिन्दू, सिख और मुसलमान नेताओं को एक चेतावनी भी दी थी।

उन्होंने कहा था, 'आज पूरे भारत की शान्ति की कुंजी कलकत्ता के हाथ में है। यहाँ अगर कोई छोटी-सी भी वारदात हो गयी तो उसका हर जगह इतना गहरा असर पड़ेगा कि अन्दाज़ा नहीं लगाया जा सकता। अगर सारे देहात में भी आग भड़क उठे तो भी आपकी ज़िम्मेदारी होगी कि कलकत्ता उस आग की लपेटों से बचा रहे।'

उन लोगों ने यह ज़िम्मेदारी निभायी। इस बार कलकत्ता का चमत्कार बिलकुल खरा था और वह टिकाऊ भी था। पंजाब के विपदाग्रस्त मैदानों में, सीमा प्रान्त में, कराची में, लाहौर और दिल्ली में तो अभी हालत और बदतर होने वाली थी, लेकिन भयानक रातों के शहर कलकत्ता ने बूढ़े गांधी को दिया गया अपना वचन निभाया। इसके बाद गांधी जब तक ज़िन्दा रहे कलकत्ता की सड़कों पर साम्प्रदायिक दंगों में ख़ून की एक बूँद भी नहीं

गिरी। उनके पुराने मित्र राजगोपालाचारी ने कहा, 'गांधी ने बहुत बड़े-बड़े कारनामे किये हैं, लेकिन कलकत्ता में उन्होंने बुराई और बदी पर जो विजय प्राप्त की है उतना शानदार कारनामा कोई दूसरा नहीं है, आज़ादी भी नहीं।'

गांधी पर इन प्रशंसाओं का कोई प्रभाव नहीं हुआ। उन्होंने एलान किया, 'मैं सोच रहा हूँ कि कल पंजाब चला जाऊँ।'

नयी दिल्ली, सितम्बर 1947

गांधी अपनी पंजाब तक की यात्रा कभी पूरी नहीं कर पाये। हिंसा के एक नये विस्फोट ने उन्हें बीच ही में रोक दिया। इस बार यह उन्माद उस सबसे बुनियादी केन्द्र में फूट पड़ा जहाँ से पूरे भारत पर शासन किया जाता था। विलुप्त ब्रिटिश राज की गौरवशाली और बनावटी राजधानी नयी दिल्ली में आग भड़क उठी। जिस शहर ने इतनी शान-शौक़त और इतनी धूमधाम देखी थी, जहाँ दुनिया की सबसे बड़ी नौकरशाही का अड्डा था, वह भी उस ज़हर से नहीं बच सका जो कलकत्ता की ग़रीब बस्तियों और लाहौर में फैला हुआ था।

पंजाब की सरहद पर बसा हुआ दिल्ली शहर, जो किसी ज़माने में मुग़लों का गढ़ था, कई मायनों में अब भी एक मुसलिम शहर था। यहाँ के ज़्यादातर ख़ानसामा, ताँगे वाले, फल और सब्ज़ी वाले और दस्तकार मुसलमान थे। दंगों की वजह से आस-पास के देहात से हज़ारों मुसलमान पनाह और हिफ़ाज़त की तलाश में यहाँ की सड़कों पर आ गये थे। शहर में बहुत बड़ी संख्या में लगातार आ रहे हिन्दू और सिख शरणार्थियों से सुनी अत्याचारों की भयानक कहानियों से उत्तेजित होकर और अपने नये राष्ट्र की राजधानी में इतने बहुत-से मुसलमानों की मौजूदगी पर ग़ुस्से में आकर अकाली पंथ के सिखों और राष्ट्रीय स्वयंसेवक संघ के सिरफिरे हिन्दुओं ने 3 सितम्बर को सुबह, जिस दिन गांधी ने कलकत्ता में अपना अनशन तोड़ा था, दिल्ली में आतंक का दौर शुरू कर दिया।

शुरुआत रेलवे-स्टेशन पर दर्जन-भर मुसलमान कुलियों के क़त्ल से हुई। इसके कुछ ही मिनट बाद एक फ्रांसीसी पत्रकार मैक्स ओलिवियर-लाकांग नयी दिल्ली के सबसे बड़े व्यापारिक केन्द्र कनाट प्लेस में आया और वहाँ उसने हिन्दुओं की एक भीड़ को मुसलमानों की दूकानें लूटते और उनके मालिकों का क़त्ल करते देखा। इन सबके सिरों के ऊपर उसे सफ़ेद गांधी-टोपी लगाये हुए एक जानी-पहचानी सूरत दिखायी दी। वह आदमी

लाठी घुमाकर दंगा करने वालों को मार रहा था, उन्हें डाँट-फटकार रहा था, और अपने इस आचरण से पीछे खड़े तमाशा देखते हुए दर्जन-भर पुलिस वालों का उत्साह जगाने की कोशिश कर रहा था। यह आदमी भारत का प्रधानमन्त्री जवाहरलाल नेहरू था।

ये हमले नीली पगड़ी बाँधने वाले अकाली सिखों और माथे पर सफ़ेद रूमाल बाँधने वाले राष्ट्रीय स्वयंसेवक संघ वालों के लिए इस बात का इशारा थे कि वे सारे शहर में उसी तरह के हमले शुरू कर दें। पुरानी दिल्ली की सब्ज़ी मण्डी में, जहाँ हज़ारों मुसलमान फल वालों और सब्ज़ी वालों की दूकानें थीं, आग लगा दी गयी। नयी दिल्ली में हुमायूँ और ख़ानख़ाना के मक़बरों के पास लोदी कॉलोनी में सिखों के गिरोह मुसलमान सरकारी अफ़सरों के बँगलों में घुस गये और घर में जो भी मिला उसे उन्होंने तलवार के घाट उतार दिया।

दोपहर तक उनके हमलों का शिकार होने वालों की लाशें उन इमारतों के चारों ओर फैले हुए हरे-भरे घास के खुले मैदानों में पड़ी हुई थीं, जिनमें बैठकर इंगलैंड ने भारत पर अपना शासन चलाया था। उसी रात पुरानी दिल्ली से नयी दिल्ली किसी दावत में जाते समय बेल्जियम के वाणिज्य-दूत ने रास्ते में पड़ी हुई सत्रह लाशें गिनीं। सिख पुराने शहर की अँधेरी गलियों में 'अल्लाहो-अकबर' के नारे लगाते हुए घूमते रहते और जो भोले-भाले मुसलमान उनके इस चकमे में आकर उधर आ निकलते उनका सिर धड़ से अलग कर देते।

भारत के प्रधानमन्त्री ने यहाँ के मुसलमानों की रक्षा करने की जो कोशिशें की थीं उसके ख़िलाफ़ अपना विरोध प्रकट करने के लिए राष्ट्रीय स्वयंसेवक संघ वालों के गिरोह ने एक बुर्क़ापोश मुसलमान औरत को पकड़ा और यार्क रोड पर नेहरू की कोठी के सामने उस पर तेल छिड़क-कर आग लगा दी। बाद में, गोरखे सिपाहियों के एक दस्ते की हिफ़ाज़त में लगभग बीस मुसलमान औरतों ने नेहरू के बगीचे में आकर पनाह ली।

सिखों की इस चेतावनी से डरकर कि जिस घर में किसी मुसलमान को पनाह दी जायेगी वह घर फूँक दिया जायेगा, सैकड़ों हिन्दू, सिख, पारसी और ईसाई परिवारों ने अपने वफ़ादार नौकरों को निकालकर सड़क पर खड़ा कर दिया जहाँ वे या तो सिखों की तलवारों का शिकार हो गये, या जल्दी से किसी शरणार्थी-कैम्प में चले गये।

दिल्ली में दंगों की जो लहर आयी उससे सिर्फ़ एक शहर के लिए ख़तरा पैदा नहीं हुआ। इससे भारत के लिए ख़तरा पैदा हो गया। दिल्ली में शान्ति और व्यवस्था छिन्न-भिन्न हो जाने से पूरे उप-महाद्वीप के लिए

खतरा पैदा हो सकता था। शहर के आधे से ज़्यादा पुलिस वाले जो मुसलमान थे, भाग खड़े हुए थे। फ़ौज के कुल 900 सिपाही यहाँ थे। प्रशासन-तन्त्र, जो पंजाब की घटनाओं की वजह से यों ही लड़खड़ा रहा था, अब बिलकुल ठप हो चला था। हालत इतनी खराब हो गयी थी कि नेहरू के प्राइवेट सेक्रेटरी एच० वी० आर० आयंगर को प्रधानमन्त्री की डाक अपनी मोटर पर खुद ले जाकर देनी पड़ती थी।

4 सितम्बर की शाम तक 1,000 से ज़्यादा लोग अपनी जान से हाथ धो चुके थे। उस समय वी० पी० मेनन ने, जिन्होंने माउंटबैटेन की बँटवारे की योजना का आखिरी मसविदा तैयार किया था, बुनियादी पदों पर बैठे हुए कुछ बड़े-बड़े अफ़सरों की मीटिंग बुलायी।

वे सभी लोग एकमत होकर इसी नतीजे पर पहुँचे कि दिल्ली में प्रशासन बिलकुल कारगर नहीं रह गया है। राजधानी और सारा देश तबाही की ओर बढ़ रहे थे।

इसके कुछ घण्टों बाद उपद्रव-ग्रस्त सीमांत प्रदेश में कई साल तक लड़ाई का अनुभव रखने वाले कर्नल एम० एस० चोपड़ा भी इसी नतीजे पर पहुँचे। एक दोस्त के बँगले की छत पर खड़े होकर उन्हें चारों ओर रात के अँधेरे में मशीनगनें और बन्दूक़ें चलने की आवाज़ें सुनायी दे रही थीं।

कर्नल चोपड़ा ने सोचा, 'फ्रंटियर दिल्ली में आ गया है।'

शिमला, 4 सितम्बर 1947

मार्च में पालम पर जब उनका हवाई जहाज़ उतरा था तब से पहली बार माउंटबैटेन को साँस लेने की मोहलत मिली थी। भारत की आज़ादी से उनके कंधों पर से एक बहुत बड़ा बोझ उतर गया था और आधी रात का घण्टा बजते ही वह दुनिया के एक सबसे शक्ति-सम्पन्न पद से हटाकर एक ऐसे पद पर रख दिये गये थे जिसका महत्व केवल एक प्रतीक के रूप में था। पंजाब में फैली हिंसा से वह चिन्तित थे। पर गवर्नर-जनरल की हैसियत से अब उनके पास कोई अधिकार नहीं था कि वह उसे रोकने के लिए कुछ कर सकते। अब तो कुछ भी करने की भारी ज़िम्मेदारी हिन्दुस्तानियों के हाथों में थी। वह नहीं चाहते थे कि कोई यह समझे कि आज़ादी मिले देर नहीं हुई और वह हिन्दुस्तानियों के काम में दखल देने लगे। इसलिए वह चुपचाप दिल्ली से खिसककर शिमला चले आये थे।

भूतपूर्व-वाइसराय ब्रिटिश राज के बीते हुए वैभव की सुखद स्मृतियों

में खोये हुए थे कि इतने में शिमला के पुराने वाइसराय-निवास के पुस्तकालय में टेलीफ़ोन की घण्टी बजी। गुरुवार 4 सितम्बर की रात के दस बजे थे। टेलीफ़ोन वी० पी० मेनन ने किया था। भारत में माउंटबैटेन किसी दूसरे आदमी की सलाह का इतना सम्मान नहीं करते थे।

'योर एक्सीलेंसी,' मेनन ने कहा, 'आप फ़ौरन दिल्ली लौट आइये।'

'लेकिन वी० पी०,' माउंटबैटेन ने विरोध करते हुए कहा, 'अभी तो मैं आया हूँ। अगर मन्त्रिमंडल किसी चीज़ पर मुझसे दस्तख़त कराना चाहता है तो यहाँ भिजवा दो, मैं दस्तख़त कर दूंगा।'

मेनन ने बताया कि ऐसी कोई बात नहीं थी। 'आपके यहाँ से जाने के बाद से हालत बहुत बिगड़ गयी है। यहाँ दिल्ली में गड़बड़ी फैल गयी है। मालूम नहीं, यह आग कहाँ तक फैले! प्रधानमन्त्री और उप-प्रधानमन्त्री दोनों बहुत चिन्तित हैं। वे लोग समझते हैं कि आपका लौट आना बहुत ज़रूरी है।'

'किसलिए?' माउंटबैटेन ने पूछा।

'इस वक़्त उन्हें आपकी सिर्फ़ सलाह की ही ज़रूरत नहीं है। उन्हें आपकी मदद की भी ज़रूरत है।

'वी० पी०,' माउंटबैटेन ने कहा, 'मैं नहीं समझता कि उन्हें मेरी मदद की कोई ज़रूरत है। वह नहीं चाहेंगे कि राज्यसत्ता के संवैधानिक प्रधान की हैसियत से मैं आकर उनका बोझ ढोऊँ। मैं नहीं आता, उनसे कह दो।'

'अच्छी बात है,' मेनन ने कहा, 'मैं कह तो दूंगा, लेकिन सोच लीजिये कहीं बाद में आपको अपना इरादा बदलना न पड़े। योर एक्सीलेंसी, अगर आप चौबीस घण्टे में यहाँ वापस नहीं आ जाते तो फिर कभी आने की तकलीफ़ न कीजियेगा, क्योंकि फिर वक़्त बीत चुका होगा। हिन्दुस्तान हमारे हाथ से निकल चुका होगा।'

बड़ी देर तक टेलीफ़ोन के दूसरे छोर पर एक स्तब्ध ख़ामोशी छायी रही। इसके बाद माउंटबैटेन ने बड़े शान्त भाव से कहा: 'अच्छी बात है, वी० पी०, तुम बहुत सुअर हो। तुम जीते मैं हारा। मैं आता हूँ।'

नयी दिल्ली, 6 सितम्बर 1947

शनिवार, 6 सितम्बर 1947 को माउंटबैटेन के अध्ययन-कक्ष में हुई मीटिंग अगले पच्चीस वर्षों तक भारत के अन्तिम वाइसराय के जीवन का सबसे गुप्त भेद बनी रही। इस मीटिंग में किये गये फ़ैसले अगर किसी को मालूम

हो जाते तो भारत के उस करिश्माती नेता की सारी साख धूल में मिल जाती, जो आगे चलकर दुनिया की एक प्रमुख विभूति बना।

इस मीटिंग में तीन आदमी मौजूद थे : माउंटबैटेन, नेहरू और पटेल। दोनों भारतीय नेताओं की मुद्राएँ बहुत गम्भीर थीं; वे देखने से ही बहुत निराश मालूम हो रहे थे। वे वाइसराय को इस तरह देख रहे थे 'मानो दो स्कूली लड़के अभी-अभी मार खाकर आये हों।' पंजाब की हालत क़ाबू से बाहर हो चुकी थी। सरहद के पार लोग इतनी बड़ी संख्या में एक तरफ़ से दूसरी तरफ़ आ-जा रहे थे कि किसी ने कभी सोचा भी नहीं था। अब हिंसा की वजह से स्वयं राजधानी के लिए तबाही का ख़तरा पैदा हो गया था।

'हमारी समझ में नहीं आता कि इसे रोका कैसे जाये?' नेहरू ने स्वीकार किया।

'स्थिति को शिकंजे में जकड़ना होगा,' माउंटबैटेन ने उनसे कहा।

'कैसे जकड़ें शिकंजे में?' नेहरू ने जवाब दिया, 'हमें कोई तजुर्बा नहीं है। हमने अपनी ज़िन्दगी का बेहतरीन हिस्सा तो आप अँग्रेज़ों की जेलों में बिताया है। हमें आन्दोलन चलाने का अनुभव तो है, प्रशासन चलाने का नहीं। अगर हालात ठीक होते तब तो हम सुसंगठित सरकार चला लेते। लेकिन क़ानून और व्यवस्था का ढाँचा तो बिलकुल ढह गया है। इसे कैसे संभालें, यह तो हमें आता ही नहीं।'

इसके बाद नेहरू ने एक प्रार्थना की जो अविश्वसनीय लगती थी। वह बहुत दिन से माउंटबैटेन की संगठन करने व जल्दी से फ़ैसला करने की क्षमता के कायल थे। उनको लगा कि उस समय भारत को माउंटबैटेन के कौशल की ज़रूरत थी। यह कहना नेहरू जैसे स्वाभिमानी हिन्दुस्तानी के लिए जिसने अपना सारा जीवन स्वतन्त्रता के संघर्ष के लिए अर्पित कर दिया हो, उनकी महानता का तो प्रमाण था ही, साथ में इसका भी सबूत था कि स्थिति कितनी गम्भीर है। नेहरू इतने महान थे कि माउंटबैटेन के कौशल को प्राप्त करने के मार्ग में उन्होंने अपने स्वाभिमान को बाधा नहीं बनने दिया।

उन्होंने कहा, 'जिस वक़्त आप लड़ाई में सबसे बड़े मोर्चे के सेनापति थे उस वक़्त हम अँग्रेज़ों की जेलों में थे। आप उच्चकोटि के पेशेवर प्रशासक हैं। आप लाखों की फ़ौज के सेनापति रह चुके हैं। आपके पास वह अनुभव और जानकारी है जो दूसरों की हुकूमत में रहने की वजह से हमें नहीं मिल सकी। आप लोग ज़िन्दगी-भर यहाँ रहने के बाद इस तरह यह मुल्क हमें सौंपकर जा नहीं सकते। हमारे ऊपर बहुत बड़ी मुसीबत

आ पड़ी है और हमें मदद की ज़रूरत है।'

'जी हाँ,' नेहरू की बग़ल में बैठे हुए पटेल ने, जिन्हें बहुत कठोर यथार्थवादी समझा जाता था, उनकी बात का समर्थन करते हुए कहा, 'यह ठीक कहते हैं। आपको बागडोर अपने हाथों में संभालनी होगी।'

माउंटबैटेन हक्का-बक्का रह गये। 'हे भगवान,' उन्होंने कहा, 'मैंने अभी तो आपको आपका देश वापस करने का काम पूरा किया है और आप दोनों मुझसे कह रहे हैं कि मैं उसे वापस ले लूँ!'

'आप समझने की कोशिश तो कीजिये,' नेहरू ने कहा, 'आपको यह काम संभालना ही पड़ेगा। हम आपको वचन देते हैं कि आप जो भी कहेंगे हम वही करेंगे।'

'लेकिन यह तो बहुत भयानक बात है,' माउंटबैटेन ने कहा, 'अगर कभी किसी को पता चल गया कि आप लोगों ने इस देश को मेरे हाथों में वापस सौंप दिया था तो आपका राजनीतिक जीवन समाप्त हो जायेगा। हिन्दुस्तानी पहले तो अँग्रेज़ वाइसराय को गवर्नर-जनरल बनाकर रखें और फिर सारी ज़िम्मेदारी उसके हाथों में सौंप दें—यह तो हो ही नहीं सकता।'

'अच्छा,' नेहरू ने कहा, 'तो हमें काम किसी आड़ में करना होगा, लेकिन अगर आपने साथ न दिया तो हमारे बस की बात नहीं है।'

माउंटबैटेन एक क्षण तक सोचते रहे। उन्हें चुनौतियों का सामना करने का बहुत शौक़ था और यह बहुत बड़ी चुनौती थी। उनके मन में नेहरू की इतनी क़द्र थी, उन्हें भारत से इतना स्नेह था, उन्हें अपनी ज़िम्मेदारी का इतना एहसास था कि बच निकलने का कोई रास्ता ही नहीं था।

'अच्छी बात है,' उन्होंने इस भाव से कहा मानो एक बार फिर उन्होंने किसी जहाज़ की ज़िम्मेदारी संभाल ली हो, 'मैं करूँगा, और मैं इस गड़-बड़ी को ठीक भी कर दूंगा, क्योंकि मैं जानता हूँ कि यह काम कैसे किया जाये। लेकिन हमें यह तय करना होगा कि किसी को पता न चलने पाये, किसी को मालूम न हो कि आप लोगों ने मुझसे यह प्रार्थना की थी। आप दोनों मुझसे अनुरोध करें कि मैं मन्त्रिमंडल की एक इमर्जेंसी-कमेटी बना दूँ और मैं उस सुझाव को स्वीकार कर लूँगा। क्या आप यह करने को तैयार हैं?

'जी हाँ,' नेहरू और पटेल ने एक साथ जवाब दिया।

'अच्छी बात है,' माउंटबैटेन ने कहा, 'समझ लीजिये आपने मुझसे यह बात कह दी है। तब आप मुझसे इस कमेटी की अध्यक्षता करने को

कहें।'

'हाँ,' दोनों नेताओं ने जवाब दिया। माउंटबैटेन जिस तेज़ी से आगे बढ़ रहे थे उस पर दोनों नेता दंग रह गये। दोनों नेताओं ने फ़ौरन कहा, 'हम आपको अध्यक्षता करने का निमन्त्रण देते हैं।'

माउंटबैटेन ने अपनी बात जारी रखते हुए कहा, 'इमर्जेंसी-कमेटी में वही लोग होंगे जिन्हें मैं उसमें रखूँगा।'

नेहरू ने विरोध करते हुए कहा, 'पूरे मन्त्रिमंडल को रख लीजिये।'

'फ़िज़ूल बात करते हैं आप,' माउंटबैटेन ने कहा, 'सारा काम ही चौपट हो जायेगा। मुझे काम के आदमी चाहिए, ऐसे लोग जो सचमुच काम करते हैं—विमान-सेवा के डाइरेक्टर, रेलवे का डाइरेक्टर, चिकित्सा-सेवा के प्रधान। मेरी बीवी स्वयंसेवकों के संगठन का और रेड-क्रास का काम संभाल लेंगी। कमेटी के सेक्रेटरी होंगे मेरे कांफ्रेंस-सेक्रेटरी जनरल अर्स्कीन-क्रम। मीटिंग की कार्रवाई अँग्रेज़ टाइपिस्ट बारी-बारी से टाइप करते जायेंगे ताकि मीटिंग ख़त्म होते ही पूरी कार्रवाई का ब्योरा टाइप होकर तैयार रहे। आप मुझसे यह सब-कुछ करने लिए कहने को तैयार हैं?'

'हाँ,' नेहरू और पटेल ने जवाब दिया, 'हम तैयार हैं।'

'इन मीटिंगों में,' माउंटबैटेन ने अपनी बात जारी रखते हुए कहा, 'प्रधानमन्त्री मेरे दाहिनी ओर बैठेंगे और उप-प्रधानमन्त्री मेरे बायीं ओर। मैं हमेशा जताऊँगा यही कि मैं आप लोगों से सलाह लेकर काम कर रहा हूँ, लेकिन मैं जो कुछ भी कहूँ उसमें मुझसे बहस न कीजियेगा। उसके लिए हमारे पास वक़्त नहीं है। मैं कहूँगा: "मुझे यकीन है कि आप मुझसे चाहेंगे कि मैं ऐसा करूँ," आप लोग कहेंगे: "जी हाँ, ज़रूर कीजिये।" मैं बस इतना ही चाहता हूँ। मैं नहीं चाहता कि आप लोग और कुछ कहें।'

'लेकिन, क्या हम...?' पटेल इसके विरोध में कुछ कहना चाहते थे।

'अगर उससे काम में देर होने का ख़तरा हो तो नहीं,' माउंटबैटेन ने उनकी बात काटकर कहा, 'आप यह चाहते हैं या नहीं कि इस देश की बागडोर मैं अपने हाथों में संभाल लूँ?'

'अच्छी बात है, ठीक है,' बूढ़े भारतीय नेता ने ग़ुर्राकर कहा, 'आप ही संभालिये।'

अगले पन्द्रह मिनट में तीनों ने मिलकर इमर्जेंसी-कमेटी के मेम्बरों के नाम तय कर लिये।

'सज्जनो,' माउंटबटेन ने बड़े औपचारिक ढंग से कहा, 'हमारी कमेटी की पहली मीटिंग आज शाम को पाँच बजे होगी।'

तीस साल के संघर्ष के बाद, बरसों तक हड़तालें करने और जन-आन्दोलन चलाने के बाद, विलायती कपड़ों की इतनी होलियाँ जलाने के बाद, और आज़ादी के मुश्किल से तीन ही हफ़्ते बाद, भारत का शासन एक बार फिर, आखिरी बार और बहुत थोड़े समय के लिए ही सही, एक अँग्रेज़ चला रहा था।

13

इतिहास में आबादी की सबसे बड़ी अदला-बदली

नयी दिल्ली, सितम्बर 1947

ऐसा लगता था, मानो जीवन-चक्र के किसी असाधारण मोड़ ने माउंटबैटेन को उनके किसी पिछले जन्म में पहुँचा दिया है। वह एक बार फिर सुप्रीम कमाण्डर बन गये थे, और पूरी मुस्तैदी के साथ उस भूमिका को निभा रहे थे जिसे वह भली भाँति जानते थे। इमर्जेंसी-कमेटी की अध्यक्षता का भार संभालने का निमन्त्रण पाने के कुछ ही घण्टों के अन्दर उन्होंने लुतयेंस के बनाये हुए उस महल को जो एक साम्राज्य के धूमधाम से मनाये जाने वाले समारोहों और उत्सवों के पृष्ठ-पट के रूप में बनाया गया था, ऐसा रूप दे दिया जैसे वह किसी फ़ौजी कमान का सदर दफ़्तर हो।

उनके साथ काम करने वाले एक कर्मचारी ने बताया कि नेहरू और पटेल उनके अध्ययन-कक्ष से अभी गये ही थे कि 'वहाँ मानो एक तूफ़ान आ गया।' माउंटबैटेन ने वाइसराय की एक्ज़ीक्यूटिव कमेटी के हॉल को कमेटी की मीटिंगों के लिए नये सिरे से व्यवस्थित करने का आदेश दे दिया। उन्होंने आज्ञा दी कि उससे मिला हुआ जो जनरल इस्मे का कमरा था उसमें सारे नक़शे और सारी जानकारी का सामान रखने का इन्तज़ाम किया जाये। उन्होंने सेना के हेडक्वार्टर से फ़ौरन किसी को भेजकर पंजाब के सबसे अच्छे नक़शे मँगवा लिये। उन्होंने वायु-सेना को आदेश दे दिया कि वह जानकारी हासिल करने के लिए सूरज निकलने से सूरज डूबने तक उस प्रान्त के भारत वाले हिस्से पर उड़ान करते रहें। इन विमानों के पाइलटों को आदेश था कि वे रेडियो पर हर घण्टे शरणार्थियों के हर क़ाफ़िले

की पूरी रिपोर्ट दें : क़ाफ़िला कितना बड़ा है, उसकी लम्बाई कितनी है, वह कहाँ तक पहुँच चुका है, वह किधर की ओर बढ़ रहा है ?

रेलवे-लाइनों पर भी हवाई निगरानी का बन्दोबस्त कर दिया गया। माउंटबैटेन को हमेशा संचार के साधनों की धुन सवार रहती थी, इसलिए उन्होंने गवर्नमेंट-हाउस से पंजाब के मुख्य-मुख्य केन्द्रों को रेडियो-संचार व्यवस्था से जोड़ देने का एक बाक़ायदा नक़्शा तैयार किया और उसे व्याहारिक रूप दिया। उन्होंने मेजर-जनरल पेते रीस को, जिनके पंजाब सीमा सेना-दल को पाकिस्तानी और हिन्दुस्तानी दो टुकड़ों में बाँट दिया गया था, जानकारी जमा करने का काम सौंप दिया। उन्होंने अपने मन में ठान लिया था कि इस संकट का हल करने में हर आदमी कुछ योगदान करे, इसलिए उन्होंने अपनी बेटी पमेला को रीस की सेक्रेटरी की हैसियत से काम करने के लिए लगा दिया।

माउंटबैटेन ने इमर्जेंसी-कमेटी की पहली मीटिंग की शुरुआत करते हुए दीवारों पर चारों तरफ़ लगे हुए नक़्शों में अंकित भयानक वास्तविकता से भारतीय नेताओं को परिचित कराया। उनमें से कुछ लोग पहली बार अपने सामने की समस्या का आकार इतने सजीव रूप में देख रहे थे। माउंटबैटेन के पैनी दृष्टि वाले प्रेस-अटाशे एलन कैम्पवेल-जॉन्सन ने उन लोगों की प्रतिक्रिया के बारे में कहा कि यह देखकर 'वे बिलकुल ऐसे हक्का-बक्का रह गये मानो वे अज्ञात स्थिति में निरुद्देश्य भटक रहे थे।' नेहरू 'बेहद उदास और लाचार' लग रहे थे; पटेल 'स्पष्टतः बहुत परेशान थे,' उनके मन में 'क्रोध और गहरी निराशा' उबली पड़ रही थी।

माउंटबैटेन पूरी तेज़ी से आगे बढ़ते जा रहे थे। आने वाले कुछ सप्ताहों में उस मेज़ के चारों ओर बैठने वाले लोगों ने उस सुसंस्कृत और शिष्ट आदमी का, जो भारत का अन्तिम वाइसराय रह चुका था, एक नया ही रूप देखा। अब उनका सबसे प्रमुख गुण था सख़्ती और काम पूरा कराने का बेरहमी की हद तक दृढ़ संकल्प। जब कमेटी की पहली मीटिंग समाप्त हुई उस वक़्त तक उसके सारे फ़ैसलों की रिपोर्ट की कापियाँ गवर्नमेंट-हाउस के उनके टाइपिस्टों ने तैयार कर दी थीं; बाक़ी मोटर-साइकिल पर घण्टे-भर में पहुँचा दी जाने वाली थीं। माउंटबैटेन ने कहा कि अगली मीटिंग का सबसे पहला काम इस बात का पक्का बन्दोबस्त करना होगा कि जो आदेश दिये गये थे उनको पूरा किया जाये।

आने वाले दिनों में उस कमरे में उपस्थित कई प्रतिष्ठित लोगों को माउंटबैटेन के ग़ुस्से की पैनी धार झेलनी पड़ी, क्योंकि वे उनकी जैसी तेज़ रफ़्तार से काम नहीं कर पाते थे। नेहरू के प्रमुख प्राइवेट सेक्रेटरी एच०

वी० आर० आयंगर ने बाद में बताया कि एक दिन वायु-सेवा के डाइरेक्टर वह हवाई जहाज़ समय पर पंजाब नहीं भेज पाये, जिसे दवा वग़ैरह लेकर फ़ौरन वहाँ पहुँचना था।

'डाइरेक्टर साहब,' माउंटबैटेन ने कहा, 'आप इस कमरे में चले जाइये और यहाँ से सीधे एयरपोर्ट जाइये। जब तक आप ख़ुद अपने सामने उस हवाई जहाज़ को भिजवा न दें और वापस आकर मुझे इसकी सूचना न दे दें तब तक आप न कहीं जायेंगे, न खायेंगे, और न सोयेंगे।' उन्हें बुरा तो बहुत लगा, अपमान भी महसूस किया लेकिन वह लड़खड़ाते हुए कमरे से बाहर चले गये। और हवाई जहाज़ भी चला गया।

पहली ही मीटिंग में कमेटी के सदस्य यह देखकर स्तब्ध रह गये कि माउंटबैटेन कितनी सख़्ती बरत सकते हैं। अगर ट्रेनों की रक्षा के लिए तैनात किये गये सन्तरी हमला करने वालों पर गोली न चलायें तो इसके लिए उन्होंने एक हल सुझाया। माउंटबैटेन ने कहा, जब भी किसी ट्रेन पर कामयाबी से हमला हो तो उसकी रक्षा करने वाले सन्तरियों को गिरफ़्तार कर लिया जाये। उनमें से जो घायल हुए हों उन्हें तो अलग कर दिया जाये। बाक़ी का कोर्ट-मार्शल करके उन्हें गोली मार दी जाये। उन्होंने बताया कि इसका सन्तरियों के अनुशासन पर बहुत अच्छा असर पड़ेगा।

लेकिन माउंटबैटेन को सबसे ज़्यादा चिन्ता दिल्ली में जो कुछ हो रहा था उसकी थी। उन्होंने कहा, 'अगर दिल्ली में हमारी नैया डूब गयी तो हमारे साथ सारा देश डूब जायेगा।' उपलब्ध साधनों पर पहला हक़ राजधानी का था। उन्होंने सेना को आज्ञा दी कि अड़तालीस घण्टे के अन्दर राजधानी में और सिपाही पहुँचा दिये जायें; उन्होंने ख़ुद अपने बॉडीगार्डों को सुरक्षा के कामों पर लगा दिया; लोगों की निजी मोटरें इस काम के लिए ले लीं और सड़क पर पड़ी हुई लाशों को जमा करके जलवाने का इन्तज़ाम किया। त्यौहारों की और इतवार की सारी छुट्टियाँ रद्द कर दी गयीं; सरकारी कर्मचारियों को उनके दफ़्तरों में वापस लाने और टेलीफ़ोन-व्यवस्था के फिर से काम करने का इन्तज़ाम किया गया। सबसे बढ़कर उन्होंने एक कार्यक्रम यह शुरू किया कि सिख और हिन्दू शरणार्थियों को राजधानी से बाहर निकाल दिया जाये और नये शरणार्थियों को शहर में न आने दिया जाये।

पूरे उत्तरी भारत पर जो तबाही छायी हुई थी उस पर कमेटी के प्रयासों का प्रभाव कई हफ़्तों बाद दिखायी दिया। लेकिन, इस कमेटी के एक भारतीय सदस्य के अनुसार, केन्द्र में तो देखते-देखते हर काम 'बैल-

गाड़ी की रफ़्तार से होने के बजाय जेट हवाई जहाज़ की रफ़्तार से होने लगा था।'

पूरे पंजाब में मानव-व्यथा का जो तूफ़ान आया हुआ था उसे अगले दो महीनों तक गवर्नमेंट-हाउस के नक़्शों पर छोटी-छोटी लाल घुंडियों वाली पिनों से रेंगती हुई चींटियों की क़तारों की तरह अंकित किया जाता रहा। इनमें से एक क़ाफ़िले में तो आठ लाख आदमी थे, इतने लम्बे क़ाफ़िले की कल्पना से ही अक़्ल चकरा जाती थी। मानव-जाति के पूरे इतिहास में शरणार्थियों का इतना बड़ा क़ाफ़िला कभी एक जगह से दूसरी जगह नहीं गया था।

शुरू में जिन्ना, नेहरू और लियाक़त अली ख़ाँ ने इतने बड़े पैमाने पर लोगों की अदला-बदली का विरोध किया था, क्योंकि यह स्वयं उनके आदर्शों के बिलकुल विपरीत था और इसीलिए उन्होंने अपनी-अपनी भयभीत आबादियों से अनुरोध किया था कि वे अपने ठिकानों पर ही रहें। लेकिन जब समस्या ने इतना भयंकर रूप धारण कर लिया तो वे भी उसके प्रवाह में बह गये, और अपनी आज़ादी की क़ीमत चुकाने के लिए इतने बड़े पैमाने पर आबादी की अदला-बदली पर राज़ी हो गये। पंजाब में दोनों तरफ़ सरकारी अधिकारी अब इस अदला-बदली को जल्दी-से-जल्दी पूरा कर देने की कोशिश कर रहे थे ताकि आ रही इंसानों की इस बाढ़ के लिए जगह बनायी जा सके और यह काम सर्दियाँ शुरू होने से पहले पूरा कर दिया जाये, वरना एक और मुसीबत आ जाती।

गवर्नमेंट-हाउस के नक़्शों वाले कमरे में लाल पिनों को खिसकाकर रोज़ क़ाफ़िलों की प्रगति को दिखाया जाता रहा। और रोज़ सुबह जब ये क़ाफ़िले रात के अँधेरे की चादर उतारकर सुरक्षा की ओर कुछ और मील आगे बढ़ने लगते तो उसी समय उनकी खोज-ख़बर रखने वाले विमान वहीं उड़ते। सितम्बर की उन सुबहों में उन विमानों के नीचे दूर तक फैला दृश्य किसी इंसान की आँखों ने कभी नहीं देखा था। एक पाइलट फ़्लाइट-लेफ़्टिनेंट पतवंतसिंह को यह दृश्य कभी भूल नहीं सका कि इंसानों के चींटियों जैसे झुण्ड-के-झुण्ड खुले मैदान में इस तरह चारों ओर बिखरे हुए चल रहे थे जैसे अमेरिकी फ़िल्मों में मवेशियों के गल्ले चलते थे, और इसी तरह वे चारों तरफ़ जलते हुए गाँवों के पास से होकर गुज़रते रहते।

दिन में हज़ारों भैंसों और बैलों के खुरों से उड़ने वाली धूल के पीले बादल हर क़ाफ़िले के ऊपर छाये रहते, और क्षितिज पर हिलते-डुलते काले-काले धब्बे इन शरणार्णियों की प्रगति का पता देते रहते। रात होती तो ये

शरणार्थी निढाल होकर सड़क के किनारे बैठ जाते और कुछ रूखा-सूखा पकाकर खा लेने के लिए हज़ारों चूल्हे सुलगने लगते। दूर से देखने पर उनके चूल्हों की रोशनी इन क़ाफ़िलों पर धीरे-धीरे बैठती हुई पीली धूल के साथ मिलकर एक गुलाबी आभा का रूप धारण कर लेती।

जो कुछ हो रहा था वह कितना भयानक था इसका अन्दाज़ा विमान पर बैठकर नहीं बल्कि धरती पर मुसीबत से निढाल इन बदनसीब लोगों को देखकर ही लगाया जा सकता था—धूल की वजह से आँखें लाल और गले दुखते हुए, पत्थरों पर या तपती हुई तारकोल की सड़कों पर चलते-चलते पाँव घायल, भूख और प्यास से तड़पते हुए, पाख़ाने-पेशाब और पसीने की बदबू में बसे हुए ये शरणार्थी मुँह लटकाये चुपचाप आगे बढ़ते जाते। मैली-कुचैली धोतियाँ और साड़ियाँ, ढीले-ढाले पाजामे और फटी-पुरानी चप्पलें पहने—कभी एक ही पाँव में जूता और कभी वह भी नहीं—बूढ़ी औरतें अपने बेटों के कंधों का व गर्भवती औरतें अपने पतियों का सहारा लिये हुए। मर्द अपनी बीमार बीवियों और माँओं को अपने कंधों पर उठाये हुए औरतें अपने दूध-पीते बच्चों को गोद में उठाये हुए। उन्हें अपना-अपना यह बोझ एक-दो मील तक नहीं बल्कि सैकड़ों मील तक ढोना था—कई-कई दिन तक बिना कुछ खाये-पिये, बस कभी-कभार एकाध चपाती खाकर, दो घूँट पानी पीकर।

कभी-कभी अपाहिज, बीमार और मरते हुए लोगों को एक बाँस के बीच में बड़े-से झोले में लटका दिया जाता था और उसके दोनों सिरे किसी बेटे या दोस्त के कंधे पर टिका दिये जाते थे। लोग अपने शरीर से भी भारी बोझ पीठ पर लादकर चलते तो उनकी कमर टूटने लगती। औरतें अपने सिरों पर बड़े-बड़े गट्ठर लादकर चलतीं जिनमें इन लुटे हुए लोगों का गृहस्थी का बचा-खुचा सामान होता : कुछ बर्तन-भाँडे, शिवजी या गुरुनानक की एक तसवीर, या एक क़ुरान। कुछ लोग अपने कंधों पर बँहगियाँ लेकर चलते, जिसके दोनों पलड़ों में उनका सारा माल-असबाब होता : एक तरफ़ शायद टाट के झोले में दूध-पीता बच्चा और दूसरी तरफ़ नयी ज़िन्दगी शुरू करने का सारा सामान—एक फावड़ा, एक लकड़ी का पटेला, फ़सल बोने के लिए अनाज।

ये लाचार और बेबस हिन्दुस्तानी और पाकिस्तानी किसी अगले गाँव तक छोटा-सा सफ़र नहीं कर रहे थे। यह उजड़े हुए लोगों का ऐसा सफ़र था जिसमें सैकड़ों मील तक पीछे लौटने का कोई सवाल नहीं था, हर मील पर थकन, भुखमरी, हैज़े और उन हमलों का ख़तरा था जिनसे बचाव का अकसर कोई रास्ता नहीं होता था। ये शरणार्थी हिन्दू भी थे, मुसलमान

भी थे और सिख भी; वे भोले-भाले और निहत्थे, अनपढ़ किसान थे जिनके खेत ही उनकी सारी ज़िन्दगी थे, जिनमें से ज़्यादातर को यह भी नहीं मालूम था कि वाइसराय क्या होता है; जिन्हें न कांग्रेस से कुछ लेना था, न मुसलिम लीग से देना; जिन्होंने बँटवारे या सरहद जैसी समस्याओं के बारे में कभी चिन्ता ही नहीं की थी, उस आज़ादी के बारे में भी नहीं जिसकी ख़ातिर आज वे निराशा के इस अथाह सागर में डूब गये थे।

और क्षितिज के एक छोर से दूसरे छोर तक सूरज हमेशा उनका पीछा करता था, तपता हुआ बेरहम सूरज जो उनकी विपदा को और बढ़ाकर उन्हें आसमान की तरफ़ अपने झुलसे और मुरझाये हुए चेहरे उठाकर अल्लाह या शिवजी या गुरु नानक से बारिश के एक छींटे की भीख माँगने पर मजबूर कर देता था, जो आने का नाम ही नहीं लेती थी।

इस भयानक अनुभव का एक चित्र लेफ़्टिनेंट रामसरधीलाल के दिमाग़ पर हमेशा के लिए अंकित हो गया था। वह मुसलमान शरणार्थियों के एक क़ाफ़िले की रखवाली करते हुए उसे पाकिस्तान ले जा रहे थे। वह बताते हैं : 'सिख गिद्धों की तरह इन क़ाफ़िलों के आस-पास मँडलाते रहते थे और इन मुसीबत के मारे शरणार्थियों से उनके थोड़े-बहुत बचे-खुचे सामान का सौदा करते रहते थे, और उस वक़्त तक उनके धीरज की परीक्षा करते जब तक कि हर मील के साथ क़ीमत गिरते-गिरते यहाँ तक नहीं पहुँच जाती थी कि वे एक कटोरे पानी के लिए अपनी सारी जमा-जथा देने को तैयार हो जाते थे।'

सबसे बुरी हालत तो उनकी थी जो अपना सफ़र पूरा नहीं कर पाये, जो बहुत छोटे या बहुत बूढ़े थे, बीमारी, थकन या भूख से इतने कमज़ोर हो गये थे कि आगे बढ़ने से मजबूर थे। कितना दर्दनाक दृश्य होता था जब माँ-बाप में ताक़त नहीं रह जाती थी कि अपने बच्चों को लेकर चल सकें और वे उन्हें मरने के लिए क़ाफ़िले के पीछे छोड़ जाते थे। कुछ बूढ़े लोग, जिन्हें अब मौत का ही आसरा रह गया था, लड़खड़ाते क़दमों में किसी घने पेड़ की छाया की तलाश में खेतों के पार निकल जाते, ताकि उसके नीचे बैठकर वे आराम से मर तो सकें। मार्गरेट बुर्क-व्हाइट के दिमाग़ में उस बच्चे की तसवीर हमेशा के लिए अंकित हो गयी थी जिसे सड़क के किनारे छोड़ दिया गया था; वह बार-बार अपनी मरी हुई माँ की बाँहों को खींच रहा था और उसकी समझ में यह बात किसी तरह नहीं आ रही थी कि वे बाँहें अब उसे कभी अपनी गोद में क्यों नहीं उठा सकतीं!

नेहरू के प्रमुख-सेक्रेटरी एच० वी० आर० आयंगर को एक बार एक लाख शरणार्थियों के क़ाफ़िले के पीछे चलती हुई एक स्टेशन-वैगन पर

भारतीय सेना के दो लेफ़्टिनेंट मिल गये। उन लोगों ने बताया कि उनका काम नवजात बच्चों की देखभाल करना और मुर्दों का इन्तज़ाम करना था। जब किसी औरत को प्रसव-वेदना होती थी तो वे उसे अपनी वैगन के पिछले हिस्से में एक दाई के साथ भेज देते थे। वे बस इतनी ही देर के लिए रुकते थे कि वह औरत बच्चा जन चुके। इसके बाद जब कोई दूसरी औरत इसी काम के लिए आती तो माँ को, बच्चा होने के केवल कुछ ही घण्टों बाद बच्चे को लेकर वैगन से उतरकर फिर भारत की ओर अपना सफ़र शुरू कर देना पड़ता।

लेफ़्टिनेण्ट जी० डी० लाल जिस क़ाफ़िले की रखवाली के लिए तैनात किये थे उसके एक बूढ़े मुसलमान को वह कभी नहीं भूल सकते। वह अपने घर की वह अकेली चीज़ जिसे वह बचा पाया था, अपने साथ लेकर पाकिस्तान की ओर जा रहा था। अपने नये वतन की सरहद से कोई दस-बारह मील पहले बूढ़े की बकरी अचानक गन्ने के एक खेत की ओर भागी। बूढ़ा जान छोड़कर उसके पीछे भागा। अचानक उस खेत में से एक सिख भूत की तरह उठा, उसने बूढ़े को क़त्ल कर दिया और उसकी बकरी लेकर भाग गया।

अकसर सेना के कुछ इने-गिने सिख अफ़सर ऐसे भी होते थे जो लाचार मुसलमानों को बचाकर स्वयं अपने लोगों की भावनाओं से टक्कर लेते थे। फ़ीरोज़पुर के बाहर लेफ़्टिनेण्ट-कर्नल गुरुबख़्श सिंह ने जैसा भयानक दृश्य देखा वैसा उन्होंने अपनी ज़िन्दगी में कभी नहीं देखा था। मुसलमानों के एक क़ाफ़िले पर सिखों के छापे के बाद वहाँ पड़ी हुई लाशों को गिद्ध खा रहे थे। वह अपनी दो सिख पलटनों को लेकर वहाँ गये और उन्हें उसी धूप और बदबू में अटेंशन खड़ा करके उनसे कहा : 'जिन सिखों ने यह किया है उन्होंने अपनी जाति के लोगों के नाम पर धब्बा लगाया है। जिन लोगों की हिफ़ाज़त करने की ज़िम्मेदारी तुम्हें सौंपी गयी है उनके साथ अगर तुमने ऐसा होने दिया तो यह हमारे लिए इससे भी ज़्यादा शर्म की बात होगी।'

नौजवान पुलिस-अफ़सर अश्विनीकुमार को अमृतसर और जालंधर के बीच ग्राण्ड ट्रंक रोड पर गुज़रते हुए शरणार्थियों के दो क़ाफ़िलों का दृश्य कभी नहीं भूलेगा। उसी जगह जहाँ से किसी ज़माने में सिकन्दर की और उसके बाद मुग़लों की फ़ौजें गुज़री थीं, मुसलमानों का एक क़ाफ़िला पाकिस्तान की तरफ़ और हिन्दुओं का एक क़ाफ़िला भारत की ओर जा रहा था। वे एक अजीब ख़ामोशी के साथ एक-दूसरे के पास से गुज़र गये। उन्होंने एक-दूसरे की तरफ़ देखा भी नहीं। उन्होंने एक-दूसरे के प्रति बैर

जताने वाली कोई हरकत नहीं की, एक-दूसरे को धमकाने के ढंग से भी नहीं देखा। कभी-कभी कोई गाय रंभाती हुई एक क़ाफ़िले से दूसरे क़ाफ़िले की तरफ़ भाग जाती थी। वरना बैलगाड़ियों के पहियों की चूँ-चूँ और हज़ारों थके हुए पाँवों के घिसटने के अलावा और कोई आवाज़ इन दोनों क़ाफ़िलों से सुनायी नहीं देती थी। ऐसा लगता था कि अपनी व्यथा की गहराई में दोनों क़ाफ़िलों के शरणार्थियों ने दूसरी दिशा में जाने वालों की व्यथा को अपने-आप ही समझ लिया था।

सितम्बर के महीने में एक दिन तीसरे पहर सुलेमानकी पुल के पास सतलज नदी को पार करते हुए अनेक दलों के गुमनाम चेहरों में खोया हुआ एक गठे हुए शरीर वाला 20 साल का नौजवान भी था। उसकी आँखें काली और बड़ी-बड़ी थीं, उसके मोटे-मोटे होंठों पर छिदरी-छिदरी मूँछें थीं और सिर पर घने काले बाल। वह नौजवान मदनलाल पाहवा था।

पुल के पश्चिमी सिरे पर पाकिस्तानी सिपाहियों ने उसकी बस, बस पर लदे सामान और फ़र्नीचर, कपड़े, सोना, नोट, शिवजी की तसवीर —सब-कुछ ज़ब्त कर लिया था। लाखों दूसरे लोगों की तरह मदनलाल पाहवा ने भी जब अपने नये देश में क़दम रखा तो उसकी जेब में एक पैसा नहीं था, उसने अपने जिस्म पर जो कपड़े पहन रखे थे वही उसका कुल सामान था। पुल पर से भारत की भूमि पर क़दम रखते समय मदनलाल को ऐसा लगा कि 'वह नंगा है, मानो उसे बिलकुल लूटकर सड़क पर फेंक दिया हो।' उसमें इतनी कटुता भर गयी थी कि उसने क़सम खायी कि भारत के मुसलमानों को भी इसी तरह भगाना पड़ेगा जैसे वह भागा था; उनके पास सहारे के लिए कोई सामान या कोई पैसा नहीं होगा।'

उसका गुस्सैल चेहरा उन मुसीबतों के मारे चेहरों के आकृतिहीन प्रवाह में एक चेहरा था; एक जैसी मुसीबतें झेलते-झेलते ये सब चेहरे एक जैसे हो गये थे। फिर भी उस समय पुल पार करती हुई बहुत-सी गुमनाम शकलों में से मदनलाल को उन नक्षत्रों ने, जिन्हें भारत पूजता था, बाक़ी लोगों से अलग छाँट लिया था। उसके पैदा होने के कुछ ही दिन बाद ज्योतिषियों ने भविष्यवाणी की थी कि उसका 'नाम सारे संसार में फैलेगा।' उसके बाप ने उन दिनों की याद करते हुए बताया :

'दिसम्बर 1928 के उस दिन मेरे पास डाकिया खड़ा था। मैंने उसकी ओर ध्यान ही नहीं दिया। उसने मुझे झँझोड़कर मेरे हाथ में एक तार

थमा दिया। तार मेरे पिताजी का था। पिछली रात मेरे यहाँ बेटा पैदा हुआ था। मैं 19 साल की उम्र में बाप बन गया था। मैंने डाकिये को यह खुशखबरी लाने के लिए बख्शीश दी और दफ़्तर में अपने साथियों के लिए कुछ लड्डू ख़रीदे। उसके बाद मैं अपने घर चला गया।

'घर पहुँचकर मैंने पिताजी के पाँव छुए। उन्होंने मेरे मुँह में चीनी डाली, क्योंकि हम इस ख़ुशी के मौक़े पर मिले थे। मैंने बच्चे को गोद में उठा लिया। मैंने सोचा : मैं उसे ख़ूब पढ़ा-लिखाकर इंजीनियर या डॉक्टर बनाऊँगा ताकि यह बड़ा होकर ख़ानदान का नाम ऊँचा करे।

'मैंने इसके नामकरण के लिए बड़े-बड़े पंडितों को बुलाया। उन्होंने बताया कि नाम "म" से शुरू होना चाहिए। मैंने उसका नाम "मदनलाल" रख दिया। ज्योतिषियों ने अपना पत्रा देखकर बताया कि मदनलाल ख़ूब फले-फूलेगा। उन्होंने भविष्यवाणी की कि एक दिन मेरे बेटे का नाम सारे भारत में मशहूर होगा।

'लेकिन मुझे किसी की नज़र लग गयी। मदनलाल के पैदा होने के चालीस दिन बाद मेरी बीवी सर्दी लगकर मर गयी। स्कूल में मेरा बेटा पढ़ने में बहुत तेज़ और शरारती था। लेकिन धीरे-धीरे वह बिलकुल बेक़ाबू होता गया और उसमें विद्रोही प्रवृत्तियाँ पैदा होने लगीं। 1947 में वह घर से भाग गया। मैंने सारे पंजाब में अपने सभी रिश्तेदारों के यहाँ पूछा लेकिन उसका कहीं पता नहीं चला। कुछ महीने बाद मुझे एक ख़त मिला। वह भागकर बम्बई चला गया था और वहाँ नौ-सेना में भरती हो गया था। घर लौटने पर उसने राष्ट्रीय स्वयंसेवक संघ की राजनीतिक सरगर्मियों में हिस्सा लेना शुरू किया और मुसलमानों पर हमले करने लगा। इसलिए जुलाई 1947 में दिल्ली जाकर मैं अपने दोस्त सरदार तरलोकसिंह से मिला, जो पंडित नेहरू के एक सेक्रेटरी थे। मैंने उनसे मदद माँगी कि किसी तरह मेरे बेटे को इस बुरे असर से बाहर निकालें। वह तैयार हो गये। उन्होंने वायदा किया कि वह उसे पुलिस के नायब-दरोग़ा की नौकरी दिलाने के लिए सिफ़ारिश का ख़त भेज देंगे।'

भारत की धरती पर पाँव रखने के कुछ ही दिन बाद मदनलाल को अपने रिश्तेदारों से पता चला कि जिस ट्रेन में उसके पिता थे उसे घेरकर उस पर हमला किया गया था जिसमें वह बुरी तरह घायल हो गये थे। पता लगाने पर मालूम हुआ कि वह फ़ीरोज़पुर के फ़ौजी अस्पताल में हैं। ख़ून और फ़िनाइल की बदबू से बसे हुए अस्पताल के उस बड़े-से वार्ड में भारत की सारी पीड़ा मदनलाल के लिए साकार हो उठी, उस पीड़ा का अलग

एक चेहरा दिखायी देने लगा, जो उसके बाप कश्मीरीलाल का चेहरा था, 'जिसका रंग पीला पड़ गया था, शरीर काँप रहा था और सारे जिस्म पर पट्टियाँ बँधी हुई थीं।'

न जाने किस चमत्कार से पंजाब में फैली हुई इस सारी अराजकता और गड़बड़ी के बावजूद कश्मीरीलाल ने जो ख़त दिल्ली से मँगवाया था वह उनके पास पहुँच गया। उन्होंने यह ख़त अपने बेटे को देते हुए बहुत गिड़गिड़ाकर कहा : बेटा, दिल्ली चले जाओ। वहाँ नये सिरे से ज़िन्दगी शुरू करो और 'कोई अच्छी-सी सरकारी नौकरी कर लो।'

मदनलाल ने ख़त तो ले लिया, लेकिन उसका अच्छी-सी सरकारी नौकरी करने का कोई इरादा नहीं था। ज्योतिषियों ने ठीक ही कहा था। वह देहात के किसी छोटे-से थाने में पुलिस वाले की ज़िन्दगी बिताने के लिए नहीं पैदा हुआ था। एक दिन उसका नाम सारे देश में मशहूर होने वाला था।

जब वह अस्पताल से बाहर निकला तो उसकी आँखों के सामने उसके बाप की सूरत नाच रही थी। मदनलाल के मन में एक भावना छायी हुई थी, एक ऐसी भावना जो उन दिनों भारत के हज़ारों लोगों के मन में थी। मदनलाल ने क़सम खायी : 'मैं बदला लूँगा।'

नयी दिल्ली, 9 सितम्बर 1947

अपने अनशन की वजह से गांधी बहुत कमज़ोर हो गये थे। इसी हालत में वह 9 सितम्बर 1947 को कलकत्ता से दिल्ली पहुँचे। इस बार गांधी के अछूतों की भंगी कॉलोनी में ठहरने का कोई सवाल ही नहीं था। उस पूरे इलाक़े पर पंजाब से आये हुए मुसीबत के मारे, कटुता से भरे शरणार्थियों ने क़ब्ज़ा कर रखा था। वल्लभभाई पटेल बहुत चिन्तित थे। उन्होंने आग्रह किया कि वह गांधी को स्टेशन से सीधे नं० 5 अल्बुक़र्क़ रोड पर एक बँगले में ले जायेंगे। यह नयी दिल्ली के सबसे अच्छे रिहायती इलाक़ों में था।

चारों ओर अहाता, गुलाब की क्यारियाँ और ख़ूबसूरत हरा-भरा लॉन, संगमरमर के फ़र्श और शीशम के दरवाज़े, इधर-उधर दौड़ते हुए नौकरों-चाकरों की पूरी फ़ौज—यह था बिड़ला हाउस। भंगियों की वह टूटी-फूटी गन्दी बस्ती, जहाँ गांधी हमेशा ठहरा करते थे, अगर भारतीय समाज का एक छोर थी तो बिड़ला हाउस बिलकुल दूसरा छोर। फिर भी, यह गांधी के रहस्यमय जीवन की एक और अनबूझ पहेली थी कि जिस

आदमी ने हमेशा तीसरे दर्जे के डिब्बे में सफ़र किया था और जो दुनिया के मायाजाल से बिलकुल मुक्त हो गया था, वह नेहरू और पटेल के दबाव की वजह से एक करोड़पति की हवेली में रहने पर राज़ी हो गया।

उस हवेली के मालिक सेठ घनश्यामदास बिड़ला भारत में उद्योग-पतियों के दो सबसे बड़े परिवारों में से एक के प्रधान थे। वह धन-कुबेर थे, उनके व्यापार के साम्राज्य में कपड़े की मिलें, बीमा कम्पनियाँ, बैंक, रबड़, जूट और बहुत-सी दूसरी चीज़ों के कारखाने शामिल थे। इस बात के बावजूद कि गांधी ने सबसे पहले उन्हीं की एक मिल में मज़दूरों की हड़ताल करायी थी, वह गांधी के सबसे शुरू के शिष्यों में थे। काँग्रेस को रुपये-पैसे का सबसे बड़ा सहारा उन्हीं से था। उन्होंने अपनी उस हवेली के दो हिस्सों में से एक हिस्से में चार कमरे गांधी को दे दिये। विलायत से भारत लौटने के बाद गांधी इतने आलीशान मकान में कभी नहीं रहे थे, और न इसके बाद उन्हें रहने का अवसर मिला।

गांधी के इस नये निवासस्थल से परे भारत की राजधानी में अब भी हिंसा का बोलबाला था। शहर की सड़कों पर अब भी इतनी लाशें बिखरी पड़ी थीं कि एक पुलिस वाले ने तो यहाँ तक कहा कि अब तो मरे हुए आदमी, घोड़े और भैंस में फ़र्क़ करना भी मुश्किल हो गया है। मुरदाघर में लाशों की जाँच करने वाला कोरोनर इस बात पर चिल्लाता रहता था कि पुलिस वाले यह ज़िद क्यों करते हैं कि मुरदाघर में आने वाली हर लाश के बारे में सारी खानापूरी ज़रूरी की जाये। वह चिढ़कर कहता था कि 'पुलिस वाले मुझे हर लाश की जाँच करके हर एक की "मौत की वजह" बताने को क्यों कहते हैं? कोई अन्धा भी बता सकता है कि इन्हें क्या हुआ था।'

सारी समस्याओं के बावजूद माउंटबैटेन, नेहरू और पटेल की बनायी हुई इमर्जेंसी-कमेटी की कोशिशों का असर दिखायी पड़ने लगा। शहर में फ़ौज के और दस्ते आ जाने के बाद 24 घण्टे का कर्फ़्यू लगा दिया गया और जगह-जगह हथियार बरामद करने के लिए तलाशियाँ ली गयीं। धीरे-धीरे हिंसा की लहर दबने लगी।

उन दिनों की मुसीबतों ने माउंटबैटेन और नेहरू को एक-दूसरे के और भी क़रीब ला दिया। नेहरू भूतपूर्व-वाइसराय से दिन में दो-दो, तीन-तीन बार मिलते थे। कभी-कभी नेहरू उनके नाम अपना ख़त इस तरह शुरू करते: 'मालूम नहीं मैं आपको यह ख़त क्यों लिख रहा हूँ; बस इतना जानता हूँ कि मैं महसूस करता हूँ कि किसी को ख़त लिखकर अपने दिल का बोझ उतार दूं।'

उन दिनों भारत के इस नेता ने बड़ी बेरहमी के साथ अपने को काम में जुटाये रखा। उनकी एक महिला प्रशंसक ने कहा कि कुछ ही महीनों में 'वह 33 साल के ख़ूबसूरत फ़िल्मी हीरो टाइरोन पॉवर के बजाय ऐसे लगने लगे थे मानो हिटलर के नज़रबन्दी कैम्प में तीन साल तक यातनाएँ भुगतकर आये हों।' एक बार उनके सेक्रेटरी एच० वी० आर० आयंगर ने उन्हें सीने पर सिर झुकाये पाँच मिनट के लिए झपकी लेते देख लिया।

'मैं थककर चूर हो गया हूँ,' नेहरू ने कहा, 'मैं रात को बस पाँच घण्टे सोता हूँ। काश, मैं छः घण्टे सो सकता! तुम कितने घण्टे सोते हो?'

'सात-आठ घण्टे,' उनके सेक्रेटरी ने जवाब दिया।

नेहरू ने मुँह बनाकर उनकी ओर देखा और बोले, 'ऐसे ज़माने में छः घण्टे सोना तो ज़रूरी है। सात घण्टे सोना ऐश है। आठ घण्टे सोना तो सरासर बुरी लत है।'

दिल्ली में इतने बड़े पैमाने पर हो रही हिंसा से गांधी को आश्चर्य भी हुआ और आघात भी पहुँचा। जिस आदमी ने आख़िरी दम तक पाकिस्तान का विरोध किया था वही अब जिन्ना की जगह उन मुसलमानों के लिए, जो यहाँ रह गये थे, मसीहा बन गया था। गांधी के दिल्ली पहुँचते ही बिड़ला हाउस में ताँता बाँधकर मुसलमानों की टोलियाँ आने लगीं। उनके नेताओं ने गांधी को अपना सारा दुखड़ा सुनाया कि हिन्दुओं और सिखों ने उनके साथ क्या-क्या ज़ुल्म किये हैं, उनकी ख़ुशामद की कि वह राजधानी में ही रहें। उन्हें न जाने क्यों यह यक़ीन था कि गांधी के यहाँ रहने से वे लोग बचे रहेंगे। गांधी यह सब सुनकर स्तब्ध रह गये और राज़ी हो गये कि 'जब तक दिल्ली में फिर पहले जैसी शान्ति नहीं क़ायम हो जाती तब तक वह पंजाब नहीं जायेंगे।'

गांधी अपने जीवन के आदर्शों के प्रति कभी इतने निष्ठावान नहीं रहे थे, कभी उन्होंने उस सन्देश का, जिसका वह प्रचार करते आये थे, इतनी पाबन्दी के साथ पालन नहीं किया था जितना कि अपने जीवन के उन अन्तिम उदास दिनों में किया। जिस सर्वनाश की उन्होंने भविष्यवाणी की थी उसे साक्षात देखकर वह अपने उन सिद्धान्तों से और मज़बूती के साथ चिपट गये जो उन्हें दक्षिण अफ्रीका के दिनों से उन्हें शक्ति देते आये थे : प्रेम, अहिंसा, सत्य और समस्त मानवता के ईश्वर में आस्था। गांधी के लिए इन सिद्धान्तों की सार्थकता में कोई परिवर्तन नहीं आया था, उनके प्रति उनकी आस्था अडिग रही। जो चीज़ बदल गयी थी वह था भारत।

हिन्दुस्तान की जनता को उसके अँग्रेज़ शासकों का विरोध करने के

एक साधन के रूप में प्रेम और अहिंसा का उपदेश देना एक बात थी, और जिन लोगों ने अपनी आँखों से अपने बच्चों को क़त्ल होते, अपनी बीवियों के साथ बलात्कार होते देखा था, जिन औरतों ने अपने रिश्तेदारों के गले अपनी आँखों सामने कटते देखे थे, जो लोग अपना सब-कुछ खोकर बिलकुल निराश हो चुके थे, उन्हें प्रेम और क्षमा की सीख देना बिलकुल ही दूसरी बात थी। गांधी को इस अंधे चक्कर से निकलने के एकमात्र उपाय के रूप में अपने सन्देश की सार्थकता पर पूरा-पूरा विश्वास था, लेकिन वह सन्देश सन्त-स्वभाव के लोगों के लिए था, और उन दिनों भारत के शरणार्थी-कैम्पों में शायद ही कोई ऐसा सन्त-स्वभाव का आदमी रहा हो।

स्वास्थ्य डाँवाडोल होने के बावजूद गांधी रोज़ इन कैम्पों में जाकर उनमें रहने वाले लोगों के दिलों तक पहुँचने की कोशिश करते, जो बदला लेने के लिए बेचैन हो रहे थे। एक कैम्प के शरणार्थियों ने उनसे चिल्लाकर पूछा, 'अहिंसा के अवतार, हमें यह तो बताओ कि हम ज़िन्दा कैसे रहें? तुम हमसे कहते हो कि हम अपने हथियार छोड़ दें, लेकिन पंजाब में तो मुसलमान हिन्दुओं को देखते ही जान से मार देते हैं। क्या तुम चाहते हो कि हम भेड़-बकरियों की तरह हलाल होते रहें?'

'अगर एक-एक पंजाबी किसी की जान लिये बिना मार डाला जाये,' गांधी ने जवाब दिया, 'तो पंजाब अमर हो जायेगा।' यहूदियों, चेकोस्लोवाकिया वालों और अँग्रेज़ों की तरह उन्होंने ग़ुस्से से पागल अपने हिन्दू देशवासियों को भी सलाह दी : 'अहिंसा का रास्ता अपनाकर खुशी-खुशी अपनी क़ुर्बानी दे दो।'

उनकी इस बात के जवाब में लोगों ने बड़े व्यंग्य से, मज़ाक़ उड़ाते हुए, उनसे कहा, 'पंजाब जाकर देखिये तब मालूम पड़ेगा।' मुसलिम-कैम्पों में भी उनका स्वागत कुछ इससे बेहतर नहीं होता था। एक कैम्प में किसी ने दो महीने का यतीम बच्चा उनके सामने कर दिया। गांधी आँखों में आँसू भरकर मुसलमानों को बस यह कहकर तसल्ली देने की कोशिश करते रहे कि 'ज़रूरी हो तो अपने होंठों पर अल्लाह का नाम लिये हुए अपनी जान दे दो, लेकिन हिम्मत न हारो।' यह सुनकर मुसलमानों ने भी हैरत में आकर उनका मज़ाक़ उड़ाया।

जब वह किसी को साथ लिये बिना ही पुराने क़िले के कैम्प में गये तो मुसलमान शरणार्थियों की एक भीड़ ने उनकी मोटर को घेर लिया और उन पर गालियों की बौछार लगा दी। किसी ने झटका देकर मोटर का दरवाज़ा खोल दिया। ज़रा विचलित हुए बिना वह मोटर से उतरकर उनके बीच आकर खड़े हो गये। अनशन के बाद उनकी आवाज़ इतनी

कमज़ोर हो गयी थी कि उस उत्तेजित भीड़ के सामने वह जो कुछ कह रहे थे उसे किसी दूसरे आदमी को दोहराना पड़ता था।

उन्होंने बताया कि उनके लिए 'हिन्दू, मुसलमान, ईसाई और सिख में कोई फ़र्क नहीं है। मेरे लिए सब एक हैं।' भाई-चारे के इस सन्देश का इनाम उन्हें यह मिला कि चारों ओर से घेरे हुए मुसलमान बहुत ज़ोर से उनके ख़िलाफ़ आवाज़ उठाने लगे।

अनेक हिन्दुओं को इस पर जितना गुस्सा आता था उतना किसी और पर नहीं कि गांधी को हिन्दुओं की हिंसा का शिकार होने वाले मुसलमानों की चिन्ता रहती थी और वह बार-बार कहते थे कि मुसीबत और पीड़ा धर्म का भेद-भाव नहीं जानती, मुसलमान के घाव में भी उतनी ही तकलीफ़ होती है जितनी हिन्दू के घाव में। कलकत्ता के चमत्कार की वजह से हिन्दुस्तान के बहुत-से मुसलमान उनका एहसान मानते थे, लेकिन उसी की वजह से बहुत-से हिन्दुओं का दिल उनसे खट्टा हो गया था।

गांधी उन लोगों में से नहीं थे जो दूसरों के मन में उत्पन्न होने वाली भावनाओं की वजह से अपनी आस्थाओं के साथ समझौता कर लें। वह अपनी प्रार्थना-सभाओं में हमेशा ईसाइयों और हिन्दुओं की स्तुतियों का गान कराते थे, क़ुरान की आयतें पढ़वाते थे, गीता के श्लोकों के साथ बाइबिल का भी पाठ कराते थे। तनाव के बावजूद वह दिल्ली में अपनी मीटिंगों में क़ुरान की आयतों का पाठ कराते रहे।

अचानक एक शाम को उनकी प्रार्थना-सभा में किसी ने ग़ुस्से से भरी हुई आवाज़ में ज़ोर से कहा : 'यही आयतें पढ़-पढ़कर हमारी माँओं और बहनों की इज़्ज़त लूटी गयी।' एक और आवाज़ ने चिल्लाकर नारा लगाया : 'गांधी मुर्दाबाद!' बाक़ी भीड़ भी इस शोर में शामिल हो गयी। चारों ओर गड़बड़ी मच गयी। गांधी अवाक् रह गये और आगे बोल न सके। लोगों ने शोर मचाकर उन्हें चुप कर दिया। जो काम अँग्रेज और दक्षिण अफ्रीका के गोरे लोग कभी नहीं कर पाये थे वह काम गांधी के अपने देशवासियों ने कर दिखाया। गांधी के जीवन में पहली बार ऐसा हुआ था कि उन्हें अपनी प्रार्थना-सभा का कार्यक्रम अधूरा ही छोड़ देना पड़ा।

मदनलाल पाहवा के लिए, उस नौजवान के लिए जिसका नाम एक दिन सारे देश में मशहूर होने वाला था, प्रतिशोध का रास्ता एक डॉक्टर के दवाख़ाने से शुरू हुआ। यह दवाख़ाना दिल्ली से 194 मील दक्षिण-पूर्व की ओर ग्वालियर शहर में था, उस रियासत की राजधानी में जिसके महा-

राजा को बिजली की रेलगाड़ियों का बेहद शौक़ था। उस दवाख़ाने में होम्योपैथी के जो डॉक्टर बैठते थे उनकी शकल गांधी से बहुत मिलती थी—वही गुम्बद की तरह ऊपर उठा हुआ गंजा सिर, और वही पोपले मुँह की मुसकराहट। डॉ० दत्तात्रय परचुरे पूरे ग्वालियर में अपनी दवा 'सीताफलादि' के लिए मशहूर थे। प्राकृतिक चिकित्सा की यह औषधि दालचीनी, प्याज़, बाँस के अंकुरों, शकर और शहद से बनायी जाती थी और पुरानी खाँसी और निमोनिया के लिए अक्सीर समझी जाती थी।

वह इसके अलावा और भी एक चीज़ के लिए मशहूर थे। मदनलाल उनके दवाख़ाने में खाँसी का इलाज कराने नहीं आया था। परचुरे को असली लगाव राजनीति से था। वह ग्वालियर में राष्ट्रीय स्वयंसेवक संघ का नेता था।

परचुरे मुसलमानों का कट्टर दुश्मन था और उसने अपने 1,000 चेलों की निजी सेना बना रखी थी। बाद में वह बहुत डींग मारकर कहा करता था कि इसी सेना की मदद से उसने 60,000 मुसलमानों को हिन्दुस्तान से मार भगाया था। अपने मरीज़ों से वह फ़ीस के जो छः आने लेता था और जो राजनीतिक चन्दा जमा करता था वह सारी-की-सारी रक़म उसकी इस छोटी-सी सेना के लिए लाठियाँ, छुरे, बाघनख ख़रीदने में ख़र्च होती थी। वह हमेशा अपनी इस सेना में भरती करने के लिए नये लोगों की घात में रहता था, उनकी सेना के लिए गठे हुए शरीर वाले इस शरणार्थी से अच्छा और कौन आदमी हो सकता था, जिसे मुसलमानों से नफ़रत भी थी और राष्ट्रीय स्वयंसेवक संघ का पहले से कुछ अनुभव भी था। परचुरे ने मदनलाल से वायदा कर लिया कि वह जो बदला लेना चाहता है उसका पूरा मौक़ा उसे दिया जायेगा। उसकी वफ़ादारी के बदले में होम्योपैथी के डॉक्टर ने मदनलाल के रहने और खाने का ज़िम्मा ले लिया और उसे छूट दे दी कि वह जितने भी मुसलमानों को मार सके मार दे।

मदनलाल भी राज़ी हो गया। अगले महीने-भर वह परचुरे की एक 'छापेमार टुकड़ी' के साथ काम करता रहा और भोपाल से भागकर दिल्ली जाते हुए मजबूर और लाचार मुसलमानों को क़त्ल करता रहा, ठीक उसी तरह जैसे मुसलमानों ने पाकिस्तान में उसके बाप को जान से मार देने की कोशिश की थी। मदनलाल बाद में बताया करता था, 'हम लोग स्टेशन पर घात लगाये बैठे रहते थे। गाड़ी आते ही उसे रोक लेते थे, उस पर चढ़ जाते थे और उन्हें मौत के घाट उतार देते थे।'

ये हरकतें इस तरह खुलेआम होने लगी थीं कि दिल्ली तक में उस

पर गुस्से की लहर दौड़ गयी। गांधी ने ख़ुद एक प्रार्थना-सभा में इसकी निन्दा की। ग्वालियर के हिन्दू महाराजा ने आख़िर में परचुरे को सलाह दी कि वह अपने आदमियों को रोक ले।

निराश होकर मदनलाल बम्बई चला गया। उसे पेशेवर शरणार्थी की ज़िन्दगी में मज़ा आने लगा था। लेकिन इस बार उसने फ़ैसला किया कि अब नेता की भूमिका वही निभायेगा। उसने एक शरणार्थी-कैम्प में अपना नाम लिखा दिया और पचास नौजवान चेलों का एक गिरोह संगठित करके वह मैदान में कूद पड़ा।

उसने बताया, 'हम लोग रोज़ बम्बई की मुसलिम बस्ती में जाते थे। वहाँ के अच्छे-से-अच्छे होटल में घुसकर बहुत-सा खाना मँगाते थे, ऐसी चीज़ें जो मैंने पहले कभी नहीं खायी थीं। बाद में जब पैसा माँगा जाता था तो हम कह देते थे कि हम तो शरणार्थी हैं, हमारे पास पैसा कहाँ! अगर वे लोग कुछ ज़्यादा बातचीत करते तो हम उन्हें मार-पीटकर ठीक कर देते और उनकी सारी चीज़ें तोड़-फोड़ डालते।

'कभी हम मुसलमानों को सड़क पर भी मारते-पीटते और उनका पैसा छीन लेते। या फिर हम मुसलमानों के ख़ोमचे उठा ले जाते और उनका माल ख़ुद बेचकर पैसा हज़म कर जाते। रोज़ रात को कैम्प में मेरे चेले मुझे अपने कारनामों का हाल सुनाते और जो कुछ उनके हाथ लगता वह मुझे दे देते। मैं उसे बाँट देता। बहुत मज़े की ज़िन्दगी थी। धीरे-धीरे मैं पैसेवाला होता जा रहा था।'

जल्द ही मदनलाल मजबूर हो गया कि इन छोटी-मोटी चोरियों से कोई ज़्यादा ठोस काम दिखाकर यह साबित कर दे कि उसे नेता बनने का अधिकार है। मुसलमानों के किसी त्योहार के दिन वह अपने दो चेलों के साथ तीन दस्ती बम लेकर वहाँ से 132 मील दूर अहमदनगर के लिए चल पड़ा। वहाँ उन्होंने मुसलमानों के एक जुलूस पर ये बम फेंके। बम फटते ही मदनलाल कुछ घण्टों तक छिपे रहने के लिए शहर की अनजान गलियों की ओर भागा। अचानक उसे एक फटीचर-से होटल, दकन गेस्ट-हाउस, के छज्जे पर जाना-पहचाना झण्डा फहराता हुआ दिखायी दिया—राष्ट्रीय स्वयंसेवक संघ का भगवा झण्डा जिस पर स्वस्तिक का निशान बना हुआ था। वह भागकर अन्दर पहुँच गया।

होटल के मालिक के दफ़्तर में घुसते हुए उसने कहा, 'मुझे कहीं छिपा लीजिये। मैंने अभी मुसलमानों के जुलूस पर बम फेंका है!'

दफ़्तर में मेज़ के सामने दकन गेस्ट-हाउस का भरे-भरे बदन और नाटे क़द का 37-वर्षीय मालिक विष्णु करकरे बैठा था, जो वहाँ राष्ट्रीय

स्वयंसेवक संघ का नेता था। करकरे उछलकर खड़ा हो गया और उपकार मानने की मुद्रा में अपने दोनों हाथ उसने ऊपर उठा दिये। इसके बाद उसने अपनी बाँहें फैलाकर बम फेंकने वाले उस नौजवान को गले लगा लिया। अब प्रतिशोध के पथ पर मदनलाल अकेला नहीं था।

पंजाब, सितम्बर-अक्तूबर 1947

देश के बँटवारे के फलस्वरूप होने वाली दुखद घटनाओं का वृतान्त कभी पूरा न होता अगर उनके साथ वासना की तृप्ति के लिए पाशविकता का भरपूर परिचय न दिया गया होता, जैसा कि इतिहास के आरम्भ से हर संघर्ष में होता आया था। इस अभागे प्रान्त पर निर्दयता की जितनी घटनाओं का अभिशाप था उन सबको बड़े पैमाने पर बलात्कार की घटनाओं ने और भी घिनौना बना दिया था। शरणार्थियों के क़ाफ़िलों से, ठसाठस भरी हुई ट्रेनों से, सुनसान गाँवों से हज़ारों लड़कियाँ और औरतें उड़ा ली गयीं। आधुनिक युग में इससे बड़े पैमाने पर औरतों का अपहरण और कहीं नहीं हुआ था।

अगर औरत हिन्दू या सिख होती थी तो उसे उड़ा लाने के बाद एक धार्मिक समारोह में ज़बर्दस्ती धर्म बदलकर इस लायक़ बना दिया जाता था कि वह, जिस मुसलमान ने उसे पकड़ा था उसके घर या हरम में रह सके। सन्तोष नन्दलाल पाकिस्तान के मियाँवाली शहर के एक हिन्दू वकील की 16 साल की बेटी थी। उसका अपहरण करके उसे गाँव के मुखिया के घर ले जाया गया।

उसने बाद में बताया, 'पहले तो मुझे कई थप्पड़ मारे गये, फिर किसी आदमी ने अचानक गो-मांस का एक टुकड़ा लाकर ज़बर्दस्ती मुझे खिलाया। बहुत ही बुरा स्वाद था उसका। मैंने अपने जीवन में कभी गोश्त नहीं खाया था। सब लोग हँसने लगे। मैं रो पड़ी। इतने में एक मुल्ला ने आकर क़ुरान की कुछ आयतें पढ़ीं और मुझे उनको दोहराने पर मजबूर किया।'

इसके बाद उसका एक नया नाम रख दिया गया। सन्तोष अल्लाह-रखी बन गयी। जिस लड़की की 'अल्लाह ने रक्षा की थी' उसे गाँव के मर्दों के बीच नीलाम पर चढ़ा दिया गया। नीलामी एक लकड़हारे के नाम छूटी। इस कष्टप्रद अनुभव के पच्चीस साल बाद वह बड़ी कृतज्ञता से याद करती थी कि 'वह बुरा आदमी नहीं था, उसने मुझे फिर कभी गोश्त खाने पर मजबूर नहीं किया।'

सिख-गुरुओं ने अपने शिष्यों को ख़ासतौर पर मना किया था कि वे मुसलमान औरतों के साथ सम्भोग न करें, शायद इसीलिए कि पंजाब में जो कुछ हुआ वह न हो। इसका लाज़िमी नतीजा यह हुआ कि सिखों में आम चर्चा हो गया कि मुसलमान औरतों के साथ सम्भोग करने में ख़ास मज़ा आता होगा। पंजाब की घटनाओं से प्रभावित होकर सिख लोग अपने गुरु की सीख तो भूल गये और उनकी कल्पना बे-रोक-टोक उड़ान भरने लगी। वे पागलों की तरह हर जगह मुसलमानों पर टूट पड़े और पंजाब के उनके हिस्से में उड़ाकर लायी गयी मुसलमान औरतों का व्यापार बड़ी तेज़ी से बढ़ने लगा।

बूटासिंह 55 साल का एक बूढ़ा सिख था। वह बर्मा में माउंटबैटेन की फ़ौज में लड़ चुका था। सितम्बर के महीने में एक दिन तीसरे पहर वह अपने खेत में काम कर रहा था कि अचानक उसे पीछे से एक सहमी औरत के चीखने की आवाज़ सुनायी दी। उसने मुड़कर देखा कि उसी जैसा एक सिख एक नौजवान लड़की का पीछा कर रहा है। वह लड़की आकर बूटासिंह के ऊपर गिर पड़ी और गिड़-गिड़ाकर कहने लगी, 'मुझे बचा लो, मुझे बचा लो!'

बूटासिंह उस लड़की और उसका पीछा करने वाले सिख के बीच में आ गया। पलक झपकते वह समझ गया कि मामला क्या है। लड़की मुसलमान थी और उस सिख ने उसे शरणार्थियों के एक गुज़रते हुए क़ाफ़िले से उड़ाया था। सारे सूबे में फैली हुई मुसीबत के इस तरह अचानक उसके खेत में आ जाने की वजह से बूटासिंह को अपने अकेलेपन की समस्या को हल करने का मुँहमाँगा मौक़ा मिल गया। वह बहुत शर्मीला आदमी था और उसने कभी शादी नहीं की थी, अव्वल तो इसलिए कि उसके घरवालों के पास बहू लाने के लिए पैसे ही नहीं थे, और दूसरे वह ख़ुद भी बहुत दब्बू स्वभाव का था।

'कितना ?' उसने लड़की का पीछा करने वाले सिख से पूछा।

'पन्द्रह सौ रुपये,' उसने जवाब दिया।

बूटासिंह ने मोल-तोल भी नहीं किया। अपनी झोंपड़ी में जाकर वह चुपचाप मैले-कुचैले नोटों की गड्डी ले आया। उन नोटों से उसने जो लड़की ख़रीदी वह 17 साल की थी, उम्र में उससे अड़तीस साल छोटी। उसका नाम था ज़ैनब। वह राजस्थान के एक मामूली काश्तकार की बेटी थी। अकेली ज़िन्दगी बसर करने वाले उस बूढ़े सिख को तो जैसे एक खिलौना मिल गया, जिसे कभी वह अपनी बेटी की तरह प्यार करता, कभी अपनी प्रेमिका की तरह। उसके आने के बाद वह उसमें ऐसा खो

गया था कि उसकी जिन्दगी का सारा ढर्रा ही तितर-बितर हो गया। वह प्यार जो अब तक वह किसी पर नहीं लुटा पाया था अचानक ज़ैनब के लिए एक धारा बनकर फूट निकला। हर दूसरे-तीसरे दिन बूटासिंह पास के बाज़ार में जाता और उसके लिए कोई-न-कोई चीज़ ले आता : कभी साड़ी, कभी साबुन की बट्टी, कभी ज़री-कारचोब के काम की सलीपरें।

भागने से पहले ज़ैनब को बुरी तरह मारा-पीटा गया था, उसके साथ बलात्कार किया गया था, इसलिए अकेले ज़िन्दगी बिताने वाले उस बूढ़े सिख ने जब उस पर इतना स्नेह और इतना प्यार लुटाना शुरू किया तो पहले तो उसे यक़ीन नहीं हुआ, लेकिन बाद में वह पूरी तरह उसके स्नेह में डूब गयी। लाज़िमी बात थी कि इसके बदले में उसने भी उसका उपकार मानते हुए उसके प्रति स्नेह दिखाया और जल्द ही बूटासिंह की सारी ज़िन्दगी उसी के चारों ओर घूमने लगी। दिन में वह उसके साथ खेत पर जाती, सुबह सूरज निकलने से पहले और शाम को सूरज डूबे वह उसकी भैंसों को दुहती, और रात को उसके साथ सोती। उनकी झोंपड़ी से सोलह मील दूर ग्राण्ड ट्रंक रोड पर शरणार्थियों के लुटे हुए क़ाफ़िले अब भी आते-जाते रहते थे। बूटासिंह की बारह एकड़ ज़मीन ऐसी लगती थी जैसे नफ़रत से भरे हुए बर्फ़ के एक पहाड़ में से एक छोटा-सा टुकड़ा टूटकर अलग हो गया हो।

शरद ऋतु में एक दिन मुँह-अँधेरे सिखों की परम्परा के अनुसार शहनाइयों की अजीब-सी आवाज़ बूटासिंह की झोंपड़ी की ओर बढ़ती हुई सुनायी दी। बूटासिंह सजी-धजी शादी की घोड़ी पर बैठा हुआ, गाने वालों और जलती-बुझती मशालें लिये हुए पड़ोसियों के बीच घिरा हुआ उस मुसलमान लड़की को अपनी दुल्हन बनाकर लाने जा रहा था, जिसे उसने मैले-कुचैले नोटों की गड्डी देकर ख़रीदा था।

कुछ हफ़्ते बाद जिस ज़माने में उसके जैसे दूसरे पंजाबियों को इतनी भयानक मुसीबतों का सामना करना पड़ रहा था, उन्हीं दिनों बूटासिंह को क़ुदरत ने एक आख़िरी तोहफ़ा दिया। उसकी बीवी ने बताया उसके बच्चा होने वाला था। जिस औलाद की बूटासिंह को हमेशा से लालसा थी वह अब उसे मिलने वाली थी। ऐसा लग रहा था कि क़ुदरत उस बूढ़े सिख और उस मुसलमान लड़की पर अपने सारे वरदानों की बौछार करने पर तुली हुई थी। लेकिन ऐसा हुआ नहीं। इस अनोखे जोड़े के लिए बेरहम मुसीबतों का एक लम्बा दौर शुरू होने वाला था, जो आगे चलकर लाखों लोगों के लिए बँटवारे की लानतों का प्रतीक बन गया।

गवर्नमेंट-हाउस के नक़शों पर लाल पिनों की टेढ़ी-मेढ़ी बल खाती हुई लकीरें धीरे-धीरे अपनी मंज़िल की ओर बढ़ती जा रही थीं। सीमा के पार दोनों ओर मारे-मारे फिरते हुए लाखों बे-घर लोगों की इस बाढ़ से हिन्दुस्तान और पाकिस्तान दोनों ही की सरकारों के लिए ऐसी समस्याएँ उठ खड़ी हुई थीं जिनका सामना शायद ही किसी दूसरे देश को करना पड़ा हो। मुसीबत के मारे ये लाखों लोग किसी चमत्कार की उम्मीद लगाये बैठे थे। उन्हें आज़ादी की रामबाण औषधि मिल गयी थी और उन्हें पूरा भरोसा था कि इससे उनके नेताओं को उनकी सारी मुसीबतें दूर कर देने की ताक़त मिल जायेगी।

अमीर भी मुसीबतें झेल रहे थे और ग़रीब भी। अमृतसर में एक सिख अफ़सर ने अपने मोटरख़ाने में एक प्राइवेट शरणार्थी-कैम्प खोल दिया था। उसमें उनके आधे दर्जन दोस्त रहते थे। दो महीने पहले वे लाहौर में लखपति थे। अब वे कंगाल हो गये थे। एक-दूसरे अफ़सर ने बताया कि दिल्ली जाने वाली जिस ट्रेन की रखवाली के लिए उन्हें तैनात किया गया था उस पर एक शरणार्थी बिलख-बिलखकर रो रहा था। वह आदमी बहुत अच्छे कपड़े पहने था। उसने उस अफ़सर को बताया कि वह बिलकुल लुट गया था, तबाह हो गया था।

'आपके पास सचमुच कुछ नहीं बचा है?' अफ़सर ने पूछा।

'सिर्फ़ पाँच लाख रुपये बचे हैं,' उस आदमी ने जवाब दिया।

'लेकिन,' अफ़सर ने उनकी बात काटते हुए कहा, 'तब तो आप अब भी काफ़ी अमीर हैं।'

'नहीं,' उसने जवाब दिया। 'मैं तो इसमें से पाई-पाई नेहरू और गांधी को जान से मरवाने के लिए दे दूंगा।'

शरणार्थियों की इस बाढ़ को संभालना इतना बड़ा काम था कि सोचो तो यक़ीन नहीं होता था। लाखों लोगों के लिए कम्बल, तम्बू और टीका लगाने की दवाएँ जुटाने और बँटवाने का इन्तज़ाम करना था। उन्हें ज़िन्दा रखने के लिए खाने की व्यवस्था करना ही इतना बड़ा काम था कि उसके बारे में सोचकर दिमाग़ चकरा जाता था। जब कैम्पों में तिल धरने को जगह नहीं रह गयी तो हालत बर्दाश्त के बाहर हो गयी। हर कैम्प से मौत, सड़न और बीमारी की बदबू उसी तरह उठती थी जैसे सुबह के वक़्त झील की सतह पर से कुहरे के बादल उठते हैं।

एक सिख अफ़सर ने अपनी मोटर पर अमृतसर में ऐसे ही एक कैम्प में घुसते हुए बड़ी कटुता के साथ शिकायत के लहज़े में कहा था: 'आज़ादी की बदबू।' एक और कैम्प में एक भारतीय पत्रकार ने देखा कि एक

नौजवान आदमी अपनी दम तोड़ती हुई माँ के पास बैठा हुआ था—उसके जीवन के आखिरी क्षणों में उसे तसल्ली देने के लिए नहीं, बल्कि इस बात की निगरानी रखने के लिए कि जब बुढ़िया मरे तो उसका कम्बल उसके बजाय कोई दूसरा आदमी न झपट ले जाये।

गांधी को छोड़कर दिल्ली का कोई भी राजनीतिक नेता इन कैम्पों में रहने वाले लोगों से उतनी अच्छी तरह परिचित नहीं था जितना कि सेंट जॉन ऐंबुलेंस की बढ़िया इस्तरी की हुई पोशाक पहने, भूरे बालों वाली एक अँग्रेज़ औरत। जिस तरह से बँटवारे से पहले के कुछ हफ़्तों में हर चीज़ के कर्ता-धर्ता उनके पति थे, उसी तरह भारत की इस मुसीबत की घड़ी में एडविना माउंटबैटेन का बोलबाला था। शरद ऋतु के उन महीनों में उन्होंने पागलों की तरह जुटकर काम किया; उनके आत्म-अनुशासन का मुक़ाबला उनके पति भी नहीं कर सकते थे। ऐसा लगता था कि इन कैम्पों की गन्दगी में बीमारों और मरते हुए लोगों को दिलासा देकर वह जवानी के दिनों की फ़िज़ूलखर्ची और ऐश-आराम की जिन्दगी का प्रायश्चित कर रही थीं। सहानुभूति के साथ ही उनको अपनी सत्ता का भी आभास था; अपार लगन के साथ ही उनको हर बात की जानकारी थी और उनमें संगठन करने की क्षमता भी थी। इन सब गुणों के कारण एडविना माउंटबैटेन हज़ारों भारतवासियों के मन पर अपनी अमिट छाप छोड़ गयीं।

वह रात को मुश्किल से पाँच घण्टे सोकर रोज़ सुबह छः बजे अपनी मेज़ पर आकर बैठ जातीं। दिन-भर वह एक कैम्प से दूसरे कैम्प, एक अस्पताल से दूसरे अस्पताल का चक्कर लगाती रहतीं, हर बात की छान-बीन करतीं, हर बात को जानने की कोशिश करतीं, जो ख़राबी होती उसकी आलोचना करतीं और उसे ठीक करने की कोशिश करतीं। कोई काम वह सरसरी तौर पर नहीं करती थीं। वह जानती थीं कि हर कैम्प में हज़ार आदमियों के पीछे पानी के कितने नल होने चाहिए, इस बात का पक्का बन्दोबस्त कैसे किया जाये कि कोई टीका लगने से रह न जाये, सफ़ाई और स्वास्थ्य-रक्षा का काम कैसे संगठित किया जाये।

नेहरू के प्रमुख सेक्रेटरी एच० वी० आर० आयंगर को याद है कि एक दिन तपती हुई धूप में बारह घण्टे तक कैम्पों में घूमने के बाद शाम को छः बजे वह इमर्जेंसी-कमेटी की मीटिंग में आयीं। उनके ए० डी० सी० आते ही कमेटी के पास वाले छोटे कमरे में सो गये, लेकिन एडविना ने 'बहुत शान्त भाव से बिलकुल नपे-तुले शब्दों में बड़े व्यावहारिक ढंग से बहुत-सी समस्याओं के बारे में बताया कि उन्होंने क्या-क्या देखा और

उनकी राय में क्या-क्या किया जाना चाहिए।'

उन्हें हवाई जहाज़ से सफ़र करने से नफ़रत थी और जब भी वह हवाई जहाज़ से कहीं जाती थीं तो उनका जी बहुत बुरा हो जाता था। फिर भी समय बचाने के लिए वह हवाई जहाज़ से सफ़र करतीं और नीचे उतरने से पहले मतली के धब्बों को ढकने के लिए अपने होंठों पर लिपस्टिक की एक नयी तह लगा लेतीं। अगर कोई बहुत ज़रूरी काम निबटाना होता तो उन्हें लड़ाई के दिनों के अनुभवी वायु-सेना के पाइलटों को सुरक्षा के क़ायदे-क़ानून तोड़कर भी घुप अँधेरे में हवाई जहाज़ उड़ाने का आदेश देने में कोई संकोच नहीं होता था।

उनके लिए कोई भी दृश्य इतना भयानक नहीं था, कोई भी झोंपड़ी इतनी गन्दी नहीं थी, कोई काम इतना तुच्छ नहीं था, कोई हिन्दुस्तानी इतना बीमार नहीं था कि वह उसकी ओर ध्यान न दे सकें। लोगों को हमेशा याद रहेगा कि वह टख़नों-टख़नों तक कीचड़ में हैज़े से मरते हुए मरीज़ों के पास बैठी रहती थीं और उनके जीवन के अन्तिम क्षणों में उनके तपते हुए माथे पर हाथ फेरकर उन्हें तसल्ली देती रहती थीं।

भारत और पाकिस्तान में भयानक मुसीबतों और भयानक घटनाओं के इन महीनों में कुछ लोगों ने बहादुरी का भी परिचय दिया, लेकिन इनमें से ज़्यादातर का न तो कोई नाम हुआ और न किसी ने उनका आभार माना। उनके कारनामे भुला दिये गये। उनकी भावनाओं को अमृतसर के हिन्दू पुलिस-अफ़सर अश्विनीकुमार ने बहुत थोड़े शब्दों में बहुत अच्छे ढंग से बयान किया। उन्होंने कहा, 'उस नरक में किसी तरह अपना मानसिक सन्तुलन बनाये रखने का एक ही तरीक़ा था कि रोज़ एक आदमी की ज़िन्दगी बचा लेने की कोशिश करें।' इस नौजवान पुलिस-अफ़सर ने यह काम बड़ी लगन और सफलता के साथ पूरा किया। ऐसे भी सिख थे जिन्होंने मुसलमानों को अपने यहाँ महीनों छिपाये रखकर उनकी जान ख़ून की प्यासी भीड़ों से बचायी। ऐसे हिन्दू भी थे, जैसे वह घूमने-फिरने वाला सेल्समैन जिसने यह कहकर कि 'यह तो ईसाई है!' 22 साल के एक मुसलमान रेलवे-क्लर्क अहमद अनवर की जान बचायी थी, जिसे एक भीड़ मार डालने पर तुली हुई थी; फ्रंटियर फ़ोर्स राइफल्स के उस कप्तान जैसे मुसलमान भी थे जिसने अपने देशवासियों से सिखों के एक क़ाफ़िले की रक्षा करते हुए अपनी जान दे दी।

धीरे-धीरे इस अराजकता में कुछ-कुछ व्यवस्था पैदा होने लगी। दोनों सेनाओं के अनुशासन में सुधार हुआ। ट्रेनों और शरणार्थियों के क़ाफ़िलों की रक्षा करने के कारगर उपाय किये गये। इमर्जेंसी-कमेटी ने,

जिसके बारे में नेहरू ने कहा था कि 'किसी भी नयी सरकार को इससे पहले प्रशासन की इतनी अच्छी शिक्षा नहीं मिली थी', धीरे-धीरे पंजाब की स्थिति पर क़ाबू पाना शुरू कर दिया। लाखों शरणार्थी लड़खड़ाते हुए आगे बढ़ते रहे। जिस हिंसा ने उन्हें भागने पर मजबूर किया था वह धीरे-धीरे कम होती गयी। इसके घटने का पहला संकेत इमर्जेंसी-कमेटी को भेजी गयी ख़ुफ़िया रिपोर्ट के एक छोटे-से वाक्य में मिला।

उसमें कहा गया था, 'मुसलमानों को ट्रेन की खिड़कियों के बाहर फेंक देने की वारदातें अब कम होती जा रही हैं।'

इन अभागे जन-समूहों को अभी एक आखिरी मुसीबत झेलना बाक़ी था। अचानक मानसून आ गया। अगस्त और सितम्बर की झुलसा देने वाली गर्मी से राहत पाने के लिए पंजाब के लाखों विपदाग्रस्त लोग आकाश की ओर आस लगाये ताक रहे थे, और अन्त में आकाश ने वह सारा पानी जो उसने जमा कर रखा था अचानक इतनी मूसलाधार बारिश के रूप में उँडेल दिया कि पिछले पचास साल में भारत में ऐसी बारिश नहीं देखी गयी थी। ऐसा लगता था कि देवता पंजाब से रुष्ट होकर उन पर इस अन्तिम अभिशाप का प्रहार कर रहे थे। पंजाब की पाँचों नदियाँ, जिसकी वजह से इस प्रान्त का नाम पंजाब पड़ा था और जो उस धरती की सन्तानों का पेट भरती थीं, उनको पोषण प्रदान करती थीं, प्रलयंकारी धाराओं का रूप धारण करके उनकी तबाही का अन्तिम साधन बन गयी थीं।

पहले से खतरे की किसी सूचना के बिना 24 सितम्बर की शाम को पानी का ज़बर्दस्त रेला पंजाब में आया और नदी के किनारे सोये हुए हज़ारों निढाल शरणार्थी उसमें डूब गये।

अपने गाँव के सैकड़ों लोगों की तरह अब्दुल रहमान अली नामक एक मामूली मुसलिम काश्तकार ने भी ब्यास नदी के किनारे, जिसमें उस समय लगभग बिलकुल ही पानी नहीं था, रात-भर के लिए पड़ाव डाला था। उनके पड़ाव में ख़ुशी और सन्तोष का वातावरण छाया हुआ था। पाकिस्तान की सीमा, जो उनके लिए सुरक्षा का द्वार थी, अब सिर्फ़ पचास मील दूर रह गयी थी। लेकिन उनमें से ज़्यादातर लोगों के लिए यह सीमा एक सुखद स्वप्न ही रह गयी। रात को जब ब्यास नदी में अचानक बाढ़ आयी तो उनमें से मुश्किल से बीस-पच्चीस आदमी ज़िन्दा बचे।

रहमान अली ने पड़ाव के बाहर एक ऊँचे टीले पर अपनी बैलगाड़ी खड़ी की थी; तेज़ी से बढ़ते हुए पानी का शोर और लोगों की चीख-पुकार

सुनकर उसकी आँख खुल गयी। वह अपने परिवार के साथ बैलगाड़ी की ओर भागा। पानी बढ़ते-बढ़ते पहियों की धुरी तक आया, फिर बैलगाड़ी के तख्ते तक पहुँचा, उनके घुटनों तक और उनके सीनों तक आ गया। लेकिन उसके बाद पानी घटने लगा। दो दिन तक बिना कुछ खाये-पिये, सर्दी में ठिठुरता हुआ अली का परिवार बैलगाड़ी से चिपका रहा, और लाचारी से देखता रहा कि टूटी हुई बैलगाड़ियाँ, जानवरों और उनके दोस्तों और रिश्तेदारों की फूली हुई लाशें उस निर्मम जल-धारा में बहती जा रही थीं।

बीसियों साल से जिन पुलों में दरार तक नहीं आयी थी, वे पानी के प्रबल वेग में या तो डूब गये या बह गये। मशहूर अमेरिकी पत्रिका **लाइफ़** की फ़ोटोग्राफ़र मार्गरेट बुर्क-व्हाइट को रावी के किनारे से कमर-कमर तक पानी में होकर भागना पड़ा; एक हिन्दुस्तानी अफ़सर ने उन्हें चेतावनी देकर उनकी जान बचायी थी। बाढ़ का पानी उतर जाने के बाद वह फिर वहाँ गयीं। रेलवे-लाइन के पुश्ते और नदी के बीच एक चरागाह में 4,000 मुसलमान शरणार्थी रात-भर के लिए ठहरे थे। उनमें से एक हज़ार से भी कम ज़िन्दा बचे। वह चरागाह 'लड़ाई का मैदान मालूम होता था : बैलगाड़ियाँ उलटी पड़ी थीं, घर-गृहस्थी का सामान और खेती-बाड़ी के औज़ार टूट-फूटकर कीचड़ में सने हुए इधर-उधर बिखरे पड़े थे।'

गुरचरनसिंह नामक सिख पुलिस-अफ़सर के दिमाग़ पर इस अन्तिम व्यवस्था के प्रतीक के रूप में एक दृश्य हमेशा के लिए अंकित हो गया था। जिस दिन बाढ़ का पानी उतरने लगा, उसी दिन बहुत सबेरे की हलकी-हलकी रोशनी में उसने यह दृश्य देखा था—नीचे शरणार्थियों की लाशें बिखरी पड़ी थीं, और ऊपर पीपल के पेड़ की डालों में उस गोरखा सिपाही की लाश उलझी हुई थी जो उन शरणार्थियों की रक्षा के लिए तैनात किया गया था और गिद्ध उसे नोच-नोचकर खा रहे थे।

यह तो कभी मालूम नहीं हो सकेगा कि कुछ सप्ताहों की उस भयानक मुसीबत के दौरान कितनी जानें गयीं। चारों ओर ऐसी गड़बड़ी मची हुई थी, प्रान्त का प्रशासन कुछ समय के लिए इतनी बुरी तरह ठप हो चुका था कि इस विभीषिका की सही तसवीर खींच सकना असम्भव था। कोई हिसाब ही नहीं लग सकता था कि कितने लोग सड़क के किनारे मरने के लिए छोड़ दिये गये थे, कुओं में फेंक दिये गये थे या अपने घरों या गाँवों की आग में जल मरे थे। जस्टिस जी० डी० खोसला ने, जो इस विभीषिका का अध्ययन करने वाले सबसे प्रमुख हिन्दुस्तानी हैं, अनुमान लगाया है कि

पाँच लाख जानें गयी होंगी। उस ज़माने के दो प्रमुख अँग्रेज़ इतिहासकारों ने—पेंडेरेल मून, जो उस ज़माने में पाकिस्तान में नियुक्त थे, और एच० वी० हाडसन ने—दो लाख और ढाई लाख लोगों के मारे जाने का अनुमान लगाया है। सर चन्दूलाल त्रिवेदी, जो पंजाब के पहले भारतीय गवर्नर और उस प्रान्त की घटनाओं से सबसे गहरा सम्बन्ध रखने वाले अफ़सर थे, ने 2,25,000 लोगों के जान से मारे जाने का अनुमान लगाया है।

बँटवारे के परिणामों से पीड़ित लाखों लोगों के लिए फिर से बसने और अपने नये देश के जीवन में घुल-मिल जाने के लम्बे और कष्टमय दिन अभी आने वाले थे। उन्होंने आज़ादी की बहुत भारी क़ीमत चुकायी थी और आने वाले कई वर्षों तक इस क़ीमत की छाप उनके दिमाग़ पर बनी रही।

14

'कश्मीर—केवल कश्मीर !'

कश्मीर, 22-24 अक्तूबर, 1947

श्रीनगर में कश्मीर के महाराजा के महल के जगमगाते हुए दरबार हॉल का यह समारोह हिन्दू पंचांग के एक सबसे प्राचीन त्योहार का चरमोत्कर्ष था। हर साल क्वार के पहले नवराते से हिन्दू, महिषासुर से दुर्गा के पौराणिक संघर्ष को नौ दिन के इस त्यौहार के रूप में मनाते आये थे। जैसा कि उनके पूर्वज कई शताब्दियों से करते आये थे, कश्मीर के महाराजा हरीसिंह ने भी 1947 के इस समारोह के अन्त में उस अवसर पर एकत्रित अपनी रियासत के सभी प्रतिष्ठित लोगों से वफ़ादारी का वचन लिया। एक-एक करके उन्होंने उनके सिंहासन के पास आकर रेशमी रूमाल में लिपटी हुई एक अशरफ़ी का नज़राना राजसी हाथों में रखकर अपनी वफ़ादारी का सबूत दिया।

चिड़चिड़े स्वभाव के महाराजा बहुत भाग्यशाली आदमी थे। वह रजवाड़ों की फ़िज़ूलख़र्च बिरादरी के बचे हुए उन तीन राजाओं में से थे जो अभी तक अपनी गद्दी पर बैठे हुए थे। बाक़ी दो में से एक तो थे नवाब जूनागढ़, जिनकी रियासत में इंसान बनकर पैदा होने से कहीं अच्छा कुत्ते की योनि में पैदा होना था; और दूसरे थे निज़ाम हैदराबाद। भूगोल और तर्क की हर दलील के ख़िलाफ़ नवाब जूनागढ़ ने चारों ओर से भारतीय इलाक़े से घिरी हुई अपनी छोटी-सी रियासत को पाकिस्तान में ले जाने की कोशिश की। उनके दिन लद चुके थे। मुश्किल से पन्द्रह ही दिन बाद भारतीय सेना उनकी रियासत में घुस आयी और नवाब साहब को सिर्फ़ इतना मौक़ा दिया कि वह हवाई जहाज़ में अपनी बीवियों और अपने

सबसे चहेते पालतू कुत्तों को भरकर पाकिस्तान भाग जायें। निज़ाम भी अब कुछ ही दिन के मेहमान थे। वह बहुत अरसे तक एड़ी-चोटी का ज़ोर लगाकर ब्रिटेन और भारत से अपनी स्वतन्त्रता को स्वीकार करा लेने की कोशिश करते रहे; लेकिन भारत के अन्तिम वाइसराय के विदा होने के कुछ ही समय बाद उनकी रियासत भी स्वतन्त्र भारत में मिला ली गयी।

माउंटबैटेन चाहते थे कि कश्मीर के महाराजा हरीसिंह 15 अगस्त से पहले भारत या पाकिस्तान में शामिल होने का फ़ैसला कर लें। महाराजा ने राजनीतिक बहाना किया कि पेट में दर्द है और उस समय फ़ैसला करने से बच गये। लेकिन अब वह दर्द दूर हो चुका था। कमल के फूल की शकल के सुनहरे छत्र के नीचे सिर पर हीरों से जड़ी हुई पगड़ी पहने और गले में मोतियों की दर्जन-भर लड़ियाँ डाले, जिनके बीच एक ज़मुर्रद सबसे अलग चमक रहा था, जो उनके राजवंश का सबसे अनमोल रत्न था, महाराजा हरीसिंह अभी तक वही सपना देख रहे थे जो उन्होंने एक दिन त्रिका नदी के किनारे अपने पुराने मित्र को बताया था। वह उस सिंहासन पर बैठे रहना चाहते थे और कश्मीर की जादू-भरी घाटी के लिए स्वतन्त्रता प्राप्त करना चाहते थे, जिसे ईस्ट इंडिया कम्पनी ने एक शताब्दी पहले उनके पूर्वजों के हाथ साठ लाख रुपये और हर साल पशमीने की छः शालों के नज़राने के बदले में बेचा था। लेकिन यह एक कोरा सपना था। मुश्किल से अड़तालीस घण्टे बाद बड़े क्रूर ढंग से उनका यह सपना टूटने वाला था।

जिस समय कश्मीर के बड़े-बड़े जागीरदार और अमीर-उमरा अपने राजा को वफ़ादारी का नज़राना पेश कर रहे थे, उसी वक़्त कुछ और लोग श्रीनगर से पचास मील पूरब की ओर झेलम नदी के किनारे एक कमरे में प्रवेश कर रहे थे जिसमें तरह-तरह की मशीनें लगी हुई थीं। उनमें से एक आदमी ने डाइनेमाइट की कुछ छड़ें उस तख़्ते पर बाँध दीं जिस पर बहुत-सी घड़ियाँ और बिजली के खटके लगे हुए थे। ज़ोर से चिल्लाकर उसने चेतावनी दी और पलीते में माचिस दिखाकर वह वहाँ से बाहर भाग गया। दस सेकेंड बाद कान के परदे फाड़ देने वाला शोर हुआ और महूरा का बिजली-घर काँप उठा। इस शोर के साथ ही पाकिस्तान की सरहद से लेकर लद्दाख़ और चीन को भारत से अलग करने वाले पहाड़ों तक सारी बत्तियाँ बुझ गयीं।

एक भयानक झटके के साथ हरीसिंह के बिल्लूरी फ़ानूसों में जगमगाती हुई सैकड़ों बत्तियाँ बुझ गयीं, और उनके सारे महल में अँधेरा छा गया, उनकी सुन्दर राजधानी भी अँधेरे में डूब गयी। डल झील के झिल-

मिलाते पानी पर तैरते हुए फूलों से सजे बजरों पर बैठे हुए बीसियों अँग्रेज़ मर्द-औरत इस रहस्यमय अँधेरे का मतलब समझने की कोशिश कर रहे थे। ये पेंशन-याफ़्ता फ़ौजी कर्नल और सरकारी अफ़सर अभी तक समझ नहीं पाये थे, लेकिन ये बुझती हुई रोशनियाँ एक बहुत बड़े अपशकुन की सूचना दे रही थीं कि जाड़ों की सुहानी धूप और फूलों से भरे हुए इस स्वर्ग में, जहाँ वे महीने में तीस पौंड ख़र्च करके बादशाह जहाँगीर के सपने को साकार कर सकते थे, अब उनके चैन की बंसी बजाने के दिन ख़त्म होने वाले थे।

महाराजा के सबसे बड़े बेटे कर्णसिंह टाँग का ऑपरेशन होने के बाद महल में अपने बेड-रूम में लेटे-लेटे कश्मीर की घाटी में हिमालय की तरफ़ से आने वाली बर्फ़ानी हवाओं की कराह सुन रहे थे। इसके बाद अपने पिता, उनके मेहमानों और हज़ारों दूसरे कश्मीरियों की तरह नौजवान कर्णसिंह ने तीर की तरह लगने वाली हवा की लहरों पर तैरकर आती हुई एक और आवाज़ सुनी। अँधेरे में लेटे-लेटे यह आवाज़ सुनकर उनका कलेजा काँप उठा। यह शहर पर धावा बोलने वाले गीदड़ों की दूर से आती हुई आवाज़ थी।

24 अक्तूबर 1947 की उस रात को श्रीनगर और कश्मीर की घाटी की तरफ़ एक दूसरी तरह के गीदड़ों का झुण्ड भी तेज़ी से बढ़ रहा था। पिछले अड़तालीस घण्टों से सैकड़ों पठान क़बाइली महाराजा हरीसिंह के आज़ादी के सपने को चकनाचूर कर देने के लिए उनकी रियासत में दन-दनाते हुए घुसते आ रहे थे। अपनी जिस फ़ौज से वह अपनी रक्षा की आस लगाये थे उसके ज़्यादातर सिपाही या तो भागकर हमला करने वालों में जा मिले थे, या पहाड़ियों मे छिप गये थे।

अचानक इतनी बेरहमी से किये गये इस हमले की असली जड़ जिन्ना की वह मामूली-सी प्रार्थना थी जो उन्होंने दो महीने पहले 24 अगस्त को शुक्रवार के दिन अपने अँग्रेज़ मिलिट्री-सेक्रेटरी से की थी।

जिन्ना हफ़्ते-भर तक माउंटबैटेन से बहस और सौदेबाज़ी करके बेहद थक गये थे; फेफड़ों में घातक रोग की वजह से उनका शरीर यों ही कमज़ोर था। इसलिए जिन्ना ने कुछ दिन छुट्टी मनाने का फ़ैसला किया था। उन्होंने अपने सेक्रेटरी कर्नल विलियम बिर्नी से कहा था कि वह कश्मीर जाकर सितम्बर के मध्य में दो हफ़्ते तक उनके वहाँ ठहरने और आराम करने का इन्तज़ाम करा दें।

छुट्टी मनाने के लिए कश्मीर को चुनना उनके लिए बिलकुल स्वाभा-

विक बात थी। अपने ज़्यादातर देशवासियों की तरह ही जिन्ना भी इस बात की कल्पना तक नहीं कर सकते थे कि कश्मीर, जिसकी तीन-चौथाई से ज़्यादा आबादी मुसलमान थी, पाकिस्तान का हिस्सा बनने के अलावा और भी कुछ बन सकता था।

लेकिन वह अँग्रेज़ अफ़सर पाँच दिन बाद जो जवाब लेकर लौटा उसे सुनकर जिन्ना दंग रह गये। महाराजा हरीसिंह नहीं चाहते थे कि जिन्ना छुट्टी बिताने के लिए भी उनके इलाक़े में क़दम रखें। उनके जवाब से पाकिस्तान के शासक को पहली बार यह संकेत मिला कि कश्मीर का घटनाक्रम उस तरह नहीं चल रहा है जैसा वह अपने मन में सोच बैठे थे। अड़तालीस घण्टे बाद जिन्ना की सरकार ने चोरी से एक भेदिया कश्मीर की हालत का अन्दाज़ा लगाने और महाराजा के असली इरादे का पता लगाने के लिए वहाँ भेजा।

वह जो ख़बर लेकर वापस आया उससे इन लोगों को बहुत धक्का पहुँचा। हरीसिंह का कोई इरादा अपनी रियासत को पाकिस्तान में शामिल करने का नहीं था। पाकिस्तान की नींव रखने वाले लोग यह बर्दाश्त नहीं कर सकते थे। सितम्बर के बीच में लियाक़त अली ख़ाँ ने लाहौर के कुछ चुने हुए सहयोगियों की एक ख़ुफ़िया मीटिंग यह तय करने के लिए बुलायी कि महाराजा को कैसे मजबूर किया जाये?

साज़िश करने वालों ने सीधा हमला करने के सुझाव को तो फ़ौरन ही रद्द कर दिया। पाकिस्तानी सेना कोई ऐसा जोखिम मोल लेने को तैयार नहीं थी जिसकी वजह से हिन्दुस्तान के साथ उसकी छिड़ जाये। लेकिन दो रास्ते और थे जिन पर विचार किया जा सकता था। एक रास्ता कर्नल अकबर ख़ाँ ने सुझाया जो सैंडहर्स्ट से फ़ौजी शिक्षा प्राप्त करके आये थे और जिन्हें साज़िश का बहुत शौक़ था। उन्होंने सुझाव रखा कि पाकिस्तान कश्मीर की असन्तुष्ट मुसलिम आबादी में विद्रोह भड़काने के लिए हथियार और पैसा दे। इस काम को पूरा करने में कई महीने तो ज़रूर लगेंगे लेकिन आख़िर में, कर्नल अकबर ख़ाँ ने यक़ीन दिलाया, 'चालीस-पचास हज़ार कश्मीरी श्रीनगर पर टूट पड़ेंगे और महाराजा को पाकिस्तान में शामिल होने पर मजबूर कर देंगे।'

दूसरी तरकीब इससे भी टेढ़ी खीर थी। यह रास्ता सरहदी सूबे के चीफ़ मिनिस्टर ने सुझाया था, और उसमें सारा काम इस उप-महाद्वीप के उन लोगों से लिया जाना था जो सबसे ज़्यादा लड़ाकू थे और जिनसे लोग सबसे ज़्यादा डरते थे—सरहदी सूबे के पठान क़बाइलियों से। उपद्रवी क़बाइली इलाक़ों में शान्ति बनाये रखने की समस्या पाकिस्तान

को अँग्रेज़ों से उत्तराधिकार में मिली थी, और इस बात का कोई पक्का भरोसा नहीं था कि ये क़बीले कराची की अपने मुसलमान भाइयों की सरकार के वफ़ादार रहेंगे ही। सरहदी सूबे के आख़िरी अँग्रेज गवर्नर सर ओलैफ़ कैरो ने पहले ही यह चेतावनी दी थी कि अफ़ग़ानिस्तान के बादशाह के ख़ुफ़िया गुर्गे इन क़बीलों को भड़का रहे थे कि वे पेशावर और सिन्धु नदी के किनारे तक अपना राज्य फैलाने के अफ़ग़ानों के मंसूबों को पूरा करने में उनकी मदद करें। इन ख़तरनाक गिरोहों को श्रीनगर भेजने की तरकीब लोगों को बहुत पसन्द आ रही थी। इस तरकीब से महाराजा का तख़्ता बहुत जल्दी उलट जायेगा और उनकी रियासत पाकिस्तान में शामिल हो जायेगी, और क़बीले वालों को जब कश्मीर के बाज़ार लूटने का मौक़ा मिल जायेगा तो वे पेशावर के बाज़ारों पर अपनी ललचायी हुई नज़रें नहीं डालेंगे।

यह मीटिंग प्रधानमन्त्री की एक कड़ी चेतावनी के साथ ख़त्म हुई। इस कार्रवाई को बिलकुल ख़ुफ़िया रखना ज़रूरी था। उन्होंने कहा कि इसके लिए सारा पैसा उनके दफ़्तर के ख़ुफ़िया ख़ज़ाने से दिया जायेगा और पाकिस्तान की सारी सेना, उसके सरकारी अफ़सरों और अँग्रेज़ अफ़सरों व अन्य सरकारी कर्मचारियों को इसकी कानों-कान ख़बर न होने पाये।

तीन दिन बाद पेशावर की फ़सील के अन्दर एक पुरानी खण्डहर जैसी इमारत के तहख़ाने में कुछ क़बाइली सरदार मेजर ख़ुरशीद अनवर से मिले जिन्हें उन लोगों को श्रीनगर पर चढ़ाई करने के लिए भड़काने के वास्ते चुना गया था। अनवर बहुत ग़ुस्सेवर आदमी था और उसे तरह-तरह के भेस बदलते रहने का बेहद शौक़ था, इसलिए वह इस काम के लिए बहुत मुनासिब आदमी नहीं समझा जा सकता था। उसकी बाक़ायदा फ़ौजी ज़िन्दगी तो उस वक़्त ख़त्म हो चुकी थी जब उसे मेस का पैसा ग़बन करने के इल्ज़ाम में फ़ौज से निकाल दिया गया था। ढीले-ढाले लिबास में उसके चारों ओर बैठे हुए क़बाइली सरदार, जिनकी लम्बी-लम्बी दाढ़ियों को कभी कतरकर सँवारा नहीं गया था, बाबा आदम के ज़माने के सिपाही मालूम हो रहे थे। ख़ुशबूदार चाय पीते हुए और हुक्के में कश लेते हुए वे अनवर से कश्मीर की हालत का बयान सुन रहे थे। वहाँ का काफ़िर राजा अपनी रियासत को हिन्दुस्तान में शामिल करने जा रहा था। अनवर ने चेतावनी दी कि अगर फ़ौरन कुछ न किया गया तो जल्दी ही हिन्दुस्तान कश्मीर पर क़ब्ज़ा कर लेगा और उनके लाखों मुसलमान भाई हिन्दुओं की हुकूमत में आ जायेंगे। उनका फ़र्ज़ था कि अपने क़बीलों से हर तरह की मदद जुटाकर वे कश्मीरी भाइयों के लिए जिहाद की तैयारी

शुरू कर दें। जिहाद की दावत में लूटमार के लिए निमन्त्रण भी निहित था जो पुराने दिनों से पठानों को भड़काने के लिए मज़हबी नारों से ज़्यादा कारगर साबित होता आ रहा था।

कुछ ही घण्टों के अन्दर कच्ची दीवारों से घिरे हुए उनके गाँवों में, उनकी बस्तियों में, लंडीकोतल में, ख़ैबर-दर्रे के आस-पास, उन छिपी हुई गुफ़ाओं में जहाँ वे बीसियों बरस से अपनी राइफलें बनाते आये थे, चोरी से बाहर का माल लाने वाले तस्करों के ख़ुफ़िया अड्डों में—हर जगह पठानों ने जिहाद की चर्चा छेड़ दी। बाज़ारों में घूम-घूमकर उनके ख़ुफ़िया दूत बहुत बड़ी मात्रा में चबेना और गुड़ ख़रीदने लगे, जिसे दिन में दो-तीन बार पानी या चाय के साथ एक-दो मुट्ठी खाकर पठान कई दिन तक लड़ सकता था। धीरे-धीरे लोग, हथियार और दूसरा ज़रूरी सामान उन ख़ुफ़िया अड्डों में पहुँचने लगा जहाँ से वे अपने कश्मीर भाइयों को बचाने के लिए और लूटमार की अपनी पुश्तैनी तमन्ना पूरी करने के लिए जिहाद छेड़ने वाले थे।

पाक-कश्मीर सरहद, 22-24 अक्तूबर 1947

बत्तियाँ बुझी हुई थीं। इंजन बन्द था। लड़ाई से पहले के दिनों की पुरानी फ़ोर्ड स्टेशन-वैगन बरफ़ानी रात में धीरे-धीरे रेंगती हुई पुल से कोई सौ गज़ पहले आकर रुक गयी थी। उसके पीछे काली परछाइयों का एक लम्बा सिलसिला था जो ट्रकों की एक लम्बी क़तार थी। हर ट्रक में कुछ लोग ख़ामोश बैठे हुए थे। उनके नीचे चट्टानों पर से होकर बहती हुई झेलम नदी का शोर चारों तरफ़ गूँज रहा था। स्टेशन-वैगन में मुसलिम लीग के हरी कुर्ती वालों का 23-वर्षीय नेता सैराब हयात ख़ाँ बड़ी बेचैनी से अपनी मूँछों के सिरे ऐंठ रहा था। सामने का पुल पार करते ही कश्मीर की रियासत की सरहद शुरू होती थी।

वह पुल पर नज़रें जमाये आग की उस लपट का इन्तज़ार कर रहा था जिससे उसे यह पता चलता कि उस तरफ़ महाराजा हरीसिंह की फ़ौज के मुसलमान सिपाहियों ने बग़ावत कर दी है, अपने हिन्दू अफ़सरों को मार डाला है, श्रीनगर की टेलीफ़ोन की लाइन काट दी है और पुल के अपनी तरफ़ वाले सिरे पर तैनात सन्तरी को पकड़ लिया है। अचानक उसे रात के अँधेरे आसमान पर आग की लपट से रोशनी की एक कमान बनाती हुई दिखायी दी। सैराब ख़ाँ ने तेज़ी से अपनी स्टेशन-वैगन का इंजन स्टार्ट किया और तेज़ी से झपटता हुआ पुल पार कर गया। कश्मीर की लड़ाई

शुरू हो गयी थी।

कुछ ही मिनट बाद उसका क़ाफ़िला किसी रुकावट का सामना किये बिना मुज़फ़्फ़राबाद के छोटे-से शहर में कस्टम वालों के शेड में पहुँच चुका था। कस्टम के दो ऊँघते हुए कर्मचारियों ने हाथ हिलाकर उन्हें जाँच-पड़ताल के लिए रोका। जिहाद के नारे लगते हुए पठान उन पर टूट पड़े। उनमें से एक को तो उन्होंने पीछा करके उसके शेड में वापस खदेड़ दिया, जहाँ वह पूरा ज़ोर लगाकर मुर्दा टेलीफ़ोन में जान फूँकने की कोशिश करने लगा। ग़ुस्से से भरे हुए पठानों ने उसे वहीं उसी बेकार टेलीफ़ोन की डोरी से बाँधकर डाल दिया।

इस हमले के हिरावल दस्ते का नौजवान नेता ख़ुशी से फूला न समा रहा था। इससे ज़्यादा कामयाबी की तो उम्मीद भी नहीं की जा सकती थी। श्रीनगर का रास्ता पठानों के सामने खुला हुआ था, 135 मील लम्बी पक्की सड़क जिस पर पहरे और निगरानी का भी कोई बन्दोबस्त नहीं था। इतना सफ़र तो वह सूरज निकलने से पहले तक पूरा कर सकते थे। सुबह की पहली किरन फूटते ही हज़ारों क़बाइली महाराजा हरीसिंह की सोती हुई राजधानी पर टूट पड़ेंगे। सैराब हयात ख़ाँ और उसका हिरावल दस्ता उनके महल पर क़ब्ज़ा कर लेगा। वह सोच रहा था कि सबेरे-सबेरे महाराजा के पास एक ट्रे में उनकी चाय लेकर जायेगा और साथ ही उन्हें वह ख़बर भी सुनायेगा जिसकी 22 अक्तूबर 1947 को सारी दुनिया में चर्चा होगी।

लेकिन नौजवान का सपना जल्दी ही टूट गया। सारे फ़ौजी दाव-पेंच जानने वाले जिन लोगों ने इस हमले की योजना बनायी थी उन्होंने हिसाब लगाने में एक बहुत बड़ी भूल की थी। जब सैराब हयात ख़ाँ ने अपनी फ़ौज के साथ श्रीनगर की तरफ़ कूच करने का इरादा किया तो उसे पता चला कि उसकी फ़ौज तो ग़ायब हो चुकी है। ट्रकों के आस-पास एक भी पठान नहीं था। वे रात में न जाने कहाँ खो गये थे। अपने कश्मीरी भाइयों को नजात दिलाने का उनका जिहाद शुरू हुआ मुजफ़्फ़राबाद के हिन्दू बाज़ार पर रात के वक़्त छापा मार कर।

वहाँ की दूकानों में इन लोगों ने जो लूटमार की थी उसी की वजह से मुहम्मद अली जिन्ना को फिर कभी कश्मीर जाना नसीब नहीं हुआ। सैराब ख़ाँ बाद में बयान करता था, 'हर आदमी अपनी मर्ज़ी का मालिक था। क़बाइली पठान ताले और दरवाज़े तोड़कर जो कुछ भी हाथ लगा, उठा ले गये।'

सैराब ख़ाँ और उसके अफ़सरों ने बौखलाकर उन्हें रोकने की कोशिश

की, उनके कपड़े पकड़-पकड़कर उन्हें खींचा कि लूटमार न करें। वह उनकी ख़ुशामद करता रहा, 'यह तुम लोग क्या कर रहे हो ? हमें तो श्रीनगर जाना है।'

लेकिन वहाँ कौन किसी की सुनता था ? लूटमार तो उनके ख़ून में बसी हुई थी, उन्हें भला कौन रोक सकता था ? आगे बढ़ते हुए बीच-बीच में लूटमार करते जाना उनके लिए ज़रूरी था। इसीलिए उस बिजली-घर तक, जिसके उड़ा दिये जाने की वजह से महाराजा हरीसिंह के महल में अँधेरा छा गया था, 75 मील का सफ़र तय करने में उन्हें 48 घण्टे लग गये।

नयी दिल्ली, 24 अक्तूबर 1947

झेलम के उस पुल पर सैराब हयात ख़ाँ के हिरावल दस्ते का क़ब्ज़ा हो जाने के 48 घण्टे बाद दिल्ली में कश्मीर पर हमला किये जाने की ख़बर पहुँची। और ख़बर बेबस महाराजा ने नहीं भेजी बल्कि विचित्र ढंग से पहुँची। पंजाब की उस सड़क के किनारे जिस पर आठ हफ़्ते तक लाखों बदनसीब लोगों का ताँता बँधा रहा था, कुछ खम्भे लगे हुए थे जिन पर पेट-भरे गिद्ध अब भी बैठे रहते थे। इन्हीं खम्भों पर हिन्दुस्तान और पाकिस्तान को जोड़ने वाले टेलीफ़ोन के तार लगे हुए थे। तारों की इसी लाइन की बदौलत अब भी रावलपिंडी के 1704 नं० से दूसरी दुनिया में नयी दिल्ली के 3017 नं० को टेलीफ़ोन कर सकना मुमकिन था। ये पाकिस्तानी और भारतीय सेनाओं के कमांडर-इन-चीफ़ों के प्राइवेट नम्बर थे। दोनों ही अँग्रेज़ थे। दोनों गहरे दोस्त थे। वे पुरानी भारतीय सेना में एक-दूसरे के साथी रह चुके थे।

शुक्रवार के दिन 24 अक्तूबर को शाम को पाँच बजे से ज़रा पहले पाकिस्तान के मेजर-जनरल डगलस ग्रेसी को ख़ुफ़िया विभाग की एक रिपोर्ट से पता चला कि कश्मीर में क्या हो रहा था। इससे पहले उन्हें कुछ भी मालूम नहीं था। रिपोर्ट में हमलावरों की संख्या, उनके हथियारों, उनके ठिकानों का पूरा ब्योरा था। बिना किसी झिझक के ग्रेसी ने निजी टेलीफ़ोन उठाया और तुरन्त भारतीय सेना के कमांडर-इन-चीफ़ का नम्बर मिलाया। जिन्ना यह नहीं चाहते थे कि भारतीय कमांडर-इन-चीफ़ को कश्मीर पर हमले की ख़बर मिले, क्योंकि वही रियासत को उनके पास आने से बचा सकते थे।

भारत के लेफ़्टिनेंट-जनरल सर राब लाकहार्ट स्काटलैंड के रहने वाले थे और सैंडहर्स्ट में ग्रेसी के साथ फ़ौजी शिक्षा पा चुके थे। वह अपने पुराने दोस्त से यह खबर सुनकर हक्का-बक्का रह गये। उन्होंने यह ख़बर दो

और आदमियों तक पहुँचायी जो दोनों ही अँग्रेज़ थे : गवर्नर-जनरल लॉर्ड माउंटबैटेन को और फ़ील्ड-मार्शल आकिनलेक को।

इस शाम ग्रेसी का टेलीफ़ोन आने से आपसी बातचीत का जो सिलसिला शुरू हुआ उसका असाधारण महत्व था। दोनों तरफ़ के अँग्रेज़ अफ़सरों के लिए एक बहुत बड़ी नैतिक दुविधा उठ रही थी। इंसान होने के नाते उन्हें यह चिन्ता थी कि झगड़ा फैलने न पाये। वे उन हिन्दुस्तानियों और पाकिस्तानियों को, जो उनके कंधे-से-कंधा मिलाकर फ़ौज में लड़ चुके थे, एक-दूसरे का ख़ून बहाने से रोकना चाहते थे। लेकिन फ़ौजी अफ़सरों की हैसियत से उन्हें जो आदेश मिलने वाले थे वे अकसर उनकी इन इच्छाओं के विपरीत होते।

ग्रेसी और लाकहार्ट के बीच बातचीत का यह सिलसिला उस वक़्त भी जारी रहा जब उनकी सेनाएँ कश्मीर के बर्फ़ीले मैदानों में एक-दूसरे के आमने-सामने डटी हुई थीं। उनके इस रवैये की वजह से दोनों सरकारें, जिनकी ये दुखी अँग्रेज़ सेवा कर रहे थे, उनसे बेहद नाराज़ हो गयीं। इसका नतीजा यह हुआ कि उन्हें बहुत जल्दी ही इस उप-महाद्वीप से विदा कर दिया गया। अगर उस साल शरदऋतु में भारत और पाकिस्तान के बीच भरपूर लड़ाई नहीं छिड़ी तो इसमें बहुत बड़ा हाथ टेलीफ़ोन पर इन दोनों की उस खुफ़िया बातचीत का भी था जो रावलपिंडी के टेलीफ़ोन नम्बर 1704 और नयी दिल्ली के टेलीफ़ोन नम्बर 3017 के बीच होती थी।

माउंटबैटेन को यह ख़बर उस समय मिली जब वह थाईलैंड के विदेश-मन्त्री के सम्मान में दी गयी दावत के लिए कपड़े बदल रहे थे। दावत के बाद जब सब मेहमान चले गये तो उन्होंने नेहरू से कुछ देर के लिए रुक जाने को कहा। प्रधानमन्त्री यह ख़बर सुनकर स्तब्ध रह गये। शायद कोई दूसरी ख़बर होती तो वह इतना परेशान न होते। वह अपनी जन्मभूमि कश्मीर को किसी भी दूसरी जगह से ज़्यादा प्यार करते थे, बिलकुल उस तरह जैसे कोई 'किसी बेहद ख़ूबसूरत औरत से प्यार करता है जिसकी सुन्दरता निजी लगाव से परे होती है, कामनाओं की परिधि से बाहर होती है।' उन्हें उसकी 'नदियों, घाटियों, झीलों और सुडौल पेड़ों वाले नारी-सुलभ सौन्दर्य' से प्यार था। आज़ादी की लड़ाई के दिनों में वह कितनी ही बार 'उसके कठोर पर्वतों और चट्टानी कगारों, बर्फ़ से ढकी हुई पहाड़ी चोटियों और हिमानी धाराओं और नीचे घाटी की ओर तूफ़ानी वेग से बहने वाली नदियों' का प्राकृतिक सौन्दर्य निहारने अपनी इस जन्मभूमि में आये थे।

कश्मीर के सवाल पर गवर्नर-जनरल को एक दूसरे ही नेहरू से परि-

चित होने का अवसर मिला। माउंटबैटेन उनके जिस शान्त और निर्लिप्त विवेक के इतने प्रशंसक थे उसकी जगह उन्होंने उनमें एक सहज ही उत्पन्न हो जाने वाली भावात्मक प्रतिक्रिया पायी जिसकी ज्वाला उन आवेगों के कारण और भड़क उठी थी जिन पर यह समझदार कश्मीरी ब्राह्मण भी क़ाबू नहीं पा सकता था।

माउंटबैटेन के लिए अभी एक और तूफ़ानी बातचीत करना बाक़ी था, फ़ील्ड-मार्शल आकिनलेक के साथ। सुप्रीम कमांडर ने गवर्नर-जनरल से कहा कि वह फ़ौरन हवाई जहाज़ से अँग्रेज़ सिपाहियों की एक ब्रिगेड वहाँ रहने वाले सैकड़ों पेंशनयाफ़्ता अँग्रेज़ों की जान बचाने के लिए श्रीनगर भेजना चाहते हैं। उन्होंने चेतावनी दी कि अगर इन लोगों को वहाँ से न निकाला गया तो वे भयानक क़त्लेआम और बलात्कार का शिकार हो जायेंगे।

माउंटबैटेन ने जवाब दिया, 'माफ़ कीजिये, मैं इसके लिए तैयार नहीं हूँ।' नतीजा कितना ही भयानक क्यों न हो, पर वह इस बात की मंज़ूरी देने को तैयार नहीं थे कि एक ऐसे उप-महाद्वीप की भूमि पर जो आज़ाद हो चुका था अँग्रेज़ सिपाहियों को इस्तेमाल किया जाये। उन्होंने साफ़-माफ़ कह दिया कि अगर कश्मीर में फ़ौजी हस्तक्षेप होना ही है तो उनकी हद तक यह हिन्दुस्तानी सिपाहियों की मदद से किया जायेगा, अँग्रेज़ सिपाहियों की मदद से नहीं।

'वहाँ जो लोग फँसे हुए हैं वे क़त्ल कर दिये जायेंगे और उनके खून की जिम्मेदारी आप पर होगी,' आकिनलेक ने ग़ुस्से से बिफरकर कहा।

'अच्छी बात है,' माउंटबैटेन ने बहुत दुखी होकर जवाब दिया, 'मैं वह ज़िम्मेदारी लेने को तैयार हूँ। वह इस पद को संभालने का हर्जाना होगा। लेकिन अँग्रेज़ फ़ौजों के इस्तेमाल किये जाने से जो होगा उसका जवाब देने को मैं तैयार नहीं हूँ।'

दूसरी शाम श्रीनगर के सुनसान हवाई अड्डे पर भारतीय वायु-सेना का एक डी० सी०-3 विमान उतरा। उसमें तीन आदमी थे—पुराने सरकारी अफ़सर वी० पी० मेनन जिन्होंने कितनी ही देसी रियासतों को भारत में शामिल करवाया था, भारतीय सेना के कर्नल सैम मानेक शा और वायु-सेना का एक अफ़सर।

इन तीनों आदमियों को कश्मीर भेजने का फ़ैसला उसी सुबह मन्त्रि-मंडल की रक्षा-समिति की एक तात्कालिक मीटिंग बुलाकर किया गया था। इस समिति के सामने चारों ओर से घिरे हुए महाराजा की मदद की

फ़रियाद पेश की गयी। माउंटबैटेन आकिनलेक के साथ अपनी बातचीत की वजह से बहुत चिन्तित हो उठे थे; वह यह भी जानते थे कि इस मामले में नेहरू की भावनाएँ कितनी गहरी हैं; इसलिए वह समझ गये थे कि फ़ौजी हस्तक्षेप होने वाला है। उन्होंने यह तय कर लिया था कि अगर ऐसा होना ही है तो उसके लिए कोई क़ानूनी आधार बना लेना ज़रूरी है। उन्होंने अपनी सरकार को यह बात समझा दी थी कि जब तक महाराजा बाक़ायदा विलय के काग़ज़ात पर दस्तख़त न कर दें और इस तरह अपनी रियासत को क़ानूनी तौर पर भारत का हिस्सा न बना दें तब तक भारत कश्मीर में अपनी फ़ौजें न भेजे।

उन्होंने इतना ही नहीं किया। भारत की सेवा करते हुए भी वह कुछ लोकतान्त्रिक सिद्धान्तों के उतने ही पाबन्द थे जितना कि सम्राट् जार्ज षष्ठम की सेवा करते समय। जिस तरह उनका हमेशा से यह विश्वास रहा था कि ब्रिटेन के लिए भारत की मर्ज़ी के ख़िलाफ़ भारत में रहना नामुमकिन है, उसी तरह उनका यह भी विश्वास था कि कश्मीर की समस्या का कोई ऐसा हल कभी सफल नहीं हो सकता जो वहाँ के मुसलिम बहुमत की भावनाओं के प्रतिकूल हो। उन्हें इसके बारे में भी कोई सन्देह नहीं था कि ये भावनाएँ क्या थीं। उन्होंने 7 नवम्बर को ब्रिटेन के बादशाह को भेजी गयी अपनी एक रिपोर्ट में लिखा था, 'मुझे पूरा यक़ीन है कि जिस आबादी में इतने ज़्यादा मुसलमान हों वह निश्चित रूप से पाकिस्तान में शामिल होने के पक्ष में वोट देगी।'

नेहरू के संकोच के बावजूद उन्होंने अपने प्रधानमन्त्री और उनके मन्त्रिमंडल को इस बात के लिए राज़ी कर लिया कि कश्मीर के विलय के समझौते में एक बुनियादी शर्त यह शामिल कर दी जाये कि भारत में महाराजा की रियासत के विलय को अस्थायी समझा जायेगा। उसे स्थायी रूप तभी दिया जायेगा जब वहाँ शान्ति और सुव्यवस्था की स्थापना हो जाने पर जनमत-गणना के ज़रिये यह पता लगा लिया जाये कि कश्मीर की जनता भी यही चाहती है।

वी० पी० मेनन को आदेश दिया गया कि वह श्रीनगर जाकर महाराजा के सामने मन्त्रिमंडल की ये शर्तें रखें। उनके साथ जो अफ़सर भेजे गये थे उन्हें सैनिक स्थिति का पता लगाना था। इन लोगों के रवाना हो जाने के बाद दक्षिण-पूर्व एशिया में मित्र-राष्ट्रों की फ़ौजों के भूतपूर्व सुप्रीम कमांडर ने हवाई जहाज़ से कश्मीर में फ़ौजें पहुँचाने की ऐतिहासिक मुहिम की तैयारियाँ शुरू कर दीं। उन्होंने भारतीय वायु-परिवहन सेवा के सभी

विमानों को आदेश दे दिया कि वे जहाँ भी हों वहीं अपने सारे यात्रियों को छोड़कर सीधे दिल्ली वापस आ जायें।

शनिवार, 26 अक्तूबर को आधी रात से कुछ ही देर पहले इतिहास की सबसे बड़ी भगदड़ में एक और शरणार्थी शामिल हो गया। उन एक करोड़ से अधिक हिन्दुओं, सिखों और मुसलमानों में, जो अपना घर-बार, सब-कुछ छोड़कर भाग आये थे, एक और आदमी शामिल हो गया—कश्मीर का महाराजा हरीसिंह। बैलगाड़ी के बजाय वह एक आरामदेह स्टेशन-वैगन पर जा रहा था; उसके पीछे ट्रकों और मोटरों का एक पूरा क़ाफ़िला था जिन पर उसका सबसे बहुमूल्य सामान लदा हुआ था। रास्ते में लुटेरों के किसी गिरोह के हाथों लूटे जाने का कोई ख़तरा नहीं था। इस सफ़र में उनकी रक्षा करने के लिए उनके बॉडीगार्ड उनके साथ थे। और इस यात्रा के बाद महाराजा को किसी ऐसे शरणार्थी-कैम्प में भी जाकर नहीं ठहरना था जहाँ हैज़ा फैला हो। बल्कि वह अपने निर्वासन के दिन एक दूसरे महल में सुख-चैन से बिताने वाले थे—जम्मू में अपने सर्दियों वाले महल में, जहाँ किसी ज़माने में ब्रिटिश सिंहासन के उत्तराधिकारी प्रिंस ऑफ़ वेल्स और उनके ए० डी० सी० लॉर्ड लुई माउंटबैटेन उनके मेहमान रह चुके थे। वहाँ पर, जहाँ उनकी ज़्यादातर प्रजा हिन्दू थी, वह बिना किसी ख़तरे के रह सकते थे।

प्रबल धारा के तूफ़ानी वेग से आगे बढ़ते हुए घटनाक्रम ने स्वतन्त्रता की उनकी कोरी आशाओं पर पानी फेर दिया था। अपनी तमाम जोड़-तोड़ के बावजूद महाराजा हरीसिंह मुश्किल से तीन महीने तक माउंटबैटेन की सेबों की टोकरी के बाहर रह पाये थे! वी० पी० मेनन की सलाह मानकर वह ख़तरे में घिरी हुई अपनी राजधानी छोड़कर चले जाने पर तैयार हो गये थे और मेनन अपने साथियों को यह सूचना देने के लिए दिल्ली लौट गये थे कि मदद पाने के लिए महाराजा उनकी तरफ़ से रखी गयी कोई भी शर्त मानने को तैयार थे।

उस रात महाराजा जिस महल को छोड़कर भाग रहे थे उसमें उन्हें फिर कभी क़दम रखना नसीब नहीं हुआ। कुछ ही बरसों बाद उस महल में, जहाँ वह अपनी फ़ौज के बे-वफ़ा अफ़सरों के साथ रंगरेलियाँ मनाया करते थे, एक आलीशान होटल खुल गया और वहाँ सैर-सपाटे के लिए आने वाले धनी अमेरिकियों का स्वागत किया जाने लगा। वहाँ से चलते समय उनके नौकर-चाकर तिजोरियों में से हीरे-मोती निकाल-निकालकर बक्सों में भर रहे थे और महाराजा हरीसिंह उन दो चीज़ों को संभालकर

रखने के फेर में थे जिनसे उन्हें सबसे ज़्यादा लगाव था—उनकी छर्रेवाली दो बन्दूक़ें जिनसे वह बतख़ों के शिकार में सारी दुनिया का रेकार्ड तोड़ चुके थे। बहुत उदास होकर उन्होंने बन्दूक़ों की तेल से चमकती हुई मूठों को प्यार से सहलाया। फिर बड़ी सावधानी से उन्हें चमड़े के बैग में रखकर वह अपने साथ मोटर तक ले गये।

सत्रह घण्टे की कठिन यात्रा के बाद महाराजा का क़ाफ़िला जम्मू पहुँचा। महाराजा इस लम्बे सफ़र के बाद थककर बिलकुल चूर हो चुके थे, इसलिए वह फ़ौरन सोने के लिए अपने कमरे में चले गये। सोने से पहले उन्होंने अपने ए० डी० सी० को बुलाकर महाराजा की हैसियत से उसे अन्तिम आदेश दिया। उन्होंने कहा, "वी० पी० मेनन दिल्ली से लौट कर आयें तभी मुझे जगाया जाये। उनके लौटने का मतलब होगा कि भारत ने हमारी मदद करने का फ़ैसला कर लिया है। अगर वह सुबह होने से पहले वापस न आयें तो मुझे मेरे पिस्तौल से सोते में गोली मार दी जाये। अगर वह नहीं आये तो इसका मतलब होगा कि सारा खेल ख़त्म हो गया है।"

दिल्ली वापस पहुँचते ही वी० पी० मेनन और वे दोनों अफ़सर जो उनके साथ श्रीनगर गये थे, मन्त्रिमंडल की रक्षा समिति की एक और मीटिंग में अपनी रिपोर्ट पेश करने गये। उनकी बातें सुनकर एक आतंक-सा छा गया। आख़िरकार महाराजा तो कश्मीर को भारत के हवाले कर देने पर राज़ी हो गये थे, लेकिन हमला करने वाले पठान श्रीनगर से सिर्फ़ 35 मील दूर रह गये थे और वे किसी भी वक़्त कश्मीर के उस अकेले हवाई अड्डे पर क़ब्ज़ा कर सकते थे जहाँ भारत अपनी फ़ौजें उतार सकता था।

भारत की सेना और वायु-सेना दोनों ही के अँग्रेज़ सेनापतियों ने सैनिक हस्तक्षेप पर आपत्ति की। उनका कहना था कि बहुत दूर एक ऐसी आबादी के बीच फ़ौजी कार्रवाई की जोखिम उठानी पड़ेगी जिसके बारे में काफ़ी ख़तरा था कि वह हमारा विरोध करे। इस सवाल पर भारतीय भावनाओं की उग्रता को भाँपकर माउंटबैटेन ने उनकी इस आपत्ति की ओर कोई ध्यान नहीं दिया। उन्होंने चेतावनी दी कि वे जो कार्रवाई शुरू करने जा रहे हैं, बहुत दिन तक चल सकती है, उसके लिए अनुमान से ज़्यादा लोगों और साधनों की ज़रूरत पड़ सकती है। लेकिन चूँकि उनका मन्त्रिमंडल कोई निर्णयक क़दम उठाने पर तुला हुआ था, इसलिए माउंटबैटेन ने उसे स्वयं अपने सैनिक अनुभव का भी पूरा सहारा दिया।

उन्होंने हुक्म दे दिया कि दूसरे दिन सुबह से ही हवाई जहाज़ से

श्रीनगर में फ़ौजें उतारी जायें। इसके लिए देश में परिवहन के फ़ौजी और ग़ैर-फ़ौजी जितने भी साधन मिल सकते थे काम में लाये गये। सड़क के रास्ते और ज़्यादा सिपाही और हथियार पहुँचने तक श्रीनगर के हवाई अड्डे को अपने क़ब्ज़े में रखना था। हिन्दुस्तान को कश्मीर से जोड़ने वाली एक ही सड़क थी जिसके रास्ते फ़ौरन कुमक भेजने का हुक्म दे दिया गया।

इस सारी तैयारी की दौड़-धूप अभी जारी ही थी कि माउंटबैटेन ने वी० पी० मेनन को हवाई जहाज़ से जम्मू भेज दिया। महाराजा हरीसिंह को जम्मू में उनके प्रवास की पहली ही रात को गोली मारने की नौबत नहीं आयी। उन्होंने अपने ए० डी० सी० को जितनी मोहलत दी थी वह पूरी होने से पहले ही वी० पी० मेनन उनके पलंग के पास पहुँच गये। उनके पास विलय के समझौते का वह दस्तावेज़ तैयार था जिस पर महा-राजा हरीसिंह को दस्तख़त करने थे, और जो हिन्दुस्तान की तरफ़ से किसी भी कार्रवाई के लिए क़ानूनी आधार प्रदान करता।

वी० पी० मेनन उसी 26 अक्तूबर की रात को दिल्ली वापस आ गये। उनके वापस आने के कुछ ही मिनट बाद ब्रिटेन के डिप्टी हाई-कमिश्नर अलेग्ज़ेंडर साइमोन उनके साथ शराब पीने के लिए आ गये। मेनन बेहद ख़ुश थे। उन्होंने अपने दोनों के लिए एक-एक बड़ा गिलास बनाया। जब वे इतमीनान से बैठे तो मेनन की बाँछें खिली जा रही थीं। उन्होंने साइमोन की तरफ़ अपना गिलास उठाकर शराब पीने का सिलसिला शुरू किया। कुछ देर बाद उन्होंने अपनी जेब से एक काग़ज़ निकालकर बहुत ख़ुश होकर उस अँग्रेज़ को दिखाया और बोले, 'यह रहा। अब कश्मीर हमारा है। उस हरामज़ादे ने विलय के समझौते पर दस्तख़त कर दिये। और अब एक बार हमारे हाथ में आ जाने के बाद हम उसे कभी हाथ से जाने नहीं देंगे।'

भारत ने वी० पी० मेनन के इस वचन को पूरी तरह निभाया। सोमवार 27 अक्तूबर को भोर पहर श्रीनगर के हवाई अड्डे पर, जिसका इस तरह सुनसान पड़ा रहना एक चमत्कार लगता था, नौ डी० सी०-3 विमानों से पहली सिख-रेजीमेंट के 329 सिपाही और आठ टन फ़ौजी सामान उतारा गया। भारत कश्मीर में जो सिपाही और सामान झोंकता आ रहा है उसकी यहपहली क़िस्त थी। आख़िर में कश्मीर की बर्फ़ से ढकी हुई पहाड़ी ज़मीन पर एक लाख भारतीय सिपाही लड़ रहे थे, उसी कश्मीर में जिसे किसी ज़माने में ट्राउट मछली और पहाड़ी बकरों का शिकार खेलनें वालों का

स्वर्ग समझा जाता था।

कश्मीर में भारत को शुरू-शुरू में जो सफलता मिली उसका श्रेय उसकी सैनिक प्रतिभा और उसके सिपाहियों की मुस्तैदी और बहादुरी को उतना नहीं था जितना फ्रांस, स्काटलैंड, स्पेन, इटली और पुर्तगाल की चौदह ईसाई भिक्षुणियों को था जो फ्रांसिस्कन मिशन ऑफ़ मेरी में काम करती थीं। पठान मुजाहिद श्रीनगर से सिर्फ़ 30 मील दूर बारामूला के छोटे-से शहर में उनके गिरजाघर को लूटने के लिए रुक गये थे, जबकि उन्हें कश्मीर की राजधानी और उसके हवाई अड्डे की तरफ़ बढ़ते रहना चाहिए था और उनकी इस चूक की वजह से जहाँगीर की इस ख़ूबसूरत घाटी को अपने राज्य में मिला लेने का जिन्ना का सपना कभी पूरा न हो सका। सोमवार 27 अक्तूबर को जिस समय पहली सिख-रेजिमेंट के सिपाही कश्मीर के एक मात्र हवाई अड्डे पर अपने पाँव मज़बूती से जमाने की कोशिश कर रहे थे, उस वक़्त बारामूला में पठान लोग बलात्कार और लूटमार की अपनी पुरानी भूख मिटा रहे थे। उन्होंने उन ईसाई भिक्षुणियों के साथ बलात्कार किया, उनके छोटे-से अस्पताल में जितने मरीज़ थे उन्हें क़त्ल कर दिया और गिरजाघर को इतनी बुरी तरह लूटा कि दरवाज़ों के पीतल के हैंडिल तक नहीं छोड़े।

उसी शाम हाथ में अपनी सलीब मज़बूती से पकड़े हुए, और 'कश्मीर के हृदय-परिवर्तन' की दुआ माँगते हुए कनवेंट की बेल्जियम-वासी मदर-सुपीरियर सिस्टर मेरी एडेलट्रूड ने दम तोड़ दिया। उनकी, उनके साथ की दूसरी भिक्षुणियों की और अस्पताल के मरीज़ों की इस क़ुर्बानी से हिमालय की गोद में बसे हुए कश्मीर में इसलाम की बुनियादें भले ही न हिली हों, लेकिन उस क़ुर्बानी से जवाहरलाल नेहरू के सिपाहियों को कुछ वक़्त ज़रूर मिल गया, जिसकी कि उन्हें कश्मीर की घाटी में अपने पाँव जमाने के लिए बेहद ज़रूरत थी।

इसके बाद वे वहाँ से कभी नहीं हटे। जब पठानों ने अपना हमला फिर शुरू किया उस वक़्त तक बहुत देर हो चुकी थी। हिन्दुस्तानी सिपाहियों ने उन्हें आगे बढ़ने से रोक दिया और जब उनकी बख़्तरबन्द गाड़ियाँ आ गयीं तब तो उन्होंने श्रीनगर से बाहर पठानों से जमकर टक्कर ली और उनके पाँव उखाड़ दिये। धीरे-धीरे उन्होंने पठान लुटेरों को उसी रास्ते से पीछे ढकेलना शुरू कर दिया जिससे होकर वे श्रीनगर तक पहुँचे थे। आख़िरकार वे उन्हें खदड़ते हुए उन पुलों की तरफ़ ले गये जिन पर उन्होंने अक्तूबर की उस ठिठुरती हुई रात को बड़ी आसानी से क़ब्ज़ा कर लिया था और यह समझा था कि सारा कश्मीर इसी तरह एक भी गोली

चलाये बिना उनके क़ब्ज़े में आ जायेगा। जिन्ना ग़ुस्से से खौल रहे थे। उन्होंने अँग्रेज़ सेनापतियों की सलाह की परवाह न करके पाकिस्तानी फ़ौज के सिपाहियों को क़बाइली पठानों के कपड़े पहनाकर कश्मीर भेजने का हुक्म दे दिया। और पठान मुजाहिद भरती किये गये, और कड़ाके की सर्दी में कई महीने तक लड़ाई चलती रही।

आख़िरकार यह झगड़ा राष्ट्रसंघ तक पहुँचा। यह ख़ूबसूरत घाटी, जिसका नाम एक मुग़ल सम्राट के होंठों पर मरते दम तक रहा, बर्लिन, फ़िलिस्तान और कोरिया की तरह दुनिया की उन समस्याओं की सूची में शामिल कर दी गयी जो कभी हल न हो सकीं।

जिस जनमत-गणना के लिए माउंटबैटेन ने इतनी मुश्किल से नेहरू को राज़ी किया था वह भूले-बिसरे नेक इरादों की मोटी फ़ाइल में डाल दी गयी। रियासत दो हिस्सों में बँट गयी। 1948 में जहाँ तक जिसका क़ब्ज़ा था उसी को उसकी सरहद समझ लिया गया है। कश्मीर की घाटी हिन्दुस्तान के हिस्से में आयी और गिलगिट के आस-पास का उत्तरी इलाक़ा पाकिस्तान को मिला। पच्चीस साल बाद भी कश्मीर हिन्दुस्तान और पाकिस्तान के बीच झगड़े की जड़ और उनके बीच समझौता होने के रास्ते की सबसे बड़ी बाधा बना हुआ है।

15

पूना के दो ब्राह्मण

पूना, 1 नवम्बर 1947

वह नौजवान लड़ाकू हिन्दू जिसके नेतृत्व में 15 अगस्त को उसके शिष्यों ने राष्ट्रीय स्वयंसेवक संघ के स्वस्तिक के चिह्न वाले भगवे झण्डे को सलामी दी थी, आश्चर्य-भरी निगाहों से उस सफ़ेद पुती हुई इमारत को देख रहा था जहाँ उसके अख़बार **हिन्दू राष्ट्र** का नया दफ़्तर खुलने वाला था। इस समय नाथूराम गोडसे के चेहरे पर जैसा उल्लास था वैसा विलायत के बड़े-से-बड़े अख़बार के मालिक ने अपनी फ़ौलाद और काँच की कई-कई मंज़िल की इमारतों को देखकर भी कभी अनुभव न किया होगा। वह हमेशा की तरह इस समय भी बहुत मामूली पोशाक पहने हुए था—ढीली-ढाली क़मीज़, मोटे सूती कपड़े की वास्केट और धोती। उसके चेहरे पर जो आम तौर पर गम्भीर रहता था, इस समय कुछ-कुछ तनाव-भरी मुसकराहट थी। वह एक-एक करके सभी मेहमानों से मिलकर उन्हें विश्वास दिला रहा था कि वह अपने अख़बार को एक बार फिर हिन्दुओं के ध्येय के लिए समर्पित करने का संकल्प कर चुका है।

जिस समय वह कॉफ़ी के प्याले मेहमानों तक पहुँचा रहा था उसी वक़्त एक और आदमी चुपके से मेहमानों के बीच आकर उनकी बधाइयाँ स्वीकार करने लगा। नारायण आप्टे के लिबास में कोई सादगी नहीं थी। आज उसने सबसे बढ़िया ट्वीड का कोट और स्लेटी रंग की फ़्लैनेल की पतलून पहन रखी थी। उसकी खुले गले की क़मीज़ का कॉलर कोट के कॉलर के ऊपर मुड़ा हुआ था। गोडसे भीड़ के बीच से बड़ी चुस्ती से एक झटके के साथ निकल जाता था, लेकिन आप्टे एक मेहमान से दूसरे

मेहमान के पास इस तरह धीरे से जाता मानो हवा की लहरों पर तैर रहा हो; उसकी चाल में कुछ-कुछ चोरों जैसा अन्दाज़ था, जैसे वह दबे पाँव कुछ छिपाकर ले जा रहा हो।

आप्टे 35 साल का था और उम्र में अपने साझेदार से तीन साल छोटा था। गोडसे को दुनिया के माया-मोह से जितनी विरक्ति थी उतना ही आप्टे उसमें डूबा हुआ था। उसे खुद काम करना भी आता था और दूसरों से काम लेना भी। वह संगठन बनाना भी जानता था और योजनाएँ बनाना भी। जब सब मेहमान खा-पी चुके तो उसने बीच में आकर लोगों का ध्यान आकर्षित करने के लिए अपने हाथों से ताली बजायी।

कुछ देर तक संचालक-मंडल के अध्यक्ष की हैसियत से वह शेयर-होल्डरों के सामने वार्षिक रिपोर्ट देते हुए **हिन्दू राष्ट्र** का इतिहास सुनाता रहा। इसके बाद उसने उस शाम का पहला आकर्षक कार्यक्रम प्रस्तुत किया—अपने साझेदार का भाषण। गोडसे भीड़ के बीच में आकर लोगों के शान्त होने की राह देखता रहा। उसके चेहरे पर ऐसा तनाव था जैसे कोई गवैया तानपूरे के सुर मिलने का इन्तज़ार कर रहा हो।

अपने भाषण में उग्रता और आवेश के सुरों को लय में बाँधते हुए गोडसे उन विषयों पर प्रकाश डालता रहा जिनमें वह माउंटबैटेन की बँटवारे की योजना के प्रकाशित होने के बाद से डूबा रहा था: गांधी, काँग्रेस और भारत का बँटवारा। उसने धीमे स्वर में कहना शुरू किया, 'गांधी ने कहा था कि भारत का बँटवारा उनकी लाश पर होगा। भारत का बँटवारा हो गया, लेकिन गांधी अभी तक ज़िन्दा हैं। गांधी की अहिंसा ने दुश्मनों का सामना होने पर हिन्दुओं के पास बचाव का कोई रास्ता नहीं छोड़ा है। अब जबकि हिन्दू शरणार्थी भूखे मर रहे हैं, गांधी उनके साथ अत्याचार करने वाले मुसलमानों की पैरवी कर रहे हैं। हिन्दू औरतें बलात्कार से बचने के लिए कुँओं में कूदकर अपनी जान दे रही हैं और गांधी उनसे कहते हैं, "जीत उसी की होती है जो ज़ुल्म का शिकार होता है।" ज़ुल्म का शिकार होने वालों में से कोई मेरी माँ भी हो सकती थी।'

'मातृभूमि के दो टुकड़े कर दिये गये हैं,' उसने गरजकर कहा, 'गिद्ध उसकी बोटियाँ नोच रहे हैं, खुली सड़कों पर हिन्दू औरतों की लाज लुटी जा रही है और काँग्रेस के हिजड़े चुपचाप खड़े यह बलात्कार देख रहे हैं। कितनी देर, आखिर कितनी देर कोई यह सब-कुछ बर्दाश्त कर सकता है?'

पूना के सिरफिरे कट्टर हिन्दुओं का अब एक नया हीरो था, वह आदमी

जिसे वह शिवाजी, पेशवाओं और तिलक की परम्पराओं को सचमुच निभाने वाला मानकर पूजते थे। वह हिन्दू राष्ट्र की नयी इमारत के बाहर वाले मैदान में सशरीर स्वयं तो मौजूद नहीं था, लेकिन जैसे ही 16 मिलीमीटर वाले प्रोजेक्टर से सामने वाली सीमेंट की दीवार पर उसका हिलता हुआ चित्र दिखायी दिया, मजमे पर उत्सुकता भरा सन्नाटा छा गया। हाँलाकि कैमरे की घरघराहट और प्रोजेक्टर की किसी ख़राबी की वजह से आवाज़ कुछ फटी-फटी सुनायी दे रही थी, फिर भी विनायक दामोदर (वीर) सावरकर की वाणी में कुछ ऐसा गुण था जो सुनने वाले को सहज ही मंत्रमुग्ध कर लेता था।

सबसे बड़ी बात यह थी कि वह इतना जोशीला और प्रवाहमय भाषण देते थे कि लोग उन्हें 'महाराष्ट्र का चर्चिल' कहते थे। पूना और बम्बई के जिन इलाक़ों में उनके गढ़ थे वहाँ वह नेहरू से ज़्यादा बड़ी भीड़ जुटा सकते थे। नेहरू, जिन्ना और गांधी की तरह ही सावरकर ने भी विलायत में बैरिस्टरी की शिक्षा पायी थी, लेकिन क़ानून के उस विद्यापीठ में अपने प्रवास के दौरान सावरकर ने जो कुछ सीखा वह उन लोगों ने नहीं सीखा था।

सावरकर को काँग्रेस से इसलिए नफ़रत थी कि वह हिन्दू-मुसलिम एकता की बातें करती थी और गांधी की अहिंसा का समर्थन करती थी। वह हिन्दुत्व के आदर्श को स्वीकार करते थे, हिन्दू जाति की सर्वोपरि श्रेष्ठता को मानते थे और सिन्धु नदी के उद्गम से ब्रह्मपुत्र के उद्गम तक और कन्याकुमारी से हिमालय तक एक विशाल हिन्दू साम्राज्य की स्थापना करने के स्वप्न देखते थे। उन्हें मुसलमानों से घृणा थी। उनकी कल्पना के हिन्दू समाज में मुसलमानों के लिए कोई स्थान नहीं था।

सावरकर की फ़िल्म समाप्त होने पर श्रद्धापूर्ण स्तब्धता छायी रही। इस छोटी-सी फ़िल्म में थोड़ी देर के लिए हिन्दुओं के त्राता के दर्शन करके वहाँ उपस्थित लोग अपने-आपको धन्य समझ रहे थे। आप्टे और गोडसे बाँहों में बाँहें डाले अपने प्रेस की ओर चल दिये। सावरकर ने उन्हें अख़बार शुरू करने के लिए पन्द्रह हज़ार रुपये दिये थे और इसके बारे में किसी को तनिक भी सन्देह नहीं था कि हिन्दुत्व के उस गढ़ में उनका अख़बार जिसकी खाता था उसी की बजाता था। इसके बाद दोनों नौजवानों ने फ़ोटो खिंचवायी और मेहमानों ने तालियाँ बजायीं। फिर ख़ुशी से नारा लगाकर उन्होंने लाल बटन दबाया और उनकी छपाई की मशीन का उद्घाटन हो गया।

जब धड़धड़ाती हुई मशीन गांधी और उनकी काँग्रेस के कुकर्मों पर

हिन्दू राष्ट्र के निरन्तर प्रहार के सिलसिले में नवीनतम घटनाओं का विवरण छापने लगी तो वहाँ पर एकत्रित लोग भी धीरे-धीरे छँटने लगे। खिड़की के पास खड़ा हुआ जो पुलिस वाला यह सारी कार्रवाई देख रहा था वह अपनी डायरी बन्द करने ही जा रहा था कि अचानक कुछ देखकर वह चौंक पड़ा। मैदान के एक कोने में आड़ में छिपा हुआ आप्टे किसी से बहुत तल्लीन होकर बातें कर रहा था। वह जिस आदमी से बातें कर रहा था उसे भी पुलिस जानती थी। पुलिस के पास उसका जो ब्योरा था उसमें उसके बारे में भी वही बात लिखी थी जो आप्टे के बारे में लिखी थी : 'ख़तरनाक साबित हो सकता है।' पुलिस वाले ने जल्दी-जल्दी अपनी डायरी में कुछ लिखा। पूना की पुलिस की फ़ाइलों में इसके बाद से आप्टे का नाम उस आदमी के नाम के साथ जुड़ गया जो साठ मील की यात्रा करके प्रेस के उद्‌घाटन समारोह में भाग लेने आया था। वह आदमी अहमदनगर के दकन गेस्ट हाउस का मालिक विष्णु करकरे था। मुसलमानों के जुलूस पर बम फेंकने के बाद मदनलाल पाहवा ने, जिसका नाम सारे देश में मशहूर होने वाला था, होटल के इसी मालिक के यहाँ शरण ली थी।

उन दोनों नौजवानों में, जिन्होंने एक साथ बिजली का बटन दबाकर **हिन्दू राष्ट्र** के प्रेस का उद्‌घाटन किया था, दो ही बातें एक जैसी थीं—एक तो उनकी दृढ़ राजनीतिक आस्थाएँ और दूसरी यह कि दोनों का जन्म ऐसे परिवारों में हुआ था जिसकी वजह से वे भारतीय समाज के श्रेष्ठतम वर्ग के सदस्य माने जाते थे—दोनों ब्राह्मण थे।

नाथूराम गोडसे का जीवन वास्तव में उस समय आरम्भ हुआ था जब उसके बाप और मंत्रोच्चार करते हुए कुछ पंडितों ने उसे जनेऊ पहनाया था, जिसकी बदौलत वह उस श्रेणी में पहुँच गया था जिसमें प्रवेश करने का सौभाग्य भारत की विशाल आबादी में से केवल 2 प्रतिशत लोगों को प्राप्त होता है। उन लोगों ने गोडसे को भारतीय समाज के शिखर पर पहुँचा दिया था और उसे बहुत-से विशेषाधिकार देने के साथ ही जीवन-भर के लिए बहुत-सी पाबन्दियों में भी जकड़ दिया था।

ब्राह्मण होने से जो विशेषाधिकार मिल जाते थे वे आवश्यक रूप से आर्थिक नहीं होते थे। गोडसे के पिता पन्द्रह रुपये महीने पर डाकिये का काम करते थे। लेकिन इस मामूली-से सरकारी कर्मचारी ने अपने सभी बेटों का पालन-पोषण कठोरतम हिन्दू संस्कारों का पालन करते हुए किया था। यज्ञोपवीत के बाद उसे रोज़ ऋग्वेद और गीता के श्लोकों का पाठ करना पड़ता था।

लेकिन उसे असली धुन राजनीति की थी। वह गांधी का पक्का शिष्य बन गया और नाथूराम गोडसे गांधी के सत्याग्रह आन्दोलन के सिलसिले में ही पहली बार जेल गया था। लेकिन 1937 में गोडसे गांधी के आन्दोलन से अलग हो गया था और उसने एक दूसरे आदमी को अपना राजनीतिक गुरु बना लिया था, जो उसी की तरह चितपावन ब्राह्मण थे—वीर सावरकर को।

किसी नेता को उससे अधिक श्रद्धालु शिष्य नहीं मिला होगा। गोडसे सारे भारत में सावरकर के साथ घूमा। वह बड़ी वफ़ादारी के साथ परछाईं की तरह उनके साथ लगा रहता था और अपने स्वामी के छोटे-से-छोटे काम करते कभी नहीं थकता था। अपने गुरु की छत्रछाया में रहकर गोडसे लगातार उन्नति करता गया। वह लगातार पढ़ता-लिखता रहता था और जो कुछ वह आत्मसात करता उसका सम्बन्ध वह सावरकर के हिन्दुत्व के आदर्श के साथ जोड़ने की कोशिश करता। वह उच्चकोटि का लेखक और वक्ता बन गया। हालाँकि वह सावरकर और उनके आदर्शों के प्रति अपनी अन्ध-भक्ति की सीमाओं में जकड़ा हुआ था, फिर भी वह बहुत चतुर राजनीतिक विचारक बन गया। 1942 तक यह हालत हो गयी कि सबसे कट्टर धर्मपरायण परिवार में पले हुए इस नौजवान के देवता ब्रह्मा, विष्णु और शिव नहीं रह गये, बल्कि वह उन सैनिक नेताओं का उपासक बन गया जिन्होंने मुग़लों और अँग्रेज़ों के ख़िलाफ़ हिन्दू विद्रोहों का नेतृत्व लिया था। उसने अपने बचपन के मन्दिरों को त्यागकर एक नये मन्दिर को अपना लिया—राष्ट्रीय स्वयंसेवक संघ के प्रधान कार्यालय को।

ऐसे ही एक मन्दिर में गोडसे पहली बार नारायण आप्टे से मिला था। सावरकर के कहने पर जनवरी 1947 में शुरू किया गया उनका अख़बार पूना का सबसे कर्कश अख़बार था। पहले उसका नाम **अग्रणी** था। जब सावरकर और उनकी हिन्दू महासभा ने बँटवारे का विरोध करने के लिए 3 जुलाई 1947 को शोक-दिवस मनाने का नारा दिया तो उसका ज़ोरदार समर्थन करने के अपराध में बम्बई की सरकार ने **अग्रणी** को बन्द कर दिया। दस ही दिन बाद गोडसे और आप्टे ने, ज़ाहिर है किसी असरदार आदमी की मदद से, **हिन्दू राष्ट्र** के नये नाम से अख़बार फिर निकाल लिया।

इस अख़बार के सिलसिले में उनकी भूमिकाएँ भी बिलकुल उनके आपसी सम्बन्धों के अनुरूप थी : आप्टे तेज़ी से सौदे पटाने वाला व्यापारी था, गोडसे जले-भुने लेख लिखने वाला सम्पादक; आप्टे सभा के अध्यक्ष की हैसियत से उसका सुचारू रूप से संचालन करता था और गोडसे

जोशीले भाषण देता था; आप्टे उनकी राजनीतिक योजनाएँ बनाता था और गोडसे उनका प्रचार करता था।

नैतिकता के मामले में गोडसे को कोई उसके आदर्शों से टस से मस नहीं कर सकता था; आप्टे इस मामले में अपने आदर्शों को बड़ी आसानी से किसी भी साँचे में ढाल सकता था। आप्टे की निगाहें हमेशा किसी सुनहरे मौक़े की तलाश में रहती थीं। वह हमेशा कोई भी सौदा करने को, हाथ-पाँव बचाकर कुछ पैसे कमा लेने को, जोड़-तोड़ और समझौता करने को तैयार रहता था। गोडसे पक्का संन्यासी था। उसे सिर्फ़ कॉफ़ी पीने की लत थी, खानें की उसे कोई परवाह नहीं रहती थी। वह अपनी दर्ज़ी की दूकान के सामने एक बहुत मामूली-सी कोठरी में रहता था। उसमें एक चारपाई के अलावा और कोई सामान नहीं था। वह रोज़ सुबह ठीक साढ़े पाँच बजे उठता था जिसके लिए उसने अपनी एक ख़ास घड़ी ईजाद की थी; वह रात को पानी का नल खुला छोड़ देता था ताकि सुबह जब उसमें पानी आये तो उसकी आँख खुल जाये।

आप्टे शौक़ीन आदमी था। जब भी उसके पास कुछ पैसा जमा हो जाता वह सीधा अपने दर्ज़ी के पास बम्बई पहुँच जाता। उसे अच्छा खाना खाने का, शराब पीने का और ज़िन्दगी में जितनी ऐश-ऐय्याशी की बातें हो सकती हैं उनमें से ज़्यादातर का शौक़ था। सावरकर के प्रभाव में आने के बाद गोडसे को हिन्दू-धर्म की धार्मिकता में कोई दिलचस्पी नहीं रह गयी थी। लेकिन आप्टे दुनियादार आदमी था; वह हमेशा किसी-न-किसी मन्दिर में जाकर घण्टा बजा आता और देवता के चरणों में कुछ फूल चढ़ा आता था। उसे ज्योतिष में भी बहुत रुचि थी।

हिन्दुओं में जागृति पैदा करने के लिए हिंसा का प्रचार करने के बावजूद गोडसे ख़ून बहता नहीं देख सकता था। एक दिन जब वह आप्टे की ए-माडल फ़ोर्ड मोटर चला रहा था तो रास्ते में एक भीड़ ने एक बुरी तरह घायल लड़के को अस्पताल ले जाने के लिए उसे रोका। गोडसे ने बेहद घबरायी हुई आवाज़ में कहा, 'पीछे की सीट पर लिटा दो जहाँ वह मुझे दिखायी न दे। ख़ून देखकर मैं बेहोश हो जाऊँगा।'

फिर भी गोडसे को पेरी मेसन की जासूसी कहानियाँ पढ़ने और मार-पीट और बहादुरी के कारनामों की फ़िल्म देखने का बेहद शौक़ था। पूसा के कैपिटल सिनेमा में वह अकसर अकेला ही दो रुपये का टिकट लेकर अँग्रेज़ी की मारपीट से भरपूर या जासूसीफ़िल्में देखा करता था।

आप्टे को लोगों से मिलने-जुलने का बहुत शौक़ था, इसलिए जब भी कोई मीटिंग या जमावड़ा होता वह ज़रूर पहुँच जाता, लेकिन गोडसे

लोगों से मिलने-जुलने से घबराता था और जहाँ तक हो सकता था वह इससे कतराता था। उसके इने-गिने कुछ ही दोस्त थे। वह कहा करता था, 'मैं समाज में लोगों से इसलिए मिलना-जुलना नहीं चाहता कि सबसे अलग रहकर अपना काम करना चाहता हूँ।'

लेकिन उन दोनों में सबसे बुनियादी फ़र्क औरतों की तरफ़ उनके रवैये में था। कितना ही ज़रूरी काम क्यों न हो, आप्टे किसी औरत को फाँसने का मौक़ा कभी हाथ से नहीं जाने देता था। उसकी शादी हो चुकी थी, लेकिन उसका पहला बच्चा जन्म से ही विकृत था, जिसकी वजह से उसे यक़ीन हो गया था कि उसकी बीवी को किसी की नज़र लग गयी है। उसने उसके साथ सम्भोग करना बन्द कर दिया था, पर वह इसकी कसर दूसरी जगहों पर पूरी तरह निकाल लेता था। बरसों तक वह अहमदनगर में अमेरिकी पादरियों के एक हाईस्कूल में गणित पढ़ा चुका था। लेकिन वहाँ उसे बीजगणित के सिद्धान्त समझाने से ज़्यादा दिलचस्पी वहाँ की लड़कियों को **कामसूत्र** का संदेश देने में रहती थी। उसकी बोलती हुई काली आँखों का लड़कियों पर भी उतना ही गहरा असर होता था जितना कि उसके राजनीतिक साथियों पर।

गोडसे ने 28 वर्ष की उम्र में ही ब्रह्मचर्य का व्रत ले लिया था, और उसने इस व्रत को बाक़ी जीवन में निभाया।

दिल्ली से पचपन मील उत्तर की ओर छोटा-सा शहर पानीपत अपने घटनामय इतिहास में तीन लड़ाइयाँ देख चुका था, जिनकी बदौलत मुग़ल फ़ौजों के लिए भारत की राजधानी तक पहुँचने का रास्ता सुरक्षित हो गया था। अब माउंटबैटेन की इमर्जेंसी-कमेटी के आदेश से ट्रेनों में भर-भरकर पाकिस्तान से भारत आने वाले शरणार्थी वहीं रोक दिये जाते थे; यह भी एक तरह का नया हमला था जिसमें हमला करने वालों का स्वागत किया जाता था।

शहर से होकर शरणार्थी-कैम्पों तक जाने के दौरान कितनी ही बार बहुत गम्भीर परिस्थितियाँ उत्पन्न हो चुकी थीं, लेकिन उन सब में शायद सबसे गम्भीर वह परिस्थिति थी जिसका सामना नवम्बर के अन्त में एक दिन तीसरे पहर पानीपत के भयभीत हिन्दू स्टेशन-मास्टर देवीदत्त को करना पड़ा था। पाकिस्तान में मुसलमानों का बर्बरतापूर्ण हमला झेलकर बहुत-से सिख शरणार्थी एक ट्रेन से उस दिन उनके स्टेशन पर उतरे थे और वे बदला लेने के नारे लगाते हुए प्लेटफ़ार्म पर ऊधम मचा रहे थे। उनके रास्ते में जो पहला मुसलमान आया वह देवीदत्त का सहायक था।

बीस-पच्चीस बिफरे हुए सिखों ने अपनी किरपानें चमकाते हुए उस बेचारे को धर दबोचा। हिन्दू स्टेशन-मास्टर ने डर के मारे बौखलाकर जो बात उसके दिमाग में सबसे पहले आयी वही बड़ी ऊँची आवाज़ में कही, जिससे यह भी पता चलता था कि ज़िन्दगी-भर सरकारी नौकरी करते-करते उसका दिमाग़ किस तरह काम करने लगा था।

उसने चिल्लाकर बस इतना कहा, 'देखिये, देखिये, यहाँ स्टेशन के प्लेटफ़ार्म पर कोई खून-खराबा न कीजिये !'

सिखों ने उसकी बात मान ली। उन्होंने उसके साथी को स्टेशन के पिछवाड़े ले जाकर उसका सिर धड़ से अलग कर दिया। उसके बाद वे पानीपत की मुसलिम बस्तियों की ओर चल पड़े।

डेढ़ घंटे बाद एक स्टेशन-वैगन तेज़ी से आकर स्टेशन के फाटक पर रुकी। उसमें वह एकमात्र शक्ति विराजमान थी जो उस दिन पानीपत के मुसलमानों की मदद को आयी थी—मोटर से उतरे महात्मा गांधी। एक ज़माने में जमुना नदी के किनारे बहुत महत्वपूर्ण जगह पर बसे होने के कारण पानीपत को दिल्ली में घुसने की कुंजी समझा जाता था। तभी से वहाँ मुसलमानों की काफ़ी बड़ी आबादी थी। कलकत्ता को तबाही से बचाने वाले इस मसीहा के लिए इस आबादी का विशेष महत्व था।

वह अपनी रक्षा के लिए किसी को साथ लिये बिना ही प्लेटफ़ार्म पर मँडलाती हुई शरणार्थियों की उस भीड़ में चले गये और उन लोगों से बोले, 'इस शहर के मुसलमानों को जाकर गले लगाइये और उनसे कहिये कि वे यहीं रहें। उन्हें पाकिस्तान जाने से रोकिये।'

उनकी यह बात सुनकर लोग हक्का-बक्का रह गये और उन्होंने गरजकर उनका जवाब दिया—'बलात्कार क्या आपकी बीवी के साथ हुआ ?', 'क्या आपके बच्चे को उन लोगों ने बोटी-बोटी करके फेंक दिया ?'

'हाँ,' गांधी ने जवाब दिया, 'बलात्कार मेरी बीवी के साथ हुआ है, उन लोगों ने मेरे बेटे को मारा है, क्योंकि आपकी औरतें मेरी औरतें हैं, आपके बेटे मेरे बेटे हैं।' जिस समय वह ये शब्द कह रहे थे उसी समय उनके चारों ओर धूप में तलवारों, किरपानों, छुरों और भालों का एक घेरा चमक रहा था। 'हिंसा के इन हथियारों से, नफ़रत के इन हथियारों से कोई समस्या हल नहीं होगी,' गांधी ने आह भरकर कहा।

गांधी के वहाँ आने की खबर देखते-देखते सारे पानीपत में फैल गयी। स्टेशन के सामने वाले मैदान में पानीपत की म्युनिसिपैलिटी वालों ने

जल्दी-जल्दी उनकी प्रार्थना-सभा के लिए माइक्रोफ़ोन लगवा दिया था। मुसलमान अपनी घिरी हुई बस्तियों से निकल-निकलकर वहाँ आने लगे। उनके बाद हिन्दू और सिख भी आये, यहाँ तक कि ढाई महीने पहले ईद के दिन कलकत्ता के मैदान की तरह पानीपत स्टेशन के सामने वाला मैदान भी लोगों से खचाखच भर गया। वे उस बूढ़े की बातें सुनने आये थे जिससे उन्हें किसी नयें चमत्कार की आशा थी। बार-बार अपना गला साफ़ करते हुए, मानो उनके मन के अन्दर मची हुई उथल-पुथल उनकी आवाज़ को खुलकर बाहर न निकलने दे रही हो, गांधी ने उस भीड़ पर अपना एकमात्र अस्त्र चलाया—अपने शब्दों का अस्त्र। एक बार फिर उन्होंने अपने राजनीतिक आदर्शों का निचोड़ उनके सामने रखा 'वह आदर्श जो हम सब हिन्दुओं, सिखों, मुसलमानों और ईसाइयों को समान रूप से भारत माता की सन्तान बना देता है।' उन्होंने अपनी अन्तरात्मा की गहराई से उन विपदा के मारे हुए शरणार्थियों के प्रति सहानुभूति व्यक्त की जो अपने घरों से उजाड़कर पानीपत के स्टेशन पर ला पटके गये थे। लेकिन साथ ही उन्होंने उनसे यह भी प्रार्थना की कि क्रूरता और बदले की भावना के कारण वे अपने दिलों से इंसानियत को न खत्म होने दें। उन्होंने उनसे अनुरोध किया कि वे अपनी इन मुसीबतों में और भी शानदार जीत के अंकुर ढूँढने की कोशिश करें।

भीड़ में एक हलकी-सी लहर दौड़ने लगी। कहीं किसी हथियारबन्द सिख ने किसी मुसलमान की तरफ़ हाथ बढ़ाया। कहीं किसी मुसलमान ने अपना कोट या अपनी वास्केट उतारकर सर्दी से ठिठुरते हुए किसी सिख शरणार्थी को दे दी। दूसरे मुसलमान इन शरणार्थियों के लिए अपने घरों से खाने-पीने का सामान लाने लगे।

जब यह छोटा-सा बूढ़ा आदमी आया था तब उसका स्वागत गालियों से किया गया था। अब दो घंटे बाद जब वह जा रहा था तो लोग उसकी जय-जयकार कर रहे थे और एक विजेता की तरह, उसे उसकी मोटर तक पहुँचाने जा रहे थे। लेकिन गांधी को इसका बेहद अफ़सोस था कि उनकी यह विजय क्षणभंगुर सिद्ध हुई। उस दिन तीसरे पहर उन्होंने जो कुछ किया था उससे कितने ही लोगों की जानें तो जरूर बच गयीं, लेकिन पानीपत के मुसलमानों के दिल में समाया डर दूर नहीं हुआ। गांधी को वहाँ गये अभी महीना-भर भी नहीं हुआ था कि हिन्दुस्तान की एक सबसे पुरानी मुसलिम बिरादरी के 20,000 उत्तराधिकारियों ने अपना वतन छोड़कर पाकिस्तान जाने का फ़ैसला कर लिया। ये लोग जिस दिन यहाँ

से रवाना हुए उस दिन गांधी ने बहुत उदास होकर लिखा, 'इसलाम पानीपत की चौथी लड़ाई हार गया।' गांधी भी यह लड़ाई हार गये थे।

पूना, नवम्बर 1947

जोगिया रंग की मैली धोती पहने, उलझी हुई काली दाढ़ी वाला वह साधु, जिसे नारायण आप्टे उसी गहरी दिलचस्पी की दृष्टि से देखता था जिससे वह आमतौर पर केवल अपनी छात्राओं को देखा करता था, दर-असल साधु था ही नहीं। बम्बई में दिगम्बर बडगे अपने साधु स्वभाव के लिए नहीं बल्कि पुलिस के रजिस्टरों में दर्ज अपनी हरकतों के लिए मशहूर था। इन जोगिया वस्त्रों और साधुओं जैसे भेस की आड़ में वह दरअसल ग़ैर-क़ानूनी हथियारों का छोटा-मोटा व्यापार करता था।

सत्रह साल में बडगे बैंक में डाके से लेकर हत्या, मारपीट और हथियारों से सम्बन्धित क़ानूनों का एक दर्जन बार उल्लंघन करने तक के अपराधों में कुल मिलाकर 37 बार पकड़ा गया था। इन तमाम आरोपों में से पुलिस केवल एक बार उसका यह अपराध सिद्ध कर पायी थी कि 1930 में गांधी के सत्याग्रह आन्दोलन के दौरान वह सरकारी जंगल में ग़ैर-क़ानूनी ढंग से पेड़ काट रहा था। इस अपराध में बडगे को एक महीने की सज़ा हुई थी।

पूना में किताबों की दूकान की आड़ में वह हथियारों की दूकान चलाता था। उसकी दूकान के पीछे वाली कोठरी में देसी बमों, बन्दूक़ और पिस्तौल की गोलियों, छुरों, कुल्हाड़ियों, बाघनखों, बिछुओं, चाकुओं और तरह-तरह के दूसरे हथियारों का बहुत बड़ा भंडार था जिनकी पंजाब में मारकाट के लिए बहुत माँग रहती थी। गाहकों को निबटाने के बीच में जो वक़्त मिलता उसमें बडगे और उसका बूढ़ा बाप मिलकर लोहे की जंज़ीरों के ऐसे कवच बनाते रहते थे जिन पर गोली भी असर नहीं करती थी।

आप्टे बडगे के सबसे अच्छे गाहकों में से था। जून से अब तक **हिन्दू राष्ट्र** का यह मैनेजर उससे तीन हज़ार रुपये के हथियार ख़रीद चुका था। जहाँ तक बडगे को मालूम था, आप्टे हमेशा कोई-न-कोई षड्यन्त्र रचता रहता था। एक बार उसने दिल्ली में मुसलिम लीग की मीटिंग में हथगोले फेंकने की योजना बनायी थी और यह सोचा था कि शायद उसी मीटिंग में जिन्ना भी विस्फोट का शिकार हो जायें। बाद में आप्टे ने हत्यारों की एक टोली लेकर स्विटज़रलैंड जाने की ठानी थी कि जब जिन्ना जेनेवा

आयें तो वहाँ उनकी हत्या कर दी जाये। लेकिन जब आप्टे को मालूम हुआ कि जिन्ना बीमार पड़े थे और वह पाकिस्तान से रवाना ही नहीं हुए तो उसे बहुत निराशा हुई। अभी हाल ही में वह हैदराबाद में छापेमार लड़ाई शुरू करने के मंसूबे बना रहा था, और निज़ाम की हत्या करने की चर्चा कर रहा था।

इस बार उसने चुपके से बडगे के कान में फुसफुसाकर कहा, 'मैं कुछ करने वाला हूँ। कोई बहुत बड़ा काम। उसके लिए मुझे हथगोलों की, बारूद की और कुछ पिस्तौलों की ज़रूरत होगी।'

बडगे ने एक क्षण के लिए कुछ सोचा। इस वक़्त तो इनमें से कोई भी चीज़ उसकी दूकान में नहीं थी और पिस्तौलें मिलना बहुत कठिन था। लेकिन बडगे उन लोगों में से नहीं था कि इतनी आसानी से सौदा हाथ से निकल जाने दे। उसे बहुत निकट से जानने वाले किसी आदमी ने उसके बारे में बताया, 'वह स्वभाव से इतना कमीना था कि जहाँ से भी मुमकिन होता वह एक-एक कौड़ी नोचने को तैयार रहता था।' उसने आप्टे को धीरज रखने की सलाह दी और कहा कि दिसम्बर के अन्त तक सारा सामान उसे मिल जायेगा। आप्टे एक क्षण तक तो संकोच में पड़ा रहा। फिर उसने सिर हिलाकर उसकी बात मान ली। उसका 'बहुत बड़ा काम' कुछ दिन और रुक सकता था।

प्यारेलाल नैयर की राय में, जो कई साल से गांधी के वफ़ादार सेक्रेटरी की हैसियत से काम करते आये थे, दिसम्बर 1947 के शुरू में गांधी से अधिक 'दुखी आदमी कोई और नहीं रहा होगा।' अब चूँकि उनके वे साथी जिनका उन्होंने स्वतन्त्रता-संघर्ष के दिनों में नेतृत्व किया था, सत्ता के उन पदों पर पहुँच गये थे जिनकी वे बहुत दिनों से आस लगाये बैठे थे, इसलिए गांधी को अपने और उनके बीच एक दीवार-सी उठती हुई महसूस होने लगी थी। गांधी के मन में यह विचार उठता था कि कहीं ऐसा तो नहीं है कि जिस देश की आज़ादी हासिल करने के लिए उन्होंने इतना कुछ किया था उसी देश में समय उन्हें पीछे छोड़कर बहुत आगे बढ़ गया हो और उनकी वजह से उनके साथी उलझन महसूस करने लगे हों।

उन्होंने लिखा, 'अगर भारत को अब अहिंसा की कोई ज़रूरत नहीं रही तो उसे मेरी भी अब क्या ज़रूरत रह गयी होगी?' उन्हें कोई ताज्जुब न होता अगर भारत के नेता किसी दिन उनसे कह देते: 'हम तो इस बूढ़े से भर पाये। अब यह हमें हमारे हाल पर क्यों नहीं छोड़ देता?'

लेकिन जब तक वह दिन आये वह इन लोगों को चैन से नहीं बैठने देने वाले थे। उन्होंने नेहरू और पटेल के सामने भारत में भ्रष्टाचार बढ़ने की ढेरों मिसालें पेश कीं; एक तरफ़ तो शरणार्थी दाने-दाने को तरस रहे थे और दूसरी तरफ़ उनके मन्त्री शाही दावतें दे रहे थे। उन्होंने आरोप लगाया कि वे 'पश्चिमी देशों में विज्ञान की प्रगति और अर्थतन्त्र की तेज़ी से बढ़ती हुई तड़क-भड़क के जादू' से चौंधिया गये हैं। उन्होंने नेहरू के कल्याणकारी राज्य के सपने की इसलिए निन्दा की कि उसमें सारी सत्ता एक जगह केन्द्रित हो जाती है। उन्होंने कहा कि इसका नतीजा यह होता है कि लोग 'भेड़ों के उस गल्ले की तरह हो जाते हैं जो हमेशा आस लगाये रहता है कि गड़रिया उन्हें हाँककर हरे-भरे चरागाहों की ओर ले जाये। गड़रिये की लाठी कुछ ही दिन में लोहे की हो जाती है और गड़रिये भेड़िये बन जाते हैं।'

उन्होंने चेतावनी दी कि भारत में शहरों के पले हुए बुद्धिजीवी रईसों का एक नया वर्ग बनते जा रहे हैं जो उनके प्रिय गाँव वालों के हितों की कोई चिन्ता किये बिना राष्ट्र के उद्योगीकरण की अपनी योजनाएँ बनाते रहते हैं। कुछ-कुछ माओ त्से-तुंग से मिलते-जुलते ढंग का उन्होंने यह सुझाव रखा कि 'शहरों के पले हुए' इन रईसज़ादों को गाँवों में जाकर रहने को कहा जाये। वहाँ जाकर वे 'उन तालाबों का पानी पियें जिनमें गाँव वाले नहाते हैं, जिनमें उनके मवेशी धोये जाते हैं या जिनमें उनकी भैंसें घंटों पड़ी रहती हैं; वहाँ वे भी तपती धूप में उनकी तरह कमरतोड़ मेहनत करके देखें।' तब शायद वे गाँव वालों के हितों को समझने लगेंगे।

लेकिन अगर भारत के नेता गांधी की उपेक्षा कर रहे थे तो वह भी उनकी उपेक्षा कर सकते थे। एक दिन दिसम्बर में उन्होंने बम्बई में कपास की दलाली करने वाले उस सेठ को बिड़ला हाऊस बुलवाया, जिसके समुद्र के किनारे बने हुए बँगले में वह 1944 में जेल से छूटने के बाद स्वास्थ्य-लाभ के लिए ठहरे थे। उसे उन्होंने अपनी एक गुप्त योजना बतायी और उसे ताक़ीद कर दी कि वह उस योजना के बारे में भारत में किसी को न बताये, नेहरू और पटेल को भी नहीं। गांधी कई हफ़्तों से जो एक सपना देखते आये थे उसे अब वह साकार करना चाहते थे। उन्होंने कहा कि कराची जाकर वह गांधी के पाकिस्तान जाने का बन्दोबस्त कर दे।

वह दलाल अवाक् रह गया। उसने गांधी से कहा कि यह तो सरासर पागलपन का विचार है। अगर उन्होंने अपनी इस योजना पर अमल

किया तो निश्चय ही कोई उनकी हत्या कर देगा।

'कोई मेरी ज़िन्दगी एक मिनट भी कम नहीं कर सकता,' गांधी ने उत्तर दिया, 'मेरी ज़िन्दगी ईश्वर के हाथों में है।'

लेकिन पाकिस्तान जाने की तैयारी करने से पहले गांधी ने यह महसूस किया कि वह भारत में अपने घर की हालत ठीक करने की एक और कोशिश करेंगे। उन्होंने पूछा, 'अगर यहाँ आग इसी तरह सुलगती रही तो मैं पाकिस्तानियों के पास क्या मुँह लेकर जाऊँगा ?'

उन्हें किसी और जगह के उपद्रवों की इतनी चिन्ता नहीं थी जितनी दिल्ली के। मुसलिम नेता बराबर यही आग्रह कर रहे थे कि उनकी सुरक्षा का एकमात्र आश्वासन यह है कि गांधी राजधानी में रहें। पंजाब से आये हुए हिन्दू और सिख शरणार्थियों के वहाँ जमा हो जाने की वजह से पुलिस बेहद मुसलिम-विरोधी हो गयी थी। हिन्दू और सिख शरणार्थी अपने निजी इस्तेमाल के लिए मसजिदों और मुसलमानों के घरों पर क़ब्ज़ा करते जा रहे थे, जिनमें से कुछ को तो लोग छोड़कर चले गये थे और कुछ ऐसे थे जिनमें लोग अब भी रहते थे।

लेकिन गांधी को सबसे बड़ा दुख यह था कि वहाँ आग नहीं भड़क उठी थी तो इसलिए कि इतनी बड़ी संख्या में फ़ौज के सिपाही तैनात थे। इसका मतलब था कि स्वतन्त्र भारत की राजधानी में शान्ति का सारा दारोमदार हथियारों की शक्ति पर था, न कि 'आत्मा की शक्ति' पर जिससे उन्हें इतना गहरा लगाव था। अगर वह भारत की राजधानी में अपने नैतिक बल का सिक्का नहीं जमा पाये थे तो वह पाकिस्तान में क्या कर सकते थे ? वह अब दिन-ब-दिन ज़्यादा चुप रहने लगे थे, जैसा कि उस समय होता था जब वह कोई बहुत बड़ा फ़ैसला करने वाले होते थे। जैसे-जैसे वर्ष का अन्त निकट आता गया, उनकी यह उदासी भी बढ़ती गयी।

एक रात उन्होंने कुछ अँग्रेज़ों से, जो उनसे मिलने गये थे, कहा, 'पैग़म्बरों को पत्थरों से मारना और फिर बाद में उनकी याद में गिरजाघर बनवाना बहुत ज़माने से दुनिया का दस्तूर रहा है। आज हम ईसा मसीह की पूजा करते हैं, लेकिन जब वह जीते-जागते हमारे बीच मौजूद थे तब हमने उन्हें सूली पर चढ़ा दिया।'

उन्होंने बताया कि बहरहाल जहाँ तक उनका सम्बन्ध था वह कनफ़्यूशियस के इस पुरानी सीख पर ही चलने का इरादा रखते थे कि 'यह जानते हुए भी कि क्या सही है, उसे न करना कायरता है।'

अहमदनगर में मदनलाल पाहवा का प्रवास सुखद रहा। पेशेवर शरणार्थी का जीवन उसे जितना रास आ रहा था उतना पुलिस वाले का जीवन कभी भा नहीं सकता था। अपने नये गुरु, दकन गेस्ट हाउस के मालिक विष्णु करकरे की आड़ लेकर मदनलाल पाहवा ने शहर से पाँच मील दूर एक कैम्प के 10,000 शरणार्थियों को संगठित कर लिया था।

करकरे के साथ मिलकर मदनलाल ने फ़ैसला किया कि 'शरणार्थियों के वास्ते पैसा जुटाने के लिए सभी व्यापारियों से, ख़ास तौर पर मुसलिम व्यापारियों से टैक्स वसूल किया जाना चाहिए।' उन्होंने टैक्स वसूल करने के लिए बहुत आज़मायी हुई और सीधी-सादी तरकीब अपनायी थी। मदनलाल ने बाद में बताया, 'जो टैक्स नहीं देते थे उनकी दूकानें हम जला देते थे।'

उन लोगों का जुटाया पैसा सारे-का-सारा शरणार्थियों को राहत पहुँचाने के लिए नहीं खर्च किया जाता था। उसमें से कुछ अपनी ज़िन्दगी को सँवारने के लिए, और राष्ट्रीय स्वयंसेवक संघ के उत्साही कार्यकर्ता विष्णु करकरे के एक सपने को पूरा करने पर भी ख़र्च किया जाता था। गेस्ट हाउस की सबसे ऊपर वाली मंज़िल की छोटी-छोटी कोठरियों में बिक्री बढ़ाने के लिए बाहर से आने वाले सेल्समैन नहीं ठहरते थे, बल्कि हथियार भरे रहते थे। पूना में अपने मित्र, **हिन्दू राष्ट्र** के मैनेजर नारायण आप्टे की तरह विष्णु करकरे भी हैदराबाद के निज़ाम के ख़िलाफ़ छापेमार लड़ाई छेड़ने के सपने देखा करता था।

लेकिन शिवाजी के कारनामों की नक़ल करने की करकरे की सारी आकांक्षाओं पर 1948 के नये वर्ष वाले दिन पानी फिर गया, जब क़त्ल के किसी मामले के सिलसिले में करकरे के होटल-मैनेजर के कमरे की तलाशी लेते समय हथियारों का एक ढेर पुलिस के हाथ लग गया। मैनेजर ने डर के मारे फ़ौरन क़बूल दिया कि वे सारे हथियार करकरे के थे। इसके चार दिन बाद करकरे और मदनलाल ने कुछ गुंडों को साथ लेकर भारतीय सोशलिस्ट पार्टी की एक मीटिंग में हुल्लड़ मचाकर उसे तोड़ दिया, क्योंकि वहाँ भारत के मुसलमानों के साथ सहिष्णुता का बर्ताव करने की बात कही जा रही थी। पुलिस ने उन्हें पकड़ा ज़रूर, लेकिन डाँट-फटकारकर छोड़ दिया।

दूसरी सुबह अपने हथियारों का भंडार वहीं छोड़कर करकरे और मदनलाल अहमदनगर से भाग गये। वे वहाँ से 60 मील दूर पूना जा रहे थे। करकरे ने मदनलाल को यक़ीन दिलाया था कि वहाँ उन्हें शरण भी मिल जायेगी और उनके जैसे विचारों वाले लोग भी।

16

'गांधी को मर जाने दो !'

अन्तिम अनशन, नयी दिल्ली, 13-18 **जनवरी** 1948

गांधी के जीवन का अन्तिम अनशन मंगलवार 13 जनवरी को सुबह 11 बजकर 55 मिनट पर आरम्भ हुआ। उन दिनों की कड़ी सर्दी के अन्य दिनों की तरह यह दिन भी भोर पहर से पहले की प्रार्थना से आरम्भ हुआ था। गांधी अपने ठण्डे कमरे के अँधेरे में गा रहे थे : 'या घर है प्रेम का, खाला का घर नाँहि; सीस उतारै भुईं धरै सो पैठै घर माँहि।'

साढ़े दस बजे उन्होंने अपना अन्तिम भोजन किया : दो चपातियाँ, एक सेब, आधा सेर बकरी का दूध और चकोतरे की तीन फाँकें। जब वह खाना खा चुके तो औपचारिक रूप से अनशन आरम्भ करने के लिए बिड़ला हाउस के बाग़ीचे में एक छोटा-सा धार्मिक समारोह हुआ। उसमें केवल कुछ निकट के मित्र, और उनके अपने लोग मौजूद थे : मनु, आभा, उनके सेक्रेटरी प्यारेलाल नैयर और प्यारेलाल की बहन सुशीला, जो डॉक्टर की हैसियत से अनशन के दौरान गांधी की देखभाल करने वाली थीं, और गांधी के सिद्धान्तों तथा आदर्शों के उत्तराधिकारी जवाहरलाल नेहरू।

यह समारोह समाप्त हो जाने के बाद गांधी थोड़ी देर ऊँघ लेने के लिए धूप में अपनी चारपाई पर लेट गये। पिछले कुछ हफ़्तों से उनके मुरझाये हुए चेहरे पर अपार व्यथा छायी रहती थी, लेकिन अब अचानक उस पर आत्म-सन्तोष का एक विचित्र भाव झलक रहा था। उनके सेक्रेटरी का कहना था कि सितम्बर में दिल्ली वापस आने के बाद से वह कभी इतने 'प्रसन्नचित्त और निश्चिन्त' नहीं दिखायी दिये थे जितना अनशन शुरू हो

जाने के बाद इस समय लग रहे थे।

दिल्ली में भारतीय और विदेशी अख़बारों के संवाददाताओं की इतनी बड़ी संख्या मौजूद थी कि गांधी के इस अनशन में एक नया आयाम जुड़ गया जो उनके कलकत्ता वाले अनशन में नहीं था। लेकिन कुछ लोग बड़ी उलझन में भी पड़ गये, क्योंकि गांधी के अचानक अनशन शुरू कर देने के फ़ैसले से पहले हिंसा का कोई विस्फोट नहीं हुआ था। दिल्ली में तनाव ज़रूर था, लेकिन शहर में साम्प्रदायिक मारकाट बन्द हो गयी थी। फिर भी गांधी अपनी जनता की नस-नस को इतनी अच्छी तरह पहचानते थे कि शायद उन्हें यह आभास हो गया था, जो दूसरों को नहीं हुआ था, कि भारत में हिंसा के बहुत बड़े विस्फोट का ख़तरा बहुत निकट आ चुका है।

उनके अनशन के बारे में और उसे खत्म करने की शर्तों के बारे में उनके देशवासियों की प्रतिक्रियाएँ मिली-जुली थीं; कुछ लोगों की समझ में ठीक से नहीं आ रहा था, कुछ लोग चिन्तित थे और कुछ लोग उन्हें खुलकर बुरा-भला कह रहे थे। दिल्ली में सफलता के लिए अनुकूल परिस्थितियाँ कलकत्ता की अपेक्षा बहुत ही कम थीं। राजधानी में शरणार्थियों की भरमार थी जिनके रोम-रोम में मुसलमानों के प्रति नफ़रत बसी हुई थी। शरणार्थी-कैम्पों की सर्दी और मुसीबतों से बचने के लिए उन्होंने सारे शहर में मसजिदों और मुसलमानों के घरों पर क़ब्ज़ा करना शुरू कर दिया था। अब महात्मा चाहते थे कि ये लोग उन घरों को ख़ाली करके उनके मुसलमान मालिकों को लौटा दें और फिर शरणार्थी-कैम्पों में वापस चले जायें। गांधी के इस फ़ैसले से भी कि जब तक पाकिस्तान को उसके 55 करोड़ रुपयों का भुगतान नहीं कर दिया जायेगा तब तक वह अपना अनशन भंग नहीं करेंगे, बहुत-से लोग बेहद नाराज़ थे और भारत सरकार में भी मतभेद पैदा हो गये थे।

लेकिन अब ये सब बिड़ला हाउस के बाहर धूप में सोये हुए अस्सी साल के उस दुबले-पतले बूढ़े के लिए बीती हुई बातें थीं। हो सकता है कि कई हफ़्तों से बल्कि कई महीनों से कुछ लोग यह महसूस करते रहे हों कि गांधी को हिन्दुस्तान ने भुला दिया है, जो सन्देश वह लोगों को देते आये थे उसे बहुत आसानी से ठुकरा दिया गया है। अब ऐसी बात नहीं थी। ऋषियों के उस प्राचीन हथियार को, जिसे उन्होंने इतने प्रभावशाली ढंग से अँग्रेज़ों के ख़िलाफ़ इस्तेमाल किया था, स्वयं अपने देशवासियों के ख़िलाफ़ इस्तेमाल करके गांधी ने भारत को अचानक यह याद दिला दिया था कि वह कौन हैं और उनके आदर्श क्या हैं। अपने जीवन में अन्तिम बार वह अपने

देशवासियों को यह सोचने पर मजबूर कर रहे थे कि उनके जीवन का और जो सन्देश उन्होंने उन लोगों तक पहुँचाने की कोशिश की थी उसका, अर्थ क्या है।

पूना, 13 जनवरी 1948

भारत की राजधानी से सात सौ मील दूर उस सफ़ेद पुती हुई इमारत में, जिसमें अभी मुश्किल से दस हफ़्ते पहले **हिन्दू राष्ट्र** नामक नये अख़बार का उद्‌घाटन हुआ था, दो आदमी टेलीप्रिंटर के सामने नज़रें जमाये हुए उसकी काँच की खिड़की में से तेज़ी से छपते हुए अक्षरों को देख रहे थे। टेलीप्रिंटर पर जो ज़रूरी बुलेटिन खटाखट टाइप होते जा रहे थे उन्होंने नाथूराम गोडसे और नारायण आप्टे की जीवन-धारा को एक नयी दिशा में मोड़ दिया। इन बुलेटिनों में गांधी का अनशन शुरू होने और उसे तोड़ने की शर्तों की ख़बरें थीं। इनमें से एक ख़बर ने इन दो जोशीले हिन्दुओं की उग्र भावनाओं में एक तूफ़ान पैदा कर दिया और उन्हें एक ऐसे अपराध की ओर अग्रसर किया जिससे सारी दुनिया सहम गयी। वह ख़बर थी—गांधी की पाकिस्तान को 55 करोड़ रुपये दे देने की माँग।

नाथूराम गोडसे का रंग पीला पड़ गया। यह खुली राजनीतिक धौंस थी। वह आदमी जिसके कहने पर वह कभी जेल गया था और जिससे उसे अब गहरी नफ़रत थी, अब भारत सरकार पर दबाव डालकर उसे मजबूर करने की कोशिश कर रहा था कि वह बलात्कार और हत्याएँ करने वाले मुसलमानों के आगे हथियार डाल दे। आप्टे और पूना के सभी कट्टर हिन्दुओं की तरह गोडसे भी अकसर यह बात कह चुका था कि अगर गांधी को ज़बर्दस्ती भारत के राजनीतिक मंच से हटा दिया जाये तो यह देश का बहुत उपकार होगा। दूसरे लोगों की तरह उसके इन शब्दों को एक सिरफिरे राजनीतिक आदमी की बकवास से ज़्यादा और कुछ नहीं समझा गया था।

गोडसे ने मुड़कर आप्टे की ओर देखा। उसने कहा कि हैदराबाद में छापेमार लड़ाई शुरू करने व जिन्ना की हत्या करने के सारे लम्बे-चौड़े मंसूबे तो 'छोटे-मोटे तमाशे' थे। अब सिर्फ़ एक काम की ओर ध्यान देना चाहिए। सारी शक्ति, सारे साधन एक ही उद्देश्य को पूरा करने के लिए लगा देने चाहिए। 'हमें गांधी की हत्या करनी होगी,' गोडसे ने घोषणा की।

दिल्ली के जाड़े की धूप की आखिरी किरणें गांधी के दुबले-पतले शरीर में हलकी-हलकी सेंक पहुँचा रही थीं। बिड़ला हाउस के साफ़-सुथरे लॉन को पार करके वह उस सुन्दर बाग़ के एक कोने की तरफ़ जा रहे थे जो उन्होंने अपने देशवासियों से मिलने के लिए, अपनी प्रार्थना-सभा के लिए चुना था।

थोड़ी ऊँचाई पर बने हुए उस लॉन पर एक ओर कोने में गांधी के शिष्यों ने छः इंच ऊँची एक चौकी बिछा दी थी। उस पर एक चटाई बिछी थी और सामने माइक्रोफ़ोन लगा था। उस दिन के असाधारण महत्व के कारण वहाँ 600 से अधिक लोग जमा थे। गांधी ने अपनी प्रार्थना-सभा आरम्भ करते हुए लोगों से कहा कि वे उनके साथ मिलकर टैगोर का वह गीत गायें, जो वह साल-भर पहले नोआखाली में अपनी प्रायश्चित-यात्रा के दौरान रोज़ गाया करते थे : 'यदि तोर डाक सुने केऊ ना आशे, तबे एकला चलो रे, एकला चलो, एकला चलो, एकला चलो।'

जब वह बोलना शुरू करने वाले थे तो भीड़ बिलकुल शान्त हो गयी। उन्होंने कहा कि अनशन 'भगवान से इस बात की प्रार्थना है कि वह सभी की आत्माओं को शुद्ध कर दे और सबको एक समान कर दे। हिन्दू, सिख और मुसलमान सब मिलकर यह ठान लें कि वे यहीं भाई-भाई की तरह मिल-जुलकर रहेंगे।'

उन्होंने चेतावनी दी, 'इस समय दिल्ली की परीक्षा हो रही है। मेरी माँग बस इतनी है कि हिन्दुस्तान या पाकिस्तात में कितनी ही मारकाट क्यों न हो, पर दिल्ली के लोग अपने कर्तव्य के पथ से विचलित न हों।' अगर पाकिस्तान में सारे हिन्दू और सिख भी मार डाले जायें तो भी 'इस देश में नन्हें-से-नन्हें मुसलिम बच्चे की जान की रक्षा की जाये।' सभी सम्प्रदाय, सभी हिन्दुस्तानी एक बार फिर 'अपने दिलों से दरिन्दगी निकालकर उसकी जगह इंसानियत पैदा करके सच्चे हिन्दुस्तानी बन जायें। अगर वे ऐसा नहीं कर सकते तो मेरा जीना बेकार है।'

पूरे बागीचे में चिन्ता-भरी स्तब्धता छा गयी। मनु गांधी का सामान समेटने लगी और भीड़ चुपचाप गांधी को निकल जाने का रास्ता देने के लिए दो हिस्सों में बँट गयी। प्रसिद्ध फ़ोटोग्राफ़र मार्गरेट बुर्क-व्हाइट उनका चित्र लेते समय बहुत-से दूसरे लोगों की तरह सोच रही थी, 'क्या हम गांधी को फिर कभी देख सकेंगे?'

इस बार **हिन्दू राष्ट्र** के दफ़्तर में उन चार आदमियों की मुलाक़ात पर नज़र रखने के लिए कोई भी तैनात नहीं था। यह बड़े दुर्भाग्य की बात थी,

क्योंकि उस रात नाथूराम गोडसे ने जो बातें कहीं वे किसी भी पुलिस वाले के लिए उसके जीवन की सबसे महत्वपूर्ण बातें हो सकती थीं। गोडसे की बग़ल में उसका साझेदार आप्टे अपने स्वभाव के ख़िलाफ़ चुप बैठा था। उनके सामने विष्णु करकरे और मदनलाल पाहवा बैठे थे।

गोडसे उनके सामने भारतीय राजनीतिक घटनाक्रम का सिंहावलोकन कर रहा था। कुछ देर बाद उसने क़सम खाकर कहा, 'हमें कुछ करना होगा।'

'हमें गांधी को रोकना होगा,' उसने घोषणा की।

मदनलाल ने फ़ौरन उसके इन शब्दों का समर्थन किया। उसके सामने अब बदला लेने का वह मौक़ा आ गया था जिसकी तलाश में वह उस समय से था जब छः महीने पहले फ़ीरोज़पुर के अस्पताल में अपने बाप को घायल पड़ा हुआ छोड़कर आया था। करकरे भी सहमत था।

हिन्दू राष्ट्र के दफ़्तर से उठकर वे चारों हथियार बेचने वाले उस आदमी के यहाँ गये जो बम्बई में साधु का भेस बनाकर घूमता था। जैसे कोई जौहरी काले मख़मल के टुकड़े पर जड़ाऊ हार और कुण्डल वग़ैरह ग्राहकों के सामने फैलाता है उसी तरह दिगम्बर बडगे ने फ़र्श पर बिछे हुए कम्बल पर अपने अस्त्रागार के सबसे चुने हुए हथियार निकालकर फैला दिये। उसके पास सब-कुछ था, अलावा आसानी से छुपाये जा सकने वाले ऑटोमेटिक पिस्तौल के जिसकी सबसे ज़्यादा ज़रूरत थी। उन्होंने कुछ हथगोले, कुछ फ़लीते और थोड़ा-सा बारूद ख़रीद लिया। आप्टे ने उन सब लोगों से 14 जनवरी को बुधवार के दिन अँधेरा हो जाने के बाद बम्बई में हिन्दू महासभा के दादरवाले दफ़्तर में मिलने को कहा। इसके बाद वे चुपके-चुपके रात के अँधेरे में इधर-उधर खिसक गये।

जब तक गांधी के शरीर में शक्ति रही वह अपनी अनशन की दिनचर्या का पालन करने का आग्रह करते रहे। इसलिए बुधवार को भी वह भोर होने से पहले गीता-पाठ के लिए उठ बैठे। कुछ देर बाद जब वह अपने पोपले मुँह के बचे-खुचे दाँतों में दातून कर रहे थे तो मनु ने उन्हें कहते सुना : 'आज मेरा अनशन करने को बिलकुल जी नहीं चाहता !'

यह शब्द सुनकर मनु ने, जो रात को दो बार यह देखने के लिए उठी थी कि गांधी सर्दी से बचाव के लिए अच्छी तरह ओढ़कर लेटे हैं या नहीं, उन्हें गुनगुने पानी में थोड़ा-सा सोडा दिया। गांधी ने मुँह बनाकर गिलास को देखा और एक साँस में उसे ख़ाली कर दिया।

यह काम पूरा करके उनका ध्यान उस काम की ओर गया जो परसों

से टल रहा था। उनके सबसे छोटे बेटे देवदास ने उनसे अनशन तोड़ देने की बड़ी मर्मस्पर्शी अपील की थी, और उन्हें उसका जवाब देना था। उनके बेटे ने लिखा था : 'आप ज़िन्दा रहकर जो कुछ कर सकते हैं वह मरकर नहीं कर सकते।' मनु को अपने पास बुलाकर उन्होंने जवाब लिखाना शुरू किया :

'मुझे भगवान ने यह अनशन करने का आदेश दिया है और वही इसे तुड़वा सकता है। तुम्हें और बाक़ी सब लोगों को यह बात ध्यान में रखनी चाहिए कि इसका भी उतना ही महत्व है कि ईश्वर मेरे जीवन को समाप्त कर देता है या मुझे ज़िन्दा रहने देता है। मेरी एक ही प्रार्थना है : "हे भगवान, इस अनशन के दौरान मेरा दृढ़ संकल्प बनाये रखना कि कहीं ज़िन्दा रहने के लोभ में मैं उसे जल्दी न तोड़ दूँ।"'

उनके जीवित रहने की सम्भावना के बारे में उस नौजवान लड़की को, जो उनकी डॉक्टर थी, अभी से चिन्ता होने लगी थी। दिल्ली वापस आने के बाद से उनके शरीर की शक्ति बहुत कम हो गयी थी। कलकत्ता में अनशन के समय उनके गुर्दों पर जो ज़ोर पड़ा था उसका असर अभी तक खत्म नहीं हुआ था। पंजाब की घटनाओं से उन्हें जो व्यथा हुई थी उससे उनकी भूख मर गयी थी और उनका रक्तचाप बढ़ने लगा था जिसके अचानक बहुत ज़्यादा बढ़ जाने से उनकी शिराएँ फट भी सकती थीं। डॉ० सुशीला नैयर उनको एक ही दवा दे सकती थीं जो सर्पगंधा की छाल से बनती थी। लेकिन इस बार उन्होंने अपने अनशन के लिए जो कठोर नियम बना दिये थे उनके अनुसार उन्हें यह भी नहीं दी जा सकती थी। बहरहाल उनकी 78 साल की उम्र को तो कोई भी दवा कम नहीं कर सकती थी। डॉ० सुशीला नैयर रोज़ उनका वज़न लेती थीं। उस दिन जब उन्होंने उनका वज़न लिया तो उन्हें खुद आश्चर्य हुआ कि अब तक उन्हें यह नहीं मालूम हो सका था कि इस आदमी का शरीर कितना बर्दाश्त कर सकता था।

दोपहर से कुछ ही देर पहले मन्त्रिमंडल के सदस्य उस आदमी के चारों ओर जमा हुए जो एक बार फिर भारत की अन्तरात्मा बनता जा रहा था। आलीशान इमारतों में अपने ठाठदार दफ़्तर छोड़कर वे उस आदमी की चारपाई के चारों ओर मन्त्रिमंडल की मीटिंग करने आये थे जिसने उन लोगों के लिए उन आलीशान इमारतों के द्वार खोल दिये थे। जो सवाल उन लोगों को गांधी के पास लेकर आया था वह था— पाकिस्तान को 55 करोड़ रुपये अदा कर देने की माँग।

उस माँग से अधिकांश मन्त्रियों को, विशेष रूप से सरदार पटेल को बहुत

आघात पहुँचा था और बहुत ग़ुस्सा आया था। पहले नेहरू ने और उनके बाद पटेल ने रुपया रोक लेने के फ़ैसले को उचित सिद्ध करने की कोशिश की। गांधी बहुत कमज़ोर हो गये थे और उन्हें चक्कर आ रहे थे; वह चुपचाप अपनी चटाई पर लेटे हुए छत पर नज़रें गड़ाये हुए थे और ये लोग अपनी दलीलें देते जा रहे थे। उन्होंने कुछ भी नहीं कहा। पटेल अपनी बात पर ज़ोर देते रहे। धीरे-धीरे, बहुत दुखी होकर और आँखों में आँसू भरकर गांधी कुहनियों के बल थोड़ा-सा ऊपर उठे और उस आदमी को ग़ौर से देखने लगे जिसने कितने ही भीषण संघर्षों में उनका साथ दिया था।

उन्होंने भर्राये हुए क्षीण स्वर में कहा, 'तुम वह सरदार नहीं हो जिसे मैं किसी ज़माने में जानता था।' और इतना कहकर वह फिर चटाई पर गिर पड़े।

सारे दिन मुसलमान, हिन्दू और सिख नेता गांधी की चारपाई के पास आ-आकर उनसे अनशन तोड़ने का अनुरोध करते रहे। उनकी चिन्ता का कारण यह था कि उन्हें एक ऐसी बात का पता था जो गांधी के साथ बिड़ला हाउस की चारदीवारी के अन्दर रहने वाले लोग नहीं जानते थे। पहली बार ऐसा हुआ था कि उनके अनशन से उनके बहुत-से देशवासियों के मन में सक्रिय रूप से ग़ुस्सा पैदा हो रहा था। नयी दिल्ली के कनाट सर्कस में, पुरानी दिल्ली के चाँदनी चौक में—हर जगह इसी अनशन की चर्चा हो रही थी। लेकिन काँग्रेस के पदाधिकारी गंगानारायण सिंह को यह देखकर बहुत आघात पहुँचा कि उन लोगों में गांधी की जान बचाने की कोई उत्कट इच्छा नहीं थी। उनमें से बहुत-से लोग तो यह भी समझते थे कि उनका अनशन मुसलमानों की मदद करने की एक तरकीब है। दिल्ली के बाज़ारों में जो सवाल सबसे ज़्यादा पूछा जा रहा था वह यह नहीं था कि 'गांधी की जान कैसे बचायी जाये ?' बल्कि यह था कि 'यह बुड्ढा हमारा पिण्ड कब छोड़ेगा ?' शहर के बीचोंबीच शरणार्थियों की एक क्रुद्ध भीड़ ने गांधी की जान बचाने के लिए साम्प्रदायिक शान्ति के नारे लगाते हुए जुलूस से टक्कर लेकर उसे तितर-बितर कर दिया था।

शाम को हलकी-सी लेकिन जानी-पहचानी आवाज़ बिड़ला हाउस की ओर आ रही थी। बड़ी आशा और उत्सुकता से लोग उस आवाज़ को सुनने की कोशिश करने लगे। इन लोगों ने यही आवाज़ कलकत्ता में भी सुनी थी। व्यथित जनता अपने महात्मा से अनशन तोड़ने की माँग कर रही थी। गांधी के एक सेक्रेटरी भागकर फाटक पर पहुँच गये। सड़क

की बत्तियों की धुंधली-धुंधली रोशनी में उन्होंने देखा कि जुलूस अल्बुकर्क रोड पर होता हुआ उनकी तरफ़ आ रहा है। बहुत-से झण्डे लहरा रहे थे और लोगों की धुंधली-धुंधली आकृतियाँ दिखायी दे रही थीं।

अन्दर उस अँधेरे कमरे में भी, जहाँ गांधी लेटे हुए थे, आवाज़ धीरे-धीरे निकट आती हुई सुनायी दी। कमज़ोरी और चक्कर आने की वजह से गांधी चारपाई पर लेटे हुए ऊँघ रहे थे। आखिरकार जब जुलूस फाटक पर पहुँचा तो उनके नारों की गूँज कमरे के अन्दर भी सुनायी देने लगी। गांधी ने अपने सेक्रेटरी प्यारेलाल को इशारे से अपने पास बुलाया।

'क्या हो रहा है ?' उन्होंने पूछा।

'शरणार्थियों का जुलूस है,' प्यारेलाल ने जवाब दिया।

'बहुत लोग हैं ?'

'नहीं, बहुत नहीं हैं।'

'क्या कर रहे हैं ?'

'नारे लगा रहे हैं।'

एक क्षण तक गांधी सुनते रहे और उनके गूँजते हुए नारों को समझने की कोशिश करते रहे।

'क्या कह रहे हैं ये लोग ?' उन्होंने पूछा।

प्यारेलाल ने जवाब देने से पहले कुछ सोचा और फिर कुछ सकुचाते हुए कहा, 'वे लोग कह रहे हैं : "गांधी को मर जाने दो" !'

बम्बई, 14 जनवरी 1948

तीन आदमी, जो चाहते थे कि गांधी मर जायें, एक मटमैले रंग की दुमंज़िली पक्की इमारत के लोहे के फाटक के सामने खड़े थे। बम्बई के उत्तरी उप-नगर में बनी हुई उस इमारत में अगर कहीं सुरुचि का कोई आभास मिलता तो वह था एक दीवार में जड़ा हुआ संगमरमर का टुकड़ा जिस पर मराठी में लिखा था : सावरकर सदन।

भारत में कम ही ऐसे लोग होंगे जिन्हें बिड़ला हाउस में इस वक़्त एक चारपाई पर दम तोड़ते हुए उस आदमी से इतनी गहरी नफ़रत हो जितनी कि जंगजू हिन्दुत्व के स्वयंभू तानाशाह वीर सावरकर की नस-नस में समायी हुई थी, जो उस घर में रहते थे। उन्हें गांधी के हर आदर्श से, उनके हर सिद्धान्त से नफ़रत थी। इसलिए उन लोगों के लिए जो गांधी की हत्या करना चाहते थे इससे अधिक स्वाभाविक और क्या बात हो सकती थी कि बम्बई पहुँचते ही पहला काम यह करते कि सीधे उनके दरवाज़े पर

जाते।

उन तीन में से एक अपनी बग़ल में एक तबला दबाये था। आज रात बडगे ने साधु का भेस बनाने के बजाय गवैये का भेस बनाने का फ़ैसला किया था; यह भेस उसके लिए बिलकुल स्वाभाविक भी था, क्योंकि उसका जन्म जिस परिवार में हुआ था उसके पूर्वज किसी ज़माने में घूम-घूमकर नाचने-गाने का काम करते थे। उसकी बग़ल में जो तबला था उसमें वे हथियार छिपे हुए थे जो षड्यन्त्र रचने वालों ने पूना में उसकी दूकान पर पसन्द किये थे।

चौकीदार ने उन तीनों को सावरकर की बैठक में ले जाकर बिठा दिया। इने-गिने लोगों को ही इस बात का अधिकार था कि वे उस कमरे के ठीक बाहर बनी हुई सीढ़ियों पर होकर ऊपर चले जायें जहाँ हिन्दू राष्ट्र-दल के डिक्टेटर का निजी कमरा था। नाथूराम गोडसे और नारायण आप्टे को यह अधिकार था। दिगम्बर बडगे को यह अधिकार नहीं था, इसलिए वे दोनों बडगे का तबला लेकर ऊपर चले गये।

उस दिन वीर सावरकर के यहाँ उनके छोटे-से गिरोह में से सबसे पहले गोडसे, आप्टे और बडगे ही आये हों, ऐसा नहीं था। इससे पहले करकरे अपने गुरु के सामने मदनलाल को पेश कर चुका था। करकरे ने उस नौजवान पंजाबी का परिचय 'बहुत साहसी कार्यकर्ता' के रूप में कराया था। सावरकर मदनलाल को देखकर मुसकरा दिये थे और उसकी बाँह पर हाथ फेरकर जैसे बिल्ली को सहला रहे हों, उन्होंने कहा था, 'इसी तरह काम करते रहो।'

सावरकर से मुलाक़ात पूरी हो जाने के बाद वे तीनों रात-भर के लिए एक-दूसरे से अलग हो गये। बडगे हिन्दू महासभा के दफ़्तर में सोने चला गया। आप्टे और गोडसे जाकर सी ग्रीन होटल में ठहर गये।

होटल में पहुँचते ही आप्टे ने किसी को टेलीफ़ोन किया। जो नम्बर उसने मिलाया था उसके बारे में कभी यह सोचा भी नहीं जा सकता था कि जो आदमी इस शताब्दी में भारत का सबसे बड़ा अपराध करने का बीड़ा उठा चुका है वह इस नम्बर पर टेलीफ़ोन करेगा। यह बम्बई पुलिस का टेलीफ़ोन था। जब उधर से किसी ने जवाब दिया तो आप्टे ने 305 नम्बर का एक्सटेंशन माँगा। उधर से किसी लड़की की आवाज़ आयी जो उस रात आप्टे का बिस्तर गरम करने वाली थी। वह बम्बई पुलिस के बड़े डॉक्टर की बेटी थी।

गांधी ने जब से अनशन शुरू किया था तभी से उनकी डॉक्टर को ख़तरे

के जिस क्षण का खटका लगा हुआ था वह इतनी तेज़ी से और अचानक आ गया कि उसने सोचा भी नहीं था। गुरुवार के दिन 15 जनवरी को सुशीला नैयर ने जब गांधी के पेशाब की जाँच की तो उसमें एसीटोन और एसेटिक ऐसिड के अंश पाये। घातक प्रक्रिया शुरू हो गयी थी। गांधी के शरीर में कार्बोहाइड्रेट का संचित भण्डार ख़त्म होता जा रहा था। उनका शरीर अन्दर-ही-अन्दर घुलने लगा था और जीवनदायी प्रोटीनों को खाने लगा था। अनशन शुरू करने के मुश्किल से अड़तालीस घण्टे बाद वह ख़तरे की सीमा के अन्दर पहुँच चुके थे।

उनकी डॉक्टर को चिन्ता में डाल देने वाली यही एक बात नहीं थी। उनके पेशाब की अच्छी तरह जाँच करने पर एक और बात का पता चला था। पिछले चौबीस घण्टों में उन्होंने अड़सठ औंस गुनगुना पानी सोडा मिलाकर पिया था। सुशीला नैयर के हिसाब के अनुसार इसमें से उन्होंने सिर्फ़ अट्ठाइस औंस पानी पेशाब के रास्ते बाहर निकाला था। गांधी के गुर्दे, जो कलकत्ता के अनशन में ही ख़राब हो चुके थे, ठीक से काम नहीं कर रहे थे। बहुत चिन्तित होकर सुशीला ने गांधी को समझाने की कोशिश की कि उनकी हालत कितनी गम्भीर है और यह कि शायद इस बार उनका स्वास्थ्य इतना बिगड़ जाये कि वह फिर कभी ठीक न हो पायें। लेकिन वह भला कब सुनने वाले थे !

उन्होंने अस्फुट स्वर में कहा, 'अगर मेरे पेशाब में एसीटोन है तो इसका मतलब है कि राम में मेरी आस्था में कुछ कमी है।'

सुशीला ने जवाब दिया, 'राम से इसका कोई मतलब नहीं है।' बड़े धीरज के साथ उसने उन्हें वैज्ञानिक ढंग से उस प्रक्रिया के बारे में बताया जिसकी वजह से उनके पेशाब में ये तत्व पैदा हो गये थे। गांधी चुपचाप सुनते रहे। जब वह अपनी बात पूरी कर चुकी तो उन्होंने उसके चेहरे को बड़े ध्यान से देखा।

उन्होंने पूछा, 'क्या तुम्हारा विज्ञान सब-कुछ जानता है ? क्या तुम गीता में भगवान कृष्ण के वह शब्द भूल गयीं कि "मेरे अस्तित्व के बहुत ही छोटे अंश में यह सारी सृष्टि समायी हुई है"।'

दूसरी सुबह 7 बजकर 20 मिनट पर, जिस समय गांधी अपनी डॉक्टर को उसके विज्ञान की कमियों के बारे में बता रहे थे, नारायण आप्टे बम्बई में एयर-इंडिया के दफ़्तर में पहुँचा। उसने शनिवार, 17 जनवरी के लिए बम्बई से दिल्ली जाने वाले विमान पर श्री डी० एन० कर्मारकर और श्री एस० मराठे के नाम से दो टिकट बनवाये। जिस वक़्त वह 308

रुपये के हिसाब से टिकट के पैसे गिन रहा था, टिकट बनाने वाले क्लर्क ने उससे बड़ी विनम्रता से पूछा, 'क्या वापसी टिकट भी चाहिए ?'

नारायण आप्टे उसकी ओर देखकर मुसकरा दिया। उसने मना करते हुए कहा कि उसका और उसके साथी का अभी वापस आने का कुछ पक्का नहीं था। उसे एक ही तरफ़ का टिकट चाहिए था।

अनशन के तीसरे दिन भारत की राजधानी पर उसका कुछ असर पड़ने लगा। दस हज़ार लोग लालक़िले पर नेहरू का भाषण सुनने आये जिसमें उन्होंने कहा कि 'अगर गांधी के प्राण चले गये तो भारत की आत्मा मिट जायेगी।' बहुत महत्वपूर्ण मीटिंग थी, लेकिन इसी जगह पिछले साल 15 अगस्त को पाँच लाख लोग उनका भाषण सुनने के लिए जमा हुए थे। गवर्नमेंट-हाउस में माउंटबैटेन ने सारे स्वागत-समारोह और भोज बन्द करवा देने का आदेश दे दिया था। साम्प्रदायिक शान्ति के नारे लगाते हुए कुछ छोटे-छोटे जुलूस भी दिल्ली की सड़कों पर दिखायी देने लगे थे। लेकिन कलकत्ता वाली वह बात नहीं थी जहाँ अनशन के पहले दिन से ही शहर की हवा बदल गयी थी। उनके अनशन के बारे में उदासीनता देखकर मनु को डर लगने लगा कि कहीं राजधानी सचमुच ही गांधी को मर न जाने दे।

इस अनशन से ऐसा लगता था कि लोगों के मन में सबसे प्रबल भावनाएँ पाकिस्तान में जागृत हुई थीं। लाहौर से गांधी के नाम एक तार आया था जिसमें कहा गया था : 'यहाँ हर आदमी एक ही सवाल पूछता है : हम गांधी की जान बचाने में क्या मदद कर सकते हैं ?' उस नये राष्ट्र के एक सिरे से दूसरे सिरे तक मुसलिम लीग के नेता अपने अचानक सबसे पुराने दुश्मन को 'भाई-चारे का फ़रिश्ता' कहकर उसकी प्रशंसा करने लगे। सारे देश की मसजिदों में उनकी जान बचाने की दुआएँ माँगी जाने लगीं।

लेकिन दिल्ली से आने वाली किसी दूसरी खबर से पाकिस्तान में उतनी सनसनी नहीं फैली थी जितनी कि उस खबर से जो गुरुवार को तीसरे पहर टेलीप्रिंटर पर आयी थी। गांधी की पहली जीत हुई थी। वह अपने शरीर पर भूख और पीड़ा की जो यातना झेल रहे थे उसने जिन्ना के राज्य को दिवालियेपन से बचा लिया था। उस उप-महाद्वीप में फिर से शान्ति की स्थापना के लिए और, सबसे बढ़कर, 'राष्ट्र की आत्मा की शारीरिक यातना का अन्त करने के लिए' भारत-सरकार ने पाकिस्तान को फ़ौरन उसके 55 करोड़ रुपयों के **भुगतान** का एलान कर दिया था।

बम्बई, 15 जनवरी 1948

जिन लोगों ने इन्ही रुपयों की वजह से गांधी की हत्या करने का फ़ैसला किया था, वे उस मन्दिर में जहाँ पिछली रात को बडगे ने हथियारों से भरा हुआ अपना तबला छिपा दिया था, घेरा बनाकर ज़मीन पर बैठे हुए थे। उस बहुरूपिये साधु ने तबला खोलकर उसका सारा सामान उनके सामने फैला दिया। बड़े धैर्य के साथ वह उन्हें बता रहा था कि बारूद के डलों में फ़लीता कैसे लगाया जाता है और हथगोले कैसे चलाये जाते हैं।

बडगे बातें किये जा रहा था और आप्टे उस हथियार को बड़े ध्यान से देख रहा था जो उसने तबले में से सबसे बाद में निकाला था। उस हथियार की उन्हें सबसे ज़्यादा ज़रूरत थी। इस देसी पिस्तौल से आप्टे पूरी तरह सन्तुष्ट नहीं था। उसे डर था कि गांधी की हत्या करने से पहले ही कहीं वह जेब में ही न छुट जाये। पैसा मिलना आसान था, लेकिन पिस्तौल मिलना नहीं।

आप्टे ने अचानक महसूस किया कि हथियारों के बारे में बडगे की जानकारी दिल्ली में बहुत काम आयेगी। बडगे इस साज़िश में शामिल नहीं था। आप्टे और गोडसे दोनों ही को उस पर पूरा भरोसा नहीं था। लेकिन इस वक़्त उसकी मदद इतनी ज़रूरी थी कि आप्टे उसे बाहर आँगन में ले गया और उसके कंधे पर हाथ रखकर बोला : 'हमारे साथ दिल्ली चलो।' उसने कहा, सावरकर ने गांधी, नेहरू और सुहरावर्दी को 'खत्म कर देने' का आदेश दिया है और यह काम उसे और गोडसे को सौंपा गया है। इसके बाद अन्त में उसने वह बात कही जिससे बडगे की लालची आत्मा फ़ौरन राज़ी हो गयी : 'सारा खर्चा हम देंगे।'

हथियारों के विशेषज्ञ का सहयोग मिल जाने से साज़िश करने वालों की टोली पूरी हो गयी। अब आधे उप-महाद्वीप को पार करके भारत की राजधानी तक पहुँचने और वहाँ भारत की स्वतन्त्रता के सृष्टा से साक्षात करने की यात्रा शुरू करने का समय आ गया था। बडगे ने जो हथियार दिये थे उन्हें बड़ी सावधानी से मदनलाल के बिस्तरबन्द में छिपा दिया गया। तय यह हुआ कि मदनलाल और करकरे उसी रात फ्रंटियर मेल से दिल्ली के लिए रवाना होंगे। बडगे और नाथूराम गोडसे का छोटा भाई गोपाल गोडसे 48 घण्टे बाद अलग-अलग गाड़ियों से रवाना होंगे। आप्टे और गोडसे हवाई जहाज़ से आयेंगे, जिसके लिए आप्टे ने टिकट उसी सुबह खरीद लिये थे। वे सब वहाँ हिन्दू महासभा-भवन में मिलेंगे, जो बिड़ला मन्दिर से मिला हुआ था।

गुरुवार की शाम को झुटपुटे के वक़्त बिड़ला हाउस के पीछे वाले लॉन पर सैंकड़ों भक्त यह आस लगाकर जमा हुए थे कि शायद किसी चमत्कार से उस दिन गांधी की प्रार्थना-सभा हो जाये। लेकिन उनकी यह आशा निराधार थी। अब गांधी चलना तो दूर रहा, सहारा दिये बिना उठकर बैठ भी नहीं सकते थे। उन्होंने अपने श्रोताओं के लिए चारपाई के पास लगा दिये गये माइक्रोफ़ोन पर कुछ शब्द कहे।

गांधी ने उनसे कहा, 'मेरी चिन्ता न करो। जो इस दुनिया में पैदा हुआ है उसे किसी-न-किसी दिन तो मरना है ही। मौत हम सबकी मित्र है। हमें उसका उपकार मानना चाहिए कि वह हम सबको हर तरह की मुसीबत से हमेशा के लिए छुटकारा दिला देती है।' इसके बजाय उन्होंने उन लोगों को अपने देश की और उसमें भाई-चारा पैदा करने की चिन्ता करने की सलाह दी।

प्रार्थना समाप्त हो जाने के बाद लोग उनके दर्शन के लिए आग्रह करने लगे। सबको एक लम्बी लाइन में खड़ा कर दिया गया—पहले औरतें, फिर मर्द। सब लोग एक-एक करके हाथ जोड़े हुए उस बरामदे से गुज़रे जहाँ गांधी वे थोड़े-से शब्द कहने के बाद निढाल होकर लेटे हुए थे। वह भी हाथ जोड़े हुए उनके अभिवादन का जवाब दे रहे थे।

मनु को अपनी आँखों पर विश्वास नहीं हो रहा था। वह बूढ़ा आदमी जिसके शरीर में कल शाम तक इतनी भी शक्ति नहीं थी कि वह चारपाई पर उठकर बैठ सके, वही इस समय खड़ा हुआ था। पाँव घसीट-घसीटकर चलते हुए गांधी ने कमरा पार किया और जाकर सुबह की पूजा के लिए बैठ गये। पूजा करने के बाद गांधी ने बंगाली पढ़ने का अपना दैनिक कार्यक्रम शुरू किया। जिस आदमी के पेट में चार दिन से अन्न का दाना तक नहीं गया था और जिसके सिर पर मौत मँडला रही थी, उसके लिए ऐसा कर सकना सचमुच एक चमत्कार था। इसके बाद उन्होंने बहुत दृढ़ स्वर में, जिसे सुनकर आश्चर्य होता था, शाम की प्रार्थना-सभा में पढ़े जाने के लिए अपना सन्देश बोलकर लिखाना शुरू किया।

लेकिन उनके शरीर में फिर से उतनी शक्ति आ जाना केवल एक ऐसा भ्रम था, जैसे बुझने से पहले दिये की लौ भड़क उठती है। कुछ ही मिनट बाद जब उन्होंने अपने बल पर पाखाने जाने की कोशिश की तो उनका सिर चकराने लगा और वह बेहोश होकर फ़र्श पर गिर पड़े।

सुशीला नैयर भागकर उनके पास पहुँचीं और सहारा देकर उन्हें चारपाई पर लिटा दिया। वह जानती थीं कि उन्हें क्या हुआ था। गांधी

के क्षीण शरीर में पानी जमा होने लगा था, क्योंकि गुर्दे ठीक से काम न करने की वजह से पानी पेशाब के रास्ते बाहर नहीं निकल पा रहा था। उनके दिल पर भी असर पड़ने लगा था। कुछ देर पहले गांधी का वज़न लेते समय सुशीला को इस बात की आशंका हुई थी। वज़न 107 पौंड था; 48 घण्टे पहले भी इतना ही वज़न था। ब्लड-प्रेशर और नब्ज़ देखने के बाद जब दिल की बीमारियों के डॉक्टर के यहाँ से उनका कार्डियोग्राम बिड़ला हाउस पहुँचा तो यह साबित हो गया कि दिल पर बड़ी तेज़ी से असर हो रहा है।

सुशीला ने बड़े दुखी मन से काग़ज़-पेंसिल लेकर गांधी के स्वास्थ्य के बारे में उस दिन का पहला बुलेटिन लिखा। यह व्यथा में डूबी हुई एक पुकार थी। उन्होंने लिखा कि अगर गांधी की इस यातना को जल्दी ही समाप्त न किया गया तो उनका शरीर जीवन-भर के लिए अपाहिज हो जायेगा।

एक बार फिर बिड़ला हाउस से वही चमत्कारी लहर बह निकली जो भारत की कोटिसंख्यक जनता को उसके महात्मा से जोड़ने वाली कड़ी थी। सुशीला नैयर का बुलेटिन पढ़े बिना ही शुक्रवार की सुबह भारत ने यह समझ लिया था कि गांधी की जान ख़तरे में है।

आल-इंडिया रेडियो ने अल्बुकर्क़ रोड से ही हर घण्टे गांधी के स्वास्थ्य के बारे में बुलेटिन प्रसारित करना शुरू कर दिया। दर्जनों भारतीय और विदेशी पत्रकार बिड़ला हाउस के फाटक पर जमा हो गये। देश के हर शहर और क़स्बे के सैकड़ों मैदानों में लोग झण्डे लेकर जमा होने लगे और नारे लगाने लगे : 'हिन्दू-मुसलिम भाई-भाई!', 'हिन्दू-मुसलिम एक हों!', 'गांधी की जान बचाओ!' सारे भारत में गांधी का जीवन बचाने के लिए कमेटियाँ बनायी गयीं, जिनमें सभी धर्मों और चुन-चुनकर सभी राजनीतिक विचारों के लोग रखे गये। सारे भारत में एक भी मसजिद ऐसी नहीं थी जिसमें उस दिन जुम्मे की नमाज़ में गांधी के लिए दुआएँ न माँगी गयी हों। बम्बई के अछूतों ने गांधी को एक बहुत ही मर्मस्पर्शी तार भेजा : 'आपके प्राण हमारे हैं।'

लेकिन सबसे आश्चर्यजनक परिवर्तन तो दिल्ली में हुआ। उसी दिल्ली में जो अभी तक उनके अनशन के प्रति उदासीन थी। हर बस्ती, हर बाज़ार, हर मोहल्ले से लोग नारे लगाते हुए एक तूफ़ानी धारा की तरह चले आ रहे थे। गांधी के प्रति संवेदना प्रकट करने के लिए सारी दूकानें बन्द हो गयी थीं। स्कूल-कॉलेज बन्द हो गये थे। पंजाब की मारकाट में विधवा और अनाथ हो जाने वाली 200 शरणार्थी औरतों और बच्चों ने उस दिन

का अपना राशन लेने से इंकार कर दिया और गांधी के प्रति संवेदना प्रकट करने के लिए उपवास रखा।

भावनाओं का असाधारण आवेग था, लेकिन गांधी पर इसका कोई असर नहीं हुआ। उन्होंने प्रार्थना-सभा में चिन्तित श्रोताओं से कहा, 'मुझे कोई जल्दी नहीं है। मैं कोई काम अधूरा नहीं छोड़ना चाहता।' उनकी आवाज़ इतनी कमज़ोर हो गयी थी कि लाउड-स्पीकर पर भी ऐसी सुनायी देती थी जैसे किसी के कान में बात कह रहे हों। हर शब्द पर हाँफते हुए उन्होंने कहा, 'अगर हमारे चारों ओर सारे भारत में, पूरे पाकिस्तान में शान्ति स्थापित न हुई तो मुझे ज़िन्दा रहने में कोई दिलचस्पी नहीं रह जायेगी। इस बलिदान का यही अर्थ है।'

नेहरू नेताओं का एक प्रतिनिधि-मंडल लेकर उन्हें यह आश्वासन दिलाने के लिए उनके पास आये कि दिल्ली के वातावरण में बुनियादी परिवर्तन आ गया है। गांधी ने उनसे बड़ी प्रसन्न मुद्रा में कहा, 'चिन्ता न करो। मैं इस तरह अचानक नहीं चल बसूँगा। तुम जो भी काम करो उसमें सच्चाई की खनक होनी चाहिए। मुझे ठोस काम चाहिए।'

वे बातें कर ही रहे थे कि कराची से एक तार आया। उसमें पूछा गया था कि जिन मुसलमानों को दिल्ली में उनके घरों से भगा दिया गया था क्या वे फिर आकर वहाँ बस सकते हैं ?

जैसे ही तार पढ़कर गांधी को सुनाया गया उन्होंने बुदबुदाकर कहा, 'यही असली कसौटी है।'

वह तार लेकर गांधी के वफ़ादार सेक्रेटरी प्यारेलाल नैयर ने शहर के शरणार्थी-कैम्पों का चक्कर लगाया और उनमें रहने वाले क़टुता से भरे हुए हिन्दुओं और सिखों को समझाया कि गांधी के प्राण अब उनके हाथों में हैं। उसी दिन रात को एक हज़ार से ज़्यादा शरणार्थियों ने इस घोषणा पर दस्तखत किये कि अगर उनके परिवारों को सर्दी में ठिठुरते हुए तम्बू में या सड़कों पर भी रहना पड़े तो भी वे मुसलमानों के वापस आने पर उनका स्वागत करने का वचन देते हैं। उनके नेताओं का एक दल गांधी को यह यक़ीन दिलाने के लिए बिड़ला हाउस आया कि सचमुच परिवर्तन हो गया है।

उन्होंने चारपाई पर लेटे हुए गांधी से कहा, 'आपके अनशन से सारी दुनिया के लोगों के मन में एक हलचल पैदा हो गयी है। हम लोग कोशिश करेंगे कि भारत में मुसलमान भी वैसे ही रहें जैसे हिन्दू और सिख रहते हैं। हमारी प्रार्थना है कि आप भारत को मुसीबत से बचाने के लिए अपना अनशन तोड़ दीजिये।'

पूना, 17 जनवरी 1948

बम्बई एक्सप्रेस भाप के बादल उड़ाती हुई जब पूना स्टेशन पर रुकी तो नाटे क़द और भरे हुए बदन की उस औरत के शरीर में घबराहट और उत्सुकता की लहर दौड़ गयी। अपने पति के पास से होकर तीसरे दर्जे के डिब्बों की ओर लपकती हुई भीड़ के हर चेहरे को ध्यान से देखकर वह सोच रही थी, 'मेरे अलावा कोई भी नहीं जानता कि मेरा पति दिल्ली क्यों जा रहा है ?'

गोपाल गोडसे महात्मा गांधी की हत्या करने उस दिन दिल्ली जा रहा था। वह अपने भाई नाथूराम को दिये गये वचन पर अटल था। उसके बिस्तरबन्द में 200 रुपये में पूना के फ़ौजी डिपो से अपने एक साथी से ख़रीदा हुआ पिस्तौल बँधा हुआ था। उसने अपने घर के पास के जंगलों में उसे चलाकर आज़मा भी लिया था। उसके इस अटल निश्चय में उसकी पत्नी पूरी तरह उसके साथ थी, इसलिए उसने सिर्फ़ उसी को बताया था कि उसने पिस्तौल किस काम के लिए ख़रीदा था। उसने पति को बहुत सराहा था।

उसने अपनी चार महीने की बच्ची असिलता को अन्तिम बार प्यार करने के लिए अपने पति की ओर बढ़ा दिया। स्टेशन की भीड़ और चहल-पहल के बीच इस विदाई को 25 वर्ष बाद याद करते हुए उसने बताया, 'हमारी भरपूर जवानी के दिन थे। हम प्यार और क्रान्ति के सपने देखा करते थे।'

जब गोपाल अपने डिब्बे के दरवाज़े के पास पहुँचा तो पत्नी ने उसे अपनी ओर खींचकर उसके कान में कहा, 'चाहे जो भी हो तुम चिन्ता न करना। मैं अपनी और अपनी बच्ची की देखभाल किसी-न-किसी तरह कर लूँगी।' इतना कहकर उसने अपने पति के हाथों में चपातियों की पोटली थमा दी जो उसने रास्ते में खाने के लिए बनायी थीं। इसके बाद वह पीछे हट आयी और उसे सीट पर बैठे देखती रही। शोर-गुल के बीच गाड़ी धीरे-धीरे आगे रेंगने लगी। बच्ची के गोलमटोल हाथ को हिलाकर अपने पति को विदा करती हुई वह वहीं प्लेटफ़ार्म पर मूर्तिवत् खड़ी रही।

इतनी नाज़ुक हालत होने के बावजूद शनिवार को सुबह गांधी के दिमाग़ में किसी तरह की कमज़ोरी नहीं थी। जोड़ों में लगातार दर्द रहने के अलावा उन्हें किसी तरह की कोई तकलीफ़ नहीं थी। इधर सुशीला और उसके तीन साथी इस बात पर सोच-विचार कर रहे थे कि गांधी अभी

कितने घण्टे और ज़िन्दा रहेंगे और उधर गांधी अपने पुराने लिफ़ाफ़ों के पीछे बंगाली में कुछ लिख रहे थे।

काम पूरा करके उन्होंने अपने सेक्रेटरी प्यारेलाल नैयर को इशारे से अपने पास बुलाया। उन्हें अभी तक इसका बहुत सही अन्दाज़ा था कि किस काम को करने का सबसे उचित समय कौन-सा है। अगर उनके अनशन को वह सफलता मिलने वाली थी जिसका कि उनके शिष्य उन्हें यक़ीन दिला रहे थे, तो वक़्त आ गया था कि इसका पक्का प्रबन्ध कर लिया जाये कि सफलता स्थायी हो, सिर्फ़ उन पर इसलिए तरस खाकर न हो कि उनकी जान बचानी थी। उन्होंने प्यारेलाल को सात शर्तें लिखायीं जिनके पूरा होने पर ही वह अपना अनशन तोड़ने को तैयार थे। जब दिल्ली के सभी राजनीतिक संगठनों के, जिनमें उनकी कट्टर दुश्मन हिन्दू महासभा भी शामिल थी, नेता उन शर्तों पर दस्तखत कर देंगे, तभी वह मानेंगे कि उनकी बात पूरी हुई। उन शर्तों पर सिद्धान्त की दृष्टि से तो किसी को कोई आपत्ति नहीं हो सकती थी, फिर भी शहर के जीवन का हर पहलू उनकी परिधि में आ गया था। उन शर्तों में मुसलमानों को वे 117 मसजिदें वापस कर देने से लेकर, जिन पर क़ब्ज़ा करके या तो शरणार्थी उनमें रहने लगे थे या उनमें मन्दिर बना लिये गये थे, पुरानी दिल्ली के मुसलमान दुकानदारों का बायकाट ख़त्म करने और मुसलमान मुसाफ़िरों की हिफ़ाज़त तक—सभी बातें शामिल थीं।

प्यारेलाल ये शर्तें लेकर भागे-भागे गांधी की जान बचाने के लिए बनायी गयी शान्ति-समिति के पास गये। दिल्ली में ऐसा तनाव और ऐसा जोश छाया हुआ था जैसा स्वतन्त्रता-दिवस के बाद से नहीं देखा गया था। कनॉट प्लेस से लेकर शहर के दूर-से-दूर कोने तक हर गली-कूचे में जनता के बीच एक नये उत्साह की लहर दौड़ गयी। हर जगह लोग नारे लगाते हुए जुलूसों में चल रहे थे। दिल्ली का हर कारोबार बन्द हो गया था। दफ़्तर, दूकानें, कारख़ाने, बाज़ार, होटल—सब बन्द थे। जामा मसजिद के सामने हर धर्म और हर जाति के लगभग एक लाख लोगों की बहुत बड़ी मीटिंग हुई जिसमें नेताओं से माँग की गयी कि वे गांधी की शर्तों को मान लें। सब्ज़ी मंडी के हिन्दू व्यापारियों ने बिड़ला हाउस जाकर गांधी को बताया कि उन्होंने अपने मुसलमान भाइयों का बायकाट ख़त्म कर दिया है।

अन्दर गांधी आधी चेतना और आधी मूर्च्छा की हालत में लेटे थे। उनके सबसे वफ़ादार शिष्य जवाहरलाल नेहरू अपने प्रधानमन्त्री के दफ़्तर का सारा काम-काज छोड़कर उनकी चटाई के पास बैठे थे। गांधी की हालत पल-पल गिरते उनसे नहीं देखी गयी। वह एक कोने में मुँह फेरकर रोते

रहे ।

कुछ देर बाद माउंटबैटेन अपनी पत्नी के साथ आये। भूतपूर्व-वाइसराय को यह देखकर बहुत आश्चर्य हुआ कि इतनी यातनाएँ सहने के बाद भी गांधी के चेहरे पर 'शरारत की चमक' थी। वह उस समय भी हँसी-मज़ाक़ कर लेते थे।

गांधी ने उनका स्वागत करते हुए कहा, 'अच्छा, तो मुझे अनशन करना पड़ता है तब पहाड़ मुहम्मद के पास आता है।'

एडविना माउंटबैटेन बेहद उदास थीं। कमरे से बाहर निकलते ही वह फूट-फूटकर रोने लगीं। उनके पति ने, जिन्हें यह दृश्य देखकर बड़ी प्रेरणा मिली थी, उन्हें तसल्ली देते हुए कहा, 'इसमें उदास होने की क्या बात है ! वह वही कर रहे हैं जो करना चाहते हैं। यह छोटा-सा आदमी सचमुच कितना बहादुर है !'

शनिवार 17 जनवरी की शाम को गांधी की प्रार्थना-सभा के लिए बिड़ला हाउस के लॉन पर एकत्रित भक्तों के कानों तक जो आवाज़ पहुँची वह हाँफने की हलकी-सी आवाज़ से ऊँची नहीं थी। गांधी के शरीर में बस इतनी शक्ति रह गयी थी कि वह मुश्किल से तीन मिनट ही बोल पाये और बीच-बीच में बोलने की शक्ति बटोरने के लिए कई बार रुके। उन्होंने कहा, 'मेरी जान बचाना या मेरे जीवन का अन्त करना किसी के बस की बात नहीं है। वह तो बस ईश्वर के हाथ में है।'

उन्होंने अपने श्रोताओं से कहा कि अभी वह इसकी 'कोई वजह नहीं' पाते कि अनशन तोड़ दें। भीड़ के मुँह से एक चिन्ता-भरी आह निकली। प्रार्थना समाप्त होते ही सब लोग दर्शन के लिए लाइन लगाकर खड़े हो गये। वहाँ पर एकत्रित सभी लोगों के मन में अथाह व्यथा थी। इस ख़बर से कि गांधी मौत के कितना निकट पहुँच चुके हैं, सभी व्याकुल थे।

सारी तैयारियाँ पूरी हो चुकी थीं। मदनलाल और करकरे अपने हथगोले, टाइम-बम और वह देसी पिस्तौल लेकर, जो बडगे ने उन्हें लाकर दिया था, दिल्ली पहुँच चुके थे। गोपाल गोडसे दूसरा पिस्तौल लेकर आ रहा था। बडगे उसी शाम को चलने वाला था। और, मुश्किल से एक घण्टे बाद आप्टे और नाथूराम गोडसे भी बम्बई में एयर-इण्डिया का हवाई जहाज़ पकड़ने वाले थे।

उन दोनों को सावरकर-सदन में वही सम्मान मिला जो बुधवार की रात को उन्हें दिया गया था। इस बार वे वहाँ बहुत थोड़ी देर रुके।

सावरकर सीढ़ियाँ उतरकर उन्हें अपने घर के फाटक तक छोड़ने आये। उन्होंने आप्टे और गोडसे के कंधों पर हाथ रखकर धीमे स्वर में कहा : 'काम पूरा करके आना।'

नयी दिल्ली में गांधी से अपना अनशन तोड़ने की प्रार्थना करने वालों का ताँता बँधा हुआ था। एक लाख आदमियों का तीन मील लम्बा जुलूस अल्बुक़र्क़ रोड से होता हुआ बाढ़ के पानी की तरह बिड़ला हाउस की तरफ़ चला आ रहा था। जुलूस के साथ अनगिनत रंग-बिरंगे झंडे थे। लोग नारे लगा रहे थे 'गांधी अमर रहें !' उनके नारों की गूँज 'गांधी को मर जाने दो !' के उस नारे से दस हज़ार गुनी अधिक थी, जो पाँच दिन पहले उसी सड़क पर लगाया जा रहा था।

इन लोगों की भावनाओं को समझकर और यह महसूस करके कि गांधी की कोशिशें शायद अब कामयाब होने वाली हैं, नेहरू ख़ुद उस माइक्रोफ़ोन पर आ गये जिस पर गांधी प्रार्थना-सभा के समय अपने भक्तों के सामने बोलते थे।

नेहरू ने भाव-विह्वल होकर कहा, 'हमारे देश की इस धरती में कोई ऐसा महान गुण और शक्ति है कि उससे गांधी जैसा आदमी पैदा हुआ। उनकी जान बचाने के लिए जो भी क़ुर्बानी दी जाये वह कम है, क्योंकि वही हमें हमारी उम्मीदों की झूठी सुबह के बजाय हमें अपनी असली मंज़िल तक पहुँचा सकते हैं।'

उनके ये शब्द सुनकर अचानक बिड़ला हाउस के सामने की उस अपार भीड़ के बीच से किसी शरणार्थी का विरोध का तीव्र स्वर सुनायी दिया। यह मदनलाल पाहवा की आवाज़ थी। करकरे और मदनलाल अपनी उत्सुकता मिटाने के लिए ही उस भीड़ के साथ बिड़ला हाउस तक चले आये थे। नेहरू के ये शब्द सुनकर मदनलाल का जवान ख़ून जोश से उबल पड़ा था और वह चीख़कर अपना विरोध प्रकट करने की भयंकर भूल कर बैठा था।

करकरे बड़ी निराशा से देखता रहा कि दो पुलिस वाले मदनलाल को पकड़कर लिये जा रहे थे। करकरे डर रहा था कि अगर अनशन के बाद किसी तरह गांधी की जान बच भी गयी तो मदनलाल की इस मूर्खता की वजह से अब उन्हें कभी उनकी हत्या करने का मौक़ा नहीं मिलेगा।

लेकिन करकरे की यह आशंका निराधार थी। कुछ ही मिनट बाद जब भीड़ तितर-बितर होने लगी तो मदनलाल को छोड़ दिया गया। दिल्ली में इस तरह के सिरफिरे शरणार्थियों की कोई कमी नहीं थी। पुलिस ने

उससे पूछ-ताछ करने या उसका नाम तक जानने की कोशिश नहीं की।

रात होते-होते प्यारेलाल भागे हुए बिड़ला हाउस में आये। उनके हाथों में वह सन्देश था जो गांधी की जान बचा सकता था। उस रात गांधी के प्राण एक कच्चे धागे के सहारे टिके हुए थे। उनकी उखड़ी-उखड़ी नब्ज़ डूब रही थी। सारी शाम वह मूर्च्छा में न जाने क्या बोलते रहे थे। बहुत देर तक पेशाब न होने से यही पता चलता था कि उनके शरीर ने अन्दर से काम करना लगभग बन्द कर दिया है।

जब प्यारेलाल कमरे में आये उस समय गांधी सो रहे थे। प्यारेलाल ने उनके कान में कुछ कहा, लेकिन वह हिले भी नहीं। आख़िरकार उन्होंने उनके कंधे पकड़कर झँझोड़ा। गांधी थोड़ा-सा हिले और उन्होंने अपनी आँखें खोल दीं। प्यारेलाल ने अपनी जेब से एक तह किया हुआ काग़ज़ निकालकर खोला और गांधी की आँखों के सामने कर दिया और बताया कि यह शान्ति-कमेटी का बयान है जिस पर उसके सदस्यों ने अपने दस्तख़त करके सभी सम्प्रदायों के लोगों के बीच 'शान्ति, सद्भावना और भाई-चारा' क़ायम करने का वचन दिया था।

गांधी ने संतोष की साँस ली और फिर पूछा, क्या शहर के सारे नेताओं ने उस पर दस्तख़त कर दिये हैं? प्यारेलाल संकोच में पड़ गये। उन्होंने स्वीकार किया कि उस पर अभी दो दस्तख़त होना बाक़ी थे, उन दो संगठनों के स्थानीय नेताओं के जो गांधी के सबसे कट्टर दुश्मन थे—हिन्दू महासभा और राष्ट्रीय स्वयंसेवक संघ के।

प्यारेलाल ने बताया कि वे भी कल दस्तख़त कर देंगे। दूसरे लोगों ने पक्का यक़ीन दिलाया है कि वे उनसे दस्तख़त करा लेंगे और उनसे सारी शर्तें मनवा लेंगे। प्यारेलाल ने गांधी से अनुरोध किया कि वह अपना अनशन तोड़कर कुछ खा-पी लें जिससे रात काटने के लिए उनके शरीर में कुछ शक्ति आ जाये।

गांधी ने बहुत अधीर होकर अपना सिर हिलाया और बड़ी कठिनाई से अपने सेक्रेटरी की ओर मुड़कर बहुत ही धीमे स्वर में बोले, 'नहीं, हमें जल्दी में कुछ नहीं करना चाहिए। मैं अपना अनशन तब तक नहीं तोड़ूँगा जब तक पत्थर-से-पत्थर दिल भी नहीं पिघल जाता।'

काँग्रेस के अध्यक्ष डॉ० राजेन्द्रप्रसाद के दफ़्तर में मीटिंग चल रही थी। इतने में बिड़ला हाउस से टेलीफ़ोन आया। गांधी की हालत अचानक बहुत बिगड़ गयी थी। अगर उनकी सातों शर्तों को स्वीकार करते हुए उन सभी

नेताओं के दस्तख़त के साथ जिनके नाम उन्होंने बताये थे, एक प्रस्ताव फ़ौरन उनके पास न भेज दिया गया तो शायद फिर उसकी ज़रूरत ही न रह जाये। 18 जनवरी, इतवार का दिन था। दिन के 11 बजे थे। लगभग एक घण्टे से गांधी की हालत ऐसी थी कि किसी भी समय वह बेहोश हो सकते थे।

राजेन्द्र बाबू के चेहरे पर हवाइयाँ उड़ रही थीं। उन्होंने यह ख़बर उन लोगों को सुनायी जो उनके दफ़्तर में जमा थे। ये लोग उस बुनियादी महत्व के दस्तावेज़ पर आखिरी दस्तख़त करने वहाँ आये थे, उसी काग़ज़ पर जो प्यारेलाल ने पिछली रात गांधी को ले जाकर दिखाया था। कुछ प्रमुख नेताओं को अपने साथ लेकर और बाक़ी से जल्दी-से-जल्दी बिड़ला हाउस पहुँच जाने को कहकर राजेन्द्र बाबू सीधे बिड़ला हाउस की तरफ़ चल पड़े। गांधी अपने बिछौने पर बेहोश पड़े थे। प्यारेलाल ने उन्हें आवाज़ दी, फिर बड़ी नरमी से उनके माथे पर हाथ फेरकर उन्हें जगाने की कोशिश की। गांधी ने कोई जवाब नहीं दिया। इतने में किसी ने कपड़ा भिगोकर उनके माथे पर रखा। शरीर में ठंडक पहुँचने पर गांधी थोड़ा-सा हिले और उन्होंने आँखें खोल दीं। अपने चारों ओर खड़े हुए लोगों को देखकर उनके चेहरे पर मुसकराहट खिल उठी। उन्होंने ऐसा चमत्कार कर दिखाया था जिसे सिर्फ़ वही कर सकते थे।

राजेन्द्र बाबू गांधी की चारपाई के पास घुटनों के बल बैठे हुए थे। उन्होंने गांधी को बताया कि उनकी सातों शर्तों पर अब उन सभी नेताओं ने दस्तख़त कर दिये हैं जिनके नाम उन्होंने बताये थे। वे सभी दिल से चाहते थे कि वह अब अनशन तोड़ दें। एक-एक करके गांधी की चारपाई के चारों ओर खड़े हुए लोगों ने राजेन्द्र बाबू की बात की पुष्टि की। उनकी बातें सुनकर गांधी के चेहरे पर शान्ति की लहर दौड़ गयी। उन्होंने इशारे से बताया कि वह कुछ कहना चाहते हैं।

मनु अपना कान उनके मुँह के पास ले गयी। वह जो कुछ बोलते गये उसे वह एक नोटबुक में लिखती गयी और फिर पढ़कर सबको सुना देने के लिए प्यारेलाल को दे दिया।

यों तो उन्होंने जो कुछ माँगा था वह सब मिल गया था, पर गांधी वह बात कहने को अभी तैयार नहीं थे जो वे सुनने को इतना बेचैन थे। उन्होंने चेतावनी दी कि इन लोगों ने दिल्ली में जो काम किया है वही अब उन्हें सारे हिन्दुस्तान में पूरा करने की कोशिश करनी चाहिए। अगर वे दिल्ली में तो शांति बनाये रखने का वचन देते हैं, लेकिन दूसरी जगहों में होने वाली हिंसा की ओर कोई ध्यान नहीं देते तो उनका यह

वचन बेकार है और ऐसी हालत में उनके लिए अनशन तोड़ना ग़लत होगा।

'यह सोचने से ज़्यादा बड़ी बेवक़ूफ़ी और कोई नहीं हो सकती कि हिन्दुस्तान सिर्फ़ हिन्दुओं के लिए रहे और पाकिस्तान सिर्फ़ मुसलमानों के लिए। पूरे हिन्दुस्तान और पाकिस्तान को सुधारना बहुत मुश्किल काम है, लेकिन हम अगर कोई बात अपने मन में ठान लें तो वह पूरी होकर रहेगी।

'यह सब-कुछ सुनने के बाद भी अगर आप चाहें तो मैं अपना अनशन तोड़ दूँगा। लेकिन अगर भारत की हालत न सुधरी तो इसका मतलब यही होगा कि आप लोगों ने जो कुछ कहा है वह सिर्फ़ ढोंग है। उसके बाद मेरे पास मर जाने के अलावा और कोई चारा नहीं रह जायेगा।'

कमरे में सन्तोष की लहर दौड़ गयी। जो लोग वहाँ मौजूद थे उन्होंने बारी-बारी से गांधी की चारपाई के पास आकर उनको यक़ीन दिलाया कि उनसे जो वादा उन लोगों ने किया है उसका मतलब वह पूरी तरह समझ गये हैं। राष्ट्रीय स्वयंसेवक संघ के नेता ने भी, जिससे सम्बन्ध रखने वाले कुछ लोग गांधी की हत्या करने दिल्ली आये हुए थे, दूसरों की तरह वचन दिया, 'हम वचन देते हैं कि हम आपके आदेशों का पूरी तरह पालन करेंगे।'

जब सब लोग वचन दे चुके तो गांधी ने मनु को अपने पास बुलाकर उससे कुछ कहा। मनु ने अपनी कापी पर लिखा: 'मैं अपना अनशन तोड़ूँगा। भगवान की जैसी इच्छा।' जब उसने ये शब्द पढ़कर सबको सुनाये तो मारे ख़ुशी के उसके मुँह से चीख निकल गयी।

भावावेग से काँपते हुए मौलना आज़ाद और जवाहरलाल नेहरू ने सन्तरे के रस का गिलास अपने हाथों में लेकर गांधी के होठों से लगा दिया। गांधी के पहला घूँट लेते ही कमरे में कई कैमरों के बल्ब एक साथ जलने से चकाचौंध कर देने वाली रोशनी हो गयी। दोपहर को बारह बजकर पैंतालीस मिनट पर गांधी ने 121 घण्टे 30 मिनट तक सिर्फ़ गुनगुने पानी में सोडा मिलाकर पीने के बाद पहली बार आहार लिया।

ग्लूकोज़ से उनके शरीर में नयी शक्ति आ गयी थी और अपनी सफलता से भी उनकी अन्तरात्मा में भी फिर से जान पड़ गयी थी। उस शाम को जब गांधी अपने भक्तों के सामने बोले तो उनकी आवाज़ में भी जो पिछले 36 घण्टे से बिलकुल ही क्षीण हो गयी थी, फिर वही पुरानी दृढ़ता आ गयी थी।

उन्होंने कहा, 'आप सब लोगों ने मेरे ऊपर जो मेहरबानी की है उसे

मैं ज़िन्दगी-भर नहीं भूल सकूंगा।' उन्होंने उन लोगों से अनुरोध किया, 'दिल्ली और दूसरी जगहों में कोई फ़र्क़ न कीजिये।' सारे हिन्दुस्तान और पाकिस्तान में फिर शान्ति लौट आये, इसकी कोशिश कीजिये। 'अगर हम यह याद रखें कि जीवन एक है, तो फिर कोई वजह नहीं है कि हम एक-दूसरे को अपना दुश्मन समझें।' हर हिन्दू क़ुरान पढ़े और हर मुसलमान गीता और सिखों के ग्रन्थ साहब का मतलब समझने की कोशिश करे।

'जिस तरह हम अपने धर्म का सम्मान करते हैं उसी तरह हमें दूसरों के धर्म का भी सम्मान करना चाहिए। जो सत्य और न्याय-संगत है वह सत्य और न्याय-संगत रहेगा चाहे वह संस्कृत में लिखा हो, या उर्दू में या फ़ारसी में, या किसी और भाषा में।'

उन्होंने अपनी बात समाप्त करते हुए कहा, 'भगवान हमें और सारी दुनिया को सद्बुद्धि दे। वह हमें अधिक समझदार बनाये और अपने और निकट लाये ताकि भारत और सारी दुनिया सुखी रह सके।'

तीन घण्टे बाद, जब सारी दिल्ली उनका अनशन टूटने की ख़ुशियाँ मना रही थी, गांधी ने पहली बार भोजन किया—पाव-भर बकरी का दूध और चार सन्तरे। भोजन कर लेने के बाद उन्होंने अपना चर्खा मँगाया, जो जनता के नाम उनके संदेश का प्रतीक था। डॉक्टर और अपने शिष्यों के लाख मना करने पर भी वह नहीं माने। उन्होंने काँपती हुई उँगलियों से चर्खा चलाना शुरू किया।

बहुत धीमे स्वर में उन्होंने कहा, 'मेहनत किये बिना जो रोटी मिले वह चोरी है। अब मैंने खाना खाना शुरू कर दिया है, इसलिए मुझे मेहनत भी करनी चाहिए।'

17

मदनलाल का प्रतिशोध

नयी दिल्ली, 19-20 **जनवरी,** 1948

प्यारेलाल नैयर का ख़याल था कि उन्होंने कई साल से गांधी को इतना खुश और इतनी उमंग और जोश से भरा हुआ नहीं देखा था, जैसा वह इस अनशन के बाद थे। प्यारेलाल ने बताया कि अनशन सफलतापूर्वक समाप्त हो जाने से गांधी के सामने 'बहुत बड़े-बड़े सपनों और चढ़ती हुई उम्मीदों' के द्वार खुल गये थे। 1929 के नमक सत्याग्रह के बाद से उनके किसी भी काम ने दुनिया को इतना नहीं हिलाया था जितना इस अनशन ने।

महात्मा गांधी अभी बहुत कमज़ोर थे और उन्हें फलों का रस, जौ का पानी और ग्लूकोज़ ही दिया जाता था, फिर भी बिड़ला हाउस में, जहाँ वह रहते थे, चारों ओर नये उत्साह के वातावरण से उनका स्वास्थ्य भी प्रभावित लगता था। अनशन के दिनों में रोज़ सुबह जब उनका वज़न लिया जाता था तो उनके शिष्यों में गहरी चिन्ता उत्पन्न होती थी, लेकिन अब वही अवसर उनके लिए सबसे अधिक आश्वासन का क्षण होता था। उस सुबह वज़न लेने पर मालूम हुआ कि वह एक पौंड घटकर 106 पौंड रह गया है। बिड़ला हाउस के रहने वालों के लिए इससे बड़ी ख़ुशख़बरी और क्या हो सकती थी ! गांधी के गुर्दे, जिनमें पानी उतर आया था, अब फिर काम करने लगे थे। एक बार फिर भारत की अदम्य महान आत्मा संशय के अन्धकार से निकलकर सुखद आशाओं के प्रकाश में आ रही थी।

लगभग उसी समय जब गांधी का वज़न लिया जा रहा था, छः आदमी

बिड़ला मन्दिर के पीछे दूर तक फैली हुई घनी झाड़ियों के बीच एक छोटी-सी खुली जगह पर पहुंचे। वहाँ आकर, जहाँ कोई उन्हें देख न सके या उनकी आवाज़ सुन न सके, वे ठहर गये। यह फ़ैसला करने से पहले कि गांधी की हत्या करने की कोशिश कब और कैसे की जाये, नाथूराम गोडसे और नारायण आप्टे उन हथियारों को आज़माकर देख लेना चाहते थे जिनसे यह हत्या की जाने वाली थी।

गोपाल गोडसे ने अपनी जेब से वह पिस्तौल निकाला जो उसने पूना में 200 रुपये में ख़रीदा था, उसमें गोलियाँ भरीं, निशाने के लिए एक पेड़ चुना और पच्चीस फ़ीट पीछे हटकर पिस्तौल का घोड़ा दबा दिया। कुछ भी नहीं हुआ। उसने पिस्तौल को झटका देकर फिर घोड़ा दबाया। इस बार भी कुछ नहीं हुआ।

आप्टे ने बडगे को अपना पिस्तौल निकालने का इशारा किया। बडगे ने उसी पेड़ पर निशाना साधा जिस पर गोपाल गोडसे निशाना लगा रहा था। उसके बाक़ी साथी बड़ी उत्सुकता से देख रहे थे। बडगे ने पिस्तौल चलाया। इस बार ज़ोर की आवाज़ हुई। सब लोग गोली का निशान देखने के लिए पेड़ की ओर लपके। कोई निशान था ही नहीं। गोली पेड़ तक पहुँचने से पहले बीच में ही कहीं रह गयी थी। बडगे ने फिर पिस्तौल चलाया। इस बार गोली पेड़ के दाहिनी ओर निशाने से काफ़ी हटकर निकल गयी। उसने चार बार और गोली चलायी। एक भी गोली निशाने पर नहीं लगी। जैसा कि आप्टे को बम्बई से ही डर था, उसके पिस्तौल से गांधी की हत्या के बजाय उनकी ही जान जाने का खतरा था।

साजिश करने वालों पर निराशा की स्तब्धता छा गयी। नाथूराम गोडसे अपने भाई के अनाड़ी हाथों को अपनी पिस्तौल ठीक करने की कोशिश करते देखकर अन्दर-ही-अन्दर खौल रहा था। उसने सोचा, अब तक हर काम बहुत अच्छे ढंग से हुआ था, बस इस एक बुनियादी काम को छोड़कर कि जिस हथियार से 25 फ़ीट की दूरी से हत्या की जा सके वह ठीक से काम नहीं कर रहा था। उनका सामान सही-सलामत दिल्ली पहुँच गया था। वे सब काम पूरा करने के लिए वचनबद्ध थे। लेकिन अब कठिनाई यह थी कि अगर उसके भाई का पिस्तौल ठीक न हुआ तो गांधी की हत्या उस पिस्तौल से करनी पड़ेगी जो काम ही नहीं करता था, या उस दूसरे पिस्तौल से जिसका निशाना ही ठीक जगह पर नहीं लगता था।

उस दिन बिड़ला हाउस आनेवाले लोगों में सबसे महत्वपूर्ण आदमी बम्बई का वह कपास का दलाल था जिसे गांधी ने अपने पाकिस्तान जाने का

बन्दोबस्त कराने के लिए कराची भेजा था। जिस समय गांधी अनशन की यातना झेल रहे थे, जहाँगीर पटेल जिन्ना से गांधी की इस यात्रा के बारे में, जिसकी सम्भावना दिन-ब-दिन कम होती जा रही थी, गुप्त रूप से बातचीत कर रहे थे। जिन्ना ने शुरू में तो साफ़ इंकार कर दिया। जिस आदमी की हरकतों की वजह से बरसों पहले उन्हें कांग्रेस छोड़ देनी पड़ी थी, उसके लिए उनके दिल में जो गहरा अविश्वास था वह अभी तक कम नहीं हुआ था। उसके अलावा उन्हें भारत के इरादों के बारे में शक था कि वह पाकिस्तान को मिटा देना चाहता है। इस वजह से उन्होंने सोचा कि जिस आदमी को कभी उन्होंने 'चालाक हिन्दू सियार' कहा था, उसके सुझाव के पीछे ज़रूर कोई चाल होगी।

लेकिन चूंकि भारत पाकिस्तान को वह रक़म देने पर राज़ी हो गया था जिसकी उसे बेहद ज़रूरत थी, और चूंकि पाकिस्तानियों के दिल में यह भावना बढ़ती जा रही थी कि गांधी भारत में मुसलमान भाइयों के लिए ही तो इतनी मुसीबत झेल रहे हैं, इसलिए जिन्ना के रवैये में कुछ नरमी आ गयी। गांधी के अनशन से उनके लिए जिन्ना के हृदय के द्वार भले ही न खुले हों, लेकिन कम-से-कम उस नये राष्ट्र के द्वार तो खुल गये थे। जिस दिन गांधी का अनशन ख़त्म हुआ उस दिन जिन्ना पाकिस्तान की भूमि पर अपने पुराने दुश्मन का स्वागत करने के लिए तैयार हो गये।

इस फ़ैसले से गांधी को जैसे अपने जीवन में एक बड़ा नया उद्देश्य मिल गया और उनमें एक नयी शक्ति आ गयी। उनके जीवन में एक बहुत बड़ा मोड़ आ गया था। आखिरकार अब वह अपना अहिंसा का सिद्धान्त भारत के बाहर ले जा सकते थे। अब तक वह ऐसा करने से हमेशा इसलिए इंकार करते रहे थे कि भारत को आज़ाद कराना उनका पहला काम था। अब भारत को आजादी मिल चुकी थी और उनके अनशन की बदौलत उनके देशवासी उनके बताये हुए रास्ते पर चलने को फिर तैयार हो गये थे। अपना नया अभियान शुरू करने के लिए उन्हें पाकिस्तान से अच्छी और कौन जगह मिल सकती थी? भारतीय उपमहाद्वीप का शरीर दो टुकड़ों में भले ही बँट गया हो, पर वह कम-से-कम उसकी आत्मा की एकता स्थापित करने की तो कोशिश कर सकते थे।

वह न सिर्फ़ पाकिस्तान जाने की तैयारी कर रहे थे बल्कि उनके सामने इस बात का भी बहुत साफ़ चित्र था कि वह कैसे जायेंगे। यह सपना कई हफ़्तों से उनके मन में पल रहा था। जिन्ना चाहते थे कि वह पानी के जहाज़ पर बम्बई से कराची आयें, लेकिन गांधी ने फ़ैसला कर लिया था कि जिस तरह उन्होंने दक्षिण अफ्रीका में ट्रांसवाल की सीमा पार

की थी, जिस तरह वह समुद्र से मुट्ठी-भर नमक उठाने गये थे, जिस तरह वह भाईचारे, अहिंसा और गाँवों में सफ़ाई का प्रचार करने हज़ारों गाँवों में गये थे, उसी तरह वह पाकिस्तान भी जायेंगे—पैदल। वह जिन्ना के नये राष्ट्र में घायल और ख़ून से लथपथ पंजाब को पार करके उन्हीं सड़कों पर से होते हुए जायेंगे जिन पर उनके कितने ही लोगों ने मुसीबतें झेली थीं और अपने प्राण दिये थे। अभी एक ही साल पहले वह नोआखाली की दलदलों में पैदल चल रहे थे और उस प्रायश्चित-यात्रा के हर क़दम पर अपना वह संदेश सुना रहे थे जो घाव पर मरहम का काम करता था। अब वह एक नयी यात्रा शुरू करने वाले थे—अपने राष्ट्र के घावों पर पट्टी बाँधने के लिए और बँटवारे ने जिन बाहरी बन्धनों को तोड़कर फेंक दिया था उनकी जगह आत्मा से सम्बन्ध रखने वाले भाईचारे और न्याय के नये बन्धन क़ायम करने के लिए नयी आशाओं की यात्रा।

इस समय तो गांधी के उन पाँवों में, जिनसे चलकर वह पाकिस्तान जाना चाहते थे, इतनी भी शक्ति नहीं थी कि वह बिड़ला हाउस का लॉन भी पार कर सकें। लेकिन इस बाधा की वजह से वह शाम को प्रार्थना-सभा में अपने देशवासियों से मिलने का दैनिक कार्यक्रम छोड़ने को तैयार नहीं थे। अपने साथियों के लाख समझाने-बुझाने पर भी कि अभी वह बहुत कमज़ोर हैं, गांधी अपने इस हठ पर अड़े रहे कि उन्हें कुर्सी पर उठाकर प्रार्थना-सभा में ले जाया जाये। लाचार होकर उनके दो शिष्य अपने कंधों पर उनकी कुर्सी उठाकर उन्हें प्रार्थना-सभा में ले गये। गांधी ने हाथ जोड़ कर उन बीसियों लोगों को, जो भारत के मसीहा का दर्शन करने की प्रतीक्षा कर रहे थे, सिर झुकाकर नमस्कार किया।

दूसरी सुबह नौ बजे के कुछ ही देर बाद बिड़ला हाउस के पिछवाड़े एक टैक्सी उस फाटक के सामने आकर रुकी जो नौकरों-चाकरों के आने-जाने के लिए था। बिना किसी रोक-टोक के उस टैक्सी से आने वाले दोनों आदमी फाटक पार करके एक छोटे-से आँगन में आ गये जिसके एक तरफ़ नौकरों के रहने के लिए कई कोठरियाँ बनी थीं। इन कोठरियों के ठीक पीछे पत्थर की वह बुर्जी थी जिसके सामने बैठकर गांधी अपनी प्रार्थना-सभा करते थे।

दोनों आदमी बाग़ में टहलते रहे। सुबह की धूप चारों ओर फैली हुई थी; हर तरफ़ ख़ामोशी थी और कहीं कोई दिखायी नहीं दे रहा था। लॉन की हरी-हरी घास पर और लॉन की चहारदीवारी के किनारे-किनारे गुलाब की क्यारियों पर हलकी-हलकी ओस की बूंदें अभी तक चमक रही

थीं। नारायण आप्टे और ढोंगी साधु बडगे यह देखकर आश्वस्त हो गये कि बिना किसी कठिनाई के उस जगह का अच्छी तरह मुआइना करके यह फ़ैसला कर सकते थे कि उस शाम को उस बाग़ में जो अपराध किया जाने वाला था वह कैसे किया जायेगा। पत्थर की उस बुर्जी को ध्यान से देखते समय, जिसके सामने गांधी प्रार्थना-सभा के समय बैठते थे, आप्टे अचानक वहीं गड़ा रह गया। दीवार में कई झरोखे बने हुए थे जो बुर्जी के पीछे बनी हुई नौकरों की कोठरियों की तरफ़ खुलते थे। इनमें से एक झरोखा ठीक उस माइक्रोफ़ोन के पीछे पड़ता था जिस पर गांधी अपने श्रोताओं को सम्बोधित करते थे।

आप्टे चलकर उस झरोखे तक गया और उसने जल्दी-जल्दी कुछ हिसाब लगाया। गांधी जब वहाँ प्रार्थना-सभा में बोलने के लिए बैठते थे उस समय उनकी गुद्दी और उस झरोखे के बीच मुश्किल से दस फ़ीट की दूरी रहती थी। यह निशाना इतना आसान था कि बडगे के पिस्तौल से भी चूक नहीं सकता था।

यही भेद की बात जानने के लिए वह बिड़ला हाउस आया था। उसे बस करना यह था कि बडगे को उस झरोखे के ठीक पीछे वाली कोठरी में पहुँचा दे और अगर कोई कसर रह जाने का डर हो तो उसे पूरा करने के लिए वह गोपाल गोडसे को भी उसके साथ उसी कोठरी में पहुँचा देगा। जैसे ही बडगे पिस्तौल चलायेगा वैसे ही गोपाल खिड़की के लोहे के जंगले में से हथगोला लुढ़का देगा। आप्टे ने एक डोरी से झरोखे को नापकर देखा कि उसमें कितनी गुंजाइश थी। उसके खाने पाँच इंच लम्बे और इतने ही चौड़े थे। इतनी जगह गांधी और उनके शिष्यों के बीच हथगोला लुढ़का देने के लिए काफ़ी थी।

अब बस एक बात का हिसाब लगाना बाक़ी था, जो आप्टे ने जिस रास्ते आया था उसी रास्ते वापस जाते हुए लगा लिया। नौकरों की वह कोठरी जो माइक्रोफ़ोन के ठीक पीछे पड़ती थी बायीं तरफ़ वाले सिरे से तीसरी थी। सन्तुष्ट होकर वे दोनों टैक्सी के पास आ गये। आप्टे ने बडगे को यक़ीन दिलाया कि मुश्किल से आठ घंटे बाद गांधी की क्षत-विक्षत लाश उसी झरोखे के नीचे उनकी प्रार्थना की चौकी पर पड़ी हुई दिखायी देगी।

पाँच जोड़ी आँखें बड़ी उत्सुकता से बडगे की चुस्त उँगलियों की हर हरकत को देख रही थीं। मरीना होटल के 40 नम्बर के कमरे के बाथरूम के फ़र्श पर बैठकर वह बड़ी सावधानी से उन हथगोलों में, जिन्हें वे शाम को

इस्तेमाल करने वाले थे, स्प्रिंगदार खटके फ़िट कर रहा था।

नाथूराम दरवाज़े पर खड़ा उसे देख रहा था। उसके चेहरे का रंग उड़ा हुआ था और वह कुछ अस्थिर था। उसने भर्रायी हुई आवाज़ में बहुत धीमे-से कहा, 'बडगे, हमारे लिए यह आख़िरी मौक़ा है। देखना, कोई गड़बड़ी न होने पाये।'

जब बडगे अपना काम पूरा कर चुका तो उसने चाक़ू से फ़लीते का एक टुकड़ा काटा और आप्टे से घड़ी लेकर समय देखते रहने को कहा। उन्हें यह हिसाब लगाना था कि फ़लीता किस रफ़्तार से जलता है। बडगे ने फ़लीते में आग लगायी। उसमें से एक लपट उठी और सारा बाथरूम धुएँ के बादलों से भर गया। षड्यन्त्रकारियों का खाँसते-खाँसते बुरा हाल था और उनका दम घुटा जा रहा था। जब धुआँ बाथरूम से निकलकर कमरे में आने लगा तो उन सबने भकाभक सिगरेट फूँकना शुरू किया ताकि धुआँ देखकर किसी को शक न हो!

जब चारों ओर शान्ति छा गयी तो आप्टे ने सबको कमरे में जमा किया और समझाने लगा कि किसको क्या करना है। गांधी की हत्या करने का जिस आदमी का दृढ़ निश्चय उन सब लोगों को दिल्ली लाया था वह इस बहस में कोई भाग नहीं ले रहा था। नाथूराम गोडसे आधे सिर में भयानक पीड़ा के मारे पलँग पर लेटा कराह रहा था। आप्टे समझा रहा था कि मदनलाल जहाँ प्रार्थना-सभा होती है उसके पास बिड़ला हाउस के पीछे वाली दीवार के बाहरी सिरे से टिकाकर टाइम-बम छिपाकर रख देगा। उसके फटते ही उनकी कार्रवाई शुरू हो जायेगी। लोगों में भगदड़ मच जायेगी जिससे उन्हें हत्या करने में सुविधा होगी।

इसी बीच बडगे और गोपाल गोडसे नौकरों की उस कोठरी में पहुँच चुके होंगे जिसका मुआइना आप्टे और बडगे सुबह कर आये थे। अगर किसी ने उन्हें रोका तो वे कह देंगे कि वह प्रार्थना-सभा में बोलते समय पीछे से गांधी की फ़ोटो खींचना चाहते हैं। जैसे ही मदनलाल का बम फटेगा बडगे बिलकुल नज़दीक से गांधी पर गोली चलायेगा। उसके पास ही खड़ा हुआ गोपाल चुपके-से झरोखे में से हथगोला सरका देगा।

इस बात का पक्का प्रबन्ध करने के लिए कि उनका शिकार ज़िन्दा बचकर न जाने पाये करकरे हथगोला लिये गांधी के सामने भीड़ के बीच में खड़ा रहेगा। मदनलाल का बम फटते ही वह भी गांधी पर हथगोला फेंकेगा। नाथूराम और आप्टे इस पूरी कार्रवाई पर नियन्त्रण रखेंगे और उसका संचालन करेंगे। जब करकरे गांधी के सामने ठीक जगह पर पहुँच जायेगा उस वक़्त आप्टे नाथूराम को इशारा करेगा और आप्टे ही मदन-

लाल को बम चलाने का इशारा करेगा।

आप्टे ने माना कि गांधी का सफ़ाया करने के सिलसिले में कुछ बेक़सूर लोग भी मारे जायेंगे। लेकिन इससे बचने का कोई उपाय नहीं है। जिस आदमी को वह पंजाब में लाखों हिन्दुओं की जान जाने के लिए ज़िम्मेदार समझता था उसकी मौत के लिए भारत को कुछ बेक़सूर लोगों की जान गँवाने की क़ीमत तो चुकानी ही पड़ेगी।

कमरे में बहुत ही कष्टप्रद तनाव छाया हुआ था। नाथूराम गोडसे सिरदर्द की भयानक पीड़ा से पलँग पर लेटा धीरे-धीरे कराह रहा था। बाहर से देखने में उनके बीच आपस में कोई सम्बन्ध न दिखायी दे, इसलिए उन्होंने बिलकुल अलग-अलग तरह के कपड़े पहने। हमेशा ट्वीड के बढ़िया सूट पहनने वाले आप्टे ने अपनी ज़िन्दगी का सबसे बड़ा कमाल यह किया कि उस दिन उसने धोती पहनी। करकरे ने अपनी भौंहों को काला करके माथे पर लाल तिलक लगा लिया। मदनलाल ने नीले रंग का वह नया सूट पहन लिया जो उसने बम्बई में ख़रीदा था। पंजाब का यह शरणार्थी अपनी नियति से मिलने शरीफ़ आदमी के लिबास में जाना चाहता था। मदनलाल ने अपनी ज़िन्दगी में पहली बार कोट पहना और टाई लगायी।

जैसे-जैसे समय बीतता गया, 40 नम्बर के कमरे में तनाव असह्य होता गया। षड्यन्त्रकारी एक-दूसरे की ओर देखे बिना फ़र्श पर चुपचाप बैठे समय काट रहे थे। नाथूराम गोडसे ने सुझाव रखा कि जाने से पहले वे सब एक-साथ मिलकर एक रस्म और पूरी कर लें। उसने बेटर से सबके लिए कॉफ़ी लाने को कहा। जब तक उन्होंने कॉफ़ी ख़त्म की तब तक चलने का समय हो गया। सबसे पहले मदनलाल, करकरे और नाथूराम गोडसे निकले। वे पाँच-पाँच मिनट के अन्तर से अलग-अलग ताँगों पर बिड़ला हाउस के लिए रवाना हुए। दस मिनट बाद आप्टे और बाक़ी लोग टैक्सी पर वहाँ जाने के लिए निकले। पहली टैक्सी ले लेने के बजाय आप्टे ने बिड़ला हाउस तक जाने और वापस आने के भाड़े का सौदा तय करने का फ़ैसला किया। पन्द्रह मिनट तक वह कनाट प्लेस में घूम-घूमकर एक-एक टैक्सी वाले से मोल-तोल करता रहा। आख़िरकार उसे रीगल सिनेमा के सामने हरे रंग की एक शेवरलेट टैक्सी मिली—नम्बर था पी० बी० एफ० 671। सवा चार बज चुके थे। इतना मोल-तोल करने के बाद वह सोलह के बजाय बारह रुपये में सौदा पटाने में कामयाब हो गया था।

गांधी को अभी तक इतनी कमज़ोरी थी कि वह अपने-आप चलकर प्रार्थना-सभा तक नहीं जा सकते थे। उन्हें कुर्सी पर बिठाकर लॉन के पार उनकी प्रार्थना की चौकी तक पहुँचाया गया। भीड़ हाथ जोड़े खड़ी थी और गांधी जिसके सामने से गुज़रते थे वह श्रद्धा से सिर झुका देता था। इसी भीड़ के बीच में मदनलाल भी था। उसने भी हाथ जोड़कर उस आदमी के सामने, जिसकी वह हत्या करने जा रहा था, बड़ी श्रद्धा से सिर झुकाया। उसने अपने पीछे दीवार के सहारे घास और पत्तियों में छिपाकर टाइम-बम ठीक जगह पर रख दिया था। जब गांधी उसके सामने से गुज़रे तो उसने नज़रें उठाकर उनकी ओर देखा। गांधी को पहली बार इतने नज़दीक से देखकर उसके शरीर में नफ़रत की लहर दौड़ गयी। उसने सोचा, 'यह मेरा दुश्मन है।' प्रार्थना-मंच की ओर जाते हुए गांधी की शकल में उसे उनका नहीं बल्कि फ़ीरोज़पुर के अस्पताल में पड़े हुए अपने बाप का चेहरा दिखायी दे रहा था।

बिड़ला हाउस के पीछे नौकरों के आने-जाने के फाटक के सामने आप्टे की हरी शेवरलेट टैक्सी आकर रुकी। चार रुपये बचाने के फेर में आप्टे अपने जीवन के सबसे महत्वपूर्ण अवसर पर पन्द्रह मिनट देर से पहुँचा था। करकरे ने उसे बताया कि मदनलाल का बम फ़लीता लगाकर ठीक जगह पर रख दिया गया है। नौकरों की उस कोठरी में जाने में कोई कठिनाई नहीं थी जिसकी खिड़की ठीक गांधी के पीछे खुलती थी। जो आदमी उसमें रहता था उसे करकरे ने कोठरी इस्तेमाल करने के लिए दस रुपये दे दिये थे। उस आदमी को उसने इशारे से पहचनवा दिया। इसके बाद दकन गेस्ट हाउस का मालिक करकरे गांधी के सामने भीड़ में अपनी जगह पर चला गया।

आप्टे ने इशारे से बडगे को बुलाया और उस आदमी को पहचनवा दिया जिसे करकरे ने पैसे दिये थे, और उससे कोठरी में जाने को कहा। बडगे कोठरी के दरवाज़े की तरफ़ पाँच-छः क़दम ही बढ़ा होगा कि अचानक ठिठककर खड़ा हो गया। दिगम्बर बडगे किसी भी क़ीमत पर उस कोठरी में जाने को तैयार नहीं था। उस कोठरी का मालिक, जो बाहर बैठा जाड़े की धूप का आनन्द ले रहा था, काना था! इससे बड़ा अपशुकन और क्या हो सकता था? बडगे काँपता हुआ आप्टे के पास वापस लौट आया और चुपके-से उसके कान में कहा, 'वह काना है, मैं उसकी कोठरी में नहीं जाता।'

आप्टे संकोच में पड़ गया। प्रार्थना-सभा में वन्दना-गीत समाप्त हो गये थे और गांधी बोल रहे थे। उनकी आवाज़ इतनी कमज़ोर थी कि

वह जो कुछ बोलते थे सुशीला नैयर को फिर से दोहराकर सबको सुनाना पड़ता था। साफ़ ज़ाहिर था कि इतनी थकन और कमज़ोरी की हालत में गांधी ज़्यादा देर नहीं बोलने वाले थे। उसने गोपाल गोडसे से कहा कि वह कोठरी में जाकर योजना के अनुसार मदनलाल के बम का धमाका सुनते ही खिड़की में से हथगोला फेंक दे। उसने बडगे को एक नया काम सौंप दिया। उसने उससे कहा कि वह भीड़ में मिलकर गांधी के सामने जाकर खड़ा हो जाये। जितना नज़दीक हो सके जाकर खड़े हो जाओ और वक़्त आने पर उनके सिर का निशाना लेकर गोली चला देना।

गोपाल गोडसे ने बाहर बैठे हुए काने की तरफ़ देखकर सिर हिलाया और कोठरी में जाकर अन्दर से दरवाज़ा बन्द कर लिया। अँधेरे में वह खिड़की में से आती हुई रोशनी की तरफ़ बढ़ा जहाँ से उसे गांधी की पीठ की तरफ़ हथगोला फेंकना था।

प्रार्थना-सभा में गांधी बोल रहे थे। वह कह रहे थे, 'जो मुसलमानों का दुश्मन है वह भारत का दुश्मन है।' अँधेरे में रास्ता टटोलकर खिड़की की ओर बढ़ते समय गोपाल गोडसे को सुशीला नैयर की आवाज़ में उनके ये शब्द सुनायी दे रहे थे। खिड़की के पास पहुँचकर उसे आप्टे की योजना में पहली गम्भीर ग़लती दिखायी थी और उसके हाथ-पाँव फूल गये। सुबह जब वह मुआइना करने आया था तब उसने कोठरी को अन्दर से नहीं देखा था। जिस जंगले में से गोपाल को हथगोला फेंकना था वह ज़मीन से आठ फ़ीट ऊपर था। अपना हिसाब लगाते वक़्त यह बात आप्टे की समझ में नहीं आयी थी कि जिस लॉन पर प्रार्थना-सभा होती थी वह उस आँगन के मुक़ाबले में जहाँ नौकरों की कोठरियाँ बनी हुई थीं, काफ़ी ऊँचाई पर था, हाथ पूरी तरह ऊपर उठाने पर भी गोपाल की उँगलियों के सिरे मुश्किल से जंगले के नीचे तक पहुँचते थे। बौखलाकर वह अँधेरे में उस काने की चारपाई ढूँढने लगा। आख़िरकार जब चारपाई मिली तो उसने पूरा ज़ोर लगाकर खिड़की की तरफ़ खींचना शुरू किया ताकि उस पर चढ़कर वह अपना काम कर सके।

बाहर हर चीज़ की पूरी तैयारी हो चुकी थी। गोडसे ने देखा कि करकरे अपनी जगह पर पहुँच चुका है और गांधी पर हथगोला फेंकने को तैयार है, जो उस वक़्त अमेरिका में हब्शियों के साथ होने वाले 'क्रूर व्यवहार' की चर्चा कर रहे थे। समय आ गया था। नाथूराम ने अपनी ठोड़ी खुजायी। आप्टे ने उसे देखा। फिर आप्टे ने हाथ उठाकर मदनलाल को इशारा किया। वह तैयार खड़ा था। अगस्त में उस दिन तीसरे पहर सुलेमान का पुल पार करने के वक़्त से वह जिस घड़ी की राह देख रहा

था वह आ पहुँची थी। वह अपना बदला चुका लेगा। वह यह मौक़ा हाथ से नहीं जाने देगा। बड़े शान्त भाव से उसने सिगरेट का एक लम्बा-सा कश लिया और फिर झुककर उसका जलता हुआ सिरा अपने पाँव के पास रखे हुए बम के फ़लीते पर रख दिया।

सुशीला नैयर कह रही थीं, 'जो बहुत ही अच्छे फ़ैसले हमने किये हैं उन पर अगर हम ईश्वर को साक्षी जानकर अटल रहें तो हम बहुत ऊँचे नैतिक स्तर तक पहुँच सकते हैं...।'

ठीक उसी क्षण मदनलाल के बम का धमाका प्रार्थना-सभा में गूंज उठा। जहाँ बम रखा था वहाँ से धुएँ का बादल ऊपर उठ रहा था। 'उई माँ!' सुशीला के मुँह से चीख निकल गयी।

गांधी ने उन्हें झिड़कते हुए पूछा, 'इससे अच्छी मौत और क्या हो सकती है कि प्रार्थना करते-करते मर जाओ?'

उनके ठीक पीछे वाली कोठरी में गोपाल गोडसे जंगले तक पहुँचने के लिए चारपाई पर चढ़ रहा था। लेकिन वह खड़े होने के लिए जिस चारपाई का सहारा लेना चाहता था वह इतनी ढीली थी कि पाँव रखते ही कच्चे फ़र्श से जा लगी। सारी कोशिश करने के बाद भी वह तीन इंच से ज़्यादा ऊँचा नहीं उठ पाया। चारपाई की पट्टी पर खड़े होकर गोपाल गोडसे ने ज़्यादा-से-ज़्यादा ऊँचाई तक पहुँचने की कोशिश की। फिर भी उसकी आँखें खिड़की के निचले सिरे तक नहीं पहुँच पायीं। अब वह बस इतना कर सकता था कि आँख मूँदकर जंगले में से हथगोला फेंक दे और जो भी वहाँ बैठा हो उस पर गिरने दे। उसने हथगोला निकाला, लेकिन न गोली चलने की कोई आवाज़ आयी, न करकरे का हथगोला फटने का ही शोर सुनायी दिया। उसे बस यह सुनायी दे रहा था कि गांधी लोगों से शान्त रहने को कह रहे थे।

अपने क्षीण शरीर की सारी शक्ति बटोरकर गांधी वहाँ पर एकत्रित जन-समूह से कह रहे थे, 'चुप रहिये! शान्त हो जाइये! कोई बात नहीं है। फ़ौज वाले अभ्यास कर रहे हैं। शान्त होकर अपनी-अपनी जगह बैठ जाइये। प्रार्थना जारी रहेगी।'

मदनलाल का बम फटते ही चारों ओर खलबली मच गयी थी। उस विस्फोट से कोई घायल नहीं हुआ था, लेकिन जैसा कि षड्यन्त्रकारी चाहते थे, भगदड़ तो मच ही गयी थी, जिसकी आड़ में वे आसानी से हत्या कर सकते थे। इस गड़बड़ी का फ़ायदा उठाकर करकरे आगे बढ़कर गांधी से पन्द्रह फ़ीट की दूरी पर आ गया।

वह कमज़ोर बूढ़ा आदमी उसके सामने लाचार निशाने की तरह बैठा

था, उसे कोई बचाने वाला भी नहीं था।

करकरे अपने हथगोले निकालने लगा। उसी वक़्त उसकी नज़र गांधी के पीछे वाली खिड़की पर पड़ी। लेकिन वहाँ न पिस्तौल की चमक दिखायी दी और न ही कोई हथगोला दिखायी दिया। करकरे को जैसे साँप सूँघ गया।

गोपाल गोडसे चारपाई पर से नीचे कूद आया। उसने फ़ैसला कर लिया कि वह हथगोला नहीं फेंकेगा। उसने सोचा, दूसरे लोग तो अपना काम करेंगे ही। वह यह जाने बिना कि वह किसे निशाना बना रहा है, हथगोला फेंकने को तैयार नहीं था। वह अँधेरे में जल्दी से दरवाज़े की ओर आया और उसकी कुंडी ढूँढने लगा, लेकिन कुंडी मिल नहीं रही थी। आख़िरकार जब उसकी काँपती हुई उँगलियाँ कुंडी तक पहुँचीं तो वह उसे खोल नहीं पाया। वह बौखला उठा। उसे डर लगने लगा कि वह वहीं उस काने की कोठरी में फँसा न रह जाये।

बाहर बाग़ में करकरे हथगोला मज़बूती से अपनी उँगलियों में दबोचे हुए टकटकी बाँधे उस जंगले की तरफ़ देखता रहा कि शायद पिस्तौल की चमक दिखायी पड़ जाये। जैसे-जैसे क्षण बीतते जा रहे थे, वैसे-वैसे उसका हौसला टूटता जा रहा था। अचानक उसे भीड़ में कोई 30 फ़ीट की दूरी पर बडगे दिखायी दिया। 'वह यहाँ क्या कर रहा है?' करकरे ने सोचा, 'वह कुछ करता क्यों नहीं?'

बडगे का अब वहाँ से भाग जाने के अलावा कुछ भी करने का इरादा नहीं था। वह 37 बार पकड़ा जा चुका था, अब एक बार और पकड़े जाने के लिए तैयार नहीं था। वह न आदर्शवादी था, न उसे राजनीति का जुनून था; वह तो सीधा-सादा व्यापारी था। उसने अपने मन में कहा, 'मेरा काम हथियार बेचना है, उन्हें इस्तेमाल करना नहीं।' करकरे की नज़रें बचाकर वह भीड़ में खो गया।

बिड़ला हाउस के पीछे चहारदीवारी के पास एक तीन साल का बच्चा खेल रहा था। उसकी माँ ने मदनलाल को बम के फ़लीते में आग लगाकर वहाँ से खिसक जाते देखा था। वह वायु-सेना के एक अफ़सर को रोक-कर मदनलाल की तरफ़ इशारा करते हुए ज़ोर से चिल्लायी, 'यही है! यही है!'

गोपाल आख़िकार कुंडी खोलकर कोठरी के बाहर निकला। बाहर की तेज़ रोशनी से उसकी आँखें चौंधियायी जा रही थीं। उसने उस औरत को चिल्लाते सुना और फिर देखा कि दो आदमी, जिनमें से एक नीली वर्दी पहने था, मदनलाल को ज़मीन पर घसीटते हुए ले जा रहे हैं। उसने

भीड़ में आप्टे और अपने भाई को ढूंढ निकाला। वे दोनों बौखलाये हुए थे, अभी तक उनकी समझ में नहीं आया था कि उनकी योजना कितनी बुरी तरह विफल रही है। गोपाल भी उनके पास जाकर खड़ा हो गया। तीनों चितपावन ब्राह्मण एक क्षण तक संकोच में पड़े रहे, फिर यह महसूस करके कि उनकी कोशिश बिलकुल बेकार गयी है, वे आप्टे की इन्तज़ार करती हुई हरी टैक्सी की ओर चल दिये। अपने दूसरे साथियों की चिन्ता किये बिना उन्होंने ड्राइवर से जितनी जल्दी हो सके उन्हें वहाँ से बाहर ले चलने को कहा।

थोड़ी देर बाद करकरे ने देखा कि पुलिस वाले मदनलाल को पकड़कर उस तम्बू की ओर ले जा रहे हैं जो उन्होंने बिड़ला हाउस के सामने लगा रखा था। उसकी रही-सही हिम्मत भी टूट गयी। उसने हथगोले पर अपनी पकड़ ढीली कर दी। अब उसके दिमाग़ में एक ही विचार था; वहाँ से भागा कैसे जाये?

गांधी ने आखिरकार सबको शान्त कर दिया था। सारी भीड़ में यह अफ़वाह फैल गयी कि किसी 'सिरफिरे पंजाबी शरणार्थी' ने गांधी के ख़िलाफ़ प्रदर्शन किया था, लेकिन गांधी ने बड़े शान्त भाव से एलान किया: 'अब मैं अपनी पाकिस्तान की यात्रा शुरू कर सकता हूँ। अगर सरकार और अपने डॉक्टरों की तरफ़ से मुझे इजाज़त मिल जाये तो फ़ौरन रवाना हो सकता हूँ।'

गांधी बहुत खुश होकर मुसकराये। उन्हें यह अन्दाज़ा ही नहीं था कि अभी उनकी जान किस तरह बाल-बाल बच गयी थी!

टैक्सी पर शहर वापस जाते हुए आप्टे और गोडसे-बन्धुओं पर अपनी विफलता का आभास छाया हुआ था। नाथूराम गोडसे ने अपना सिर दोनों हाथों में पकड़ रखा था; उसके सिर में असह्य पीड़ा हो रही थी। उन लोगो की समझ में कुछ नहीं आ रहा था कि उनका अगला क़दम क्या होना चाहिए? उन्हें आप्टे की योजना पर इतना भरोसा था कि उसके विफल होने की संभावना के बारे में किसी ने सोचा भी नहीं था। अब वे बहुत ख़तरे में फँस गये थे। मदनलाल उनके नाम नहीं जानता था, लेकिन उसे यह मालूम था कि वे पूना से आये थे और वह उनके अख़बार का नाम भी जानता था। इतनी जानकारी के सहारे पुलिस को उन्हें पकड़ने में बहुत देर नहीं लगनी चाहिए।

विफलता के कड़वे घूंट में अपमान की पीड़ा भी जुड़ गयी थी। उन्होंने बम्बई के उन लोगों के साथ विश्वासघात किया था जिन्होंने इस 'महत्वपूर्ण

काम' के लिए उनको पैसा दिया था। सबसे बढ़कर उन्होंने सावरकर-सदन के उस मठाधीश के साथ विश्वासघात किया था जिसको उन्होंने अपनी पूरी वफ़ादारी का वचन दिया था।

नाथूराम गोडसे ने अचानक चौंककर मराठी में अपने भाई से कहा कि वह पूना वापस चला जाये और वहाँ से इतने दिन ग़ायब रहने का कोई बहाना ढूंढ ले। उसे अपने परिवार की भी तो चिन्ता करनी थी। आगे क्या करना है, इसका फ़ैसला नाथूराम और आप्टे ने अपने ज़िम्मे ले लिया। आप्टे ने ड्राइवर से टैक्सी रोकने को कहा। गोपाल वहीं उतर गया। टैक्सी आप्टे और नाथूराम गोडसे को लेकर गाड़ियों की भीड़-भाड़ में ग़ायब हो गयी।

बिड़ला हाउस का वातावरण बिलकुल वैसा ही था जैसा कि उस समय था जब गांधी ने अपना अनशन तोड़ा था। महात्मा गांधी के पास बधाई के तारों का ताँता बँध गया। टेलीफ़ोन की घण्टी लगातार बजती रहती थी। नेहरू और पटेल भागे-भागे उन्हें गले लगाने आये। बीसियों मिलने वाले बिड़ला हाउस में फ़ौरन पहुँच गये। सबसे पहले आने वाले लोगों में एडविना माउंटबैटेन भी थीं।

'मैंने तो कोई बहादुरी नहीं दिखायी है,' गांधी ने हँसते हुए लेडी माउंटबैटेन से कहा। उन्होंने मदनलाल का बम फटने के वक़्त सचमुच यही सोचा था कि कोई फ़ौजी टुकड़ी अभ्यास कर रही है।

'काश,' उन्होंने आह भरकर कहा, 'कोई अगर बिलकुल मेरे सामने आकर गोली मार देता और मैं मुसकराते हुए और राम-नाम लेते हुए गोली खा लेता तो सचमुच मैं बधाई का पात्र होता!'

18

'पुलिस के हाथ लगने से पहले गांधी को ख़त्म करना है !'

दिल्ली से भाग आने के बाद से नाथूराम गोडसे और नारायण आप्टे को लगातार गिरफ़्तारी का खटका लगा रहता था, उन्हें पूरा यक़ीन था कि पुलिस जिस मुस्तैदी से उनकी खोज कर रही होगी वैसा शायद ही पहले कभी हुआ हो। उन्होंने गोपाल गोडसे और होटल के मालिक करकरे को अपने ख़ुफ़िया अड्डे पर बुलाया, जहाँ नाथूराम गोडसे ने उन्हें भर्रायी हुई आवाज़ में अपना फ़ैसला सुनाया।

उसने कहा, 'दिल्ली में हमारे कामयाब न होने की वजह यह थी कि हमने बहुत-से लोगों को इस काम में शामिल कर लिया था। गांधी को मारने का एक ही तरीक़ा है। ख़तरा चाहे जितना हो, यह काम एक ही आदमी को करना होगा।'

गोपाल ने अपने भाई की ओर ध्यान से देखा, जो अपनी ज़िन्दगी में कोई काम सफलता के साथ पूरा नहीं कर पाया था, जो कभी कोई नौकरी भी टिककर नहीं कर पाया था। उसका यह झक्की भाई, जिसे कॉफ़ी पीने की लत थी और जिसे औरतों से बेहद नफ़रत थी, अचानक बिलकुल बदला हुआ लग रहा था। दिल्ली में नाथूराम का चेहरा बिलकुल पीला पड़ गया था, वह डर के मारे काँप रहा था और सिर-दर्द की वजह से चल-फिर भी नहीं सकता था। अब उसके चेहरे पर ऐसी शान्ति थी जैसी गोपाल ने पहले कभी नहीं देखी थी। ऐसा लगता था कि उत्साह से फूला न समाने वाले आप्टे पर भी जो हर चीज़ का इन्तज़ाम अपने हाथ में रखता था, उसका रोब छा गया था।

नाथूराम का स्वर बिलकुल शान्त और सन्तुलित था। ऐसा लगता था

कि अपने जीवन का वास्तविक अभिप्राय उसकी समझ में आ गया था। नाथूराम गोडसे वह भूमिका पूरी करने जा रहा था जिसे निभाने के लिए उसका अर्धचेतन मन उसे आमन्त्रित कर रहा था। बँटवारे के उपद्रव-ग्रस्त दिन से बराबर ही उसकी अर्धचेतन भावना उसके भाषणों में व्यक्त हो रही थी और उसे अपनी भूमिका के लिए तैयार कर रही थी।

'यह काम मैं करूँगा,' उसने एलान किया। यह फ़ैसला उसके ऊपर किसी ने ज़बर्दस्ती थोपा नहीं था। 'अपने प्राणों की बलि देने का फ़ैसला किसी पर ज़बर्दस्ती थोपा नहीं जाता।'

वह जल्दी-से-जल्दी गांधी की हत्या कर देना चाहता था। उसे दो आदमियों की मदद की ज़रूरत थी। आप्टे तो उसके साथ होगा ही। उसने करकरे को भी साथ आने का निमन्त्रण दिया। वे तीनों मिलकर एक नयी त्रिमूर्ति बनायेंगे—ब्रह्मा, विष्णु और महेश की तरह—प्रतिशोध के लिए।

करकरे राज़ी हो गया। गोडसे ने उससे कहा कि वह जल्दी-से-जल्दी दिल्ली पहुँच जाये। उसे 27 जनवरी की दोपहर को पुरानी दिल्ली के रेलवे-स्टेशन के बाहर वाले नल के पास खड़ा रहना था। राजधानी पहुँचने पर तीसरे पहर वे उसी नल के पास मिलेंगे।

इस बीच वह और आप्टे एक भरोसे का पिस्तौल हासिल करने की कोशिश करेंगे जिसे आसानी से छिपाया जा सके। इस बार चूक होने की कोई गुंजाइश नहीं रहनी चाहिए।

नाथूराम गोडसे ने भर्रायी हुई आवाज़ में उसके कान में कहा कि सबसे महत्वपूर्ण बात यह है कि काम तेज़ी से होना चाहिए। इसी पर कामयाबी का सारा दारोमदार है। 'मदनलाल पुलिस के हाथ लग गया है, इसलिए वे देर-सबेर हमें भी पकड़ ही लेंगे।'

'पुलिस के हाथ लगने से पहले,' उसने कहा, 'हमें गांधी को खत्म करना है।'

महात्मा गांधी और उनके देशवासियों के जीवन में 26 जनवरी 1948 का दिन विशेष रूप से अविस्मरणीय था। ठीक अठारह साल पहले 26 जनवरी 1930 को भारत के हर शहर और क़स्बे में, उसके लाखों गाँवों में, लगभग हर उस जगह जहाँ कांग्रेस का कोई संगठन मौजूद था, लाखों मर्दों और औरतों ने पहली बार देश की स्वतन्त्रता प्राप्त करने की शपथ ली थी। उस दिन उन्होंने जो क़सम खायी थी उसके शब्द गांधी ने स्वयं लिखे थे। उस दिन से भारत के देशभक्त 26 जनवरी को स्वतन्त्रता-दिवस कहने लगे थे। अब करोड़ों भारतवासियों की तरह गांधी भी उस शपथ लिये

जाने की वर्षगाँठ ऐसे भारत में मना रहे थे जिसमें उसके शब्द एक वास्तविकता बन गये थे।

यह बहुत उपयुक्त ही था कि बिड़ला हाउस में गांधी ने सर्दी का यह दिन नेहरू के अनुरोध पर काँग्रेस का नया संविधान तैयार करने में बिताया, जिसमें यह व्याख्या की गयी थी कि उस स्वतन्त्रत भारत में, जिसकी मंज़िल तक उन्होंने देश को पहुँचाया था, काँग्रेस की भूमिका और उसका उद्देश्य क्या हो।

उनकी क्षीण काया के अन्दर जो सशक्त आत्मा छिपी हुई थी वह एक बार फिर प्रकट होने लगी थी। उसी सुबह से गांधी ने, जिनके बारे में अभी मुश्किल से एक हफ़्ते पहले ही डॉक्टरों ने कह दिया था कि वह 24 घण्टे से ज़्यादा ज़िन्दा नहीं रहेंगे, ठोस आहार लेना शुरू किया था और टहलना आरम्भ कर दिया था। बिड़ला हाउस के लॉन के पार तेज़ी से बढ़ते हुए उनके लम्बे-लम्बे डग एक तरह से उनके सपनों की उस शानदार मंज़िल की ओर पहले क़दम थे जिसके बारे में वह हरदम सोचते रहते थे और जिसकी कल्पना से ही उन्हें रोमांच हो उठता था—खून में लथपथ और लुटे हुए पंजाब के पार पाकिस्तान तक पैदल जाने का उनका सपना।

अभी कल ही पाकिस्तान से एक मुसलमान उनसे मिलने आया था जिसने उनके सामने एक चित्र खींचा था जो गांधी के जीवन का अन्तिम शानदार सपना बन गया था। उसने कहा था कि वह उस दिन की राह देख रहा था जब 'वह हिन्दुओं और मुसलमानों के 50 मील लम्बे जुलूस को पाकिस्तान लौटता हुआ देखेगा और उसके आगे-आगे गांधी होंगे।'

कितनी शानदार कल्पना थी ! और कौन जाने अगर इसमें उन्हें सफलता मिल गयी तो उन्हें इसी तरह का एक जुलूस वापस इधर लाने से कौन रोक सकता था, जिसमें अपने घर-बार से उजड़े हुए मुसगमान होंगे ? यह अहिंसा की कितनी बड़ी विजय होगी, प्यार और भाईचारे के सिद्धान्तों की कितनी बड़ी विजय होगी ! यह उनके जीवन की सबसे बड़ी सफलता होगी; उनके जीवन का सबसे बड़ा चमत्कार !'

सुबह टहलकर लौटने के बाद उन्होंने अपनी डॉक्टर सुशीला नैयर को बुलाया, डॉक्टर की हैसियत से उनकी सलाह लेने के लिए नहीं। पाकिस्तान की अपनी यात्रा की तैयारी के सिलसिले में वह उन्हें किसी काम से वहाँ भेजना चाहते थे। उनकी डॉक्टर को यह काम तीन दिन में पूरा कर देना था। गांधी जब प्रार्थना-सभा के लिए जाते थे तो सुशीला नैयर हमेशा उनके आगे-आगे चलती थीं। अगर भगवान ने चाहा तो वह अपना काम पूरा करके

शुक्रवार 30 जनवरी की शाम की प्रार्थना-सभा के समय तक दिल्ली वापस आ जायेंगी।

दस दिन के अन्दर दूसरी बार नाथूराम गोडसे और नारायण आप्टे गांधी की हत्या करने हवाई जहाज़ से दिल्ली जा रहे थे। वाइकिंग विमान की दो पिछली सीटों पर एक-दूसरे की बग़ल में बैठे हुए वे दोनों अपने-अपने स्वभाव के अनुसार ही अलग-अलग कामों में व्यस्त थे। गोडसे की आँखें वीर सावरकर की किताब हिन्दुत्व में गड़ी हुई थीं, जिससे उसने अपने जीवन की प्रेरणा पायी थी। आप्टे यात्रियों के लिए नाश्ते की ट्रे लेकर इधर-से-उधर आती-जाती हुई एयर-होस्टेस का हसीन चेहरा देखकर अपनी आँखें सेंक रहा था।

बम्बई में इन दोनों नौजवानों का आखिरी दिन उनके लिए सबसे मनहूस दिन था। हत्या की पहली कोशिश से पहले जो चीज़ हासिल करने के लिए उन्हें इतनी मुसीबत उठानी पड़ी थी, उसके मिलने में अब भी उतनी ही क़ठिनाई हो रही थी। दिन-भर उन्होंने पैसे और पिस्तौल की भीख माँगते हुए कितने ही सिरफिरे दोस्तों के दरवाज़े खटखटाये थे। दिन-भर की मेहनत के बाद जो उनके हाथ लगा था वह आप्टे ने अपनी जेब के हवाले कर लिया था। इस वक़्त उसकी जेब में 10,000 रुपये थे। पिस्तौल मिलना तो दूर रहा, किसी ने उसका वादा भी नहीं किया था।

उन्हें हरदम यह डर सता रहा था कि पुलिस का घेरा उनके चारों ओर कसता जा रहा है। जो कुछ भी करना है वह बहुत जल्दी करना होगा। इसलिए उन्होंने पिस्तौल के बिना ही बम्बई से चल पड़ने का फ़ैसला कर लिया था। सोचा था कि पिस्तौल दिल्ली के किसी शरणार्थी-कैम्प से हासिल करने की कोशिश करेंगे।

लेकिन इस समय तो आप्टे का ध्यान कहीं और ही था। जब वह ख़ूबसूरत एयर-होस्टेस नाश्ते के खाली बर्तन समेट चुकी तो आप्टे ने उसे अपने पास बुलाया। आप्टे ने उससे कहा कि वह हाथ देखना जानता है। यह भी कहा कि उसका चेहरा बहुत आकर्षक है, जिसका मतलब हमेशा यह होता है कि उसका हाथ भी बहुत आकर्षक होगा। लड़की ख़ुश होकर उसकी कुर्सी के हत्थे पर बैठ गयी। आप्टे की ओर हाथ बढ़ाते ही उसने देखा कि उसके पास वाली सीट पर बैठा हुआ जो आदमी किताब पढ़ने में व्यस्त था, वह यकायक खिसककर दूर हट गया और हवाई जहाज़ की खिड़की से लगभग बिलकुल चिपककर बड़ी अरुचि से उनकी इस हरकत को देखने लगा।

अपनी जिन्दगी की आखिरी लड़की फाँसने की आप्टे की यह कोशिश शुरू से ही बहुत कामयाब रही। हवाई जहाज़ दिल्ली पहुँचने तक उस लड़की के भविष्य के बारे में उसने जो कुछ बताया था उसकी वजह से आप्टे का अपना तात्कालिक भविष्य बहुत उज्ज्वल हो गया था। ल की ने उसी रात आठ बजे इम्पीरियल होटल में उससे मिलने का वादा कर लिया था।

गांधी ने अपने अनशन के दौरान जो यातनाएँ झेली थीं उनकी सार्थकता का सबसे अच्छा प्रमाण वह दृश्य था जो दिल्ली से सात मील दूर मेहरौली की क़ुव्वतुल-इसलाम मसजिद के चारों ओर 27 जनवरी की सुबह वह देखने वाले थे। सत्ताइस हिन्दू और जैन मन्दिरों के खंडहरों पर बनायी गयी यह मसजिद हिन्दुस्तान में सबसे पुरानी थी। साल में एक बार उसके निर्माता, हिन्दुस्तान के पहले सुलतान क़ुतुबुद्दीन की बरसी के मौक़े पर हज़ारों लोग उस हरे-भरे रमणीक स्थान में बहुत बड़ा मज़हबी त्योहार मनाने के लिए जमा होते थे।

गांधी ने अपना अनशन तोड़ने के लिए जो सात शर्तें रखी थीं उनमें से एक शर्त यह भी थी कि इस त्योहार के मौक़े पर कोई गड़बड़ी न हो और जो मुसलमान उसमें हिस्सा लेने के लिए आयें 'उनकी जान को कोई खतरा न हो।'

खुद गांधी ने कभी यह कल्पना नहीं की थी कि उनके अनशन को इतनी सफलता मिलेगी। अभी पन्द्रह दिन पहले तक जो हिन्दू और सिख किरपान और छुरे लेकर मुसलमानों का स्वागत करते, वे आज मसजिद के दरवाज़े पर खड़े मुसलमानों को गुलाब और गेंदे के हार पहना रहे थे। मसजिद के अन्दर सिखों ने चाय की छोटी-छोटी दूकानें लगा रखी थीं जहाँ त्योहार मनाने के लिए आने वालों को मुफ़्त चाय पिलायी जाती थी। मुसलमानों, सिखों और हिन्दुओं की उस अपार भीड़ के बीच भाई-चारे के वातावरण में पहुँचकर गांधी की आँखों में खुशी के आँसू छलक आये।

अपना आभार प्रकट करने के लिए मसजिद के मौलवियों ने गांधी से कहा कि वह मिंबर पर खड़े होकर उन लोगों से कुछ शब्द कहें। उन्होंने मनु और आभा को भी वहीं बुला लिया, हालाँकि इसलाम में औरतों का मसजिद में आना मना है। उन्होंने कहा कि वे 'गांधी की बेटियाँ' हैं, इसलिए यह पाबन्दी उन पर लागू नहीं की जायेगी।

गांधी ने भाव-विभोर होकर हिन्दुओं, सिखों और मुसलमानों सभी से अनुरोध किया कि वे 'उस पवित्र स्थान में क़सम खायें कि मिल-जुलकर

दोस्तों और भाइयो को तरह रहेंगे ।' उन्होंने कहा, 'हम अलग-अलग भले ही रहते हों, लेकिन हम सब हैं तो एक ही पेड़ की पत्तियाँ ।'

वह थकन और भावावेग से निढाल बिड़ला हाउस लौटे। मिट्टी का लेप करके आराम करते समय वह किसी अजीब चिन्ता में डूब गये। पिछले कुछ दिनों से जब भी वह मदनलाल के बम-विस्फोट के बाद अपनी जान बच जाने के बारे में सोचते थे तो उनकी मनोदशा ऐसी ही हो जाती थी।

वह कहते थे कि अगर मेरी जान बच गयी तो यह 'ईश्वर की दया थी।' लेकिन इसके साथ ही वह यह भी कहते थे, 'मुझे जब भी ईश्वर का कोई आदेश मिलेगा मैं उसका पालन करने के लिए तैयार हूँ। मैं 2 फ़रवरी को यहाँ से जाने की बात करता हूँ, लेकिन मुझे खुद नहीं लगता कि मैं यहाँ से जा पाऊँगा। कौन जाने कल क्या हो जाये ?'

जैसा कि नाथूराम गोडसे ने उसे आदेश दिया था, करकरे 27 जनवरी को तीसरे पहर पुरानी दिल्ली के रेलवे-स्टेशन के सामने वाले गोल पार्क में पानी के नल के आस-पास मँडलाता रहा। अचानक उसने चारों ओर बिखरे हुए अनगिनत शरणार्थियों की भीड़ के बीच से दोनों दोस्तों को धीरे-धीरे अपनी ओर आते देखा।

दोनों बहुत निराश दिखायी दे रहे थे। घण्टों दिल्ली के शरणार्थी-कैम्पों की धूल फाँकने के बाद भी उनके हाथ कुछ नहीं लगा था। अब एक ही जगह रह गयी थी जहाँ उन्हें पिस्तौल मिल सकता था। वह जगह थी ग्वालियर, दिल्ली से 194 मील दूर। अगर वहाँ भी उन्हें कुछ न मिला तो उन्हें अपना इरादा छोड़ देना होगा और कलंक का टीका लगाकर सावरकर के सामने और बम्बई में अपने समर्थकों के सामने विफलता के अपमान को स्वीकार कर लेना होगा।

उन लोगों ने करकरे से 24 घण्टे के बाद फिर उसी जगह मिलने को कहा। फिर मुँह लटकाये हुए वे ग्वालियर की आखिरी ट्रेन पकड़ने के लिए स्टेशन की ओर चल दिये। उस रात आठ बजे इम्पीरियल होटल में उस एयर-होस्टेस से मिलने का अपना वादा निभाने का मौक़ा नारायण आप्टे को न मिल सका। गांधी की हत्या करने के लिए पिस्तौल की तलाश में ग्वालियर जाने के लिए उसने अपनी ऐयाशी की ज़िन्दगी में आखिरी लड़की को फाँसने का मौक़ा भी हाथ से निकल जाने दिया।

27 जनवरी को आधा रात से कुछ ही पहले दरवाज़े की घण्टी बजने की

आवाज़ सुनकर ग्वालियर के होम्योपैथ डॉक्टर दत्तात्रय परचुरे की नींद टूट गयी। वह आँख मलते हुए अपने दवाखाने के दरवाज़े तक यह सोच-कर आये कि विपदा की मारी कोई माँ निमोनिया से मरते हुए अपने बच्चे को गोद में लिये वहाँ खड़ी होगी। इसके बजाय वहाँ उन्होंने अपने दो पुराने सिरफिरे दोस्तों को खड़ा पाया। जिस डॉक्टर ने साढ़े चार महीने पहले मदनलाल को ऐसे रास्ते पर लगाया था कि आज वह दिल्ली की जेल में पहुँच गया था, उसी डॉक्टर से पिस्तौल पाने की आखिरी उम्मीद बाँधकर नाथूराम गोडसे आज वहाँ आया था।

अगले दिन गोडसे और आप्टे ने सारा वक़्त दवाखाने में लकड़ी की बेंच पर डॉक्टर परचुरे के गुरु की तसवीर के नीचे बैठे रहकर काट दिया। इन दोनों निराश और हतोत्साह नौजवानों को भी डॉक्टर की मदद की उतनी ही ज़रूरत थी जितनी कि उनके चारों ओर बैठे हुए रोगियों को।

आखिरकार 28 जनवरी की रात को 10 बजे के बाद वे दोनों ग्वालियर से रवाना हुए। उनकी खोज का लम्बा और पेचीदा सिलसिला खत्म हो गया था। इस खोज के दौरान शरणार्थी-कैम्पों, मन्दिरों, बम्बई की गन्दी बस्तियों, छापेखानों और सावरकर-सदन के कितने ही चक्कर काटने के बाद आखिरकार वे ग्वालियर में उस होम्योपैथ डॉक्टर के दवाखाने में जड़ी-बूटियों की खुशबू के बीच पहुँचे थे। और अब गोडसे की अपनी बग़ल में काग़ज़ का एक लिफ़ाफ़ा था जिसमें चीथड़ में लिपटा हुआ काले रंग का एक बेरेटा पिस्तौल और बीस कारतूस थे। पिस्तौल का नम्बर था 606824-पी। अब सिर्फ़ सवाल यह था कि नाथूराम गोडसे में उसे चलाने का कौशल और दृढ़ निश्चय हो।

'मिल गया ! अरे करकरे, इस बार हम लोगों ने सचमुच बाज़ी मार ली !' नाथूराम गोडसे ने बहुत खुश होकर दकन गेस्ट हाउस के मालिक को पुरानी दिल्ली के रेलवे-स्टेशन के सामने वाले पानी के नल के चारों ओर जमा भीड़ के बाहर निकाला और जिस तरह कोई तस्कर गाहकों को अपना ग़ैर-क़ानूनी माल दिखाता है, उसने अपने ढीले-ढाले ओवरकोट का बटन खोलकर दिखाया। उसकी कमर में काला चमकदार पिस्तौल पेटी से लटक रहा था, जिसे पाने की वे लोग उम्मीद ही छोड़ बैठे थे।

हत्या के लिए हथियार मिल जाने के बाद तो इन तीनों आदमियों को उनकी नियति की ओर ले जाने वाली घटनाएँ बेहद तेज़ी से हुईं। इन

तीनों में से सिर्फ़ अब एक ही आदमी ज़िन्दा बचा है। इन घटनाओं को बाद में बयान करते हुए उसने (करकरे ने) बताया :

हम लोग पानी के नल के पास खड़े थे। आप्टे हमें बता रहा था, 'इस बार हम कोई ग़लती नहीं करना चाहते। हम इस बात का पूरा यक़ीन कर लेना चाहते हैं कि पिस्तौल ठीक काम करता है और उसका निशाना चूकता नहीं। देखो, हमारे पास गोलियाँ काफ़ी हैं!'

हम तीनों किसी ऐसी जगह की तलाश में निकल पड़े जहाँ हम पिस्तौल चलाकर देख सकें। लेकिन जहाँ भी हम जाते वहाँ लोगों की भीड़ पाते। सारी दिल्ली में शरणार्थी फैले हुए थे।

आख़िरकार हमने फिर उसी जगह जाने का फ़ैसला किया जहाँ बिड़ला मन्दिर के पीछे पिछली बार हमने पिस्तौल चलाकर आजमाये थे। वहाँ पहुँचकर हमने यह कल्पना करने की कोशिश की कि जब गोली चलाने का वक़्त आयेगा तब गांधी बैठे होंगे या खड़े होंगे। दोनों ही बातें हो सकती थीं, इसलिए हमने दोनों तरह से आज़माकर देख लेना अच्छा समझा।

आप्टे ने बबूल का एक पेड़ चुना जिसके आस-पास कोई पेड़ नहीं था। यह मालूम करने के लिए कि अगर गांधी बैठे हुए हों तो उनका सिर कितनी ऊँचाई पर होगा, उसने पेड़ के पास बैठकर अन्दाज़ा लगाया। जहाँ पर उनका सिर था वहाँ उसने चाक़ू से पेड़ पर निशान लगा दिया। फिर उसने नाथूराम से कहा, 'अच्छा, समझ लो यहाँ पर गांधी का सिर है और यह उनका धड़ है। अब निशाना लगाओ।'

नाथूराम ने लगभग 20-25 फ़ीट दूर जाकर निशाना साधा और लगातार चार बार गोली चलायी। आप्टे ने पेड़ के पास जाकर देखा। चारों गोलियाँ जाकर वहीं लगी थीं जहाँ उसने चाक़ू से निशान बनाया था।

'नाथूराम,' उसने कहा, 'बिलकुल ठीक है।'

दिल्ली में गांधी का काम लगभग पूरा हो गया था। चार महीने पहले जब वह यहाँ आये थे तो यह मुर्दों का शहर था, छायादार पेड़ों के बीच से गुजरने वाली उसकी शानदार सड़कों के किनारे लाशें पड़ी रहती थी, हर बस्ती में भय और आतंक छाया हुआ था, यहाँ तक की सरकार भी भयभीत और बौखलायी हुई थी। अब राजधानी में शान्ति थी। फिर से व्यवस्था

क़ायम हो गयी थी। उनके अनशन से पूरा नैतिक वातावरण बदल गया था। अब यहाँ से उनके चल देने का वक़्त आ गया था।

जिस समय एक आदमी पास ही झाड़ियों और पेड़ों के झुरमुट की आड़ में एक पेड़ को निशाना बनाकर उनके सिर पर गोली चलाने का अभ्यास कर रहा था, उसी समय गांधी ने दिल्ली से अपने चलने की तारीख़ तय की थी। उन्होंने 3 फ़रवरी का दिन चुना था। उन्होंने तय किया था कि वह पहले वर्धा में अपने आश्रम जायेंगे और दस दिन वहाँ रहकर वह अपने थके हुए बूढ़े पाँवों से उन्हीं रास्तों से होकर अपनी यात्रा शुरू करेंगे जिन पर इतने लोगों का क़त्ल हुआ था। उन्हें उम्मीद थी कि वह अपने प्यार के बल पर आबादियों की अदला-बदली की धारा को उलटी दिशा में मोड़ देंगे और पाकिस्तान की इस यात्रा के दौरान अपने जीवन का वह अन्तिम चमत्कार दिखा देंगे जो घृणा के तपते हुए रेगिस्तान में मृगतृष्णा की तरह अपनी ओर बुला रहा था।

हमेशा की तरह आज भी गांधी ने अपने दिन-भर के एक-एक क्षण के सदुपयोग की योजना पहले से पूरा हिसाब लगाकर बना ली थी। उन्होंने चर्खा काता। मिट्टी का लेप किया, एनीमा लिया। बंगाली पढ़ी। लगभग दर्जन-भर ख़त लिखे। बहुत-से लोगों से मिले। इन्दिरा गांधी और उनकी बुआ की बेटी तारा पंडित से कुछ हँसी-मज़ाक़ किया। मार्गरेट बुर्क-व्हाइट की खींची हुई एक तसवीर पर अपने दस्तख़त किये।

अचानक, जैसे मानसून का बादल टूटकर बरस पड़े, हँसी-ख़ुशी करते हुए उस दिन का उनका सुचारु क्रम भंग हो गया। सीमा प्रान्त के सिखों और हिन्दुओं की एक टोली उनसे मिलने आयी थी। जिस दिन गांधी ने अपना अनशन शुरू किया था उसी दिन वे भयानक मारकाट का शिकार हुए थे। इससे पहले कि गांधी उनसे सहानुभूति के दो शब्द कहते, उनमें से एक आदमी ने, जो जला-भुना बैठा था, उनसे बिगड़कर कहा, 'आप हमें काफ़ी नुक़सान पहुँचा चुके। आपने हमें बिलकुल तबाह कर दिया। अब हमें हमारे हाल पर छोड़ दीजिये और संन्यास लेकर हिमालय पहाड़ पर चले जाइये।'

उसके ये शब्द सुनकर गांधी अवाक् रह गये, मानो उनके सिर पर अचानक कोई पहाड़ आ गिरा हो। प्रार्थना-सभा में जाते समय उनके क़दम रुक-रुककर उठ रहे थे। वह मनु और आभा के कंधों को और मज़बूती से पकड़कर सहारा लिये हुए थे।

आज उनकी आवाज़ बहुत धीमी और कमज़ोर थी। उनका एक-एक शब्द उदासी में डूबा हुआ था। महात्मा ने अपने देशवासियों के सामने अपने

जीवन में अन्तिम बार बोलना शुरू किया। जाड़े के दिनों की गोधूलि वेला की परछाइयाँ लॉन पर पड़ने लगी थीं। उन्होंने उस बिफरे हुए शरणार्थी की उस बात की चर्चा की, जिससे वह बहुत परेशान हो उठे थे।

'मैं किसकी बात सुनूं?' उन्होंने अपने सामने चुपचाप बैठे हुए श्रोताओं से पूछा, 'कुछ लोग मुझसे कहते हैं कि मैं यहीं रहूँ और कुछ लोग कहते हैं कि मैं यहाँ से चला जाऊँ। कुछ लोग मुझे कोसते हैं, गालियाँ देते हैं, दूसरे लोग मेरी बेहद तारीफ़ करते हैं। फिर मैं करूँ क्या?' उन्होंने बहुत धीमे और व्यथित स्वर में पूछा। 'मैं तो वही करता हूँ जो भगवान मुझसे करने को कहता है। मैं तो इस सारी गड़बड़ी के बीच बस शान्ति चाहता हूँ।'

कुछ देर तक चुपचाप विचारों में डूबे रहने के बाद गांधी ने अपनी बात पूरी की। उन्होंने कहा, 'मेरा हिमालय तो यहीं है।'

वे तीनों आदमी पुरानी दिल्ली रेलवे स्टेशन के छः नम्बर के रिटायरिंग रूम में खड़े नीचे सड़क पर आती-जाती गाड़ियों, ताँगों, चरमराती हुई बसों की रेल-पेल देख रहे थे। भारत की पुलिस के पास अब गांधी की जान बचाने के लिए कुछ दिन का भी नहीं बल्कि कुछ ही घण्टों का समय था। गोडसे, आप्टे और करकरे ने स्टेशन के उस अँधियारे कमरे में नियति से अपने मिलन का फ़ैसला कर लिया था। उन्होंने गांधी की हत्या करने का समय भी तय कर लिया था। उन्होंने फ़ैसला किया था कि वे अगले दिन, शुक्रवार 30 जनवरी को पाँच बजे बिड़ला हाउस के उसी बग़ीचे में उनकी हत्या करेंगे जहाँ उनकी पहली कोशिश नाकाम हुई थी। करकरे ने बाद में बताया :

> नाथूराम बहुत अच्छे मूड में था। वह बहुत खुश था। बिलकुल शान्त था। रात को लगभग साढ़े आठ बजे उसने कहा, 'आओ, आज हम सब लोग साथ खाना खायेंगे। बहुत अच्छा खाना, दावत वाला खाना। शायद फिर कभी इसका मौक़ा न मिले।'
>
> हम लोग स्टेशन पर इधर-उधर घूमते-घूमते ब्रैंडेन के होटल में पहुँचे जिनका सभी स्टेशनों पर इस तरह के होटल चलाने का ठेका था। आप्टे बोला, 'यहाँ हम नहीं जा सकते। करकरे शाकाहारी है।'
>
> नाथूराम ने मेरे गले में बाँह डालकर कहा, 'तुम ठीक कहते हो। आज हम सबको साथ रहना चाहिए।' इसलिए हम लोग किसी दूसरी जगह की तलाश में निकल गये।

हमने भरपूर भोज़न मँगाया : चावल, कई तरह की सब्ज़ियाँ, दाल, चपाती। वेटर ने कहा कि होटल में छाछ नहीं है। नाथूराम ने बड़े वेटर को बुलाकर उसे पाँच रुपये दिये और कहा, 'यह हम लोगों की दावत है। हमें दही चाहिए। चाहे जहाँ से मिले, चाहे जितने पैसे लगें, हमें दही लाकर दो।'

जी भरकर खा चुकने के बाद हम लोग रिटायरिंग रूम में लौट आये। हम लोग वहाँ बैठकर बातें करने को तैयार थे, लेकिन नाथूराम ने कहा, 'नहीं, अब मुझे आराम करने दो। मैं एकान्त चाहता हूँ!'

जब आप्टे और करकरे कमरे से जाने लगे तो करकरे ने मुड़कर एक नज़र गोडसे को देखा। जो आदमी गांधी की हत्या करने जा रहा था, वह बिस्तर पर लेटा, अपने साथ लायी दो किताबों में से एक पढ़ रहा था। वह अर्ल स्टैनली गार्डनर का पेरी मेसन वाला कोई जासूसी उपन्यास था।

गांधी ने अपने जीवन की अन्तिम रात काँग्रेस के नये संविधान का मसविदा तैयार करने में बितायी। यह मसविदा भारतीय राष्ट्र के नाम उनकी वसीयत और उनका अन्तिम सन्देश बन गया। उसे पूरा करके वह सवा नौ बजे उठे।

गहरी साँस लेकर वह बोले, 'मेरा सिर चकरा रहा है।'

वह मनु की गोद में सिर रखकर चटाई पर लेट गये। मनु धीरे-धीरे उनके सिर में तेल मलने लगी। आज की रात उनके चेहरे पर उल्लास का कोई चिह्न नहीं था। उन्हें रह-रहकर उस शरणार्थी का घृणा से विकृत चेहरा दिखायी दे रहा था जो उन्हें कोस गया था। वह दो-तीन मिनट तक चुपचाप लेटे मालिश कराते रहे। उसके बाद वह एक ऐसे विषय पर बातें करने लगे, जो संविधान का मसविदा तैयार करते समय उनके दिमाग़ में आया था—उन लोगों के बीच बढ़ता हुआ भ्रष्टाचार, जिनके वह किसी ज़माने में माने हुए नेता थे।

उन्होंने पूछा, 'अगर यही होता रहा तो हम दुनिया को क्या मुँह दिखायेंगे? पूरे राष्ट्र की मान-मर्यादा उन लोगों के हाथों में है जिन्होंने आज़ादी की लड़ाई में हिस्सा लिया है। अगर वे भी सत्ता का दुरुपयोग करने लगे तो हमारी नींव कमज़ोर हो जायेगी।'

वह एक बार फिर उदास होकर चुप हो गये। और फिर बहुत खोयी-खोयी-सी डूबती हुई आवाज़ में उन्होंने एक शेर पढ़ा :

फूल तो दो दिन बहारे-जाँफ़िज़ा दिखला गये,
हसरत उन ग़ुंचों पे है जो बिन खिले मुरझा गये।

गोडसे को छोड़ आने के बाद आप्टे और करकरे बहुत घबराये हुए थे। उन्होंने जाकर सिनेमा देखने का फ़ैसला किया। करकरे ने बताया :

'जो पहला सिनेमाघर सामने आया उसी में हम चले गये। फ़िल्म टैगोर की किसी कहानी पर बनायी गयी थी। इण्टरवल में हम लोग हॉल के बाहर खड़े बातें कर रहे थे। मुझे बहुत चिन्ता हो रही थी, क्योंकि आख़िरी बार साथ खाना खाते हुए नाथूराम ने कहा था, 'कल-परसों तक सब काम पूरा हो जायेगा।'

'तुम्हें नाथूराम की बात याद है ?' मैंने आप्टे से पूछा।

'हाँ,' उसने कहा।

'भला उसने यह बात क्यों कही ?' मैंने फिर पूछा। 'क्या वह सचमुच यह काम कर पायेगा, क्योंकि काम है बहुत मुश्किल ?'

आप्टे ने मेरे पास आकर कहा, 'सुनो करकरे, मैं नाथूराम को तुमसे ज़्यादा अच्छी तरह जानता हूँ। मैं तुम्हें बताता हूँ कि हुआ क्या था, नतीजा तुम अपने आप निकाल लो। जब हम लोग 20 जनवरी को दिल्ली से चले तो हम फ़र्स्ट क्लास में कानपुर तक गये। हम लोग बड़ी देर तक बातें करते रहे; हमें ठीक से नींद नहीं आ रही थी। सुबह क़रीब छः बजे जब हम कानपुर पहुँचने वाले थे, नाथूराम अचानक ऊपर वाली बर्थ से नीचे कूदा और मुझे झँझोड़कर जगाने के बाद बोला, "आप्टे, जाग रहे हो ? सुनो, यह काम मैं करूँगा, कोई और नहीं। यह एक आदमी का काम है और उसे अपनी जान देने को तैयार होना चाहिए। वह आदमी मैं हूँ। मैं यह काम अकेले करूँगा।" '

आप्टे ने मेरी ओर देखा। बड़ी उग्रता के साथ लेकिन इतनी धीमी आवाज़ में कि कोई सुन न ले, उसने मुझसे कहा, 'सुनो करकरे, जब मैंने नाथूराम को ये शब्द कहते सुना तो मुझे रेल के डिब्बे के फ़र्श पर गांधी की लाश पडी हुई दिखायी दी। इतना भरोसा है मुझे नाथूराम पर।'

बिड़ला हाउस में चटाई पर लेटे हुए उस दुबले-पतले आदमी को बुरी तरह खाँसी का दौरा पड़ गया था। पिछले एक साल के दौरान मनु कष्ट और

पीड़ा की न जाने कितनी घड़ियाँ गांधी के साथ बिता चुकी थी । गांधी के शरीर को काँपता हुआ देखकर उसकी आँखों में आँसू छलक आये ।

मनु जानती थी कि ऐसे ही मौक़ों पर इस्तेमाल करने के लिए सुशीला नैयर पेनिसिलीन की खाँसी की गोलियों का एक पैकेट छोड़ गयी थीं । लेकिन मनु उनसे गोली खाने के लिए कहते डर रही थी, क्योंकि वह जानती थी कि वह नाराज़ हो जायेंगे । आख़िरकार जब उससे बापू की व्यथा नहीं देखी गयी तो उसने एक गोली लाकर खिला देने की बात कही ।

गांधी ने वही जवाब दिया जिसका मनु को डर था । उन्होंने उसे झिड़क दिया कि उसे राम पर भरोसा नहीं रह गया था ।

खाँसने के बीच-बीच में वह कहते रहे, 'अगर मैं किसी बीमारी से या किसी मामूली-सी फुंसी से मर जाऊँ तो तुम्हारा यही कर्तव्य होगा कि तुम चिल्ला-चिल्लाकर सारी दुनिया से कहो कि मैं ढोंगी महात्मा था । तब मेरी आत्मा को, वह जहाँ कहीं भी हो, शान्ति मिलेगी ।'

उनकी उदास आँखें उस लड़की के चेहरे पर जम गयीं । 'लेकिन,' उन्होंने कहा, 'अगर पिछले हफ़्ते की तरह कोई बम फटे, या कोई मुझे गोली मार दे और मैं सीने पर गोली खाने के बाद आह किये बिना, होंठों पर बस राम का नाम लिये हुए मर जाऊँ तब तुम कहना कि मैं सचमुच महात्मा था । इससे भारतीय जनता को बहुत फ़ायदा होगा ।'

करकरे और आप्टे ने धीरे से छः नम्बर के रिटायरिंग रूम का दरवाज़ा खोलकर अन्दर झाँका । नाथूराम गोडसे कमरे के सिरे पर अपने पलँग पर पाँव पसारे गहरी नींद सो रहा था । करकरे को ऐसा लगा जैसे 'उसे किसी बात की चिन्ता ही नहीं है । पास ही फ़र्श पर वह जासूसी उपन्यास पड़ा था जो उसने रात को पढ़कर खत्म किया था ।'

19

दूसरी सलीब

नयी दिल्ली, 30 **जनवरी** 1948

मोहनदास करमचन्द गांधी के जीवन का अन्तिम दिन भी उसी तरह आरम्भ हुआ जैसे दक्षिण अफ्रीका से वापस आने के बाद से उनके सभी दिन शुरू होते रहे थे। आज भी उन्होंने भोर होने से पहले अँधेरे में प्रार्थना की। वह चटाई पर पालथी मारकर पत्थर की ठण्डी दीवार से पीठ टिकाये बैठे थे। उन्होंने और उनके शिष्यों की मण्डली ने साथ मिलकर अन्तिम बार भगवद्गीता के श्लोक पढ़े। आज पढ़े जाने वाले श्लोकों में गीता के पहले और दूसरे अध्यायों का पाठ किया गया। गांधी की ऊँची नर्म आवाज़ में अपनी आवाज़ मिलाकर उनके शिष्य गा रहे थे :

जातस्यंहि ध्रुवो मृत्युर्ध्रुवं जन्म मृतस्य च
तस्मादपरिहार्येऽर्थे न त्वं शोचितुमर्हसि।

मनु प्रार्थना पूरी हो जाने के बाद गांधी को उस कमरे में ले गयी जहाँ बैठकर वह काम करते थे। वह पैदल चलकर पाकिस्तान जाने की बात सोच रहे थे, लेकिन अभी तक उनके शरीर में इतनी शक्ति नहीं आयी थी कि सहारा लिये बिना एक कमरे से दूसरे में जा सकें। वह उस चौकी के सामने बैठ गये जिस पर वह लिखते थे, और मनु से एक प्रार्थना-गीत की दो पंक्तियाँ गाकर सुनाते रहने को कहा, जिनका आशय था : 'रे मानव, तू थका हो या न हो, पर रुककर आराम न कर।'

जैसा कि उन्होंने पिछली रात तय किया था, आप्टे और करकरे सुबह सात बजे के थोड़ी ही देर बाद पुरानी दिल्ली रेलवे स्टेशन के छः नम्बर के रिटायरिंग रूम में पहुँच गये। गोडसे जाग चुका था। करकरे ने बताया :

दो घण्टे तक हम लोग वहाँ बैठे बातें करते रहे और चाय-कॉफ़ी पीते रहे। हम लोग बातचीत के साथ बीच-बीच में हँसी-मज़ाक़ भी करते जाते थे और थोड़ी-बहुत बहस भी। फिर हम कुछ गम्भीर हुए। गम्भीरता का कारण यह था कि नाथूराम ने उसी शाम को गांधी की हत्या कर देने का फ़ैसला तो कर लिया था, लेकिन हम लोगों को कुछ भी नहीं मालूम था कि वह क्या करेगा।

हमें इसके लिए कुछ योजना बनानी थी। हम लोगों ने सोचा कि 20 तारीख़ को बम फटने के बाद अब बिड़ला हाउस पर कड़ा पहरा होगा और वहाँ घुसना मुश्किल होगा। प्रार्थना-सभा में जाने वाले लोगों की तलाशी ली जाती होगी कि उनके पास कोई हथियार तो नहीं हैं। इसलिए हमें हथियार अन्दर ले जाने और अपना काम पूरा करने का कोई ऐसा तरीक़ा ढूंढना था जिसमें कोई ख़तरा भी न हो और काम भी बन जाये।

कुछ बहस के बाद नाथूराम को एक तरकीब सूझी। हम लोग बाहर जाकर किसी फ़ोटोग्राफ़र से पुराने ढंग का बड़े-से बक्से जैसा कैमरा ख़रीद लायेंगे जिसे तीन टाँगों वाले स्टैंड पर रखा जाता है और फ़ोटो खींचने वाला सिर पर काला कपड़ा डालकर अपना काम करता है। नाथूराम कैमरा ठीक उस माइक्रोफ़ोन के सामने लगा देगा जिस पर गांधी बोलते थे। वह अपने सिर पर काला कपड़ा डालकर अपनी पिस्तौल निकाल लेगा और जिस समय गांधी बोल रहे होंगे उस कपड़े के अन्दर सिर छिपाये हुए उन्हें गोली मार देगा।

हम लोग कैमरा ख़रीदने के लिए किसी फ़ोटोग्राफ़र की तलाश में निकल पड़े। स्टेशन के पास ही कैमरा तो मिल गया, लेकिन थोड़ी देर तक उसे ध्यान से देखने के बाद आप्टे ने कहा कि यह तरकीब ठीक नहीं है। अब आजकल कोई इस तरह के कैमरे इस्तेमाल नहीं करता था; जो आदमी गांधी की प्रार्थना-सभा में जायेगा वह छोटा-सा जर्मन या अमेरिकी कैमरा इस्तेमाल करेगा।

हम कोई दूसरी तरकीब सोचने रिटायरिंग रूम में वापस चले गये। किसी ने सुझाव दिया कि एक बुर्क़ा ख़रीदा जाये। उन दिनों गांधी की प्रार्थना-सभा में बहुत-सी मुसलमान औरतें आती थीं। और

फिर औरतें आमतौर पर गांधी के सबसे पास बैठती थीं, इसलिए नाथूराम बहुत नज़दीक से गोली चला सकता था। इस तरकीब पर हम उछल पड़े। बाज़ार से एक बड़ा-सा बुर्क़ा ख़रीद लाये।

जब नाथूराम ने उसे पहनकर देखा तो वह फ़ौरन समझ गया कि यह तरकीब काम नहीं करेगी। उसके हाथ ढीले-ढाले बुर्क़े की तहों में फँस जाते थे। वह बोला, 'यह पहनकर तो मैं पिस्तौल ही नहीं निकाल पाऊँगा और औरतों के लिबास में पकड़ा जाऊँगा तो उम्र-भर बदनामी मुफ़्त में होगी।'

इसलिए कोई और तरकीब सोचना ज़रूरी था। सुबह का सारा वक़्त ऊटपटाँग तरकीबें सोचने में निकल गया था। मुश्किल से छः घण्टे रह गये थे और अभी तक हमारी योजना भी तैयार नहीं थी। आख़िरकार आप्टे बोला : 'देखो नाथूराम, कभी-कभी सबसे सीधा-सादा तरीक़ा ही सबसे अच्छा होता है।' उसने तरकीब यह बतायी कि नाथूराम को फ़ौजी ढंग का स्लेटी सूट पहना दिया जाये, जिसका उन दिनों बहुत चलन था। उसकी ढीली-ढाली क़मीज़ पतलून के बाहर रहती थी, जिसमें कमर से बँधी हुई पिस्तौल आसानी से छिप सकती थी। कुछ और न सूझने पर हमने सोचा कि यही सबसे अच्छी तरकीब है। हम लोग फिर बाज़ार गये और नाथूराम के लिए ये कपड़े ख़रीद लाये।

उसके बाद हम उसी फ़ोटोग्राफ़र के पास गये जिसका कैमरा हम लोग सुबह ख़रीदने गये थे। वहाँ हम लोगों ने सबसे बड़ी अनाड़ियों जैसी बेवकूफ़ी यह की कि भावनाओं के प्रवाह में बहकर हमने फ़ोटो खिंचवायी।

इसके बाद हम लोग थोड़ी देर आराम करने और पक्की योजना बना लेने के लिए कमरे में वापस आ गये। तय यह हुआ कि पहले नाथूराम बिड़ला हाउस जायेगा और हम लोग उसके पीछे-पीछे आयेंगे। जब गोली चलाने का वक़्त आयेगा तो हम लोग उसकी दोनों तरफ़ खड़े हो जायेंगे। इस तरह अगर किसी ने गोली चलाने में बाधा डालने की कोशिश की तो हम उसे रोक सकेंगे और नाथूराम को निशाना साधने का पूरा मौक़ा मिल जायेगा। तब तक रिटायरिंग रूम छोड़ने का भी वक़्त हो गया था। नाथूराम ने पिस्तौल निकाली और बड़ी सावधानी से उसमें सात गोलियाँ भरीं। फिर उसने पिस्तौल अपनी कमर से बाँध ली और हम लोग वहाँ से चले आये।

वक़्त काटने के लिए हम लोग वेटिंग-रूम में चले गये। थोड़ी

देर बाद नाथूराम ने कहा कि उसका जी मूंगफली खाने को चाह रहा है। बहुत मामूली-सी फ़रमाइश थी और चूंकि वह अपने प्राणों का बलिदान करने जा रहा था, इसलिए हमारा दिल उसके लिए बिलकुल मोम हो गया था। हम चाहते थे कि कोई बात ऐसी न हो जिससे उसका ध्यान बँटे या उसके दिमाग़ पर कोई बोझ रहे। वह जो भी जी चाहता, हम उसके लिए करने को तैयार थे।

आप्टे मूंगफली ख़रीदने चला गया। कुछ देर बाद वह वापस आकर बोला कि मूंगफली तो दिल्ली में कहीं मिल नहीं रही हैं, काजू या बादाम से काम चल जायेगा?

नाथूराम बोला, 'मुझे तो मूंगफली ही चाहिए।'

वह इतना बड़ा काम करने जा रहा था कि हम लोग यह नहीं चाहते थे कि वह किसी चिन्ता में उलझा रहे। इसलिए आप्टे एक बार फिर मूंगफली ढूंढने चला गया। थोड़ी देर बाद वह एक बड़े से थैले में मूंगफली लेकर आ गया। नाथूराम बड़े चाव से जल्दी-जल्दी मूंगफली खाने लगा।

इतने में चलने का वक़्त हो गया। हमने फ़ैसला किया कि पहले हम बिड़ला मन्दिर जायेंगे। मैं और आप्टे खासतौर पर वहाँ जाकर भगवान के दर्शन और प्रार्थना करना चाहते थे। नाथूराम को इस तरह की बातों में कोई दिलचस्पी नहीं थी। वह मन्दिर के पीछे वाले बाग़ में जाकर हम लोगों की राह देखने लगा, उसी जंगल के पास जहाँ हमने गोली चलाने का अभ्यास किया था।

हम जूते उतारकर नंगे पाँव अन्दर गये और दरवाज़े पर लगा हुआ पीतल का घण्टा बजाया ताकि देवी-देवताओं को ख़बर हो जाये कि हम आ गये हैं। सबसे पहले हम लक्ष्मी-नारायण की मूर्ति के सामने गये। इसके बाद हमने काली माई के दर्शन किये और हाथ जोड़कर शीश नवाया, देवी के चरणों में कुछ पैसे चढ़ाये, कुछ पैसे पुजारी को दिये। पुजारी ने हमें कुछ फूल और कुछ चरणामृत दिया। फूल तो हमने देवी की मूर्ति पर चढ़ाकर अपनी सफलता के लिए प्रार्थना की, और चरणामृत आँखों से लगाकर पी गये।

नाथूराम हमें बाहर बाग़ में मिला। वह छत्रपति शिवाजी की मूर्ति के पास खड़ा था। उसने हमसे पूछा, 'दर्शन कर आये?'

हमने कहा, 'हाँ!' इस पर नाथूराम बोला, 'मैंने भी दर्शन कर लिये।'

वे तीनों कुछ देर बाग़ में टहलते रहे। आख़िरकार आप्टे ने अपनी घड़ी देखी। साढ़े चार बजे थे।

'नाथूराम,' वह बोला, 'वक़्त हो गया है।'

नाथूराम ने आप्टे की घड़ी की ओर देखा और फिर अपने दोनों साथियों की ओर। उसने सीने पर दोनों हाथ रखकर सिर झुकाया और बोला, 'नमस्ते, अब मालूम नहीं, फिर कभी मिलना हो या न हो।

करकरे की निगाहें उसे मन्दिर की सीढ़ियाँ उतरते हुए देखती रहीं। भीड़ को पार करके उसने एक ताँगा किया और 'पीछे मुड़कर देखे बिना बिड़ला हाउस की ओर चल दिया जहाँ गांधी की प्रार्थना-सभा हो रही थी।'

गांधी ने शुक्रवार 30 जनवरी का वह दिन उसी प्रार्थना-गीत के आदेश के अनुसार बिताया था जो उन्होंने सुबह मनु से गाने के लिये कहा था : 'रे मानव, रुककर आराम न कर!' उनके शिष्यों को यह देखकर बहुत ख़ुशी हुई कि अनशन के बाद से पहली बार वह किसी का सहारा लिये बिना चल रहे थे। उनका वज़न आधा पौंड बढ़ गया था। यह इस बात का प्रमाण था कि उनके क्षीण शरीर में फिर से शक्ति आ रही थी, और गांधी के लिए यह इसका भी प्रमाण था कि ईश्वर अभी उनसे और बहुत-से काम लेना चाहता है।

दोपहर को थोड़ी देर आराम करने के बाद वह लगभग एक दर्जन लोगों से मिले। सबसे कठिन मुलाक़ात आख़िरी आदमी से थी। वल्लभभाई पटेल, जो उनके सबसे पुराने और सबसे वफ़ादार शिष्यों में से थे, उनसे बातें कर रहे थे। पक्के इरादे वाले, यथार्थवादी पटेल और समाजवादी-आदर्शवादी नेहरू का झगड़ा आख़िरकार ज्वालामुखी की तरह फूट पड़ा था। गांधी की चौकी पर पटेल के उस ख़त की एक नक़ल रखी थी जिसमें उन्होंने नेहरू की सरकार से इस्तीफ़ा देने की बात कही थी। अपने अनशन से पहले गांधी ने माउंटबैटेन से बातचीत के दौरान इस झगड़े पर चर्चा की थी। गवर्नर-जनरल ने गांधी से अनुरोध किया था कि वह पटेल को इस्तीफ़ा देने की इजाज़त न दें।

'आप उन्हें जाने नहीं दे सकते,' माउंटबैटेन ने चेतावनी दी थी, नेहरू को भी नहीं जाने दे सकते। भारत को दोनों की ज़रूरत है और दोनों को मिलकर काम करना सीखना होगा।'

गांधी ने यह बात मान ली। उन्होंने पटेल को समझा-बुझाकर राज़ी कर लिया कि वह इस्तीफ़ा न दें। उन्होंने कहा कि वे तीनों—गांधी, पटेल और नेहरू—एकबार फिर उसी तरह साथ बैठकर, जैसे आज़ादी की

लड़ाई के दिनों में कठिनाई आने पर बैठा करते थे, इस मामले को निबटा लेंगे।

वे अभी बातें कर ही रहे थे कि आभा उनका शाम का खाना ले आयी—बकरी का दूध, सब्ज़ी का रस और सन्तरे। खाना खाकर उन्होंने अपना चर्खा मँगवाया। वह पटेल से बातें भी करते रहे और चर्खा भी कातते रहे। सारी दुनिया के लाखों-करोड़ों लोगों के लिए यह चर्खा इसका प्रतीक था कि वह अपने जीवन के अन्तिम क्षण तक अपने इस सिद्धान्त का पालन करते रहे कि 'बिना मेहनत के मिली रोटी चोरी की रोटी होती है।'

हत्यारे उस कमरे के बाहर, जिसमें गांधी बैठे चर्खा कात रहे थे, बाग़ में टहल रहे थे। नाथूराम के जाने के पाँच मिनट बाद आप्टे और करकरे भी ताँगा करके बिड़ला हाउस पहुँच गये थे। करकरे ने बाद में बताया :

हमें यह देखकर बहुत सन्तोष भी हुआ और आश्चर्य भी कि बिड़ला हाउस के फाटक पर हमें किसी समस्या का सामना नहीं करना पड़ा। वहाँ सन्तरी तो पहले से ज़्यादा ज़रूर तैनात कर दिये गये थे, लेकिन कोई हथियारों के लिए अन्दर जाने वालों की तलाशी नहीं ले रहा था। हम समझ गये कि नाथूराम भी सही-सलामत अन्दर पहुँच गया होगा। हम टहलते हुए जब बाग़ में पहुँचे तो देखा कि नाथूराम भीड़ में घुल-मिलकर खड़ा है। वह बहुत शान्त और प्रसन्नचित्त दिखायी दे रहा था। ज़ाहिर है कि हम एक-दूसरे से बोले नहीं। भीड़ लॉन पर इधर-उधर बिखरी हुई थी। जैसे-जैसे प्रार्थना शुरू होने का समय निकट आता गया वैसे-वैसे लोग एक-दूसरे के पास आते गये। हम भी नाथूराम के दोनों ओर खड़े हो गये। हमने न उसकी ओर देखा, न उससे बात ही की कि कहीं हमारा भेद खुल न जाये। वह अपने-आप में इतना खोया हुआ था कि लगता था, हमें भूल ही गया है, यह भी भूल गया है कि हम लोग वहाँ हैं।

हमारी योजना यह थी कि जब गांधी प्रार्थना-सभा के लिए चौकी पर बैठ जायेंगे तब उन पर गोली चलायी जायेगी। इसके लिए हम लोग भीड़ के बाहरी सिरे पर चौकी की दाहिनी ओर खड़े थे। इसका मतलब था कि लगभग पेंतीस फ़ीट की दूरी से सही निशाना लगाना था। मैं चुपचाप सोच रहा था : 'क्या नाथूराम यह काम कर पायेगा?' उसका निशाना बहुत अच्छा नहीं था और उसे अभ्यास भी बहुत नहीं था। कहीं वह घबरा तो नहीं जायेगा और उसका

निशाना चूक तो नहीं जायेगा। मैंने कनखियों से नाथूराम की ओर देखा। वह सीधे अपने सामने देख रहा था—बिलकुल शान्त, अपने-आप में खोया हुआ। मैंने अपनी घड़ी देखी। गांधी को आज देर हो गयी थी। मैं सोचने लगा कि उसका क्या कारण हो सकता है। मैं कुछ घबराने लगा।

मनु और आभा भी घबरा रही थीं। पाँच बजकर दस मिनट हो चुके थे। लेकिन पटेल के साथ वह इतनी गम्भीरता से बातें कर रहे थे कि दोनों में से किसी की हिम्मत नहीं पड़ी कि उन्हें समय की याद दिला दे। अन्त में मनु ने घड़ी दिखाकर इशारा किया।

गांधी ने अपनी घड़ी देखी और अचानक चटाई पर से उछलकर खड़े हो गये और पटेल से बोले, 'अब मुझे जाने दो। मेरा भगवान से मिलने का वक़्त हो गया है।'

कमरे से निकलकर जब वह बाहर बाग़ में आये तो हमेशा की तरह आज भी उनके साथ आखिरी बार उनके शिष्यों का छोटा-सा जुलूस चला। लेकिन आज दो आदमी नहीं थे। एक तो डॉक्टर सुशीला नैयर जो आमतौर पर गांधी के आगे-आगे चलती थीं। वह अभी पाकिस्तान से वापस नहीं आयी थीं। वह पुलिस-अफ़सर भी आज नहीं आया था जिसे गांधी के साथ रहने के लिए तैनात किया गया था। अगले दिन दिल्ली में मजदूरों की आम हड़ताल होने वाली थी, उसी सिलसिले में उसे किसी मीटिंग के लिए बुला लिया गया था।

हर रोज़ की तरह आज भी मनु ने गांधी का थूकदान, उनका चश्मा और उनकी वह नोटबुक उठा ली जिसमें उन्होंने अपना आज का भाषण लिख रखा था। वह और आभा हमेशा की तरह उन्हें अपने कंधे का सहारा देने के लिए आगे बढ़ीं। बापू ने उन दोनों लड़कियों के कंधे पर अपने हाथ रख लिये और अपनी अन्तिम यात्रा के लिए निकल पड़े।

देर हो जाने की वजह से लॉन का चक्कर लगाने के बजाय वे लॉन पार करके आगे बढ़ने लगे। रास्ते-भर गांधी उन दोनों लड़कियों को डाँटते रहे कि उनकी वजह से इतनी देर हो गयी।

'तुम दोनों मेरी घड़ियाँ हो,' उन्होंने कहा, 'मैं घड़ी क्यों देखूं? मुझे इस तरह देर से आना बिलकुल पसन्द नहीं। मैं प्रार्थना-सभा में एक मिनट की देर भी बर्दाश्त नहीं कर सकता।'

बातें करते हुए वे उन चार सीढ़ियों तक पहुँच गये जिन्हें चढ़कर उस लॉन तक पहुंचा जा सकता था जहाँ प्रार्थना-सभा के लिए आयी हुई भीड़

जमा थी। डूबते सूरज की किरणें गांधी पर पड़ रही थीं। उन्होंने दोनों लड़कियों के कंधे का सहारा छोड़कर हाथ जोड़कर भीड़ को नमस्कार किया। और फिर किसी का सहारा लिये बिना सीढ़ियाँ चढ़ गये। जब वह सबसे ऊपर वाली सीढ़ी पर पहुँचे, तो करकरे ने अपने पीछे भीड़ में लोगों को धीमे स्वर में कहते सुना : 'बापूजी, बापूजी !'

मैं थोड़ा-सा मुड़ा। नाथूराम भी अपनी दायीं ओर आधा घूमा। अचानक मैंने देखा कि भीड़ बीच से फट गयी थी और इस तरह जो रास्ता बन गया था उससे होकर गांधी सीधे हमारी ओर आ रहे थे। नाथूराम के हाथ उसकी जेबों में थे। उसने एक हाथ बाहर निकाला उस हाथ में पिस्तौल नहीं था। पिस्तौल वाला हाथ वह जेब में ही डाले रहा। उसने पिस्तौल का खटका खोल लिया।

पलक झपकते उसने हिसाब लगा लिया था : 'यही उन्हें मारने का सबसे अच्छा मौक़ा है।' वह जानता था कि दैवी संयोग से ही उसे इतना अच्छा मौक़ा मिला था। गांधी के प्रार्थना-मंच पर जाकर बैठ जाने के बाद उसके लिए इतना अच्छा मौक़ा न रहता। वह जानता था कि उसे बस दो क़दम हटकर इंसानों की दीवार के बीच बने हुए उस रास्ते के किनारे आ जाना है। दो क़दम। तीन सेकेंड। फिर तो हत्या करना बायें हाथ का खेल हो जायेगा। कठिन काम तो बस यह था कि वह यह काम शुरू करने का दृढ़ संकल्प अपने अन्दर पैदा करे, वह एक क़दम उठाने का संकल्प जिसके बाद उसके लिए हत्या करना अनिवार्य हो जाये।

मनु ने 'खाकी लिबास पहने हुए उस हट्टे-कट्टे आदमी' को वह क़दम उठाते देखा। वह उस रास्ते के बिलकुल किनारे पर आ गया था जिससे होकर गांधी और उनके साथी जा रहे थे।

करकरे की निगाहें नाथूराम पर जमी हुई थीं। उसने पिस्तौल जेब से निकालकर अपनी दोनों हथेलियों के बीच रख लिया था। उसने फ़ैसला किया था कि गांधी ने देश की जो भी सेवा की थी उसके लिए वह हाथ जोड़कर उनके प्रति श्रद्धा प्रकट करेगा। जब गांधी हमसे सिर्फ़ तीन क़दम की दूरी पर थे, नाथूराम आगे बढ़कर उस रास्ते में आ गया। पिस्तौल उसकी दोनों हथेलियों के बीच छिपा हुआ था। उसने हाथ जोड़े-जोड़े कमर से झुककर उनसे कहा : 'नमस्ते, गांधीजी।'

मनु ने सोचा वह गांधी के चरण छूना चाहता है। उसे दूर हटाने के

लिए मनु ने धीरे-से अपना हाथ बढ़ाया। 'भाई साहब,' उसने धीमे स्वर में कहा, बापू को पहले ही दस मिनट की देर हो चुकी है।'

उसी क्षण नाथूराम ने अपना बायाँ हाथ आगे बढ़ाकर मनु को एक ओर ढकेल दिया। उसके दाहिने हाथ में काला बेरेटा पिस्तौल चमक रहा था। नाथूराम ने तीन बार पिस्तौल का घोड़ा दबाया। तीन बार ज़ोर की आवाज़ हुई और प्रार्थना-सभा की स्तब्धता भंग हो गयी। तीनों गोलियाँ आगे बढ़ते हुए उस दुबले-पतले शरीर के सीने को बींध गयीं।

नाथूराम के धक्के से जो थूकदान और नोटबुक ज़मीन पर गिर पड़े थे उसे उठाने के लिए मनु झुकी ही थी कि इतने में उसे गोलियों की आवाज़ सुनायी दी। उसने सिर ऊपर उठाकर देखा। दोनों हाथ नमस्कार की मुद्रा में जोड़े हुए, ऐसा लग रहा था कि, उसके प्यारे बापू अब भी आगे बढ़ रहे थे, नंगे बदन प्रार्थना-मंच तक पहुँचने के लिए आख़िरी क़दम बढ़ाने की कोशिश कर रहे थे। दूध जैसी सफ़ेद खादी पर उसने ख़ून के लाल धब्बे फैलते हुए देखे। गांधी ने लम्बी साँस लेकर 'हे राम!' कहा और उनका निर्जीव शरीर मनु के पास गिर पड़ा। वह अब भी अपने हाथ जोड़े हुए थे मानो अपनी आत्मा के आदेश से वह अपने हत्यारे को प्रणाम कर रहे हों। ख़ून में भीगी हुई उनकी धोती की तहों में मनु को उनकी इंगरसोल घड़ी दिखायी दी, दस महीने पहले जिसके खो जाने पर उन्हें बेहद दुख हुआ था। उस समय पाँच बजकर सत्रह मिनट हुए थे।

माउंटबैटेन को गांधी के गोली लगने का समाचार उस समय मिला जब वह घुड़सवारी करके गवर्नमेंट-हाउस लौट रहे थे। उन्होंने सबसे पहले वही सवाल पूछा जो अगले कुछ घण्टों में लाखों लोग पूछने वाले थे: 'यह किसने किया?'

'मालूम नहीं, साहब,' सूचना देने वाले ए० डी० सी० ने जवाब दिया। माउंटबैटेन कपड़े बदलने के लिए जल्दी से अन्दर गये। कुछ ही मिनट बाद जब वह जल्दी में गवर्नमेंट-हाउस से बाहर निकल रहे थे उन्हें अपने प्रेस-अटाशे एलन कैम्पबेल-जॉन्सन दिखायी पड़ गये। माउंटबैटेन ने उन्हें भी अपनी मोटर में बिठा लिया।

जब तक ये दोनों बिड़ला हाउस पहुँचे, वहाँ बहुत बड़ी भीड़ जमा हो चुकी थी। जब वे भीड़ को चीरते हुए गांधी के कमरे की ओर बढ़ रहे थे किसी आदमी ने, जिसका चेहरा घृणा और उन्माद से विकृत हो गया था, चीखकर कहा, 'कोई मुसलमान था।'

भीड़ पर अचानक सन्नाटा छा गया। माउंटबैटेन उस आदमी की

ओर मुड़े और अपना पूरा ज़ोर लगाकर चिल्लाये, 'बेवक़ूफ़ कहीं का, जानता नहीं कि वह हिन्दू था ?'

कुछ ही सेकेंड बाद जब वे घर के अन्दर पहुँचे तो कैम्पबेल-जॉन्सन ने उनसे पूछा, 'आपको कैसे मालूम कि वह हिन्दू था ?'

'मुझे नहीं मालूम है,' माउंटबैटेन ने जबाब दिया, 'लेकिन अगर वह सचमुच कोई मुसलमान निकला तो हिन्दुस्तान में ऐसा भयानक क़त्लेआम होगा जैसा इससे पहले दुनिया में कभी नहीं हुआ।'

हज़ारों लोगों को वही चिन्ता सता रही थी जो माउंटबैटेन को थी। यह सोचकर कि अगर हत्यारा सचमुच कोई मुसलमान निकला तो भारत में तबाही मच जायेगी, आल-इण्डिया रेडियो के डाइरेक्टर ने पूरी ज़िम्मेदारी का परिचय देते हुए एक असाधारण फ़ैसला किया : शताब्दी की सबसे बड़ी ख़बर सबसे पहले सुनाने के लिए पूरे देश में रेडियो के कार्यक्रमों को रोक देने के बजाय उन्होंने कार्यक्रमों को ज्यों-का-त्यों जारी रखने का आदेश दिया। इसी बीच पुलिस और फ़ौज ने अपने टेलीफ़ोनों के ज़रिये देश के सभी प्रमुख फ़ौजी और पुलिस कमानों को हरदम किसी भी आपात-स्थिति के लिए तैयार रहने का आदेश भेज दिया। बिड़ला हाउस से पुलिस ने रेडियो को सबसे महत्वपूर्ण ख़बर भेजी : नाथूराम गोडसे हिन्दू ब्राह्मण था। ठीक छः बजे रेडियो पर बहुत सोच-समझकर तैयार की गयी घोषणा सुनकर भारतीय जनता को पता चला कि जिस सीधे-सादे कोमल स्वभाव के आदमी ने उन्हें आज़ादी दिलायी थी वह अब इस दुनिया में नहीं रहा।

रेडियो ने एलान किया, 'आज शाम को पाँच बजकर बीस मिनट पर नयी दिल्ली में महात्मा गांधी की हत्या कर दी गयी। उनका हत्यारा हिन्दू था।'

उपसंहार

गांधी ने मरकर अपना वह लक्ष्य प्राप्त कर लिया था जिसके लिए वह जीवन के अन्तिम कुछ महीनों में निरन्तर प्रयास करते रहे थे। उनकी हत्या से भारत के शहरों और गाँवों में पड़ोसी के हाथों पड़ोसी की निर्मम साम्प्रदायिक हत्या का सिलसिला हमेशा के लिए बन्द हो गया। इस उप-महाद्वीप में आपसी विरोध तो इसके बाद भी बने रहे, लेकिन वे राष्ट्रों के आपसी झगड़ों के परम्परागत स्वर पर आ गये जिनका निबटारा लड़ाई के मैदान में बाक़ायदा फ़ौजों के टकराव से किया जाने लगा। बिड़ला हाउस के बाग़ीचे में उस दिन जो बलिदान हुआ वह 1947-48 में भारतीय उप-महाद्वीप में व्याप्त विजय और विपदा का चरमोत्कर्ष था।

नाथूराम गोडसे, जिसके हाथों यह बलिदान हुआ था, पिस्तौल हाथ में लिये हुए गिरफ़्तार कर लिया गया। उसने गिरफ़्तारी का विरोध करने की कोई कोशिश नहीं की। इसके बाद इस साज़िश में शामिल बाक़ी लोग भी बहुत जल्दी पकड़ लिये गये। आप्टे और विष्णु करकरे, आप्टे की काम-लिप्सा की वजह से पुलिस के चंगुल में आ गये। आप्टे बम्बई के जिस होटल में 48 घण्टे से छिपा हुआ था उसके दरवाज़े पर 14 फ़रवरी को दस्तक हुई और आप्टे ने उठकर दरवाज़ा खोल दिया। उसने सोचा था कि दरवाज़े पर उसकी मुलाक़ात अपनी रखैल से होगी। उसके बजाय वहाँ तीन पुलिस वाले खड़े थे। पुलिस को उसके चीफ़ सर्जन की बेटी के साथ उसके सम्बन्धों का पता चल गया था और वह टेलीफ़ोन पर उन दोनों की वह बातचीत सुन रही थी जिसमें आप्टे ने अभी कुछ ही मिनट पहले उसे होटल के अपने कमरे में बुलाया था।

गांधी की हत्या की साज़िश के अभियोग में 27 मई 1948 को आठ आदमियों पर मुक़दमा दायर किया गया—आप्टे, नाथूराम और गोपाल गोडसे, मदनलाल, करकरे, सावरकर, परचुरे और दिगम्बर बडगे का नौकर। शुरू से ही नाथूराम गोडसे ने सारी ज़िम्मेदारी अपने ऊपर ले ली

कि यह हत्या उसने राजनीतिक उद्देश्य से की थी और इस बात से इंकार किया कि दूसरे लोगों ने उसके साथ मिलकर कोई साज़िश की थी।

दिगम्बर बडगे की इस ख्याति पर कि 37 बार गिरफ़्तार होने के बावजूद उसे सज़ा केवल एक बार हुई थी, इस बार भी हत्या की साज़िश में भाग लेने के कारण कोई आँच नहीं आने पायी। यह ढोंगी साधु सरकारी गवाह बन गया और उस पर इस हत्या के अपराध में मुक़दमा नहीं चलाया गया। बहुत बड़ी हद तक उसी की गवाही की बुनियाद पर आठ अभियुक्तों में से सात को सज़ा हो गयी। वीर सावरकर प्रमाण की कमी के कारण बरी कर दिये गये।

नाथूराम गोडसे और नारायण आप्टे को फाँसी की सज़ा दी गयी। 27 जनवरी 1948 की शाम को नयी दिल्ली में एयर-इण्डिया की एयर-होस्टेस से मिलने का अपना वादा पूरा न करने की क़ीमत आप्टे को फाँसी पर चढ़कर अदा करनी पड़ी। उसे फाँसी की सज़ा इसलिए दी गयी थी कि ग्वालियर में जिस वक़्त वह हथियार ख़रीदा गया था, जिससे हत्या की गयी थी, उस समय वह वहाँ मौजूद था। जज ने बाक़ी पाँच लोगों को उमर-क़ैद की सज़ा दी, लेकिन परचुरे और बडगे का नौकर अपील में छूट गये।

नाथूराम गोडसे और नारायण आप्टे की अपीलें रद्द कर दी गयीं और उन्हें फाँसी देने की तारीख़ 15 नवम्बर 1949 तय कर दी गयी। अहिंसा के पैग़म्बर के सबसे सच्चे भक्त जवाहरलाल नेहरू के सामने दया की याचना करते हुए जो अर्ज़ी दी गयी उस पर गांधी के दो बेटों, उनके बहुत-से मित्रों और कई पुराने साथियों के भी दस्तख़त थे। लेकिन यह अर्ज़ी नामंज़ूर कर दी गयी और नारायण आप्टे और नाथूराम गोडसे को अम्बाला जेल में, जहाँ वे क़ैद थे, 15 नवम्बर 1949 को फाँसी दे दी गयी।

नाथूराम गोडसे ने अपनी वसीयत में यह लिखा कि उसके पास अपने परिवार वालों को देने के लिए सिर्फ़ एक चीज़ थी—उसकी राख। उसने हिन्दू प्रथा का उल्लंघन करके यह कहा कि उसकी राख समुद्र में मिलने वाली किसी नदी में बहा दिये जाने के बजाय पीढ़ी-दर-पीढ़ी उस समय तक रखी जाये जब तक कि उसे हिन्दू शासन के आधीन इस उप-महाद्वीप के फिर एक हो जाने पर सिन्धु नदी में न विसर्जित किया जा सके।

दत्तात्रय परचुरे अपील में बरी हो जाने के बाद फिर ग्वालियर में अपने गुरु के चित्र के नीचे बैठकर अपना दवाख़ाना चलाने लगा।

मुक़दमे के बाद दिगम्बर बडगे ने पूना में अपनी जान के लिए ख़तरा महसूस किया और वह बम्बई आकर उस घर में रहने लगा जिसका इन्तज़ाम पुलिस ने उसके लिए करा दिया था। बम्बई में उसने लोहे की जंज़ीरों को जोड़ कर ऐसे कवच बनाने का अपना वही पुराना धंधा शुरू कर दिया, जिनपर गोली भी असर नहीं करती।

करकरे, मदनलाल और गोपाल गोडसे सज़ा पूरी होने के बाद जेल से रिहा कर दिये गये। करकरे अहमदनगर वापस जाकर फिर अपना दकन गेस्ट हाउस चलाने लगा। अप्रैल 1974 में दिल का दौरा पड़ने से उसकी मौत हो गयी। मदलाल बम्बई में बस गया। वह अपने घर के पीछे एक छोटी-सी दुछत्ती में खिलौने बनाता है और समझता है कि वह जापान के बड़े-बड़े उद्योगपतियों से टक्कर ले रहा है।

गोपाल गोडसे पूना में एक मामूली-से मकान की तीसरी मंज़िल पर रहता है। अपने घर की छत के ऊपर उसने लोहे की छड़ से पूरे भारतीय उप-महाद्वीप का एक बहुत बड़ा नक़शा लटका रखा है। हर साल अपने भाई की बरसी के अवसर पर 15 नवम्बर के दिन नाथूराम की राख एक चाँदी के कलश में इस नक़शे के सामने रखी जाती है। नक़शे की पूरी रूप-रेखा पर बिजली के बल्ब जलते रहते हैं। बरसी के दिन गोपाल गोडसे वीर सावरकर के पुराने और उत्साही शिष्यों को उस नक़शे के सामने जमा करता है।

जैसा कि वह शुरू से ही कहते आये थे, लुई माउंटबैटेन ने जून 1948 में स्वतन्त्र भारत के पहले गवर्नर-जनरल का पद छोड़ दिया। भारत में अपने प्रवास के अपने अन्तिम कुछ सप्ताह उन्होंने निज़ाम हैदराबाद को यह समझाने के विफल प्रयास में बिताये कि वह स्वतन्त्रता का झूठा दावा छोड़कर शान्तिपूर्वक भारत में मिल जायें।

बम्बई के डॉक्टर ने मुहम्मद अली जिन्ना के फेफड़ों में जिस घातक रोग का पता लगाया था उसने सितम्बर 1948 में उनके प्राण ले लिये, अपने सबसे पुराने राजनीतिक शत्रु की हत्या के केवल आठ महीने बाद।

जब तक साधनों ने साथ दिया, जिन्ना अपने निजी साहस के बल पर अपने प्यारे पाकिस्तान के भविष्य को सुरक्षित बनाने के लिए जी-जान से कोशिश करते रहे। कराची में ही, जहाँ उनका जन्म हुआ था, 11 सितम्बर 1948 को उनका देहान्त हो गया। मरते समय भी जिन्ना किसी से समझौता करने को तैयार नहीं थे। उस रात को उनके डॉक्टर ने उनके

कान के पास आकर धीरे से कहा, 'मैंने आपको इंजेक्शन दे दिया है। इंशा-अल्लाह, आप अभी बहुत दिन ज़िन्दा रहेंगे।'

जिन्ना नज़रें गड़ाये अपने डॉक्टर को घूरकर देखते रहे और दृढ़ता से बोले, 'नहीं, मैं ज़िन्दा नहीं रहूँगा।' इसके आधे ही घण्टे बाद वह मर गये।

कराची में एक बहुत ऊँचे टीले पर पाकिस्तान के संस्थापक की क़ब्र पर एक बहुत शानदार मक़बरा बना हुआ है जो अपने आख़िरी मुग़ल को वहाँ की जनता की बेहद अनोखी और साथ ही मुनासिब श्रद्धांजलि है।

जैसी कि गांधी ने भविष्यवाणी की थी, बँटवारे के भयानक अभिशाप पूरे उप-महाद्वीप के लिए बरसों तक मुसीबत बने रहे। फिर से समृद्धि आ जाने के बाद भी आबादी की अदला-बदली की विभीषिका की कड़वी यादें मिट न सकीं। सरहद के दोनों तरफ़ गहरी नफ़रत बनी रही।

एक अभागा सिख किसान, बूटासिंह लाखों पंजाबियों के लिए उनके झगड़े के भयानक दुष्परिणामों का और साथ ही इस उम्मीद का भी प्रतीक बन गया कि शायद अन्त में मनुष्य की सुखी रहने की प्रवृत्ति उस नफ़रत पर छा जाये जिसने उन्हें एक-दूसरे से अलग कर रखा था।

शादी के ग्यारह महीने बाद बूटासिंह के यहाँ एक बेटी पैदा हुई। बूटासिंह ने उसका नाम रखा तनवीर। कुछ साल बाद बूटासिंह के कुछ भतीजों ने इस बात पर चिढ़कर कि अब बूटासिंह की जायदाद उन्हें नहीं मिलेगी, भगदड़ के दिनों में उड़ाकर लायी गयी औरतों की खोज करने वाले अफ़सरों को ज़ैनब के बारे में बता दिया। ज़ैनब जबर्दस्ती बूटासिंह से छीन ली गयी और उसे एक कैम्प में रख दिया गया; पाकिस्तान में उसके परिवार का पता लगाने की कोशिश की जाने लगी।

बौखलाकर बूटासिंह नयी दिल्ली पहुँचा और वहाँ अपने केश कटवा-कर मुसलमान बन गया और उसका नाम जमील अहमद रख दिया गया। इसके बाद बूटासिंह पाकिस्तान के हाई-कमिश्नर के दफ़्तर गया और माँग की कि उसकी बीवी उसे वापस दे दी जाये। लेकिन उसकी कौन सुनता था! दोनों देशों ने उड़ाकर लायी गयी औरतों की अदला-बदली के बारे में बेहद सख्त क़ानून बना दिये थे कि इस तरह की औरतों की चाहे शादी हो गयी हो या न हुई हो, उन्हें उनके परिवार वालों को वापस कर दिया जायेगा जिनसे उन्हें ज़बर्दस्ती छीनकर लाया गया था।

छः महीने तक बूटासिंह रोज़ अपनी बीवी से मिलने कैम्प में जाता रहा। वह उसके पास चुपचाप बैठा सुख से जीवन बिताने के अपने सपने

टूट जाने पर घण्टों रोता रहता। आखिरकार उसे मालूम हुआ कि ज़ैनब के परिवार वालों का पता चल गया है। दोनों रो-रोकर एक-दूसरे से गले मिले और ज़ैनब ने वादा किया कि वह उसे कभी नहीं भूलेगी और जितनी जल्दी हो सकेगा उससे और अपनी बेटी से मिलने वापस आ जायेगी।

बूटासिंह ने मुसलमान होने के नाते पाकिस्तान जाकर बस जाने की अर्ज़ी दी। अर्ज़ी नामंज़ूर कर दी गयी। उसने वीज़ा के लिए अर्ज़ी दी। वह भी नामंज़ूर हो गयी। आखिरकार, अपनी बेटी को साथ लेकर, जिसका नाम अब सुलताना रख दिया गया था वह चोरी से सरहद-पार चला गया। बेटी को लाहौर में छोड़कर वह उस गाँव में पहुँचा जहाँ ज़ैनब का परिवार जाकर बस गया था। वहाँ पहुँचकर उसे बहुत बड़ा धक्का लगा। हिन्दुस्तान से वापस आने के कुछ ही घण्टे बाद उसकी शादी उसके रिश्ते के एक भाई के साथ कर दी गयी थी। बेचारा रो-रोकर यही कहता रहा कि 'मेरी बीवी मुझे वापस दे दो।' ज़ैनब के भाइयों और रिश्तेदारों ने उसे बुरी तरह मार-पीटकर पुलिस के हवाले कर दिया कि वह चोरी से से सरहद पार करके आया है।

बूटासिंह पर मुक़दमा चला। उसने कहा कि वह मुसलमान है, इसलिए उसकी बीवी उसे वापस कर दी जाये। उसने कहा कि अगर मुझे अपनी बीवी से मिलकर यह पूछने का मौक़ा दे दिया जाये कि क्या वह मेरे और अपनी बेटी के साथ हिन्दुस्तान वापस चलने को तैयार है तो मुझे तसल्ली हो जायेगी।

जज को तरस आ गया। उसने बूटासिंह की बात मान ली। हफ़्ते-भर बाद जब दोनों का आमना-सामना हुआ उस वक़्त अदालत का कमरा खचाखच भरा हुआ था। अख़बारों में छप जाने की वजह से इस मामले का पता सबको चल गया था। ग़ुस्से से बिफरे हुए रिश्तेदारों के घेरे में सहमी हुई ज़ैनब अदालत में लायी गयी। जज ने बूटासिंह की तरफ़ इशारा करके पूछा, 'इस आदमी को जानती हो?'

'हाँ,' लड़की ने काँपते हुए जवाब दिया, 'यह बूटासिंह है, मेरा पहला शौहर।' इसके बाद ज़ैनब ने उस बूढ़े सिख के पास खड़ी हुई अपनी बेटी को पहचाना।

'क्या तुम इनके साथ हिन्दुस्तान वापस जाना चाहती हो?' जज ने पूछा। बूटासिंह ने फ़रियाद-भरी आँखों से उस नौजवान लड़की की तरफ़ देखा जिसने उसकी ज़िन्दगी को इतना सुखी बना दिया था। कुछ और आँखें भी ज़ैनब को घूर रही थीं; उसकी बिरादरी के मर्द नज़रों-ही-नज़रों में उसे चेतावनी दे रहे थे कि अगर उसने अपने ख़ून के रिश्ते को

ठुकराया तो उसके लिए अच्छा न होगा। अदालत में बहुत तकलीफ़देह ख़ामोशी छायी हुई थी। बड़ी बेबसी और उम्मीद से बूटासिंह ज़ैनब के होंठों को देख रहा था और उस जवाब का इन्तज़ार कर रहा था जिसके बारे में उसे पूरा यक़ीन था कि उसके हक़ में ही होगा। अदालत में एक क्षण तक सन्नाटा छाया रहा। ऐसा लगता था कि यह क्षण कभी ख़त्म ही नहीं होगा।

ज़ैनब ने सिर हिलाकर दबी ज़बान से कहा, 'नहीं।'

बूटासिंह के मुँह से एक आह निकल गयी। वह लड़खड़ाकर अपने पीछे के कटहरे से जा टिका। जब वह संभला तो अपनी बेटी का हाथ पकड़कर कमरे के पार जाने लगा।

'ज़ैनब, मैं तुमसे तुम्हारी बेटी छीनना नहीं चाहता,' उसने कहा, 'मैं उसे तुम्हारे पास ही छोड़े जाता हूँ।' उसने अपनी जेब से कुछ नोट निकाले और उन्हें अपनी बीवी को देते हुए बस इतना कहा, 'मेरी ज़िन्दगी में अब रह ही क्या गया है ?'

जज ने ज़ैनब से पूछा कि क्या वह अपनी बेटी को अपने पास रखने को तैयार है ? एक बार फिर अदालत में दर्दनाक ख़ामोशी छा गयी। अपनी-अपनी जगहों पर बैठे हुए ज़ैनब के रिश्तेदार ज़ोर-ज़ोर से अपने सिर हिला रहे थे। वे नहीं चाहते थे कि सिखों का ख़ून उनकी बिरादरी को नापाक करे।

ज़ैनब ने बड़ी मायूस नज़रों से अपनी बेटी को देखा। उसे अपने साथ रखने का मतलब होगा उसे जहन्नुम में ढकेल देना। एक ज़ोर की सिसकी से उसका सारा शरीर काँप उठा। उसने लम्बी साँस लेकर कहा, 'नहीं।'

बूटासिंह की आँखों से आँसू टपक रहे थे। वह बड़ी देर तक खड़ा अपनी रोती हुई बीवी को देखता रहा। शायद वह उसके धुंधलाये हुए चेहरे को हमेशा के लिए अपनी याद में बसा लेना चाहता था। फिर उसने बड़े प्यार से अपनी बेटी का हाथ पकड़ा और पीछे मुड़कर देखे बिना अदालत के कमरे से चला गया।

बूटासिंह का दिल टूट चुका था। वह रात-भर दाता गंगबख़्श के मज़ार पर बैठा रोता रहा और दुआएँ माँगता रहा। उसकी बेटी पास ही एक खम्भे से लगकर सोती रही। जब सुबह हुई तो वह अपनी बेटी को बाज़ार ले गया। वहाँ उसने उन्हीं रुपयों से, जो कल उसने अपनी बीवी को देने की कोशिश की थी, अपनी बेटी के लिए एक नया जोड़ा और ज़री की सलीपरें ख़रीदीं। इसके बाद बूढ़ा अपनी बेटी का हाथ पकड़े पास ही शाहदरा स्टेशन गया। वह प्लेटफ़ार्म पर खड़ा गाड़ी आने का इन्तज़ार

कर रहा था और रो-रोकर अपनी बेटी को समझा रहा था कि अब वह अपनी माँ से फिर कभी नहीं मिल सकेगी।

दूर से इंजन की सीटी की चीख सुनायी दी। बूटासिंह ने बड़े प्यार से अपनी बेटी का हाथ उठाकर चूमा और चलकर बिलकुल प्लेटफ़ार्म की कगार पर आ गया। जब इंजन धड़धड़ाता हुआ स्टेशन में घुसा तो बच्ची ने महसूस किया कि उसके बाप की बाँहें उसके चारों ओर कसती जा रही हैं। फिर अचानक उसे ऐसा लगा कि वह आगे छलाँग लगा रहा है। बूटासिंह तेज़ी से आते हुए इंजन के सामने कूद पड़ा। बच्ची को एक बार इंजन की सीटी की दहाड़ सुनायी दी, लेकिन इस बार उसके साथ ख़ुद उसकी चीखें भी मिली हुई थीं। इसके बाद वह इंजन के नीचे अँधेरे में खो गयी।

बूटासिंह तो फ़ौरन ही मर गया, लेकिन उसकी बेटी साफ़ बच गयी। उसे एक खरोंच तक नहीं आयी। बूढ़े सिख की चिथड़े-चिथड़े लाश के साथ पुलिस को ख़ून में सना हुआ एक ख़त मिला जो उसने अपनी बेवफ़ा बीवी से विदाई लेते हुए लिखा था।

उसमें उसने लिखा था : 'मेरी प्यारी ज़ैनब, तुमने भीड़ की आवाज़ सुनी, लेकिन वह आवाज़ कभी सच्ची नहीं होती। फिर भी मेरी आख़िरी ख़्वाहिश यही है कि मैं तुम्हारे पास रहूँ। मेरी लाश अपने गाँव में दफ़्न करवा देना और कभी-कभी मेरी क़ब्र पर आकर एक फूल चढ़ा जाया करना।'

बूटासिंह की ख़ुदकुशी से पाकिस्तान में भावुकता की एक लहर दौड़ गयी। उसका जनाज़ा क़ौमी अहमियत का एक वाक़या बन गया। अपनी मौत में भी वह बूढ़ा सिख उन भयानक दिनों की अलामत बन गया जब सारे पंजाब में आग लगी हुई थी। ज़ैनब के रिश्तेदारों और उनके गाँव वालों ने बूटासिंह की लाश को गाँव के क़ब्रिस्तान में दफ़्न करने की इजाज़त नहीं दी। 22 फ़रवरी 1957 को ज़ैनब के दूसरे शौहर की अगुवाई में गाँव के मर्दों ने बूटासिंह का जनाज़ा गाँव में घुसने नहीं दिया।

जनाज़ा लेकर उसके साथ आये हुए हज़ारों पाकिस्तानी, जिनके दिल पर बूटासिंह की क़ुर्बानी का बेहद गहरा असर हुआ था, लाहौर लौट गये। वहाँ फूलों के एक ढेर के नीचे बूटासिंह को दफ़्न कर दिया गया।

बूटासिंह को इतनी इज़्ज़त मिलते देखकर ज़ैनब के घरवालों का ख़ून खौल उठा। उन्होंने कुछ बदमाशों को भेजकर लाहौर में उसकी क़ब्र खुदवा दी। इस दरिन्दगी पर सारे शहर में ग़ुस्से की लहर दौड़ गयी। बूटासिंह की लाश एक बार फिर फूलों के उससे भी बड़े ढेर के नीचे दफ़्न की

गयी। इस बार सैंकड़ों मुसलमान उसकी क़ब्र पर पहरा देने को तैयार थे वह इस उम्मीद का सबूत था कि शायद आगे चलकर पंजाब से 194 की घटनाओं वाली नफ़रत मिट जाये।[1]

अपने महात्मा को खो देने के बाद राजघाट पर उस जगह जहाँ 31 जनवरी 1947 को उनकी चिता जलायी गयी थी, भारत वालों ने काले पत्थर का एक चबूतरा बनवा दिया। उसके पास ही लगे हुए एक पत्थर पर अँग्रेज़ी और देवनागरी के अक्षरों में गांधी के सपनों के स्वतन्त्र भारत का चित्र अंकित है :

'मैं भारत को स्वतन्त्र और शक्तिशाली देखना चाहता हूँ ताकि वह सारी दुनिया की भलाई के लिए शुद्ध मन से और अपनी इच्छा से त्याग कर सके। जब व्यक्ति का मन शुद्ध होगा तो वह परिवार के लिए त्याग करेगा, परिवार गाँव के लिए, गाँव ज़िले के लिए, ज़िला प्रान्त के लिए, प्रान्त राष्ट्र के लिए, और राष्ट्र सबके लिए। मैं ख़ुदाई राज चाहता हूँ, इस धरती पर ईश्वर का राज।'

लेकिन गांधी का यह सपना कभी साकार न हो सका। उनके देशवासी भी दूसरे लोगों की तरह वैज्ञानिक और औद्योगिक प्रगति की चमक-दमक के मोह में फँस गये। पाँच लाख गाँवों के हितों की ओर ध्यान नहीं दिया गया। गांधी का कहना था कि इन्हीं गाँवों के उद्धार में भारत की मुक्ति निहित है। गांधी को उम्मीद थी कि काँग्रेस जन-सेवा संघ बन जायेगी, लेकिन उसने भी वही सुख-सुविधा का रास्ता अपना लिया। वह भारत की प्रभुत्वशाली राजनीतिक शक्ति बनी रही, और भ्रष्टाचार के उस घातक रोग का शिकार होती गयी जिसके चिह्न स्वतन्त्रता के फ़ौरन बाद से ही दिखायी देने लगे थे।

बरसों मुसीबतें झेलने और संघर्ष में जूझे रहने के बाद भारत आज भी वही है जो वह 14 अगस्त 1947 को रात के बारह बजे बना था—दुनिया में सबसे बड़ी आबादी वाला लोकतन्त्र।

● ●

---

1 बूटासिंह की बेटी सुलताना को लाहौर में ही किसी ने गोद लेकर पाला। आज वह तीन बच्चों की माँ है और लीबिया में अपने शौहर के साथ रहती है, जो [illegible]जीनियर है।